Três destinos

Nora Roberts

Romances

A Pousada do Fim do Rio
O Testamento
Traições Legítimas
Três Destinos
Lua de Sangue
Doce Vingança
Segredos
O Amuleto
Santuário
A Villa
Tesouro Secreto
Pecados Sagrados
Virtude Indecente
Bellíssima
Mentiras Genuínas
Riquezas Ocultas
Escândalos Privados
Ilusões Honestas
A Testemunha
A Casa da Praia
A Mentira
O Colecionador
A Obsessão
Ao Pôr do Sol
O Abrigo
Uma Sombra do Passado
O Lado Oculto
Refúgio

Saga da Gratidão

Arrebatado pelo Mar
Movido pela Maré
Protegido pelo Porto
Resgatado pelo Amor

Trilogia do Sonho

Um Sonho de Amor
Um Sonho de Vida
Um Sonho de Esperança

Trilogia do Coração

Diamantes do Sol
Lágrimas da Lua
Coração do Mar

Trilogia da Magia

Dançando no Ar
Entre o Céu e a Terra
Enfrentando o Fogo

Trilogia da Fraternidade

Laços de Fogo
Laços de Gelo
Laços de Pecado

Trilogia do Círculo

A Cruz de Morrigan
O Baile dos Deuses
O Vale do Silêncio

Trilogia das Flores

Dália Azul
Rosa Negra
Lírio Vermelho

Nora
ROBERTS

Três destinos

Tradução
A.B. Pinheiro de Lemos

11ª edição

Rio de Janeiro | 2020

Título original: *Three Fates*

Imagem de capa: James Leynse

Texto revisado segundo o novo
Acordo Ortográfico da Língua Portuguesa

2020
Impresso no Brasil
Printed in Brazil

CIP-BRASIL. CATALOGAÇÃO NA PUBLICAÇÃO
SINDICATO NACIONAL DOS EDITORES DE LIVROS, RJ

Roberts, Nora, 1950-
R549t Três destinos / Nora Roberts; tradução A. B. Pinheiro de Lemos.
11ª ed. - 11ª ed. - Rio de Janeiro : Bertrand Brasil, 2020.
476 p. ; 23cm.

Tradução de: Three fates
ISBN 978-85-286-2426-7

1. Romance americano. I. Lemos, A. B. Pinheiro de. II. Título.

CDD: 813
19-58276 CDU: 82-31(73)

Vanessa Mafra Xavier Salgado - Bibliotecária - CRB-7/6644

Direitos exclusivos de publicação em língua portuguesa somente para o Brasil
adquiridos pela:
EDITORA BERTRAND BRASIL LTDA.
Rua Argentina, 171 - 3º andar - São Cristóvão
20921-380 - Rio de Janeiro - RJ
Tel.: (21) 2585-2000 - Fax: (21) 2585-2084

Atendimento e venda direta ao leitor:
sac@record.com.br

Para Dan e Stacie

Que a tapeçaria de suas vidas seja
entrelaçada com os fios róseos do amor,
os vermelhos profundos da paixão,
os azuis suaves da compreensão e do contentamento,
e o prateado brilhante, muito brilhante, do humor.

Parte I

Fiando

Ah, que teia emaranhada nós tecemos,
Assim que começamos a enganar!

Sir Walter Scott

Capítulo 1

7 de maio de 1915

FELIZ, SEM saber que estaria morto dali a 23 minutos, Henry W. Wyley imaginou-se beliscando o fascinante traseiro arredondado da jovem loura à sua frente. Era uma fantasia absolutamente inofensiva que, sem perturbar a moça ou a esposa de Henry, no entanto, servia para deixá-lo no melhor dos ânimos.

Com uma manta cobrindo os joelhos roliços e a barriga saliente, que acabara de ser satisfeita por um almoço tardio, mas nem por isso menos satisfatório, ele estava sentado no convés, respirando a brisa marinha estimulante ao lado da esposa, Edith — cujo traseiro, coitada, era liso como uma panqueca —, apreciando o *derrière* da loura e uma xícara do excelente chá Earl Grey.

Henry, um homem corpulento, com uma risada vigorosa e um bom olho para as mulheres, não se deu ao trabalho de levantar para se juntar aos demais passageiros na amurada, que admiravam a vista da tremeluzente costa da Irlanda. Já vira a paisagem antes e teria muitas oportunidades de vê-la de novo, caso tivesse interesse, embora não conseguisse entender o que poderia haver em penhascos e gramados que fascinasse tanto as pessoas.

Henry era um urbanita confesso; um homem que preferia a solidez do aço e do concreto. E, naquele momento em particular, estava muito mais interessado nos deliciosos biscoitos de chocolate servidos com o chá do que em qualquer vista.

E ainda mais interessado na loura que se mexia.

Embora a esposa o importunasse, insistindo para que não fosse tão guloso, ele pôs três biscoitos na boca de uma vez só, com intensa satisfação. Edith, sendo Edith, absteve-se de experimentar os biscoitos. Era uma pena que se negasse esse prazer em seus últimos momentos de vida, mas morreria como vivera: preocupada com o sobrepeso de seu marido e removendo as migalhas que ele, descuidado, espalhava pela camisa.

Henry, no entanto, era um homem que acreditava na indulgência. Afinal, qual o sentido de ser rico se não for para aproveitar tudo do bom e do melhor? Ele já fora pobre, passara fome. Ser rico e comer bem era muito melhor.

Nunca fora bonito, mas quando um homem tinha dinheiro, era chamado de bem-nutrido em vez de gordo, de interessante em vez de feio. Henry podia perceber o absurdo da distinção.

Pouco antes das 15 horas, naquele lindo dia de maio, o vento agitou seu topete extravagante e acrescentou um pouco de cor às bochechas redondas. Ele tinha um relógio de ouro no bolso, um alfinete de rubi na gravata. Sua Edith, esquelética como uma galinha depenada, vestia o melhor da alta costura parisiense. Henry valia quase 3 milhões de dólares. Não tanto quanto Alfred Vanderbilt, que também realizava a travessia do Atlântico. Mas era o suficiente para deixar Henry satisfeito. O suficiente, pensou ele, orgulhoso, considerando um quarto biscoito, para pagar acomodações de primeira classe naquele palácio flutuante. O suficiente para que seus filhos recebessem uma boa educação... e seus netos também.

Imaginava que a primeira classe fosse mais importante para ele do que para Vanderbilt. Afinal, Alfred nunca tivera de se contentar com a segunda.

Sem muita atenção, escutou a esposa delinear os planos para quando chegassem à Inglaterra. Claro, fariam e receberiam visitas. Não pretendia passar todo o seu tempo ocupado com associados e procurando oportunidades de negócios.

Henry assegurou tudo isso à esposa com sua habitual amabilidade, e, mesmo passados quarenta anos de casamento ainda sentia profunda afeição por Edith, cuidaria para que ela se divertisse bastante durante a viagem ao exterior.

Mas ele tinha planos particulares, e essa força irresistível era o único propósito daquela travessia na primavera.

Se a informação estivesse correta, em breve estaria adquirindo a segunda Parca. A pequena estatueta de prata tornara-se uma busca pessoal, na qual se empenhava desde que comprara por acaso a primeira das três que diziam existir.

Tinha informações a respeito da terceira também, que iria conferir tão logo estivesse de posse da segunda. Quando o conjunto completo fosse seu... Bem, isso seria superior à primeira classe.

A Wyley Antiques não ia perder para ninguém.

Satisfação pessoal e profissional, refletiu ele. Tudo por causa daquelas três irmãs de prata, que, separadas, não valiam grande coisa, mas que adquiriam um valor além do imaginável quando reunidas. Talvez as emprestasse para uma exposição no Met durante algum tempo. Isso mesmo, boa ideia.

AS TRÊS PARCAS

POR EMPRÉSTIMO DA COLEÇÃO PARTICULAR DE HENRY W. WYLEY

Edith teria chapéus novos, pensou Henry, jantares e passeios à tarde. E ele teria o prêmio de uma vida inteira.

Com um suspiro de satisfação, Henry recostou-se para saborear sua última xícara de Earl Grey.

FELIX GREENFIELD era um ladrão. Não sentia vergonha nem orgulho disso. Simplesmente era o que fazia, o que sempre fizera. E, assim como Henry Wyley presumia que teria outras oportunidades de contemplar a costa irlandesa, Felix presumia que continuaria a ser ladrão por muitos e muitos anos.

Era competente em seu trabalho. Não brilhante, como seria o primeiro a admitir, mas bom o bastante para viver dessa atividade.

Bom o bastante, pensou ele, enquanto avançava apressado pelos corredores da primeira classe, usando um uniforme de camareiro roubado, para ter juntado os recursos que lhe permitiam voltar à Inglaterra de terceira classe.

A situação em Nova York, em termos profissionais, tornara-se bastante difícil, com a polícia em seu encalço depois daquele trabalho malfeito. Não que a culpa fosse sua... ou pelo menos não de todo. Sua única falha fora ter quebrado a primeira regra que se impusera, aceitando um cúmplice no roubo.

Uma péssima decisão, já que seu sócio temporário violara outra regra primária. Nunca roube o que não pode ser vendido com facilidade e discrição. A ganância cegara o velho Two-Pint Monk, pensou Felix, com um suspiro, enquanto entrava na cabine de Wyley. O que Two-Pint estava pensando ao pôr seus dedos sujos num colar de diamantes e safiras? E depois, ainda por cima, comportara-se como um amador, embriagando-se como um marinheiro — com os dois habituais copos de meio litro de cerveja, motivo pelo qual recebera o apelido de Two-Pint -- e gabando-se do que fizera.

Pois Two-Pint poderia agora gabar-se tanto quanto quisesse, na prisão, embora lá não houvesse cerveja para fazê-lo dar com a língua nos dentes. Mas o filho da mãe mostrara-se o delator que era, entregando o nome de Felix à polícia.

A melhor coisa a fazer, dadas as circunstâncias, era aventurar-se numa agradável viagem oceânica; e que lugar melhor para isso do que um navio tão grande quanto uma cidade?

Ainda hesitara um pouco, preocupado com a guerra na Europa, e os rumores de que os alemães rondavam os mares. Mas essas ameaças eram vagas e distantes. A polícia de Nova York e a perspectiva de uma longa temporada atrás das grades eram problemas muito mais pessoais e urgentes.

De qualquer forma, ele não acreditava que um navio tão grande quanto o *Lusitania* se dispusesse a fazer a travessia se houvesse algum perigo real. Não com todas aquelas pessoas ricas a bordo. Afinal, era um navio civil. Felix estava certo de que os alemães teriam coisas melhores a fazer do que espreitar um transatlântico de luxo, ainda mais quando havia tantos cidadãos norte-americanos a bordo.

Fora muita sorte ter conseguido uma passagem e misturar-se aos passageiros com a polícia em seu encalço, fechando o cerco.

Mas tivera de partir às pressas e gastara quase todos os seus recursos com a passagem.

E é verdade que havia muitas oportunidades de roubar uma coisa ou outra num navio tão luxuoso, repleto de passageiros ricos.

Dinheiro sempre seria o melhor, pois nunca era de tamanho ou cor errados.

Dentro da cabine, ele deixou escapar um assobio baixo. Imagine só, pensou Felix, tirando um minuto para sonhar. Imagine só viajar com tanta classe.

Ele sabia menos sobre a arquitetura e a decoração do lugar em que se encontrava do que uma pulga sabe sobre a raça do cachorro em que dá uma mordida. Porém, percebia que era uma cabine elegante, de bom gosto.

A sala era maior do que todas as suas acomodações na terceira classe, e o quarto, uma maravilha.

Aqueles que dormiam ali não tinham ideia do que eram um espaço apertado, os cantos escuros e o fedor da terceira classe. Mas Felix não os invejava por seus privilégios. Afinal, se não houvesse as pessoas que viviam lá no alto, ele não teria de quem roubar, não é mesmo?

Seja como for, não tinha tempo a perder. Faltavam apenas alguns minutos para as 15 horas; e se os Wyley mantivessem sua rotina, a mulher voltaria antes das 16 para tirar seu cochilo vespertino.

Felix tinha mãos delicadas e tomou o cuidado de não mudar as coisas de lugar, na medida do possível, enquanto procurava por dinheiro vivo. A maior parte, calculava ele, estaria guardada no cofre do navio. Mas os homens e as mulheres da alta sociedade gostavam de ter sempre um maço de notas à disposição.

Ele encontrou um envelope já marcado com a palavra CAMAREIRO. Sorrindo, abriu-o e encontrou notas de dólar novinhas, uma gorjeta generosa. Guardou o envelope no bolso da calça do uniforme que pegara.

Em 10 minutos encontrou cerca de 500 dólares e um elegante par de brincos de granada deixados de qualquer maneira sobre uma bolsa de seda.

Não encostou nas caixas de joias... nem do homem nem da mulher. Seria arriscado demais. Mas, enquanto vasculhava entre meias e ceroulas, seus dedos encontraram algo sólido, envolto em veludo.

Os lábios contraídos, Felix cedeu à curiosidade e abriu o embrulho.

Não sabia nada sobre arte, mas era capaz de reconhecer a prata pura quando a tinha nas mãos. A dama — pois era uma mulher — era bem pequena e cabia na palma de sua mão. Segurava uma espécie de roca — ou pelo menos Felix supôs que fosse isso — e vestia uma túnica.

Tinha rosto e corpo adoráveis. Cativante, teria dito, embora achasse sua aparência fria e calculista para o gosto dele.

Preferia as um pouco menos inteligentes e um pouco mais alegres.

Junto da estatueta, havia um papel com nome, endereço e uma anotação: *Contato para a segunda Parca.*

Felix pensou a respeito por um momento. Gravou na memória o que estava escrito, por hábito. Poderia ser outro ganso para depenar, depois que chegasse a Londres.

Começou a embrulhar a estatueta de novo, a fim de deixá-la como a encontrara, mas parou de repente. Contemplou a pequena peça de prata, revirando-a nas mãos. Durante sua longa carreira como ladrão, nunca se permitira, nem uma única vez, invejar ou desejar um objeto para si mesmo.

O que tirava dos outros era sempre o meio para um fim, nada mais do que isso. Mas Felix Greenfield, que acabara de sair de Hell's Kitchen e ia em direção aos becos e cortiços de Londres, estava de pé na cabine de luxo de um grande transatlântico, com direito à vista da costa irlandesa, desejou possuir aquela mulher de prata.

Ela era tão... linda! E se ajustava com perfeição à sua mão, o metal já esquentando ao contato com sua pele. Uma coisa tão pequena... Quem daria pela falta?

— Não seja estúpido — murmurou ele, terminando de cobrir a Parca com o veludo. — Leve apenas o dinheiro, meu amigo, e dê o fora daqui.

Mas, antes que pudesse guardá-la no lugar, ouviu o que pareceu uma tremenda trovoada. Teve a impressão de que o chão sob seus pés estremeceu. Quase perdendo o equilíbrio, enquanto o navio balançava de um lado para o outro, ele cambaleou até a porta, a estatueta dentro do saco de veludo ainda em sua mão.

Sem pensar, meteu-a no bolso da calça. Saiu para o corredor no instante em que o chão se erguia.

Houve um novo barulho agora, não como trovoada, mas como um enorme martelo caindo do céu para golpear o navio.

Felix correu para salvar a própria vida.

E deparou-se com o caos.

A proa do navio se inclinou bruscamente, o que o fez escorregar pelo corredor como dados num copo. Podia ouvir gritos e o barulho de pés. E sentiu gosto de sangue na boca, um segundo antes de tudo escurecer.

Seu primeiro pensamento, desesperado, foi de que haviam batido num iceberg, ao recordar o que acontecera com o grande *Titanic*. Mas, com certeza, em plena luz do dia, numa tarde de primavera, tão perto da costa irlandesa, isso não seria possível.

Felix não pensou nos alemães. Não pensou na guerra.

Continuou a avançar, no escuro, esbarrando nas paredes do corredor, tropeçando de vez em quando. Alcançou a escada, subiu e saiu para o tombadilho, com incontáveis outros passageiros. Os botes salva-vidas já estavam sendo baixados. Gritos de terror ecoavam por toda parte. Tripulantes berravam que mulheres e crianças deveriam embarcar primeiro.

Qual era a gravidade da situação?, perguntou-se Felix, frenético. Seria mesmo tão crítica, quando já se podia avistar o verde tremeluzente da costa? Enquanto tentava se acalmar, o navio balançou de novo. Um dos botes virou de ponta-cabeça. Os passageiros caíram no mar, gritando desesperados.

Ele viu uma massa de rostos, alguns mutilados, outros queimados, todos horrorizados. Havia pilhas de detritos no convés, com passageiros presos embaixo, sangrando, aos berros. Alguns, constatou Felix, atordoado, já nem falavam mais.

E ali, no convés inclinado do grande navio, Felix farejou o que com frequência farejava em Hell's Kitchen.

O cheiro da morte.

Mulheres apertavam crianças entre os braços, chorando ou rezando. Homens corriam em pânico ou se empenhavam desesperadamente para tirar feridos dos escombros.

Em meio ao caos, camareiros e camareiras com uma calma insólita circulavam entre os passageiros, distribuindo coletes salva-vidas. Era como se estivessem distribuindo xícaras de chá, pensou Felix.

Um camareiro, ao passar, lhe disse:

— Não fique aí parado! Faça seu trabalho! Ajude os passageiros!

Felix demorou um instante, aturdido, até se lembrar de que ainda usava o uniforme de camareiro roubado. E outro até compreender, com absoluta nitidez, que o navio estava afundando.

Mas que merda!, pensou ele, em meio a gritos e orações. Estamos morrendo.

Pedidos desesperados de socorro vinham da água. Felix foi até a amurada. Ao olhar para baixo, viu corpos flutuando, pessoas se debatendo na água coberta de detritos. Viu gente se afogando.

Ele viu outro bote sendo baixado e calculou se poderia saltar e alcançá-lo, em busca da salvação. Fez um esforço para chegar a um ponto mais alto, pois ganhar terreno era tudo em que podia pensar. Permanecer com os pés apoiados em algo sólido, até conseguir embarcar num bote e sobreviver.

Um homem bem-vestido tirou seu colete salva-vidas e o colocou numa mulher que chorava.

Então os ricos podiam ser heróis, pensou Felix. Podiam se dar a esse luxo. Ele preferia continuar vivo.

O convés adernou de novo, fazendo-o escorregar, com incontáveis outros, na direção do mar. Estendendo a mão, ele conseguiu segurar-se na amurada, com os dedos ágeis e firmes de ladrão. E, quando estendeu a outra mão, como se fosse um golpe de mágica, encontrou um colete salva-vidas, que também deslizava pelo convés.

Murmurando preces de agradecimento, Felix tratou de vestir o colete. Era um sinal, pensou ele, o coração e os olhos desvairados, um sinal divino de que ele deveria sobreviver ao naufrágio.

Enquanto os dedos ajustavam o colete, ele avistou uma mulher presa entre as cadeiras viradas do convés. E a criança que ela apertava contra o peito; uma criança de rosto angelical. A mulher não chorava. Não gritava. Apenas embalava o menino, como se o estivesse ninando.

— Maria, mãe de Deus!

E, maldizendo-se por ser tão idiota, Felix rastejou pelo convés inclinado. Puxou e levantou as cadeiras que prendiam a mulher.

— Machuquei a perna. — E continuou a afagar os cabelos do menino. Os anéis em seus dedos faiscavam ao forte sol da primavera. Embora a voz saísse calma, a mulher tinha os olhos arregalados, vidrados de choque e dor. O terror de Felix aumentou ainda mais. — Acho que não consigo andar. Pode levar meu filho? Por favor, ponha-o num bote. Cuide para que ele se salve.

Felix tinha uma fração de segundo para decidir. E, enquanto o mundo ao seu redor afundava para o inferno, o menino sorriu.

— Ponha este colete, dona, e segure firme o menino.

— Prefiro pôr em meu filho.

— É grande demais para ele. De nada adiantaria.

— Perdi meu marido. — Ela falava com pronúncia clara e refinada. Os olhos, embora vidrados, mantiveram-se fixados nos de Felix, enquanto ele a ajudava com o colete. — Ele caiu da amurada. Acho que morreu.

— Mas você está viva, não é? E o seu filho também. — Felix podia sentir a fragrância do menino, de talco, de infância, de inocência, em meio ao fedor intenso de pânico e morte. — Qual é o nome dele?

— Nome? É Steven... Steven Edward Cunningham Terceiro.

— Vou levar você e Steven Edward Cunningham Terceiro para um bote.

— Estamos afundando.

— É a mais pura verdade.

Felix puxou-a e começou a rastejar, tentando alcançar de novo o lado mais alto do navio. Segurava-se onde podia, no convés molhado e inclinado.

— Agarre-se firme na mamãe, Steven — murmurou a mulher. Ela acompanhou Felix, enquanto o terror ao redor aumentava ainda mais. — Não tenha medo — sussurrou ela, ofegante devido ao esforço. As saias pesadas ficaram encharcadas, o sangue manchava os anéis que cintilavam em seus dedos. — Precisa ser corajoso. Não largue a mamãe, não importa o que aconteça.

Felix podia ver o menino, que não deveria ter mais de 3 anos, enlaçando o pescoço da mãe, como se fosse um macaquinho. Observando o rosto da mãe, pensou Felix, enquanto se empenhava em alcançar mais um metro de altura, como se as respostas para todas as perguntas do mundo estivessem gravadas ali.

Cadeiras, mesas, só Deus sabia o que mais, rolavam da parte superior do convés inclinado. Ele puxou a mulher por mais um palmo, depois outro.

— Só mais um pouco.

Felix ofegava ao falar, sem ter a menor ideia do que poderia acontecer. E foi nesse instante que alguma coisa o atingiu nas costas, com toda a força. A mão que segurava a mulher escorregou, soltando-a.

— Moça!

Ele tateou às cegas, mas conseguiu segurar apenas a manga do lindo vestido de seda. E quando a seda rasgou, a manga se desprendendo, Felix ficou olhando a mulher, atordoado e impotente.

— Deus o abençoe — balbuciou ela com os braços envolvendo o filho firmemente enquanto deslizava em direção ao mar.

Felix mal teve tempo de praguejar, pois o convés adernou ainda mais, com um solavanco brusco, fazendo-o deslizar também para a água.

A brutalidade fria e intensa o envolveu, deixando-o sem ar. Às cegas, já começando a ficar dormente pelo choque, ele se debateu, frenético, fazendo um esforço para voltar à superfície, como fizera no convés. Quando emergiu, ofegante, descobriu que a situação era pior do que imaginara.

Havia mortos por toda parte. Estava espremido numa ilha de rostos brancos boiando, os olhos fixos, ao som dos gritos dos que se afogavam. O mar estava coalhado de cadeiras, tábuas, destroços de botes e caixotes. Os braços e as pernas de Felix já começavam a ficar rígidos de frio quando ele conseguiu erguer o máximo possível do corpo sobre um caixote, saindo da água gelada.

E o que viu lá de cima foi ainda pior: havia centenas de corpos flutuando ao sol ainda forte. Enquanto seu estômago esvaziava no mar tudo o que engolira, Felix tentou aproximar-se de um bote cheio de água.

As ondas, embora suaves, espalhavam também a morte sobre o mar. Varreram Felix, como mãos implacáveis, para longe do bote.

O grande navio, o palácio flutuante, afundava diante de seus olhos. Vários botes pendiam lá de cima, agora inúteis. Por algum motivo, ele ficou espantado ao descobrir que ainda havia pessoas nos conveses. Algumas se ajoelhavam, outras corriam em pânico de um destino que avançava, inexorável, a seu encontro.

Em choque, ele observou mais pessoas caírem, como bonecos lançados ao mar. E as enormes chaminés inclinavam-se para a água, na direção do lugar onde ele se agarrava a um caixote quebrado.

Quando aquelas chaminés alcançassem o mar, a água entraria por elas, sugando as pessoas nas proximidades.

Não, não desse jeito, pensou ele, enquanto batia as pernas, sem muito vigor. Um homem não fora feito para morrer assim. Mas o mar arrastava-o, puxava-o para baixo. A água parecia em ebulição a seu redor, enquanto ele fazia um enorme esforço para escapar. Engasgou de repente, sentindo o gosto de sal, óleo e fumaça. E compreendeu, quando seu corpo bateu numa parede sólida, que estava acuado numa das chaminés, e morreria ali, como um rato bloqueado num cano.

Enquanto os pulmões começavam a gritar em protesto, ele pensou na mulher e no menino. Como achava inútil orar por si mesmo, ofereceu o que pensava ser sua última súplica a Deus, um pedido para que os dois sobrevivessem.

Mais tarde, Felix pensaria que foi como se mãos o agarrassem e o tirassem dali. Enquanto as chaminés afundavam, ele foi expelido, junto com um fluxo imundo de fuligem.

Com a dor se irradiando por todo o corpo, ele segurou uma tábua que flutuava. Apoiou a parte superior do corpo e ficou ali deitado, o rosto encostado na madeira, respirando fundo, chorando baixinho.

E viu o *Lusitania* sumir de vista.

A área do mar em que se encontrava o navio estava agitada, turbilhonando e lançando fumaça pelo ar. E expelindo corpos, registrou ele, com um horror atordoado. Fora um deles, apenas instantes antes, mas o destino o poupara.

Enquanto ele observava, enquanto se esforçava para bloquear os gritos e permanecer são, o mar ficou calmo, liso como um espelho. Com o que restava de suas forças, Felix ergueu o resto do corpo para a tábua. Podia ouvir o canto estridente das gaivotas, as preces chorosas e os gritos desesperados das pessoas que se debatiam ou flutuavam na água ao redor.

Era bem provável que congelasse até a morte, pensou, enquanto perdia e recuperava a consciência. Mas isso ainda era melhor do que se afogar.

Foi o frio que o fez recuperar os sentidos. O corpo tremia todo, e cada sopro de brisa, por menor que fosse, era uma nova agonia. Mal ousando se mexer, Felix puxou o paletó de camareiro, encharcado e rasgado. A dor intensa provocou uma náusea, que o dominou em ondas sucessivas. Passou a mão trêmula pelo rosto, descobrindo que a umidade não era de água, mas de sangue.

Sua risada foi frenética e trêmula. O que aconteceria primeiro: morreria congelado ou sangraria até a morte? O afogamento talvez fosse melhor, no fim das contas. Lentamente, ele tirou o paletó — havia algo de errado com seu ombro, pensou, distraído — e usou-a para limpar o sangue do rosto.

Já não ouvia tantos gritos agora. Ainda soavam alguns, esganiçados; ainda podia ouvir gemidos e orações, mas a maior parte dos passageiros que conseguira escapar até ali já havia morrido ou se mantinha em silêncio.

Felix observou um corpo flutuar nas proximidades. Demorou um pouco para reconhecer o rosto, pois estava muito branco e coberto por talhos sem sangue.

Wyley. Ah, Deus!

Pela primeira vez desde que o pesadelo começara, ele tateou o peso em seu bolso. Sentiu o volume do que roubara do homem que agora olhava para o céu, com olhos azuis vazios.

— Não vai mais precisar — murmurou Felix, batendo os dentes. — Mas, juro por Deus, se eu tivesse de fazer de novo, não teria roubado de você nos últimos momentos de sua vida. É como violar um túmulo.

Sua já quase esquecida educação religiosa fez com que Felix unisse as mãos em oração: se eu acabar morrendo hoje aqui, pedirei desculpas pessoalmente caso nos encontremos do mesmo lado do portão. Porém, se eu viver, prometo tentar me redimir. Não digo que vá conseguir, mas tentarei... e começarei arranjando um trabalho honesto.

Ele desmaiou de novo. Acordou com o som de um motor. Atordoado, o corpo todo dormente, conseguiu levantar a cabeça. Apesar da visão turva, avistou um barco e, mesmo com o zumbido em seus ouvidos, escutou gritos e vozes de homens.

Tentou chamar, mas o máximo que conseguiu foi uma tosse curta e seca.

— Estou vivo. — A voz era baixa e rouca, abafada pela brisa. — Ainda estou vivo.

Felix não sentiu as mãos que o puxaram para a traineira chamada *Dan O'Connell*. Delirava, com dores e calafrios, quando o envolveram em um cobertor e despejaram chá quente em sua garganta. Mais tarde, não lembraria nada sobre o resgate, nem saberia os nomes dos homens cujos braços o puxaram para a salvação. Nada foi claro e objetivo até o momento em que acordou, quase 24 horas depois que o torpedo atingira o navio, numa cama estreita, num quarto pequeno, com o sol entrando por uma janela.

E jamais esqueceria a primeira coisa que contemplou quando a vista se desanuviou.

Ela era jovem e bonita, com os olhos de um azul enevoado, o nariz pequeno e as bochechas redondas salpicadas de sardas douradas. Os cabelos eram louros e estavam presos no alto da cabeça, em uma espécie de coque, que ameaçava se desfazer. Os lábios contraíram-se num arco no instante em que ela olhou em sua direção. Levantou-se apressada da cadeira em que cerzia meias.

— Aí está você. Espero que fique mais tempo conosco desta vez.

Felix podia ouvir a Irlanda em sua voz. A mão forte ergueu sua cabeça. E ele aspirou a fragrância de lavanda.

— O que...

O som fraco e rouco de sua voz o assustou. Sentia a garganta ressequida, a cabeça latejando.

— Tome isso primeiro. É o remédio que o médico deixou para você. Está com pneumonia, diz ele, e tem um corte grande na cabeça, mas já recebeu os pontos necessários. E alguma coisa rasgou seu ombro. Mas o pior já passou, senhor. Agora, precisa descansar para se recuperar.

— O que... aconteceu? O navio...

A boca atraente comprimiu-se numa expressão de revolta.

— Os malditos alemães. Um submarino afundou o navio. E vão queimar no inferno por isso, pelas pessoas que assassinaram. As crianças que massacraram.

Embora uma lágrima escorresse por sua face, ela conseguiu ministrar o remédio com total competência.

— Você precisa descansar. É um milagre que esteja vivo, pois há mais de mil mortos.

— Mil... — Ele conseguiu agarrar o pulso da jovem, enquanto o horror o dominava. — *Mil mortos?*

— Mais do que isso. Você está em Queenstown agora, a melhor coisa que lhe poderia acontecer. — A jovem inclinou a cabeça para o lado. — É americano, não é?

Quase, pensou Felix, já que deixara sua terra natal, a Inglaterra, havia mais de 12 anos.

— Isso mesmo. Preciso...

— De um chá — interrompeu a jovem. — E de uma sopa.

Ela foi até a porta.

— Mãe? Ele acordou... e parece que vai continuar acordado. — A jovem olhou para trás. — Voltarei num instante com alguma coisa quente.

— Por favor... quem é você?

— Eu? — Ela sorriu de novo, um sorriso maravilhosamente radiante. — Sou Meg... Meg O'Reiley. Está na casa dos meus pais, Pat e Mary O'Reiley, onde ficará até que esteja bem. E qual é o seu nome, senhor?

— Greenfield. Felix Greenfield.

— Deus o abençoe, Sr. Greenfield.

— Espere... havia uma mulher com um menino... Cunningham.

A compaixão estampou-se no rosto da jovem.

— Estão listando os nomes dos que se salvaram. Vou verificar assim que puder. Trate de descansar, enquanto providencio o chá.

Quando ela saiu, Felix virou o rosto para a janela, na direção do sol. E viu, na mesinha ao lado, o dinheiro que estava em seu bolso, os brincos de granada. E o intenso brilho prateado da estatueta.

Felix riu até chorar.

Ele soube que os O'Reiley viviam do mar. Pat e os dois filhos haviam participado da operação de salvamento. Conheceu todos, mais a irmã caçula. Durante o primeiro dia não foi capaz de manter qualquer um deles em sua mente. Meg era a exceção.

Apegava-se a sua companhia como se agarrara à tábua, a única coisa que o impedia de mergulhar de novo na escuridão.

— Conte-me tudo o que sabe — pediu Felix.

— Será difícil para você ouvir. Confesso que não gosto de falar a respeito.

Ela foi até a janela. Contemplou a aldeia em que vivera durante todos os seus 18 anos. Sobreviventes como Felix estavam sendo tratados nos quartos do hotel, nas casas dos vizinhos. E os mortos, que Deus os tenha, esperavam em necrotérios temporários. Alguns seriam sepultados ali mesmo, outros, enviados para suas cidades. Havia ainda os que permaneceriam para sempre no fundo do mar.

— Quando ouvi a explosão, quase não acreditei. Como uma coisa assim poderia acontecer? Havia barcos nas proximidades, e começaram no mesmo instante a tentar salvar os sobreviventes. Mais barcos partiram daqui. A maioria chegou apenas a tempo de ajudar a recolher os mortos. Ah, Deus! Vi com meus próprios olhos algumas das pessoas trazidas para terra. Mulheres e crianças, homens que mal conseguiam andar, seminus. Alguns choravam, outros apenas tinham os olhos fixos e vazios. Como acontece quando se está perdido. Dizem que o navio afundou em menos de vinte minutos. É possível?

— Não sei — murmurou Felix, fechando os olhos.

Meg fitou-o atentamente, desejando que ele fosse forte o bastante para ouvir o resto.

— Mais pessoas morreram depois de chegarem aqui. Porque ficaram muito tempo na água gelada ou por causa de ferimentos graves demais. A lista de sobreviventes muda muito depressa. Nem posso imaginar o terror que as famílias passam neste momento, enquanto aguardam notícias. Ou a angústia dos que perderam pessoas que amavam de uma maneira tão horrível. Você disse que não havia ninguém aguardando notícias suas.

— Isso mesmo. Não há ninguém.

Ela se adiantou. Cuidara dos ferimentos de Felix, sofrera com ele durante os horrores de seu delírio. Apenas três dias haviam se passado desde que ele fora entregue a seus cuidados; para os dois, no entanto, era como uma vida inteira.

— Não há vergonha nenhuma em ficar em casa hoje — murmurou Meg. — Não precisa ir ao funeral. Ainda falta muito para se recuperar por completo.

— Mas preciso ir.

Felix olhou para as roupas emprestadas que usava. Nelas, sentia-se pequeno e frágil. E vivo.

O SILÊNCIO ERA quase sobrenatural. Todas as lojas e oficinas de Queenstown haviam fechado naquele dia. Não havia crianças correndo pelas ruas nem vizinhos conversando. O silêncio foi rompido pelas badaladas dos sinos da catedral de St. Colman, no alto da colina, acompanhadas pelos acordes da marcha fúnebre.

Felix sabia que nunca mais esqueceria o som daquela música triste, a batida suave e firme dos tambores, mesmo que vivesse por mais um século. Viu o sol refletir-se no metal dos instrumentos e lembrou-se de como aquele mesmo sol faiscara nas hélices, enquanto a popa do *Lusitania* se elevava, para o mergulho final no mar.

Estava vivo, pensou de novo. Em vez de alívio e gratidão, sentia apenas culpa e desespero.

Manteve a cabeça baixa, enquanto seguia atrás dos padres, dos familiares, dos mortos, ao longo das ruas, num silêncio reverente.

Demorou mais de uma hora para chegarem ao cemitério, o que o deixou tonto. Quando viu as três covas coletivas, sob os olmos altos, onde os coroinhas se postavam com os incensórios, teve de se apoiar em Meg para não cair.

Lágrimas arderam no fundo de seus olhos ao contemplar os pequenos caixões que traziam as crianças mortas.

Escutou o choro baixo, as palavras dos padres católico e protestante. Nada disso o alcançou. Ainda podia ouvir — e tinha certeza de que ouviria para sempre — a maneira como as pessoas clamavam por Deus, enquanto se afogavam. Mas Deus não ouvira e as deixara morrer de um modo horrível.

De repente, Felix levantou os olhos, para avistar, do outro lado daqueles buracos sinistros, os rostos da mulher e do menino do navio.

As lágrimas explodiram então, escorreram pelas faces, como chuva, enquanto ele cambaleava em meio à multidão. Alcançou a mulher no instante em que os primeiros acordes de *Abide With Me* se elevavam pelo ar. Caiu de joelhos diante da cadeira de rodas em que ela estava sentada.

— Temi que estivesse morto. — Ela tocou o rosto de Felix com uma das mãos. A outra se projetava do gesso que envolvia o braço. — Não sabia seu nome, e por isso não podia verificar nas listas.

— Você está viva. — Felix percebeu então que em seu rosto meio avermelhado, como se estivesse com febre, havia um corte. A perna também fora engessada. — Assim como o menino.

O menino dormia nos braços de outra mulher. Tal qual um anjo, pensou Felix. Tranquilo e ileso.

As amarras do desespero que antes o apertavam afrouxaram-se um pouco. Uma prece, pelo menos uma, fora atendida.

— Ele não me largou em momento nenhum. — A mulher começou a chorar, sem fazer barulho. — É um bom menino. Nunca me largou. Quebrei o braço na queda. Se você não nos tivesse dado seu colete salva-vidas, teríamos morrido afogados. Meu marido... — A voz tremeu e definhou, enquanto ela olhava para as sepulturas. — Nunca o encontraram.

— Sinto muito.

— Ele teria lhe agradecido. — Ela estendeu a mão para tocar a perna do menino. — Meu marido amava demais o filho. — A mulher respirou fundo, antes de acrescentar: — No lugar dele, eu lhe agradeço, pela vida de meu filho e pela minha. Diga-me seu nome, por favor.

— Felix Greenfield, madame.

— Nunca o esquecerei, Sr. Greenfield. — Ela se inclinou para dar um beijo no rosto de Felix. — E meu filho também não o esquecerá.

Quando a levaram, na cadeira de rodas, ela mantinha os ombros eretos, com uma suave dignidade, o que deixou Felix envergonhado.

— Você é um herói — murmurou Meg.

Balançando a cabeça, ele tratou de se afastar da multidão, das sepulturas, tão depressa quanto podia.

— Não sou, não. Ela, sim, é uma heroína. Eu não sou nada.

— Como pode dizer isso? Ouvi o que ela disse. Você salvou a vida dela e a do menino.

Preocupada, Meg quase corria para acompanhá-lo. Segurou o braço de Felix, querendo ampará-lo. Ele teria se desvencilhado, se tivesse alguma força. Em vez disso, apenas sentou-se na grama alta do cemitério, pondo o rosto entre as mãos.

— Calma, Felix, calma... — murmurou Meg, compadecida, sentando-se também e o abraçando.

Felix não podia pensar em outra coisa senão na força e na determinação no rosto da jovem viúva, e na inocência de seu filho.

— Ela estava ferida e por isso me pediu para levar o menino. Para salvá-lo.

— E você salvou os dois.

— Não sei por que fiz isso. Pensava apenas em me salvar. Sou um ladrão. Lembra-se daquelas coisas que tirou do meu bolso? Eu as estava roubando quando o navio foi atingido. E tudo em que pude pensar, quando aconteceu, foi em escapar vivo.

Meg mudou de posição, por trás dele. Cruzou os braços.

— Deu a ela seu colete salva-vidas?

— Não era meu. Apenas o encontrei. E não sei por que dei a ela. A mulher estava presa entre as cadeiras do convés, segurando o menino. Mantendo a calma em meio a todo aquele inferno.

— Poderia ter deixado a mulher e o menino ali, para se salvar.

Felix passou a mão pelos olhos para secar as lágrimas.

— Era o que eu queria fazer.

— Mas não fez.

— Nunca saberei por quê. — Felix sentia apenas que ver os dois vivos mudara alguma coisa dentro dele. — E o fato é que sou apenas um ladrão de segunda. Embarquei no navio para fugir da polícia. Roubei coisas de um homem minutos antes de sua morte. Mil pessoas estão mortas. Vi algumas morrerem. E eu continuo vivo. Que tipo de mundo é esse que salva ladrões e deixa crianças morrerem?

— Quem pode responder? Mas há uma criança que está viva hoje porque você estava lá. Acha que estaria ali, naquele ponto do navio, naquele momento, se não tivesse roubado?

Ele soltou um grunhido desdenhoso.

— Alguém como eu nunca chegaria perto do convés da primeira classe se não fosse para roubar.

— É isso mesmo. — Meg tirou um lenço do bolso e enxugou as lágrimas de Felix, como faria com uma criança. — Roubar é errado, é um pecado, e não pode haver a menor dúvida quanto a isso. Mas se você só estivesse preocupado em se salvar, aquela mulher e seu filho estariam mortos. Se um pecado salva vidas inocentes, creio que posso pensar que não é um pecado tão grave assim. E devo acrescentar que não roubou muita coisa, se tudo o que conseguiu foi um par de brincos, uma estatueta e alguns dólares americanos.

Por alguma razão, isso o fez sorrir.

— Eu estava apenas começando...

O sorriso de Meg em resposta foi adorável e seguro.

— Tem razão, eu diria que está mesmo apenas começando.

Capítulo 2

Helsinque, 2002

A MULHER NÃO era o que ele esperava. Estudara sua foto na quarta capa do livro e no programa da conferência — será que nunca mais acabaria? —, mas ao vivo e a cores era diferente.

Era mais baixa do que ele imaginara, para começar. Quase delicada, em seu discreto tailleur cinza, que poderia ter, na opinião dele, três ou quatro centímetros a menos no comprimento da saia. Pelo que podia ver de suas pernas, não eram tão ruins.

Pessoalmente, não parecia uma mulher tão competente e intimidadora quanto na foto do livro. Embora os pequenos óculos que usava lhe acrescentassem um ar intelectual.

Tinha uma boa voz. Talvez boa demais, pensou ele, já que o estava quase fazendo dormir. Mas isso acontecia em grande parte por causa do tema da conferência. Ele se interessava por mitologia grega... por um mito grego em particular. Mas, por Deus, era uma chatice ter de sentar durante uma hora de conferência para ouvir todo o resto.

Empertigou-se na cadeira e deu o melhor de si para se concentrar. Não tanto nas palavras. Pouco ligava se Ártemis transformara algum pobre-coitado num veado só porque o sujeito a vira nua. Servia apenas para provar que as mulheres, deusas ou não, eram criaturas estranhas.

E a Dra. Tia Marsh, em sua opinião, era ainda mais estranha. A mulher nascera em berço de ouro. Tinha muito dinheiro. Mas em vez de aproveitar, ocupava seu tempo com deuses gregos mortos havia muito tempo. Escrevia sobre eles, fazia conferências a respeito. De uma forma interminável.

Sua riqueza vinha de gerações. O sangue tão azul quanto os lagos de Kerry. Mas ali estava ela, fazendo sua palestra sem fim na Finlândia, dias depois de apresentar o que ele presumia ser a mesma conferência na Suécia e Noruega. Promovia seu novo livro por toda a Europa.

Não era pelo dinheiro, refletiu ele. Talvez ela simplesmente gostasse de ouvir o som da própria voz, como acontecia com tantas pessoas.

Segundo suas informações, ela tinha 29 anos, era solteira, filha única dos Marsh de Nova York... e, ainda mais importante, trineta de Henry W. Wyley.

A Wyley Antiques era, havia mais de um século, uma das mais prestigiosas casas de antiguidades e leilões de Nova York.

Não era por coincidência que os descendentes de Wyley demonstravam tanto interesse por deuses gregos. A missão dele era descobrir, pelos melhores meios possíveis, o que a Dra. Tia Marsh sabia sobre as Três Parcas.

Se ela fosse mais... *flexível*, ele poderia se usar da sedução. Era fascinante o que as pessoas diziam umas para as outras quando havia sexo envolvido. Até que ela era atraente, apesar do estilo intelectual. O problema é que ele não sabia o que fazer, como envolver, romanticamente falando, uma intelectual.

O rosto um pouco franzido, ele virou o livro em seu colo e examinou outra vez a foto. Os cabelos muito louros estavam presos atrás da cabeça, numa espécie de coque. Sorria na foto, de uma forma um tanto artificial, pensou ele. Como se alguém a tivesse mandado sorrir. Não era um sorriso que alcançava os olhos, já que estes, azuis, mantinham-se sóbrios e sérios, combinando com a curva sóbria e séria dos lábios.

O rosto quase afilava para uma ponta. Ele até poderia dizer que era um rosto de fada, não fossem o penteado solene e o olhar sombrio.

Pensou que mais parecia uma mulher precisando de uma boa risada... ou de uma boa foda. Tanto a mãe quanto a irmã haveriam de criticá-lo por essa opinião. Mas os pensamentos de um homem eram apenas de sua conta.

O melhor, concluiu ele, era abordar a empertigada Dra. Marsh de maneira civilizada, profissional.

Ao cessarem os aplausos, muito mais entusiásticos do que ele imaginara, quase se animou, pensando que chegara o momento. Mas, no instante em que começou a se levantar, várias mãos foram erguidas.

Irritado, ele conferiu as horas. Tornou a se sentar, a fim de esperar pelo término da sessão de perguntas e respostas. Por ela trabalhar com uma intérprete, ele chegou à conclusão de que a sessão poderia prolongar-se pelo resto de sua vida.

Notou que ela tirara os óculos para aquela parte da conferência, piscava como uma coruja ao sol e parecia sempre respirar muito fundo. Como um saltador ornamental costuma fazer, pensou ele, antes de mergulhar de um trampolim alto para uma piscina funda.

No momento em que teve a inspiração, levantou a mão. Era sempre melhor, pensou, bater à porta polidamente, a fim de verificar se seria bem-vindo, antes de arrombá-la.

Quando a Dra. Marsh indicou que era sua vez de perguntar, ele se levantou, oferecendo um de seus melhores sorrisos.

— Dra. Marsh, eu gostaria de lhe agradecer, em primeiro lugar, por sua palestra fascinante.

— Ah...

A mulher piscou, e ele percebeu que a surpreendera com seu sotaque irlandês. Já era algo que poderia usar. Os ianques, por razões que lhe escapavam, muitas vezes encantavam-se com um sotaque diferente.

— Muito obrigada — acrescentou ela.

— Sempre me interessei pelas Parcas, e queria saber se, em sua opinião, o poder que elas têm é exercido individualmente ou decorre apenas de sua união.

— As Moiras, ou Parcas, eram uma tríade, cada uma com sua tarefa específica. Cloto, que tece o fio da vida; Láquesis, que o mede; e Átropos, que corta o fio e o encerra. Nenhuma poderia funcionar sozinha. Um fio pode ser fiado, mas seria interminável, sem propósito e sem curso natural. No entanto, sem o fio, nada haveria para medir, nada para cortar. Três partes... — Ela juntou e entrelaçou os dedos esticados. —... um propósito.

A Dra. Marsh fechou os dedos, enquanto acrescentava:

— Sozinhas, seriam apenas mulheres comuns, embora individualmente interessantes. Juntas, destacam-se entre as deusas mais respeitadas e poderosas.

Era exatamente isso, pensou ele, enquanto tornava a se sentar. Exatamente isso.

ELA SE sentia muito cansada. Ao terminar a sessão de perguntas e respostas, Tia ficou espantada por não ter cambaleado a caminho da área onde autografaria o livro. Apesar dos suplementos de melatonina, dieta, aromaterapia e exercícios cautelosos, seu relógio biológico continuava desregulado.

Mas sentia-se cansada, lembrou a si mesma, em Helsinque. E isso contava para alguma coisa. Todos aqui se mostravam interessados e gentis. Assim como já havia acontecido nos outros lugares, desde que deixara Nova York.

Há quanto tempo fora isso?, especulou ela, enquanto se sentava, pegava a caneta e fixava o sorriso de autora. Vinte e dois dias. Era importante lembrar os dias, pois já superara mais de três quartos da tortura a que se impusera.

Como se domina o medo?, indagara o Dr. Lowenstein. Enfrentando-o. Você sofre de timidez crônica, com acessos de paranoia? Saia por aí interagindo com o público. Ela se perguntou se um paciente que procurasse o Dr. Lowenstein com medo de altura receberia como solução saltar da ponte do Brooklyn.

Ele escutara quando Tia declarara que tinha certeza que sofria de transtorno de ansiedade social? Talvez agorafobia combinada com claustrofobia?

Não, não escutara. Insistira que ela era apenas tímida e sugerira que deixasse com ele as avaliações e diagnósticos psiquiátricos.

Enquanto seu estômago embrulhava, no instante em que as primeiras pessoas da plateia se aproximaram para uma palavra e um autógrafo, ela desejou poder enfrentar o Dr. Lowenstein naquele exato momento. Para lhe dar um soco na cara.

Seja como for, melhorara um pouco, tinha de admitir. Era inegável. Conseguira chegar ao final da conferência sem tomar um Xanax... nem uma rápida e culposa dose de uísque.

Só que a conferência não era tão difícil quanto aquele contato pessoal. Enquanto falava do palco, havia uma certa distância e separação para protegê-la. Contava com suas anotações, um roteiro definido que a levava de Afrodite a Zeus.

Mas quando as pessoas se aproximavam de uma mesa de autógrafos, esperavam espontaneidade, conversa... até mesmo simpatia.

Sua mão não tremia quando autografava. Sua voz não vacilava quando falava. Já era um progresso. Em sua primeira escala, em Londres, ficara quase catatônica no final da programação. Ao voltar para o hotel, era uma massa trêmula e atordoada. Resolvera o problema tomando duas pílulas e mergulhando no casulo do sono induzido pelos medicamentos.

Ah, Deus, como gostaria de voltar para casa! Tinha vontade de sair correndo como um coelho assustado, de volta a sua toca em Nova York, trancando-se em seu adorável apartamento. Mas assumira compromissos, dera sua palavra.

E os Marsh jamais deixavam de cumprir sua palavra.

Agora, podia sentir-se contente, até mesmo orgulhosa, por ter sobrevivido com as articulações esbranquiçadas pela tensão na primeira semana, trêmula da cabeça aos pés na segunda, e rangendo os dentes na terceira. Àquela altura, sentia-se tão exausta pelos rigores da viagem a ponto de não ficar nervosa com a perspectiva de falar com estranhos.

Seu rosto estava dormente devido ao sorriso forçado quando a fila chegou ao fim. Tia levantou o rosto para deparar com os olhos verdes do irlandês que perguntara sobre as Parcas.

— Uma conferência fascinante, Dra. Marsh — comentou ele, naquele adorável sotaque cadenciado.

— Obrigada. Fico contente por ter gostado.

Tia já ia pegar o livro do irlandês quando percebeu que ele estendia a mão para cumprimentá-la. Hesitou por um instante, mas depois transferiu a caneta para a mão esquerda e apertou a mão estendida.

Por que as pessoas sempre queriam um aperto de mão?, pensou ela. Não *sabiam* que muitos germes eram transmitidos dessa maneira?

Ele tinha a mão quente, firme, apertando a sua por tempo suficiente para fazer com que um calor de embaraço subisse por seu pescoço.

— Por falar em destino — disse ele, com um sorriso fácil e deslumbrante —, fiquei bastante satisfeito com o meu quando descobri sua presença aqui, em Helsinque, durante minha viagem a negócios. Há algum tempo admiro sua obra.

Ele mentia sem pestanejar.

— Obrigada. — Ah, Deus, conversa! A primeira regra: deixe que a outra pessoa fale. — Você é da Irlanda?

— Isso mesmo. Do Condado de Cork. Mas estou viajando neste momento, como você.

— Tem razão, como eu.

— Viajar é uma parte emocionante da vida, não acha?

Emocionante?, pensou ela.

— Acho, sim. — Foi a vez da Dra. Marsh mentir.

— Mas eu a estou retendo aqui. — Ele estendeu o livro. — Sou Malachi... Malachi Sullivan.

— Prazer em conhecê-lo. — Ela autografou o livro, com sua caligrafia meticulosa e bela, esforçando-se para encontrar a melhor maneira de encerrar a conversa e, finalmente, o evento. — Obrigada por ter vindo, Sr. Sullivan.

Tia Marsh levantou-se.

— Espero que seus negócios na Finlândia sejam bem-sucedidos.

— Eu também, Dra. Marsh.

NÃO, ELA não era o que esperava encontrar, e isso fez com que Malachi reavaliasse seu esquema. Poderia considerá-la indiferente, fria, até esnobe. Mas percebera o fluxo de calor espalhar-se por suas faces, o brilho ocasional do pânico nos olhos. O que ela era mesmo, concluiu Malachi, parado na esquina, aguardando-a voltar para o hotel, era tímida.

Não dava para entender por que uma mulher cheia da grana, com status e privilégio, seria tímida. Mas era preciso pessoas de todos os tipos para fazer o mundo como era, refletiu.

A indagação que podia ser formulada, admitiu ele, era: por que um homem em perfeita sanidade, com uma vida relativamente satisfatória, com rendimentos razoáveis, deveria viajar para Helsinque, com base apenas na possibilidade de que uma mulher que nunca vira antes pudesse levá-lo a um tesouro que poderia ou não existir?

A questão tinha aspectos demais para uma resposta única e fácil. Mas, se tivesse de escolher alguma, seria a honra da família.

Não, isso não era suficiente. A segunda parte dizia respeito ao fato de que tivera a Parca em sua mão e não descansaria enquanto não a tivesse de novo.

Tia Marsh estava ligada a seu passado e também, em sua maneira de pensar, a seu futuro. Ele conferiu as horas. Esperava que não tardassem em dar o primeiro passo adiante.

Ficou satisfeito quando constatou que seu palpite estava certo. Ela voltara direto da universidade para o hotel. Malachi observou-a saltar do táxi, sozinha.

Foi andando pela calçada, calculando o tempo. Fitou-a no instante em que ela se virou. Mais uma vez, ficaram frente a frente.

— Dra. Marsh! — O tom de sua voz e o sorriso iluminando o rosto eram de surpresa e satisfação. — Também está hospedada aqui?

— Estou, sim, Sr. Sullivan.

Ela se lembrava do nome. Na verdade, até pensara que ele era atraente, enquanto passava loção antibacteriana nas mãos, durante a volta de táxi.

— É um hotel muito agradável. Com um excelente serviço. — Malachi virou-se, como se fosse andar até a porta e abri-la para ela. Mas parou antes. — Dra. Marsh, espero que não considere uma impertinência, mas gostaria de lhe oferecer um drinque.

— Eu... — Parte do cérebro de Tia entrou em colapso. Também elaborara uma pequena e complexa fantasia no táxi. Mostrava-se espirituosa e sofisticada durante a conversa, e terminariam o encontro com uma tórrida noite de amor. — Não bebo.

— Não bebe? — Uma expressão divertida insinuou-se no rosto de Malachi. — Isso liquida o primeiro recurso que um homem pode usar para passar algum tempo em companhia de uma mulher interessante e atraente. Quer dar uma volta?

— Com você?

Tia não conseguia entender. Aquele homem não poderia estar atraído por ela. Não era do tipo que os homens tentam conquistar, ainda mais um estranho tão bonito e com um sotaque tão fabuloso.

— Um dos encantos de Helsinque no verão é o sol. — Malachi tratou de aproveitar a confusão da Dra. Marsh. Segurou-a pelo braço, gentilmente, e começou a afastá-la da entrada do hotel. — Já passa de 21h30, mas o sol continua a brilhar como se fosse pleno dia. Seria uma pena desperdiçar tanta claridade, não é mesmo? Já esteve na enseada?

— Não, mas... — Atordoada com o rumo dos acontecimentos, ela olhou para o hotel. Solidão. Segurança. — Eu deveria...

— Tem de pegar o avião amanhã cedo?

Malachi sabia que não e especulou se ela teria coragem de mentir.

— Não. Na verdade, ficarei aqui até quarta-feira.

— Isso é ótimo. Deixe-me carregar a pasta para você. — Ele tirou a pasta do ombro de Tia e passou para o seu. Embora o peso o surpreendesse, foi um movimento suave. — Deve ser um desafio e tanto ministrar palestras e seminários num país de cuja língua primária não domina.

— Tive uma intérprete.

— E ela foi muito competente. Ainda assim, dá um bocado de trabalho, não é? Não fica espantada que haja tanto interesse pelos gregos aqui?

— Há uma correlação entre as mitologias grega e nórdica. Divindades com deficiências e virtudes humanas, as aventuras, o sexo, as traições.

Se ele não conduzisse a conversa da mesma forma como a estava conduzindo, logo cairiam no clima de sala de aula.

— Tem toda razão, é claro. Sou de um país que preza seus mitos. Já esteve alguma vez na Irlanda?

— Só em uma ocasião, quando era criança. Mas não me lembro de nada.

— É uma pena. Terá de voltar. Está com frio?

— Estou bem.

No instante em que falou, Tia compreendeu que poderia ter-se queixado do frio para escapar. O problema era que ficara tão atordoada que não prestara atenção ao caminho percorrido. Agora não sabia como voltar ao hotel sozinha. Mas, com toda a certeza, não devia ser difícil.

As ruas eram retas e limpas, notou ela, enquanto fazia um esforço para se acalmar. E, embora fosse quase 22 horas, ainda havia muita gente passeando. Por causa da claridade, obviamente. Aquela luminosidade adorável do verão, que inundava a cidade de calor e encanto.

Nem sequer olhara ao redor até aquele momento, admitiu ela. Não dera um passeio, não fizera compras, não tomara um café numa mesa na calçada.

Fizera em Helsinque a mesma coisa que sempre fazia em Nova York: permanecera em seu ninho, até chegar o momento de cumprir uma obrigação.

Malachi observou que ela parecia uma sonâmbula que saía do transe, conforme estudava o ambiente. Tia ainda mantinha o braço rígido em sua mão, mas ele achava que era menos provável que ela tentasse escapar agora. Havia pessoas suficientes ao redor para fazê-la sentir-se segura em sua companhia, refletiu. Famílias, casais, pessoas sozinhas, turistas, todos querendo aproveitar o dia interminável.

Havia música vindo da praça, e a multidão era mais densa ali. Ele a contornou, levando Tia para a beira-mar, onde a brisa soprava. E foi ali, diante de um azul profundo, com barcos vermelhos e brancos ancorados, que ele a viu sorrir pela primeira vez.

— É lindo... — Tia teve de elevar a voz acima da música. — Tudo perfeito. Deveria ter vindo de barco de Estocolmo, mas tive medo de passar mal. É verdade que ficaria enjoada no mar Báltico, o que não é tão difícil de acontecer.

Quando ele riu, Tia levantou os olhos, constrangida. Quase esquecera que conversava com um estranho.

— O que eu disse foi uma estupidez.

— Ao contrário, foi espirituoso. — Malachi surpreendeu-se ao constatar que falava sério. — Vamos fazer o que os finlandeses costumam fazer nessas ocasiões.

— Fazer sauna?

Ele riu de novo. A mão deslizou pelo braço de Tia, até encontrar a mão dela.

— Tomar um café.

NÃO DEVERIA ser possível. Ela não deveria estar sentada a uma mesa na calçada de um café lotado, sob uma luz de sol perolada, às 23 horas, numa cidade a milhares de quilômetros de casa. Muito menos deveria estar sentada diante de um homem tão bonito, a ponto de a todo instante precisar resistir ao impulso de olhar ao redor, para se certificar de que ele não falava com outra pessoa.

Os maravilhosos cabelos castanhos de Malachi flamulavam em torno do rosto, sob a brisa incessante. Eram um pouco ondulados, e brilhavam aqui e ali, refletindo a luz do sol. O rosto era macio e fino, com uma insinuação de covinhas nas bochechas. A boca, expressiva e firme, iluminava-se com um sorriso capaz de disparar o coração de uma mulher.

Era o que acontecia com o dela.

Os olhos eram emoldurados por cílios densos e escuros, encimados por sobrancelhas expressivas. Mas eram os olhos isoladamente que a cativavam. Tinham o verde intenso da relva no verão, com um halo dourado-claro contornando a pupila. E permaneciam fixados no rosto dela quando falava. Não em inquirição, o que a deixaria constrangida, mas com interesse.

Já conhecera homens que a haviam fitado assim Afinal, não era uma górgone, lembrou a si mesma. Mas, de alguma forma, conseguira chegar aos 29 anos sem que qualquer homem a contemplasse do modo como Malachi Sullivan o fazia agora.

O que deveria deixá-la nervosa, embora não se sentisse nem de longe assim. Disse a si mesma que isso acontecia porque o homem era sem dúvida um cavalheiro, tanto no comportamento quanto na maneira de vestir. Falava bem e parecia inteiramente à vontade. O terno cinza-escuro ajustava-se com perfeição ao corpo alto e esguio.

O pai de Tia, com um profundo senso de elegância, teria aprovado.

Ela tomou um gole da segunda xícara de café descafeinado, especulando que generosa dádiva do destino pusera aquele homem em seu caminho.

Conversavam de novo sobre as Três Parcas, mas ela não se importava. Era mais fácil falar a respeito dos deuses do que de coisas pessoais.

— Nunca descobri se é confortador ou assustador pensar que sua vida, antes mesmo do primeiro suspiro, é determinada por três mulheres.

— Não é apenas a extensão da vida — interveio Tia, mordendo a língua para resistir ao impulso de adverti-lo contra os perigos do açúcar refinado, ao vê-lo acrescentar uma generosa colher de chá a seu café. — É também a *qualidade* da vida. O bom e o mau que existem em você. As Parcas distribuem o bem e o mal de maneira justa. Ainda cabe ao homem decidir o que fazer com o que há dentro de si.

— Então nada é predeterminado?

— Cada ação resulta da vontade ou da falta de vontade. — Tia deu de ombros. — E cada ação tem consequências. Zeus, rei dos deuses, um tremendo conquistador, queria Tétis. As Moiras profetizaram que o filho de Tétis seria mais famoso do que o próprio Zeus e, de certa forma, talvez até mais poderoso. Zeus, recordando como combatera o próprio pai, teve medo de gerar esse filho. Por isso, renunciou a Tétis, pensando no próprio bem-estar.

— É insensato o homem que renuncia a uma mulher pelo que pode acontecer mais adiante.

— De qualquer forma, de nada adiantou, já que Tétis deu à luz Aquiles. Talvez, se seguisse o coração em vez da ambição, casando-se com Tétis, amando o filho e orgulhando-se de seus feitos, Zeus tivesse um destino diferente.

O que acontecera com Zeus? Malachi achou que era melhor não perguntar.

— Portanto, ele escolheu o próprio destino, olhando para a escuridão dentro de si e projetando-a para a criança que ainda não fora concebida.

O rosto de Tia iluminou-se com essa resposta.

— Pode-se dizer que sim. Também podemos dizer que o passado cria ondulações. Se você acompanha a mitologia, sabe que cada dedo mergulhado na água provoca essas ondulações, que fazem contato com as que vêm depois. Geração após geração.

Ela tinha olhos adoráveis, pensou Malachi, quando se chegava perto o bastante para contemplá-los. As íris eram de um azul-claro perfeito.

— O mesmo acontece com as pessoas, não é?

— Acho que sim. Esse é um dos temas fundamentais do livro. Não podemos escapar ao destino, mas há muito que podemos fazer para imprimir nele nossa marca, para alterá-lo em nosso benefício ou prejuízo.

— Parece que o meu destino se tornou promissor ao realizar esta viagem específica neste momento específico.

Tia sabia que o calor tornava a se espalhar por suas faces. Levantou a xícara, na esperança de esconder o rubor.

— Você ainda não disse em que trabalha.

— Navegação. — Era quase verdade. — É uma empresa da família, há várias gerações. Uma escolha do destino — Malachi falava em tom casual, mas observava-a atentamente, como um gavião a um coelho — considerando que meu trisavô foi um dos sobreviventes do *Lusitania.*

Os olhos de Tia estavam arregalados quando ela pousou a xícara.

— É mesmo? Uma estranha coincidência. Já o meu trisavô morreu no *Lusitania.*

— Jura? — O espanto foi manifestado na medida certa. — É mesmo uma tremenda coincidência. Fico até imaginando se eles não se conheciam, Tia. — Malachi tocou a mão de Tia. Como ela não se sobressaltou, manteve-a no lugar. — Estou começando a acreditar no destino.

Enquanto a levava de volta para o hotel, Malachi refletiu sobre o que mais tinha a dizer e de que maneira. Ao final, resolveu temperar sua impaciência com discrição. Se falasse sobre as estatuetas cedo demais, ela poderia perceber a frieza calculista por trás das sucessivas coincidências.

— Tem planos para amanhã?

— Amanhã? — Tia mal podia absorver o fato de que acabara tendo planos para aquela noite. — Não, não tenho.

— Por que não venho buscá-la por volta de 13 horas? Almoçaremos juntos. — Ele sorriu, enquanto a deixava entrar primeiro no saguão do hotel. — Vamos ver no que dá.

Ela havia pensado em fazer as malas, telefonar para casa, trabalhar um pouco em seu novo livro e passar pelo menos uma hora fazendo os exercícios de relaxamento.

Não imaginava por quê.

— Seria ótimo.

Perfeito, pensou Malachi. Ofereceria um pouco de romance, um pouco de aventura. Um passeio pelo mar. E faria o primeiro comentário sobre a estatueta de prata. Na recepção, ele pediu a chave de Tia e a sua.

Antes que ela pudesse alcançar sua chave, Malachi pegou-a. Com a outra mão, fez uma pressão leve em suas costas, conduzindo-a na direção do elevador.

Foi só depois que as portas se fecharam e ficou a sós com ele, dentro do elevador, que Tia sentiu a primeira pontada de pânico. O que ela estava fazendo? O que *ele* pretendia? Apertara apenas o botão do andar de Tia.

Ela violara todas as regras do *Manual da executiva em viagem*. Era óbvio que desperdiçara os 14,95 dólares e todas as horas que passara estudando cada página. Malachi agora sabia o número de seu quarto e que ela viajava sozinha.

Forçaria a entrada em seu quarto para estuprá-la e matá-la. Ou, com o molde da chave que poderia estar fazendo naquele momento, entraria furtivamente, mais tarde, enquanto ela estivesse dormindo, para estuprá-la e matá-la.

E tudo porque não prestara atenção ao Capítulo Dois. Tia pigarreou.

— Também está no quarto andar?

— Não. Estou no sexto. Vou acompanhá-la até sua porta, Tia, como minha mãe esperaria. Preciso comprar um presente para ela. Estou pensando em alguma coisa de cristal. Talvez você possa me ajudar a escolher o presente certo.

A menção a sua mãe, como Malachi previa, fez com que ela relaxasse de novo.

— Terá de me dizer do que ela gosta.

— Mamãe gosta de qualquer presente que os filhos comprem — disse ele, no momento em que as portas do elevador se abriram.

— Filhos?

— Tenho um irmão e uma irmã, Gideon e Rebecca. Não sei por que ela nos deu nomes bíblicos.

Ele parou diante da porta de Tia. Enfiou a chave na fechadura e virou-a. Depois, girou a maçaneta, entreabriu a porta e deu um passo para trás. Ouviu um suspiro de alívio e quase riu. E por ter ouvido e ter achado engraçado, ele pegou a mão de Tia.

— Preciso agradecer a você e aos deuses por essa noite memorável.

— Também adorei.

— Então até amanhã.

Malachi fitou-a nos olhos enquanto levantava sua mão e roçava os próprios lábios com os nós dos dedos. O pequeno tremor que Tia teve em resposta foi um afago em seu ego.

Tímida, delicada e doce. E tão distante de seu tipo preferido quanto a Lua do Sol. Ainda assim, não havia motivo para que um homem não experimentasse um novo sabor de vez em quando.

Era o que poderia fazer no dia seguinte.

— Boa noite, Tia.

— Boa noite.

Um pouco atordoada, ela recuou para a porta, ainda fitando-o, até passar pelo limiar.

Depois, ela se virou. E gritou.

Malachi entrou antes dela, como uma bala. Em outras circunstâncias, ela teria notado e admirado a agilidade e rapidez com que ele se movimentou. Naquele momento, porém, Tia só conseguia ver a desordem em seu quarto de hotel.

Suas roupas haviam sido espalhadas por toda parte; as malas, cortadas em pedaços; a cama estava virada, e todas as gavetas foram arrancadas. O conteúdo da caixa de joias fora jogado no chão, e o forro de veludo, arrancado.

A escrivaninha também fora vasculhada. E o laptop que ela deixara em cima havia desaparecido.

— Mas que merda! — exclamou Malachi.

Tudo o que ele podia pensar, naquele instante, era que a desgraçada chegara antes dele. Um olhar para Tia fez com que reprimisse o resto dos palavrões que afloraram em sua mente. Ela estava pálida, os olhos já começando a ficar vidrados pelo choque.

Ela não merece, pensou Malachi. E ele não tinha a menor dúvida de que fora sua decisão de procurá-la que acarretara aquilo.

— Precisa sentar.

— Como?

— Sente-se. — Decidido agora, ele a tomou pelo braço e levou-a para uma cadeira. — Chamaremos a segurança. Pode me dizer se há alguma coisa faltando?

— Meu computador. — Tia tentou respirar fundo e sentiu um bloqueio no peito. Abriu a pasta para pegar o inalador, temendo uma crise de asma. — Um laptop.

Malachi franziu o rosto, enquanto ela usava o inalador.

— O que havia nele?

Tia acenou com a mão, enquanto continuava a usar o inalador.

— Meu trabalho — conseguiu responder, em meio às respirações. — O novo livro. E-mails, contas... dados bancários. — Tia tornou a vasculhar a bolsa, à procura das pílulas, acrescentando: — Tenho aqui uma cópia do livro em disquete.

Mal ela tirou o vidro com as pílulas, Malachi arrancou-o de sua mão.

— O que é isso? — Ele leu o rótulo, franzindo o rosto. — Vamos suspender esse remédio por enquanto. Você não vai ficar histérica.

— Não vou?

— Não, não vai.

Tia já sentia a coceira na garganta que antecipava um ataque de pânico.

— Acho que você está enganado.

— Pare com isso, assim você vai hiperventilar ou algo do gênero. — Com um esforço para manter a paciência, ele ajoelhou-se na frente de Tia. — Olhe para mim agora. Respire devagar. Bem devagar.

— Não posso.

— Claro que pode. Não está ferida, não é? Apenas tem um problema em suas mãos.

— Alguém arrombou meu quarto.

— Isso mesmo. Mas já está feito. Se encher de remédios não vai mudar nada. Onde deixou seu passaporte? Os objetos valiosos? Documentos importantes?

Porque ele a fez pensar, em vez de reagir, a constrição no peito diminuiu. Tia balançou a cabeça.

— Sempre levo o passaporte comigo. E não viajo com nada de valor. Mas o laptop...

— Pode comprar outro, não é?

Vendo por este ângulo, ela tinha de assentir.

— Posso.

Malachi ergueu-se para fechar a porta.

— Quer chamar a segurança?

— Claro. E a polícia também.

— Espere um momento para ter certeza. Está em outro país. Um boletim de ocorrência vai gerar muita burocracia, tomar seu tempo, criar dificuldades. E haveria publicidade, creio.

— Mas... alguém arrombou meu quarto.

— Talvez devesse fazer um levantamento para ver o que está faltando.

Malachi mantinha a voz calma e serena, como se achasse que essa era a melhor maneira de lidar com ela. Era assim que sua mãe enfrentava os acessos de raiva dos outros; e o que era a histeria senão uma espécie de acesso?

— Verifique exatamente o que foi levado. — Ele olhou ao redor. Tocou com o pé um pequeno aparelho branco. — O que é isso?

— Um purificador de ar.

Quando ele o pegou e pôs na mesa, Tia levantou-se, trêmula.

— Não consigo entender por que alguém faria tudo isso por um laptop.

— Talvez esperassem encontrar algo mais.

Malachi foi até a porta do banheiro e deu uma olhada. Já concluíra que os finlandeses mereciam alguma espécie de grande prêmio pelo luxo de seus banheiros. O de Tia, que tinha um quarto mais luxuoso, era maior, mas mesmo no seu não faltavam detalhes.

Os ladrilhos aquecidos no chão, a banheira de hidromassagem, a glória do chuveiro com seis saídas de água, toalhas grandes e grossas como cobertores. No espaçoso balcão, ladrilhado, ele viu meia dúzia de frascos de pílulas. Verificou que eram de vitaminas ou ervas medicinais. Havia uma escova de dentes elétrica, uma lanterna de viagem, um tubo de creme antibacteriano. Pacotes de uma coisa chamada N-E-R-G, e outros de algo chamado D-Stress. Ele contou oito garrafas de água mineral.

— É um pouco obcecada, não é, querida?

Tia passou a mão pelo rosto.

— Viajar é estressante, muito difícil para o organismo. E tenho alergias.

— Sente alguma coisa agora? Posso ajudá-la a arrumar tudo. Depois, tome uma de suas pílulas para dormir.

— Eu não conseguiria dormir. Preciso chamar a segurança do hotel.

— Está bem.

Não seria problema para ele, e deixar de fazê-lo criaria problemas maiores para Tia Marsh. Por isso, Malachi foi até o telefone, ligou para a recepção e relatou o acontecido.

Até permaneceu com Tia quando um gerente e o pessoal da segurança chegaram. Afagou sua mão enquanto ela falava. Cooperou ao máximo, oferecendo sua versão da noite, dando seu nome, endereço e o número do passaporte.

Essencialmente, nada tinha a esconder.

Eram quase 2 horas da madrugada quando voltou a seu quarto. Tomou uma dose generosa de uísque puro. E ponderou sobre tudo enquanto tomava outra.

Quando Tia acordou, na manhã seguinte, o cérebro turvo, ele já havia partido. Tudo o que restava, para assegurar que de fato ele existira, era um bilhete enfiado por baixo da porta.

Tia, espero que esteja se sentindo melhor esta manhã. Lamento, mas tive de mudar meus planos. Já terei deixado Helsinque quando você ler este bilhete. Desejo melhor sorte no resto de sua viagem.

Entrarei em contato quando puder. Malachi.

Ela suspirou, sentou-se na beira da cama e chegou à conclusão de que nunca mais o veria.

Capítulo 3

MALACHI CONVOCOU uma reunião no instante em que voltou a Cobh. Dada a importância do assunto, as agendas foram alteradas às pressas para que todas as partes envolvidas pudessem comparecer.

Ele ficou de pé ao lado da cabeceira da mesa enquanto relatava para os sócios os eventos ocorridos durante sua estada na Finlândia.

Depois de contar tudo, sentou-se e pegou sua xícara de chá.

— Ora, seu idiota, por que não continuou lá e a pressionou um pouco mais?

Como a indagação partiu da sócia mais jovem, que por acaso era também sua irmã, Malachi não se sentiu ofendido. A mesa de reunião, de acordo com a tradição dos Sullivan, era a da cozinha. Antes de responder, ele se levantou, pegou a lata de biscoitos no balcão e serviu-se.

— Primeiro porque qualquer pressão seria mais prejudicial do que benéfica. A mulher não é uma idiota qualquer, Becca. Se eu a interrogasse sobre as estatuetas logo depois de seu quarto ter sido invadido, ela poderia muito bem pensar que tive alguma coisa a ver com aquilo. — Uma pausa, e ele acrescentou, com uma expressão de desgosto: — O que, suponho, aconteceu de fato, embora indiretamente.

— Não podemos nos culpar por isso. Não somos vândalos, muito menos ladrões.

Gideon era o filho do meio, quase dois anos mais novo que Malachi, quase dois anos mais velho que Rebecca. Essa equidistância levava-o, com bastante frequência, a assumir o papel de pacificador entre os dois.

Equiparava-se ao irmão em altura e corpulência, mas herdara as cores da mãe. Tinha os traços finos e o rosto ligeiramente encovado dos Sullivan, mas com os cabelos pretos e os olhos azuis de um viking.

À sua maneira, era o mais meticuloso dos três. Preferia dispor tudo em colunas impecáveis. Por causa disso tornara-se o contador da família, embora Malachi tivesse mais talento com os números.

— A viagem não foi um desperdício — acrescentou ele. — Nem pelo tempo, nem pela despesa. Você fez contato com ela, e agora temos razões para acreditar que não somos os únicos com a convicção de que Tia Marsh pode ser a ligação com as outras Parcas.

— Não sabemos se é ela ou não — discordou Rebecca. — Porque está claro como água que foi Malachi quem os levou até a mulher. Melhor seria se você tivesse ficado para procurar a pessoa que entrou no quarto, em vez de voltar correndo para casa.

— E como você sugere que eu fizesse isso, Mata Hari? — perguntou Malachi.

— Poderia procurar pistas — respondeu Rebecca, abrindo os braços. — Interrogar os empregados do hotel. Fazer *alguma coisa.*

— Seria ótimo, se eu tivesse me lembrado de levar a lupa e o chapéu de Sherlock Holmes.

Exasperada, ela suspirou. Podia perceber o bom senso da atitude do irmão; mas, quando se tratava de escolher entre bom senso e ação, Rebecca sempre descartava o primeiro.

— Tudo o que vejo é que perdemos o dinheiro da viagem e não estamos em situação melhor do que nos encontrávamos antes de sua pequena aventura com a ianque.

— Não tivemos uma aventura — protestou Malachi, com um princípio de irritação transparecendo na voz.

— E de quem é a culpa disso? — insistiu Rebecca. — Acho que poderia conseguir muito mais se a tivesse levado para a cama.

— Rebecca...

A censura suave veio do equilíbrio de poder. Eileen Sullivan podia ter gerado três filhos com personalidade forte, mas era e sempre seria o poder na família.

— Mãe, ele já tem 31 anos — declarou Rebecca, a voz doce. — Você deve saber que ele já fez sexo antes.

Eileen era uma mulher bonita e meticulosa, que se orgulhava de sua família e de sua casa. E, quando necessário, controlava as duas com mão de ferro.

— Esta não é uma discussão sobre a intimidade de seu irmão, mas sim uma reunião de negócios. Combinamos que Mal iria verificar o que pudesse. E foi o que ele fez.

Rebecca conteve-se, embora não fosse fácil. Adorava os irmãos, mas havia ocasiões em que tinha vontade de bater na cabeça dos dois, só para ver se os cérebros pegavam no tranco.

Também tinha o corpo longo e esguio dos Sullivan. Poderia ser considerada esbelta se não fosse pelos ombros largos e os músculos firmes por baixo da pele, que ela gostava de tratar bem.

Os cabelos eram bem mais claros que os de Malachi, mais de um ruivo--dourado do que castanhos. Os olhos eram de um verde mais suave, mais enevoado. Tinha cílios compridos. A boca era grande e obstinada, num rosto mais disposto em ângulos que em curvas.

Por trás dos olhos havia um cérebro ativo, perspicaz e muitas vezes impaciente.

Fizera campanha para ser a incumbida de ir a Helsinque fazer o primeiro contato com Tia Marsh. Ainda sentia-se furiosa por ter sido preterida em favor de Malachi.

— Não se sairia melhor com ela — comentou Malachi, lendo os pensamentos da irmã. — E o sexo não seria uma opção no seu caso, não é mesmo? De qualquer forma, foi melhor assim. Ela gostou de mim, e eu diria que não é uma mulher que se sente à vontade com as pessoas. Não é como você, Becca. — Ele contornou a mesa enquanto falava. Puxou os longos cabelos encaracolados da irmã, acrescentando: — Não é ousada nem aventureira.

— Não tente me agradar.

Malachi apenas sorriu e deu-lhe outro puxão nos cabelos.

— Mesmo indo devagar, você ainda seria rápida demais para ela. E a intimidaria. É uma mulher retraída, e acho que um pouco hipocondríaca. Você não acreditaria nas coisas que ela leva numa viagem. Frascos e mais frascos de pílulas, pequenos aparelhos. Purificadores de ar que ficam fazendo um zumbido constante. Foi espantoso quando fizemos um levantamento de tudo para a polícia. Ela só viaja com o próprio travesseiro... por causa de sua alergia.

— Parece uma chata insuportável — resmungou Rebecca.

— Mas não é uma chata. — Malachi não podia esquecer aquele sorriso demorado e solene. — Apenas um pouco nervosa, mais nada. Mesmo assim, conseguiu se controlar quando a polícia chegou. Fez um relatório, objetivo e firme, de cada passo, desde o momento em que saiu do hotel para a conferência até a volta. — E não deixara nenhum detalhe de fora, lembrava-se agora. — Tia Marsh tem um cérebro e tanto. Como uma câmera, tirando fotos e arquivando-as no lugar apropriado. E demonstrou coragem, apesar de toda a preocupação.

— E você gostou dela — comentou Rebecca.

— Gostei mesmo. E lamento ter-lhe causado um problema. Mas ela vai superar. — Malachi tornou a se sentar. Despejou açúcar no chá que quase deixara esfriar. — Vamos deixar essa parte na geladeira por enquanto, pelo menos até que ela volte aos Estados Unidos. Então poderei fazer uma viagem a Nova York.

— Nova York! — Rebecca levantou-se de um pulo. — Por que é você que tem de ir para todos os lugares?

— Porque sou o mais velho. E porque, para o bem ou para o mal, Tia Marsh é minha. Tomaremos mais cuidado com o segundo passo, já que tudo indica que nossos movimentos são vigiados.

— Um de nós deveria ir direto atrás daquela desgraçada — declarou Rebecca. — Ela roubou de nós, roubou o que estava com nossa família há quase oitenta anos, e agora tenta nos usar para descobrir onde estão as outras duas peças. Precisa ser advertida, em termos bem claros, de que os Sullivan não vão admitir isso.

— Ela vai acabar pagando. — Malachi recostou-se. — E bem caro, quando conseguirmos as outras duas Parcas, e ela continuar com apenas uma.

— A que roubou de nós.

— Seria difícil explicar às autoridades que ela roubou o que já havia sido roubado. — Gideon levantou a mão, antes que a irmã pudesse protestar, com a veemência habitual. — Há oitenta e tantos anos, Felix Greenfield roubou a primeira Parca. Acho que poderíamos contornar esse problema, em termos legais, já que não há mais ninguém que saiba disso, exceto nós. Mas justamente por isso, não temos qualquer prova de que a estatueta estava em nosso poder e que alguém com a reputação de Anita Gaye pudesse roubá-la debaixo de nossos narizes.

Rebecca deixou escapar um pequeno suspiro.

— É dolorosa a maneira como ela fez, como se fôssemos cordeirinhos indo felizes para o matadouro.

— Isolada, aquela estatueta não vale mais do que algumas centenas de milhares de libras. — Porque isso ainda o irritava, Malachi não mencionou a facilidade com que fora enganado e privado da pequena Parca. — Mas as três juntas têm um valor inestimável para o colecionador certo. E Anita Gaye conhece esse colecionador. Mas, no final, será sua lã que vamos tosquiar.

Sentado na alegre cozinha amarelo-clara com as cortinas de chintz da avó e a fragrância da relva de verão entrando pela janela, ele pensou no que gostaria de fazer com a mulher que roubara de suas mãos tolas o símbolo da família.

— Acho que não devemos esperar para dar o segundo passo — decidiu ele. — Tia não voltará a Nova York pelas próximas duas semanas, e não quero bater em sua porta cedo demais. O que precisamos fazer agora é desemaranhar o fio que pode nos levar à segunda estatueta.

Rebecca sacudiu os cabelos para trás.

— Alguns de nós não passam o tempo se divertindo em outros países. Descobri várias coisas nos últimos dias.

— E por que não disse logo?

— Porque você não parava de falar sobre sua nova namorada ianque.

— Pelo amor de Deus, Becca!

— Não use o nome do Senhor em vão à minha mesa — interveio Eileen, a voz suave. — Rebecca, pare de implicar com seu irmão e de se vangloriar.

— Não estava me vangloriando... ainda não. Estive procurando na internet, traçando a genealogia, e assim por diante. Dia e noite, diga-se de passagem, com grande sacrifício pessoal. Agora sim me vangloriei. — Ela sorriu para a mãe. — Seja como for, é um enorme salto, pois tudo o que temos como base é a lembrança de Felix do que leu no papel que encontrou junto com a estatueta. O mergulho no oceano deixou a tinta borrada. Assim, temos de contar que ele tenha sido objetivo sobre o que leu antes de ter a experiência mais traumática de sua vida. Mais do que isso, contamos com sua veracidade. E não podemos esquecer que, no final das contas, o homem era um ladrão.

— Regenerado — interveio Eileen. — Pela graça de Deus e pelo amor de uma boa mulher. É o que diz a história.

— É o que ela diz — concordou Rebecca. — Havia um nome e um endereço em Londres no papel junto com a estatueta. A alegação de Felix, de que gravou na memória o que estava escrito, pensando em passar por lá uma noite, no exercício de seu ofício, parece bastante razoável. E se tornou ainda mais razoável quando arregacei as mangas diante do teclado e descobri que houve mesmo um Simon White-Smythe vivendo em Mansfield Park, em 1915.

— Você o descobriu! — Malachi fitava a irmã com uma expressão radiante. — Você é um gênio, Rebecca!

— E sou mesmo, já que descobri mais do que isso. Ele teve um filho, James, que por sua vez teve duas filhas. Ambas casadas, mas a que perdeu o marido na Segunda Guerra Mundial não teve filhos. A outra mudou-se para os Estados Unidos, pois o marido era um próspero advogado em Washington D.C. Tiveram três filhos, dois meninos e uma menina. Perderam um ainda jovem no Vietnã. O outro fugiu para o Canadá, a fim de evitar a convocação, e não consegui localizá-lo depois disso. Mas a filha se casou três vezes. Dá para entender? Mora agora em Los Angeles. Teve uma filha com o primeiro marido. Localizei-a também pela internet. Ela mora em Praga e trabalha em algum clube de lá.

— Praga é mais perto do que Los Angeles — comentou Malachi. — Por que eles não podiam ter ficado em Londres? Vamos dar um salto no escuro, exercer um ato de fé, presumindo que o tal White-Smythe tinha a estatueta ou sabia como obtê-la e que, se é que ele a tinha, foi mantida na família ou então há um registro de quem a comprou. E, se tudo isso for verdade, ainda temos de presumir que poderemos dar um jeito de chegar até ela.

— Foi um ato de fé quando seu trisavô entregou o colete salva-vidas para uma mulher e seu filho — interveio Eileen. — No meu modo de ver, há uma razão para que ele tenha sido poupado, quando tantos perderam a vida. Uma razão para que a estatueta estivesse em seu bolso quando foi salvo. Por causa disso, pertence a esta família. — Ela fez uma pausa, antes de continuar, com sua lógica fria e inabalável. — E, como é parte de um conjunto, as outras também devem vir para nossas mãos. Não é pelo dinheiro, mas por uma questão de princípios. E podemos pagar uma viagem a Praga, para descobrir se há alguma pista lá. — Ela sorriu, serena, para a filha. — Como é o nome do clube, querida?

O NOME DO clube era Down Under. Escapava da queda para o status de espelunca graças à vigilância de sua proprietária, Marcella Lubriski. Sempre que a casa começava a oscilar, Marcella a empurrava de volta a um patamar superior com o bico do sapato de salto fino.

Era um produto de seu país e de seu tempo, parte tcheca, parte eslava, com uma gota de sangue russo e outra de sangue alemão. Quando os comunistas tomaram o poder, ela pegara as duas crianças pequenas, dissera ao marido que poderia ficar ou partir também, e fugira para a Austrália, porque parecia ser o destino mais longe possível.

Não falava inglês, não conhecia ninguém, dispunha apenas do equivalente a 200 dólares, que guardava no sutiã, e não contava com um pai para as crianças, já que o marido decidira permanecer em Praga.

Mas tinha coragem, uma mente astuta e o corpo moldado para despertar sonhos eróticos. Usara tudo isso num bar de striptease em Sydney, tirando a roupa para os bêbados e solitários, economizando com a maior determinação o salário ínfimo e as gorjetas substanciais.

Aprendera a amar os australianos por sua generosidade, seu humor e sua fácil aceitação dos párias. Cuidava para que as crianças fossem bem alimentadas; e se, ocasionalmente, concordava com um trabalho particular, para que também tivessem bons sapatos, era apenas sexo.

Em cinco anos havia guardado o suficiente para investir numa pequena casa noturna, com sócios, e ainda se despia e vendia o corpo quando lhe convinha. Em dez anos, comprara a parte dos sócios e se aposentara dos palcos.

Quando o Muro de Berlim ruíra, Marcella possuía um clube em Sydney, outro em Melbourne, parte de um prédio de escritórios e vários apartamentos num prédio residencial. Ficara satisfeita pela derrubada dos comunistas na terra em que nascera, mas não pensara muito a respeito.

Pelo menos a princípio.

Mas começara a especular... e, para sua surpresa, ansiava ouvir sua própria língua falada nas ruas, ver os domos e pontes de sua cidade. Deixara os filhos administrando seu patrimônio australiano e voara de volta a Praga. Marcella presumia que seria apenas uma viagem sentimental.

Mas a empresária que havia nela farejara uma oportunidade e não poderia perdê-la. Praga seria de novo a cidade que misturava o Velho Mundo e o Novo; voltaria a se tornar a Paris da Europa Oriental. Isso significava comércio, dólares de turistas e a possibilidade de novos empreendimentos.

Ela comprara imóveis, um pequeno e atraente hotel, um restaurante exótico e tradicional. E, por uma questão de sentimentos por suas duas pátrias, abrira o Down Under, nome usado para se referir à Austrália.

Dirigia uma casa honesta, com mulheres saudáveis. Não se importava se elas aceitavam trabalhos particulares. Sabia muito bem que o sexo costumava pagar os extras que tornavam a vida suportável. Mas se havia qualquer indicação de consumo de droga, por parte de um funcionário ou cliente, a pessoa era no mesmo instante convidada a se retirar.

Não havia segundas chances no Down Under.

Ela desenvolveu um relacionamento cordial com a polícia local, frequentava a ópera regularmente e tornou-se uma patrocinadora das artes. Viu sua cidade voltar à vida, com cor, música e dinheiro.

Embora alegasse desejo de voltar a Sydney, os anos foram passando. E ela continuava em Praga.

Aos 60 anos, mantinha o corpo que lhe valera uma fortuna, vestia-se conforme a última moda de Paris e podia reconhecer um encrenqueiro em potencial a dez metros de distância, no escuro.

Quando Gideon Sullivan entrou, Marcella lançou-lhe um olhar longo e atento. Era bonito além da conta, concluiu ela. Viu seus olhos esquadrinharem a sala, em vez de se fixarem no palco, à procura de alguma coisa que não lindos seios balançando.

Ou alguém.

O CLUBE ERA mais elegante do que ele esperava. Música tecno tocava alto, com as luzes acompanhando o ritmo. No palco, três mulheres se apresentavam, segurando em barras de pole dance.

Ele calculou que alguns homens gostavam de imaginar que seu pau fosse a barra. Mas Gideon podia pensar em usos melhores para o dele do que ter uma mulher pendurada de cabeça para baixo nele.

Havia muitas mesas, todas ocupadas. Homens e mulheres espremiam-se nas que ficavam mais próximas do palco, bebendo e observando as acrobatas nuas.

Uma fumaça azulada embaçava os raios de luz, mas o cheiro de uísque e cerveja não era mais desagradável do que o encontrado em seu pub local. Muitos clientes vestiam-se de preto, em sua maioria de couro. Havia também casais evidentes, o que o levou a especular por que um homem levaria a companheira para assistir a outras mulheres se despindo.

Embora a casa fosse mais de classe média do que a espelunca em que ele e Malachi haviam passado uma noite memorável numa viagem a Londres, Gideon sentiu-se contente pelo fato de a mãe tê-lo enviado no lugar da irmã, apesar dos furiosos protestos de Rebecca.

Aquele não era lugar para uma moça de família.

Embora, aparentemente, Cleo Toliver achasse que era bastante apropriado.

Ele foi para o bar e pediu uma cerveja. Podia ver as dançarinas, usando tangas mínimas, com tatuagens pelo corpo, enquanto balançavam sincronicamente em suas barras de pole dance, refletidas nos espelhos atrás delas.

Tirou um cigarro, riscou um fósforo e pensou na melhor maneira de iniciar a abordagem. Preferia ser direto, sempre que possível. Enquanto soavam aplausos e assobios, ele gesticulou para o bartender.

— Cleo Toliver trabalha esta noite?

— Por quê?

— Ligação de família.

O homem não respondeu ao sorriso descontraído de Gideon. Apenas deu de ombros, enxugou o balcão e murmurou:

— Ela está aqui.

E afastou-se antes que Gideon pudesse perguntar onde. O que significa que tenho de esperar, pensou. Havia maneiras piores para um homem passar o tempo do que assistindo a mulheres gostosas tirarem a roupa.

— Procura uma de minhas garotas?

Gideon desviou os olhos da dançarina que quase se arrastava pelo palco, como uma gata. A mulher parada a seu lado era quase tão alta quanto ele. Tinha os cabelos louros ao melhor estilo de Jean Harlow, enrolados em tranças elaboradas, finalizadas com laquê. Usava um terno, sem blusa, com a parte superior dos seios volumosos projetando-se entre as lapelas.

Ele sentiu uma pontada de culpa por notá-los, ao contemplar o rosto da mulher e compreender que ela teria mais do que idade suficiente para ser sua mãe.

— Isso mesmo, madame. Gostaria de falar com Cleo Toliver.

Marcella franziu a testa diante do tratamento polido. Fez um sinal para um drinque.

— Por quê?

— Peço que me perdoe, mas prefiro deixar para conversar a respeito com a Srta. Toliver, se não se incomoda.

Sem olhar para o balcão, Marcella estendeu a mão para pegar o copo com uísque puro, que, sabia, encontraria ali. O homem podia ser bonito como o pecado, pensou ela, e dar a impressão de que se sairia bem numa briga. Mas fora criado para ser respeitoso com os mais velhos.

Embora não confiasse necessariamente nesses refinamentos, ela os apreciava.

— Se causar problemas para alguma de minhas garotas, causarei problemas para você.

— Prefiro evitar completamente os problemas.

— Não se esqueça disso. Cleo faz o próximo número.

Marcella tomou o *scotch*, largou o copo vazio no balcão e afastou-se, sobre sapatos de saltos bem finos.

Foi para os bastidores, em meio a uma nuvem de perfume, suor e maquiagem. As dançarinas partilhavam um camarim comprido, com espelhos e balcões coletivos nos dois lados. Cada uma fazia seu ninho em algum ponto. Os balcões eram cobertos por uma confusão de cosméticos, bichos de pelúcia e bombons. Fotos de namorados, artistas de cinema e de uma ou outra criança estavam presas no espelho.

Como sempre, o camarim era um tumulto de línguas, fofocas e reclamações. As queixas variavam de gorjetas ordinárias e amantes mentirosos a cólicas menstruais e pés doloridos.

Em meio a tudo, como uma ilha de serenidade, Cleo estava de pé, ajeitando os últimos grampos nos cabelos pretos. Ela era bastante cordial com as outras, pensou Marcella, mas não fizera amizade com ninguém. Realizava seu trabalho — muito bem, por sinal — recebia seu dinheiro e voltava sozinha para casa.

Era o que eu fazia, no meu tempo, pensou Marcella.

— Um homem perguntou por você.

Os olhos de Cleo, de um castanho-escuro profundo, encontraram-se com os de Marcella no espelho.

— Perguntou o quê?

— Apenas perguntou por você. É bonito, talvez 30 anos, irlandês. Cabelos escuros, olhos azuis. Educado.

Vestindo um paletó cinza listrado, em estilo conservador, Cleo deu de ombros.

— Não conheço ninguém assim.

— Ele falou seu nome. E disse a Karl que havia uma ligação de família.

Cleo inclinou-se para a frente, passando um batom vermelho brilhoso nos lábios.

— Não creio.

— Está metida em alguma encrenca?

Cleo puxou os punhos da camisa branca sob medida que usava por baixo do paletó.

— Não.

— Se ele criar algum problema, basta fazer um sinal para Karl. Ele levará o homem para fora. — Marcella balançou a cabeça. — O irlandês no bar. Não tem erro.

Cleo calçou os sapatos pretos de saltos altos que completavam o traje da apresentação.

— Obrigada. Posso dar um jeito nele sozinha.

— Também acho.

Marcella pôs a mão por um instante no ombro de Cleo, depois afastou-se para apartar a briga entre duas dançarinas por causa de um sutiã de lantejoulas vermelhas.

Se ficara preocupada por alguém entrar e perguntar por seu nome, Cleo não deixou transparecer. Afinal, era uma profissional. Quer estivesse dançando *O lago dos cisnes* ou fazendo um striptease para a escória da Europa, havia padrões profissionais para uma artista.

Não conheço nenhum irlandês, pensou ela, enquanto esperava sua deixa. E não poderia engolir a história de que alguém relacionado com sua família, mesmo que remotamente, pudesse se dar ao trabalho de perguntar por ela. Mesmo que tropeçasse em seu corpo sangrando no meio da rua.

Provavelmente era apenas mais um babaca que obtivera seu nome com outro cliente e pensava que poderia conseguir uma trepada barata com uma dançarina americana.

Pois ele voltaria para casa desapontado.

Quando a música começou, Cleo afastou todos os outros pensamentos da cabeça, concentrando-se apenas em seu número. Contou as batidas e entrou no palco no momento em que as luzes acenderam.

No bar, quando Gideon trazia o copo de cerveja à boca, sua mão congelou no meio do caminho.

Ela se vestia como um homem. Embora não houvesse a menor possibilidade de equívoco, admitiu ele. A menos que fosse cego e ela passasse a galope. Mas havia alguma coisa primitivamente erótica na maneira como ela se movimentava dentro daquele terno listrado.

A música era um rock norte-americano, vibrante, e a iluminação, de um azul enevoado. Gideon achou irônico que ela tivesse escolhido a música "Cover Me", de Bruce Springsteen, para se despir.

E ela sabia o que fazia, compreendeu Gideon, enquanto Cleo puxava o paletó, em movimento, sempre em movimento, e o tirava.

As outras que se haviam apresentado antes rodopiavam ou deslizavam, rebolavam ou se sacudiam, mas essa dançava. Seus movimentos firmes, complexos, demonstravam genuína classe e talento.

Mas quando, num desses movimentos firmes, ela arrancou a calça, Gideon perdeu toda e qualquer noção de classe por um momento.

Ah, Deus, que pernas ela tinha!

Cleo também usou as barras de pole dance, dando três voltas rápidas, com as pernas esticadas. Os cabelos se desprenderam, caindo abaixo dos ombros, numa cascata negra exuberante. Gideon não viu como ela abriu a camisa, que esvoaçava a seu redor agora, revelando um fragmento de renda preta sobre os seios, empinados e firmes.

Ele tentou dizer a si mesmo que provavelmente eram de silicone e concluiu que nada tinha a ver com isso. O que descobriu foi que a saliva se acumulava em sua boca quando a mulher tirou a camisa.

Para limpar a garganta, tomou um gole de cerveja, mas sem desviar os olhos de Cleo.

Ela o percebera desde o primeiro instante. Não podia vê-lo com nitidez, mas também não estava nem um pouco preocupada com isso. Sabia, porém, que ele estava ali e que toda sua atenção se concentrava nela.

Ainda bem. Era para isso que lhe pagavam.

De costas para a plateia, ela estendeu a mão para trás. Abriu o fecho do sutiã. Os braços cruzados sobre os seios, tornou a se virar. Havia um ligeiro orvalho de suor em sua pele agora e um pequeno sorriso nos lábios — frio, gelado — quando fez contato visual com os homens na plateia, que pareciam mais propensos a oferecer melhores gorjetas.

Jogou os cabelos para trás e, apenas de sapatos de saltos altos e tanga preta mínima, agachou-se, para que os homens pudessem ver aquilo pelo qual estavam pagando.

Ignorou os dedos que deslizavam por seus quadris, apenas registrando o dinheiro que era enfiado por baixo da tanga.

Recuou quando um cliente mais entusiasmado estendeu as mãos em sua direção. Num movimento que poderia ser considerado jovial, exibiu o dedo do meio para ele, enquanto pensava: babaca.

Inclinou-se para trás, até que uma das mãos tocou no chão, e depois usou as pernas para se levantar de um pulo.

Cleo foi se apresentar no outro lado do palco, quase da mesma maneira. Dali, pôde ver melhor o homem no bar. Seus olhos se encontraram, por dois segundos. Ele ergueu uma nota e inclinou a cabeça para o lado.

Depois, tomou outro gole da cerveja.

Cleo desejou ter visto o valor da nota, porém pensou que poderia perder uns cinco minutos de seu tempo para descobrir até quanto ele estava disposto a pagar.

Ainda assim, não se apressou. Tomou uma chuveirada fria demorada, depois vestiu um jeans e uma camiseta. Quase nunca ia para o bar depois de uma apresentação, mas confiava em Karl e nos seguranças contratados por Marcella para evitar brigas.

De qualquer forma, a maioria dos clientes mantinha sua atenção no palco, com mais interesse pelas fantasias sexuais do que pelas mulheres reais nas proximidades.

Mas não o bonitão ali. Ele não olhava para o palco. Embora, na opinião profissional de Cleo, aquele número fosse um dos mais criativos. Os olhos dele a acompanharam quando se encaminhou para o bar. E fixavam-se em seu rosto, não nos seios — o que lhe garantiu alguns pontos.

— Quer alguma coisa, bonitão?

A voz foi uma surpresa para Gideon. Era suave e sedosa, sem a aspereza que ele esperava ouvir numa mulher de sua profissão.

O rosto fazia jus ao corpo. Era sensual e tentador, com olhos castanho-escuros, quase amendoados, os lábios carnudos, pintados com um vermelho brilhoso. Havia uma pequena pinta, uma marca de beleza, ele achava que era assim que chamavam, abaixo da sobrancelha direita.

A pele era morena, dando a ela um toque de cigana erótica.

Ela recendia a sabonete... outra ilusão desfeita. E bebia, despreocupada, de uma garrafa de água mineral.

— Quero, sim, se você for Cleo Toliver.

Ela se encostou no balcão. Usava tênis agora, em vez de saltos altos, mas o jeans preto moldava suas coxas e quadris.

— Não faço festas particulares.

— Você fala?

— Quando tenho alguma coisa para dizer. Quem lhe deu meu nome?

Gideon limitou-se a mostrar a nota outra vez. Ela estreitou os olhos em especulação.

— Acho que isso deve comprar uma hora de conversa.

— É possível.

Cleo reservaria para mais tarde o julgamento se aquele homem era ou não um idiota. Pelo menos ele não era mão de vaca. Ela estendeu a mão para o dinheiro, irritando-se quando Gideon o afastou de seu alcance.

— Que horas termina seu trabalho aqui?

— Às duas. Por que não diz logo o que quer, e aí respondo se estou ou não interessada?

— Quero conversar.

Gideon rasgou a nota ao meio. Entregou a metade a Cleo e guardou a outra no bolso.

— Se quer o resto, encontre-se comigo depois que sair. No café do Wenceslas Hotel. Esperarei até duas e meia. Se você não aparecer, ambos perderemos 50 libras.

Ele terminou de tomar a cerveja e largou o copo no balcão.

— Foi uma apresentação fascinante, Srta. Toliver, também lucrativa, a julgar pela aparência. Mas não é todo dia que se pode ganhar 50 libras para tomar um café e conversar.

Ela franziu o rosto quando ele se virou para sair.

— Tem um nome, bonitão?

— Gideon... Gideon Sullivan. Tem até duas e meia.

Capítulo 4

CLEO NUNCA perdia uma deixa. Mas também não acreditava em dar à plateia a impressão de que se apressara para conquistá-la. O teatro baseava-se em ilusões. E a vida, como dissera o grande homem, era apenas um palco maior.

Ela se aproximou do café quando faltavam apenas dois minutos para o fim do prazo.

Se um idiota de rosto bonito e voz sensual queria lhe pagar por uma conversa, não se incomodaria. Já verificara quanto 50 libras irlandesas valiam em coroas tchecas, até o último haleru, usando a pequena calculadora que sempre levava na bolsa. Em sua atual situação, qualquer dinheiro era muito importante.

Não pensava ganhar a vida como stripper para um bando de otários por muito mais tempo. A verdade é que nunca tivera a intenção de ganhar a vida, mesmo de forma temporária, tirando a roupa num palco em Praga.

Mas fora estúpida, não podia deixar de admitir. Caíra num golpe bem armado, cega pela boa aparência e pela conversa insinuante. E quando uma mulher se descobria sem dinheiro na Europa Oriental, numa cidade onde mal conseguia dizer a frase mais simples do guia turístico, tinha de fazer o que pudesse para sobreviver.

Mas havia uma coisa a seu favor, pensou Cleo. Nunca cometia o mesmo erro duas vezes.

Nesse aspecto, pelo menos, não era filha de sua mãe.

O pequeno restaurante era bem iluminado. Havia uns poucos clientes espalhados pelas mesas, tomando café ou comendo. Uma companhia, é claro, constituía um ponto positivo. Não que estivesse muito preocupada com a possibilidade de o irlandês tentar um avanço. Sabia se defender.

Avistou-o no reservado do canto, tomando café e lendo um livro, um cigarro se consumindo num cinzeiro preto de plástico. Com aquela aparência morena e romântica, pensou Cleo, ele passaria por um artista, talvez um escritor. Não, um poeta, decidiu ela. Algum poeta lutando para conquistar seu lugar, autor de versos livres, esotéricos, que viera à cidade grande em busca de inspiração, como muitos outros antes dele.

Mas as aparências, refletiu ela, sorrindo, sempre enganam.

Ele ergueu os olhos quando Cleo sentou-se a sua frente. Os olhos, de um azul profundo e cristalino no rosto poético, eram do tipo que atingiam em cheio as entranhas de uma mulher.

Ainda bem que sou imune, concluiu Cleo.

— Foi por pouco — comentou ele, continuando a ler.

Ela se limitou a dar de ombros. Virou-se para a garçonete.

— Café. Três ovos mexidos. Com bacon. Torradas. Obrigada. — Cleo sorriu quando viu que Gideon a observava por cima do livro. — Estou com fome.

— Imagino que seu trabalho abra o apetite.

Ele marcou a página, fechou o livro e largou-o de lado. Yeats, notou Cleo. Combinava.

— É esse o sentido, não é mesmo? Abrir o apetite. — Ela esticou as pernas enquanto a garçonete servia o café. — Gostou do meu número?

— É melhor do que a maioria.

Ela não tirara a maquiagem de palco toda. À luz mais forte, parecia ao mesmo tempo dura e sensual. Gideon imaginou que ela sabia disso. E que era o que planejara.

— Por que faz isso? — acrescentou ele.

— A menos que seja um caçador de talentos da Broadway, bonitão, é o meu trabalho.

Cleo, sempre o observando, levantou a mão e esfregou o polegar no indicador. Gideon tirou a metade da nota do bolso e pôs debaixo do livro.

— Primeiro, vamos conversar.

Ele já delineara como queria abordar a questão e chegara à conclusão de que ser direto — bastante direto — seria o melhor a se fazer.

— Você tem um ancestral, por parte de mãe, chamado Simon White-Smythe.

Mais perplexa do que interessada, Cleo tomou um gole do café, forte e puro.

— E daí?

— Ele era um colecionador. De arte e artefatos. Havia uma peça em sua coleção. A estatueta de prata de uma mulher, em estilo grego. Represento uma parte interessada na aquisição dessa estatueta.

Cleo não disse nada por um momento, pois a comida acabara de ser servida. O cheiro, sobretudo o de uma refeição que não teria de pagar, a tornara cooperativa. Espetou um pedaço de bacon e um pouco de ovo.

— Por quê?

— Quer saber?

— Isso mesmo. Esse cliente deve ter alguma razão para querer uma mulher pequena de prata.

— Razões sentimentais, com certeza. Em 1915, um homem viajou para Londres, a fim de comprá-la de seu ancestral. Só que fez uma escolha insensata quanto ao meio de transporte. — Gideon serviu-se de um pouco do bacon de Cleo. — Comprou uma passagem no *Lusitania*. E afundou com o navio.

Cleo estudou a oferta de geleias e optou pela de groselha. Passou uma quantidade generosa sobre uma torrada, enquanto pensava na história.

Sua avó materna, a única pessoa humana e divertida da família, era uma White-Smythe, por nascimento. Sob esse aspecto, a história de Gideon tinha algum sentido.

— Sua parte interessada esperou mais de oitenta anos para procurar a estatueta?

— Alguns são mais sentimentais que outros — declarou ele, calmamente. — Pode-se dizer que o destino desse homem foi determinado pela estatueta. Meu trabalho é localizá-la. Se ainda estiver na posse de sua família, estou autorizado a oferecer um preço razoável para comprá-la.

— Mas por que eu? Por que não entrou em contato com minha mãe? Estaria, assim, uma geração mais perto.

— Você estava geograficamente mais perto. Mas se não tem conhecimento da estatueta, meu próximo passo será procurar sua mãe.

— Seu cliente parece meio extravagante.

Os lábios de Cleo se contraíram enquanto mordia a torrada. As sobrancelhas subiram, fazendo com que a marca de beleza atuasse como ponto na exclamação sensual.

— Qual é sua definição de um preço razoável?

— Estou autorizado a oferecer 500.

— Libras?

— Libras.

Ai, meu Deus, pensou ela, enquanto continuava a comer, com toda a aparência de calma. O dinheiro engrossaria seu fundo de reserva para fugir daquele fim de mundo. Mais do que isso, poderia ajudá-la a voltar aos Estados Unidos sem qualquer humilhação.

Mas o homem deveria considerá-la uma idiota se pensava que ela aceitaria toda aquela história.

— Você falou uma estatueta de prata?

— De uma mulher. Tem cerca de 15 centímetros de altura e segura uma roca. Conhece ou não?

— Não me apresse. — Cleo fez um sinal, pedindo mais café, e continuou a comer os ovos. — Posso ter visto. Minha família tem muitas dessas coisas antigas que só servem para acumular poeira. E minha avó era a recordista mundial. Posso verificar... se você acrescentar outra dessas.

Ela acenou com a cabeça para a nota que aparecia por baixo do livro de Yeats.

— Não me pressione, Cleo.

— Uma mulher precisa ganhar a vida. E as 50 libras extras seriam menos do que custaria a seu cliente enviá-lo aos Estados Unidos. Além disso, é mais provável que minha família coopere comigo do que com um estranho.

O que não era verdade, é claro, pensou ela.

Gideon considerou suas opções, e estendeu a metade da nota por cima da mesa.

— Ganhará as outras 50 libras quando e se merecer.

— Passe no clube amanhã à noite.

Ela pegou a nota e enfiou-a no bolso do jeans. O que não foi fácil, pensou Gideon, já que a calça parecia ter sido pintada no corpo.

— Leve o dinheiro. — Ela saiu do reservado. — E obrigada pelos ovos.

— Cleo... — Gideon segurou-lhe a mão, apertando com força suficiente para atrair sua atenção. — Se tentar me enganar, vai me deixar irritado.

— Não esquecerei.

Ela ofereceu um sorriso descontraído, desvencilhou a mão e se afastou, com um meneio deliberado dos quadris.

Ela estava se insinuando, refletiu Gideon. Qualquer homem com um pingo de sangue adoraria comê-la. Mas apenas um tolo confiaria naquela mulher.

E Eileen Sullivan não criara nenhum tolo.

CLEO FOI direto para o apartamento. É verdade que chamar seu pequeno quarto de apartamento era a mesma coisa que chamar uma jujuba de sobremesa. Só sendo muito jovem ou estupidamente otimista.

Suas roupas eram penduradas na barra de ferro atarraxada numa parede com manchas de infiltração, guardadas numa cômoda do tamanho de um caixote de feira com uma gaveta faltando, ou jogadas e largadas onde caíam. Ela concluíra que o problema de ser criada com uma empregada que fazia tudo era o fato de que a pessoa nunca aprendia a ser organizada.

Mesmo apenas com a cômoda, a cama dobrável e a mesa retrátil, o quarto ficava atravancado. Mas era barato e tinha um banheiro exclusivo. Ou pelo menos algo parecido.

Embora não fosse do seu agrado — não sendo realmente jovem e tampouco otimista —, podia pagar o aluguel semanal com as gorjetas de uma noite.

Instalara a tranca pessoalmente, depois que um vizinho tentara entrar à força para um espetáculo particular. O artefato lhe proporcionava uma considerável sensação de segurança.

Acendeu a luz e jogou a bolsa para o lado. Foi até a cômoda e vasculhou a primeira gaveta. Tinha um guarda-roupa considerável quando desembarcara em Praga, e boa parte dele era de lingerie nova.

Comprada, pensou ela, com uma raiva intensa, para o prazer de um certo Sidney Walter. O canalha. Mas quando uma mulher se permite gastar mais de 2 mil dólares em lingerie só porque sente tesão por um homem, tem mais é que se foder. Em todos os sentidos possíveis.

E fora exatamente o que Sidney fizera, pensou ela. Esquentara os lençóis da suíte presidencial do hotel mais caro de Praga, para depois fugir com todo o dinheiro e as joias dela, deixando-a com uma enorme conta a pagar.

Deixando-a, acrescentou para si mesma, completamente sem dinheiro e arrasada.

De qualquer maneira, Sidney não era o único que podia aproveitar uma oportunidade quando esta surgia à sua frente. Ela sorriu para si mesma ao tirar da gaveta um par de meias de ginástica e desenrolá-las.

A estatueta de prata estava bastante manchada, mas ela podia lembrar de sua aparência quando ficava limpa e lustrosa. Ainda sorrindo, Cleo passou o polegar pelo rosto da peça, com uma afeição distraída.

— Você não parece muito com minha passagem para fora daqui — murmurou ela. — Mas vamos ver o que pode acontecer.

Ela não apareceu até quase 14 horas do dia seguinte. Gideon já estava prestes a desistir. Por pouco não a reconheceu quando a viu em plena luz do dia.

Cleo usava jeans, uma blusa preta, sem mangas e decotada, que deixava sua barriga à mostra. Por isso foi seu corpo que ele percebeu primeiro. Tinha os cabelos escovados para trás e presos numa trança grossa. Óculos escuros protegiam seus olhos. Andava depressa, em botas pretas de solas grossas, misturando-se aos demais pedestres.

Já não era sem tempo, pensou, enquanto a seguia. Ficara sem fazer nada por horas, esperando-a. Estava numa das cidades mais belas e refinadas da Europa Oriental, mas não poderia se dar ao luxo de ver qualquer coisa.

Queria visitar a exposição de Mucha, estudar o saguão *art nouveau* da Estação Central, vagar entre os pintores na ponte Carlos. Porque a mulher dormira durante a metade do dia, ele tivera de se contentar com a leitura de um guia turístico.

Ela não se deteve para olhar vitrines, não hesitou ao passar direto pelas exposições de cristais e granadas, que faiscavam ao sol forte. Andava sem parar, descendo ruas, atravessando praças com pedras antigas no calçamento, não dando tempo a seu seguidor para admirar os domos, a arquitetura barroca ou as torres góticas.

Cleo parou só uma vez, num quiosque na calçada, onde comprou uma garrafa de água mineral, que guardou na bolsa enorme, pendurada no ombro.

Como Cleo manteve o ritmo acelerado e Gideon começou a sentir o suor escorrer pelas costas, ele arrependeu-se de não ter seguido o exemplo, comprando também uma garrafa para si.

Animou-se um pouco quando compreendeu que ela ia na direção do rio. Talvez pudesse dar uma olhada na ponte Carlos, no fim das contas.

Passaram por lojas pintadas de cores alegres, apinhadas de turistas; por restaurantes em que as pessoas sentavam-se às mesas com guarda-sol, tomando bebidas geladas ou sorvete... e as pernas compridas de Cleo mantiveram o mesmo ritmo, ao subir a ladeira íngreme para a ponte.

O frescor que vinha da água não proporcionava muito alívio. A cena, embora espetacular, não explicava o que ela estava fazendo. Cleo não lançou um olhar sequer para o grandioso Castelo de Praga nem para a catedral. Não parou na ponte para se debruçar sobre a grade e contemplar a água e os barcos lá embaixo. Muito menos parou para falar com os pintores.

Simplesmente atravessou a ponte e continuou a andar.

Gideon tentava decidir se ela seguia para o castelo — e, nesse caso, por que não pegara um ônibus — quando a viu mudar de rumo, descendo a ladeira para a rua de pequenos chalés em que outrora residiam os alquimistas e ourives do rei.

Eram lojas agora, naturalmente, mas isso não diminuía o encanto dos portais baixos, das janelas estreitas e das cores esmaecidas. Ela passou pelos turistas e grupos de excursão, na rua de calçamento irregular de pedras, e continuou a subir.

Virou de novo, entrou no pátio de um pequeno restaurante e desabou a uma mesa.

Antes que Gideon pudesse decidir o que fazer naquele momento, ela se virou na cadeira, acenou em sua direção e gritou:

— Pague-me uma cerveja!

Ele rangeu os dentes quando Cleo tornou a se virar, esticou as pernas compridas, aparentemente incansáveis, e fez sinal para o garçom, levantando dois dedos. Quando Gideon sentou-se à sua frente, ela ofereceu um grande sorriso.

— Está muito quente hoje, não acha?

— Mas por que tudo isso?

— Como? Ah, sim... Achei que você iria me seguir; então o mínimo que eu podia fazer era lhe mostrar um pouco da cidade. Planejava subir até o castelo, mas...

Cleo baixou os óculos e estudou o rosto de Gideon. Estava um pouco suado, com uma expressão irritada, a beleza cansada.

— Pensei que poderia apreciar uma cerveja agora — acrescentou ela.

— Se quisesse bancar a guia turística, poderia escolher um museu ou uma catedral. Um lugar agradável e fresco.

— Estamos suados e mal-humorados, não é? — Ela recolocou os óculos escuros. — Se você se sentia compelido a me seguir, poderia ter me pedido para mostrar a cidade e pagar o almoço.

— Pensa em qualquer outra coisa além de comer?

— Preciso de muita proteína. Disse que me encontraria com você esta noite. O fato de me seguir me leva a pensar que não confia em mim.

Gideon não disse nada. Apenas fitou-a, impassível, enquanto as cervejas eram servidas. Tomou metade do copo de um só gole.

— O que sabe sobre a estatueta? — perguntou ele quando baixou o copo.

— O suficiente para concluir que não teria me seguido por três quilômetros, em pleno verão, se não valesse muito mais do que as 500 libras que ofereceu. Por isso, vou dizer o que quero.

Ela hesitou. Chamou o garçom, pediu outra rodada de cerveja e um sundae de morango.

— Não se mistura sorvete com cerveja — comentou Gideon.

— Claro que sim. É a beleza do sorvete: combina com qualquer coisa, a qualquer momento. Seja como for, vamos voltar aos negócios. Quero 5 mil dólares americanos e uma passagem de primeira classe para Nova York.

Gideon levantou o copo e tomou o resto da cerveja.

— Nada feito.

— Muito bem. Nesse caso, você não obtém a mulher.

— Posso arrumar mil, depois de ver a estatueta. E talvez mais 500 quando a tiver em minhas mãos. É o máximo que posso oferecer.

— Não creio. — Ela estalou a língua quando Gideon pegou um cigarro. — É por causa disso que você teve dificuldade com o passeio.

— Não foi um passeio. — Ele soprou a fumaça, enquanto as cervejas e o sorvete eram servidos. — Se continuar comendo assim, vai acabar enorme de gorda.

— É uma questão de metabolismo — disse ela, com a boca cheia de sorvete. — O meu é rápido como o de um coelho. Qual é o nome do seu cliente?

— Não precisa de nomes e nem deve pensar que eles podem negociar direto com você. Tem de fazer tudo por meu intermédio, Cleo.

— Cinco mil. — Ela lambeu a colher. — E uma passagem de primeira classe para Nova York. Se conseguir isso, providenciarei a estatueta. Eu disse para não tentar me enganar. — Ela está vestindo uma túnica, com o ombro direito à mostra, e os cabelos encaracolados presos no alto da cabeça. Tem sandálias nos pés e está sorrindo. Apenas um pouco. A expressão é pensativa.

Gideon fechou a mão sobre o pulso de Cleo.

— Não negocio até que possa vê-la.

— Não a verá até negociar.

Ele tinha mãos boas e fortes. Cleo apreciava isso num homem. E havia calos suficientes para indicar que trabalhava com as mãos... que não ganhava a vida procurando obras de arte para clientes sentimentais.

— Tem de me levar de volta para os Estados Unidos se a quiser, não é mesmo? — Era razoável. Cleo passara algum tempo pensando em todos os cenários possíveis. — Porque, para voltar, tenho de largar o emprego. Por isso, preciso do dinheiro para me sustentar, até encontrar outro emprego em Nova York.

— Imagino que há muitos bares de striptease em Nova York.

— Tem razão. — A voz de Cleo era gelada agora. — É o que eu também imagino.

— A escolha da profissão é sua, Cleo. Assim, pode me poupar da mágoa. Preciso de provas de que ela existe, que você sabe onde se encontra e que pode obtê-la. Não poderemos prosseguir na discussão das condições antes disso.

— Terá sua prova. Agora, pague a conta. Será uma longa caminhada de volta.

Ele acenou para o garçom e tirou a carteira do bolso.

— Pegaremos um táxi.

Cleo ficou olhando pela janela do táxi durante a viagem de volta, remoendo o que ele dissera. Não se sentia magoada, disse a si mesma. Fazia um trabalho honesto, não é mesmo? Um trabalho pesado e honesto. Por que haveria de se importar com um idiota irlandês que a tratava com desdém?

Gideon nada sabia a seu respeito, quem ela era, o que era, de que precisava. Se pensava que magoara seus sentimentos por causa de um comentário grosseiro, ele a subestimara.

Passara quase toda a sua vida como pária da própria família. A opinião de um estranho não importava para ela.

Providenciaria a prova, e ele pagaria seu preço. Venderia a estatueta. Afinal, não sabia por que a guardara durante tantos anos.

Ainda bem, porque lhe trouxera sorte. A pequena dama a levaria de volta para casa e lhe proporcionaria uma certa tranquilidade, até que conseguisse alguns testes.

Teria de polir a estatueta. Depois, convenceria Marcella a deixá-la usar a câmera digital e o computador. Tiraria uma foto e providenciaria uma cópia impressa pelo computador. Sullivan nunca saberia de onde viera e não adivinharia que a estatueta que procurava se encontrava em sua bolsa, por uma questão de segurança.

Ele achava que estava lidando com uma derrotada? Pois descobriria que não. Ela mudou de ideia quando viraram a esquina da rua em que morava.

— Vá ao clube esta noite — disse ela, sem o fitar. — E leve o dinheiro. Fecharemos o negócio.

— Cleo... — Gideon segurou seu pulso, quando ela abriu a porta do carro. — Peço desculpas.

— Por quê?

— Pelo meu comentário ofensivo.

— Esqueça.

Ela saltou e seguiu direto para seu prédio. Era estranho, mas o pedido de desculpas a afetara ainda mais profundamente que o insulto.

Cleo virou-se e tornou a descer pelo quarteirão, sem voltar ao apartamento. Iria para o clube mais cedo. Depois de uma rápida parada para comprar um polidor de prata.

AINDA NÃO eram 7 horas quando ela entrou. Contornou o palco e entrou no pequeno corredor que levava ao escritório de Marcella. À batida na porta, Marcella respondeu com um grito brusco, que fez Cleo estremecer.

Pedir um favor à chefe era sempre problemático, mas fazer isso quando a chefe estava de mau humor era extremamente perigoso. Mesmo assim, inclinou a cabeça para dentro da sala, organizada com absoluta eficiência.

— Lamento interromper.

— Se lamentasse mesmo, não interromperia. — Marcella continuou a martelar no teclado do computador. — Tenho trabalho a fazer. Sou uma empresária.

— Sei disso.

— O que você sabe? Você dança, tira a roupa. Isso não é negócio. Negócio é tratar de papéis, cifras, cérebro. — Ela bateu com um dedo no lado da cabeça. — Qualquer uma pode se despir.

— Claro, mas nem todas podem se despir de modo que as pessoas paguem para assisti-las. Seu movimento aumentou desde que comecei a tirar a roupa no palco.

Marcella fitou-a por cima dos aros retos dos óculos pequenos.

— Quer um aumento?

— Claro.

— Então é estúpida ao pedir quando estou ocupada e de mau humor.

— Mas não pedi — ressaltou Cleo, entrando e fechando a porta. — Foi você quem perguntou. Quero apenas um favor. Um pequeno favor.

— Nenhuma noite extra de folga esta semana.

— Não quero uma noite de folga. Para ser franca, trocarei uma hora extra no palco pelo favor.

Marcella concentrou agora toda a sua atenção em Cleo. As contas podiam esperar.

— Pensei que fosse um pequeno favor.

— E é mesmo, só que pode ser muito importante para mim. Apenas quero que me empreste a câmera digital para uma foto e seu computador para baixá-la. Levará no máximo dez minutos. E você terá uma hora a mais do meu trabalho. É uma boa troca.

— Vai mandar sua foto para outro clube? Quer usar minhas coisas para arrumar um novo emprego?

— Não é para conseguir um novo emprego. — Cleo suspirou. — Você me deu uma oportunidade quando eu estava em dificuldades. Deu alguns conselhos profissionais e ajudou-me a superar a náusea da primeira noite. Sempre jogou limpo comigo. Como faz com todo mundo. Procurar um concorrente pelas suas costas não seria minha maneira de retribuir.

Marcella contraiu os lábios vermelhos e brilhantes, balançando a cabeça.

— Precisa tirar uma foto de quê?

— É apenas um objeto. Um negócio. — Quando Marcella contraiu os olhos, Cleo tornou a suspirar. — Não é ilegal. Tenho algo que uma pessoa quer comprar, mas não confio nela para revelar que está comigo.

Ao olhar firme de Marcella, Cleo abriu a bolsa, enquanto murmurava:

— Mas que saco...

— Não há nada de errado com minha audição ou com meu inglês.

— É isto.

Cleo mostrou a estatueta que acabara de limpar.

— Deixe-me dar uma olhada. — Marcella chamou-a com um dedo, até que Cleo se adiantou e pôs a estatueta em sua palma. — Prata. Muito bonita. Precisa de um polimento.

— Já tirei a maior parte da sujeira.

— Deveria cuidar melhor de suas coisas. É muito relaxamento. Mas é bonita. — Ela bateu com a unha vermelha. — Prata maciça?

— Isso mesmo.

— Onde a conseguiu?

— Pertence a minha família há gerações. Está comigo desde que eu era pequena.

— E esse homem... o irlandês... quer comprá-la.

— É o que parece.

— Por quê?

— Não sei direito. Ele contou uma história que pode ou não ser verdadeira. Não faz diferença para mim. Tenho a estatueta, ele está disposto a pagar. Posso usar o equipamento?

— Pode. É uma herança de família? — Marcella franziu o rosto, enquanto virava a estatueta na palma da mão. — Venderia sua herança de família?

— As heranças de família só são importantes quando a família é importante.

Marcella largou a estatueta na mesa, onde faiscou à luz.

— Você tem o coração duro, Cleo.

— Pode ser. — Cleo esperou, enquanto Marcella destrancava uma gaveta da mesa e tirava a câmera digital. — Mas também é uma dura realidade.

— Tire a foto e depois ponha a roupa. Pode fazer a hora extra agora.

MEIA HORA depois, Cleo vestiu a saia de couro preto, bem justa, que acompanhava o bustiê e o casaco preto com tachões prateados. O pequeno chicote combinava muito bem com o traje.

Cleo experimentou-o, com um estalo súbito, que provocou um sobressalto nas outras mulheres e fez com que reclamassem.

— Desculpem.

Ela se virou para o espelho. Ajeitou a coleira de cachorro que pusera no pescoço. Passou a mão pelos cabelos que puxara para trás e prendera num coque na nuca.

Só teria de sacudir a cabeça duas ou três vezes, com firmeza, para soltá-los. Teria de tomar cuidado para evitar que se desprendessem antes da hora. Ela acrescentou um pouco mais de delineador preto nos olhos, depois praticou *pivots* e *pliés* com as botas de saltos altos.

Estava abrindo as pernas, transferindo o peso do corpo de uma para outra, quando Gideon entrou inesperadamente no camarim. Várias mulheres fizeram comentários em voz alta ou emitiram sons de beijos.

— Vamos embora.

Ele puxou a mão de Cleo, fazendo-a erguer-se.

— Ir embora?

— Isso mesmo. Explicarei depois.

— Faltam apenas três minutos para minha entrada no palco.

— Esta noite você não vai se apresentar.

Quando ele começou a arrastá-la para a porta, Cleo mudou de posição e acertou uma cotovelada em sua barriga.

— Largue-me!

— Mas que droga!

Ele pensaria na dor e em sua vingança mais tarde. Por enquanto, apenas prendeu a respiração, enquanto as outras mulheres no camarim aplaudiam e assobiavam.

— Já estiveram em seu apartamento. Sua senhoria foi para o hospital com uma concussão. Não podem estar mais do que cinco minutos atrás de mim.

— Mas de quem está falando? — Cleo deu um passo para trás, depois outro. — Quem esteve no meu apartamento?

— Alguém que quer uma coisa e não é tão escrupuloso quanto eu na maneira de conseguir. — Gideon tornou a segurá-la pelo braço. — Deram uns tapas em sua senhoria antes de acertá-la na cabeça. Quer esperar para que eles façam isso com você ou prefere vir comigo?

O impulso, pensou Cleo, sempre a metera em encrenca. Por que deveria ser diferente naquela noite? Ela pegou a bolsa.

— Vamos embora.

Ele saiu para o corredor. Puxou-a para a direita.

— Não vamos sair pela frente, Cleo. É bem possível que eles já estejam lá. Iremos pelos fundos.

— A porta dos fundos é trancada por dentro. Se sairmos por lá e houver algum problema, não poderemos voltar.

Gideon assentiu. Abriu a porta dos fundos, o suficiente para dar uma olhada. Para a esquerda, a viela terminava num beco sem saída. Mas ele não avistou nada.

— Pode andar depressa com isso? — indagou ele, apontando para as botas.

— Posso acompanhá-lo sem qualquer dificuldade.

— Então vamos embora.

Ele a levou para fora, a mão segurando o braço de Cleo, firme, como um torno. Correram pela viela. Ao saírem para a rua, Gideon lançou um olhar rápido para os dois lados. Soltou um grunhido baixo e virou para a direita, passando o braço pela cintura de Cleo.

— Continue a andar. Dois homens no outro lado da rua. Um seguindo para a entrada do clube, o outro, para a viela. Não olhe para trás.

Mas ela já vira e avaliara os homens.

— Podemos dar conta deles.

— Nem pense nisso. Continue andando. Se tivermos sorte, eles não nos viram sair. Na esquina, Gideon olhou para trás.

— Não tivemos sorte. — Ele baixou o braço para pegar a mão de Cleo. — Aqui está sua oportunidade de provar que pode mesmo me acompanhar.

Ele saiu correndo. No meio do quarteirão, puxou-a para atravessar a rua, entre os carros. Freios guincharam, buzinas soaram. Cleo sentiu o vento de um para-lama, que não a atingiu por centímetros.

— Seu filho da puta maluco!

Mas quando ela olhou para trás, viu um homem que tentava se esgueirar entre os carros. Não diminuiu a velocidade. Os saltos das botas escorregavam nas bordas irregulares do calçamento. Se tivesse dez segundos, tiraria as botas e passaria a correr descalça.

— Só resta um agora! — gritou Cleo. — Seremos dois contra um!

— O outro está por perto!

Gideon, instintivamente, puxou-a para um restaurante. Passaram correndo por alguns clientes surpresos, atravessaram a cozinha e saíram para a rua estreita nos fundos.

— Bom Deus! — exclamou ele, quase como uma prece, quando avistou uma motocicleta preta estacionada atrás do prédio. — Dê-me um grampo.

— Se ligar essa moto com um grampo, juro que beijarei seu saco.

E ela tirou um grampo, ofegante. Os cabelos se soltaram, enquanto Gideon usava o grampo para abrir a caixa de ignição. Em dez segundos, ele fizera uma ligação direta e subia na moto.

— Vamos embora. Poderá deixar para beijar meu saco num momento de maior intimidade.

A saia preta subiu até a virilha quando ela montou, a tanga preta se comprimindo contra o traseiro de Gideon. Ele ignorou isso da melhor forma que pôde, assim como também ignorou a pressão dos seios em suas costas. Fez a volta com a moto e partiu para a entrada da viela, o motor roncando firme.

Cleo passou os braços em torno de sua cintura. Soltou um grito quando saíram para a rua. Na esquina, Gideon quase passou nos pés do homem que os perseguia. Cleo deu uma boa olhada, de perto, em seu rosto chocado e furioso. Riu, exultante, quando Gideon inclinou-se para fazer a curva.

— Eles têm um carro! — avisou ela, fazendo um esforço para ver, enquanto o vento soprava os cabelos em seu rosto. — O outro cara deve ter ido buscá-lo. O homem que você quase atropelou na esquina acaba de entrar.

— Não tem problema. — Gideon virou em outra curva, endireitou a moto e disparou pela rua transversal. — Vamos despistá-los sem qualquer dificuldade.

Seguindo o mapa em sua cabeça, ele manobrou para sair da cidade.

Queria uma estrada aberta, a escuridão, o sossego. Precisava de cinco minutos para pensar.

— Ei, bonitão!

A voz de Cleo soava bem perto de seu ouvido. Ele podia sentir seu cheiro, uma combinação pungente e erótica de mulher e couro. E tinha certeza agora de que os seios eram de fato aqueles que Deus concedera... e eram uma beleza!

— O que é? Preciso me concentrar na direção.

— Pode seguir reto em frente. Só queria que você soubesse que não estou mais interessada nos 5 mil dólares.

— Se não me vender a estatueta, eles continuarão atrás de você.

— Falaremos sobre isso quando não estivermos tão ocupados.

Cleo olhou para trás, contemplando as luzes e o brilho de Praga.

— Mas os 5 mil saem de cena. — Ela tornou a se inclinar para a frente, grudando nele, enquanto murmurava: — Porque acabo de me tornar sua sócia.

Para sacramentar o acordo, ela deu uma mordida de leve na orelha de Gideon. E soltou uma risada.

Capítulo 5

— Deixaram eles escapar.

Anita Gaye recostou-se no couro macio da cadeira de sua mesa e examinou as unhas. O telefonema não a deixava nem um pouco satisfeita.

— Minhas instruções não foram claras? — indagou ela, a voz baixa e suave. — Que parte de "localizar a mulher e descobrir o que ela sabe" vocês não entenderam?

Desculpas, pensou ela, enquanto escutava a explicação de seu subordinado. Incompetência. Era irritante demais.

— Sr. Jasper? — Ela o interrompeu no tom mais simpático possível. — Creio que eu tenha lhe dito "por todos os meios existentes". Precisa de uma definição detalhada dessa frase? Não? Pois então sugiro que os encontre, e depressa, ou serei obrigada a pensar que você é menos esperto que um guia turístico irlandês de segunda classe.

Anita cortou a ligação. Para se acalmar, virou a cadeira e contemplou sua vista de Nova York. Gostava de observar o alvoroço e a confusão da cidade, ao mesmo tempo que se mantinha isolada.

O que gostava mesmo era de saber que poderia deixar seu elegante escritório no prédio antigo, de fachada de pedra, seguir para a Madison Avenue, entrar em qualquer loja da moda e comprar o que desejasse.

E, pincipalmente, sendo reconhecida, admirada e invejada.

Houvera um tempo, não muitos anos antes, em que ela caminhava apressada por aquelas ruas, tomada por preocupações com o pagamento do aluguel, as contas de cartão de crédito; preocupada em como esticar o salário para comprar um par de sapatos bom.

Olhando através das vitrines, lembrava, sabia que era melhor, mais inteligente e mais valiosa do que qualquer das mulheres que faziam compras naquele ar fresco e perfumado, correndo seus dedos bem-cuidados por trajes de seda costurados à mão.

Nunca duvidara de que um dia estaria do outro lado, do lado certo da vitrine. Nunca tivera a menor dúvida de que esse era o seu destino.

Sempre tivera algo do qual muitas pessoas carecem enquanto trabalham para escalar os degraus de sua carreira: uma ambição desmedida e uma crença quase violenta em seu potencial. Jamais tivera a intenção de trabalhar pelo resto da vida apenas para pôr um teto sobre sua cabeça.

A menos que esse teto fosse espetacular.

Sempre tivera um plano. Uma mulher, refletiu Anita, enquanto se afastava da escrivaninha de pau-rosa, tornava-se o brinquedo de um homem, seu capacho, ou saco de pancada, se não tivesse um plano. E, com bastante frequência, uma combinação dessas três coisas.

Com um plano e a inteligência para pô-lo em prática, os papéis se invertiam. O homem é que passava a ser dominado pela mulher.

Ela trabalhara muito para chegar aonde chegara. Se o fato de casar com um homem velho o bastante para ser seu avô não era trabalho, então ela não sabia o significado da palavra "trabalho". Quando uma mulher de 25 anos fazia sexo com um cara de 66, ela — por Deus! — estava trabalhando.

Ela fizera valer todo o dinheiro de Paul Morningside. Durante 12 longos e penosos anos. Uma esposa devotada, assistente fiel, anfitriã elegante e prostituta de plantão. Ao morrer, ele era um homem feliz. E já fora tarde, na avaliação de Anita.

A Morningside Antiquities agora lhe pertencia.

Porque isso sempre a alegrava, deu uma volta pela sala, deixando os saltos afundarem na lã desbotada do tapete Bokara, estalando na madeira envernizada. Selecionara cada peça pessoalmente, do sofá George III ao cavalo T'ang, numa prateleira saliente da estante Regency.

Formavam uma mistura de estilos e eras que a atraíam; uma combinação elegante e nitidamente feminina, de gosto superior. Aprendera muito com Paul sobre valor, continuidade e perfeição.

As cores eram suaves. Anita reservava o ousado e vistoso para outras áreas, mas seu escritório no centro da cidade tinha tons femininos suaves. O que era melhor para seduzir clientes e concorrentes.

O melhor de tudo, pensou ela, enquanto pegava uma caixa de rapé de opala, é que tudo na sala pertencera outrora a outra pessoa.

Havia certa emoção em possuir o que fora de outro. Em sua mente, era uma espécie de roubo. Mesmo sendo legal. Mesmo sendo distinto. O que poderia ser mais emocionante?

Ela tinha plena consciência de que, depois de 15 anos, três deles no comando da Morningside, ainda havia quem a considerasse pouco mais do que uma oportunista.

Mas estavam enganados.

Foram inevitáveis os comentários maldosos quando Paul Morningside se envolvera com uma mulher quarenta e poucos anos mais nova do que ele.

Houve quem a chamasse de puta. O que era igualmente um grave equívoco.

Era então, e continuava sendo, aliás, uma bela mulher que sabia exatamente como explorar seus atributos da melhor forma. Seus cabelos eram avermelhados e, aos 40 anos, ela os usava na altura do queixo num corte que valorizava seu rosto redondo e a boca carnuda e enganosamente suave. Os olhos intensamente brilhantes e azuis eram arregalados como costumam ser os das bonecas. A maior parte das pessoas que os encarava em geral considerava-os ingênuos. O que era um equívoco ainda maior.

Anita tinha a pele clara e impecável, o nariz pequeno e arrebitado. E um corpo que um ex-amante descrevera como um sonho erótico ambulante.

Apresentava o pacote completo com o maior cuidado. Tailleurs sob medida para o trabalho, vestidos elegantes para as ocasiões sociais. Ao longo do casamento, fora meticulosa em seu comportamento, público e privado. Podia haver quem sussurrasse, mas nunca houvera qualquer escândalo, nenhuma atitude questionável atribuída a Anita Gaye.

Alguns talvez ainda estivessem desconfiados, mas aceitavam seus convites e também a convidavam. Eram clientes de sua empresa e pagavam caro por este privilégio.

Dentro do atraente pacote, havia o cérebro de uma manipuladora nata. Anita Gaye era a viúva devotada, a anfitriã da alta sociedade, a empresária respeitada. Visava a representar esse papel pelo resto de seus dias.

Também era, pensou ela, a mais antiga trapaceira no mercado de antiguidades.

Interesseira, refletiu ela, rindo. Nunca fora apenas pelo dinheiro, é claro. Era também uma questão de posição, poder e prestígio.

Não era apenas pelo dinheiro, assim como possuir uma coisa não era apenas ocupar espaço numa prateleira. Era também uma questão de status.

Ela foi até uma paisagem de Corot. Apertou um mecanismo oculto na moldura para afastar o quadro da parede. Com dedos rápidos, digitou o código de segurança no teclado embutido na parede, acrescentando a combinação do cofre.

Para seu próprio prazer, tirou a Parca de prata, uma das deusas que decidiam o destino das pessoas.

E não fora o destino, refletiu ela, que a levara a viajar para Dublin, onde ficou algumas semanas supervisionando a inauguração da filial da Morningside? Assim como fora o destino que a levara a aceitar um encontro com Malachi Sullivan.

Já conhecia a história das Três Parcas. Paul a contara. Ele tinha um repertório interminável de histórias longas e chatas. Mas aquela despertara seu interesse. Três estatuetas de prata, forjadas, segundo alguns diziam, no próprio Olimpo. O que era um absurdo, é claro, mas a lenda acrescentava brilho e valor aos objetos. Três irmãs, separadas pelo tempo e pelas circunstâncias, caindo em várias mãos, ao longo dos anos. E, separadas, não eram mais do que atraentes objetos de arte.

Mas se e quando fossem reunidas... Ela passou a ponta do dedo pelo entalhe raso na base, onde Cloto estivera outrora ligada a Láquesis. Juntas, tinham um valor inestimável. E alguns, crédulos demais, na opinião de Anita, diziam também que, juntas, proporcionavam um poder incalculável. Uma riqueza além da imaginação, o controle do próprio destino: a imortalidade.

Paul não acreditava que existissem. Uma história fascinante, alegava ele: Uma espécie de Santo Graal para os colecionadores de antiguidades. E Anita também pensava assim. Até que Malachi Sullivan pedira sua opinião profissional.

Fora uma brincadeira de criança seduzi-lo para que a seduzisse. Depois, ofuscar sua cautela com o desejo, até que ele confiasse o suficiente para entregar a estatueta em suas mãos. Para testes e avaliações, garantira Anita. Para pesquisa.

Malachi lhe dissera o suficiente, mais do que suficiente, para assegurar que poderia se apossar da estatueta com impunidade. O que ele poderia fazer — um marujo irlandês de classe média, que descendia, por sua própria descrição, de um ladrão — contra uma mulher de irrepreensível reputação?

O roubo puro e simples, pensou ela agora, fora um momento glorioso.

Ele protestara, é claro, mas o dinheiro e a posição de Anita, os quilômetros de oceano que os separavam, isolavam-na contra qualquer problema que Malachi pudesse criar. Como ela esperava, Malachi se aquietara em poucas semanas.

Não esperara, porém, que Malachi chegasse na sua frente e a frustrasse — mesmo que temporariamente — na busca pelas outras duas peças. Anita perdera tempo interrogando com muita cautela os atuais proprietários da Wyley Antiques, enquanto ele procurara Tia Marsh.

Nada descobrira com ela, Anita sabia agora. Não houvera tempo. Não havia nada no quarto de hotel de Tia, nada em seu laptop relacionado às estatuetas ou a seus ancestrais.

E também nada, como constatara uma busca mais discreta, em seu apartamento em Nova York. Ainda assim, ela achava que Tia era uma chave para o mistério, um caminho que valia a pena investigar.

Faria isso pessoalmente, decidiu Anita, assim como também investigaria pessoalmente a pista de Simon White-Smythe em Nova York. Deixaria para seus incompetentes subordinados a tarefa de localizar a ovelha negra dessa família, enquanto ela cortejaria a nata.

E depois que tivesse a segunda Parca, usaria todos os seus recursos, toda a sua energia, para encontrar e se apoderar da terceira.

TIA PASSOU as primeiras 24 horas depois do voo de volta dormindo ou se arrastando de pijama por seu apartamento. Acordara duas vezes no escuro sem saber onde se encontrava. E, ao lembrar-se, abraçara a si mesma, em puro êxtase, antes de tornar a se aconchegar no travesseiro e pegar no sono.

No segundo dia, permitira-se um prolongado banho de banheira — com água morna e muito óleo de lavanda — depois, trocara de pijama e voltara a dormir.

Quando acordava e perambulava pelo apartamento, parava a todo instante para tocar alguma coisa... o encosto de uma cadeira, a lateral de uma mesa, o domo redondo de um peso de papel. E pensava: meu. Minhas coisas, meu apartamento, meu país.

Podia abrir as cortinas e contemplar a vista do East River, apreciar a água, que sempre contribuía para acalmá-la e encantá-la. Ou fechar as cortinas e imaginar que se encontrava numa caverna adorável e fresca.

Não havia ninguém a sua espera, não tinha necessidade de se vestir, de pentear os cabelos, de se preparar em termos físicos e emocionais para um contato com o público.

Poderia, se quisesse, permanecer de pijama no apartamento por uma semana, sem falar com ninguém. Poderia deitar em sua cama maravilhosa, sem fazer nada que não fosse ler e assistir à televisão.

Claro que isso era terrível para as costas. E claro que precisava preparar refeições apropriadas, reacostumar o organismo à rotina básica. Estava quase sem chá e também precisava sair para comprar banana se não quisesse que seu nível de potássio despencasse.

Mas poderia adiar esses afazeres por mais um dia. Apenas mais um dia. Porque a perspectiva de não ter de falar com ninguém, nem mesmo com o caixa do supermercado, era tão maravilhosa, que valia o risco de uma queda de potássio.

Para aliviar o sentimento de culpa de não telefonar para a família e preservando-se de percorrer os poucos quarteirões para visitá-la, ela mandou um e-mail para os pais. Depois, confirmou a próxima consulta com o Dr. Lowenstein da mesma maneira.

Adorava o e-mail e sentia-se grata por viver numa época em que era possível se comunicar com as pessoas sem ser falando.

Apesar de todas as precauções tomadas durante a viagem, tinha quase certeza de que pegara um resfriado. Sentia a garganta irritada, os seios da face congestionados. Mas quando tirou a temperatura — duas vezes — constatou que estava normal.

Ainda assim, tomou um pouco de zinco extra e preparou um bule de chá de camomila. Acabara de se acomodar, com a bebida e um livro sobre remédios homeopáticos, quando a campainha da porta tocou.

Ela quase ignorou. Foi por sentimento de culpa que largou a xícara e o livro. Podia muito bem ser sua mãe, que às vezes aparecia sem avisar. E que, com toda certeza, usaria sua chave para entrar, se Tia não atendesse.

Foi também o sentimento de culpa que a fez olhar ao redor e estremecer. A mãe perceberia que estava trancada havia dias, como uma lesma. Não a criticaria... ou pelo menos disfarçaria a crítica com tanta habilidade e indulgência que Tia acabaria se sentindo uma criança indolente e egocêntrica.

Pior ainda, se fungasse ou deixasse escapar uma insinuação do resfriado, que sabia que era iminente, a mãe armaria o maior estardalhaço.

Resignada, Tia espiou pelo olho mágico. E soltou um grito.

Não era sua mãe.

Atordoada, ela passou a mão pelos cabelos e abriu a porta para um homem que quase se convencera de que apenas imaginara.

— Olá, Tia.

Se Malachi estranhou que ela abrisse a porta de pijama, às 15 horas, seu sorriso efusivo não deixou transparecer.

— Ahn... — Alguma coisa nele parecia provocar uma pane nos neurônios de Tia. Ela especulou se seria alguma coisa química. — Como conseguiu...

— Encontrá-la? — Malachi achou que ela estava um pouco pálida e sonolenta. Precisava de sol e ar fresco. — Seu nome consta na lista telefônica. Eu deveria ter ligado, mas tinha de vir aqui para perto... mais ou menos.

— Ah... ahn... bem...

A língua não queria cooperar com mais de uma sílaba. Ela fez um gesto desengonçado de convite. Fechou a porta depois que ele entrou, antes de se lembrar que estava de pijama.

— Ah... — Tia fechou o decote do pijama com as mãos. — Eu estava...

— Recuperando-se da viagem. Deve achar maravilhoso estar de volta à casa.

— É, sim. Eu não esperava visitas. Já vou trocar de roupa.

— Não precisa se incomodar. — Malachi segurou-a pela mão, antes que ela pudesse escapar. — Está bem assim, e não vou demorar. Fiquei preocupado com você. Detestei partir de maneira tão repentina. Descobriram quem arrombou seu quarto no hotel?

— Não, não descobriram. Pelo menos, ainda não. Não agradeci direito por seu apoio durante todo o contato com a polícia.

— Gostaria de ter ajudado mais. Espero que o resto da viagem tenha corrido bem.

— Correu, sim. E me sinto contente por ter acabado.

Deveria oferecer um drinque? Não, não podia, concluiu Tia, pelo menos enquanto estivesse de pijama.

— Ahn... está em Nova York há muito tempo?

— Acabei de chegar. Viagem de negócios.

Malachi notou que as cortinas estavam fechadas. A sala estava escura, como uma caverna, a não ser pela lâmpada de leitura na mesinha ao lado do sofá. Apesar disso, o que ele podia ver do apartamento era impecável como uma igreja, com uma beleza suave. Assim como Tia, apesar do recatado pijama de algodão. Ele compreendeu que se sentia mais satisfeito por encontrá-la do que esperava.

— Queria vê-la, Tia, já que tenho pensado em você durante as últimas semanas.

— É mesmo?

— É, sim. Quer jantar comigo esta noite?

— Jantar? Esta noite?

— Sei que o convite é repentino, mas, se não tiver nenhum compromisso, eu adoraria me encontrar com você. Esta noite. — Malachi chegou mais perto, apenas um pouco. — Ou amanhã. Ou assim que estiver livre.

Tia teria considerado tudo uma alucinação se não pudesse sentir o cheiro. Apenas um leve perfume de loção pós-barba. E concluiu que não identificaria a fragrância numa alucinação.

— Não tenho nenhum plano.

— Maravilhoso! Posso vir buscá-la às sete e meia? — Malachi soltou a mão de Tia, fazendo a opção sensata de se retirar antes que ela pudesse pensar numa desculpa. — Aguardarei ansioso.

Enquanto ela permanecia imóvel, atordoada, Malachi saiu.

— É APENAS UM jantar, Tia. Relaxe.

— Pedi que viesse para me ajudar, Carrie, não para me aconselhar a fazer o impossível. O que acha deste?

Tia virou-se, na entrada do closet, levantando um tailleur azul-marinho.

— Não.

— O que há de errado?

— Tudo. — Carrie Wilson, uma morena atraente, com a pele da cor de caramelo derretido e olhos de ébano, inclinou a cabeça para o lado. — Seria ótimo se você fosse falar no conselho de administração de uma empresa sobre responsabilidade fiscal. Mas é completamente errado para um jantar romântico a dois.

— Eu nunca disse que seria romântico.

— Vai sair com um irlandês gato que conheceu em Helsinque e permaneceu do seu lado durante uma investigação criminal, um homem que veio bater em sua porta, em Nova York, assim que chegou aos Estados Unidos. — A voz de Carrie era incisiva e rápida, como uma metralhadora, enquanto se refestelava na cama. — Só seria mais romântico se ele aparecesse montado num cavalo branco, com sangue de um dragão banhando sua espada.

— Só quero parecer razoavelmente atraente — murmurou Tia.

— Ora, minha cara, você é sempre razoavelmente atraente. Agora, vamos partir para o ataque.

Ela se levantou da cama e foi até o closet. Carrie era contadora. A contadora de Tia. De alguma forma, nos últimos seis anos haviam se tornado amigas. Para Tia, Carrie era a imagem da mulher moderna e independente, o tipo que normalmente a intimidaria, deixando-a com espasmos musculares.

E fora o que aconteceu, até descobrirem um interesse em comum por medicina alternativa e sapatos italianos.

Trinta anos, divorciada, bem-sucedida profissionalmente, Carrie namorara uma série de homens interessantes e ecléticos, podia analisar o índice Dow Jones ou os livros de Kafka com igual autoridade, e viajava de férias sozinha todos os anos, escolhendo o local ao espetar um alfinete num atlas.

Não havia ninguém em quem Tia confiasse tanto em matéria de finanças, moda ou homens.

— Aqui está, o pretinho básico. — Carrie pegou um vestido preto sem mangas. — Vamos torná-lo um pouco mais sensual.

— Não estou pensando em sexo.

— Esse, como venho lhe dizendo há anos, é seu problema fundamental.

Ela saiu do closet. Observou Tia.

— Eu gostaria de ter mais tempo. Chamaria meu cabeleireiro para ajeitar seus cabelos.

— Sabe que eu não frequento salões. Com todas aquelas substâncias químicas e cabelos voando de um lado para outro, nunca se sabe o que se pode pegar.

— Um bom corte de cabelo, antes de mais nada. Já lhe disse que seu rosto e os olhos ganhariam mais destaque se cortasse essa juba.

Carrie jogou o vestido na cama. Pegou os cabelos compridos de Tia com uma das mãos.

— Deixe-me cortá-los.

— Não enquanto me restar ao menos um padrão de onda cerebral. Só quero que me ajude a enfrentar esta noite, Carrie. Depois, ele voltará para a Irlanda ou qualquer outro lugar, e tudo voltará ao normal.

Carrie torcia para que isso não acontecesse. Em sua opinião, a amiga tinha normalidade demais na vida.

MALACHI ACHOU que as flores davam um toque de classe. Rosas de um tom suave. Tia lhe parecia uma mulher que gostava de coisas assim. Teria de pressioná-la um pouco e lamentava essa necessidade. Pois Tia também devia preferir a sedução lenta e doce. E, por mais estranho que pudesse parecer, ele tinha a impressão de que gostaria de seduzi-la assim, aos poucos.

Mas não dispunha de tempo. Não sabia se agira certo ao viajar antes da volta de Gideon. E se preocupava com o fato de Anita ter conseguido localizar a mulher Toliver.

Ela estaria seguindo os Sullivan, ou seus caminhos haviam coincidido mais uma vez? De qualquer forma, ele tinha certeza de que Anita atacaria Tia muito em breve. Se é que já não o fizera.

Ele precisava argumentar de forma convincente, atrair Tia para seu lado, antes que Anita pudesse confundir a situação.

Por isso, Malachi se encontrava ali, com uma dúzia de rosas na mão, batendo na porta de uma descendente de Wyley, enquanto seu irmão se encarregava de uma descendente de White-Smythe, só Deus sabia onde.

Ele preferiria procurar Anita, derrubando sua porta com uma pezada. Se não tivesse prometido à mãe — que tinha o bom senso de não querer o filho mais velho preso numa cadeia fora do país — era o que faria.

Em última análise, porém, passar a noite jantando com uma linda mulher era melhor do que carregar uma a tiracolo por toda a Europa, como Gideon estava fazendo.

Ele bateu à porta e esperou. Foi apanhado de surpresa quando Tia abriu.

— Você está fantástica!

Tia teve de fazer um esforço para não puxar a bainha do vestido preto, que Carrie encurtara em cinco ou seis centímetros, apesar de seus protestos.

Carrie também escolhera as pérolas, além de ser responsável pelo penteado, ao qual acrescentara uma pequena franja, enquanto o resto dos cabelos caía pelas costas.

— Obrigada. As rosas são lindas.

— Achei que combinariam com você.

— Não gostaria de entrar um pouco? Tomar um drinque antes de sairmos? Tenho vinho em casa.

— É uma boa ideia.

— Vou pôr as rosas na água.

Tia absteve-se de mencionar que tinha quase certeza de que herdara a alergia da mãe a rosas. Em vez disso, escolheu um velho vaso Baccarat na cristaleira. Foi para a cozinha. Largou as rosas no balcão e pegou a garrafa de vinho branco que abrira para Carrie.

— Gosto do seu apartamento — comentou Malachi, atrás dela.

— Também gosto.

Tia serviu uma taça de vinho e virou-se para oferecê-la a ele. Como Malachi estava mais perto do que ela previra, quase bateu com a taça em seu peito.

— Obrigado. Acho que a parte mais difícil de viajar é não poder levar todas as coisas a que estamos acostumados. As pequenas coisas que nos confortam.

— Tem razão. — Ela deixou escapar um pequeno suspiro. — É isso mesmo.

Para se manter ocupada, Tia encheu o vaso com água e começou a arrumar as flores, uma a uma.

— Foi por isso que me encontrou de pijama à tarde. Eu me entregava ao prazer de ficar em casa. Na verdade, tirando o motorista da limusine, você é a primeira pessoa com quem eu falo desde que voltei.

— Jura? — Portanto, Anita não chegara na sua frente. — Pois me sinto muito lisonjeado. — Malachi pegou uma rosa e lhe entregou, enquanto acrescentava: — Espero que goste da noite.

Tia gostou. E muito.

O restaurante escolhido por Malachi era sossegado, com iluminação suave, um serviço discreto. Discreto a ponto de o garçom nem piscar quando ela, após examinar todo o cardápio, pediu uma salada, sem molho, e depois um peixe grelhado, sem manteiga derretida e sem acompanhamentos.

Como Malachi pedira uma garrafa de vinho, ela aceitou uma taça. Quase nunca bebia. Lera vários artigos sobre a maneira como o álcool destruía as células do cérebro. Uma taça de vinho tinto, no entanto, não deveria fazer tanto mal, além de ser benéfico para o coração.

Mas o vinho era tão suave, e ele a deixou tão à vontade, que Tia nem notou a constância com a qual sua taça era abastecida.

— É muito interessante que você more em Cobh — comentou ela. — Outro vínculo com o *Lusitania.*

— E indiretamente com você.

— Bem, os corpos de meus trisavós foram trazidos de volta para serem sepultados aqui. Mas imagino que, a princípio, tenham sido levados para Cobh ou Queenstown. No fundo, foi um absurdo que as pessoas fizessem aquela travessia durante a guerra. Um risco desnecessário.

— Nunca podemos saber o que os outros consideram desnecessário ou um risco, não é mesmo? Ou por que alguns viveram e outros morreram. Meu ancestral não era irlandês.

Tia quase não prestou atenção ao que ele dizia. Quando Malachi lhe sorria daquela maneira, lenta e íntima, seus olhos pareciam incrivelmente verdes.

— Não era?

— Não, não era. Nasceu na Inglaterra, mas passou a maior parte de sua vida aqui, em Nova York.

— É mesmo?

— Depois da tragédia, ele ficou sob os cuidados de uma jovem, que acabou se tornando sua esposa. Dizem que a experiência o mudou. Antes, pelo que dizem, era um tanto temerário e irresponsável. Seja como for, foi essa a história transmitida de uma geração para outra. Parece que se interessava por uma determinada peça antiga, de que ouvira falar na Inglaterra. Como você é especialista em mitos gregos, talvez já tenha ouvido falar. As Parcas de Prata.

Surpresa, ela baixou o garfo.

— Está falando das estatuetas?

O coração de Malachi disparou, mas ele assentiu, com descontração.

— Isso mesmo.

— Não são as Parcas de Prata, mas as Três Parcas. Três estatuetas separadas, não uma, embora possam ser ligadas pelas bases.

— Ao longo das gerações, as histórias adquirem vida própria, não é mesmo? — Ele cortou outro pedaço de sua carne. — Três peças. Já ouviu falar?

— Claro que sim. Henry Wyley possuía uma, que afundou com o *Lusitania*. Segundo seu diário, ele estava a caminho de Londres para comprar a segunda do conjunto. Esperava também localizar a terceira, por meio de uma pista que recebera. Parecia tão interessante para mim, quando criança, que ele tivesse essencialmente morrido por causa dessas peças, que resolvi estudá-las.

Malachi deixou passar um momento.

— E o que descobriu?

— Sobre as estatuetas, quase nada. Muitos até acreditam que não existem. Pelo que sei, Henry tinha outra peça, muito diferente. — Tia deu de ombros. — Mas descobri as Parcas na mitologia e continuei a ler. Quanto mais lia, mais fascinada me sentia pelos deuses e semideuses. Não tinha o menor interesse pelos negócios da família e por isso transformei um interesse numa carreira.

— Então agradeça a Henry por isso.

Tia sempre pensara a mesma coisa.

— Tem toda a razão.

Malachi levantou sua taça e brindou com a dela.

— A Henry e sua busca pelas Parcas.

Ele deixou a conversa desviar para outras áreas. Tia era sem dúvida uma companhia agradável, quando relaxava. O vinho aumentava o brilho em seus olhos, acrescentava uma cor fascinante às faces. Ela tinha a mente bastante ágil para absorver qualquer assunto, um espírito sutil e sarcástico quando parava de ficar nervosa pelo que dizia.

Malachi concedeu-se uma hora para desfrutar o prazer de sua companhia. Só voltou a falar das Parcas quando estavam no táxi, a caminho do apartamento de Tia.

— Henry anotou em seu diário como planejava adquirir as outras estatuetas? — Distraído, ele mexia nas pontas dos cabelos de Tia. — Você nunca teve curiosidade de saber se existiam ou não? Se eram reais?

— Hum... Não me lembro. — Com o vinho fazendo sua cabeça girar suavemente, Tia relaxou contra ele, quando Malachi passou o braço por seus ombros. — Eu tinha 13 anos... não, 12... quando li sobre isso pela primeira vez. Era inverno, e eu estava com bronquite. Ou pelo menos acho que era bronquite. Sempre tinha alguma coisa para me manter na cama. De qualquer forma, era muito jovem para pensar numa viagem até a Inglaterra, à procura de uma estatueta lendária.

Malachi franziu o rosto. Parecia-lhe que deveria ser exatamente o que uma garota de 12 anos pensaria em fazer. A aventura, o romance, a perspectiva seria a fantasia perfeita para uma criança que não podia sair de casa.

— Depois disso, fiquei focada demais nos deuses para me preocupar com artefatos. Essa é a área de meu pai. Sou um caso perdido nos negócios. Não tenho a menor vocação para cifras ou pessoas. Sou uma tremenda decepção para papai.

— Não é possível.

— Sou, sim, mas é muita gentileza sua dizer que não é possível. A Wyley Antiques pagou minha educação, meu estilo de vida, as aulas de piano. Não dei nada em troca. Preferi escrever livros sobre figuras imaginárias, em vez de aceitar o peso e as responsabilidades de meu legado.

— Escrever livros sobre figuras imaginárias é uma arte, uma profissão consagrada pelo tempo.

— Não na cabeça de meu pai. Ele desistiu de minha participação na empresa. E como ainda não me prendi a um homem pelo tempo necessário para lhe dar um neto, papai se desespera, achando que a Wyley pode sair da família quando ele se aposentar.

— Uma mulher não é obrigada a gerar uma criança em benefício de uma empresa.

Tia piscou, um pouco surpresa com a irritação na voz de Malachi.

— A Wyley não é apenas uma empresa. É uma tradição... Bem, eu não deveria ter tomado tanto vinho. Estou divagando.

— Não está, não. — Malachi pagou ao motorista quando o táxi parou diante do prédio. — E não deveria se preocupar tanto em agradar seu pai, se ele não é capaz de perceber o valor de quem você é e do que faz.

— Ora, ele não é... — Tia sentiu-se grata pela firmeza da mão de Malachi quando saltou do táxi. O vinho deixara suas pernas trôpegas. — Papai é um homem maravilhoso, extremamente gentil e paciente. Só que sente muito orgulho da Wyley. Se tivesse um filho ou outra filha com mais habilidade para os negócios, não seria tão difícil.

— Seu fio foi fiado, não é? — Malachi levou-a até o elevador. — Você é o que você é.

— Meu pai não acredita no destino. — Tia sacudiu os cabelos e sorriu. — Mas talvez ele se interessasse pelas Parcas. Não seria incrível se eu pesquisasse e conseguisse encontrar uma delas? Ou duas? De fato, é verdade que elas não têm qualquer significado se não estiverem juntas.

— Talvez devesse ler de novo o diário de Henry.

— Seria interessante. Mas não sei onde está. — Ela riu, quando se encaminharam para a porta do apartamento. — Tive uma noite muito agradável. É a segunda que tenho em sua companhia... e em dois continentes. Sinto-me bastante cosmopolita.

— Encontre-se comigo amanhã.

Malachi virou-a, pondo a mão em sua nuca.

— Está bem. — Os olhos de Tia adejaram e fecharam, quando ele a puxou para mais perto. — Onde?

— Onde você quiser — sussurrou Malachi.

Os lábios se encontraram. Era muito simples para um homem aprofundar um beijo quando a mulher parecia se derreter em seus braços. Seria fácil obter tudo que ele quisesse, ainda mais depois que Tia suspirou e o enlaçou.

E quando o beijo que ela deu em retribuição foi doce, ardente e insuportavelmente suave, tornou-se quase impossível não querer mais.

E poderia ter mais, pensou Malachi, enquanto mudava o ângulo do beijo. Só precisava abrir a porta e entrar com ela, pois já havia um murmúrio na garganta de Tia e um tremor em sua pele.

Mas ele não era capaz. Tia estava meio embriagada, tão vulnerável, que a conquista seria quase criminosa. E pior, ainda pior, era que o anseio que sentia por ela tornava-se muito mais real do que pretendia.

Malachi recuou, com a súbita e irrefutável certeza de que seus planos haviam encontrado um obstáculo grande e inesperado. E esse obstáculo poderia tornar-se ainda maior, um nó emaranhado.

— Passe o dia comigo amanhã.

Tia se sentia flutuando nas nuvens.

— Você não tem de trabalhar?

— Passe o dia comigo. — Malachi torturou-se, ao encostá-la na porta e beijá-la de novo na boca. — Diga que sim.

— Sim. Quando?

— Onze horas. Virei buscá-la. Agora entre, Tia.

— Onde?

— Entre logo, Tia. — Que Deus o ajudasse! — Vamos, depressa. — Ele se atrapalhou para abrir a porta. — Ah, por favor, só mais um. — Malachi puxou-a de novo, tornou a beijá-la, até sentir o sangue rugindo em sua cabeça. — Tranque a porta. — Ele a empurrou para dentro do apartamento, batendo a porta em seu próprio rosto no instante seguinte, antes que pudesse mudar de ideia.

Capítulo 6

TIA NÃO saberia dizer se fora a curiosidade ou o desejo que a levou a procurar o antigo diário. Qualquer que tenha sido o motivo foi uma força bastante poderosa para levá-la a enfrentar a mãe em plena luz do dia.

Amava a mãe, de verdade, mas qualquer encontro com Alma Marsh era uma tremenda pressão sobre seus nervos. Em vez de se arriscar a pegar um táxi cheio de germes, ela percorreu os oito quarteirões até a casa antiga e adorável onde passara a infância. Sentia-se tão energizada, tão satisfeita pelos dois últimos dias e por Malachi, que nem pensou em considerar o pólen.

O ar era denso, o calor, sufocante a ponto de deixar murcha a blusa de linho engomada, antes mesmo que percorresse os dois quarteirões do centro até a Park Avenue. Mas ela continuou andando, para a zona norte de Manhattan, enquanto cantarolava mentalmente uma melodia.

Amava Nova York. E não entendia por que não percebera isso antes, com seu barulho e tráfego, as ruas apinhadas de gente. Sua vida intensa. Havia muita coisa para ver, se a pessoa se dispusesse a olhar. As jovens empurrando carrinhos de bebê, o menino passeando com seis cachorrinhos, como se estivessem num desfile. Os carros alugados, pretos e novíssimos, levando mulheres para almoçar ou de volta para casa, depois das compras da manhã; e como as flores eram exuberantes ao longo das avenidas, e os porteiros pareciam elegantes, em seus uniformes, parados na frente dos edifícios.

Como perdera tudo isso? Era o que Tia se perguntava quando entrou na rua em que os pais moravam, agradável e arborizada. Nas raras ocasiões em que se aventurava além do raio de três quarteirões em torno de seu apartamento, ela mantinha a cabeça baixa, a bolsa comprimida contra o peito. Sempre se imaginava sendo assaltada ou atropelada por um ônibus no instante em que saísse da calçada.

Mas no dia anterior passeara com Malachi. Subiram a Madison Avenue, pararam num café com mesas na calçada, para uma bebida gelada e uma conversa despreocupada. Malachi falava com todo mundo. Com o garçom, com a mulher sentada à mesa ao lado, e até mesmo com o poodle miniatura que ela tinha no colo.

O que, na verdade, não era nem um pouco higiênico.

Malachi conversou com os vendedores na Barneys, também com uma jovem que escolhia um lenço de cabeça numa das butiques intimidadoras que Tia costumava evitar. Puxara conversa com um dos guardas no Met e com o homem da carrocinha em que comprara cachorros-quentes.

Tia até comera um cachorro-quente... bem ali, no meio da rua. Mal podia acreditar.

Durante algumas horas, vira a cidade através dos olhos de Malachi. A maravilha, o humor, a coragem, a grandeza.

E naquela noite tornaria a vê-la, com ele.

Estava quase saltitando quando chegou à casa dos pais. Havia jardineiras com flores nas laterais da porta. Era Tilly, a empregada, quem plantava e cuidava das flores. Tia lembrara agora que houve um tempo em que quisera ajudar a plantar. Tinha cerca de 10 anos, mas a mãe se preocupava tanto com a terra, a alergia e os insetos, que ela acabara desistindo da ideia.

Talvez comprasse um gerânio ao voltar para casa. Só para saber como era.

Embora tivesse a chave, Tia tocou a campainha. A chave era para emergências. Seu uso exigiria a decodificação do alarme, com a obrigação de explicar depois por que fizera isso.

Tilly, uma mulher atarracada, de cabelos grisalhos, atendeu no mesmo instante.

— Srta. Tia! Que surpresa agradável! Já se readaptou depois da volta da viagem? Gostei muito dos cartões-postais que me enviou. Que lugares maravilhosos.

— Uma porção de lugares. — Tia entrou para o ar fresco e o sossego da casa. Deu um beijo no rosto de Tilly, com uma descontração que só sentia com poucas pessoas. — É sempre bom voltar para casa.

— Uma das melhores coisas da viagem é a volta, não é mesmo? Como você está bonita hoje! — Surpresa, Tilly observou o rosto de Tia. — Acho que a viagem lhe fez muito bem.

— Não diria isso há dois dias. — Tia largou a bolsa numa mesinha no vestíbulo. Contemplou-se no espelho vitoriano acima. Parecia *mesmo* bonita, constatou. O rosto rosado, radiante. — Mamãe pode me receber?

— Ela está lá em cima, em sua sala. Pode subir direto. Levarei uma bebida gelada para vocês.

— Obrigada, Tilly.

Tia dirigiu-se à escada comprida e curva. Sempre adorara aquela casa, com sua elegante dignidade. Era uma combinação do profundo amor do pai por antiguidades com a necessidade de organização da mãe. Sem essa combinação, sem esse equilíbrio, a casa acabaria sendo uma confusão, uma espécie de filial da Wyley. Os móveis haviam sido dispostos com classe, não só com beleza. Tudo tinha seu lugar, e esse lugar quase nunca mudava.

Havia algo confortador naquela continuidade, naquela estabilidade. As cores eram suaves e aconchegantes. Em vez de arranjos de flores, havia esculturas fascinantes, vasos antigos e maravilhosos, cheios de pedaços de vidro coloridos e polidos.

Luvas de mulher, bolsas com pedras preciosas, alfinetes de chapéu, relógios de algibeira e caixinhas de rapé estavam expostos por trás de vidros meticulosamente limpos. A temperatura e a umidade eram mantidas com rigor, mediante um sistema de controle do clima. A temperatura era sempre de 21°C, com um índice de umidade de 10%, dentro da casa dos Marsh.

Tia parou e bateu na porta da sala da mãe.

— Entre, Tilly.

No instante em que abriu a porta, a disposição de Tia desvaneceu. Captou a fragrância de alecrim, o que indicava que a mãe enfrentava uma de suas manhãs difíceis. Embora o vidro das janelas fosse tratado para filtrar os raios ultravioleta, as cortinas estavam fechadas. O que era outro mau sinal.

Alma Marsh recostara-se no divã com almofadas de seda, uma venda cobrindo seus olhos.

— Acho que vou ter uma de minhas crises de enxaqueca, Tilly. Não deveria ter tentado responder a toda a correspondência de uma só vez. Mas o que eu poderia fazer? As pessoas adoram escrever, e você não tem opção senão responder. Importa-se de pegar a camomila? Talvez eu consiga evitar o pior.

— Sou eu, mãe. Tia. Pegarei para você.

— Tia? — Alma retirou a venda. — Minha criança! Venha me dar um beijo, querida. Não poderia haver um medicamento melhor para mim.

Tia atravessou a sala e deu um beijo de leve no rosto de Alma. A mãe podia estar tendo um de seus acessos, pensou Tia, mas parecia perfeita, como sempre. Os cabelos, quase da mesma tonalidade delicada dos da filha, eram lustrosos, afastando-se em ondas do rosto, como um camafeu. Era um rosto delicado, adorável, sem qualquer ruga. Embora tendesse a ser magra, o corpo de Alma se destacava na elegância informal de uma blusa de seda rosa e uma calça sob medida.

— Já me sinto melhor. — Alma sentou-se no divã. — Fico contente por você ter voltado, Tia. Não tive um momento de descanso durante sua ausência, preocupada com você. Levou todas as suas vitaminas e não tomou água da torneira, certo? Espero que tenha exigido suítes para não fumantes em todos os hotéis, embora Deus saiba que eles não levam isso a sério. É preciso pulverizar os carcinógenos deixados por alguma pessoa horrível. Abra as cortinas, por favor, querida, para que eu possa vê-la direito.

— Tem certeza de que quer isso?

— Não tenho alternativa, não é? — respondeu Alma, heroica. — Tenho uma dúzia de coisas para fazer hoje, e agora que você está aqui... Arrumaremos tempo para uma visita agradável, e trabalharei mais depois. Deve estar exausta. Um organismo delicado como o seu sofre muito com as exigências de uma viagem. Quero que providencie um checkup completo o mais depressa possível.

— Estou bem.

Tia encaminhou-se para as janelas.

— Quando o sistema imunológico fica comprometido, como deve ter acontecido com o seu, vários dias podem passar até que reconheça os sintomas. Marque a consulta, Tia, por mim.

— Está bem. — Tia abriu as cortinas, aliviada quando a luz entrou na sala. — Não precisa se preocupar. Tomei todas as precauções necessárias.

— Não duvido, mas não pode... — A voz de Alma definhou quando a filha se virou. — Mas você está toda corada! Sente-se febril? — Ela se levantou do divã e foi pôr a mão na testa de Tia. — Está um pouco quente. Ah, eu sabia! Deve ter pegado algum germe estrangeiro!

— Não tenho febre. Apenas fiquei com um pouco de calor por ter vindo a pé.

— Veio a pé? Com este calor? Quero que se sente agora mesmo. Está desidratada, em vias de infartar.

— Não estou, não. — Mas, no final das contas, ela pensou que poderia estar se sentindo um pouco tonta. — Não tenho nada. Nunca me senti melhor.

— Uma mãe sempre sabe dessas coisas. — Restabelecida, Alma apontou uma cadeira para Tia se sentar. Foi até a porta e gritou: — Tilly! Traga um jarro de água com limão e uma compressa fria! E ligue para o Dr. Rialto! Quero que ele examine Tia imediatamente!

— Não vou ao médico.

— Não seja teimosa.

— Não estou sendo. — Mas Tia começava a se sentir um pouco enjoada, — Por favor, mãe, sente-se antes que sua enxaqueca piore. Tilly vai trazer bebidas geladas. Prometo que telefonarei para o Dr. Rialto se não estiver me sentindo bem.

— Por que toda essa confusão? — perguntou Tilly, entrando na sala com uma bandeja.

— Tia está doente. Basta olhar para saber. Mas ela não quer ir ao médico.

— Ela me parece muito bem, desabrochando como uma rosa.

— É febre.

— Ora, a menina apenas pegou um pouco de cor nas faces, para variar, mais nada. Agora sente-se, madame, e tome seu chá gelado. É de jasmim, seu predileto. Também trouxe uvas verdes deliciosas.

— Lavou com a solução antitoxinas?

— Claro. — Depois de largar a bandeja, Tilly acrescentou: — E vou pôr seu Chopin para tocar. Bem baixinho. Sabe como isso sempre acalma seus nervos.

— É verdade. Obrigada, Tilly. O que eu faria sem você?

— Só Deus sabe — murmurou Tilly, piscando para Tia, enquanto saía.

Alma suspirou e se sentou.

— Meus nervos não andam nada bons — admitiu para Tia. — Sei que você achou que essa viagem era muito importante para sua carreira, mas nunca esteve tão longe, por tanto tempo.

E segundo o Dr. Lowenstein, pensou Tia enquanto servia o chá, isso era parte do problema.

— Mas voltei agora. E, de modo geral, foi uma viagem fascinante. As palestras e sessões de autógrafos foram bastante concorridas. Ajudou a sanar algumas de minhas dúvidas sobre o novo livro. Além disso, mãe, conheci um homem...

— Um homem? Conheceu um homem? — A atenção de Alma era total agora. — Que tipo de homem? Onde? Você sabe muito bem, Tia, como é perigoso para uma mulher viajar sozinha, ainda mais conversar com estranhos.

— Não sou uma imbecil, mãe.

— É crédula e ingênua.

— Tem toda razão. Por isso, quando ele me convidou para ir ao seu quarto no hotel para discutir o significado moderno de Homero, fui como um cordeirinho para o matadouro. Ele me violou e depois me entregou a seu nefando companheiro, para mais alguns minutos de sexo. Agora estou grávida, e não sei qual dos dois é o pai.

Tia não sabia por que dissera isso. Não entendia por que tais palavras saíram de sua boca antes que pudesse se controlar. Sentia que sua própria cabeça começava a doer, enquanto Alma empalidecia e comprimia a mão contra o peito.

— Desculpe, mãe. Mas gostaria que me desse algum crédito por bom senso. Conheci um homem decente. E temos uma ligação interessante, que remonta a Henry Wyley.

— Não está grávida?

— Não, claro que não. Apenas conheci um homem que partilha meu interesse pelos mitos gregos e que, por coincidência, tinha um ancestral no *Lusitania*. Um sobrevivente.

— Ele é casado?

— Não! — Chocada, insultada, Tia começou a andar de um lado para outro. — Eu não sairia com um homem casado.

— Não se soubesse que ele era casado — ressaltou Alma, sugestiva. — Onde o conheceu?

— Ele foi a uma de minhas palestras. Depois, veio tratar de negócios aqui em Nova York e me procurou.

— Que tipo de negócios?

Mais frustrada a cada minuto, Tia passou a mão pelos cabelos. Sentia de repente que um peso terrível a sufocava. Como se esmagasse seu cérebro.

— Ele trabalha com navegação. O importante, mãe, é que, ao conversarmos sobre os gregos e o *Lusitania*, falamos sobre as Três Parcas, lembra? As estatuetas. Deve ter ouvido papai comentar.

— Não, não me lembro. Mas alguém me perguntou a respeito outro dia. Que estatuetas são essas?

— Alguém perguntou a respeito? Muito estranho.

— Isso não vem ao caso — disse Alma, irritada. — Foi de passagem, em alguma festa a que seu pai me arrastou, embora eu não estivesse me sentindo bem. A mulher, Gaye... Anita Gaye. Ela tem um olhar frio, se quer saber minha opinião. E não é de admirar, pois casou-se com um homem quarenta anos mais velho, obviamente por dinheiro, não importa o que os outros digam. Pois ele quis se enganar. E Anita também enganou seu pai. Mulheres assim sempre enganam os homens. Uma boa comerciante, diz ele. Uma deferência para a comunidade de antiguidades. Não dá para entender. Mas onde é mesmo que eu estava? Não consigo me concentrar. Não tenho passado bem.

— O que ela perguntou?

— Ora, Tia, faça-me o favor! Detesto falar com aquela mulher, e não espere que eu me lembre de uma conversa irritante sobre estatuetas de prata de que nunca ouvi falar. Você está apenas tentando mudar de assunto. Quem é esse homem? Qual é o nome dele?

— Sullivan... Malachi Sullivan. Ele é da Irlanda.

— Da Irlanda? Nunca ouvi falar.

— É uma ilha a noroeste da Inglaterra.

— Não seja sarcástica, pois não tem nada de engraçado. O que sabe sobre ele?

— Que gosto da sua companhia, e ele parece gostar da minha.

Alma deixou escapar um suspiro de profundo sofrimento, uma de suas melhores armas.

— Não sabe nada da família dele, não é mesmo? Mas tenho certeza de que ele sabe sobre a sua. Tenho certeza de que ele sabe muito bem de onde você veio. É uma mulher rica, Tia, vivendo sozinha... o que me preocupa demais... um alvo em potencial para os inescrupulosos. Navegação? Veremos se é verdade.

— Não faça isso. — A voz de Tia saiu ríspida, surpreendendo a mãe, que arriou na cadeira. — Não vai mandar investigá-lo. Não vai me humilhar de novo dessa maneira.

— Humilhá-la? Como pode dizer isso? Se está pensando naquele... naquele professor de história... ora, ele não ficaria tão furioso e transtornado se não tivesse nada a esconder. Uma mãe tem o direito de cuidar do bem-estar de sua única filha.

— Única filha que tem quase 30 anos, mãe. Seria tão impossível assim, por um estranho capricho do destino, que um homem atraente, interessante e inteligente decidisse sair comigo porque me acha uma mulher atraente, interessante e inteligente? Ou ele deveria ter necessariamente um motivo oculto e sinistro para isso? Sou tão patética que nenhum homem pode querer um relacionamento normal e natural comigo?

— Patética? — Sinceramente chocada, Alma olhou boquiaberta para a filha. — Não sei o que a faz pensar assim.

— Aposto que não sabe mesmo — murmurou Tia, cansada, virando-se para a janela. — Mas não precisa se preocupar. Ele só vai passar alguns dias em Nova York. Voltará em breve para a Irlanda, e é improvável que tornemos a nos encontrar. Posso prometer que recusarei se ele quiser me vender uma ponte sobre o rio Shannon ou apresentar uma grande oportunidade de investimento. Enquanto isso, preciso saber onde se encontra o diário de Henry Wyley. Eu gostaria de estudá-lo.

— Como posso saber? Pergunte a seu pai. Obviamente, minhas preocupações e meus conselhos não têm o menor valor para você. Não sei por que se deu ao trabalho de vir me visitar.

— Lamento se a perturbei. — Tia virou-se e foi dar outro beijo em Alma. — Eu te amo, mãe. Te amo muito. Você precisa descansar.

— Quero que procure o Dr. Rialto — ordenou Alma, enquanto a filha se afastava.

— Farei isso.

Ela vivia perigosamente e por isso pegou um táxi para a Wyley, no Centro. Conhecia-se bem o bastante para ter certeza de que, se voltasse para casa no ânimo atual, acabaria chegando à conclusão de que a mãe tinha razão... sobre sua saúde, sobre Malachi, sobre sua ausência de atrativos para o sexo oposto.

Pior ainda, queria voltar para casa. Fechar as cortinas, refugiar-se em sua caverna, com suas pílulas, sua aromaterapia, com uma bolsa térmica gelada e tranquilizante sobre os olhos.

Como a mãe, pensou ela, repugnada.

Precisava manter-se ocupada, concentrada, e a perspectiva do diário e das Parcas era um enigma que tomaria conta de seus pensamentos.

Pagou ao taxista, saltou e ficou parada por um momento na calçada, diante da Wyley. Como sempre, experimentou um ímpeto de admiração e orgulho. O velho e adorável prédio de pedra, com pequenos painéis de vidro nas janelas e porta de vitral, tinha mais de cem anos.

Quando ela era pequena, o pai — apesar das lúgubres predições e sinistras advertências de Alma — levava-a à Wyley uma vez por semana. Era como a caverna dos tesouros de Aladdin. Ele lhe ensinara, com extrema paciência, Tia dava-se conta agora, sobre eras, estilos, madeiras, cristais, cerâmicas. Obras de arte e coisas que as pessoas colecionavam, e que com o passar do tempo também se tornavam arte.

Ela aprendera e fizera tudo o que podia para agradar o pai. Mas nunca fora capaz de agradar os dois, nunca fora capaz de manter o equilíbrio naquele cabo de guerra sutil e constante que os pais faziam com ela.

E tinha medo de cometer um erro e embaraçá-lo, então ficava tímida, muda, na presença dos clientes, confusa com o sistema de inventário do pai que, no final, julgara-a um caso perdido. Não poderia culpá-lo por isso.

Ainda assim, quando entrou, sentiu-se orgulhosa mais uma vez. Tudo era lindo, absolutamente adorável. O ar recendia a flores e lustra-móveis.

Ao contrário do que acontecia na casa, ali tudo mudava constantemente. Era surpresa corriqueira descobrir que uma peça familiar desaparecera, deixando outra em seu lugar. Tia sempre experimentava certa emoção quando reconhecia as mudanças, identificava as novidades. Atravessou o vestíbulo, admirando as curvas do pequeno sofá... período imperial, concluiu ela, 1810 a 1830. As duas mesinhas laterais, com gesso dourado, eram novas, mas ela se lembrava dos castiçais rococó de sua última visita, antes de partir para a Europa.

Entrou na primeira sala de exposição e viu o pai.

E sempre que o via se sentia orgulhosa e admirada. Ele era forte e bonito. Tinha os cabelos prateados, tão densos quanto os pelos da marta, as sobrancelhas pretas como a meia-noite. Usava óculos pequenos e quadrados, e Tia sabia que os olhos, por trás deles, eram escuros e penetrantes.

O terno de corte italiano, azul-marinho, listrado, fora feito sob medida para sua corpulência.

Ele se virou e avistou a filha. E sorriu, depois de uma hesitação quase imperceptível. Entregou uma fatura ao funcionário com quem falava e depois se encaminhou até Tia.

— Quer dizer então que a viajante voltou.

O pai inclinou-se para beijá-la, os lábios mal tocando sua pele. Tia teve a súbita lembrança de ser jogada para o ar, gritando num prazer apavorado, e apanhada por aquelas enormes mãos.

— Não queria interromper.

— Não era importante. Como foi a viagem?

— Foi boa. Muito boa.

— Já visitou sua mãe?

— Já. — Ela desviou os olhos para um mostruário. — Estou vindo de lá. Sinto muito, mas tivemos uma divergência. Infelizmente, ela está furiosa comigo.

— Teve uma divergência com sua mãe? — O pai tirou os óculos e limpou as lentes com um lenço branco imaculado. — Creio que a última vez que isso aconteceu foi no início dos anos 1990. Sobre o que discutiram?

— Não chegamos a discutir. Mas pode ser que ela esteja transtornada quando você chegar em casa esta noite.

— Se não encontro sua mãe transtornada uma noite sim, outra não, fico pensando que entrei na casa errada.

O pai apertou o ombro de Tia, distraído, num gesto que dizia que já estava pensando em outras coisas.

— Será que podemos conversar por um minuto sobre outro assunto... as Três Parcas?

O olhar e a atenção do pai tornaram a se concentrar em Tia.

— O que há com elas?

— Tive uma conversa outro dia que me fez pensar nas Três Parcas. E no diário de Henry Wyley. Isso despertou meu interesse pela mitologia grega quando eu era criança e gostaria de lê-lo de novo. Estou até pensando em incluir uma seção sobre essas peças em meu novo livro.

— O interesse pode ser oportuno. Anita Gaye levantou o assunto numa conversa há poucas semanas.

— Foi o que mamãe me contou. Acha que ela tem alguma informação sobre as outras duas que ainda existem?

— Se tem, não consegui arrancar. — Ele tornou a pôr os óculos, com um sorriso perigoso. — E bem que tentei. Se Anita localizasse uma delas, despertaria algum interesse na comunidade. Com duas, haveria uma considerável repercussão. Mas sem as três juntas, não chegaria a ser uma grande descoberta.

— E a terceira, segundo o diário, deve estar perdida no fundo do Atlântico Norte. Ainda assim, estou interessada. Importa-se de me emprestar o diário?

— O diário tem um valor pessoal inestimável para a família, além do valor histórico e monetário, por causa de sua idade e do autor.

Em outra ocasião, Tia teria recuado.

— Deixou-me ler quando eu tinha 12 anos.

— Porque acalentava alguma esperança de que você demonstrasse interesse pela história e pelo negócio da família.

— E o desapontei. Sinto muito. Mas gostaria mesmo que me emprestasse o diário. Posso estudá-lo aqui, se não deixar que eu o leve para casa.

O pai soltou um pequeno assobio de impaciência.

— Vou pegá-lo. Está guardado no cofre lá em cima.

Tia suspirou quando ele se afastou. Foi sentar-se na beira do sofá no vestíbulo, esperando-o. Levantou-se quando ele desceu a escada.

— Obrigada. — Ela comprimiu contra o peito o diário de capa de couro, macio e desbotado. — Tomarei o maior cuidado.

— Você toma muito cuidado com tudo, Tia. — O pai a acompanhou até a porta. — E é por isso, eu acho, que se se frustra tanto.

— AONDE VOCÊ foi?

Malachi deslizou os dedos sobre o dorso da mão de Tia, observando-a deslocar a atenção de volta para ele.

— A nenhum lugar importante. Desculpe. Não estou sendo uma boa companhia esta noite.

— Cabe a mim decidir isso.

Tia passara a noite inteira remoendo alguma coisa. Mal tocara sua polenta, embora Malachi tivesse certeza de que fora preparada de acordo com suas instruções específicas. Era evidente que sua mente vagueava; e quando isso acontecia, uma tristeza tão profunda estampava-se em seu rosto, que ele sentia um aperto no coração.

— Diga-me o que a perturba, querida.

— Não é nada. — Tia sentiu-se enternecida quando ele a chamou de querida. — Juro. Apenas um problema de família, uma... — Ela não poderia dizer que fora uma discussão. Nenhuma voz fora alterada, não houvera palavras furiosas. — Uma divergência. Consegui perturbar minha mãe e irritar meu pai em apenas duas horas.

— Como isso aconteceu?

Tia espetou a polenta com o garfo. Ainda não lhe falara sobre o diário. Ao voltar para o apartamento, sentia-se muito cansada e deprimida para abri-lo. Enrolara-o com todo o cuidado num pano branco e guardara-o numa gaveta de sua escrivaninha. De qualquer forma, pensou ela, não fora o diário que causara o problema. Fora ela própria, como sempre.

— Minha mãe não se sentia bem, e eu falei sem pensar, dizendo o que não deveria.

— Sempre faço isso com minha mãe também — comentou Malachi, descontraído. — Ela me dá um cascudo ou me lança um daqueles olhares assustadores que as mães costumam desenvolver quando você ainda está no útero, pelo que imagino. Depois, tudo continua como antes.

— Não é assim que funciona com a minha. Ela está preocupada comigo. — Preocupada que eu ponha em risco a minha saúde, preocupada que eu me permita gostar de um homem sobre o qual não sei quase nada. — Tive muitos problemas de saúde quando era criança.

— Parece bastante saudável agora. — Ele beijou os dedos de Tia, esperando melhorar seu ânimo. — E pode ter certeza de que eu me sinto... saudável quando estou em sua companhia.

— Você é casado?

O choque sincero no rosto de Malachi deu a resposta, deixando-a furiosa por ter feito a pergunta.

— Como? Casado? Não, Tia.

— Desculpe. Mencionei para minha mãe que estava saindo com alguém, e ela logo imaginou que você fosse casado, que estivesse atrás do meu dinheiro, que eu tivesse um relacionamento desvairado e ilícito, que fosse me deixar sem dinheiro e desesperada, provavelmente me levando ao suicídio.

Malachi soltou um suspiro.

— Não sou casado e não estou interessado em seu dinheiro. Quanto ao relacionamento, tenho pensado muito a respeito, mas terei de reformular meus planos para o resto desta noite se levá-la para a cama puder torná-la falida, desesperada e suicida.

— Ah, Jesus! — Tia retorceu as mãos. — Por que não pulamos toda essa parte, e você me fuzila logo de uma vez, para acabar com meu sofrimento?

— Por que não pulamos o jantar, em vez disso, e voltamos a seu apartamento, para que eu possa pôr as mãos em você? Dou minha palavra de que não vai saltar pela janela quando acabar.

Ela teve de limpar a garganta. Sentia um impulso, extravagante, de inclinar-se e passar a língua pelo rosto viril de Malachi.

— Talvez eu devesse exigir isso por escrito.

— Terei o maior prazer em atendê-la.

— Ora, você é Tia Marsh, não é mesmo? A filha de Stewart Marsh.

Era uma voz que Malachi nunca mais esqueceria. Seus dedos apertaram convulsivamente os de Tia quando levantou os olhos para deparar com o sorriso radiante de Anita Gaye.

Capítulo 7

O APERTO DA mão de Malachi foi suficiente para provocar um sobressalto em Tia. Mas isso foi superado bem depressa, já que o fato de não poder atribuir um nome ao rosto da mulher que lhe sorria de forma tão mordaz provocou um impulso de pânico social.

— Isso mesmo. — Tia empenhou-se, furiosa, em estabelecer uma ligação. — Como vai?

— Muito bem, obrigada. Talvez não se lembre de mim. Sou Anita Gaye, uma das concorrentes de seu pai.

— Claro que me lembro.

Emoções conflitantes afloravam na onda de alívio. A pressão que Malachi fazia em seus dedos diminuíra um pouco, mas permanecia firme. Os olhos de Anita faiscavam como sóis, enquanto seu companheiro parecia educadamente entediado.

Tia começou a especular se a tensão sufocante que sentia agora vinha de outra fonte que não sua inabilidade social.

— É um prazer vê-la. Esse é Malachi Sullivan. — Tia olhou para Malachi. — A Sra. Gaye trabalha com antiguidades. Por falar nisso... — Tia teve de conter um grito quando Malachi tornou a apertar seus dedos com força. — Ahn... é uma das maiores negociantes de antiguidades do país — concluiu ela, atordoada.

— Está sendo muito lisonjeira. Prazer em conhecê-lo, Sr. Sullivan. — Havia riso em sua voz, mas o tom fez Tia quase estremecer. Era de uma predadora. — Também está no ramo... de antiguidades?

— Não.

A única sílaba saiu incisiva e rude como um tapa. Anita apenas soltou um murmúrio indefinido. Pôs a mão de leve no ombro de Tia.

— Nossa mesa já está pronta. Não vou incomodá-la mais. Precisamos almoçar um dia desses, Tia. Li seu último livro e fiquei fascinada. Adoraria conversar a respeito com você.

— Claro.

— Dê lembranças minhas a seus pais.

Lançando um último olhar sorridente para Malachi, Anita afastou-se. Num gesto deliberado, Tia puxou a mão, que ele ainda segurava. Pegou o copo com água para aliviar a garganta.

— Vocês se conhecem...

— Como?

— Não minta. — Tia largou o copo. Cruzou as mãos no colo. — Os dois devem pensar que sou uma perfeita idiota. Ela nunca me dirigiu mais de duas palavras, em toda a minha vida. Mulheres como Anita não notam mulheres como eu. Não sou sua concorrente.

O sangue subira à cabeça, o que tornava difícil pensar com clareza.

— É um absurdo dizer isso.

— Pare, por favor. — Tia respirou fundo para se controlar. — Vocês já se conhecem. Você ficou surpreso e furioso quando ela se aproximou. E teve medo de que eu mencionasse as Parcas.

— São muitas conclusões para um interlúdio tão curto.

— Pessoas que permanecem em segundo plano tendem a desenvolver boas habilidades de observação. — Ela não conseguia fitá-lo nos olhos. Ainda não. — Não estou enganada, não é mesmo?

— Não. Tia...

— Este não é o lugar apropriado para conversarmos a respeito. — A voz era de repúdio, assim como seu ligeiro recuo quando ele tocou seu braço. — Gostaria que me levasse para casa.

— Está bem. — Malachi fez um sinal, pedindo a conta. — Sinto muito, Tia. É...

— Não quero um pedido de desculpa. Quero uma explicação.

Ela se levantou. Ao sentir as pernas bambas, começou a andar.

— Esperarei lá fora.

Tia não disse nada no táxi. Para Malachi foi melhor assim, pois precisava de tempo para decidir como e por onde começar. Deveria ter previsto que

Anita se intrometeria; deveria ter previsto que ela tomaria uma iniciativa. E perdera um tempo valioso. Desperdiçara-o, tinha de admitir, porque gostava da companhia de Tia, e não porque não fosse capaz de pressioná-la com mais intensidade e rapidez para alcançar seu objetivo.

E também porque, quanto mais a conhecia, mais desejava ter feito sua abordagem de maneira muito diferente. Em vez disso, acabara enrolado em mentiras.

Ainda assim, Tia era uma mulher racional. Só precisava fazê-la compreender.

Ela ignorou a mão que Malachi estendeu para ajudá-la a sair do táxi. Ele começou a ficar um pouco nervoso. Quando chegaram ao apartamento, preparou-se para ver Tia bater a porta em seu rosto. Mas ela entrou deixando a porta aberta. Atravessou a sala até a janela. Como se ainda precisasse de ar, pensou Malachi.

— É uma história complicada, Tia.

— É o que sempre acontece com a mentira e a falsidade. — Ela tivera tempo para pensar. Concentrar-se no enigma a ajudara a se distanciar da mágoa. — Tudo se relaciona com as Parcas. Você e a Sra. Gaye querem obtê-las. E eu sou um elo. Ela sondaria meus pais, enquanto você... — Tia tornou a se virar para ele, o rosto frio e decidido: — Você tentaria me arrancar tudo o que sei.

— Não é bem assim. Anita e eu não somos sócios, de modo algum.

— Não? — Tia balançou a cabeça. — Concorrentes, então, trabalhando um contra o outro. Faz mais sentido. Tiveram uma briga de amantes?

— Ah, Cristo! — Malachi esfregou as mãos sobre o rosto. — Preciso que me escute, Tia. Ela é uma mulher perigosa. Implacável, completamente inescrupulosa.

— E você é cheio de escrúpulos? Suponho que esqueceu todos eles quando me atraiu para longe do hotel em Helsinque e passou o tempo todo fazendo charme, levando-me a acreditar que se interessava por mim, a fim de que alguém pudesse entrar em meu quarto e revistá-lo. Acha mesmo que eu levaria pistas das Parcas numa turnê para promover meu livro?

— Não tive nada a ver com aquilo. Foi obra de Anita. Não sou um criminoso.

— Ah, desculpe. É apenas um mentiroso?

Malachi conteve sua fúria. Que direito tinha de se irritar?

— Não posso negar que menti para você. E lamento muito por isso.

— Ah, você lamenta? Então isso muda tudo. Está perdoado.

Ele enfiou as mãos nos bolsos, cerrando os punhos. A mulher diante dele não era a mesma, gentil, terna, um pouco neurótica, que o cativara. Essa era fria, furiosa, mais dura do que ele imaginara que fosse possível.

— Quer uma explicação ou prefere apenas me agredir?

— Quero a primeira opção e me reservarei o direito de exercer a segunda.

— Muito justo. Podemos sentar?

— Não.

— Seria mais fácil se me agredisse primeiro e descarregasse toda a sua raiva. Eu lhe disse uma parte da verdade.

— Terá de esperar muito por sua medalha de honra ao mérito, Malachi. Seu nome é esse mesmo ou também foi inventado?

— Claro que é meu nome. Quer ver meu passaporte?

Ele começou a andar de um lado para outro, enquanto Tia mantinha-se fria e imóvel.

— Eu tinha um ancestral no *Lusitania,* Felix Greenfield. Ele sobreviveu, casou-se com Meg O'Reiley e se instalou em Cobh. A experiência mudou sua vida, fazendo com que se tornasse um homem sério. Passou a trabalhar com os barcos de pesca da família da esposa, teve filhos, converteu-se ao catolicismo e, segundo os relatos, era bastante devoto.

Malachi fez uma pausa. Passou os dedos — como Tia se imaginara fazendo — pelos cabelos castanhos.

— Antes dessa ocasião, antes de o navio afundar, não era um homem tão admirável. Reservou passagem naquele navio em particular porque estava fugindo da polícia. Era um ladrão.

— O sangue sempre prevalece.

— Pare com isso. Nunca roubei nada.

O insulto o deixou irritado, fazendo com que se virasse para Tia. Não parecia um cavalheiro refinado agora, pensou ela, impassível. Apesar do terno bonito, parecia mais um arruaceiro.

— Não creio que você esteja em condições de se sentir tão ofendido.

— Venho de uma boa família. Pode não ser tão elegante e distinta quanto a sua, mas não somos ladrões e bandidos. Felix era, mas não posso ser culpado por isso. Seja como for, ele mudou de vida. E, por acaso, logo depois de roubar alguns itens do camarote de Henry W. Wyley.

— A Parca. — Tia precisou de um momento para sua mente absorver o que afirmara. — Ele roubou a Parca. Nunca esteve perdida.

— Teria sido perdida se ele não a roubasse. Portanto, você pode dizer que foi uma grande reviravolta do destino. Felix não sabia o que tinha em mãos. Apenas achou a estatueta bonita... ela o atraiu, por assim dizer. A Parca permaneceu na família, ao longo de gerações, junto com a história. Era guardada como uma espécie de amuleto da sorte.

Uma história fascinante. Fantástica. Por trás da mágoa e fúria, Tia sentia um interesse crescente.

— E acabou nas suas mãos.

— Nas de minha mãe... e, por intermédio dela, passou a ser minha e de meus irmãos.

Malachi estava mais calmo agora. Era suficientemente católico para sentir que o peso das mentiras era aliviado com a confissão.

— Eu tinha alguma curiosidade a respeito e foi por isso que cometi um erro fatal. Levei a estatueta para Dublin. Pensei em identificá-la; se possível, obter uma avaliação. Minha irmã, que tem um jeito especial para essas coisas, disse que tentaria descobrir o que fosse possível nos livros e na internet. Mas, impaciente, levei a Parca para Dublin, e entrei como uma ovelha na Morningside Antiquities.

— E mostrou-a para Anita.

— Não a princípio. Conversei com ela a respeito. Não vi problema algum. — Ele se sentiu frustrado de novo. — Afinal, ela era considerada uma especialista no assunto, uma comerciante de boa reputação. Não contei toda a história de uma vez, mas pouco a pouco, ao longo de alguns dias...

A voz vacilou, como se o embaraço da impotência o envolvesse.

— Posso preencher as lacunas. — Quanto pior a situação ficava, de certa forma, melhor Tia se sentia. Não era a única passível de ficar cega e agir com estupidez sob os efeitos dos hormônios. — Ela é muito bonita.

— Um tubarão também é, sob alguns aspectos. — Havia amargura em sua voz, pela mulher que o enganara e pela outra que se postava a sua frente agora, de costas para o rio escuro. — Ela conseguiu arrancar muita coisa de mim antes que eu percebesse seus dentes afiados. Foi ao meu hotel para ver a estatueta num ambiente privado. Disse que seria melhor assim. Claro que concordei, porque ela já demonstrara um profundo interesse por mim. Anita usa o sexo como as mulheres usam batom. Por capricho. Entreguei-lhe tudo.

Tia pensou em Anita Gaye. Inteligente, sensual, confiante. Uma predadora. Assim compreendia por que até um homem inteligente se tornaria um tolo perto dela.

— Sem recibo?

— Talvez eu tivesse me lembrado de pedir se ela não estivesse tirando minha calça na ocasião. Fizemos sexo, tomamos vinho. Ou melhor, eu tomei vinho. A desgraçada deve ter misturado alguma coisa na bebida, porque só acordei no dia seguinte, depois do meio-dia. Ela havia desaparecido, levando a Parca.

— Anita o drogou?

Malachi percebeu a incredulidade na voz de Tia. Rangeu os dentes.

— Não apaguei durante quase 12 horas por causa de uma trepada e duas taças de vinho. A princípio, não acreditei em mim mesmo. Fui à Morningside e me informaram que ela estava em reunião e não poderia me receber. Deixei recados na empresa e no hotel. Anita nunca retornou. Quando finalmente consegui fazer contato, depois que ela voltara para Nova York, Anita declarou não ter ideia de quem eu era ou do que estava falando, mas não queria ser incomodada de novo.

Não era fácil dissolver a imagem de Malachi e Anita fazendo sexo numa cama de hotel, mas Tia precisava conseguir para pensar com nitidez.

— Está me dizendo que Anita Gaye, da Morningside Antiquities, drogou--o depois de ir para a cama com você, roubou a Parca e em seguida negou até que o conhecia?

— Foi o que acabei de dizer, não? E ainda me fez de idiota usando o sexo, fingindo que gostava...

Malachi parou de falar quando percebeu o olhar irônico de Tia.

— É mortificante, não é?

— Não foi a mesma coisa. — Mas ele sentiu um frio no estômago. — Nem de longe.

— Só porque não chegamos à parte... da "trepada" não quer dizer que vai mudar a intenção ou o resultado. Poderia ter me abordado de maneira direta e honesta, mas preferiu não fazê-lo.

— É verdade. Mas até onde eu sabia, você poderia ser tão calculista quanto ela. E como eu poderia ter certeza de que não reivindicaria a propriedade da Parca? — Ele levantou as mãos. O que antes parecia perfeitamente razoável, mais do que necessário na ocasião, tornava-se agora uma atitude fria e lamentável. — A Parca pode não ter chegado a mim da forma mais digna, Tia, mas é nossa há quase noventa anos. E, quando descobrimos que eram três e o que isso poderia significar, a situação mudou completamente. Em parte, queremos apenas recuperar o que é nosso. Mas há mais... e estamos falando de dinheiro, muito dinheiro. Podemos aproveitá-lo. A Irlanda está crescendo depressa, e, se tivéssemos os recursos necessários, poderíamos expandir nosso empreendimento.

— O negócio de navegação? — indagou ela, sarcástica.

Malachi mostrou-se embaraçado, o que a deixou satisfeita.

— Pelo menos tem a ver com barcos. Organizamos excursões, partindo de Cobh e contornando o promontório de Kinsale. E também trabalhamos com pesca. Achei que você se sentiria mais à vontade se pensasse que eu pertencia a seu círculo.

— Ou seja, achava que eu era superficial.

Ele deixou escapar um suspiro. Fitou-a nos olhos.

— Foi o que imaginei, mas estava enganado.

— Pretendia me levar para a cama quando voltasse para cá esta noite. É frieza demais. Uma atitude desprezível. Você me usou, desde o início, um meio para um fim, como se eu não tivesse sentimentos. Nunca tive a menor importância para você.

— Não é verdade. — Malachi adiantou-se. Embora Tia mantivesse os braços rígidos, um de cada lado, ele pegou suas mãos. — Não posso deixar que pense isso.

— Quando me procurou pela primeira vez, quando sorriu para mim e me convidou para um passeio, eu não significava nada para você. Queria descobrir se eu poderia ser de algum proveito, e só.

— Eu não a conhecia. A princípio, você era apenas um nome, uma possibilidade. Mas...

— Por favor. Essa é a parte em que você diz que tudo mudou depois que passou a me conhecer, que começou a gostar de mim. Poupe-nos desse clichê.

— Fiquei atordoado e confuso quando comecei a sair com você, Tia. Isso não fazia parte do meu plano.

— Seu plano todo é uma confusão. Largue minhas mãos.

— Lamento se a magoei. — Era patético, mas ele não imaginava qualquer outra coisa para dizer. — Juro por Deus que nunca tive essa intenção.

— Largue minhas mãos. — Quando ele largou, Tia deu um passo para trás, acrescentando: — Não posso ajudá-lo e, mesmo que pudesse, não o faria agora. Mas pode consolar-se com a ideia de que também não ajudarei Anita Gaye. Sou inútil para ambos.

— Não, Tia, você não é uma inútil. Para ninguém. E não estou falando das Parcas.

Ela se limitou a sacudir a cabeça.

— É tudo o que temos para falar. Estou cansada. Gostaria que se retirasse agora.

— Não quero deixá-la assim.

— Lamento, mas terá de ir embora. Não tenho mais nada para lhe dizer... pelo menos mais nada que possa ser construtivo.

— Então atire alguma coisa em mim. Dê-me um tapa. Grite comigo.

— O que tornaria as coisas mais fáceis para você. — Tia precisava de seu refúgio, de sua solidão. E de um resquício de orgulho. — Pedi para se retirar. Se você se arrepende só um pouco do que fez, respeitará meu pedido.

Sem alternativa, Malachi encaminhou-se para a porta. Virou-se, observando-a, ainda emoldurada pela janela.

— Na primeira vez que olhei para você, que realmente olhei para você, Tia, só pude pensar que tinha os olhos mais lindos e mais tristes que já vi. Não consegui tirá-los da cabeça desde então. Ainda não acabou, de jeito nenhum.

Tia soltou um suspiro profundo depois que ele saiu, fechando a porta.

— Cabe a mim decidir isso.

As RUAS eram íngremes em Cobh. Como em São Francisco, iniciavam na beira de uma baía, num ângulo que deixava as pernas doloridas. No alto de uma rua havia uma casa pintada num tom claro de verde-água, com um jardim todo florido na frente, por trás de um muro baixo de pedras.

Tinha três quartos, dois banheiros, uma sala de estar com um aparelho de televisão que já deveria ter sido trocado, um sofá de molas confortável, estofado em quadrados azuis e brancos. Havia também uma pequena sala de visitas e uma sala de jantar, que só eram usadas em ocasiões especiais. Ali, os móveis eram envernizados e as cortinas de renda haviam sido amaciadas pelo tempo.

Na parede da sala de visitas havia fotos de John F. Kennedy, do atual Papa e do Sagrado Coração de Jesus. Esse trio em particular sempre deixava Malachi tão ansioso que quase nunca se sentava ali, a menos que não tivesse opção.

Até completar 24 anos e se mudar para os aposentos sobre a garagem de barcos, ele residira naquela casa, partilhando um quarto com o irmão e brigando com a irmã pelo tempo que ela passava no banheiro do segundo andar.

Desde quando podia se lembrar, a cozinha era o local de reunião. Era pela cozinha que ele andava agora, de um lado para outro, enquanto a mãe descascava batatas para o jantar.

Voltara dois dias antes e, durante o primeiro, se concentrara no trabalho. Pilotara um dos barcos da família, já que Rebecca lembrara que ele não fizera isso durante a maior parte do verão. E pusera em dia o trabalho burocrático, até que as letras e cifras se embaralhassem diante de seus olhos.

Trabalhara durante doze horas no primeiro dia em casa e mais dez no segundo. No entanto, não fora capaz de descarregar a raiva nem o sentimento de culpa.

— Lave as batatas — ordenou Eileen. — Assim terá alguma coisa para fazer, além de se remoer.

— Não estou me remoendo.

— Sei quando alguém está se remoendo.

Ela abriu o forno para verificar a carne-assada. Era o prato predileto de Malachi. Fizera o prato dominical no meio da semana na esperança de animá-lo.

— A moça tinha todo o direito de dispensar você, e terá de conviver com isso.

— Sei disso. Mas esperava que ela percebesse a lógica de tudo, depois de pensar a respeito. Ou, pelo menos, que me desse uma oportunidade de me redimir. Mas ela não atendeu ao telefone nem abriu a porta quando eu toquei a campainha. Provavelmente jogou fora as flores que mandei. Quem poderia imaginar uma mulher com um lado tão duro?

— Isso não tem nada a ver com lado duro. É uma questão de mágoa. Você tornou o relacionamento pessoal, quando deveria tê-lo mantido profissional.

— Virou pessoal contra minha vontade.

Eileen olhou para o filho, enternecida.

— Dá para perceber. Essa é a maravilha de viver, não é mesmo? Nunca se sabe quando algo ou alguém vai nos lançar por uma estrada diferente. — Ela começou a descascar as cenouras que cercariam a carne-assada junto com as batatas. — Flores também não adiantavam para mim quando brigava com seu pai.

Malachi sorriu.

— E o que adiantava?

— Tempo, para começar. Uma mulher tem de passar algum tempo zangada e saber que um homem está sofrendo por seus pecados. E, depois, é preciso se humilhar um pouco. Gosto de um homem que sabe como rastejar.

— Nunca vi meu pai rastejar.

— Não poderia ver tudo, não é?

— Eu a magoei, mãe. — Malachi deixou as batatas secando. — Não tinha o direito de magoá-la daquela maneira.

— Não, não tinha, mas essa não era a sua intenção. — Eileen enxugou as mãos num pano de prato para depois pendurá-lo num gancho. — Pensava na família, em seu próprio orgulho. Agora, tem de pensar nela também. Saberá o que fazer na próxima vez em que a encontrar.

— Ela não quer me ver de novo.

— Se eu pensasse que um filho meu poderia desistir com tanta facilidade, bateria em sua cabeça com esta frigideira. Já não tenho preocupações suficientes com Gideon, viajando com aquela dançarina?

— Gideon está bem. Pelo menos está em contato com alguém que fala com ele.

— Seu filho da puta!

Ela falou num grunhido baixo, enquanto acertava um soco bem no queixo de Gideon. O impacto foi tão grande que ele caiu sentado no tapete encardido da porta do quarto imundo, no último hotel imundo em que se haviam hospedado.

Gideon sentiu o gosto de sangue na boca, viu estrelas e ouviu o que parecia ser o Coro de Aleluia ressoar em seus ouvidos.

Passou a mão pela boca e fitou-a com uma expressão maliciosa. Cleo estava de pé na sua frente, de sutiã e calcinha pretos, os cabelos ainda pingando do que o hotel chamava ironicamente de chuveiro.

— Já chega. — Gideon levantou-se, devagar. — Pelo bem da humanidade, tenho de matá-la agora. Você é uma ameaça à sociedade.

— Então venha. — Ela se balançou sobre as pontas dos pés, erguendo os punhos. — Dê o seu melhor soco.

Ele queria. E como queria. Há cinco dias terríveis viajava pela Europa com Cleo a reboque. Dormira em camas que faziam com que os catres dos albergues de sua juventude, de suas férias curtas e despreocupadas, parecessem nuvens celestiais de primeira classe. Tolerara as exigências de Cleo, as perguntas, as reclamações.

Ignorara o fato de que partilhava os aposentos — numa inevitável intimidade — com uma mulher que era paga para dançar nua, e cujo corpo lhe garantia uma boa remuneração. Comportara-se como um perfeito cavalheiro, mesmo quando ela se mostrava deliberadamente provocante.

Alimentara-a — e, por Cristo, como ela comia! — e providenciara para que ela tivesse o melhor abrigo que seu orçamento minguado podia oferecer.

E como ela retribuía? Acertando um murro em seu rosto!

Gideon deu um passo em sua direção, as mãos cerradas.

— Não posso bater numa mulher. Irrita-me mais do que posso dizer, mas não sou capaz. Agora, saia do meu caminho.

— Não pode bater numa mulher? — Cleo levantou o queixo, desafiando-o. — Mas não tem qualquer escrúpulo em roubar de uma mulher. Você pegou meus brincos.

— É verdade. — Ele não conseguia bater em Cleo, mas deu-lhe um bom empurrão, para entrar no quarto e bater a porta. — E recebi 25 libras por eles. Você come como um cavalo, e não sou feito de dinheiro.

— Vinte e cinco libras? — A indignação de Cleo dobrou. — Paguei 368 dólares pelos brincos, depois de uma hora de barganha, numa joalheria da Quinta Avenida. Você não é ladrão, e sim um otário.

— E você tem uma vasta experiência em penhorar brincos, não é?

Ela não tinha, mas estava absolutamente convencida de que teria conseguido mais.

— Eram de ouro italiano, de 18 quilates.

— Agora vão virar *fish and chips* no pub, além de uma noite neste buraco infernal. Você insiste que devemos ser sócios, mas não quer contribuir com nada.

— Poderia ter pedido.

— Claro... e você me entregaria de bom grado se eu pedisse. Logo você, que vai para o chuveiro com sua bolsa.

Os lábios carnudos e provocantes se contraíram.

— E você acaba de provar que sou esperta ao fazer isso.

Irritado, Gideon pegou uma camiseta e jogou para ela.

— Vista-se, pelo amor de Deus. Tenha algum respeito por si mesma.

— Tenho o maior respeito por mim.

Cleo esquecera que estava de roupa de baixo. Tendia a perder os detalhes mais sutis quando o nevoeiro vermelho da fúria a dominava. Mas o desdém na voz de Gideon a fez atirar a camiseta para o outro lado do quarto.

— Quero as 25 libras.

— Não. E se quer comer, trate de se vestir. Tem cinco minutos.

Gideon encaminhou-se para o banheiro. Deveria saber que não poderia virar as costas.

Ela saltou sobre ele, as pernas compridas envolvendo sua cintura, como cintas de aço. Puxou sua cabeça para trás pelos cabelos, até que luzes explodiram diante dos olhos de Gideon.

Ele se virou, tentando derrubá-la, mas Cleo estava grudada como um carrapato e conseguiu passar o braço por seu pescoço. Com a traqueia correndo perigo de ser esmagada, Gideon ergueu a mão e agarrou um punhado de cabelos de Cleo. O uivo que ela soltou quando ele deu um puxão foi uma satisfação intensa.

— Solte! Largue meus cabelos!

— Então solte os meus — balbuciou ele. — Agora!

Os dois giraram, Cleo ainda nas costas de Gideon, os dois grunhindo, ambos puxando os cabelos um do outro. Ele esbarrou na lateral da cama e perdeu o equilíbrio. Quando caiu, foi sobre Cleo, com bastante impacto para deixá-la sem ar e afrouxar a pressão que fazia sobre ele.

Antes que pudesse se recuperar, Gideon imobilizou-a.

— Você tem um parafuso solto — murmurou ele, fazendo esforço para segurar-lhe os braços quando ela começou a se debater. — Dezenas de parafusos soltos. São apenas 25 libras, pelo amor de Deus. Eu lhe darei a metade se ficou tão furiosa por isso.

— Meus brincos... — disse ela, ofegante. — Meu dinheiro...

— Até onde você sabe, sou um homem desesperado. Até onde você sabe, posso bater em sua cabeça e arrancar muito mais do que apenas os brincos.

Ela fungou, desdenhosa. Depois, inspirada, tentou uma nova estratégia. Lágrimas ameaçaram derramar-se para as faces. A boca grande e sensual tremeu.

— Não me machuque.

— Não vou machucá-la. O que você pensa que eu sou? Não chore, por favor, querida.

Ele soltou um braço para remover uma lágrima. Cleo atacou como uma gata selvagem. Com dentes, unhas, pernas e braços. Acertou-lhe um soco na têmpora e uma cotovelada nas costelas. Em seu esforço para se defender, Gideon rolou para fora da cama, caindo com ela por cima dele.

Grunhindo, suando e atordoado com a dor, ele conseguiu imobilizá-la pela segunda vez, antes de perceber que ela ofegava de tanto rir.

— O que há em algumas lágrimas que transformam todos os homens em babacas emocionados? — Ela sorriu. Puxa, como ele era bonito! Furioso e sensível. — Sua boca está sangrando, campeão.

— Sei disso.

— Acho que valeu as 25 libras. Mas não vou me contentar com *fish and chips*. Quero carne vermelha.

Foi nesse instante que ela notou os olhos dele fixos e contraídos, o que significava uma única coisa num homem. Os músculos de sua barriga tremeram em resposta.

— Hum...

— Que droga, Cleo!

Ele a beijou, com a boca sangrando e latejando. Ela sentiu o gosto do pecado, o cheiro de um jardim lavado pela chuva. Por baixo de Gideon, abriu a boca e sorveu tudo, com sofreguidão. Seus braços e pernas tornaram a envolvê-lo, mas dessa vez suavemente. Cleo arqueou o corpo, centro contra centro, num convite lento e sinuoso.

Gideon levantou a cabeça para fitá-la. Os cabelos, aquele emaranhado úmido e quente, espalhavam-se pelo carpete fino com marcas de queimado. As pestanas ainda brilhavam com as lágrimas da encenação. Ele teve vontade de devorá-la de uma só vez, por maior que fosse a indigestão depois. Sentia-se duro, com um desejo quase insuportável.

E descobriu-se bloqueado pelo mesmo conjunto de valores que o impedira de agredi-la.

— Droga! — repetiu Gideon, afastando-se.

Ele se sentou, encostado na cama. Aturdida, Cleo ergueu o corpo, apoiada nos cotovelos.

— Qual é o problema?

— Vista-se, Cleo. Eu disse que não a machucaria. E também não vou usá-la.

Ela se sentou, apoiada nos calcanhares, e o observou. Gideon tinha os olhos fechados, a respiração irregular. E Cleo, bons motivos para saber que ele estava excitado. Mas parara mesmo assim. E parara, compreendeu ela, porque era um homem decente, apesar de frio e calculista. Decente até os ossos.

— Você é um artigo genuíno, não é mesmo?

Ele abriu os olhos e a viu sorrindo, pensativa.

— Como?

— Só uma pergunta. Recuou porque no momento sou uma stripper desempregada?

— Recuei porque, independentemente de termos ou não uma sociedade, sou responsável por sua presença aqui. Por ter fugido de Praga e atravessado o continente, até a Inglaterra, apenas com as roupas do corpo. Fiz a opção de procurar as estatuetas e de assumir as consequências, sabendo que alguém tentaria me impedir da maneira que pudesse. Você não fez essa opção.

— Foi o que pensei — murmurou Cleo. — Significa que terei de tomar a iniciativa.

— Nem tente — advertiu Gideon, quando ela se aconchegou em seu colo, insinuante como uma serpente.

— Você pode deitar de costas e se resignar. — Ela passou a língua pelo queixo de Gideon. — Ou pode participar. Depende de você, bonitão. De qualquer forma, vou possuí-lo. Hum... como você está quente e suado...

Quando Gideon agarrou seus pulsos, ela continuou a usar a boca.

— Gosto disso. Será mais fácil se você cooperar.

Cleo balançou em seu colo e beijou-o na boca quando ele gemeu.

— Quero que me toque... — Havia muito tempo que as mãos de um homem não a tocavam, porque há muito tempo ela não queria. — ... me acaricie.

Num movimento brusco, ele tornou a deitá-la de costas, movimentando as mãos por toda parte. O chão era duro como pedra, cheirava a fumaça de cigarro, mas rolaram de um lado para outro, enquanto ela tirava a camisa de Gideon, cravando as unhas em suas costas.

Cleo quisera isso. Mesmo sabendo que isso era estúpido e inútil, ela o desejara. Cada vez que sentia o olhar de Gideon perdurar no seu, cada noite em que permanecera acordada sabendo que ele deitava a alguns centímetros de distância, ela o desejara.

O peso confortável e sólido de Gideon comprimiu-a contra o chão duro, as mãos fortes deslizaram por seu corpo. Ela se ergueu quando ele puxou o sutiã para a cintura, gemendo de prazer quando sua boca sugou o seio.

O corpo de Cleo era um banquete. Macio, cheio de curvas, com seios generosos, pernas enormes. Gideon queria se regalar desde que a vira pela primeira vez, desfilando no palco, em roupas de homem, com aquele sorriso sugestivo no rosto fabuloso.

Não podia pensar que era um erro. Só conseguia pensar no quanto precisava se alimentar.

Tornou a encontrar a boca de Cleo, enquanto a dor e o prazer guerreavam dentro dele. Cleo começou a baixar seu jeans e a passar as unhas por seus quadris. E seu sangue era como um martelo furioso, explodindo no coração, na cabeça.

E, depois, ele penetrou, bem fundo, fazendo-a gozar no mesmo instante, numa explosão úmida.

— Ah, Deus! — Cleo abriu os olhos, quase desfalecida com o choque. — O que foi isso?

— Não sei, mas vamos tentar de novo.

Mesmo enquanto ela estremecia, Gideon arremeteu, em movimentos rápidos, quase violentos. Ouviu-a ofegar para respirar, viu o fluxo de calor avermelhar suas faces. E logo Cleo acompanhava seus movimentos, com o mesmo ritmo frenético.

E no instante em que Gideon perdeu-se nela, Cleo puxou seu rosto para beijá-lo na boca, mais uma vez.

Capítulo 8

CLEO ESTAVA deitada de barriga para baixo e atravessada, num colchão duro como concreto. Os pulmões haviam parado de chiar, e o rugido do sangue em seus ouvidos se desvanecera em um zumbido agradável.

Tivera a primeira experiência sexual aos 16 anos, quando deixara, depois de uma briga com a mãe, que Jimmy Moffet fizesse o que vinha lhe suplicando havia três meses.

A Terra não tremera, mas Jimmy até que fora bom, como costuma acontecer com os iniciantes.

Nos 11 anos transcorridos desde então, ela tivera melhores, e piores, e aprendera a ser seletiva. Aprendera o que agradava a seu próprio corpo e como guiar um homem para satisfazer suas necessidades.

Cometera alguns erros, é claro, sendo Sidney Walter apenas o mais recente e o mais dispendioso. Mas, de modo geral, achava que tinha um impulso sexual bom e saudável, e um gosto relativamente minucioso a respeito de parceiros de cama.

Era verdade que esse impulso diminuíra de forma radical durante sua permanência como artista no Down Under, mas os clubes de striptease tendiam a expor os homens e o sexo no que tinham de mais baixo e ordinário. Da mesma forma, ela imaginava que a experiência só servira para aguçar sua seletividade.

E parecia ter dado certo dessa vez.

Gideon Sullivan não apenas sabia como fazer a terra tremer, mas também o fazia ao ritmo do merengue. E do tango. E da rumba. O homem era um refinado Fred Astaire nos lençóis.

O que acrescentaria uma agradável dimensão à estranha parceria entre os dois, pensou ela.

Não que Gideon considerasse uma parceria, mas ela pensava assim. E isso era o que contava. Além do mais, ela tinha um ás na manga. Abriu os olhos e fixou a bolsa em cima da cômoda escalavrada.

Uma dama na manga, pensou Cleo. Uma dama de prata.

Tinha a intenção de ser honesta com ele quando chegasse o momento. Provavelmente. Mas a experiência lhe ensinara que era sensato manter um elemento surpresa. Se dissesse a ele que tinha a estatueta, Gideon poderia pegá-la, como fizera com os brincos.

Maldito. Ela adorava aqueles brincos.

É verdade que o homem não parecia ser um completo canalha. Tinha ética em relação ao sexo, o que ela não poderia deixar de respeitar. Mas dinheiro era um jogo completamente diferente. Uma coisa era esquentar os lençóis com um homem que conhecera havia menos de uma semana. E outra, muito diferente, era lhe confiar uma mina de ouro em potencial.

Era mais inteligente e sensato, guardar o segredo para si e arrancar dele todas as informações. Cleo virou-se de lado e passou os dentes pelo quadril de Gideon, já que estava acessível.

— Não sabia que os irlandeses tinham tanto vigor.

— Agradeça à Guinness. — A voz saiu rouca de sono. — E, por todos os santos, como eu preciso de uma cerveja!

— Tem um corpo bem-definido, bonitão. — Para satisfação própria, Cleo subiu um dedo pela coxa de Gideon. — Você se exercita?

— Em academia? Não. Um bando de caras suados e máquinas assustadoras.

— Você corre?

— Se estiver com pressa.

Ela riu e deslizou os dedos pelo peito de Gideon.

— Mas o que você faz na Irlanda?

— Temos barcos. — Ele se mexeu para enfiar os dedos nos cabelos de Cleo. Como gostava daqueles cabelos, escuros e abundantes. — Barcos de passeio, barcos de pesca. Às vezes saio com turistas, às vezes saio para pescar. E na metade do tempo fico martelando os barcos em reparos necessários.

— O que explica isto. — Cleo apertou-lhe um bíceps. — Fale-me mais sobre as Parcas.

— Já falei.

— Contou apenas uma parte da história. Mas não explicou como tem certeza de que valem muito dinheiro. Por que valem o nosso tempo para tentar localizá-las? Também tenho um investimento nesse caso e ainda nem sei direito quem me expulsou de Praga.

— Sei que valem muito dinheiro porque, em primeiro lugar, minha irmã, Rebecca, pesquisou sobre o assunto. Becca é fera com pesquisas, fatos e dados.

— Sem querer ofender, bonitão, mas não conheço sua irmã.

— Ela é brilhante. É tão inteligente que às vezes acho que as informações vão sair por suas orelhas. Foi ela quem bolou o negócio de passeios turísticos da família. Tinha apenas 15 anos quando procurou o pai e a mãe com todos aqueles números, projeções e sistemas que formulara. A economia ia prosperar, tinha certeza. E como Cobh já atraía o interesse dos turistas, por causa do *Titanic* e do *Lusitania,* da bela paisagem e da enseada, haveria mais e mais turistas.

Cleo esqueceu por um momento sua manobra de fazê-lo fornecer mais informações.

— E eles escutaram?

A ideia de pais dispensarem qualquer atenção às ideias de uma menina parecia ao mesmo tempo fascinante e absurda.

— Claro que escutaram. Por que não o fariam? Mas é verdade que não desataram a pular de alegria e a gritar: "Se é o que Becca diz, é o que vamos fazer." Mas o assunto foi discutido, analisado, até se chegar à conclusão de que ela tivera uma boa ideia que merecia ser explorada.

— Meus pais não teriam escutado. — Ela encostou a cabeça no peito de Gideon. — Mas é verdade que, aos 15 anos, já não tínhamos mais o que se poderia chamar de conversas.

— Por quê?

— Hum... Ah, sim, estou lembrando agora. Porque não gostamos uns dos outros.

Curioso e impressionado com a amargura na voz de Cleo, ele se virou para poder fitá-la.

— Por que acha que eles não gostam de você?

— Porque sou rebelde, brigona, impertinente e desperdicei as muitas oportunidades que me ofereceram. Por que está sorrindo?

— Apenas pensei que as três primeiras coisas são os motivos pelos quais comecei a gostar de você. Que oportunidades desperdiçou?

— Educação, avanços sociais, tudo que esbanjei ou lhes joguei na cara, dependendo do meu ânimo.

— E por que não gosta deles?

— Porque nunca me notavam. — No instante em que disse isso, Cleo sentiu-se envergonhada. De onde saíra aquilo? Para compensar, aconchegou-se em Gideon e passou os dedos por seu traseiro. — Ei, já que estamos aqui...

— O que você queria que eles notassem?

— Não importa. — Ela esfregou o pé pela panturrilha de Gideon, em longos movimentos. Levantou a cabeça o suficiente para dar uma mordidinha em sua boca. — Lavamos as mãos uns para os outros há algum tempo. E eles também se separaram. Pararam de fingir que eram casados quando eu tinha 16 anos. Minha mãe casou duas vezes desde então. E meu pai se diverte com prostitutas... discretamente.

— Não deve ser fácil para você.

— Não tem nada a ver comigo. — Cleo ergueu um ombro. — De qualquer maneira, estou mais interessada no agora, em saber se você tem forças para mais uma rodada, antes de sairmos para tomar aquela cerveja.

Ele não se deixava distrair com tanta facilidade depois que se fixava num ponto. Mas baixou a cabeça para dar um beijo no pescoço de Cleo.

— Como foi parar em Praga, trabalhando naquela boate?

— Por estupidez.

Gideon levantou a cabeça.

— É uma área ampla, segundo minha experiência. De que forma específica?

Ela soltou um suspiro.

— Se não vou ter outra transa, quero tomar uma ducha.

— Eu gostaria de saber mais sobre a mulher com quem estou fazendo amor do que apenas seu nome.

— Tarde demais, bonitão. Já me fodeu.

— Na primeira vez, foi uma foda — respondeu Gideon, numa voz fria e firme, que a fez se sentir envergonhada. — Na segunda, foi mais. Se continuarmos, haverá ainda mais. É assim que funciona.

Pelo menos em parte, parecia uma ameaça.

— Você complica tudo?

— Complico. É um talento meu. Disse que seus pais não a notavam. Pois estou olhando para você, Cleo, e continuarei a olhar até que possa vê-la com clareza. Vamos ver como você reage.

— Não gosto de ser pressionada.

— Então temos um problema, porque sou insistente. — Ele a virou. — Pode tomar banho primeiro, mas não demore. Estou morrendo de fome e louco para tomar aquela cerveja.

Gideon cruzou as mãos sobre a barriga e fechou os olhos.

Com o rosto franzido, Cleo saiu da cama. A caminho do banheiro, lançou-lhe um último olhar, curiosa. Depois, pegou a bolsa e trancou-se no banheiro.

Confunda-a, pensou Gideon. Nada mais certo, já que ela o deixava completamente confuso.

ELE ESPEROU até que estivessem sentados a uma das mesas baixas do pub. Cleo pediu o bife pequeno e duro, enquanto Gideon fez a opção pelo *fish and chips*.

— Como sua família é da alta sociedade de Nova York, por acaso conhece Anita Gaye?

— Nunca ouvi falar. — O bife exigia grande esforço, mas Cleo não se queixaria. — Quem é ela?

— Conhece a Morningside Antiquities?

— Claro. É uma daquelas lojas antigas e esnobes, em que os ricos pagam altos preços por coisas que pertenceram a outros ricos. — Ela jogou para trás a massa de cabelos. — Mas eu gosto de coisas reluzentes e novas.

Gideon sorriu.

— É uma péssima descrição, ainda mais vindo de uma pessoa rica.

— Não sou rica. Minha família é.

Intimamente, ele achava que uma mulher que pagava mais de 300 dólares por objetos para pendurar nas orelhas era rica ou tola. Possivelmente as duas coisas.

— Não tem herança?

Cleo deu de ombros enquanto cortava o bife.

— Receberei um bom dinheiro quando completar 35 anos. Não precisarei me alimentar apenas de cerveja e pretzels pelos próximos oito anos.

— Onde aprendeu a dançar?

— O que a Morningside tem a ver com nossa situação atual?

— Está bem. Anita Gaye é a atual diretora da Morningside, como viúva do antigo proprietário.

— Espere um pouco. — Cleo acenou com o garfo. — Lembro-me de alguma coisa a respeito. O velho rico casa com uma jovem esperta. Ela trabalhava para ele ou algo parecido. Mamãe ficou indignada. Passou semanas horrorizada. E depois, quando ele morreu, houve um segundo escândalo. Eu ainda tinha contato com mamãe naquela época, em raras ocasiões. Ela havia voltado a Nova York, entre um marido e outro, e comentei: se a vagabunda fez o velho morrer feliz, qual é o problema? Minha mãe ficou furiosa. Acho que essa foi uma de nossas últimas brigas, antes do número de Pôncio Pilatos.

— Quando lavaram as mãos uma para a outra?

— Bingo!

— Por causa do marido morto de outra mulher?

— Na verdade, a formalidade de lavar as mãos começou quando o último marido dela passou a dedicar uma atenção especial a meus seios, e fiquei irritada o bastante para contar a mamãe.

— Seu padrasto a tocava?

O tom de Gideon vibrava de indignação moral.

— Ele não era meu padrasto na ocasião. Foi mais um aperto rápido em meus seios, acompanhado por uma joelhada em sua virilha. Eu disse que ele tentara me agarrar. O cara respondeu, num momento raro de uso da massa cinzenta, que eu é que o acertara. Mamãe ficou do lado dele. Houve troca de insultos e palavrões de todas as partes interessadas. Fui embora. Ela casou com o cara e se mudaram para Los Angeles, que era o reduto dele.

Cleo deu de ombros. Levantou o copo de cerveja.

— Fim da saga sentimental da família.

Gideon tocou o dorso de sua mão.

— Nesse caso, creio que ela o merece.

— Acho que sim. — Ela desvencilhou a mão, tomou a cerveja. — Portanto, Anita Gaye está ligada a nós porque... foi ela quem mandou os bandidos que nos perseguiram em Praga. — Cleo fez uma pausa, contraindo os lábios. — Talvez ela não seja apenas uma vagabunda.

— É uma mulher calculista e insidiosa. E uma ladra. Tem uma das Parcas porque a roubou de nós. De meu irmão, para ser mais preciso. Quer as três e vai usar todos os métodos para consegui-las. É algo que usaremos contra ela. Vamos obter as outras duas primeiro e depois negociar.

— O que significa que não há cliente. É seu irmão.

— Minha família — corrigiu Gideon. — Malachi, meu irmão, está trabalhando em outro viés, enquanto minha irmã pesquisa um terceiro. O problema é que sempre encontramos Anita Gaye em nosso caminho, qualquer que seja o curso. Um passo à frente, um passo atrás, mas ela está sempre perto. Prevê nossos movimentos ou tem outra fonte de informações. Ou, o que é mais desconcertante ainda, encontrou uma maneira de nos vigiar.

— E é por isso que você e eu temos nos hospedado em hotéis de merda, com nomes falsos e pagando em dinheiro.

— O que não pode continuar por muito tempo. — Gideon tomou um gole da cerveja, enquanto corria os olhos pelo pub apinhado e barulhento. — Estou razoavelmente seguro de que conseguimos despistá-la, pelo menos por enquanto. Está na hora de você colocar a mão na massa... — Ele fitou Cleo. Os lábios contraíram-se quando acrescentou: — Sócia.

— Fazendo o quê?

— Disse que se lembrava de ter visto a Parca, o que significa que ainda continua em sua família. Portanto, acho que o melhor esquema é começar por um telefonema, uma ligação de filha, com o tom certo de arrependimento e desculpa.

Ela espetou uma das batatas no prato de Gideon com seu garfo.

— Isso não é nem um pouco engraçado.

— Não tive a intenção de ser engraçado.

— Não vou ligar para casa como a filha pródiga arrependida. — Gideon apenas sorriu. — Não vou.

— Depois da história que contou, também não aprecio sua mãe. Mas terá de ligar para ela, se quiser um quinto do que conseguirmos.

— Um quinto? Faça uma revisão de sua matemática, bonitão.

— Não há nada de errado com minha matemática. Somos quatro, e você é uma.

— Quero a metade.

— Pode querer o mundo sob seu comando, mas não vai conseguir. Um quinto de milhões de libras em potencial deve ser suficiente para sustentá-la até a maturidade dos 35 anos. A situação entre vocês é tão tensa que ela se recusaria a atender uma ligação a cobrar? Ou seria melhor falar com seu pai?

— Nenhum dos dois aceitaria um telefonema a cobrar, mesmo que eu estivesse ligando do terceiro nível do inferno. De qualquer forma, não vou ligar.

— Vai, sim. Teremos de usar o cartão de crédito. Como está o seu?

Já que Cleo cruzou os braços e se manteve em silêncio, ele acrescentou:

— Está bem. Usaremos o meu.

— Não vou ligar.

— É melhor procurarmos uma cabine telefônica. Se Anita encontrou um meio de rastrear as despesas em meu cartão, prefiro que ela não tenha nossa localização. Mesmo que amanhã já tenhamos deixado Londres. Você precisa preparar o terreno para falar da estatueta. Por isso, estou pensando numa abordagem sentimental. Alegar saudades do lar, por aí. Se você for hábil, talvez um deles lhe mande algum dinheiro.

— Preste atenção. Falarei bem devagar, da maneira mais simples possível. Eles não vão me dar um centavo, e prefiro cortar minha própria garganta a pedir.

— Não pode saber até tentar, não é? — Gideon largou algumas notas na mesa. — Vamos procurar uma cabine telefônica.

Como poderia argumentar com alguém que não respondia, mas apenas seguia em frente, como um rolo compressor enorme e reluzente?

Agora, estava envolvida e tinha pouco tempo para encontrar uma saída.

Não perdeu tempo argumentando com ele enquanto caminhavam sob a chuva fina que escurecia e dava brilho ao asfalto. Precisava usar sua habilidade e calcular muito bem as escolhas.

Não poderia dizer a Gideon: não adianta ligar para mamãe ou papai, porque — rá! rá! rá! — a estatueta está comigo, em minha bolsa!

E, se ligasse — embora preferisse ser amarrada sobre um formigueiro —, os pais provavelmente falariam com ela. Com frieza, por obrigação, o que a deixaria ainda mais irritada. Se mantivesse o controle e indagasse sobre a estatueta, os pais perguntariam se ela estava drogada. Uma indagação habitual. E seria lembrada, em termos ásperos, que a estatueta permanecera em seu quarto durante anos. Um fato que os pais não poderiam deixar de saber, já que seu quarto era revistado semanalmente em busca de drogas, que ela nunca usara, ou de qualquer sinal de comportamento imoral, ilegal ou socialmente inaceitável.

Na medida em que nenhuma dessas alternativas a atraía, teria de pensar numa terceira.

Cleo ainda analisava as possibilidades quando ele a tirou da chuva para dentro de uma cabina telefônica vermelha.

— Espere um momento para pensar no que vai dizer — aconselhou Gideon. — Qual dos dois você acha que pode ser nossa melhor opção? Sua mãe em Los Angeles ou seu pai em Nova York?

— Não preciso decidir, porque não vou ligar para nenhum dos dois.

— Cleo... — Gideon empurrou seus cabelos úmidos para trás da orelha. — Eles a magoaram muito, não é?

Ele falou tão baixo, com tanta ternura, que Cleo teve de se virar, olhando para a chuva.

— Não preciso ligar para eles. Sei onde está.

Gideon inclinou-se e roçou os lábios por seus cabelos.

— Lamento que seja tão difícil para você, mas não podemos continuar assim, pulando de um lugar para outro.

— Eu disse que sei onde está. Leve-me para Nova York.

— Cleo...

— Pare de me afagar como se eu fosse um cachorrinho. Preciso de espaço. — Ela usou o cotovelo para empurrá-lo, depois abriu a bolsa. — Veja.

Entregou-lhe a foto escaneada. Gideon olhou, depois levantou os olhos para fitá-la, aturdido.

— O que é isso?

— As maravilhas da tecnologia. Dei um telefonema do Down Under depois de nossa pequena excursão turística. Mandei que tirassem uma foto e me enviassem pelo computador da Marcella. Achei que assim você me daria o dinheiro. A perseguição mudou a situação. Mandar dois bandidos atrás de mim aumentou as apostas.

— Não se deu ao trabalho de me mostrar isso até agora.

— Uma mulher precisa de uma vantagem, bonitão. — Cleo podia perceber a raiva, fria e intensa, na voz de Gideon. Mas não se importava. — Não podia distingui-lo de Jack, o Estripador, quando saímos de Praga. Teria sido uma tremenda estupidez jogar todas as minhas cartas na mesa antes de conhecê--lo melhor.

— E já me conhece?

— O suficiente para saber que está muito irritado, mas sabe se controlar. Primeiro porque sua mãe o ensinou a não bater em mulher. Segundo porque precisa de mim, se quiser segurar o objeto de fato em vez de uma foto.

— Onde está?

Ela sacudiu a cabeça.

— Leve-me para Nova York.

— Quanto dinheiro você tem?

— Não vou pagar... — Gideon simplesmente arrancou a bolsa de suas mãos. Com ferocidade ela a tomou de volta. — Está bem. Tenho cerca de mil.

— Coroas tchecas?

— Dólares, depois da troca.

— Você tem mil dólares na bolsa e não gastou um único dólar desde que partimos?

— Exceto pelas 25 libras dos brincos.

Ele saiu da cabina telefônica.

— Você acaba de aumentar seu investimento, Cleo. Vai pagar a viagem para Nova York.

QUANDO ANITA Gaye oferecia um jantar com vinho para um cliente, era sempre uma ocasião magnífica. Em geral, considerava um investimento. Quando o cliente era um homem atraente e desejável, que ainda não levara para sua cama, ela considerava um desafio.

Jack Burdett intrigava-a por diversos aspectos. Não era tão refinado e distinto quanto os homens que Anita costumava escolher como seus acompanhantes, nem tinha uma árvore genealógica louvável.

Mas era exatamente o tipo que ela muitas vezes preferia como amante.

Os cabelos de um louro-escuro caíam desordenados em torno do rosto forte, rude, mais atraente do que bonito. Havia uma tênue cicatriz ao lado da boca, um rumor crescente sugeria que era decorrente de uma briga de bar no Cairo. Os lábios tinham uma curva sensual, quase hedonista, que indicava que seria exigente na cama, depois que ela o conquistasse.

O corpo era forte e firme, combinando com o rosto rude. Ombros largos e braços compridos. Anita sabia que ele lutava boxe como passatempo, e pensou que deveria ficar lindo vestindo apenas um calção.

Sua família já tivera muito dinheiro... há algumas gerações, pelo lado da mãe. E perdera tudo, Anita sabia, na terrível queda da Bolsa de Valores, em 1929. Jack não fora criado no luxo e ganhara sua fortuna com equipamentos eletrônicos e uma empresa de segurança.

Um homem que vencera por seus próprios méritos, pensou Anita, tomando um gole do vinho. Um homem que, aos 34 anos, tinha um rendimento substancial que alcançava a casa dos sete dígitos ao ano. O suficiente para se permitir um outro passatempo. Colecionar.

Fora casado uma vez e se divorciara. Possuía, entre outras coisas, um depósito reformado em Soho e morava sozinho, num de seus mezaninos, quando estava na cidade. Viajava muito, tanto a negócios quanto por prazer.

Acima de tudo, ele colecionava obras de arte antigas, sempre muito bem documentadas.

Com a primeira Parca segura em seu cofre, Anita esperava que Jack Burdett pudesse lhe oferecer um caminho para as outras.

— Fale-me sobre Madri. — A voz era um murmúrio um pouco acima dos acordes suaves de Mozart. Ela mandara os empregados arrumarem a mesa no pequeno terraço junto da sala de estar no terceiro andar de sua casa. — Nunca estive lá, mas sempre quis conhecer.

— Faz muito calor.

Ele provou outro pedaço do filé à Chateaubriand. Estava perfeito, é claro, assim como o vinho, a música, a ligeira fragrância de verbena e rosas. E o rosto e o corpo da mulher sentada a sua frente.

Jack jamais confiara na perfeição.

— Não tive muito tempo para me divertir. O cliente manteve-me ocupado. Mais alguns desses paranoicos, e poderei me aposentar.

— Quem era? — Quando ele apenas sorriu e continuou a comer, Anita fez uma expressão contrariada. — Sua discrição é frustrante, Jack. Não vou correr para a Espanha para tentar burlar seu sistema de segurança e roubar o homem.

— Meus clientes pagam pela discrição. E recebem aquilo pelo que pagam. Você já deveria saber disso.

— Só perguntei porque acho seu trabalho fascinante. Todos aqueles complicados sistemas de alarme, raios infravermelhos e detectores de movimentos. Por falar nisso, você, com seus conhecimentos, daria um assaltante sensacional, não acha?

— O crime compensa, mas não o suficiente.

Anita queria alguma coisa dele, concluiu Jack. A refeição íntima, em casa, fora o primeiro sinal. Anita gostava de sair, ir aonde pudesse ver e ser vista.

Se ele deixasse seu ego prevalecer, poderia convencer-se de que Anita pensava em sexo. Não tinha a menor dúvida de que ela gostava de fazer sexo, mas também gostava de usá-lo como arma. Por isso, Jack imaginava que havia algo mais em sua intenção. A mulher era uma operadora implacável. Mas ele não tencionava tornar-se outro troféu em sua galeria já abarrotada ou outra arma em seu formidável arsenal.

Jack deixou que ela conduzisse a conversa. Não tinha pressa em fazê-la revelar seu verdadeiro propósito. Era uma companhia atraente e interessante, uma mulher com grande conhecimento em arte, literatura e música. Embora não partilhasse muito dos gostos de Anita, ele os apreciava.

De qualquer forma, gostava da casa. Gostava mais ainda quando Paul Morningside era vivo, mas uma casa era uma casa. E aquela era preciosa.

Tão preciosa que mantinha sua dignidade e classe, década após década. E conseguia, refletiu Jack, manter essa dignidade apesar de sua proprietária. As lareiras Adam sempre seriam molduras espetaculares para um fogo lento. Os lustres Waterford continuariam a derramar sua luz cintilante sobre a madeira brilhante, o vidro faiscante e a porcelana pintada à mão, não importava quem acionasse o interruptor para acendê-los.

As cadeiras venezianas, sem braços e de encosto reto, continuariam adoráveis, qualquer que fosse a pessoa que as ocupasse.

Era um dos aspectos que ele mais apreciava na continuidade do antigo e do raro.

Não que encontrasse falhas no gosto de Anita. As salas ainda eram elegantes, decoradas com obras de arte e antiguidades, as flores dispostas com precisão.

Ninguém diria que era um ambiente doméstico acolhedor, pensou Jack, mas, para uma galeria que também servia de casa, ela figurava entre as melhores da cidade.

Como projetara e instalara o sistema de segurança, ele conhecia cada centímetro da casa. Como colecionador, aprovava a maneira como o espaço fora aproveitado para exibir o belo e o precioso; por isso, raramente recusava um convite.

Mesmo assim, quando chegaram à sobremesa e ao café, sua mente começava a ansiar por sua própria casa. Queria ficar de cueca e assistir um pouco a ESPN.

— Atendi um cliente, há poucas semanas, que pode interessá-lo.

— É mesmo?

Anita sabia que o estava perdendo. Era frustrante, irritante e estranhamente excitante ter de se empenhar tanto para manter a atenção de um homem.

— Conversamos sobre as Três Parcas. Conhece a história?

Ele mexeu o café, em movimentos lentos.

— As Três Parcas?

— Pensei que poderia conhecê-las, já que sua coleção envolve esse tipo de arte. Lendárias, por assim dizer. Três pequenas estatuetas de prata, representando as Três Parcas da mitologia grega.

Como ele se limitou a fitá-la com polidez, Anita contou a história, escolhendo as palavras com todo cuidado, entre fato e fantasia, na esperança de aguçar o apetite de Jack.

Ele comeu a torta de limão, emitiu os ruídos apropriados, fez perguntas ocasionais. Mas sua mente já se projetara muito à frente.

Ela queria a sua ajuda para encontrar as Parcas, concluiu Jack.

Claro que as conhecia. Histórias a esse respeito haviam povoado sua infância.

Se Anita estava bastante interessada a ponto de procurá-las, significava que ela acreditava que as três ainda eram acessíveis.

Jack terminou de tomar o café. Ela ficaria muito desapontada.

— Naturalmente — continuou Anita — expliquei ao cliente que, se alguma vez existiram, uma delas desapareceu com Henry Wyley, o que anula a possibilidade de formar o conjunto. As outras duas parecem perdidas no labirinto da história. Por isso, até mesmo a satisfação de localizar dois terços desse labirinto exigiria um esforço considerável. É uma pena, quando se pensa no que essa descoberta significaria. Não apenas pelo valor financeiro, mas também artístico e histórico.

— Tem razão, é mesmo uma pena. Não há qualquer pista sobre as outras duas?

— De vez em quando surgem indicações, aqui e ali. — O movimento dos ombros de Anita foi quase imperceptível. Ela girou o conhaque no copo, servido após o jantar. — Como eu disse, são lendárias, pelo menos entre os negociantes mais sofisticados e os colecionadores mais sérios. Por isso, há rumores ocasionais sobre seu paradeiro. Como você viaja muito, fazendo contatos no mundo inteiro, pensei que pudesse ter ouvido alguma coisa.

— Talvez eu não tenha feito as perguntas certas às pessoas certas.

Anita inclinou-se para a frente. Alguns homens afirmavam que quando a luz das velas refletia em seus olhos fazia com que se tornassem sonhadores, românticos. Para Jack, eram apenas gananciosos.

— É bem possível — concordou Anita. — Mas se por acaso perguntar, eu adoraria ouvir as respostas.

— Será a primeira a saber — garantiu Jack.

QUANDO VOLTOU para seu apartamento, Jack tirou a camisa, ligou a televisão e assistiu aos últimos dez minutos do jogo em que o Braves derrotou o Mets. Foi uma profunda decepção, já que ele torcia para o Mets há vinte anos, o que servia para mostrar as consequências de se apostar no sentimento.

Ele baixou o som da televisão, pegou o telefone e fez uma ligação. Apresentou as perguntas certas à pessoa certa, sem a menor intenção de partilhar as respostas.

Capítulo 9

HENRY W. Wyley, Tia descobriu, fora um homem de interesses diversos, com uma grande paixão pela vida. Talvez em função de suas origens na classe trabalhadora, empenhara grande esforço para conquistar posição social e aparências.

Não era um homem de contar moedas. Podia apreciar, como ele próprio admitira, os atributos das mulheres jovens e atraentes, mas permanecera fiel à esposa durante mais de trinta anos de casamento. O que também derivava de suas raízes e costumes da classe trabalhadora.

Como escritor, no entanto, ele bem que precisaria de um bom editor.

Divagava sobre um jantar, descrevendo a comida — um assunto que parecia despertar atenção excessiva — com tantos detalhes que Tia quase podia sentir o gosto da sopa de lagosta ou do rosbife malpassado. Discorria sobre os outros convidados a ponto de ela poder imaginar a música, os trajes, as conversas. E, quando Tia começava a se perder no clima do momento, Henry Wyley entrava no modo negociante, com uma lista meticulosa de seus atuais investimentos e suas taxas de juros, e a isso misturavam-se suas opiniões pedantes sobre as políticas que os motivavam.

Era um homem, Tia aprendeu, que adorava seu dinheiro e adorava gastá-lo, louco pelos filhos e netos, alguém que considerava a boa comida um dos maiores prazeres da vida.

Seu orgulho pela Wyley Antiques era supremo, e sua ambição em torná-la a empresa de maior prestígio no ramo era um impulso firme. Seu interesse e desejo pelas Três Parcas surgira dessa ambição.

Ele fizera sua pesquisa. Localizara Cloto em Washington D.C., no outono de 1914. Boa parte do diário era devotada a suas jactâncias exultantes e à aquisição final da Parca de prata por 425 dólares.

Um verdadeiro assalto, ele escrevera. Tia não pôde deixar de concordar.

Segundo seu próprio relato, ele quase roubara a estatueta, que também lhe seria roubada, menos de um ano depois.

Mas o velho, ignorando seu destino, mantivera os ouvidos aguçados. Parecia sentir grande prazer pela caçada, tanto quanto pela expectativa de uma refeição de sete pratos.

Na primavera daquele mesmo ano, ele ligara Láquesis a um rico advogado, chamado Simon White-Smythe, de Mansfield Court, Londres.

Reservara passagem para ele e a esposa, Edith, no navio condenado, pensando que poderia obter a segunda Parca, para a Wyley. Depois, seguiria a outra pista, que o levaria a Bath, à procura de Átropos.

Unir as Três Parcas era sua grande ambição. Pelo bem da arte, é claro, mas, ainda mais, pelo prestígio que renderia a Wyley e sua família. E, na opinião de Tia, ainda mais do que isso, por pura diversão.

Enquanto lia, Tia fazia anotações. Conferira os fatos descritos por Henry, usando os detalhes relatados para descobrir ainda mais.

Tinha agora uma ambição e expectativa próprias. Embora derivassem do orgulho ferido e da raiva, nem por isso eram menos formidáveis do que a motivação de seu ancestral.

Encontraria as Parcas, e reivindicaria — ainda sem saber como — a propriedade de Henry.

Haveria de localizá-las com uma pesquisa meticulosa, lógica coerente, um cuidadoso cruzamento de referências, como Henry fizera. Quando as tivesse, surpreenderia o pai, teria a vantagem sobre a insidiosa Anita Gaye e frustraria o detestável Malachi Sullivan.

Quando o telefone tocou, Tia estava sentada à mesa em seu escritório, os óculos empoleirados no nariz, enquanto tomava aos goles um suplemento de vitaminas. Como sempre acontecia quando estava trabalhando, pensou em deixar a secretária eletrônica atender. E também, como sempre acontecia, preocupou-se com a possibilidade de ser uma emergência que só ela poderia resolver.

Resistiu por dois toques, mas acabou atendendo.

— Alô?

— Dra. Marsh?

— Sou eu.

— Gostaria de falar sobre seu trabalho. Particularidades do seu trabalho.

Ela franziu o rosto, pela voz de homem irreconhecível.

— Meu trabalho? Quem está falando?

— Acho que temos um interesse em comum. Muito bem... o que está usando?

— Como?

— Aposto que veste uma calcinha de seda... vermelha.

— Ora, pelo amor de Deus! — Ela bateu o telefone no gancho. Envergonhada, trêmula, passou os braços em torno do próprio corpo.

— Pervertido. Vou providenciar para que tirem meu número da lista.

Tia tornou a pegar o diário. Largou-o. Era de esperar que o registro na lista telefônica como T. J. Marsh fosse suficiente para proteger uma mulher de homens doentes, grosseiros e repulsivos.

Ela refletiu a respeito por um momento. Pegara a lista para procurar o telefone do departamento comercial da companhia, quando a campainha da porta tocou.

Sua primeira reação foi a de se irritar pela interrupção. Depois, sentiu um medo paralisante. Era o homem do telefone. Entraria no apartamento à força para atacá-la. E estuprá-la. Depois, cortaria sua garganta com uma faca enorme, de orelha a orelha.

— Não seja estúpida! — Ela passou a mão pela boca, enquanto se levantava. — Interlocutores obscenos são apenas idiotas desagradáveis que se escondem por trás da tecnologia. É apenas sua mãe ou a Sra. Lockley, do andar de baixo. Nada além disso.

Mas Tia saiu bem devagar do escritório. Ficou olhando para a porta da frente enquanto atravessava a sala. Com o coração disparado, ergueu-se na ponta dos pés e espiou pelo olho mágico.

A visão do homem enorme, rosto rude, usando uma jaqueta de couro preta, deixou-a atordoada. Levou a mão ao pescoço, que imaginava prestes a ser cortado. Olhou ao redor, desesperada, e pegou a arma mais próxima. Armada com uma representação em bronze de Circe, ela contraiu os olhos com toda a força.

— Quem é você? O que quer aqui?

— Dra. Marsh? Dra. Tia Marsh?

— Vou chamar a polícia.

— Eu sou da polícia. Detetive Burdett. Departamento de Polícia de Nova York. Mostrarei meu emblema pelo olho mágico.

Ela lera num livro que um maníaco homicida atirara em uma pessoa através do olho mágico. A bala atingira o olho da vítima e alcançara o cérebro. Agora tremendo, ela se aproximou outra vez da porta, tentando espiar sem se expor a uma morte violenta.

A identificação parecia autêntica.

— O que deseja, detetive Burdett?

— Eu gostaria de fazer algumas perguntas, Dra. Marsh. Posso entrar? Deixe a porta aberta, se isso a deixar mais tranquila.

Tia mordeu o lábio. Se não pudesse mais confiar na polícia, ela disse a si mesma, onde iria parar? Largou a figura de bronze e abriu a porta.

— Algum problema, detetive?

Ele sorriu, um gesto cordial, tranquilizador.

— É sobre isso que eu gostaria de lhe falar.

O policial entrou no apartamento, satisfeito por ela se sentir segura o bastante para fechar a porta.

— Houve algum problema no prédio?

— Não. Podemos nos sentar?

— Claro.

Tia indicou uma poltrona, em seguida se acomodou na beira de outra.

— Belo apartamento.

— Obrigada.

— Imagino que o gosto por antiguidades veio de seu pai.

O sangue esvaiu-se do rosto de Tia.

— Aconteceu alguma coisa com meu pai?

— Não. Mas o problema está relacionado ao ramo de trabalho dele e também ao seu. O que sabe sobre um conjunto de estatuetas de prata conhecidas como as Três Parcas?

Ele percebeu que as pupilas de Tia se dilatavam. E compreendeu que seu instinto acertara em cheio.

— O que aconteceu? — indagou ela. — Isso é sobre Malachi Sullivan?

— Ele tem alguma coisa a ver com as Parcas?

— Espero que o tenham prendido — disse ela, amargurada. — Torço para que esteja atrás das grades neste momento. E se deu meu nome pensando que eu o ajudaria, está perdendo seu tempo.

— Dra. Marsh...

E compreendeu no mesmo instante que ela descobrira. Ouviu o grito de surpresa um instante antes de Tia tentar levantar-se de um pulo. Foi mais rápido, imobilizando-a na poltrona.

— Fique calma.

— Foi você quem me telefonou antes. Não é da polícia. Malachi o mandou, não é?

Jack, tendo esperado lágrimas, gritos, estava meio impressionado com aquela reação agressiva.

— Não conheço Malachi Sullivan, Tia. Meu nome é Jack Burdett, da Burdett Securities.

— Você é outro mentiroso, e pervertido ainda por cima. — A fúria fazia sua garganta se contrair. — Preciso do meu inalador.

— Precisa permanecer calma — corrigiu Jack, quando a respiração dela se tornou um chiado. — Tenho negócios com seu pai. Pode conferir com ele.

— Meu pai não faz negócios com pervertidos.

— Lamento por isso. Seu telefone está grampeado; quando percebi, disse a primeira coisa que me veio à cabeça.

— Meu telefone não está grampeado.

— Ganho a vida detectando essas coisas, minha cara. Agora, quero que relaxe. Vou lhe emprestar meu telefone, que é seguro. Quero que ligue para a 61ª Delegacia e peça para falar com o detetive Robbins... Bob Robbins. Pergunte se ele me conhece, se confia em mim. Se ele disser que não, peça que mande uma radiopatrulha para cá. Está bem assim?

Tia comprimiu os lábios. Ele tinha mãos que pareciam feitas de pedra, uma expressão fria no rosto, advertindo-a de que não conseguiria escapar.

— Dê-me o telefone.

Jack recuou. Enfiou a mão no bolso da jaqueta de couro e tirou um celular minúsculo e um cartão de visita.

— Essa é minha empresa. Deixaria que você ligasse para seu pai, pedindo outra referência, mas não sei se os telefones dele são seguros.

Ela manteve a atenção em Jack, enquanto discava o número.

— Quero o número da 61ª Delegacia, em Manhattan. Pode fazer a ligação para mim?

Jack balançou a cabeça.

— Peça para falar com a sala dos detetives. Bob Robbins.

Foi o que ela fez, quase prendendo a respiração enquanto esperava.

— Detetive Robbins? Aqui é Tia Marsh.

Ela falou com clareza, dando seu endereço e incluindo o número do apartamento.

Ainda bem, pensou Jack. A mulher não era uma idiota.

— Há um homem em meu apartamento. Conseguiu entrar apresentando-se como policial. Diz que seu nome é Jack Burdett e que você pode me tranquilizar sobre seu caráter. — Tia elevou as sobrancelhas. — Cerca de 1,88 metro, em torno de 100 quilos. Cabelos louro-escuros, olhos cinzentos. Isso mesmo, tem uma pequena cicatriz no canto da boca... Tem razão. Concordo plenamente. Obrigada.

Tia afastou o fone do ouvido por um momento.

— O detetive Robbins confirma que o conhece, que você não é um psicopata. Mas garante que terá o maior prazer em lhe dar uma surra por se apresentar como policial e solicitará sua prisão, caso eu assim deseje. Também diz que você lhe deve 20 dólares. E quer falar com você.

— Obrigado. — Jack pegou o telefone e deu um passo para trás. — Claro, claro... Explicarei tudo na primeira oportunidade. Que falsa identidade? Não sei do que está falando.

Ele encerrou a ligação. Guardou o telefone no bolso.

— Tudo bem agora?

— Não, não está nada bem. Com licença.

Tia levantou-se e saiu da sala. Porque não tinha certeza se ela ia ou não buscar uma arma, Jack seguiu-a.

Ela abriu um armário na cozinha. Jack franziu o rosto às fileiras de vidros com pílulas. Tia pegou uma aspirina. Abriu a porta da geladeira.

— Minha cabeça está doendo. E a culpa é sua.

— Peço que me desculpe. Não poderia arriscar uma conversa pelo telefone. Dê uma olhada.

Jack tirou do suporte o telefone da cozinha. Abriu o bocal.

— Está vendo isso? É um grampo... e de boa qualidade.

— Como não sei distinguir um artefato de escuta de um sapo de chifres, tenho de aceitar sua palavra, não é?

A pesquisa de Jack não indicara que ela era astuta.

— Acho que terá mesmo. E, no seu lugar, eu tomaria cuidado com o que disser por esta linha.

— Por que devo acreditar em você, Sr. Burdett?

— Pode me chamar de Jack. Você tem café? — O olhar fulminante fez com que ele desse de ombros. — Como quiser. Anita Gaye. — Ele sorriu quando Tia baixou a garrafa com água. — Já esperava que isso despertasse sua atenção. É bem provável que tenha sido ela quem mandou grampear seu telefone. Anita quer as Parcas, e você e sua família têm uma ligação com as estatuetas. A figura de Cloto não se perdeu no *Lusitania*, não é mesmo, Tia?

— Se você e Anita são amigos, pergunte a ela.

— Eu não disse que éramos amigos. Sou um colecionador. Pode confirmar com seu pai, mas eu agradeceria se o fizesse pessoalmente, para que Anita não esteja ciente dos meus movimentos. Comprei algumas peças ótimas na Wyley. A última foi um vaso Lalique. Seis mulheres nuas, despejando água de cântaros. Gosto de mulheres nuas. — Jack soltou uma risada. — Pode me processar.

— Pensei que gostava de calcinhas de seda vermelha.

— Não tenho nada contra elas.

— Não posso ajudá-lo, Sr. Burdett. Pode voltar e dizer a Sra. Gaye que está desperdiçando seu tempo comigo.

— Não trabalho com nem para Anita. Trabalho apenas para mim mesmo, pois tenho um interesse pessoal pelas Parcas. Anita lançou-me uma isca, esperando que eu a ajudasse, levando-a às estatuetas. Mas calculou mal. E ela também está de olho em você. — Jack gesticulou para o telefone. — Aposto que você tem informações que ela desconhece. E acho que podemos ajudar um ao outro.

— Por que eu deveria ajudá-lo, mesmo que pudesse?

— Porque sou muito bom no que faço. Você me diz o que sabe, e eu encontrarei as estatuetas. Não é o que você quer?

— Ainda não determinei o que sei.

— Quem é Malachi Sullivan?

— Eis uma coisa de que tenho certeza. — A simples menção daquele nome causava um aperto em seu peito. — É um mentiroso e um trapaceiro. Alegou que Anita o enganou, mas até onde sei, podem ser cúmplices... ou ladrões.

— Onde posso encontrá-lo?

— Presumo que ele voltou à Irlanda. Cobh. Mas preferia que estivesse assando no inferno.

— Qual é a ligação dele?

Tia hesitou, mas não conseguiu pensar em um bom motivo para não explicar.

— Malachi alega que Anita roubou-lhe uma das Parcas, mas sua língua provavelmente ficaria preta se sentisse o gosto da verdade. Tenho motivos para duvidar de sua palavra. Mas já chega. A conversa está muito interessante, mas preciso voltar ao trabalho.

— Fique com meu cartão. Pense bem a respeito, e me ligue. — Ele se encaminhou para a porta. Mas parou e virou-se para fitá-la. — Se sabe de alguma coisa, Tia, tome cuidado onde pisa. Anita é uma cobra, do tipo que gosta de engolir coisas macias e bonitas.

— E o que você é, Sr. Burdett?

— Sou um homem que respeita e aprecia os caprichos do destino.

Malachi Sullivan, pensou ele, enquanto deixava o apartamento.

Teria de fazer uma viagem à Irlanda.

ERA UMA longa viagem de Londres a Nova York. Ainda mais longa quando se estava espremido na minúscula poltrona entre uma mulher com pernas quase tão compridas quanto as suas e um homem que usava os cotovelos como lâminas afiadas.

Gideon tentou concentrar-se no livro, mas nem mesmo a prosa brilhante de Steinbeck era suficiente para distraí-lo. Por isso, ele passou as horas pensando, tentando encontrar um caminho em meio ao atoleiro em que ele e sua família haviam se metido.

Sobreviveu ao voo, para se arrastar exausto pela lenta agonia da alfândega e de esperar pela bagagem.

— Tem certeza de que pode confiar nesse seu amigo? — perguntou ele a Cleo.

— Você me pediu para arrumar um amigo em Nova York que pudesse nos hospedar por alguns dias, sem perguntas, sem problemas, porque você é mesquinho demais para pagar um hotel. E esse amigo é Mikey.

— Não tenho condições de pagar a droga de um hotel nesse momento... e não sei como você pode confiar num homem chamado Mikey.

— Diz isso só porque está de mau humor. — Cleo respirou fundo, enquanto atravessavam o terminal. Podia estar dentro do aeroporto ainda, mas já era o ar de Nova York. — Deveria ter dormido durante o voo. Eu dormi como uma pedra.

— Sei disso... e por esse motivo haverei de odiá-la até o dia de minha morte.

— É muito mau humor, mas não me incomoda nem um pouco. — Ela deixou o prédio, mergulhando no ar sufocante e no barulho infernal. — Ah, estou de volta!

Gideon esperava cochilar no táxi, mas o motorista ouvia música indiana pelo rádio.

— Há quanto tempo conhece esse Mikey?

— Não sei direito. Há seis ou sete anos, eu acho. Fizemos algumas apresentações juntos.

— Ele é stripper?

— Não, não é. Mikey é bailarino, como eu. Já trabalhei até na Broadway. — Era verdade, embora por um curto período. — E fomos parceiros numa montagem mais recente de *Grease*. Até saímos em turnê.

— Vocês dois tiveram um relacionamento sério?

— Não. — Cleo sorriu, irônica. — Mikey provavelmente se sentiria mais atraído por você do que por mim.

— Era o que eu precisava.

— Não é homofóbico, é?

— Acho que não. — Gideon sentia-se cansado demais para vasculhar sua consciência social. — Só quero que se lembre do que combinamos e mantenha-se fiel à história.

— Cale a boca, bonitão. Está estragando minha volta para casa.

— Já estou com a mulher há uma semana, e ela ainda não usou meu nome uma única vez — resmungou Gideon, enquanto fechava os olhos.

Cleo fitou-o e se pegou sorrindo. Ele estava amarrotado e esgotado, mas, mesmo assim, continuava atraente. Claro que haveria de se sentir melhor em um ou dois dias, quando ela pusesse seu plano em ação.

Pois Gideon não fora o único que aproveitara o voo para pensar.

A primeira providência era levar a estatueta para um lugar seguro. Como um cofre de banco. Depois, procurar Anita Gaye e iniciar as negociações. Cleo calculava que poderia conseguir 1 milhão de dólares. E como era uma mulher de palavra, tencionava dividir o dinheiro com Gideon.

Sessenta por cento para ela, quarenta para ele.

Gideon ficaria furioso, mas ela o convenceria de que era melhor assim. Mais valia um pássaro na mão, no final das contas. Ele nunca conseguiria arrancar a primeira Parca de uma mulher como Anita Gaye. Não nesta vida. E, se quisesse procurar a terceira, precisaria de suporte financeiro.

Ela estaria lhe fazendo um favor. Era um pagamento, em sua maneira de pensar, por trazê-la de volta a Nova York, e por lhe proporcionar um meio de engordar sua conta bancária. Seiscentos mil dólares dariam para sustentá-la muito bem.

E depois que Gideon se acalmasse, talvez concordasse em passar algumas semanas em Nova York. Ela gostaria de lhe mostrar a cidade. E de exibi-lo também.

Apesar do calor, Cleo baixou a janela do táxi, para que o ar de Nova York pudesse envolvê-la. O barulho das buzinas era como música, enquanto o táxi avançava aos solavancos pelo tráfego engarrafado do Centro.

Ao pararem diante do prédio de Mikey, perto da Nona Avenida, ela estava tão exultante que nem pensou em protestar quando Gideon lhe disse para pagar a corrida.

— Então, o que acha? — perguntou Cleo.

— Sobre o quê?

— Nova York. Disse que nunca esteve aqui antes.

Gideon olhou ao redor, atordoado.

— Tem muita gente, muito barulho. E todos parecem irritados com alguma coisa.

— Tem razão. — Cleo sentia lágrimas apertando sua garganta. — É a melhor cidade do mundo.

Ela foi até o painel na entrada do prédio e apertou o número do apartamento de Mikey. Instantes depois, ouviu um som de sucção, vagamente obsceno, que a fez soltar uma risada.

— Mikey, seu pervertido, abra a porta. Sou eu, Cleo.

— Cleo! Traga logo esse traseiro firme aqui para cima!

A campainha soou e a tranca abriu, com um estalido. Cleo empurrou a porta. Havia um saguão do tamanho de um closet, com um elevador de um cinza opaco, que soltou rangidos sinistros quando as portas se abriram. Mas Cleo, aparentemente despreocupada, entrou no elevador e apertou o botão para o terceiro andar.

— Mikey é da Geórgia. De uma família de prestígio, com muitos médicos e advogados. Como ambos acabamos nos tornando um embaraço para nossos pais, o vínculo foi fácil.

No momento, Gideon não se importava se Mikey era da Geórgia ou da lua, se era gay ou tinha três cabeças. Só precisava de uma ducha quente e uma cama para dormir.

Quando as portas tornaram a se abrir, Gideon deparou com um homem alto, de pele escura, usando uma camisa vermelha justa, calça preta colada ao corpo e uma explosão de tranças rastafári. Ele soltou um uivo ululante, que fez Gideon se preparar para um ataque, depois avançou como um raio.

Cleo foi arrancada do elevador e girada no ar. Antes que Gideon pudesse reagir, também foi puxado e arrastado para uma espécie de dança — que achou parecida com o *jitterbug* — em que Cleo e Mikey giravam pelo corredor estreito.

Ela não perdeu um passo e concluiu o número improvisado com os braços e as pernas em torno do pescoço e da cintura de Mikey.

— Meu bem, por onde você andou?

— Por toda parte. Puxa, Mikey, você está ótimo!

— E como estou! — Ele a beijou, primeiro numa face, depois na outra, concluindo com um beijo estalado nos lábios. — Mas você parece ter sido arrastada pela rua e largada na sarjeta.

— Bem que preciso de uma chuveirada. — Ela encostou a cabeça no ombro de Mikey. — E meu amigo também.

Mikey inclinou a cabeça e o corpo, lançando um olhar longo e penetrante para Gideon.

— Hum... O que você me trouxe, Cleópatra?

— O nome dele é Gideon. — Divertida, Cleo passou a língua pelo lábio superior. — É irlandês. Encontrei-o em Praga. E pretendo mantê-lo por algum tempo.

— Ele é deslumbrante.

— Também acho. Tem alguns defeitos de personalidade, mas é o máximo no quesito aparência. Venha até aqui, bonitão. Não seja tímido.

— Isto significa que o espetáculo terminou por enquanto?

— Belos movimentos — comentou Mikey, quando Gideon se aproximou. — Um sotaque adorável.

— O seu também é.

À resposta de Gideon, os lábios de Mikey se escancararam num sorriso de muitos dentes.

— Vamos entrar. Quero ouvir tudo.

E embora Mikey tivesse, na opinião de Gideon, a compleição de um palito, carregou Cleo, que tinha um peso substancial, para o apartamento sem qualquer dificuldade.

— É humilde — acrescentou ele, pondo Cleo no chão, com um tapinha em seu traseiro. — Mas é o meu lar.

Gideon não viu nada de humilde. O que ele viu mesmo foi cor, desde as paredes azul-marinho com batentes brancos até as dezenas de cartazes de teatro e padrões geométricos no tapete. O sofá era de couro branco, grande como um barco, com almofadas multicoloridas.

Ele se imaginou caindo ali e dormindo pelo resto da vida.

— Coquetéis — anunciou Mikey. — Enormes e gelados.

— Acho que o bonitão aqui talvez prefira uma chuveirada longa e gelada primeiro — interveio Cleo. — Pode ir, passando pelo quarto, à direita.

Ele olhou para Mikey, que assentiu cordialmente.

— À vontade, meu lindo.

— Obrigado.

Gideon carregou sua mochila, deixando-os a sós.

— Gim-tônica. — Mikey foi até o bar branco, todo coberto de vidro. — Muito gelo, muito gim e um pouquinho de água tônica, só para fazer jus ao nome. Depois, pode contar toda a história ao papai.

— Parece perfeito. Podemos ficar aqui por dois ou três dias, Mikey?

— *Mi casa* e todo o resto, meu bem.

— É uma história terrível.

Ela foi até a porta do quarto, inclinou a cabeça e ficou esperando o barulho do chuveiro. Depois, fechou a porta, voltou ao bar e contou toda a história.

Gideon ainda estava molhado e nu quando ela entrou no banheiro, levando o gim-tônica.

— Achei que isso viria a calhar.

— Obrigado. — Gideon pegou o copo e tomou, de um só gole, agradecido. — Podemos ficar?

— Podemos ficar. E Mikey é tão generoso que ofereceu a própria cama.

Gideon recordou a cama, da passagem para o chuveiro. Enorme, macia, vermelha. E tão atraente àquela altura que nem se importara com o espelho no teto.

— Tenho de dormir com ele?

Cleo riu.

— Não. Você dorme comigo. Agora, trate de desligar, por algumas horas.

— É o que farei. Pela manhã, pensaremos na melhor maneira de obter a Parca. Estou cansado demais para pensar direito agora.

— Então vá dormir. Mikey e eu podemos pôr a conversa em dia até ele sair para o teatro. Está no coro de *Kiss Me, Kate.*

— Bom para ele. Diga-lhe que agradeço a hospitalidade.

Ainda nu, ainda molhado, Gideon foi para a cama, acomodou-se e apagou por completo.

ACORDOU COM o barulho de buzinas e de caminhões de lixo. Enquanto o cérebro começava a funcionar, ele ficou olhando, fascinado, para o reflexo no espelho do teto. O lençol vermelho o cobria até a cintura, dando a impressão de que fora cortado ao meio durante a noite.

Não, não apenas ele. Os dois.

Cleo estava esparramada por cima dele, os cabelos espalhados para trás, preto sobre vermelho, de tal forma que pareciam se derreter nos lençóis. Sua pele era um pouco mais escura que a dele. Por isso, o braço estendido sobre o peito de Gideon, a curva longa do ombro, a linha longa das costas, tudo era como poeira dourada sobre sua pele branca e o brilho vermelho dos lençóis.

Ele se lembrou da vaga sensação quando Cleo deitara e ao lado dele, em algum momento da noite. Ou se esparramara por cima dele, no escuro. E ele se ajeitando para aconchegá-la.

Cleo não dissera uma só palavra. E ele não podia vê-la. Mas reconhecera o formato do corpo, o gosto. Até mesmo o cheiro. Perguntava-se o que significava poder reconhecê-la instantaneamente, no escuro?

Teria de pensar a respeito, mais cedo ou mais tarde. Como também teria de analisar por que, em uma cama tão grande quanto um lago, haviam se entrelaçado no sono e assim permaneceram.

Mas, por enquanto, havia outras coisas em que pensar. E um homem não poderia confiar no próprio cérebro até que estivesse revigorado com um café.

Gideon começou a se afastar. Ficou surpreso e estranhamente comovido quando Cleo mudou de posição para se aconchegar nele. Teve vontade de se aninhar também, talvez até acordá-la, para que pudessem tirar proveito do espelho no teto.

Mas agora não dá, pensou ele. Beijando o topo da cabeça de Cleo, Gideon desvencilhou-se.

Vestiu seu jeans. Deixando-a adormecida, saiu à procura da cozinha.

O primeiro choque do dia não veio da cafeína, mas de ver Mikey estendido no sofá de couro branco, quase sepultado entre almofadas coloridas, suas tranças rastafári e um lençol verde-esmeralda.

Embora se sentisse constrangido, o desejo de café foi mais forte do que o senso de decoro. Gideon contornou o sofá e seguiu para a cozinha, tão silenciosamente quanto possível.

Era como uma página de catálogo, lustrosa e impecável, com diversos aparelhos de aparência fantástica enfileirados no balcão. Ele abriu os armários. Os pratos, azul-marinho e brancos, estavam empilhados numa alternância meticulosa; os copos dispostos de acordo com o tipo e tamanho. Finalmente, quando já se sentia prestes a chorar, Gideon encontrou um saco de café.

Abriu-o, mas praguejou baixinho quando viu grãos de café e não pó, o aroma se espalhando pela cozinha.

— O que faço com isso? Mastigo?

— Poderia, mas é mais fácil moê-los.

Gideon teve um sobressalto. Virou-se e olhou, aturdido.

Mikey usava uma cueca dourada que mal dava para cobrir o saco.

— Ah... desculpe. Não queria acordá-lo.

— Durmo como um gato.

Mikey tirou o saco de café das mãos de Gideon e despejou alguns grãos no moedor.

— Nada como o cheiro de café que acaba de ser moído, não acha? — comentou ele, por cima do barulho do moedor. — Dormiu bem?

— Sim, obrigado. Mas não deveríamos tê-lo expulsado de sua própria cama.

— Dois contra um. — Ele lançou um olhar de lado para Gideon, enquanto media a água. — Deve estar faminto. Que tal um acompanhamento para o café? Estou pensando em rabanadas.

— Seria maravilhoso. É muita gentileza sua nos receber em seu apartamento dessa maneira.

— Cleo e eu nos conhecemos há muito tempo.

Com um aceno despreocupado, Mikey ligou a cafeteira. Virou-se para pegar ovos e leite na geladeira.

— Aquela garota é meu xodó. Fico contente por ela ter voltado, em um relacionamento com alguém de classe. Bem que a adverti sobre o tal Sidney. Era um homem muito atraente, não há como negar, mas só aparência, sem qualquer substância. E o que ele fez? Roubou todo o dinheiro dela, abandonando-a sem um tostão sequer. — Mikey soltou um grunhido desaprovador, enquanto batia os ovos numa tigela. — E ainda por cima em Praga; bem que poderia ter escolhido outro lugar... Mas ela já lhe contou tudo isso.

— Não, não contou. — E Gideon estava fascinado. — Você conhece Cleo. Ela gosta de passar por cima dos detalhes.

— Cleo não teria fugido com aquele rato desgraçado se o pai não lhe dissesse, muitas e muitas vezes, que ela desperdiçava seu tempo, que envergonhava a si mesma e a família.

— Como?

— Dançando. Trabalhando no teatro. — Ele falava num tom deliberadamente dramático, alongando a perna enquanto pegava as canecas para o café. — Convivendo com pessoas como eu. Não apenas negro, mas também gay. Negro, gay e dançarino. Quer creme, meu bem?

— Não, obrigado. Café puro. — Gideon estremeceu. — Isto é...

Mikey soltou uma gargalhada.

— Gosto do café com muito açúcar. Ele também não gostaria de você — acrescentou Mikey, enquanto entregava uma caneca a Gideon. — O papai de nossa Cleópatra.

— Não? Ora, ele que se dane. — Gideon levantou a caneca, num brinde, depois bebeu. — Ah, Deus seja louvado!

— Beba, meu bem. — Mikey jogou grossas fatias de pão na mistura de ovos e leite. — Você e eu vamos nos dar muito bem.

E foi o que aconteceu. Conversaram muito enquanto comiam as rabanadas, tomavam um bule de café e bebiam o suco de laranja fresco que Mikey preparou.

Quando Cleo saiu do quarto, meio trôpega, Gideon não estranhava mais, nem um pouco, a cueca dourada, a tatuagem de um dragão na omoplata esquerda de Mikey e o fato de ser chamado de meu bem por outro homem.

Parte II

Medindo

Tenho medido minha vida
em colheres de café.

T. S. Eliot

Capítulo 10

— NÃO SEI se o que pretende fazer é a coisa certa, meu amorzinho.

— Estou fazendo o que é mais esperto — insistiu Cleo. — E o mais esperto é sempre a coisa certa.

— Mas vai destruir o que há entre você e Gideon. — Mikey balançou a cabeça, enquanto chegavam ao alvoroço da Broadway, espremendo-se entre os pedestres que seguiam para leste. — Tenho um bom pressentimento em relação a vocês dois, mas vai estragar tudo antes mesmo que comece.

— Você é romântico demais, esse é o seu problema.

— Não posso deixar de ser. O romance transforma o sexo em arte. Sem romance, é apenas algo confuso e suado.

— É por isso que você sempre acaba de coração partido, Mikey, o que não acontece comigo.

— Um pouco de sofrimento seria bom para você.

— Não fique de mau humor. — Porque sabia que ele ficaria, Cleo passou o braço por sua cintura ao virarem a esquina da Sétima Avenida com a Rua 52, seguindo para o norte. — Além do mais, estou fazendo isso por ele também — acrescentou Cleo. — Depois que tiver a Parca, Anita o deixará em paz. E ele terá muito dinheiro para compensar. Além do mais, a estatueta *é* minha. Não sou obrigada a dividir nada, mas vou fazê-lo assim mesmo. — Ela deu um aperto em Mikey, enquanto entrava no banco. — Precisamos nos apressar. Se eu não o encontrar até as 13 horas, ele começará a fazer perguntas. — Cleo baixou a voz quando entraram no saguão silencioso. — Ele deve ter alguma coisa importante para fazer, caso contrário não teria me deixado sair sem ele com tanta facilidade.

— Seu problema, Cleópatra, é que você é uma cínica.

— Experimente trabalhar alguns meses num clube de striptease na República Tcheca. Quero ver você não sair de lá com complexo de Poliana.

— Você não tinha complexo algum quando entrou nisso.

Cleo ofereceu-lhe um sorriso enquanto se encaminhava para um caixa.

— Preciso alugar um cofre-forte.

Quando voltaram à Sétima Avenida, a Parca estava trancada em segurança no cofre. As chaves ficaram com ela e com Mikey. O que era a providência mais sensata, na opinião de Cleo. Se houvesse qualquer problema, o que ela esperava que não acontecesse, Mikey poderia recuperar a estatueta em seu lugar.

— Agora, tenho de dar o telefonema e marcar o encontro. Em algum lugar público. — Ela estendeu a mão para o celular de Mikey. — Mas onde ninguém possa nos reconhecer.

— Como numa história de espionagem.

E porque adorava um bom melodrama, Mikey sorriu ao entregar o celular.

— É apenas um negócio. E tenho o lugar ideal para o encontro.

Ela tirou do bolso o pedaço de papel em que anotara o número da Morningside. Apertou as teclas enquanto se encaminhavam para a Sexta Avenida.

— Anita Gaye, por favor. Meu nome é Cleo Toliver. Creio que ela saiba quem sou e que falará comigo. Mas, se ela não se lembrar, basta dizer que estou ligando para discutir o preço do destino. Isso mesmo.

Com seu destino já determinado, Cleo virou para o sul na Quinta Avenida. Perdeu Mikey de vista por um instante, quando ele parou diante da vitrine de uma joalheria.

— Fique perto de mim, não seja tão menininha. — Ela deu um puxão numa das tranças rastafári do amigo. — O que estou fazendo é muito sério.

— Você parece muito fria e durona — comentou Mikey. — Como Joan Crawford em... não, não, como Barbara Stanwyck em *Pacto de sangue*. Uma mulher com colhões.

— Cale a boca, Mikey.

Cleo teve de conter uma risada, porque Anita Gaye entrou na linha.

— Não pode imaginar como fico satisfeita em receber sua ligação, Cleo.

A voz não parecia fria e durona, porém macia e quente como veludo. Cleo considerou um bom sinal Anita concordar com as condições do encontro sem a menor hesitação. Ela pensou na fuga desesperada ao longo da Europa e balançou a cabeça. Os homens, concluiu, tinham de movimentar os músculos, transformar as transações mais simples numa briga.

Não era de admirar que o mundo estivesse tão confuso e violento.

CLEO SENTIA-SE um pouco tola pelo lugar que escolhera. Mas Mikey estava tão animado que ela achou que valera a pena.

— *Tarde demais para esquecer.* Cary Grant e Deborah Kerr. — Ele parou no terraço do Empire State Building, os braços abertos, as tranças rastafári esvoaçando ao vento. — Isto é romance, meu amor.

E a diferença entre os dois, pensou Cleo, era que o lugar não representava para ela o romance pungente, mas sim a obsessão fatal de King Kong por Fay Wray.

Achava que a personagem de Fay Wray era uma idiota. Apavorada e gritando na platibanda do edifício, esperando que um homem grande e forte viesse salvá-la, em vez de agir quando o macaco idiota a largava.

Mas havia pessoas de todos os tipos.

— Fique parado ali, sempre atento. Farei sinal se houver algum problema. E você entrará em ação para me ajudar. — Cleo olhou para o relógio de Mulher Maravilha que Mikey lhe emprestara. — Ela deve chegar a qualquer momento. Se vier na hora marcada, não haverá problema. Ainda tenho meia hora antes do meu encontro com Gideon.

— O que vai dizer a ele?

— Nada, até ter o dinheiro na mão. Posso ganhar mais 24 horas com ele, que será o prazo que darei a Anita.

— Um milhão de dólares é muito dinheiro para se obter em apenas um dia, Cleo.

— Mas estamos negociando com a Morningside, um codinome para *muito dinheiro*. Como ela quer a Parca de qualquer maneira, isso não será problema. Ficarei esperando ali, fingindo estar entediada.

Ela foi até a grade de segurança. Encostou-se, observando o elevador através do vidro. Os turistas espalhavam-se pela loja de suvenires ou pelo terraço tirando fotos e inserindo moedas nas lunetas para usá-las.

Cleo especulou se algum nova-iorquino já visitara o local, exceto quando arrastado por um visitante de fora. E se perguntou por que se sentira compelida a subir ao topo do edifício quando toda a ação, toda a vida e seu sentido se encontravam nas ruas lá embaixo.

Sentiu um frio no estômago quando viu a mulher elegante sair do elevador. Anita dissera que estaria usando um tailleur azul. O traje era mesmo azul... um azul acinzentado, o casaco longo e a saia num comprimento conservador.

Valentino, pensou Cleo. Um luxo discreto, com um toque de classe.

Ela esperou enquanto Anita colocava os óculos escuros e saía para o vento. Observou-a esquadrinhando a área, os rostos, até fixar-se no seu. Anita ajeitou a bolsa de couro pendurada no ombro e atravessou o terraço.

— Cleo Toliver?

— Sim.

— Anita Gaye.

Cleo aceitou o aperto de mão. As duas mulheres se avaliaram.

— Quase esperava uma troca de senhas. — Havia uma insinuação de humor na maneira como Anita olhou ao redor. — Sabe de uma coisa? É a primeira vez que subo aqui. Qual o sentido?

Como ecoava seus próprios sentimentos, Cleo balançou a cabeça em concordância.

— Tem toda razão. Mas parecia um bom lugar para realizar uma pequena transação. Um lugar em que ambas estaríamos à vontade.

— Ambas nos sentiríamos mais à vontade no Raphael's. Mas imagino que Gideon tenha sido bem incisivo quanto às precauções para negociar comigo. — Anita abriu os braços, elegante, atraente, os cabelos ao vento. — Como pode ver, não sou uma ameaça.

— Os bandidos que mandou para nos perseguir em Praga não pareciam nem um pouco amigáveis.

— Um lamentável erro de comunicação, que acontece com frequência quando se está lidando com homens, não é mesmo? — Anita ajeitou os cabelos atrás das orelhas. — Meus representantes foram instruídos a ir ao seu local de trabalho para conversar. Nada mais. Aparentemente, Gideon e eles ficaram um pouco exaltados demais. Para ser franca, Cleo, meus representantes acharam que você estava sendo sequestrada, e por isso foram atrás de vocês.

— É mesmo?

— Um equívoco, como eu disse. Seja como for, estou feliz por você ter voltado a Nova York sã e salva. Tenho certeza de que nós duas podemos discutir a questão sem palhaçadas. — Ela tornou a olhar ao redor. — Gideon não está com você?

— Trouxe outra pessoa, para a possibilidade de uma palhaçada.

Ela podia ver Mikey por cima do ombro de Anita, parado a alguns passos de distância, flexionando os bíceps em movimentos elaborados.

— Primeiro, o que a levou a me localizar e entrar em contato comigo?

— Um palpite, depois de muita pesquisa. São dois elementos vitais em meu trabalho. Nosso encontro hoje me leva a presumir que as duas coisas foram acuradas. Você tem a Parca, Cleo?

Se houvesse mais tempo, Cleo faria com que ela se esforçasse mais, por uma questão de formalidade.

— Guardei-a em um lugar seguro. Estou disposta a vendê-la. Um milhão de dólares, em dinheiro.

Anita deixou escapar uma risada.

— Um milhão de dólares? Não resta a menor dúvida de que Gideon andou lhe contando algumas histórias da carochinha.

— Não tente me enganar, Anita. Se quer a estatueta, esse é o preço. Inegociável. Com isso, terá duas das três, já que roubou a que estava com o irmão de Gideon.

— Roubei? — A irritação estampou-se em seu rosto, enquanto ela se virava e começava a andar de um lado para outro, tentando identificar o apoio de Cleo. — Esses Sullivan são demais. Eu deveria processá-los por calúnia. A reputação da Morningside é irrepreensível. Assim como a minha.

Ela parou diante de Cleo.

— Eu *comprei* a estatueta de Malachi Sullivan e terei o maior prazer em mostrar o recibo assinado. Ele pode ter inventado uma história para o irmão, a fim de ficar com todo o dinheiro. Mas não permitirei que ninguém espalhe mentiras insidiosas a meu respeito.

— Quanto você pagou?

— Menos... — Anita respirou fundo. — Muito menos do que você pediu.

— Nesse caso, conseguiu a primeira por uma ninharia. Para obter a segunda, pagará o preço justo. Pode tê-la em suas mãos amanhã, às 15 horas, aqui mesmo. Traga o dinheiro e eu trarei a dama.

— Cleo... — Os lábios de Anita se contraíram. — Já lidei com os Sullivan antes. Como posso saber que você não é tão desonesta quanto eles? Não tenho qualquer garantia de que possui mesmo a Parca.

Sem dizer nada, Cleo abriu a bolsa e tirou a foto.

— Láquesis... — murmurou Anita, enquanto estudava a foto. — Como posso ter certeza de que é autêntica?

— Acho que você usa muito a intuição. Minha avó deu a mim quando eu era pequena. Ela tinha um parafuso solto e considerava a Parca uma boneca. E, até uma semana atrás, eu a considerava uma espécie de amuleto da sorte. Mas 1 milhão de dólares pode comprar muitos outros amuletos.

Anita continuou a analisar a foto enquanto considerava suas opções. O relato confirmava o que o pai de Cleo lhe dissera, durante uma longa noite de *coq au vin* preparado com perfeição, um Pinot Noir excepcional e uma atuação sexual medíocre. Um fato interessante: o homem não sabia que Cleo estava em Nova York ou que estivera em Praga. Não se mostrara nem um pouco interessado no paradeiro da única filha, muito menos preocupado com seu bem-estar.

O que significava — e era muito conveniente — que ninguém provavelmente se importaria se Cleo Toliver desaparecesse de repente.

— Presumo que a Parca lhe pertença legalmente.

Cleo arqueou as sobrancelhas.

— Posse legítima e coisa e tal.

— Tem razão. — Anita sorriu. Concordava plenamente. — Claro.

Cleo pegou a foto e guardou-a de volta na bolsa.

— Sua chance, Anita.

— É muito dinheiro para levantar em tão pouco tempo. Podemos nos encontrar amanhã... naquela mesa no Raphael's. Leve a estatueta para que eu possa examiná-la. Levarei 250 mil dólares como sinal.

— Quero todo o dinheiro, aqui, às 15 horas. Ou ofereço a Parca no mercado.

— Sou uma profissional...

— Eu não sou — interrompeu Cleo. — E tenho outro compromisso. É pegar ou largar.

— Está bem. Mas não trarei tanto dinheiro para cá. — Anita olhou ao redor, com uma pequena ruga de irritação entre as sobrancelhas perfeitas. — Um restaurante, Cleo. Sejamos civilizadas. Pode escolher, se não confia em mim.

— É razoável. O Teresa's, no East Village. Estou com vontade de comer *goulash*. Às 13 horas.

— Às 13 horas. — Anita tornou a estender a mão. — E se resolver desistir do teatro, será bom ter alguém como você na Morningside.

— Obrigada, mas pretendo continuar com o que sei fazer. Até amanhã.

Ela esperou que Anita voltasse ao elevador. Depois, contou até dez, lentamente. E desatou num sorriso quando se virou na direção em que Mikey esperava. Foi sapateando em sua direção.

— Dê-me um beijo, querido! Estou rica!

— Ela aceitou?

— Tudo. Ofereceu alguma resistência, mas não muita. Foi dramática em alguns aspectos, mas nem tanto em outros. — Cleo passou o braço pelo de Mikey. — Anita não é tão boa quanto pensa. Vai soltar a grana porque eu tenho o que ela quer.

— Nem tive a oportunidade de me aproximar para fazer cara de mau.

— Sinto muito. Você teria sido sensacional.

Os dois atravessaram a loja de suvenires, a caminho dos elevadores.

— Sabe qual é a primeira coisa que vou fazer quando receber o dinheiro, Mikey? Oferecer uma grande festa, para todo mundo que quiser aparecer. Não, primeiro comprarei um apartamento, para depois dar a festa.

— E já posso adivinhar que não continuará a fazer audições.

— Está brincando? — Ela se espremeu no elevador, junto com Mikey. — Só ficarei à toa por uma semana, talvez duas. E depois irei a todas as audições que meu agente puder agendar. Você entende, Mikey. Não consigo parar de dançar.

— Posso lhe arrumar uma vaga no elenco de *Kiss Me, Kate.*

— Fala sério? Seria maravilhoso! Quando?

— Falarei com o diretor esta noite.

— Eu disse que minha sorte estava mudando! — Ao saírem para a rua, Cleo disse: — Temos de nos separar agora. Vou me encontrar com o bonitão.

— Por que não aparecem no teatro esta noite? Posso arrumar dois ingressos, por conta da casa, e apresentá-la ao diretor.

— Sensacional! Eu amo você, Mikey. — Deu-lhe um beijo longo e ruidoso. — Vamos nos encontrar em seu apartamento mais tarde. Vou comprar a maior garrafa de champanhe que encontrar.

— Compre duas. Para brindarmos depois do show.

— Combinado. Eu amo você, Mikey.

— Eu também amo você, Cleópatra.

Ele seguiu para oeste, Cleo foi para leste. Ao atravessar a rua, ela olhou para trás. Riu como uma doida quando Mikey soprou-lhe um beijo. Em passos rápidos, seguiu para o próximo encontro.

Bem na hora, pensou. Ia encontrar-se com Gideon na esquina leste da Rua 51 com a Quinta Avenida. Talvez comessem uma pizza. Ela planejava dizer-lhe que precisava de mais um ou dois dias para obter a estatueta.

Gideon não ia gostar, mas ela daria um jeito de fazê-lo esperar. E, quando lhe entregasse 400 mil dólares no dia seguinte, ele não teria por que reclamar.

Ela o persuadiria a permanecer em Nova York por algum tempo. Talvez Mikey estivesse certo sobre o que havia entre os dois. Não a parte do romance, que não estava em jogo, Mas sentia-se bem na companhia de Gideon. Gostava do seu lado firme e decidido, tanto quanto do lado temerário. O que havia de errado em querer mais um pouco das duas coisas?

O brilho das joias atraiu sua atenção, fazendo-a se aproximar de uma vitrine. Compraria alguma coisa para Mikey, por tê-la ajudado. Alguma coisa extravagante.

Pensou em correntes de ouro para o pescoço — vulgares demais — e nas pedras mais brilhantes... que seriam ostentosas demais.

Diminuiu o passo, olhando de uma vitrine para outra, até que se entusiasmou com uma tornozeleira de ouro, com cabuchões de rubi.

Feita sob medida para Mikey, pensou Cleo. Inclinou a cabeça, na esperança de ver a etiqueta do preço, enfiada discretamente por baixo da corrente.

E foi nessa posição que ficou imóvel de repente, o nariz quase comprimido contra o vidro, o corpo um pouco inclinado, quando avistou um reflexo na vitrine.

Conhecia aquele rosto. Embora ele estivesse virado, de perfil, como se observasse o tráfego, Cleo o reconheceu. Quase o haviam atropelado numa rua em Praga.

Merda, merda, merda! Ela se empertigou. Continuou a andar, sem pressa, como se examinasse as ofertas na vitrine seguinte. O homem não a seguiu, mas virou o corpo um pouco mais em sua direção.

Anita canalha Gaye, pensou ela. Objetiva, profissional. E mandara um de seus capangas para segui-la. Ora, não tinha problema, eles estavam em Nova York. *Seu* território.

Cleo continuou andando devagar, como se tivesse todo o tempo do mundo. Ela notou quando o homem começou a segui-la, tomando o cuidado de manter certa distância. Sem pressa, Cleo entrou no International Jewelry Exchange, passando pela babel de vozes, ao longo dos corredores apinhados, entre os estandes. O homem manteve a metade da loja entre eles, balançando a cabeça e amarrando a cara quando os vendedores lhe ofereciam alguma coisa.

E, de repente, Cleo saiu correndo. As pernas compridas percorreram num instante a distância até a porta lateral. Atravessou a rua e empurrou para o lado um homem que estava prestes a entrar num táxi.

Enquanto o indivíduo cambaleava, gritando, furioso, Cleo bateu a porta do veículo.

— Vamos embora! Eu lhe dou 20 dólares se conseguir cruzar cinco quarteirões em menos de um minuto!

Ela tirou a nota da bolsa, exibindo-a enquanto olhava para trás, a tempo de ver o homem que a seguia atravessando a rua em disparada. Então enfiou a nota pela fenda de segurança, como incentivo adicional.

— Vamos logo! — O motorista partiu. — Corte para a Park. — Cleo virou-se, de joelhos no banco, olhando pela janela traseira. — Suba pela 51 e vire na Quinta.

Ela acenou, enquanto o motorista entrava na rua transversal.

— Já está ofegando, meu querido...

Continuou a observar até alcançarem a Madison. Quando entraram na Park, Cleo recostou-se no banco.

— Esquina da 51 com a Quinta — disse ela, a voz fria. — Pode me deixar na esquina leste.

— É uma volta e tanto, dona, para dois quarteirões.

— Você recebe aquilo pelo que paga.

Cleo saltou na esquina. Pegou a mão de Gideon.

— Está atrasada... — Antes que ele pudesse acrescentar qualquer coisa, Cleo começou a correr. — O que aconteceu?

— Vamos dar um passeio de metrô, bonitão. Você não esteve em Nova York se não andou de metrô.

Os turistas formavam uma multidão em torno do Rockefeller Center. A melhor proteção que poderiam ter, refletiu Cleo. Ela o conduziu pela escada da estação do metrô em 50 Rock.

— É um presente — disse, pagando sua passagem e a dele.

Cleo recuperou o fôlego depois que passaram pela roleta e avançaram pela plataforma.

— Vamos saltar na Washington Square. Perambular pelo Village. Será uma autêntica excursão turística. E, depois, vamos almoçar.

— Por quê?

— Porque uma mulher tem de comer.

— Por que corremos como malucos para pegar um trem para uma vila?

— Vila, não, forasteiro. O Village... Greenwich Village. E estamos no metrô para ter certeza de que despistei o homem que me seguia. Eu olhava as vitrines na Quinta Avenida quando avistei de repente um de nossos amigos de Praga.

Gideon segurou-a pelo braço, enquanto o rumor do trem se aproximando fazia a estação vibrar.

— Tem certeza?

— Absoluta. O rosto dele é redondo como uma torta. Achatado, redondo e brilhoso. Consegui despistá-lo, mas é melhor sermos cuidadosos do que nos arrepender depois.

Cleo entrou no vagão. Sentou-se num banco e apontou para o lugar a seu lado.

— O que você fez, Cleo?

— Como assim? Acabei de lhe contar. Imagine aquele idiota pensando que poderia me seguir na minha cidade.

— E foi por acaso que ele seguia a mesma rua que você? Não acredito.

— Na verdade, a Quinta é uma avenida e não...

A mão de Gideon apertou seu braço com mais força, numa advertência clara.

— O que você fez? Onde está Mikey?

— Ei, vamos com calma! Fizemos algumas coisas, passeamos um pouco. Estamos num país livre. Fui olhando as vitrines enquanto vinha encontrar você, e Mikey voltou para casa, para tirar um cochilo. Ele não é de levantar cedo, e você o acordou de madrugada.

— Como ela sabia onde te encontrar?

— Escute...

— Disse que se livrou dele. Apenas um? O que me diz do outro homem? Gideon estava tentando destruir sua sensação de triunfo.

— Como vou saber? Por acaso eles são irmãos siameses?

— Você o avistou quanto tempo depois de se separar de Mikey?

— Apenas uns poucos minutos. Dois quarteirões. Qual é... — A voz de Cleo sumiu quando algo lhe ocorreu. — Acha que o outro foi atrás de Mikey? É um absurdo. Ele não faz parte disso. — Mas ela fizera com que Mikey se tornasse parte, compreendeu agora. O braço na mão de Gideon começou a tremer. — Certo, talvez o tenham seguido. Vamos saltar na próxima estação, e ligarei para o celular dele, avisando-o. Ele vai despistar o homem com a mesma facilidade que eu. E se divertirá com isso.

Mas as mãos de Cleo estavam frias como gelo quando ela saltou na estação da Rua 34 e foi direto para um telefone. E os dedos tremiam ao pressionar as teclas.

— Você me assustou — murmurou ela. — Espere só até eu contar a Mikey. Ele vai morrer de tanto rir. Merda, atende logo!

A voz gravada de Mikey ecoou jovial depois de dois toques da campainha: "Estou ocupado, meu bem, talvez fazendo amor... eu espero. Deixe um recado, e Mikey ligará para você mais tarde." A assinatura do recado era o estalar de um beijo seguido pelo sinal da ligação sendo encerrada. — Ele desligou o celular. — Cleo respirou fundo para se acalmar. — Está em casa, tirando um cochilo, e desligou o celular. É só isso.

— Ligue para o telefone fixo, Cleo.

— Vou acordá-lo. — Ela apertou os dígitos. — E Mikey detesta ser acordado.

O telefone tocou quatro vezes. Cleo já se preparava para ouvir novamente a mensagem da secretária eletrônica quando ele atendeu. No instante em que ouviu sua voz, ela compreendeu que o amigo estava em apuros.

— Mikey...

— Não volte para cá, Cleo! — Houve um grito, um estrondo, e ela o ouviu gritar seu nome de novo. — Fuja!

— Mikey!

Um segundo estrondo e um grito curto fizeram com que a mão de Cleo sobre o telefone se encharcasse de suor. Mesmo depois de o telefone emudecer em seu ouvido, ela continuou a gritar o nome de Mikey.

— Pare! Pare com isso!

Gideon arrancou o fone de seus dedos.

— Eles o estão machucando! Temos de ir até lá! Para ajudá-lo!

— Chame a polícia, Cleo. — Gideon pôs as mãos em seus ombros, antes que ela pudesse correr. — Chame agora. Dê o nome e o endereço de Mikey. Estamos longe demais para ajudar.

— A polícia?

— Não precisa dar seu nome — acrescentou Gideon, enquanto ela fazia um esforço para teclar 911. — Apenas o de Mikey. E faça com que se apressem.

— Preciso da polícia. Preciso de ajuda. — Ela ignorou a voz calma da telefonista. — Mikey... Michael Hicks, Rua 53-oeste, 4405, apartamento 302. Perto... perto da Nona Avenida. Vocês precisam se apressar. Estão machucando ele...

Gideon interrompeu a ligação no momento em que ela começou a chorar.

— Procure se controlar. Aguente firme. Vamos para lá. Que trem pegamos? Qual é o caminho mais rápido?

Nada poderia ser rápido o bastante, não com aquele grito de dor e terror ressoando em sua cabeça. Cleo quase voou ao longo dos poucos quarteirões após deixarem a estação do metrô, mas não foi suficiente.

O alívio envolveu-a quando avistou as duas radiopatrulhas paradas na frente do prédio de Mikey.

— Eles chegaram! — balbuciou ela. — A melhor coisa de Nova York!

Guardas uniformizados já armavam o cordão de isolamento, e uma pequena multidão se formava.

— Não diga nada, deixe que eu faça as perguntas — Gideon sussurrou bem perto de seu ouvido.

— Deveria haver uma ambulância. Ele precisa ser levado para o hospital. Sei que foi ferido.

— Não fale nada. Eu descobrirei tudo. — Gideon manteve o braço em torno de Cleo, com firmeza, quando se aproximaram da área de isolamento. — O que aconteceu? — Ele olhava para um mensageiro sentado em sua motocicleta, mastigando um chiclete.

— Um cara foi morto ali.

— Não! — Cleo balançou a cabeça lentamente, de um lado para outro. — Não!

— Tenho certeza. Eu ia fazer uma entrega quando a polícia chegou. Disseram para eu esperar para ser interrogado, porque havia ocorrido um homicídio no terceiro andar. Os detetives devem estar chegando. Um dos guardas me disse que o cara levou tanta porrada no rosto e na cabeça, que virou uma massa de pastel.

— Não! Não! Não!

A voz de Cleo começava a se elevar quando Gideon a puxou.

— Vamos sair daqui. Não podemos ficar parados.

— Mikey não morreu. Isso é mentira, uma maldita mentira. Vamos ver sua peça esta noite. Ele reservou dois lugares para nós. E depois vamos comemorar com champanhe. Ele não morreu. Estávamos conversando... há apenas uma hora. Vou voltar. Preciso voltar.

Gideon tinha de levá-la para um lugar sossegado. Passou os braços em torno dela, para acalmá-la. Onde poderia encontrar sossego numa cidade como aquela?

— Cleo, você tem de me escutar. Não podemos continuar aqui. Não é seguro. — Quando ela deixou escapar um gemido baixo, quando seus joelhos dobraram, Gideon amparou-a, meio arrastando-a e meio carregando-a pela rua. — Precisamos entrar em algum lugar. Você precisa se sentar.

Ele correu os olhos pela rua. Avistou um bar. E pensou que não haveria nada como um bar no meio da cidade para se ter um pouco de privacidade.

Levou-a para dentro, mantendo um braço em torno de sua cintura. Havia apenas três clientes, todos no balcão. Nenhum deles se deu ao trabalho de olhar quando Gideon deixou Cleo numa mesa de canto pouco iluminada.

— Dois uísques — pediu ele, no balcão. — Duplos.

Pôs as notas sobre o balcão, pegou os copos e voltou para a mesa, onde Cleo se enroscara, colada à parede. Gideon sentou-se ao seu lado, segurou seu queixo com firmeza e despejou metade da dose de uísque em sua garganta.

Ela engasgou, cuspiu. Depois, encostou a cabeça na mesa e chorou como um bebê.

— A culpa é minha. A culpa é minha.

— Preciso que me conte o que aconteceu. — Ele tornou a levantar a cabeça de Cleo e levou o copo a seus lábios. — Beba mais e depois me diga o que fez.

— Eu o matei. Ah, Deus, Mikey morreu!

— Sei disso. — Gideon pegou seu próprio copo de uísque, ainda intacto, e levou aos lábios de Cleo. Melhor bêbada e meio trôpega do que histérica, pensou ele. — O que você e Mikey fizeram, Cleo?

— Pedi a ele. Mikey faria qualquer coisa por mim. Eu o amava, Gideon. Eu o amava.

Em meio à dor, ela finalmente falara seu nome: Gideon.

— Sei que amava. E tenho certeza de que ele também amava você.

— Pensei que fosse muito esperta. — As lágrimas caíam na mão de Gideon, enquanto ele a ajudava a tomar outro gole. — Tinha tudo calculado. Venderia a Parca àquela desgraçada por 1 milhão de dólares. Daria uma boa parte a você, o suficiente para mantê-lo feliz.

— Essa não! Você entrou em contato com ela?

— Telefonei e marquei um encontro. No alto do Empire State. — A voz de Cleo começava a soar um pouco engrolada pelo uísque. — Mikey foi comigo, para o caso de Anita se irritar. Mas ela não se irritou. Foi mansa e cordata. Não disse nada de bom sobre você e seu irmão, mas isso é irrelevante. Ia me dar 1 milhão de dólares amanhã, em dinheiro. Eu lhe daria a pequena dama. Um negócio sensato, sem dificuldade, sem violência. Mikey e eu rimos muito. Acho que já sabe que eu contei tudo a ele.

— Deu para perceber.

— Eu estava disposta a dividir com você, bonitão. Sessenta e quarenta. — Ela enxugou as lágrimas, borrando de rímel o rosto e o dorso da mão. — Seria melhor ter 400 mil dólares na mão do que nada, não é mesmo?

Gideon não era capaz de ficar com raiva. Não quando ela estava tão arrasada. Ele afastou-lhe os cabelos das faces molhadas.

— Foi o que você pensou.

— Mas Anita nunca teve a intenção de me dar o dinheiro. Ela me enganou. Mikey morreu porque fui estúpida demais para compreender a verdade. Nunca me perdoarei por isso, nunca, enquanto eu viver. Ele era inofensivo, Gideon, inofensivo e doce, mas eles o machucaram... e o mataram.

— Sei disso, querida.

Ele puxou a cabeça de Cleo para seu ombro. Ficou afagando os cabelos dela enquanto ela chorava. Pensou no homem que preparara rabanadas naquela manhã, que cedera sua cama a um estranho, porque uma amiga pedira.

Anita Gaye pagaria por isso, Gideon prometeu a si mesmo. Não era mais apenas uma questão de dinheiro, mas uma questão de princípios. Era também uma questão de justiça.

Por isso, enquanto afagava os cabelos de Cleo, ele tomou o último gole do uísque.

Só conseguia pensar em um único lugar para ir.

Capítulo 11

O Dr. Lowenstein tinha seus próprios problemas. Entre eles estavam uma ex-esposa que conseguira esfolá-lo no divórcio, dois filhos na universidade que viviam na ilusão de que o pai era feito de dinheiro, e uma assistente administrativa que acabara de pedir-lhe um aumento.

Sheila se divorciara porque ele passava mais tempo trabalhando do que se dedicando ao casamento. Depois, tratara de sugar os frutos de seu trabalho, como um aspirador de pó implacável.

E ela não percebera a ironia da situação. O que servia para comprovar que ele fizera muito bem em se livrar daquela vaca sem senso de humor, concluiu Lowenstein.

Mas isso não vinha ao caso. Como seu filho, que trocava de curso como ele trocava as meias costumava dizer, era apenas dinheiro.

Tia Marsh tinha dinheiro. Um fluxo abundante de juros, dividendos, aplicações em fundos de investimentos. E também os direitos autorais de seus livros, razoavelmente substanciais, pelo que Lowenstein podia supor.

E Deus sabia que a mulher tinha problemas.

Escutava-a agora, sentada na cadeira a sua frente, rígida, enquanto falava sobre irlandeses sorrateiros e traiçoeiros, mitos gregos, desastres históricos e roubo. Quando ela acabou, com o relato de um homem que se apresentou como policial e telefones grampeados, Lowenstein passou os lábios sobre as pontas dos dedos unidos. Limpou a garganta.

— Não resta a menor dúvida de que você andou muito ocupada, Tia. Mas o que acha que o destino representa nesse contexto?

— Representa? — Encontrar a coragem para contar a história (e contá-la) consumira a maior parte do vigor de Tia. Por um momento, ela pôde apenas fitá-lo, aturdida. — Não é uma metáfora, Dr. Lowenstein. São estatuetas.

— Determinar o próprio destino sempre foi um de seus dilemas fundamentais.

— Acha que estou inventando? Pensa que tudo não passa de um delírio complicado?

O insulto do comentário restaurara sua energia. Tinha delírios, é verdade, caso contrário não estaria ali. Mas eram muito mais simplistas, muito mais corriqueiros.

E ele, que ganhava 250 dólares por uma sessão de 55 minutos, deveria saber disso.

— Não sou *tão* louca assim. Havia mesmo um homem em Helsinque.

— Um irlandês — murmurou Lowenstein, paciente.

— Isso mesmo, um irlandês. Mas poderia ser um escocês perneta que não faria diferença.

Ele sorriu, gentil.

— A longa viagem foi um grande passo para você, Tia. Creio que abriu portas para dentro de si mesma. Para a imaginação, que você costuma sufocar. O desafio agora será o de canalizar e refinar essa imaginação. Talvez, como escritora...

— Havia um homem em Helsinque — reiterou ela, quase rangendo os dentes. — E veio me ver em Nova York. Fingiu estar interessado em mim, quando na verdade só se preocupava com minha ligação com as Três Parcas. E essas Parcas existem, não são uma invenção, uma representação do destino. Tenho tudo documentado. Meu ancestral possuía uma das estatuetas. Viajou para a Inglaterra, no *Lusitania,* para comprar a segunda. É um fato... um fato documentado.

— E esse irlandês alega que o ancestral dele, também a bordo do navio, roubou a estatueta.

— Exatamente. — Tia respirou fundo. — E que Anita Gaye roubou a estatueta... do irlandês. O que não posso confirmar. Tinha fortes dúvidas a respeito, até que Jack Burdett me procurou.

— O homem que se apresentou como investigador da polícia?

— Isso mesmo. Não é tão complicado assim, se você seguir o raciocínio de maneira linear. Meu problema é que não sei o que fazer, que passo dar em seguida. Se meus telefones estão grampeados, acho que devo denunciar à polícia. Mas, nesse caso, haverá todo tipo de perguntas embaraçosas; e se, posteriormente, removerem os grampos dos telefones, a Sra. Gaye compreenderá que sei de tudo. Perderei a vantagem de passar despercebida, por assim dizer, na busca das outras duas Parcas.

Tia fez outra pausa, tornando a respirar fundo.

— E como, de qualquer maneira, quase não falo ao telefone, talvez seja melhor não agir, pelo menos por enquanto.

— Tia, já considerou a possibilidade de que a relutância em apresentar a denúncia deriva de seu conhecimento subconsciente de que não há nada de errado com os telefones?

— Não. — Mas a pergunta, calma e paciente, plantou a semente da dúvida na mente de Tia. — Isto não é paranoia.

— Tia, lembra-se de ter me telefonado do hotel em Londres, no início da turnê, para me dizer que receava que um homem a estivesse perseguindo, porque subiu com você no elevador duas vezes?

— Claro que me lembro. — Mortificada, ela baixou os olhos para as mãos. — Mas aquilo era diferente. *Era* paranoia.

Só que, pelo que sabia, pelo que todos sabiam, pensou Tia, poderia estar mesmo certa e tivera sorte por escapar de um inglês maluco que a perseguia.

— Você deu grandes passos — continuou Lowenstein. — Importantes. Enfrentou sua fobia de viagem. Enfrentou o medo de lidar com o público. Passou quatro semanas consecutivas explorando a si mesma e a seu potencial. Expandiu sua zona de conforto. Deveria sentir-se orgulhosa.

Para mostrar que se orgulhava dela, o analista inclinou-se e afagou seu braço de leve.

— A mudança, Tia, cria novos desafios. Você tem uma tendência, como já discutimos antes, de fabricar cenários em sua mente... cenários inusitados e complicados que a colocam em alguma espécie de perigo ou ameaça. Uma doença fatal, uma conspiração internacional. E, assim assediada, você recua, limita a zona de conforto ao seu apartamento. Não me surpreende que, ao se descobrir de novo num ambiente familiar, lidando com a fadiga natural, física e mental, de uma viagem longa e árdua, precisasse retornar ao padrão.

— Não estou fazendo isso — murmurou Tia. — Nem posso mais sequer ver o padrão.

— Trabalharemos nisso na próxima sessão. — Ele tornou a se inclinar para afagar o braço de Tia. — Pode ser melhor se voltarmos a ter sessões semanais, pelo menos por algum tempo. Não considere isso como um passo atrás. Ao contrário, é um novo começo. Angela vai marcar.

Tia fitou-o, o rosto gentil, a barba aparada, os cabelos grisalhos nas têmporas. Era como ouvir o comentário indulgente e ser descartada por um pai ou mãe afetuosos.

Se havia algum padrão em sua vida, pensou ela, enquanto se levantava, o padrão era aquele.

— Obrigada, doutor.

— Quero que continue os exercícios de relaxamento e de projeção de imagens.

— Claro. — Ela pegou a bolsa e se encaminhou para a porta. Parou e se virou. — Tudo o que acabei de lhe contar é uma alucinação?

— Não, Tia, claro que não. Creio que é tudo muito real para você, uma combinação de eventos reais e imaginados. Vamos explorar essa parte. Por enquanto, eu gostaria que considerasse por que acha que viver dentro de sua cabeça é mais cômodo do que viver fora. Conversaremos a respeito na próxima sessão.

— Não é nada confortável dentro da minha cabeça — murmurou Tia.

Ela saiu para a outra sala. E continuou a andar. Lowenstein não acreditara em uma só palavra do que lhe dissera. Pior ainda, concluiu Tia, enquanto descia no elevador para o saguão, provocara dúvidas nela. Agora, ela própria não tinha certeza de em que acreditava.

Mas acontecera. Não era nenhuma louca. Não era uma espécie de alienada que usava uma folha de papel-alumínio na cabeça para impedir a passagem das vozes de extraterrestres. Era uma mitóloga, uma escritora de sucesso, uma adulta com plena capacidade. E era absolutamente sã, acrescentou Tia, enquanto a irritação aumentava. Sentia-se mais sã, mais firme e mais forte do que em qualquer outra ocasião de sua vida.

Não se escondia em seu apartamento. Apenas trabalhava ali. Tinha um objetivo, que era fascinante. Provaria que não vivia num mundo de ilusões. Provaria que era capaz de fazer tudo sozinha, que era uma mulher saudável — isto é, relativamente saudável — com uma mente forte e uma vontade firme.

Enquanto andava pela rua, tirou o celular da bolsa. Discou um número.

— Carrie? Sou eu, Tia. Preciso de um encaixe no seu salão. Quando? Agora. Imediatamente. Estou indo para lá.

— Tem certeza de que quer mesmo isso?

Carrie ainda estava sem fôlego após correr por seis quarteirões, de seu escritório na Wall Street até o Bella Donna.

— Tenho... e não tenho.

Tia apertou a mão de Carrie, enquanto aguardavam nas cadeiras de couro da área de espera do salão. Uma melodia eletrorock saía alta pelo aparelho de som. Uma das profissionais, muito magra, vestida de preto, tinha os cabelos arrumados numa assustadora nuvem magenta.

Ela já podia sentir as passagens de ar se fechando, à medida que eram invadidas pelos aromas do salão de beleza, como água oxigenada, acetona e perfume misturado com suor.

O som dos secadores de cabelos era como motores de avião. Tia estava prestes a ter uma enxaqueca, uma urticária, uma parada respiratória. O que estava fazendo ali?

— É melhor eu ir embora. Imediatamente.

Ela revirou a bolsa à procura do inalador.

— Ficarei com você, Tia. Vou acompanhá-la em cada passo do caminho. — Carrie cancelara duas reuniões para isso. — Asseguro que Julian é um gênio.

Ela apertou a mão livre de Tia, que usava a outra para segurar o inalador.

— Vai se sentir uma nova mulher. — Tia murmurou alguma coisa que a amiga não entendeu. — O que você disse?

Depois de remover o inalador da boca, Tia tentou de novo:

— Eu disse que mal comecei a me acostumar à antiga. Isso é um erro. Só insisti porque fiquei furiosa com o Dr. Lowenstein. Pagarei a hora marcada, mas...

— Julian está à sua espera, Dra. Marsh.

Outra mulher, também muito magra, aproximou-se. "Será que ninguém ali pesava mais de 50 quilos?", pensou Tia, frenética. E ninguém tinha mais de 23 anos?

— Pode deixar que eu a levarei, Miranda. — Com a voz jovial que as mães usam quando arrastam as crianças para a cadeira do dentista, Carrie fez Tia levantar-se. — Vai me agradecer depois. Confie em mim.

A visão de Tia ficou turva enquanto passavam por funcionários e clientes, por frascos pretos de xampu e reluzentes prateleiras de vidro, nas quais havia dezenas e dezenas de produtos, com embalagens multicoloridas. Vagamente, ela ouvia conversas e algumas risadas, que pareciam um pouco insanas.

— Carrie...

— Seja corajosa. Seja forte.

Carrie conduziu Tia para uma cadeira de couro cintilante, toda preta e prateada. O homem atrás dela era baixo, esguio como um galgo, com os cabelos branco-alourados cortados como um casquete.

Por algum motivo, ele fez Tia pensar num Eros moderno, o que não a confortou nem um pouco.

— Então esta é Tia, finalmente! — A voz parecia morder as vogais, com os dentes de um nova-iorquino nato. Ele deu uma olhada no rosto pálido, avaliando a "presa". — Louise, traga-nos vinho! Sente-se.

— Eu estava pensando que talvez...

— Sente-se. — Ele se inclinou para dar um beijo no rosto de Carrie. — Apoio moral?

— Pode apostar que sim.

— Carrie e eu conspiramos há muito tempo sobre a melhor maneira de atraí-la para a minha cadeira.

Julian fez com que ela sentasse, finalmente, simplesmente empurrando-a para trás.

— E a julgar pela aparência... — Ele tomou uma mecha de cabelos que escapara do coque. — Já não era sem tempo.

— Acho que não preciso...

— Deixe que eu decido o que você precisa. — Ele pegou um dos copos de vinho trazidos por Louise e entregou a Tia. — Quando vai ao médico, diz a ele o que precisa?

— Para dizer a verdade, digo, sim. Mas...

— Você tem olhos adoráveis.

Ela piscou, aturdida.

— Tenho?

— Excelentes sobrancelhas. Ossos muito bons. — Julian começou a tocar o rosto de Tia com as pontas dos dedos, macios e frios. — Uma boca sensual. O batom está errado, mas daremos um jeito nisso. Não resta a menor dúvida de que temos um belo rosto aqui. Mas os cabelos estão opacos, fora de moda.

Com alguns puxões, ele tirou os grampos, deixando a massa de cabelos cair livremente.

— Não combinam nem um pouco com você. Está se escondendo por trás dos cabelos, minha cara Tia.

Julian virou a cadeira, para que ela pudesse ficar de frente para o espelho. Inclinou-se, colando seu rosto ao dela.

— E eu vou expô-la.

— Vai? Mas não acha... E se não houver nada de muito interessante para expor?

— Creio que você se subestima. E espera que todos os outros façam a mesma coisa.

Enquanto pensava a respeito, os cabelos de Tia eram lavados com xampu, por uma das ajudantes magricelas, numa pia preta. Quando se lembrou de perguntar se usavam produtos hipoalergênicos, já era tarde demais.

Voltou à cadeira, de frente para o espelho, com uma taça de um excelente vinho branco na mão. Julian conversou com ela. Perguntou-lhe o que fazia, com quem saía, o que mais gostava. Cada vez que Tia dava uma resposta neutra ou indagava o que ele estava fazendo com seus cabelos, Julian disparava outra pergunta.

Quando, em determinado momento, ela cometeu o erro de olhar para baixo, vendo o monte de cabelos cortados espalhados pelo chão, começou a ter dificuldade para respirar. Pequenos pontos brancos dançavam diante de seus olhos. Ouviu, a distância, a voz alarmada de Carrie.

E, no momento seguinte, sentiu Julian empurrar sua cabeça entre as pernas, mantendo-a ali, até que o estrondo de seu coração diminuiu.

— Firme, meu bem. Louise, preciso de um pano úmido aqui!

— Tia, Tia, coragem!

Então abriu os olhos para deparar com Carrie ajoelhada no chão, à sua frente.

— O que aconteceu?

— É apenas um corte de cabelo, não é mesmo? Não uma cirurgia cerebral.

— Um evento traumático é sempre um evento traumático. — Julian estendeu o pano molhado com água fria na nuca de Tia. — Agora, quero que você se erga. Devagar. Respire fundo. Assim mesmo. Outra vez. E agora me fale sobre o tal irlandês que Carrie mencionou.

— Ele é um filho da puta — murmurou Tia.

— Todos nós somos. — A tesoura voltou a entrar em ação, assustadoramente perto do rosto de Tia. — Conte tudo.

Foi o que ela fez. Como a reação de Julian foi de choque, fascínio, prazer, tão diferente da reação de Lowenstein, Tia esqueceu os cabelos.

— Incrível. Sabe o que tem de fazer, não é?

Tia fitou-o nos olhos, enquanto ele inclinava a cadeira para trás.

— O quê?

— Tem de ir à Irlanda, encontrar esse tal Malachi e seduzi-lo.

— Tenho?

— É perfeito. Você o encontra, seduz, arranca todas as informações pertinentes às estatuetas, acrescenta ao que já descobriu, e fica à frente de todo mundo. Vamos fazer algumas mechas, dar mais vida, especialmente em torno do rosto.

— Mas não posso... ir. Além do mais, ele não está realmente interessado em mim. E, o mais importante, não é certo usar o sexo como uma arma.

— Meu bem, quando uma mulher o usa contra mim, eu me sinto muito agradecido. Tem uma pele maravilhosa. O que usa nela?

— Estou usando uma linha nova de produtos sobre a qual li numa revista. Só de ingredientes naturais. Mas é preciso guardar os produtos na geladeira, o que é um pouco inconveniente.

— Tenho uma coisa melhor. Louise! BioDerm, tratamento integral para a pele. Normal.

— Sempre faço um teste antes de usar um novo...

— Não se preocupe. — Ele enfiou um pincel num pequeno pote e tirou-o com um pouquinho de creme pegajoso. — Basta relaxar.

Não era fácil relaxar quando um estranho esfregava um creme em seu rosto, enquanto os cabelos — ou o que restava deles — estavam cobertos por uma substância viscosa e por papel-alumínio. E, ainda por cima, quando ninguém a deixava se contemplar no espelho.

Mas Julian serviu-lhe outra taça de vinho, e Carrie manteve-se lealmente a seu lado.

De alguma forma, ela foi persuadida a deixar que depilassem e pintassem as sobrancelhas, para que tivessem mais definição. Depois que os cabelos foram enxaguados, também permitiu um tratamento de maquiagem completo. E quando Julian empunhou o secador de cabelos, sentia-se tão cansada, tão tonta, que quase cochilou na cadeira.

Qualquer pessoa capaz de afirmar que uma tarde no salão de beleza era um luxo tinha um senso de humor doentio.

— Mantenha os olhos fechados — ordenou Julian.

Ela teve a sensação de que o vinho balançava de um lado para outro em sua cabeça, enquanto a cadeira era virada.

— Agora, abra os olhos e veja a nova Tia Marsh.

Tia abriu os olhos, contemplou-se no espelho e sentiu um ímpeto de pânico total.

Para onde ela havia ido?

A mulher que a fitava do espelho tinha os cabelos claros e curtos, com uma franja elegante, descendo ao encontro das sobrancelhas arqueadas num ângulo acentuado. Os olhos eram enormes, de um azul profundo. A boca era grande, exibindo um vermelho ousado. E quando Tia abriu a boca, aturdida, a mulher no espelho fez a mesma coisa.

— Eu... Eu pareço a Sininho!

Mais uma vez, Julian aproximou seu rosto do dela.

— Não está longe da verdade. As fadas são fascinantes, não são? Inteligentes, espertas e imprevisíveis. É assim que você está parecendo.

O rosto de Carrie também apareceu no espelho. Por um segundo vertiginoso, Tia imaginou-se com três cabeças, nenhuma delas lhe pertencendo.

— Ficou fabulosa. — Uma lágrima escorreu pela face de Carrie. — Não pode imaginar como me sinto feliz, Tia. Olhe como você ficou!

— Está bem. — Tia respirou fundo. — Está bem.

Ela estendeu a mão, cautelosa, tocou sua nuca.

— A sensação é estranha... — Tia balançou a cabeça, riu um pouco. — Leve. Mas não parece comigo.

— Claro que parece — garantiu Julian. — É a versão de você que estava escondida. Mostre-me a foto de algum documento.

Aturdida, Tia abriu a bolsa, pegou a carteira e tirou o cartão do banco com sua foto.

— Qual das duas você quer ser? — perguntou Julian.

Tia olhou para a foto, depois para a imagem no espelho.

— Levarei tudo o que usou em mim hoje e marcarei outra sessão daqui a quatro semanas.

ELA GASTARA 1.500 dólares. Apenas por vaidade. E, pensou Tia, sentada no táxi, com a sacola de compras transbordando de produtos de beleza, não se sentia culpada por isso.

Ao contrário, sentia-se exultante.

Mal podia esperar para chegar em casa e se contemplar de novo no espelho. E mais uma vez. E por que não poderia fazê-lo agora? Abriu o espelhinho do pó compacto que sempre levava na bolsa. Manteve-o dentro da bolsa, a fim de que o motorista não percebesse sua insensatez, e inclinou-se para espiar. Sorriu para si mesma.

Estava longe de ser uma mulher comum. Podia não ser linda, mas nada tinha de comum. E, de uma estranha maneira, até que era atraente.

Sentia-se tão absorvida que não notou que o táxi havia parado na frente do prédio, até que a voz da atriz Rosie O'Donnell recomendou-lhe que recolhesse todos os seus pertences. Confusa, Tia largou o estojo na bolsa, pegou o dinheiro da corrida, que em outras circunstâncias já estaria em sua mão há muito tempo, depois saltou, carregando a bolsa e a sacola, meio sem jeito.

Acabou deixando cair a bolsa na calçada e teve de se abaixar para recolher o conteúdo espalhado. Quando se ergueu, dando um passo em direção à porta do prédio, quase esbarrou no casal que se interpusera em seu caminho.

— Dra. Marsh?

— Pois não? — respondeu, sem pensar, enquanto olhava para a morena alta e bonita que obviamente estivera chorando.

— Precisamos lhe falar...

Tia finalmente percebeu o sotaque irlandês. Fitou o homem e constatou a semelhança.

— Você é um Sullivan.

Ela disse o nome como uma imprecação, com veemência amarga.

— Isso mesmo. Sou Gideon. Esta é Cleo. Podemos subir para seu apartamento por um instante?

— Não tenho nada para falar com você.

— Dra. Marsh...

Ele pôs a mão no braço de Tia, fazendo-a se virar. Tia puxou o braço, com uma rapidez e uma fúria que surpreendeu os dois.

— Tire a mão de mim ou começarei a gritar. E posso gritar bem alto, por muito tempo.

Como era um homem que compreendia e respeitava a raiva de uma mulher, Gideon ergueu a mão, com a palma virada para cima, num gesto de trégua.

— Sei que está furiosa com Mal e não a culpo por isso. Mas não temos outro lugar seguro para ir neste momento. Estamos numa situação terrível.

— Isso não me interessa.

— Deixe-a em paz, bonitão — interveio Cleo, a voz cansada, um pouco tonta com todo o uísque que tomara. — De qualquer maneira está tudo perdido mesmo...

— Você andou bebendo. — Indignada, esquecendo convenientemente as taças de vinho que tomara naquela tarde, Tia farejou o ar. — É muito descaramento aparecer trôpega e me abordar na rua. Saia da minha frente, Sr. Sullivan, antes que eu chame a polícia.

— É verdade, ela bebeu. — Sua própria raiva aumentava, por isso Gideon tornou a pegar o braço de Tia. — Porque foi a única maneira de fazê-la absorver o fato de que seu melhor amigo foi assassinado. Assassinado por causa das Três Parcas, assassinado por causa de Anita Gaye. Pode preferir ignorar e se afastar, Dra. Marsh, mas isso não evitará que você seja parte de tudo que está acontecendo.

— Ele está morto. — A voz de Cleo era monótona e apática, deixando Tia entrever a profundidade de sua dor. — Mikey morreu, e pressionar essa mulher não vai trazê-lo de volta. Vamos embora.

— Ela está cansada, passando mal — insistiu Gideon para Tia. — Peço por ela que nos deixe subir. Cleo precisa de um lugar para descansar, até eu poder pensar no que fazer.

— Não preciso de nada.

— Está bem. — Tia passou a mão por seu novo penteado. — Vamos para meu apartamento.

Ela passou na frente dos dois, entrou no prédio e pressionou o botão do elevador.

Deveria realmente estar surpresa por Malachi Sullivan encontrar um meio de arruinar seu dia triunfante?

— Não imagina como me sinto agradecido, Dra. Marsh.

— Tia. — Dentro do elevador, ela apertou o botão de seu andar. — Como é mais do que provável que sua amiga apague em meu apartamento, por que ser formal? Antes que eu me esqueça de dizer, odeio seu irmão.

— Eu compreendo. E direi a ele na próxima vez que nos encontrarmos. Quase não a reconheci lá embaixo. Mal disse que você tinha cabelos compridos.

— E eu tinha mesmo. — Ela atravessou o corredor para seu apartamento. — Como me reconheceu?

— Ele também disse que era loura, bonita, de feições delicadas.

Com um grunhido que não era nem um pouco adequado a uma dama, Tia abriu a porta do apartamento.

— Fiquem aqui até que ela se sinta melhor. — Tia largou a bolsa e a sacola de compras. — Enquanto isso, pode me contar o que está fazendo em Nova York e por que espera que eu acredite que Anita Gaye assassinou alguém.

O rosto de Gideon endureceu, tornando a semelhança ainda mais acentuada. Malachi assumira aquela mesma expressão, de violência mal contida, em seu quarto de hotel devastado em Helsinque.

Os dois podiam ser muito atraentes e ter voz melodiosa, pensou ela. Mas isso não significava que não eram perigosos.

— Ela não sujou as mãos diretamente, mas está por trás de tudo. Tem um lugar em que Cleo possa se deitar?

— Não preciso deitar. E não quero deitar.

— Está bem. Pode se sentar.

Tia franziu o rosto quando Gideon arrastou Cleo para o sofá. Sua voz era rude, ela notou, apesar da adorável cadência. Mas ele segurava a morena com extrema gentileza, como um homem que sabe segurar um cristal antigo e frágil.

E ele estava certo ao querer que Cleo repousasse, concluiu Tia. A mulher estava muito pálida e tremia.

— Está com frio — murmurou Gideon. — Agora, para variar, faça o que estou dizendo. Levante as pernas.

Ele colocou as pernas de Cleo sobre o sofá. Pegou a manta estendida no encosto para cobri-la.

— Lamento o incômodo — disse ele para Tia. — Não poderia correr o risco de ir a um hotel, mesmo que tivesse os recursos necessários para isso. Não tive tempo para pensar desde que tudo isso começou. Era apenas uma busca, entende? Uma aventura, com alguns contratempos e despesas, sem dúvida. Mas o maior risco que enfrentávamos era um soco na cara ou um pontapé no traseiro. Agora é diferente. Agora ocorreu um assassinato.

— Estou enjoada. — Cleo levantou-se, balançando. — Desculpe, mas acho que vou vomitar.

— Ali.

Tia apontou para uma porta à esquerda. Sentiu uma pontada nauseante de simpatia, enquanto Cleo cambaleava para o banheiro. Gideon seguiu-a apenas para ver a porta bater diante dele.

Ele ficou imóvel, olhando para a porta.

— Acho que é o uísque. Eu a fiz beber uma dose generosa, porque foi a única coisa que me ocorreu.

Ele também estava desolado, Tia percebeu agora.

— Vou fazer um chá.

Gideon balançou a cabeça.

— Seria ótimo.

— Venha para a cozinha e comece a explicar.

— Meu irmão disse que você era do tipo frágil — comentou Gideon, enquanto a seguia. — Ele não costuma se enganar com frequência.

— Estamos falando do mesmo homem que alegou que uma das mais respeitadas negociantes de antiguidades de Nova York é uma ladra. Agora, você acrescenta que ela é também assassina.

— Não é uma alegação, é um fato.

Em movimentos irrequietos, ele foi até a porta, olhou na direção do banheiro, voltou.

O irmão era mais contido, pensou Tia. Pelo menos aparentemente.

— Anita Gaye pegou o que não lhe pertencia — continuou Gideon. — E porque quer mais, resolveu usar todos os meios que julgar necessários. Um homem morreu. Um homem que só conheci ontem e que me emprestou a cama dele simplesmente porque sua amiga pediu. Um homem que preparou o desjejum para mim esta manhã. Um homem que morreu apenas porque foi leal a uma amiga.

— Como conheceu Cleo?

— Localizei-a na Europa.

— Que parte ela tem nesta história?

— Está ligada à segunda Parca.

— Como?

— Por intermédio de um ancestral. É descendente dos White-Smythe. Um deles era um colecionador em Londres.

Muito bem, pensou Tia. Era mais uma peça do quebra-cabeça que se encaixava.

— Você reconhece o nome. — A declaração de Gideon provou que Tia teria de melhorar bastante suas habilidades como atriz. — O que significa que investigou a história.

— Creio que, nestas circunstâncias, eu é que deveria fazer as perguntas — insinuou ela.

— E eu responderei a todas. Se puder usar seu telefone primeiro. Preciso ligar para minha família.

— Sinto muito, mas não pode telefonar daqui.

— Ligarei a cobrar.

— Não pode usar meu telefone. Está grampeado. Ou talvez esteja grampeado. Ou talvez, no final das contas, eu esteja mesmo sofrendo uma tremenda alucinação.

— Desculpe, mas disse que seu telefone foi grampeado?

— Segundo outro visitante inesperado. — Tia virou-se para ele. — Creio que, de modo geral, estou levando tudo numa boa, não concorda? Aqui estou, com um casal de estranhos em meu apartamento... a mulher, no momento, vomita no banheiro, enquanto o homem me conta histórias fantásticas na cozinha. E estou fazendo chá. Acho que até o Dr. Lowenstein concordaria que é um grande progresso.

— Não estou entendendo.

— E por que deveria? Explique por que acha que Anita é responsável pela morte desse homem.

— Eu sou a responsável. — Cleo estava encostada no vão da porta, ainda muito pálida, mas os olhos indicavam que havia melhorado. — Ele estaria vivo se não fosse por mim. Fui eu quem o envolveu.

— E fui eu quem envolveu você — ressaltou Gideon. — Portanto, pode me atribuir a culpa.

— Eu bem que gostaria, mas não adiantaria. Afinal, eu estava traindo você. Achava que era justificado, porque lhe daria sua parte, mas mesmo assim era desonesto. E levei Mikey para uma armadilha. Ela deve ter posto seus homens para vigiar a rua. Mikey e eu nos separamos quando deixamos o prédio. E fomos seguidos. Consegui despistar o homem que veio atrás de mim porque sou esperta. Mas Mikey não tinha a menor ideia de que alguém poderia segui-lo. Voltou para casa, e o homem o atacou. Se Mikey não estivesse comigo, eles nem sequer teriam conhecimento de sua existência.

— Nenhum de nós sabia que ela seria capaz de recorrer ao assassinato — murmurou Gideon.

— Sabemos agora.

Cleo olhou para Tia, que perguntou:

— Se isso é verdade, por que não procuraram a polícia?

— Para dizer o quê? — Gideon enfiou as mãos nos bolsos. — Que suspeitamos do envolvimento direto de uma respeitável negociante de antiguidades de Nova York no assassinato de um jovem bailarino negro? Um assassinato que provavelmente ocorreu enquanto ela estava em alguma reunião ou lugar público? E então explicamos que sabemos disso porque ela roubou uma estatueta em Dublin e concordou em comprar outra? E suponho que podemos acrescentar para os policiais que devem simplesmente aceitar nossa palavra quando nos pedirem uma prova. Tenho certeza de que não hesitariam em algemá-la.

— Mesmo assim, espera que eu acredite em vocês.

Tia tirou do fogo a chaleira com água fervendo.

— E acredita? — perguntou Gideon.

Ela o fitou, depois olhou para Cleo.

— Acho que sim. Mas pretendo verificar se a insanidade é uma característica da minha família. Há um sofá-cama em meu escritório. Podem dormir lá esta noite.

— Obrigado.

— Não é de graça. — Tia pegou a bandeja do chá. — Daqui por diante, deixo de ser um instrumento e me torno uma participante ativa nessa pequena... busca.

Cleo sorriu, enquanto Tia levava a bandeja para a sala de estar.

— Traduzindo, bonitão, a doutora acaba de informar que se tornou sua sócia.

— Exatamente. Limão ou açúcar?

Capítulo 12

— Um acidente...

Anita observou os dois homens que haviam chegado à sua sala por uma entrada particular. Bem que merecia tudo aquilo, refletiu ela, por ter escolhido força em vez de cérebro. Mas incumbira-os de uma tarefa bastante simples, com instruções tão específicas que até uma criança poderia segui-las.

— O cara partiu para cima de mim como um maluco.

Carl Dubrowsky, o mais baixo e mais corpulento dos dois, tinha uma expressão agressiva no rosto marcado por cicatrizes de acne. Fora segurança numa boate antes de Anita recrutá-lo para cuidar de algumas tarefas desagradáveis.

Ela tinha motivos para acreditar que o homem precisava de um emprego e não se preocuparia com detalhes legais de menor importância. Afinal, Dubrowsky já fora preso duas vezes por lesão corporal e escapara por pouco de um processo por homicídio culposo.

Essas atividades não ficavam bem num currículo.

Anita observava-o, parado a sua frente, num dos ternos escuros de Savile Row pelo qual ela pagara. Pode vesti-los com as melhores roupas, pensou ela, mas não é possível fazer com que se comportem de acordo.

— Dei-lhe instruções, Sr. Dubrowsky, para seguir a Srta. Toliver e/ou qualquer outra pessoa que pudesse tê-la acompanhado na reunião. Para detê-la e/ou a outra pessoa apenas se fosse necessário. E, o mais importante, recuperar minha propriedade, usando a persuasão de natureza física, se essa ação fosse justificada. Não creio que tenha lhe dado instruções para fraturar o crânio de alguém.

— Foi um acidente — reiterou ele, obstinado. — Segui o homem, e Jasper foi atrás da mulher. Ele foi para o apartamento, como eu disse. Entrei atrás dele. Tive de amansar o cara um pouco para que prestasse atenção enquanto eu falava sobre a estatueta. Revistei o apartamento inteiro, mas não encontrei nada. E tive de amansar o cara mais um pouco.

— E deixou que ele atendesse o telefone.

— Pensei que pudesse ser a mulher. Pensei que talvez ela falasse... ou então, com Jasper em seu encalço, ela podia ter ido direto para o lugar onde escondeu a estatueta. Mas o cara começou a berrar, alertando a mulher. Dei-lhe uma boa porrada. Ele caiu de mau jeito e se ferrou. Foi só isso.

— Já o adverti sobre seu linguajar, Sr. Dubrowsky — disse ela, friamente. — Seu problema é que tentou agir numa área em que não tem a menor habilidade: tentou pensar. Não faça isso de novo. E quanto a você, Sr. Jasper.

Anita fez uma pausa, deixando escapar um longo suspiro de sofrimento.

— Estou muito desapontada. Tinha mais fé em sua competência. Mas é a segunda vez que não consegue seguir uma stripper de segunda classe.

— Ela é muito rápida. E não é tão estúpida quanto você pensa.

Marvin Jasper tinha o rosto achatado e mantinha os cabelos cortados bem curtos, espetados, como usara durante o período em que servira na polícia do exército, quando prestara serviço militar. Esperava conseguir transferência para o departamento de polícia da cidade, mas fora reprovado no exame psicotécnico. O que ainda o deixava amargurado.

— Ao que parece, ela é mais esperta que vocês dois juntos. No momento, ela pode estar em qualquer lugar... e a Parca também.

Além do mais, pensou Anita, a polícia estava envolvida agora. Não tinha a menor dúvida de que Dubrowsky fora burro o bastante para deixar alguma pista. Impressões digitais, um fio de cabelo, alguma coisa que acabaria por ligá-lo ao crime. Alguma coisa com o potencial de ligá-la também.

O que nunca poderia acontecer.

— Sr. Jasper, quero que volte e vigie o apartamento em que o Sr. Dubrowsky teve seu acidente. Talvez nosso alvo apareça por lá. Se isso acontecer, quero que a capture. Depressa e com toda discrição. Depois, entre em contato comigo. Tenho um lugar em que poderemos tratar de negócios em particular. Sr. Dubrowsky, venha comigo. Vamos preparar o lugar.

UMA DAS vantagens de casar com um homem rico e mais velho é que esse tipo de homem costuma ter inúmeras propriedades. E os empresários espertos muitas vezes ocultam esses imóveis num labirinto de empresas e burocracia.

O armazém em Nova Jersey era apenas uma entre muitas propriedades assim. Anita vendera-o no dia anterior a um empresário que planejava abrir uma daquelas enormes lojas de descontos, em que se pode comprar qualquer coisa.

Era o conceito de *one-stop shopping*, a compra de tudo em um só lugar, uma só parada, meditou ela, enquanto atravessava o concreto rachado. Não planejava comprar nada ali, mas cuidaria de seu problema com uma única parada.

— O lugar fica mesmo no fim do mundo.

Na penumbra, Dubrowsky contraiu os lábios, desdenhoso, ao pensar na ordem puritana para tomar cuidado com o linguajar.

— Podemos mantê-la aqui por vários dias, se for necessário.

Anita foi até as portas da plataforma de carga, cautelosa para não prender os saltos Prada nas rachaduras.

— Quero que verifique todo o sistema de segurança, para ter certeza de que ela não poderá escapar depois que a trouxermos para cá.

— Não tem problema.

— Estas portas de carga são movimentadas eletricamente e exigem um código. Estou mais preocupada com as portas laterais e as janelas.

Dubrowsky estudou as paredes cobertas de fuligem.

— Ela teria de ser um macaco para alcançar as janelas, que ainda por cima são gradeadas.

Anita olhou para as janelas, como se avaliasse a opinião de seu subordinado. Paul deixara-lhe várias propriedades, e ela encontrara tempo para examinar todas. Por dentro e por fora.

— O que me diz das entradas laterais?

Dubrowsky afastou-se para verificar, contornando o prédio. O mato aparecia nas fendas do concreto. Conseguia ouvir o barulho do tráfego na autoestrada, mas era um zumbido distante. Era mesmo o fim do mundo, pensou ele de novo, balançando a cabeça.

— A fechadura está quebrada nesta porta! — anunciou Dubrowsky.

— É mesmo? — Anita já sabia. Recebera um relatório extenso e completo da avaliação. — Eis um problema. Eu gostaria de saber se está trancada por dentro.

Dubrowsky empurrou com força. Deu de ombros.

— É possível. Também pode estar emperrada, ou bloqueada por alguma coisa.

— Não vamos... Não. — Depois de um momento, ela acrescentou: — É melhor verificarmos se há um meio de destrancá-la, a fim de sabermos o que tem de ser feito. Pode dar um jeito de abrir a porta?

Ele era forte como um touro e se orgulhava disso. O suficiente para que não lhe ocorresse perguntar por que ela simplesmente não destrancava a porta, em vez de tentar arrombá-la.

E jogar seu corpo musculoso contra a madeira grossa seria um bálsamo para o ego, que Anita abalara no escritório. Ele a odiava, mas ela pagava bem. O que não significava que tinha de tolerar as críticas mordazes de uma mulher.

Dubrowsky imaginou Anita sendo a porta e deu um chute violento. Ouviu o estalo da tranca partindo-se por dentro.

— Quebrou com facilidade. Terá de pôr uma porta de aço aqui, se não quiser que vândalos invadam a propriedade.

— Tem toda razão. Está escuro lá dentro. Tenho uma lanterna na bolsa.

— O interruptor fica bem aqui.

— Não vamos acender a luz. Não queremos chamar atenção, não é mesmo?

Anita correu o facho da lanterna pela escuridão. Era apenas uma caixa de concreto escura, empoeirada, fedendo a ratos.

O lugar perfeito.

— O que é aquilo?

— Onde?

— Ali, no canto — acrescentou ela, gesticulando com a lanterna.

Dubrowsky foi até o lugar indicado. Chutou uma lona, apático.

— É apenas uma lona velha. Se quer manter a mulher aqui, tem de pensar em como vai trazer comida.

— Não precisa se preocupar com isso.

— Não há nenhum chinês vendendo comida na esquina.

Ele se virou. Viu a arma na mão de Anita, empunhada com a mesma firmeza com que ela segurava a lanterna.

— Que porra é essa?

— O linguajar, Sr. Dubrowsky — disse Anita, com um grunhido de desaprovação.

E puxou o gatilho.

A arma deu um tranco, o estampido ecoou pelo armazém, duas coisas que lhe provocaram um frêmito de emoção. Como Dubrowsky ainda deu um passo trôpego em sua direção, ela atirou outra vez e mais outra. Quando ele caiu, Anita contornou com todo o cuidado o sangue que se espalhava pelo chão de concreto. Inclinou-se, como uma mulher admirando uma nova joia numa vitrine, depois disparou mais um tiro, atrás da cabeça.

Era a primeira vez que matava alguém. Agora que estava feito, muito bem-feito, sua mão tremia um pouco, a respiração era rápida e curta. Focalizou a lanterna nas pupilas do homem, só para ter certeza. O facho balançou um pouco. Os olhos de Dubrowsky estavam abertos e vidrados. E vazios.

Paul ficara assim, depois de seu último ataque cardíaco, quando ela apenas o observara, sem lhe dar o remédio que tinha na mão. Não considerava aquilo um assassinato. Fora apenas, refletiu ela enquanto recuperava o controle, uma questão de paciência.

Ela recuou, pegou a velha vassoura no canto e meticulosamente varreu a poeira, apagando as pegadas, à medida que voltava para a porta. Tirou da bolsa um lenço bordado com renda e limpou o cabo da vassoura, antes de jogá-la para o lado. Depois, cobriu a mão com a seda e a renda para puxar a porta.

Estava toda arrebentada, já que Dubrowsky convenientemente quebrara uma boa parte. Um arrombamento óbvio, um homicídio óbvio.

Finalmente, ela limpou a Beretta sem registro que pertencera ao marido e jogou-a tão longe quanto pôde, no mato à beira do terreno. A polícia a encontraria, é claro. E ela queria mesmo que encontrasse.

Não havia nada para ligá-la ao crime, a não ser o fato de que o marido fora proprietário do imóvel. Não havia nada para ligá-la àquele homenzinho impertinente, que ganhava a vida batendo nos outros. Não havia registro de emprego, nenhum formulário fiscal, nenhuma testemunha de suas transações. Exceto Jasper. E ela não acreditava que Jasper fosse correr para a polícia ao saber que seu colega fora baleado.

Ao contrário, ela tinha a impressão de que Marvin Jasper se tornaria agora um empregado exemplar. Nada como um pequeno incentivo para inspirar lealdade e trabalho redobrado.

Anita voltou para o carro. Alisou os cabelos, retocou o batom.

E foi embora, concluindo que era uma verdade absoluta o ditado de que "se você quer que uma coisa seja bem feita, tem de fazê-la pessoalmente".

JACK ACORDOU com os sinos da igreja. O repique agradável o arrancou de um sono profundo, estendido por cima da colcha. Sentiu a brisa soprando pela janela que deixara aberta.

Gostava da fragrância do mar. Continuou deitado por mais um momento, deixando que a brisa o envolvesse, até que os sinos se desvaneceram em ecos.

Chegara a Cobh cedo demais para fazer qualquer coisa mais produtiva do que admirar a enseada e estudar brevemente a disposição da cidade.

O que outrora fora um porto movimentado, de onde muitos dos emigrantes do país haviam contemplado a pátria pela última vez, agora era uma cidade de veraneio. E tão linda quanto um cartão-postal. De suas janelas ele tinha uma boa visão da rua, da praça e da baía. Em outra viagem, dedicaria mais tempo para absorver o lugar, conhecer seu ritmo, confraternizar com os moradores. Gostava desse aspecto da viagem tanto quanto gostava de viajar sozinho.

Naquela viagem, porém, só uma coisa despertava seu interesse. Uma pessoa. Malachi Sullivan.

Pretendia descobrir o que precisava saber, fazer a segunda parada e voltar a Nova York em três dias. Anita Gaye precisava ser vigiada, um trabalho que faria melhor em Nova York.

Planejava ainda um outro contato com Tia Marsh, que talvez soubesse mais do que imaginava ou mais do que deixara escapar.

Negócios à parte, arrumaria tempo para um passeio antes de deixar Cobh. Olhou para o relógio. Decidiu pedir café e alguma coisa para comer no quarto, antes de tomar um banho.

O garçom que trouxe o desjejum tinha o rosto cheio de sardas.

— Não é um lindo dia? — perguntou ele, enquanto punha a refeição na mesa. — Não poderia ser melhor para conhecer a cidade. Se quiser fazer uma excursão, Sr. Burdett, o hotel terá grande prazer em providenciar os detalhes. Podemos ter chuva amanhã. Por isso, aproveite o clima enquanto ainda está bom.

Jack pegou a pequena pasta contendo a nota.

— Conhece um homem chamado Malachi Sullivan?

— Então é um passeio de barco que está querendo.

— Como?

— Quer contornar o promontório de Kinsale, onde o *Lusitania* afundou. Lindas vistas, embora seja um lugar triste. Os passeios acontecem três vezes por dia nesta época do ano. Já perdeu o primeiro. O segundo sai ao meio-dia, e assim dispõe de tempo suficiente. Gostaria que fizéssemos a reserva?

— Obrigado. — Jack acrescentou uma gorjeta generosa. — É Sullivan quem comanda o barco no passeio?

— Um Sullivan ou outro — respondeu o rapaz, jovial. — Como Gideon está viajando... é o segundo filho... Então é provável que seja Mal ou Becca. Se não, um dos Curry, da tripulação, que são primos dos Sullivan. É um empreendimento de família. A viagem vale o valor cobrado. Faremos a reserva, e só precisará chegar ao cais quando faltarem 15 minutos para meio-dia.

O QUE SIGNIFICAVA que tinha algum tempo para dar uma volta, afinal de contas.

Ele pegou o voucher da excursão na recepção, guardando-o no bolso, ao sair. Desceu pela ladeira íngreme até a praça, onde o anjo da paz pairava sobre as estátuas dos pescadores chorosos, lamentando os mortos do *Lusitania.*

Era um memorial de grande impacto, pensou Jack, os homens em trajes simples, rostos rudes, expressões abaladas. Homens que ganhavam a vida no mar e que haviam chorado por estranhos que o mar levara.

Ele pensou que isso era muito irlandês, mais do que apropriado.

Um quarteirão adiante ficava o monumento ao trágico *Titanic* e suas vítimas irlandesas. Ao redor havia lojas ornamentadas com barris e jardineiras de flores, que transformavam o triste em pitoresco. O que provavelmente também era uma característica irlandesa, refletiu Jack.

Ao longo das ruas, dentro e fora das lojas, as pessoas caminhavam ou se movimentavam com vigor, cuidando da vida.

As ruas transversais eram ladeiras íngremes com casas pintadas, cujas portas abriam diretamente para as calçadas estreitas ou para pequenos jardins.

Lá em cima, o céu era de um azul profundo e puro, espelhado nas águas da enseada de Cork.

Os barcos ancoravam no cais, o mesmo cais, dizia o guia turístico, que já estava em operação na época em que os grandes navios da White Star e da Cunard navegavam pelo Atlântico.

Jack desceu para o cais e avistou pela primeira vez o barco de excursão de Sullivan.

Parecia ter lugar para vinte pessoas, com um toldo vermelho estendido acima do convés, a fim de proteger os passageiros do sol. Ou da chuva, que sempre podia cair a qualquer momento na região. Os bancos também eram vermelhos, formando um alegre contraste com o branco reluzente do casco. As letras vermelhas na lateral identificavam a embarcação como *The Maid of Cobh.*

Já havia uma mulher a bordo. Jack continuou observando, enquanto ela verificava a quantidade de coletes salva-vidas, as almofadas nos bancos, anotando tudo no papel de uma prancheta.

Usava um jeans desbotado, quase branco nos pontos em que se esticava mais, com um suéter azul, as mangas enroladas até os cotovelos, fazendo com que ela parecesse esguia e franzina. Os cabelos cacheados derramavam-se do boné azul e caíam até a altura dos ombros. Tinham a cor que a mãe de Jack chamaria de ruivo-claro.

Os óculos escuros e a pala do boné cobriam a maior parte do rosto, mas o que ele podia ver — uma boca volumosa, sem batom, uma curva forte no queixo — constituía um fascinante acréscimo à paisagem.

Não era Malachi Sullivan, pensou Jack, mas com certeza eram parentes.

— Oi, *The Maid!*

Ele ficou esperando, no cais, enquanto a mulher virava a cabeça em sua direção.

— Oi, do cais! Posso ajudá-lo em alguma coisa?

— Reservei um lugar. — Jack tirou o voucher do bolso, levantando-o contra o vento. — Posso embarcar agora?

— Claro, se quiser. Mas só vamos sair daqui a vinte minutos.

Rebecca ajeitou a prancheta sob o braço e adiantou-se, pronta para lhe estender a mão, no degrau longo do cais para o convés. Mas percebeu que sua ajuda não era necessária. O homem era ágil, estava em boa forma. Boa até demais, pensou ela, enquanto admirava o corpo forte e o casaco estilo aviador que ele usava, o couro macio e velho. Gostava das coisas com boa textura.

— Tenho de lhe dar isto? — perguntou o homem.

— Tem, sim. — Rebecca pegou o voucher. Levantou a prancheta e verificou na lista de passageiros. — Sr. Burdett, certo?

— Isso mesmo. E você é...

Ela levantou os olhos. Transferiu a prancheta para a mão esquerda, a fim de apertar a mão estendida.

— Sou Rebecca. Vou comandar a excursão hoje. Ainda não fiz o chá, mas ficará pronto num instante. Fique à vontade. O dia está lindo para um passeio de barco. Tenho certeza de que vai gostar.

Aposto que vou mesmo, pensou Jack. Rebecca Sullivan, Becca para os íntimos, tinha mãos firmes e um aperto confiante. Além da voz de sereia.

Depois de pendurar a prancheta num gancho, ela voltou para a popa e entrou numa pequena cozinha. Quando ele a seguiu, Rebecca olhou para trás, com um sorriso cordial.

— É sua primeira visita a Cobh?

— Sim. O lugar é lindo.

— Também acho. — Ela pôs a chaleira com água sobre o único fogareiro, depois pegou os ingredientes para o chá. — Uma das joias da Irlanda, como gostamos de pensar. Vai ouvir um pouco de nossa história durante o passeio. Há apenas 12 passageiros nessa viagem, e por isso terei bastante tempo para responder a todas as perguntas que quiser fazer. Você é dos Estados Unidos, não é mesmo?

— De Nova York.

Rebecca contraiu os lábios, numa expressão mal-humorada.

— Parece que todo mundo está entrando ou saindo de Nova York por esses dias.

— Como?

— Não é nada... — Ela deu de ombros. — Meu irmão partiu para Nova York esta manhã.

Essa não!, pensou Jack, mas manteve a expressão neutra.

— Uma viagem de férias?

— A negócios. Mas ele vai ver a cidade, não é mesmo? Outra vez. E eu nunca estive lá.

Rebecca tirou os óculos escuros e pendurou no suéter, enquanto media a quantidade de chá.

Então Jack pôde ver seu rosto direito, bem de perto. Era melhor, concluiu ele, muito melhor do que imaginara. Os olhos eram de um verde claro e fosco, em contraste com a pele, tão branca e pura quanto o mármore. E ela recendia, já que Jack estava perto o bastante para sentir sua fragrância, a pêssegos e mel.

— Nova York é emocionante, não é? Com todas aquelas pessoas e prédios. Lojas, restaurantes, teatros, tudo que se pode imaginar e muito mais concentrado num só lugar. Eu gostaria muito de conhecer a cidade. Com licença, mas os outros estão começando a fazer fila no cais. Preciso recebê-los.

Jack permaneceu na popa, mas virou-se para observá-la.

Rebecca sentiu o olhar dele sobre si enquanto recebia os passageiros, dando-lhes as boas-vindas. Depois que todos se acomodaram, ela se apresentou. Deu as instruções de segurança habituais. Quando os sinos da catedral começaram a bater o meio-dia, ela zarpou.

— Obrigada, Jimmy!

Ela acenou para o rapaz do cais que pegara o cabo do barco, avançando pela enseada de Cork. Enquanto pilotava com uma das mãos, pegou o microfone com a outra.

— Minha mãe, Eileen, vai entretê-los durante os próximos minutos. Ela nasceu em Cobh, embora estejamos proibidos de revelar o ano desse feliz acontecimento. Seus pais também nasceram aqui, assim como seus avós. Portanto, ela é perita na região e sua história. Também sei alguma coisa. Por isso, se quiserem saber mais alguma coisa, quando ela acabar de falar, basta perguntar. Temos um dia claro e ameno, e assim a viagem deverá ser bastante agradável. Espero que se divirtam.

Ela estendeu a mão, ligou o gravador e acomodou-se para também desfrutar a viagem. Com a voz da mãe falando sobre o excelente ancoradouro natural que havia em Cobh ou a respeito de sua longa vitalidade como um porto, que fora outrora o ponto de concentração de navios durante as Guerras Napoleônicas, além de importante ponto de partida para os emigrantes do país, Rebecca pilotou o barco para proporcionar aos passageiros a oportunidade de contemplar a cidade do mar, apreciando todo o seu encanto, a maneira como aderia à sua faixa de terra, as ruas subindo íngremes para a enorme catedral neogótica que projetava sua sombra sobre tudo.

Era uma operação eficiente e hábil, concluiu Jack. E que mantinha, durante todo o tempo, o charme da simplicidade. A filha sabia como conduzir o barco, e a mãe sabia como dar uma palestra, fazendo parecer que apenas contava uma história.

Ele não estava aprendendo nada que já não soubesse. Estudara a região com atenção. Mas a voz afável saindo pelo alto-falante fazia com que parecesse mais íntima. O que era uma dádiva.

A viagem foi tranquila, conforme o prometido, sem qualquer defeito no cenário. Quando Eileen Sullivan começou a relatar os acontecimentos do dia 7 de maio, ele quase os podia ver. Um lindo dia de primavera, o enorme transatlântico deslizando imponente pelo mar, com muitos passageiros debruçados na amurada, contemplando — como ele fazia agora — a costa irlandesa.

E, depois, a faixa de espuma branca do torpedo riscando o oceano, na direção da proa do navio, por estibordo. A primeira explosão, sob a ponte de comando. O choque, a confusão. O terror. E, logo em seguida, a segunda explosão, mais à frente.

Os destroços que caíram sobre os inocentes; a queda, no mar, dos desamparados, enquanto o navio adernava. E, depois, nos vinte minutos terríveis que se seguiram, a covardia e o heroísmo, os milagres e as tragédias.

Alguns de seus companheiros de excursão usavam câmeras e gravadores, e ele percebeu que a maior parte das mulheres tinha os olhos cheios de lágrimas. Jack concentrou-se na água do mar a sua frente.

E da morte e da tragédia, continuou Eileen, *vieram a vida e a esperança. Meu próprio bisavô estava no* Lusitania *e sobreviveu, pela graça de Deus. Foi levado para Cobh e tratado até recuperar a saúde por uma linda jovem, que se tornou sua esposa. Nunca retornou à América, nem continuou a viagem até a Inglaterra, como planejara. Em vez disso, permaneceu em Cobh, que naquele tempo se chamava Queenstown. Por causa daquele dia terrível, estou agora aqui para contar a história. Enquanto lamentamos os mortos, aprendemos a celebrar os vivos e a respeitar a mão do destino.*

Muito interessante, pensou Jack, passando a concentrar sua atenção em Rebecca pelo resto da viagem.

Ela respondeu às perguntas, gracejou com os passageiros, convidou as crianças a subirem para ajudá-la a pilotar o barco. Aquilo era rotina para ela, refletiu Jack. Até monótono. Mas Rebecca fazia com que tudo parecesse novo e divertido.

Outra dádiva, ponderou Jack. Parecia que os Sullivan contavam com muitas dádivas.

Ele também fez uma ou outra pergunta, porque queria que Rebecca estivesse consciente de sua presença. Quando ela manobrou o barco para atracar de novo, Jack chegou à conclusão de que o passeio valera o dinheiro que pagara.

Ele esperou, enquanto ela conversava com os passageiros que desembarcavam e posava para fotos com eles.

Deu um jeito de ser o último a deixar o barco.

— Foi uma excursão maravilhosa — murmurou ele.

— Fico contente que tenha gostado.

— Sua mãe tem um jeito especial de contar os fatos.

— É verdade. — Satisfeita, Rebecca empurrou para trás a pala do boné. — É minha mãe quem escreve os textos dos folhetos, anúncios, essas coisas. Tem o dom da palavra.

— Vai sair de novo hoje?

— Não. Nossa próxima excursão será só amanhã.

— Eu planejava visitar o cemitério. Parece que fica longe de nossa rota. Talvez eu precise de uma guia.

Rebecca ergueu as sobrancelhas.

— Não precisa de guia para isso, Sr. Burdett. Está bem sinalizado, e também há placas contando a história.

— Você saberia mais do que as placas. E eu apreciaria a companhia.

Ela contraiu os lábios, observando-o.

— Diga-me uma coisa: quer mesmo uma guia ou apenas a companhia de uma mulher?

— Se você aceitar, terei as duas coisas.

Rebecca riu e decidiu, num súbito impulso:

— Está bem. Irei com você. Mas preciso fazer uma coisa antes.

Ela comprou flores, o suficiente para que Jack se sentisse obrigado a carregar pelo menos uma parte. Enquanto andavam, Rebecca a todo instante gritava uma saudação ou respondia a outra.

Podia parecer franzina no enorme suéter, mas subia as ladeiras íngremes sem qualquer esforço. Além disso, manteve uma conversa incessante, sem qualquer alteração na respiração, durante os três quilômetros do percurso.

— Já que está flertando comigo, Sr. Burdett...

— Jack.

— Já que está flertando comigo, Jack, vou presumir que não é casado.

— Não sou casado. E já que perguntou, vou presumir que isso seja importante para você.

— Claro que é. Nunca flerto com homens casados. — Ela inclinou a cabeça para o lado, enquanto fixava seu rosto. — De um modo geral, também não flerto com estranhos. Mas decidi abrir uma exceção porque gostei de sua aparência.

— Também gostei da sua.

— Foi o que pensei, já que olhou para mim mais do que para a paisagem durante o passeio. Não posso dizer que me incomodou. Como conseguiu a cicatriz? — Rebecca bateu com um dedo no canto da própria boca.

— Uma rixa.

— E tem muitas?

— Cicatrizes ou rixas?

Ela soltou uma risada.

— Rixas que levam a cicatrizes.

— Não muitas.

— O que você faz nos Estados Unidos?

— Tenho uma empresa de segurança.

— É mesmo? Tipo serviço de guarda-costas?

— Também. Mas, basicamente, cuidamos de segurança eletrônica.

— Adoro eletrônica. — Rebecca contraiu os olhos quando ele a fitou. — Não me olhe com tanta indulgência. O fato de ser mulher não significa que não compreendo os equipamentos eletrônicos. Instala sistemas de segurança em casas particulares ou em locais como bancos e museus?

— As duas coisas. Operamos no mundo inteiro. — De certa forma, Jack não se gabava de sua empresa. Mas queria contar tudo a Rebecca, como um jogador de futebol americano adolescente tentando impressionar a líder das animadoras de torcida, compreendeu ele, um pouco mortificado. — E somos os melhores. Há doze anos, iniciamos com um escritório em Nova York e expandimos para vinte escritórios em diversos países. Mais cinco anos e as pessoas pensarão em Burdett quando se referirem a serviço de segurança, assim como pensam em Kleenex quando se trata de lenço de papel.

Rebecca não considerou que ele estivesse se autopromovendo; em vez disso, interpretou como manifestação de orgulho. Ela apreciava e respeitava o orgulho de uma pessoa por suas realizações.

— É um bom sentimento, com toda certeza. Também somos assim, numa escala menor. Combina conosco.

— Fala de sua família? — indagou Jack, aproveitando para se manter no assunto.

— Isso mesmo. Sempre ganhamos a vida no mar, mas antes era apenas com a pesca. Depois, experimentamos com um barco de passeio. Apenas um, para começar. Perdemos meu pai há alguns anos, e foi muito difícil. Mas, como mamãe gosta de dizer, você tem de encontrar o certo no errado. Por isso, comecei a pensar. Tínhamos o dinheiro do seguro. Tínhamos braços fortes e um bom cérebro. O turismo ajudou a Irlanda a dar a volta por cima, em termos econômicos. Então vimos que poderíamos tirar proveito disso.

— Oferecendo excursões pela enseada.

— Exatamente. Nosso único barco estava nos rendendo um lucro razoável. Mas se usássemos o dinheiro para comprar mais dois, seria muito melhor. Fiz os cálculos, projetando o potencial de despesas, receitas e tal. Agora, a Sullivan Tours tem três barcos de turismo, que também podem ser usados na pesca. E estou pensando em acrescentar outro pacote, que incluiria o que estamos fazendo agora: uma caminhada guiada pelo percurso fúnebre e o cemitério em que foram enterrados os mortos do *Lusitania*.

— Você cuida da parte comercial?

— Mal faz a parte do pessoal... a promoção e a recepção dos clientes, coisas em que é insuperável. Gideon cuida das contas, porque nós o obrigamos, mas prefere supervisionar a manutenção e os reparos. Ele é do tipo organizado e não suporta nada que não esteja em perfeita ordem. Mamãe cuida dos textos e da correspondência, além de evitar que matemos uns aos outros nas reuniões. E eu tenho as ideias.

Rebecca parou. Balançou a cabeça em direção às lápides e à relva alta do cemitério.

— Quer dar uma volta sozinho? A maioria das pessoas prefere. As sepulturas coletivas estão lá na frente, junto daqueles teixos. Havia olmos ali antes, mas foram substituídos pelos teixos. As sepulturas estão indicadas por três blocos de calcário, com placas de bronze. Há outras sepulturas, individuais, num total de 28. Algumas estão vazias, já que os corpos nunca foram recuperados.

— As flores são para eles?

Rebecca pegou as flores que ele carregava, murmurando:

— São para meus próprios mortos.

Capítulo 13

O CEMITÉRIO FICAVA numa colina, cercado por vales verdes. As lápides estavam manchadas de líquen. Algumas eram tão antigas que o vento e a chuva haviam quase apagado as inscrições. Algumas se mantinham retas e empertigadas, como soldados, enquanto outras estavam inclinadas, como bêbados.

O fato de as duas coisas acontecerem, de não haver qualquer ordem estática, pensou Jack, fazia com que a colina se tornasse ainda mais pungente, ainda mais poderosa.

A relva, ainda densa do verão, projetava-se sobre as elevações irregulares, exalando o cheiro de coisas vivas, enquanto ondulava à brisa.

E sobre as incontáveis sepulturas cresciam flores em meio a outras deixadas ali. Havia coroas dispostas em caixas de plástico transparente, pequenos frascos de água benta trazidos de algum santuário.

Jack achou o sentimento estranhamente comovente, embora o deixasse perplexo. Que tipo de ajuda a água benta levaria para os ocupantes de um cemitério?

Havia flores frescas até junto a lápides com noventa anos ou mais. Quem, ele especulou, levaria margaridas para pessoas mortas há tanto tempo?

Por não haver meio de recusar, nos limites do razoável, o desejo óbvio de Rebecca de se isolar por algum tempo, ele atravessou o cemitério até o carpete liso e verde de relva muito bem cuidada, junto aos teixos. Viu as lápides com as placas de bronze. Leu as palavras.

Era necessário um coração de pedra para não se comover. Embora acreditasse ser contido, não era tão frio assim. Havia uma ligação ali, até mesmo para ele, que se perguntou por que esperara tanto tempo para ir àquele lugar e parar diante daquelas pedras.

O destino, pensou Jack. Só poderia ser o destino, mais uma vez, que escolhera o momento.

Ele olhou para trás, por cima das lápides, através da relva, e viu Rebecca pondo outro buquê em outra sepultura. Ela tirara o boné agora, por respeito, presumiu Jack, guardando-o no bolso de trás da calça. Os cabelos, de um dourado-avermelhado, tão delicados, esvoaçavam na brisa que ondulava a relva a seus pés. Os lábios se contraíam num sorriso sereno e particular, enquanto olhava para a lápide.

E ao contemplá-la assim, através da relva ondulada, em meio às lápides sombrias, Jack sentiu que seu coração contido dava um súbito solavanco. Embora a reação o abalasse, não era homem de ignorar um problema, qualquer que fosse sua forma. Encaminhou-se para Rebecca.

Ela levantou a cabeça. A boca permaneceu contraída no sorriso gentil, mas exibia agora um alerta inequívoco. Será que ela também sentira?, especulou Jack. Aquela estranha pressão, quase — se ele acreditasse nessas coisas — como uma espécie de reconhecimento.

Quando ele a alcançou, Rebecca transferiu os dois últimos buquês para a outra mão.

— Um terreno sagrado é bastante poderoso.

Jack assentiu. Era verdade, compreendeu ele. Rebecca também sentira.

— É difícil discordar neste momento.

Ela observava as feições de Jack enquanto falava, as linhas firmes e fortes, que se juntavam para criar um rosto que era menos do que bonito, mas também era muito mais. E os olhos, aqueles olhos secretos, pensativos...

Ele sabia de coisas, Rebecca tinha certeza. E algumas deviam ser maravilhosas.

— Acredita no poder, Jack? Não no tipo que surge da força física ou do status. O tipo que vem de algum lugar fora de nós, mas que também brota em nosso interior.

— Acho que sim.

Foi a vez de Rebecca assentir.

— Eu também. Meu pai está ali. — Ela apontou para uma lápide de granito preto com o nome de Patrick Sullivan. — Os pais dele ainda estão vivos e moram em Cobh, assim como os pais de mamãe.

E lá estão meus bisavós, John e Margaret Sullivan, Declan e Katherine Curry. E os pais de todos eles também estão aqui, mais adiante.

— Você traz flores para todos?

— Quando venho para cá, sim. E sempre deixo para parar aqui no final. Meu trisavô pelo lado materno.

Ela se agachava para pôr as flores na base de cada lápide. Jack olhou por cima de sua cabeça, para ler os nomes.

O destino, pensou ele de novo. Sempre insidioso.

— Felix Greenfield?

— Não se veem muitos nomes como Greenfield nos cemitérios irlandeses, não é mesmo? — Rebecca soltou uma risada, enquanto se empertigava. — Foi o homem de quem mamãe falou na excursão, o que escapou da morte no *Lusitania* e permaneceu aqui. Por isso, sua sepultura é sempre minha última parada. Se ele não tivesse sobrevivido naquele dia, eu não estaria aqui para lhe trazer flores. Viu tudo o que queria ver?

— Até agora, sim.

— Pois então podemos voltar para casa e tomar um chá.

— Rebecca... — Jack tocou seu braço quando ela se virou. — Vim aqui atrás de você.

— De mim? — Ela puxou os cabelos para trás e fez um esforço para manter a voz tranquila, embora o coração tivesse disparado de repente. — É uma ideia bastante romântica, Jack.

— O que quis dizer é que vim atrás de Malachi Sullivan.

O riso desapareceu dos olhos de Rebecca.

— Veio falar com Mal? Por quê?

— A Parca.

Ele viu um lampejo de medo surgir no rosto de Rebecca, que no instante seguinte se tornou duro e frio. O que despertou a admiração de Jack.

— Pode voltar para Nova York e dizer a Anita para se foder a caminho do inferno.

— Eu teria o maior prazer em fazer isso, mas não estou aqui por causa de Anita. Sou um colecionador e tenho um... interesse pessoal pelas Parcas. Cobrirei qualquer oferta que Anita fizer a sua família, acrescentando mais 10%.

— Fala em pagamento? — As faces de Rebecca ficaram vermelhas de fúria. E pensar que cada fibra de seu corpo amolecera e vibrara só de contemplá-lo!

— Aquela ladra maldita! Viu o que me obrigou a fazer? Dizer insultos junto ao túmulo de meu ancestral! Mas já que comecei, posso muito bem mandar você também para o inferno!

Jack soltou um suspiro, enquanto ela se esgueirava entre as sepulturas, de volta à estrada.

— Você é uma negociante — disse ele, quando a alcançou. — Vamos tentar conversar. Se não for o bastante, devo ressaltar que sou maior e mais forte do que você. Não me obrigue a provar.

— Então é assim? — Ela se virou, num movimento brusco. — Agora vai me ameaçar e intimidar? Pois tente, para ver se não acaba com mais uma ou duas cicatrizes na cara!

— Apenas pedi para não me obrigar a intimidá-la. Por que seu irmão voltou a Nova York esta manhã?

— Não é da sua conta.

— Como viajei cinco mil quilômetros para vê-lo, claro que é da minha conta. — Em vez de combater fogo com fogo, ele manteve o tom contido e razoável. — E posso dizer que, se ele foi à procura de Tia Marsh, não terá uma recepção das mais calorosas.

— Você realmente não sabe de nada. Foi ela quem pagou a viagem de Mal... como um empréstimo. Não somos sanguessugas ou sovinas. E ele estava preocupado desde que Gideon ligou para falar sobre um assassinato.

— Como? — Dessa vez ele segurou o braço de Rebecca, a mão firme e dura como aço. — Que assassinato?

Rebecca sentia-se furiosa como uma vespa. Queria agredi-lo por todos os meios possíveis. O infeliz despertara alguma coisa nela, desde seu primeiro cumprimento despreocupado. Mas agora podia ver algo mais em Jack, algo frio e determinado. E compreendeu que era a primeira vez que ele ouvia falar do assassinato.

— Não direi nada enquanto não souber quem você é e o que está querendo.

— Meu nome é Jack Burdett. — Ele tirou a carteira do bolso. Mostrou a habilitação de motorista. — De Nova York. Burdett Security and Electronics. Você tem um computador. Pode fazer uma busca na internet.

— Rebecca pegou a carteira. Analisou o documento.

— Sou um colecionador, como já disse. Fiz um trabalho de segurança para a Morningside Antiquities e me tornei cliente. Anita me contou a respeito das Três Parcas, porque sabe que é o tipo de artefato pelo qual me interesso e porque costumo explorar tudo que me atrai.

Enquanto Rebecca examinava sua carteira, Jack fez um esforço para manter a paciência. Depois, recuperou-a num movimento brusco, guardando-a no bolso.

— O erro de Anita foi presumir que eu encontraria as Parcas para ela ou que ela poderia contornar minhas medidas de segurança para se manter a par de todos os meus movimentos. Quem foi assassinado?

— O que você disse não é suficiente. Terei de fazer a pesquisa na internet. E devo avisá-lo, Jack, que costumo descobrir muitas coisas.

— Tia Marsh. — Ele foi andando ao lado de Rebecca, descendo a colina. — Disse que ela pagou a viagem de seu irmão para Nova York. O que significa que ela está bem.

Rebecca lançou-lhe um olhar rápido.

— Sim, até onde sei. Quer dizer que a conhece?

— Estive com ela apenas uma vez, mas gostei dela. Aconteceu alguma coisa com seus pais?

— Não. Foi com outra pessoa, mas não darei nomes até ter certeza de que você não está envolvido.

— Quero as Parcas, mas não a ponto de cometer um assassinato. Se Anita está por trás do crime, a situação muda completamente.

— Pela maneira como fala, você parece considerá-la bem capaz de matar alguém.

— Ela é uma cobra venenosa e traiçoeira — respondeu Jack. — Eu simpatizava com seu marido e até fiz alguns trabalhos para ele. E também trabalhei para ela. Não tenho de gostar de todos os meus clientes. Como seu irmão se envolveu com Anita?

— Ela... — Rebecca parou de falar, franzindo o rosto. — Não vou dizer mais nada. Como pode ter descoberto o nome de Malachi se não foi Anita quem deu?

— Tia Marsh o mencionou.

Jack caminhou em silêncio por algum tempo, para depois acrescentar:

— Você e sua família parecem ter um bom negócio aqui, Rebecca. Talvez seja melhor desistirem. Não são páreo para Anita.

— Você não me conhece nem sabe do que sou capaz. Teremos as Três Parcas, e não vai demorar muito. Isso é uma promessa. E, se você é um colecionador, pode se preparar para aumentar a oferta.

— Pensei que não fossem ávidos por dinheiro.

Por perceber o humor na voz de Jack, ela não ficou irritada.

— Sou uma negociante, Jack, uma executiva, como você mesmo ressaltou. E posso negociar tão bem quanto qualquer pessoa. Até melhor do que a maioria. Fiz minha pesquisa sobre as Parcas. O conjunto completo, num leilão na Wyley's ou na Sotheby's, pode chegar a 20 milhões de dólares americanos. Até mais, se houver publicidade apropriada.

— Um conjunto incompleto, até duas das três estatuetas, renderia apenas uma fração mínima desse valor, e mesmo assim apenas mediante a sorte de contarem com um colecionador interessado.

— Teremos as três. É o nosso destino.

Jack não a questionou. Limitou-se a acompanhá-la, subindo uma longa ladeira, à beira da cidade. No topo havia uma linda casa, com um lindo jardim, que recebia os cuidados de uma linda mulher.

Ela se empertigou, protegendo os olhos com a mão. Quando sorriu em saudação, Jack percebeu a boca semelhante.

— Becca, querida, quem você trouxe para casa?

— Jack Burdett. Convidei-o para o chá antes de saber que era um mentiroso e trapaceiro.

— Verdade? — O sorriso não se alterou nem um pouco. — Mas um convite é um convite, não é mesmo? Sou Eileen Sullivan. — Ela estendeu a mão por cima do portão do jardim, acrescentando: — Sou a mãe dessa rude criatura.

— Prazer em conhecê-la. Gostei muito de sua apresentação durante a excursão.

— Muito obrigada por sua gentileza — disse Eileen, abrindo o portão. — É dos Estados Unidos?

— Nova York. Vim a Cobh para conversar com seu filho, Malachi, sobre as Três Parcas.

— Nem hesitou em contar tudo a ela de cara — protestou Rebecca. — Comigo usou flerte e fingimento.

— Eu disse que gostei de sua aparência. Como não me parece nada boba, deve saber que se um homem olha para você e não gosta do que vê é porque tem um grave problema. Isto significa que houve flerte, mas não fingimento. Deixei sua filha irritada, Sra. Sullivan.

Divertida e intrigada, Eileen assentiu.

— O que não é muito difícil. Talvez seja melhor continuarmos a conversa lá dentro, antes que os vizinhos comecem a comentar. Kate Curry já está espiando pela janela. — Enquanto percorria o curto caminho para a porta, ela acrescentou: — Tem família em Nova York?

— Não tenho mais. Meus pais mudaram-se para o Arizona há vários anos, optaram pelo clima mais quente e seco do lugar.

— É sempre melhor. E não tem esposa?

— Sou divorciado.

— Ahn... — Eileen levou-o para a sala de visitas. — É uma pena.

— O casamento é que era uma pena. O divórcio foi muito melhor para os dois. Tem uma bela casa, Sra. Sullivan.

Ela gostou do tom com que Jack se expressava.

— Também acho. Fique à vontade. Vou fazer o chá, e depois conversaremos. Rebecca, entretenha nosso convidado.

— Mãe!

Com um olhar fulminante para Jack, Rebecca saiu atrás de Eileen. Ele pôde ouvir os sussurros no corredor, quando as duas pararam. Uma discussão, concluiu, sorrindo. Não conseguia entender as palavras, até a última frase, que foi bastante clara.

— Rebecca Anne Margaret Sullivan, volte para a sala de visitas e mostre suas boas maneiras, senão...

Rebecca voltou, furiosa. Arriou na poltrona na frente de Jack. Sua expressão era tempestuosa, a voz impregnada de gelo.

— Não pense que vai me enrolar também só porque enrolou minha mãe.

— Nem sonharia com isso, Rebecca Anne Margaret.

— Não enche!

— Conte por que seu irmão voltou para Nova York. E explique por que acha que Anita está envolvida num assassinato.

— Não direi nada enquanto não puder usar meu computador, para descobrir se o que me contou é verdade.

— Pode fazer isso agora. — Jack acenou. — Darei cobertura.

Rebecca avaliou a ira da mãe contra sua curiosidade ardente. Mesmo sabendo que pagaria caro, ela se levantou.

— Se uma única palavra do que disse não for verdade, eu o expulsarei desta casa a pontapés.

Ela se encaminhou para a porta da sala. Jack viu-a lançar um olhar apreensivo para o corredor, por onde a mãe sumira, antes de subir.

Compreendendo o medo saudável que uma filha pode ter da mãe, ele se levantou e foi para a cozinha.

— Espero que não se importe. — Ele entrou no momento em que Eileen partia fatias de um bolo. — Eu queria conhecer a casa.

— Ouvi aquela menina subir, mesmo depois que a mandei fazer-lhe companhia.

— A culpa foi minha. Disse a ela que podia conferir minha história na internet. Vocês ficarão mais à vontade depois.

— Se eu não me sentisse à vontade em sua presença, você não estaria em minha casa. — Ela bateu com a faca de lâmina comprida no lado do prato do bolo, sorrindo um pouco quando Jack baixou os olhos. — Sei como julgar um homem quando o fito nos olhos. E sei como cuidar dos meus.

— Não duvido.

— Ainda bem. Agora, sei por que fiz um bolo esta manhã, quando os meninos não estão aqui para comê-lo. — Eileen virou-se para o fogão, a fim de fazer o chá. — Para um encontro social, usamos a sala de visitas. Para tratar de negócios, ficamos na cozinha.

— Então sugiro a cozinha.

— Pois então sente-se e coma um pedaço de bolo. Quando aquela menina começa a usar o computador, não há como prever quanto tempo vai demorar.

Jack não se lembrava da última vez em que comera um bolo feito em casa. Ou da última vez em que comera numa cozinha que não fosse a sua. No entanto, ela o deixou à vontade e fez com que o tempo passasse rápido, quando normalmente estaria contando os segundos com certa ansiedade.

Meia hora ou mais se passou antes que Rebecca entrasse na cozinha e puxasse uma cadeira.

— Ele é mesmo quem disse ser — anunciou para a mãe. — Já é alguma coisa.

Quando ela foi pegar um pedaço do bolo, Eileen bateu em sua mão.

— Você não merece bolo.

— Ora, mãe...

— Independentemente de sua idade, Rebecca, não pode desobedecer a sua mãe sem consequências.

Rebecca franziu as sobrancelhas, mas deixou o bolo.

— Está bem, mamãe. Desculpe. — Ela transferiu o olhar, furioso, para Jack. — Não sei por que você precisa de um apartamento em Nova York, outro em Los Angeles e um terceiro em Londres.

Embora surpreso, ele tomou um gole do chá aparentando a maior tranquilidade. Seria preciso ter uma habilidade acima da média no computador para descobrir aquela informação.

— Viajo muito e prefiro ficar em meu próprio apartamento, sempre que posso.

— E o que os assuntos pessoais de um homem têm a ver com isso, Becca?

Ao tom de censura da mãe, ela ficou indignada.

— Preciso conhecer as origens de Jack, não é? Ele aparece aqui de repente, logo após Mal viajar... e depois daquela coisa horrível em Nova York, de onde ele admite ter vindo.

— Eu teria feito o mesmo — declarou Jack, balançando a cabeça. — Mais até.

— É o que pretendo. Só preciso de tempo. Descobri que fez check-in no hotel esta manhã, bem cedo, e veio num carro alugado. E fez a reserva do quarto há dois dias. Antes do crime em Nova York. Por isso, não creio que haja uma ligação entre as duas coisas.

Jack inclinou-se para a frente.

— Pois, então, diga-me agora quem foi assassinado.

— Um jovem chamado Michael Hicks — informou Eileen. — Que Deus o tenha.

— Ele trabalhava para vocês?

— Não. — Rebecca soltou um suspiro. — É uma história complicada.

— Sou bom em complicações.

Rebecca olhou para a mãe.

— Querida, alguém morreu. — Eileen pôs a mão sobre a da filha. — Um jovem inocente, pelo que sabemos. E isso muda tudo. Precisamos fazer alguma coisa. Se há uma possibilidade de Jack ajudar, não podemos desperdiçá-la.

Rebecca recostou-se, analisando Jack.

— Vai ajudar para que ela pague pelo que fez?

— Se Anita teve alguma coisa a ver com o crime, cuidarei para que ela pague. Tem minha palavra.

Rebecca assentiu. Por ainda querer bolo, cruzou as mãos sobre a mesa.

— Conte você, mãe. É melhor do que eu.

EILEEN ERA mesmo boa em contar uma história; e Jack, Rebecca descobriu, era bom em ouvir. Não fez perguntas, não fez comentários, limitando-se a tomar goles do chá e concentrar sua atenção enquanto Eileen falava.

— E por isso — concluiu ela — Malachi voltou a Nova York, para fazer o que for necessário.

Jack balançou a cabeça, especulando se aquela simpática família tinha alguma ideia da situação em que se envolvera.

— Ou seja, essa Cleo Toliver tem a segunda Parca.

— Não ficou muito claro se ela tem ou se sabe onde encontrá-la. O rapaz que morreu era seu amigo, e agora ela se culpa pela morte.

— E Anita sabe quem ela é, mas não sabe onde ela está. Pelo menos por enquanto.

— É o que tudo indica — confirmou Eileen.

— Será melhor que continue assim. Se Anita matou uma vez, poderá matar de novo sem a menor hesitação. Acha que vale a pena, Sra. Sullivan, arriscar sua família?

— Nada vale minha família, mas não há como impedi-los de continuar agora. E confesso que ficaria desapontada se eles desistissem. Há um rapaz morto, e alguém tem de ser responsabilizado por isso. Essa mulher não pode roubar e assassinar impunemente.

— Como ela tirou a primeira Parca de vocês?

— Como sabe disso? — indagou Rebecca. — A menos que ela própria tenha contado.

— Foi você quem contou. Chamou-a de ladra. E pôs flores na sepultura de seu trisavô, um certo Felix Greenfield, que viajava no *Lusitania*. Até recentemente, eu acreditava que a primeira Parca se perdera junto com Henry W. Wyley. Mas descubro agora que a Parca e seu ancestral foram poupados. Como ele conseguiu? Trabalhava para Wyley?

— Felix não foi o único que sobreviveu — protestou Rebecca.

— Ora, Becca, pare com isso. O homem tem um cérebro e o está usando. Felix roubou a estatueta. Era um ladrão, mas depois se corrigiu. Meteu a Parca no bolso no momento em que o torpedo atingiu o navio. Embora pareça egoísmo, gosto de pensar que foi o destino.

— Ele roubou. — Um sorriso espalhou-se pelo rosto de Jack. — Isso é perfeito. Então, Anita a rouba de vocês.

— É diferente — alegou Rebecca. — Ela sabia o que era, e Felix não. Anita usou a reputação do marido morto quando Mal levou a estatueta para que ela fizesse uma avaliação. Depois, usou o próprio corpo para embotar o bom senso do meu irmão e, sendo ele um homem, isso foi fácil. Ela fez todos nós de tolos e teremos de fazê-la pagar por isso também.

— Se é uma questão de orgulho, talvez seja melhor pensar duas vezes. Anita é capaz de devorar viva alguém como você.

— Ela pode tentar, mas vai se engasgar.

— O orgulho não é um luxo — interveio Eileen. — E nem sempre é um tipo de vaidade. Felix mudou por ter sobrevivido quando outros morreram. Pode-se dizer que isso o transformou num homem de verdade. A Parca era um símbolo dessa mudança e assim permaneceu em nossa família, durante cinco gerações. Agora sabemos que representa algo além desse símbolo, e achamos que as três devem ser reunidas. O que também é uma questão do destino. Talvez tenhamos lucro como consequência, e não vamos recusá-lo. Mas não estamos agindo por ganância. É pela família.

— Anita tem a primeira e sabe... ou pensa que sabe... como obter a segunda. E vocês estão em seu caminho.

— Os Sullivan não podem ser descartados com tanta facilidade quanto ela pensa — disse Eileen. — Felix ficou flutuando, quase congelado, num caixote quebrado, enquanto um dos maiores navios já construídos afundava. Ele sobreviveu, enquanto o navio desaparecia e mais de mil pessoas morriam. E tinha no bolso aquela estatueta de prata. Trouxe-a para cá, e agora nós a queremos de volta.

— Se eu os ajudar a conseguir isso, se ajudar a reunir as três estatuetas, vocês as venderiam para mim?

— Se pagar o preço justo...

Rebecca não continuou, porque a mãe lhe lançou um olhar fulminante.

— Se nos ajudar, venderemos para você. Tem minha palavra.

E Eileen estendeu a mão por cima da mesa.

Ele queria tempo para pensar. Por isso, permaneceu em Cobh por mais um dia. O que lhe permitiu dar alguns telefonemas e iniciar uma investigação sobre os antecedentes dos participantes do que já considerava um jogo muito interessante.

Confiava em Eileen Sullivan. Embora se sentisse atraído por Rebecca, não tinha a mesma fé instintiva na filha. Queria se encontrar de novo com ela. Então, comprou outro voucher para a excursão.

Rebecca não parecia nem um pouco satisfeita ao vê-lo. A expressão jovial que exibia enquanto conversava com os outros passageiros tornou-se fria e dura quando o fitou. Arrancou o voucher de sua mão.

— O que está fazendo aqui?

— Talvez eu não consiga ficar longe de você.

— Até parece. Mas o dinheiro é seu.

— Pagarei mais 10 libras por um lugar na cabine de comando e uma conversa.

— Vinte. — Rebecca estendeu a mão. — E quero o pagamento adiantado.

— Desconfiada e mercenária. — Ele tirou as 20 libras da carteira. — Tome cuidado, porque posso me apaixonar por você.

— Nesse caso, eu teria prazer em triturar seu coração. E também devolveria as 20 libras. Pode sentar. Não mexa em nada. O passeio já vai começar.

Jack esperou, deixando-a especular, enquanto ela manobrava para deixar a enseada e ligava a palestra gravada pela mãe.

— Parece que vai chover — comentou ele.

— Ainda temos duas horas antes disso. Você não me parece o tipo de homem que faz a mesma viagem duas vezes sem um bom motivo. O que quer?

— Outro convite para o chá.

— Não vai conseguir.

— Isso é o que chamo de frieza. Notou mais alguém estranho circulando pela cidade, na excursão, passando por sua casa, talvez interferindo em algum momento de sua rotina?

— Acha que estamos sendo vigiados? — Rebecca balançou a cabeça. — Esse não é o método de Anita. Ela não se preocupa com o que fazemos aqui em Cobh. Só se interessa por um de nós quando viajamos. Localizou meus irmãos no exterior. Creio que fez isso por meio das passagens aéreas... pelo cartão de crédito. Não é muito difícil obter esse tipo de informação se você tem alguma habilidade com o computador.

— Também não é simples.

— Se eu posso fazer, ela também pode... ou paga alguém que faça.

— E você pode?

— Posso fazer quase qualquer coisa com o computador. Sei, por exemplo, que você se divorciou há cinco anos, depois de um ano e três meses de casamento. Não foi muito tempo.

— Foi tempo suficiente, pelo que pareceu.

— Sei qual é seu endereço em Nova York, caso queira visitá-lo em algum momento no futuro. Sei que estudou na Universidade de Oxford, formando-se entre os dez melhores de sua turma. Nada mau... considerando tudo.

— Obrigado.

— Sei que não tem ficha na polícia, pelo menos nada que conste nos registros oficiais. Sei ainda que sua empresa, que começou há 12 anos, tem uma grande reputação internacional e que tem um valor líquido... líquido, repito... de 26 milhões de dólares. O que também não é nada mau.

A primeira insinuação de riso surgiu nos olhos de Rebecca. Ele esticou as pernas.

— Descobriu muita coisa a meu respeito.

Num impressionante trabalho de investigação, refletiu Jack.

— Nem tanto. — Ela acenou como se não tivesse a menor importância... apesar das seis horas que passara na internet. — E eu estava curiosa.

— E continua bastante curiosa para fazer uma viagem a Dublin?

— Por que eu haveria de querer ir a Dublin?

— Porque eu vou, esta noite.

— Isso é uma cantada, Jack? Mesmo com a voz de minha mãe saindo pelo alto-falante?

— Depende de você se a viagem será pessoal ou apenas de negócios. Há uma pessoa em Dublin que preciso ver. E acho que valerá a pena levá-la comigo.

— Quem é essa pessoa?

— Se quiser descobrir, faça as malas e esteja pronta às cinco e meia. Vou buscá-la.

— Pensarei a respeito — respondeu Rebecca, já fazendo a mala mentalmente.

Capítulo 14

— SEI QUE estou te deixando na mão, mãe.

— Não é isso que me preocupa. — Eileen franziu o rosto enquanto Rebecca enrolava um suéter como um salame e o guardava na bolsa. — Eu disse que tinha um bom pressentimento em relação a Jack Burdett e confiava nele como um homem honesto. Mas não me sinto tão tranquila assim, vendo minha filha sair com ele tendo o conhecido há tão pouco tempo.

— É uma viagem de trabalho. — Rebecca perguntou-se se deveria levar um jeans ou uma calça comprida mais formal. — E, se fosse Mal ou Gideon no meu lugar, você não pensaria duas vezes.

— Claro que pensaria duas vezes, já que eles são tão preciosos para mim quanto você. Mas nesse caso tenho de pensar três ou quatro vezes. Essa é a natureza das coisas, Rebecca, e não há sentido em se revoltar por isso.

— Sei cuidar de mim.

Eileen tocou os cabelos cacheados da filha.

— Disso eu tenho certeza.

— E sei controlar os homens.

Eileen alteou as sobrancelhas.

— Os homens com quem lidou até agora. Mas nunca lidou com alguém como Jack antes.

— Um homem é um homem — disse Rebecca, desdenhosa, ignorando o suspiro profundo da mãe. — Mal e Gideon passeiam pelo mundo inteiro enquanto eu fico aqui, pilotando o barco ou trabalhando no computador. Já é tempo de eu também ter um pouco de aventura, mãe. E aqui está minha oportunidade, mesmo que seja apenas uma viagem a Dublin.

Ela sempre lutara para ser tratada igual aos irmãos, pensou Eileen. E se empenhara por isso. Merecia.

— Leve um guarda-chuva, porque vai chover.

Rebecca estava com a bolsa arrumada e saía pela porta da frente no momento em que Jack parou o carro. Usava um casaco leve, contra a chuva firme, e carregava uma única bolsa de lona. Jack apreciava pontualidade e eficiência numa mulher, assim como a determinação com que ela largou a bolsa no banco de trás do carro, antes que ele pudesse dar a volta para pegá-la.

Ela beijou a mãe, e deu-lhe um abraço apertado e longo, antes de entrar no carro.

— Estou lhe confiando minha única filha, Jack. — Eileen parou na chuva, pondo a mão no braço de Jack. — Se eu vier a me arrepender, pode ter certeza de que o caçarei até os confins do inferno.

— Cuidarei bem de Rebecca.

— Ela sabe cuidar de si mesma ou não iria com você. Mas é minha única filha e, ainda por cima, a caçula. Por isso, estou lhe atribuindo a responsabilidade.

— Eu a trarei de volta amanhã.

Eileen recuou, dizendo a si mesma que tinha de se contentar com isso e os observou afastarem-se sob a chuva.

REBECCA IMAGINARA que seguiriam direto para Dublin, e se preparara para o tédio da longa viagem de carro. Em vez disso, ele seguiu para o aeroporto de Cork, onde deixou o carro alugado. Ela se preparou então para um curto voo.

Mas não estava preparada para o pequeno jato particular nem para o fato de o próprio Jack assumir os controles.

— É seu?

Rebecca mandou que seus nervos se aquietassem, enquanto sentava-se ao lado dele, na cabina de comando.

— Da empresa. Simplifica as viagens.

Ela limpou a garganta enquanto Jack fazia a conferência dos controles.

— E você é um bom piloto, não é?

— Até agora, sim. — A resposta foi distraída. No instante seguinte, ele lançou um rápido olhar para Rebecca. — Já voou antes?

— Claro. — Ela respirou fundo. — Uma vez, num avião grande, em que eu não era obrigada a sentar ao lado do piloto.

— Há um paraquedas lá atrás.

— Estou tentando decidir se sua sugestão é engraçada ou não.

Rebecca manteve as mãos cruzadas enquanto ele recebia a autorização da torre para decolar e taxiava para a pista indicada. Quando Jack aumentou a velocidade, ela olhou para o painel e, vendo o nariz do avião levantar, sentiu um frio no estômago.

E depois se acalmou.

— É incrível, não é? — Ela se inclinou para a frente, vendo o solo se distanciar. — Não é nem um pouco parecido com um avião grande. É muito melhor. Quanto tempo é preciso para tirar o brevê? Posso pilotar um pouco?

— Talvez na volta, se o tempo estiver bom.

— Se posso pilotar um barco numa tempestade, creio ser capaz de pilotar um pequeno avião numa chuvinha de nada. Ser rico deve ser uma maravilha.

— Tem suas vantagens.

— Quando tivermos as Parcas e as vendermos para você, vou tirar férias com a mamãe.

Era interessante que aquela fosse sua prioridade, pensou Jack. Rebecca não pensava em ter um carro de luxo ou em voar para Milão e comprar roupas da moda. Em vez disso, preferia tirar férias com a mãe.

— Para onde?

— Não sei. — Relaxada agora, apesar da turbulência, Rebecca recostou-se para contemplar as nuvens. — Algum lugar exótico, eu acho. Uma ilha como Taiti ou Bimini, onde ela possa se esticar na praia, à sombra de um guarda-sol, contemplando o mar azul, enquanto bebe um desses drinques servidos num coco. O que costuma ter nessas coisas?

— O caminho para a perdição.

— É mesmo? Nesse caso, também será bom para ela. Mamãe trabalha muito e nunca se queixa. Estamos desperdiçando dinheiro nessas viagens, que deveria ficar guardado no banco, para que ela se sinta segura. — Rebecca fez uma pausa para fitá-lo em seguida. — O que ela lhe disse ontem, sobre essa busca não ser por ganância... é a verdade para mamãe. Eu posso ser gananciosa, embora prefira pensar que sou prática, mas ela não é.

Gananciosa? Não, claro que não. Uma mulher gananciosa não fantasia levar a mãe para uma ilha tropical e deixá-la embriagada com drinques servidos em cocos.

— É sua maneira de dizer que vai me falir com o preço das estatuetas quando as tiver recuperado?

Rebecca limitou-se a sorrir.

— Deixe-me pilotar um pouco, Jack.

— Não. Por que não me perguntou o que vamos fazer em Dublin?

— Porque você não responderia, e eu estaria desperdiçando minha saliva.

— Interessante. Mas posso lhe dizer outra coisa. Investiguei você, seus irmãos e Cleo Toliver.

— É mesmo?

A voz de Rebecca era fria outra vez.

— Como fez a mesma coisa comigo, irlandesa, digamos que é olho por olho. Toliver teve algumas passagens pela polícia durante a adolescência... embriaguez antes da maioridade, furto em lojas, perturbação da ordem pública. Basicamente, os clamores da rebeldia adolescente. Ficaram registradas no sistema porque os pais não se preocuparam mais em resgatá-la, depois de algum tempo.

— Como assim? — Uma combinação de choque e indignação aflorou em Rebecca. — Deixaram-na ir para a cadeia? A própria filha?

— O centro de detenção de delinquência juvenil não é como a cadeia, mas fica perto. Os pais se divorciaram, e a mãe casou de novo. Ela ficou alternando entre um e o outro até completar 18 anos, quando saiu de casa permanentemente. Não há registros em sua ficha criminal na idade adulta, o que significa que ela mudou o comportamento ou aprendeu a se esquivar da polícia.

— Está me dizendo isso porque acha que Cleo Toliver, com seus antecedentes, pode ser um problema. Se Gideon pensasse assim, já teria nos avisado.

— Não conheço Gideon e prefiro tirar minhas próprias conclusões. Por falar em seus irmãos, ambos estão limpos, sem ficha na polícia. Assim como você, imaculada como a sua pele.

Rebecca inclinou a cabeça para trás, num movimento brusco, quando ele se inclinou para passar a ponta do dedo em seu rosto.

— Não encoste em mim.

— O que há com as irlandesas e sua pele? — falou Jack para si mesmo. — Uma pele assim desperta a imaginação de um homem, ainda mais quando cheira como a sua.

— Não misturo negócios com prazer — resmungou ela, tensa.

— Pois eu misturo. Sempre que possível. Como você é uma mulher prática, creio que apreciaria a eficiência de executar múltiplas tarefas ao mesmo tempo.

Rebecca teve de rir.

— Devo admitir, Jack, que é uma ideia singular. Mas se pensa que o sofisticado viajante pode seduzir a moça ingênua da aldeia com algumas frases espertas, está redondamente enganado.

— Não a considero ingênua. — Ele virou a cabeça para fitá-la nos olhos. — Acho que é uma mulher fascinante. E mais do que isso: estou curioso pelo que senti quando olhei por cima da relva alta e das lápides antigas de um cemitério, e a observei pondo flores numa sepultura. Essa visão despertou minha curiosidade, Rebecca... e sempre satisfaço minha curiosidade.

— Também senti alguma coisa. Foi por isso que vim com você, e não apenas porque queria saber o que há em Dublin. Mas não pense que pode me manipular, Jack, porque não pode. Tenho um objetivo a alcançar, por mim e por minha família. Nada me impedirá.

— Não pensei que fosse capaz de admitir. — Jack concentrou sua atenção nos instrumentos. — Que sentiu alguma coisa. É uma mulher franca, Rebecca. Uma mulher franca que entende de computadores, que pode se preparar para uma viagem em cima da hora levando uma única bolsa e sabe ser pontual. Onde você esteve durante toda a minha vida? Já vamos pousar.

E iniciou as manobras de aterrissagem antes que Rebecca pudesse responder.

HAVIA OUTRO carro alugado esperando por eles no aeroporto de Dublin. Desta vez Jack carregou a bolsa de Rebecca, antes que ela pudesse pegá-la. Ela não fez qualquer comentário a respeito, nem sobre a conversa no avião. Não tinha certeza se qualquer dos tópicos seria seguro naquele momento.

Ficou calada até o carro começar a se afastar da cidade, em vez de seguir em sua direção.

— Dublin fica para o outro lado — observou ela.

— Não vamos para a cidade.

— Então por que disse que íamos?

A natureza desconfiada de Rebecca era mais uma característica que ele achava atraente.

— Voamos para Dublin e agora seguiremos de carro por alguns quilômetros para o sul. Quando acabarmos, voltaremos para Dublin, onde pegaremos de novo o avião.

— E onde vamos passar a noite?

— Num lugar que não visito há alguns anos. Terá seu próprio quarto... com opção de partilhar o meu.

— Ficarei com meu próprio quarto. Quem vai pagar?

O sorriso dele espalhou-se por todo o rosto, tentando Rebecca a traçar com a ponta do dedo a linha da cicatriz, em crescente.

— Isso não será um problema. O lugar é bastante bucólico. — Jack gesticulou para as colinas verdes ondulantes, que pareciam tremeluzir através da chuva fina. — É fácil compreender por que ele decidiu viver aqui ao se aposentar.

— Ele quem?

— O homem com quem vamos nos encontrar. Diga-me uma coisa: você partilha a convicção de sua mãe de que as Parcas são uma espécie de símbolo?

— Acho que sim.

— E que elas devem ficar juntas, por razões além do valor material, até mesmo artístico?

— Claro. Por quê?

— Mais uma pergunta. Concorda que o mundo sempre dá voltas?

Rebecca soltou um suspiro impaciente.

— Se está querendo dizer que em tudo há ciclos e círculos, eu concordo.

— Então vai gostar do que vai descobrir.

Ele subiu por uma colina e pegou uma estrada aprazível, margeada por sebes e bangalôs pintados em cores alegres, com jardins viçosos.

A estrada tornou a subir. Depois de uma curva longa, Jack entrou no caminho de uma adorável casa de pedra. Havia fumaça saindo pela chaminé. O jardim era um pequeno mar de beleza.

— Seu amigo mora aqui?

— Isso mesmo.

A porta da casa foi aberta no instante em que Jack saltou do carro. Um velho emergiu, apoiado numa bengala, sorrindo. Tinha cabelos brancos e usava uma franja de monge encimando um rosto largo, com rugas profundas. Os óculos de aro de prata escorregavam pelo nariz.

— Mary! — A voz coaxava, como a de um sapo. — Eles chegaram!

O velho adiantou-se enquanto Jack avançava a seu encontro.

— Não saia na chuva.

— Ora, menino, essa chuvinha de nada não faz mal a ninguém. Todo o resto faz mal na minha idade, menos me molhar um pouco.

Ele apertou Jack num abraço de um braço só. Rebecca percebeu agora que o velho era bastante alto, mas um pouco encurvado pela idade. A mão enorme subiu para tocar o rosto de Jack. Apesar do tamanho, ele parecia frágil nesse instante, e muito doce.

— Senti saudade.

Jack abaixou-se, num gesto descontraído e desinibido, que Rebecca admirou, para dar um beijo de leve nos lábios do velho.

— Esta é Rebecca Sullivan.

Ele mudou a posição do corpo. Mais uma vez, Rebecca notou a gentileza com que estendia a mão sob o braço do velho.

— Disse que ela era uma beleza e não exagerou nem um pouco.

O velho inclinou-se e pegou a mão de Rebecca, não a largando mais. E ela viu, num embaraço perplexo, o brilho das lágrimas em seus olhos.

— Rebecca, esse é meu bisavô.

— Ahn... — Confusa, ela conseguiu exibir um sorriso. — É um prazer conhecê-lo, senhor.

— Meu bisavô — repetiu Jack. — Steven Edward Cunningham Terceiro.

— Cunningham? — Rebecca sentiu a garganta se contrair. — Steven Cunningham? Meu Jesus!

— É um enorme prazer recebê-la em minha casa. — Steven deu um passo para trás, piscando para conter as lágrimas. — Mary! — Depois de uma pausa, acrescentou: — Ela é surda como uma porta e sempre esquece de ligar o aparelho de audição. Suba para chamá-la, Jack, enquanto levo Rebecca para a sala de visitas. — Enquanto andava com Rebecca, o velho explicou: — Ela vem arrumando seu quarto desde que Jack avisou que você viria.

— Sr. Cunningham... — Atordoada, Rebecca entrou às cegas numa sala de visitas impecável, onde tudo brilhava. Arriou na almofada macia de uma poltrona, instada pelo velho. — É o mesmo Steven Cunningham que... que estava no *Lusitania*?

— O mesmo que deve sua vida a Felix Greenfield.

— E Jack...

— Sou seu bisavô. A mãe dele é minha neta. E aqui estamos. — Ele tirou um lenço do bolso. — Fiquei sentimental na velhice.

— Não sei o que lhe dizer. Minha cabeça está girando. — Rebecca levou a mão à têmpora, como se fosse para mantê-la no lugar. — Ouvi falar a seu respeito durante toda a minha vida. E sempre o imaginei como um menino.

— Eu tinha 3 anos quando meus pais fizeram aquela viagem. — Ele soltou um suspiro profundo. Guardou o lenço. — Não tenho certeza do quanto realmente me lembro ou do quanto acho que lembro porque minha mãe me contava a história com frequência.

O velho foi até uma mesinha dobrável, envernizada, cheia de fotos. Pegou uma e levou para Rebecca.

— Meus pais. É a foto do casamento.

Rebecca viu um rapaz bonito, com um bigode elegante, e uma moça, pouco mais do que uma menina, gloriosa na seda e renda do vestido de noiva.

— Eles são lindos! — As lágrimas ameaçavam escorrer. — Ah, Sr. Cunningham!

— Minha mãe viveu por mais 63 anos, graças a Felix Greenfield. — Steven tornou a pegar seu lenço e o colocou na mão de Rebecca, gentilmente. — Ela nunca se casou de novo. Para algumas mulheres, só há um amor verdadeiro em toda a vida. Mas ela se sentia contente, era ativa e agradecida.

— Então a história é verdadeira...

Rebecca devolveu a foto, fazendo um esforço para se controlar.

— Sou a prova disso. — Ele se virou ao som de passos na escada.

— Lá vem Jack com minha Mary. Quando ela acabar de te paparicar, conversaremos sobre isso.

Mary Cunningham era mesmo surda como uma porta, mas ligou o aparelho de audição em homenagem à ocasião. Rebecca foi levada a um quarto adorável, com flores recém-colhidas em vasos de porcelana, convidada a descansar um pouco ou a se lavar, antes do jantar.

Não fez nenhuma das duas coisas. Apenas sentou-se na beira da cama, esperando que a mente se aquietasse. Foi Jack quem bateu à porta, 15 minutos depois. Rebecca continuou sentada, observando-o.

— Por que não me contou?

— Achei que seria mais especial dessa maneira. Foi para ele, e isso é o que importa para mim.

Rebecca assentiu, aceitando o argumento.

— No fundo do coração, sempre acreditei que aconteceu como me contaram. Na cabeça, no entanto, não tinha tanta certeza. Quero lhe agradecer por me trazer aqui, por me dar esse presente.

Jack atravessou o quarto. Agachou-se diante dela.

— Acredita em conexões, Rebecca? No poder dessas conexões, até mesmo em sua inevitabilidade?

— Não posso deixar de acreditar, não é?

— Não sou sentimental...

Ele não pôde continuar, porque Rebecca riu e balançou a cabeça.

— Eu o vi com Steven e depois com Mary. Não me diga que não é sentimental.

— Em relação às pessoas que são importantes para mim, mas não com as coisas. Não romantizo. — Ele pegou a mão de Rebecca. Sentiu-a ficar tensa. — Mas olhei para você, e não foi preciso mais nada.

— É tudo muito confuso... — Ela conseguiu manter a voz firme, embora o coração pulsasse na garganta. — Não dá para entender esse labirinto de circunstâncias que ligam nossas famílias.

— É mais do que isso.

— Prefiro manter as coisas simples.

— Não há a menor possibilidade. — Jack ergueu-se, puxando-a, para que ficasse de pé. — Além do mais, gosto de complicações. A vida é insípida sem elas. E você é uma complicação terrível.

— Não. — Rebecca pôs a mão no peito de Jack quando ele a puxou, sentindo-se uma idiota. — Não estou sendo recatada, apenas cuidadosa.

— Você está tremendo.

— Gosta disso, não é? Gosta de me deixar excitada e confusa.

— Tem razão.

Jack puxou-a de novo, com firmeza. Ela se ergueu na ponta dos pés, respirando fundo, para um protesto veemente. E foi nesse instante que ele a beijou, com todo ímpeto, ardente, com tanta sofreguidão que o protesto se transformou num murmúrio chocado.

Ele a beijou como um homem acostumado a tomar o que queria, com uma habilidade determinada, que fez o coração de Rebecca disparar, o ventre tremer com o desejo. Embora a reação a deixasse atordoada, ela teve a sensação de que seus olhos se derretiam.

E o mesmo aconteceu com Jack.

Ele enfiou as mãos nos cabelos de Rebecca, puxando sua cabeça para trás.

— Foi assim na primeira vez que a vi. Isso nunca havia acontecido comigo antes.

— Não o conheço. — Mas os lábios de Rebecca ainda mantinham o calor e o gosto de Jack, seu corpo já se preparava para recebê-lo. — Não durmo com homens que não conheço.

Ele baixou a cabeça, roçou os lábios no pescoço de Rebecca.

— E isso é uma determinação?

— Costumava ser.

Jack foi mordiscando ao longo do queixo.

— Teremos de nos conhecer muito depressa.

— Está bem. Mas não me beije de novo. Não é certo, Jack, não com eles lá embaixo, nos esperando para jantar.

— Então vamos descer.

A SALA DE JANTAR era pequena e encantadora, com figuras de porcelana e cristais antigos. As paredes eram ornamentadas com uma coleção de pratos antigos, com padrões florais.

— Sua casa é adorável — comentou Rebecca para Mary. — É muita gentileza sua me receber.

— É uma alegria para nós. — Radiante, Mary inclinou a cabeça na direção de Rebecca. — Jack nunca traz as namoradas para nos visitar.

— Não?

— Não. — Ela tinha a música suave da Irlanda em sua voz. — Só nos encontramos duas vezes com a mulher com quem ele foi casado, e uma delas foi no dia do casamento. Não gostávamos muito dela, não é mesmo, Steven?

— Ora, Mary...

— Mas é verdade. Ela era muito fria, se quer saber minha opinião. E...

— A carne-assada está uma delícia, vovó.

Distraída, Mary lançou um olhar radiante para Jack.

— Você sempre gostou da minha carne-assada.

— E eu casei com você por isso — interveio Steven, com uma piscadela. Ele olhou para Rebecca. — Como muitos jovens da minha geração, fiz uma grande excursão depois que terminei a universidade. Nos arredores de Dublin, fiquei numa pequena hospedaria, onde conheci minha Mary. Os pais dela eram os proprietários. Apaixonei-me por sua carne-assada e foi ali mesmo que encerrei minha grande excursão. Levei duas semanas para convencê-la a casar comigo e nos mudarmos para Bath.

— Está exagerando. Só precisou de dez dias.

— E já estamos casados há 68 anos. Vivemos nos Estados Unidos durante algum tempo. Em Nova York. A família de meu pai enfrentava dificuldades. Nunca se recuperou da trágica queda da Bolsa em 1929. Uma de minhas filhas casou-se com um americano e continuou a viver lá. A filha dela é a mãe de Jack.

O velho inclinou-se para pegar a mão de Mary.

— Tivemos dois filhos e duas filhas. Eles nos deram 11 netos. Já temos seis bisnetos. Todos devem sua vida a Felix Greenfield. Foi aquele ato altruísta e corajoso que desencadeou todo o resto.

— Não era essa sua intenção, pela história que contam em minha família — explicou Rebecca. — Felix queria apenas sobreviver. Estava em pânico quando encontrou o colete salva-vidas. Pensava apenas em se salvar. E foi nesse instante que viu você e sua mãe presos nos destroços. Disse que ela se mantinha calma em meio a todo aquele horror, com uma beleza serena. E confortava o filho, que não chorava, apesar de ser bem pequeno. Felix não pôde se desviar.

— Lembro-me de seu rosto — comentou Steven. — Olhos escuros, pele branca, já manchada pela fumaça ou fuligem. Meu pai havia desaparecido. Não vi acontecer. Ou não me lembro. E mamãe nunca falou a respeito. Caímos quando o navio adernou. Ela me manteve no colo. Protegeu-me com o próprio corpo ao cair, para que eu não sofresse o impacto. Machucou o tornozelo, e, depois disso, sempre claudicava ao se cansar.

— Era uma mulher corajosa e extraordinária — murmurou Rebecca.

— Era mesmo. E acho que sua coragem foi tão grande quanto a de Felix Greenfield naquele dia. O navio estava afundando, e o convés se inclinava cada vez mais. Felix puxava-a, tentando nos levar para um dos botes. Mas o navio teve outro solavanco. Embora ele tentasse nos alcançar... posso ver seu rosto até hoje, gritando e estendendo os braços para mamãe... acabamos caindo no mar. Sem o colete salva-vidas que Felix nos dera, não teríamos a menor possibilidade de escapar.

— Mesmo com o colete, foi um milagre. Ele contou que sua mãe ficou bastante machucada.

— Ela quebrou o braço ao me proteger quando batemos na água, além de torcer a perna. E não me largou em momento algum. Não sofri sequer um arranhão. O milagre foi de minha mãe e Felix Greenfield. Por causa deles, o curso de minha vida foi longo e produtivo.

Quando Rebecca fitou-o, Jack ergueu seu copo com água.

— O que nos leva às Parcas. Por acaso já lhe contei que meu trisavô tinha uma pequena loja de antiguidades em Bath?

Rebecca sentiu a pele arrepiar-se.

— Não, não contou.

— É isso mesmo. — Steven terminou de comer a carne-assada em seu prato. — Foi uma herança do meu avô. Íamos visitar os pais de minha mãe lá. Minha avó não estava passando bem. Com a morte do meu pai, permanecemos em Bath em vez de voltar para Nova York. Por causa disso, desenvolvi grande interesse por antiguidades, passando a ganhar a vida com isso, na mesma loja que pertencera ao meu avô. Outra volta do destino que devemos a Felix.

Ele cruzou a faca e o garfo no prato, com todo o cuidado.

— Não tenho palavras para expressar como fiquei fascinado quando Jack me contou que Felix roubou uma das Três Parcas do camarote de Henry Wyley, pouco antes de salvar minha vida. Mary, querida, vamos comer aquela torta de maçã na sala de visitas?

— Nunca pode esperar pela torta. Podem ir para lá. Levarei a torta num instante.

As perguntas deixavam Rebecca ansiosa, mas a mãe lhe incutira boas maneiras.

— Eu a ajudarei a tirar a mesa, Sra. Cunningham.

— Não há necessidade.

— Por favor. Eu gostaria de ajudar.

Mary lançou um olhar sugestivo para Jack enquanto todos se levantavam.

— Aquela com quem você se casou nunca se ofereceu para ajudar a tirar a mesa, pelo que me lembro.

Enquanto cuidavam da louça, Rebecca ouviu um relato completo sobre a ex-esposa de Jack. Ela era bonita, inteligente e loura. Uma advogada norte-americana que, segundo Mary, preocupava-se mais com a carreira do que com a casa e a família. Demoraram para casar e se divorciaram, na opinião de Mary, num estalar de dedos, sem disposição sequer para brigar pelas condições.

Rebecca fez os comentários apropriados e arquivou as informações. Estava interessada; mais do que isso, sentia-se ansiosa em saber tudo. Mas mal conseguia harmonizar as considerações com os pensamentos sobre as Parcas.

Ela levou a bandeja com a sobremesa, fazendo um esforço para reprimir a barragem de perguntas que aflorava em sua mente.

— Essa moça foi bem criada — comentou Mary, com aprovação. — Sua mãe deve ser uma mulher extraordinária.

— É mesmo. Obrigada.

— Agora, se vocês dois não terminarem o que começaram, contando o resto da história à pobre criança, eu mesma direi tudo.

— Conexões — disse Jack. — Falamos a respeito, não é mesmo, Rebecca?

— É verdade.

— A pequena loja em Bath era chamada Browne's. Foi criada no início do século XIX e durante alguns anos atendeu à pequena nobreza que ia aproveitar as fontes de água mineral de Bath. Com bastante frequência, seus clientes eram pessoas que precisavam converter bens em dinheiro com toda a discrição. Por isso, seu estoque era variado, às vezes até excepcional. Embora discreto, era um negócio bem administrado, com registros meticulosos. Segundo eles, no verão de 1883, um certo Lord Barlow vendeu diversas peças e artefatos à Browne's. Entre eles, havia uma pequena estatueta de prata, em estilo grego, de uma mulher segurando uma tesoura.

— Santa Maria, mãe de Deus!

— Meu avô era o proprietário da Browne's quando Wyley fez sua última viagem — continuou Steven. — Não tenho como saber se ele entrou em contato com meu avô para falar sobre a Parca. Eu soube a respeito pela primeira vez quando ainda era jovem, estudando meu ofício com grande entusiasmo.

Interessei-me pela lenda da estatueta, e queria saber se a Parca comprada pela Browne's, há tanto tempo, era ou não autêntica. Quando soube que Wyley possuía outra peça do conjunto e a levara na viagem, fiquei ainda mais fascinado.

— Mas mesmo que a estatueta da Browne's fosse autêntica — interveio Jack — seu valor era reduzido porque a primeira Parca, como se supunha, desaparecera junto com Wyley. Assim, restava apenas uma ligação com outro passageiro do *Lusitania*, um fragmento da lenda.

— E a Parca da Browne's era autêntica? — perguntou Rebecca. — Onde está agora?

— Minha mãe nunca se cansa da história da família. — Em vez de responder, Jack levantou-se para pôr mais lenha na lareira. — Fui criado com ela. O naufrágio do *Lusitania* e a lenda das Parcas eram partes da história. Além disso, é claro, havia meu interesse pessoal por antiguidades.

Ele pôs a mão no ombro de Steven, enquanto continuava:

— Quando Anita mencionou as Parcas, meu interesse foi atiçado. Telefonei para mamãe e pedi que confirmasse as histórias. Foi o suficiente para que eu marcasse uma viagem para cá, há muito devida, com uma parada em Cobh para falar com seu irmão e apresentar meus respeitos a Felix Greenfield.

Jack atravessou a sala até um armário de mogno, com porta de vidro, abrindo-o.

— Imaginem minha surpresa quando descobri que os Sullivan eram apenas mais uma conexão com isto.

Ele se virou, mostrando a terceira Parca.

— Está aqui. — Embora sentisse as pernas trêmulas, Rebecca levantou-se. — Estava aqui o tempo todo.

— Sempre esteve, desde que vovô fechou a Browne's, há 26 anos — disse ele, estendendo a estatueta para Rebecca.

Ela a segurou, as mãos em concha, sentindo o peso, observando o rosto de prata, frio e quase triste. Gentilmente, passou o polegar pela reentrância no canto direito da base. O ponto pelo qual Átropos se ligaria a Láquesis, Rebecca sabia.

— Outro fragmento, outro círculo. O que vai fazer agora?

— Agora, levo-a comigo para Nova York, negocio a de Cleo Toliver, e depois encontro uma maneira de tirar a sua de Anita.

— É bom lembrar que a primeira é minha. — Rebecca devolveu a estatueta. — Também irei para Nova York.

— Você voltará para Cobh — corrigiu Jack. — E permanecerá a um oceano de distância de Anita.

Ela inclinou a cabeça para o lado.

— Irei para Nova York de qualquer maneira, com ou sem você, pois não admitirei que você ou meus irmãos resolvam esse assunto sem mim. É melhor se resignar, Jack, porque não ficarei encolhida num canto, esperando que os homens façam o trabalho. Também posso contribuir.

— É isso mesmo. — Mary cortou uma segunda fatia da torta para o marido. — Não falei? Gosto muito mais desta do que da outra com quem você se casou, Jack. Sente-se e termine de comer a torta, Rebecca. É claro que você vai com ele para Nova York.

A expressão de Mary era tão decidida que Rebecca sentou-se e espetou um pedaço da torta.

— Obrigada, Sra. Cunningham. Estou pensando se devo parar em Dublin para fazer compras para a viagem ou se espero até chegar a Nova York. Só trouxe uma muda de roupa.

— Se puder, acho melhor esperar. Vai se divertir muito fazendo compras em Nova York.

— Não vamos a passeio — protestou Jack, incisivo.

— Não interrompa sua avó — disse Rebecca, a voz suave.

— Não insista, rapaz. — Steven acenou com a mão. — Você está em menor número.

Capítulo 15

Malachi sabia exatamente como lidaria com Tia, desde a forma como cumprimentá-la até o tom geral da conversa. Pediria desculpas de novo, é claro. Não havia a menor dúvida quanto a isso. E usaria todo seu poder de encanto e persuasão para abrandar a resistência de Tia.

Estava em débito com ela, e quanto a isso também não havia qualquer dúvida. Pelo apoio financeiro, e ainda mais pela ajuda que dera a seu irmão.

E pagaria por isso ao manter a associação entre os dois em termos absolutamente profissionais. Seria um relacionamento cordial, porém reservado. Malachi imaginava compreendê-la bem o bastante para saber que ela preferia assim.

E depois que se entendessem, passariam a tratar apenas de negócios.

Ele e Gideon se mudariam para um hotel. Claro que não poderiam continuar a se intrometer na privacidade de Tia. Mas ele esperava poder convencê-la a permitir que Toliver continuasse em seu apartamento. Isso garantiria a segurança de ambas. E, quase tão importante, deixaria as duas fora de seu caminho.

Um pouco cansado da viagem, ele bateu à porta do apartamento. E torceu para que a hospitalidade de Tia incluísse uma cerveja gelada.

Mas quando ela abriu a porta, Malachi esqueceu por completo a cerveja gelada e seu discurso inicial, planejado com tanto cuidado.

— Você cortou o cabelo. — Sem pensar, ele estendeu a mão para passar os dedos pelas pontas dos fios. — Como ficou diferente!

Ela não recuou com um movimento brusco. Era a força de vontade em que vinha trabalhando há horas. Mas deu um passo para trás, rígida.

— Entre, Malachi. Pode deixar as malas ali. — convidou ela. — Espero que tenha feito uma boa viagem.

— Foi ótima. Ficou muito bem em você... esse corte de cabelo. Está maravilhosa. Senti sua falta, Tia.

— Quer um drinque?

— Seria ótimo, por favor. Desculpe. Ainda nem agradeci por ter adiantado os recursos para a viagem.

— São negócios.

Tia virou-se e foi para a cozinha.

— Mudou mais do que os cabelos.

— É possível. — Presumindo que ele preferiria cerveja, como o irmão, tirou uma da geladeira. Virou-se para pegar um copo no armário. — Talvez eu tenha mesmo mudado em muitos aspectos.

— Sinto muito, Tia, pela maneira como manipulei a situação.

Orgulhosa de sua firmeza, ela abriu a cerveja e a despejou no copo, sem o menor tremor.

— Ou seja, a maneira como me manipulou.

— Tem razão. Eu poderia pedir desculpa por isso também. — Ele pegou o copo estendido. Esperou que seus olhos se encontrassem. — Poderia até fazer com que você aceitasse. Mas não farei isso. Lamento ter mentido para você mais do que eu poderia expressar em palavras.

— Não há sentido em tocar nesse assunto agora.

Tia ia adiantar-se para a sala de estar, mas ele bloqueou seu caminho.

— Nem tudo era mentira.

Embora ela sentisse sua face corar, a voz saiu fria e incisiva:

— Também não há sentido em tocar nesse assunto. Temos um interesse em comum, uma reivindicação em comum, sobre uma determinada peça de arte. Pretendo usar meus recursos... e os de vocês... para recuperá-la. É a única coisa que temos para tratar.

— Está tornando tudo mais fácil para mim.

— É mesmo? — Tia inclinou a cabeça para o lado, no que esperava ser um ângulo sarcástico. — Como?

— Ao não ser vulnerável. Não tenho de me preocupar tanto com o risco de magoá-la.

— Já fui sensível. Mas parece que não tenho mais esse problema. Agora, vamos tratar das regras da casa.

Dessa vez ela o contornou sem qualquer dificuldade. Passou a respirar mais fácil depois que colocou certa distância entre eles.

— É proibido fumar no apartamento. Pode usar a varanda ou, como Gideon está fazendo agora, o terraço. Ele e Cleo estavam apresentando sérios sinais de claustrofobia, por isso sugeri que usassem o terraço. O espaço não é tão restrito quanto o da varanda, e é seguro.

Malachi estava prestes a dizer que ele e o irmão iriam para um hotel. Mas mudou de ideia. Se ela não se importava, por que ele deveria se preocupar?

— Parei de fumar há dois anos. Portanto, isso não é um problema para mim.

— Fez muito bem, porque assim viverá mais. Limpe toda a sujeira que fizer, o que inclui lavar a louça e suas roupas, catar jornais, papéis espalhados, qualquer coisa. Gosto do apartamento arrumado. Você terá de dormir no sofá, já que Gideon e Cleo estão ocupando o quarto de hóspedes. Isso significa que deve levantar-se numa hora razoável pela manhã.

Porque ela começava a parecer mais e mais com a mulher que ele conhecera antes, Malachi estava se divertindo. Sentou-se no braço do sofá.

— O que é razoável?

— Sete horas.

— Bastante cedo.

— Você e Gideon terão de combinar a hora do banho. Deverão usar o banheiro pequeno. Cleo pode partilhar o meu. Mas o banheiro grande e meu quarto são áreas proibidas para vocês. Entendido?

— Perfeitamente, querida.

— Estou fazendo um registro das despesas. Sua viagem, é claro, a comida, outros meios de transporte. Vão me pagar tudo.

Isso o irritou tanto que se levantou.

— Claro que pretendemos pagar tudo. Não somos sanguessugas. Posso arrumar um empréstimo no banco e pagar tudo imediatamente.

Sentindo-se pequena, Tia virou-se.

— Não é necessário. Só estou zangada com você. Não posso evitar.

— Tia...

— Não diga nada. — Alertada pelo tom gentil, ela se virou. — Não tente me acalmar. Posso estar furiosa com você e fazer o que tem de ser feito. Sou muito boa em trabalhar com emoções instáveis. Você sabe cozinhar?

Malachi passou a mão nos cabelos.

— Um pouco.

— Ainda bem. Cleo não sabe. Teremos de revezar: você, Gideon, eu, e comidas prontas. Agora, podemos...

Ela parou de falar, desviando os olhos, ao ouvir a chave na fechadura. Cleo entrou primeiro, um pouco suada, afrontosamente sensual... e suspeitosamente desarrumada. O sorriso era lento e analítico, enquanto avaliava Malachi.

— Então esse deve ser o irmão mais velho.

— Olá, Mal.

Gideon adiantou-se, e os dois se abraçaram; um abraço apertado e afetuoso, sem a menor inibição.

— É bom vê-lo de novo — acrescentou Gideon. — Temos uma tremenda confusão nas mãos.

Foi preciso meia hora, e outra cerveja, para que ele tomasse conhecimento de tudo que acontecera.

— Não entendo por que esse tal de Burdett tinha de se intrometer. — Malachi tomou um gole da segunda cerveja. Levantou-se e começou a andar de um lado para outro. — É apenas mais uma complicação.

— Se não fosse por ele, eu não saberia que meus telefones estão grampeados, não é mesmo?

Tia levantou-se, pegou o copo que Malachi deixara na mesinha de centro e o colocou sobre um descanso.

— Ele *diz* que estão grampeados?

— Por que inventaria? De qualquer forma, conversei com meu pai esta manhã. Ele confirmou a identidade de Jack e garantiu que é um colecionador sério. Além disso, o investigador da polícia o abonou.

— Você está apenas irritado porque há outro homem em cena. — Cleo piscou e tomou outro gole da cerveja de Gideon quando Malachi a fitou de cara amarrada. — É aquele negócio de testosterona, e ninguém pode culpá-lo por isso. Tia, você tem biscoitos?

— Hum... Acho que tenho bolachas dietéticas.

— Meu bem, precisamos ter uma conversa séria. A vida não deve se limitar a bolachas dietéticas. — Cleo olhou para Malachi. — Agora, antes que você comece a encher meu saco, quero lembrar que tivemos um pouco mais de tempo do que você para pensar sobre Burdett e o papel dele nesse jogo. — Ela fez uma pausa. Quando continuou, passou a contar os itens nas pontas dos dedos. — Ele conhece Anita. Conhece as questões de segurança. Está interessado nas Parcas. Esperamos vender a minha, assim como a terceira, quando a encontrarmos. Na minha opinião, temos agora dois compradores em potencial, em vez de apenas Anita. E podemos promover um leilão particular.

— Posso não gostar de ter mais um participante no jogo, Mal, mas faz sentido — interveio Gideon. — Anita vem rastreando nossos passos desde o início. É possível que Burdett nos ajude nessa questão. E o pai de Tia diz que ele tem bastante dinheiro. Podemos vender as estatuetas para ele. Prefiro isso a ter de enfrentar outra vez a desgraçada da Anita. Além do mais, liguei para mamãe do telefone público na esquina. Ela diz que se encontrou com o tal Burdett. E confia nele, o que é suficiente para mim.

— Decidirei isso pessoalmente. Você disse que ele deixou um cartão de visita, Tia? — Malachi tamborilou com os dedos sobre a coxa, enquanto processava os detalhes em sua mente. — Ligarei para ele e marcarei um encontro cara a cara. Se ele for mesmo um especialista em segurança, poderá dar um jeito no seu telefone, assim não teremos de correr até a esquina cada vez que precisarmos falar com alguém.

— Você precisa de carboidratos — decidiu Cleo. — Tem carboidratos em casa, não é?

— Ahn... — Tia correu os olhos pela cozinha, nervosa. — Devo ter...

— Não se preocupe. Pode deixar que eu descubro. Fico irritada quando minha taxa de carboidratos está baixa — concluiu ela com um olhar compreensivo para Malachi.

— Não estou irritado.

Cleo levantou-se e beliscou suas faces.

— Como somos o alvo da sua irritação, bonitão, nós determinamos isso. Vocês, Sullivan, não lidam muito bem com viagens. O bonitão aqui também ficou nervoso quando chegamos. Você também é bonito, hein? — Cleo inclinou a cabeça para o lado. — Vocês têm um DNA superior.

Ela conseguiu arrancar uma risada de Malachi.

— Você também é uma beleza.

— Tem toda a razão. Ei, Tia, vamos pedir pizzas. Duas grandes, completas.

— Não como...

Tia parou de falar quando Cleo virou-se para fitá-la, espantada.

— Se pretendia dizer que não come pizza, vou pegar uma arma e acabar com seu sofrimento.

Não parecia o momento oportuno para discutir calorias, nem o fato de que ela suspeitava ser alérgica a molho de tomate.

— Se os telefones estão grampeados e eu pedir duas pizzas grandes, não vai parecer estranho para quem estiver na escuta, já que eu deveria estar aqui sozinha?

— Podem pensar que é esganada. Vamos viver perigosamente.

— Além do mais, tenho um almoço marcado para as 14 horas, para o qual já deveria ter ido.

— Com quem vai almoçar? — perguntou Malachi, enquanto ela se encaminhava para o quarto. — Ei, Tia...

— O quarto é área proibida — murmurou Gideon, antes que o irmão pudesse segui-la. — Ela é muito rigorosa nesse ponto.

— Ela não se comporta mais como antes. — Malachi enfiou as mãos nos bolsos, olhando para a porta do quarto com o rosto franzido. — Não sei se gosto da mudança.

— Considerando tudo o que aconteceu por aqui nos dois últimos dias, você deve dar um desconto a ela — interveio Cleo. — Ela nos aceitou em sua casa. O que não precisava fazer. E você mexeu com a cabeça dela. Calma, calma...

Cleo levantou a mão quando ele se virou em sua direção, furioso.

— Não vou dizer que eu faria a mesma coisa. Mas ser enganada por um homem quando se tem um problema de baixa autoestima pode deixar qualquer uma arrasada.

— É uma análise e tanto, em tão pouco tempo.

— Quando se dança nua por alguns meses, aprende-se bastante sobre as pessoas. — Cleo deu de ombros. — Vamos nos dar muito bem, queridinho, depois que nos conhecermos melhor. Já gosto do seu irmão caçula e aprecio seu gosto por mulheres.

Ela balançou a cabeça na direção da porta do quarto.

— Mais tarde poderá me explicar como dançar nua a transformou numa psicóloga, mas, por enquanto... — Malachi bateu com o punho na porta do quarto. — Tia, para onde você vai?

A porta foi aberta e ela saiu, apressada. Malachi sentiu o perfume. Tia também passara batom nos lábios e vestira um elegante blazer preto. A pressão indesejável do ciúme o envolveu.

— Com quem vai almoçar?

— Com Anita Gaye. — Ela abriu a bolsa para verificar o que tinha lá dentro. — Posso pedir as pizzas de um telefone no caminho.

— Maravilhoso! — exclamou Cleo. — Obrigada. O casaco é lindo.

— Acha mesmo? É novo. Eu não tinha certeza... ora, não importa. Devo estar aqui por volta de 16 horas ou 16h30.

— Ei, espere um pouco! — Malachi dirigiu-se à porta primeiro, pondo a mão para impedir que ela a abrisse. — Se pensa que vou permitir que saia para almoçar com uma mulher que contrata assassinos, você perdeu a droga do juízo!

— Não grite comigo e não me diga o que vai ou não me deixar fazer! — O nervosismo fez seu estômago se contrair e Tia quase cedeu ao ímpeto de recuar, mas ela manteve-se firme. — Você não manda em mim, nem nesse... consórcio. Agora, saia da frente porque não quero me atrasar.

— Tia... — Como a raiva não dera certo, ele optou por um tom mais suave, usando todo seu poder de sedução. — Estou preocupado com você, só isso. Ela é uma mulher perigosa. E todos sabemos agora do que Anita Gaye é capaz.

— E eu sou fraca, idiota e não tenho condições de enfrentá-la.

— Isso mesmo... Não... Ah, Deus! — Malachi ergueu a mão, como se estivesse tentado a estrangulá-la ou a si mesmo. — Gostaria apenas que me dissesse o que pretende fazer.

— Almoçar. Ela telefonou me convidando. Aceitei. Presumo que Anita pense que pode arrancar de mim informações sobre as Parcas e Henry Wyley. E sobre você. Tenho plena consciência de suas intenções, Afinal, ela não me dirigiu mais do que vinte palavras em toda a sua vida, até agora. Em compensação, ela não tem ideia de minhas intenções. Não sou a idiota que você pensa que sou, Malachi.

— Não é o que penso a seu respeito. Tia... — Malachi reprimiu uma imprecação quando notou que Cleo e seu irmão não tinham sequer a cortesia de fingir que não ouviam. — Vamos ao terraço conversar a respeito.

— Não. E agora, a menos que você planeje me jogar no chão e me amarrar, vou sair para almoçar.

— Grande Tia! — murmurou Cleo, dando uma cotovelada nas costelas de Gideon.

— Mal, acho melhor sair da frente — disse Gideon, muito calmo. Quando ele deu um passo para o lado, Tia abriu a porta.

— Não esqueça a pizza! — gritou Cleo, antes de Tia bater a porta na cara de Malachi.

— Se aquela mulher a machucar...

— O que ela pode fazer? — indagou Cleo. — Espetar Tia com o garfo da salada? Esfrie a cabeça um pouco e pense. É uma manobra esperta. Tudo indica que Anita pensa que Tia é uma grande idiota, uma adversária insignificante. Aposto qualquer coisa que Tia voltará com muitas informações, enquanto Anita ficará de mãos abanando.

— Tia é muito inteligente, Mal — confirmou Gideon. — E precisamos dela. Procure relaxar.

— Está bem.

Mas ele sabia que não conseguiria relaxar até que ela voltasse.

Mesmo com sua vida repleta de fantasia, Tia nunca se imaginara como uma espécie de espiã, ou mesmo como uma agente dupla, ponderou, ao chegar pontualmente para o almoço marcado. E tudo o que tinha de fazer era manter seu comportamento habitual: tímida, ansiosa, obcecada, uma chata, pensou, enquanto era conduzida para a mesa.

Uma incrível agente secreta.

Como era natural, Anita estava atrasada. Segundo a experiência de Tia, mulheres que não eram tímidas, ansiosas, obcecadas nem chatas costumavam se atrasar para seus encontros. Porque tinham uma vida, supunha ela.

Mas não havia a menor dúvida de que agora ela também tinha uma vida; ainda assim continuava pontual.

Pediu água mineral e tentou não chamar atenção nem parecer ansiosa enquanto se sentava sozinha, pelos dez minutos seguintes, na discreta elegância do Café Pierre.

Anita entrou em grande estilo, elegante, confiante, magnífica. Usava um tailleur deslumbrante, da cor de berinjela madura, com um maravilhoso colar de ouro trançado e ametistas.

— Desculpe o atraso. Não está esperando há muito tempo, não é?

Ela se inclinou e beijou o rosto de Tia, antes de se acomodar em sua cadeira e pôr o celular ao lado do prato.

— Não. Eu...

— Fiquei presa com um cliente e quase não consegui dispensá-lo. — Anita olhou para o garçom. — Martíni com vodca. Stoli, seco como poeira, duas azeitonas. — Depois, ela se recostou, soltando o longo suspiro de uma mulher prestes a relaxar. — Fico contente por você ter vindo. Ultimamente, quase nunca consigo marcar um almoço que não seja de negócios. Você está muito bem, Tia.

— Obrigada. Você...

— Está diferente, não é? — Anita contraiu os lábios, tamborilando com os dedos de unhas vermelhas na mesa, enquanto tentava projetar uma imagem mais nítida de Tia em sua mente. — Ah, mudou os cabelos. E ficou muito melhor. Os homens fazem tanto alvoroço por uma mulher de cabelos compridos. Não entendo por quê.

Ela fez uma pausa, sacudindo os cabelos cacheados.

— Agora fale-me de sua viagem. Deve ter sido fascinante fazer um tour por toda a Europa. Embora seja cansativo. Você parece exausta. Mas vai se recuperar.

Você é mesmo uma farsante extraordinária, não é?, pensou Tia, tomando um gole de água mineral, enquanto o martíni de Anita era servido.

— Foi de fato uma experiência difícil e fascinante. Não dá para conhecer muito bem as cidades, como algumas pessoas imaginam. Passa-se a maior parte do tempo em aeroportos, hotéis e nos locais das palestras.

— Mesmo assim, ainda há vantagens. Você não conheceu aquele irlandês deslumbrante com quem jantava outro dia durante a viagem?

— É verdade. Ele compareceu a uma de minhas palestras na Europa e me procurou quando veio tratar de negócios aqui em Nova York. Ele era muito bonito, não era?

— Demais. E se interessava por mitologia?

— Hum... — Tia examinava o cardápio, estudando as opções. — Bastante. Em particular pelos grupos. As Sereias, as Musas, as Parcas. Acha que eu posso pedir a salada de frango grelhado sem os pinhões?

— Claro. Ainda mantém contato com ele?

— Com quem? — Tia baixou o cardápio e os óculos de leitura. Sorriu distraída. — Ah, sim, com Malachi. Não. Ele teve de voltar para a Irlanda. Pensei que poderia telefonar, mas acho... No fim das contas, são cinco mil quilômetros de distância. Os homens não costumam me procurar depois de um encontro, mesmo morando no Brooklyn.

— Os homens são uns porcos. As amazonas estavam certas. Usá-los para procriar e propagar a espécie, matando-os em seguida. — Anita riu. Depois virou-se para o garçom que se aproximava da mesa. — Quero uma salada Caesar, uma garrafa de água mineral e outro martíni.

— Hum... vocês usam frango caipira?

Deliberadamente, Tia transformou o pedido de uma simples salada num grande acontecimento. Percebeu o sorriso de Anita pelo canto dos olhos e considerou que era um trabalho bem-feito.

— É interessante você ter falado sobre as Parcas — murmurou Anita.

— Eu falei? Pensei que estivéssemos conversando sobre as amazonas... embora, é claro, elas não fossem deusas, nem gregas. Ainda assim, era uma cultura feminina fascinante, e sempre achei...

— As Parcas.

Anita conseguiu terminar o primeiro martíni, embora estivesse quase rangendo os dentes.

— Ah, sim. O poder feminino de novo. Mulheres, irmãs que determinam a extensão e qualidade da vida para os deuses e seres humanos.

— Com seu interesse e os antecedentes de sua família, já deve ter ouvido falar nas estatuetas.

— Já ouvi falar de muitas estátuas. Ah! — A exclamação de Tia saiu com uma expressão de absoluta inocência. Ela seria capaz de jurar que ouvira Anita ranger os dentes outra vez. — As Três Parcas. Claro, claro. Na verdade, pelo que se diz, um de meus ancestrais possuía uma... acho que era Cloto, a primeira Parca. Mas ele morreu no *Lusitania*. Até onde se sabe, a estatueta afundou com o navio. O que é muito triste, se for verdade. Láquesis e Átropos nada têm para medir e cortar, sem Cloto para fazer o fio. Mas, por outro lado, sei mais sobre os mitos do que sobre as peças. Acha que as estatuetas existem? Isto é, as outras duas.

— Creio que sou bastante romântica para esperar que sim. Pensei que uma pessoa com seus conhecimentos e suas ligações pudesse ter algumas ideias.

— Puxa! — Tia mordeu o lábio. — Não presto muita atenção a essas coisas. Foi o que disse a Malachi quando conversamos.

— Quer dizer que ele falou sobre as estatuetas?

— Estava interessado. — Cautelosa, Tia verificou o que havia na cesta de pão. — Ele coleciona arte mitológica. Começou há alguns anos, em uma de suas viagens de negócios à Grécia. Trabalha com navegação.

— É mesmo? Um irlandês bonito e rico, interessado em sua área de estudo. E você não telefonou para ele?

— Eu não poderia. — Como se estivesse nervosa, Tia baixou os olhos para a toalha da mesa, enquanto mexia na gola do casaco com uma das mãos. — Não me sentiria à vontade ligando para um homem. Nunca sei o que dizer. Além do mais, acho que ele ficou desapontado porque não pude ajudá-lo com as Parcas, isto é, com as estatuetas. Fui de grande ajuda com o mito, se me permite a presunção. E com uma das esculturas no fundo do Atlântico, elas nunca ficariam completas, não é mesmo?

— Tem razão.

— Imagino que, se estivessem... completas, seriam muito valiosas.

— Bastante.

— Se Henry Wyley não tivesse feito aquela viagem, naquela ocasião, naquele navio, quem sabe? Mas, por outro lado, as Parcas decidiam o destino. Talvez você consiga encontrar uma delas, se ainda existem... se é que alguma vez existiram. Deve ter todos os recursos.

— Tenho mesmo. Por acaso fui procurada por um cliente interessado. Sempre detesto desapontar um cliente. Por isso, estou fazendo tudo o que posso para confirmar a existência e localização das estatuetas.

Anita deu uma mordida delicada num pão, enquanto observava Tia.

— Espero que não mencione isso para... Malachi, certo?... Se ele ligar de novo. Não quero que ele descubra algo antes de mim.

— Não direi nada, mas acho que o problema não é esse. — Tia soltou um suspiro profundo. — Contei a ele que tinha ouvido, há bastante tempo, sobre alguém em Atenas que alegava ter Átropos. É a terceira Parca.

Com o coração batendo forte pela improvisação, Tia estudou a salada com o máximo de atenção, à procura de qualquer falha.

— Em Atenas?

— Isso mesmo. Creio que alguém me falou a respeito no outono passado. Ou na primavera, não me lembro direito. Eu estava pesquisando sobre as Musas. São as nove filhas de Zeus e Mnemósine. Cada uma tinha sua especialidade, como Clio, que era...

— E as Parcas? — interrompeu Anita.

— As Parcas, o quê? Ah, sim... — Tia soltou uma pequena risada. Tomou um gole de água. — Desculpe. Acho que tenho a tendência de perder o rumo da conversa. O que é irritante para algumas pessoas.

— Não para mim. — Anita imaginou-se inclinada por cima da mesa, esganando a chata insuportável. — Mas você estava dizendo...

— Deve ter sido na primavera do ano passado. — Com máxima concentração, Tia derramou uma quantidade mínima de molho na salada. — Eu não estava procurando informações sobre as Parcas, nem mesmo sobre peças de arte. Só prestei atenção por educação. Essa fonte com quem entrei em contato... como era mesmo seu nome? Não tem importância, já que ele não foi de tanta ajuda quanto eu esperava... sobre as Musas, é claro. Mas durante a conversa ele comentou que fora informado sobre uma pessoa em Atenas que tinha Átropos. A estatueta, não a figura mitológica.

— Por acaso se lembra do nome dessa pessoa em Atenas?

— Não sou muito boa com nomes. — Com um olhar de quem se desculpava, Tia espetou a salada. — Na verdade, acho que ele nem disse o nome, já que apenas mencionou o assunto. E foi há muito tempo. Só lembro da referência a Atenas porque trata-se de um lugar que sempre desejei conhecer. Além do mais, parecia lógico que uma das estatuetas estivesse na Grécia. Você conhece o país?

— Não. — Anita deu de ombros. — Ainda não.

— Nem eu. Acho que a comida não combinaria comigo.

— Mencionou esses detalhes para Malachi?

— Sobre Atenas? Não... creio que não. Acha que eu deveria ter falado? Talvez ele me ligasse de novo, se eu tivesse. Era um homem muito bonito.

Idiota, pensou Anita. Imbecil.

— Qualquer coisa é possível.

TIA SENTIA-SE exultante. Como imaginava que uma mulher poderia se sentir depois de cometer adultério, num motel de segunda categoria, com um artista desempregado, enquanto o marido pomposo e chato presidia uma reunião de diretoria.

Não, decidiu ela, ao entrar apressada em seu prédio, esse tipo de exultação ocorria *antes* do ato de adultério, a caminho do motel barato. Depois, a mulher sentia-se culpada, envergonhada, necessitada de uma longa chuveirada.

Ou pelo menos era o que ela imaginava.

Ainda assim, mentira, enganara — fodera alguém, em termos figurativos — e não se sentia nem um pouco envergonhada. Ao contrário, sentia-se poderosa.

E gostava da sensação.

Anita a detestava. As pessoas pensavam que ela não percebia quando a achavam chata e irritante, basicamente estúpida? Ora, não tinha importância, assegurou-se enquanto subia no elevador, numa nuvem de triunfo. Isso mesmo, não tinha a menor importância o que uma mulher como Anita pensava a seu respeito. Porque ela, Tia Marsh, vencera aquela batalha.

Entrou no apartamento, pronta para entoar o canto de vitória, mas encontrou apenas Cleo, que assistia à MTV.

— Como foi o almoço?

— Correu tudo bem. Onde estão os outros?

— Foram ligar para a mãe. Os irlandeses são muito apegados à mãe, não é mesmo? E, depois, iam comprar alguma coisa... sorvete. Saíram há poucos minutos.

Cleo olhou para a tela da televisão, antes de desligar.

— Pode me contar como foi o almoço com Anita?

— Ela acha que sou uma neurótica desmiolada, grata por qualquer fragmento de atenção que possa ser lançado em minha direção.

Cleo saiu do sofá... num movimento gracioso, que Tia não pôde deixar de admirar.

— Não é o que eu penso. Sei que não importa, mas acho você uma mulher inteligente, de classe, capaz de chutar o traseiro de qualquer um, só que ainda não experimentou a sua força. Quer um drinque?

A descrição deixou Tia tão aturdida que não a permitiu registrar o fato de ser convidada para um drinque em seu próprio apartamento.

— Talvez. Não costumo beber.

— Mas eu bebo e acho que a ocasião é apropriada. Vamos apreciar um bom vinho, enquanto você me conta tudo.

Cleo abriu uma garrafa de Pouilly-Fumé e encheu duas taças. E escutou. Em algum momento, durante a primeira taça, Tia compreendeu que a única pessoa que costumava ouvi-la com tanto interesse era Carrie. Talvez fosse por isso que ainda eram amigas, pensou.

— Você a despachou para Atenas? — Cleo soltou uma gargalhada. — Que ideia brilhante!

— Apenas parecia... Acho que foi mesmo.

— Uma manobra sensacional! — Cleo levantou a mão, tão depressa e tão perto que Tia inclinou a cabeça para trás, num movimento brusco, como se tentasse se esquivar de um tapa. — Bata aqui!

— Ah... — Tia bateu na palma erguida, rindo.

— Terá de contar tudo de novo quando os rapazes voltarem — continuou Cleo. — E como temos este momento de garotas, abra o jogo sobre Malachi.

— Abrir o jogo?

— Isso mesmo. Sei que está puta da vida com ele. Se eu estivesse em seu lugar, arrancaria os ovos dele e os serviria no café da manhã. Mas ele é mesmo maravilhoso. Como vai jogar com ele?

— Não vou. Não saberia como e por isso prefiro não jogar. É apenas um negócio.

— Ele está se consumindo em culpa por sua causa. Você poderia se aproveitar disso. — Cleo mergulhou um dedo em seu vinho e o lambeu. — Mas não é só culpa. Ele também sente o maior tesão por você. Tesão e culpa, uma mistura que lhe dá muito poder.

— Malachi não sente esse tipo de atração por mim. Está apenas fingindo, para que eu o ajude.

— Engano seu. Se há uma coisa que eu conheço, Tia, são os homens. Sei como eles olham e se movimentam em torno de uma mulher, e o que acontece em seus cérebros obcecados por sexo. O cara quer te levar pra cama acima de qualquer coisa. E como se sente culpado por sacaneá-la, isso o deixa nervoso, frustrado e estúpido. Pode fazê-lo se ajoelhar e suplicar, como um cão, se jogar suas cartas direito.

— Não tenho nenhuma — disse Tia. — E não quero humilhá-lo. — Mas ela se lembrou de como se sentira ao descobrir que Malachi mentira. Usada. Tomou outro gole de vinho. — Talvez eu queira. Pelo menos um pouco. Mas não creio que seja relevante. Os homens não sentem por mim os mesmos impulsos que sentem por você. — Ela parou de falar, consternada. Largou a taça. Não devia beber. — Desculpe. Não tive a intenção... Falei como um elogio.

— Relaxe. Eu entendi. Há muito mais em você do que imagina. Inteligência, excentricidade, autocontrole.

— Nada disso parece muito sensual.

— Mas essas coisas estão afetando Malachi. E, ainda por cima, você tem esse ar sonhador de ninfa do bosque.

— Ninfa do bosque? Eu?

— Meu bem, precisa se olhar no espelho com mais frequência. Você é mesmo quente.

— Quente? Não, não estou sentindo calor... — Ela parou de falar quando Cleo caiu na gargalhada. — Oh, sensual! — Tia desatou a rir também. Olhou atentamente para Cleo. — Você está bêbada?

— Não, mas posso ficar.

Cleo recostou-se. Não fazia amizade com muita facilidade, pelo menos não com mulheres. Mas havia algo especial em Tia.

— Eu sempre quis ser como você — murmurou Tia.

— Como eu?

— Alta, provocante, sensual, exótica. E com um corpo exuberante.

— Cada mulher deve trabalhar com o que tem. E o que você tem está fazendo com que as glândulas do irmão mais velho de Gideon peguem fogo. Acredite em mim. — Cleo inclinou-se para Tia. — Quando eles voltarem, vou lançar uma pequena bomba. O bonitão não vai gostar nem um pouco, e seu irmão mais velho já me olha desconfiado. Posso precisar de alguma ajuda. Apoio, distração, qualquer coisa que você puder oferecer.

— Mas o que vai dizer?

Cleo estava prestes a responder quando ouviram o barulho da chave na fechadura. Tia percebeu no rosto de Cleo alguma coisa inesperada, tristeza, talvez arrependimento. Depois, tomou o resto do vinho e murmurou:

— Contagem regressiva.

— ATENAS? — Gideon se desmanchou numa gargalhada maravilhado. — Atenas? — Ele puxou Tia e deu-lhe um beijo nos lábios, com o maior entusiasmo, quando ela ficou de pé. — Você é mesmo genial!

— Eu... ahn... — Os ouvidos de Tia zumbiam. — Obrigada.

— Genial! — Ele rodopiou com Tia, antes de olhar para o irmão, ainda sorrindo. — E você estava preocupado, pensando que Anita poderia devorá-la como sobremesa. Temos aqui uma inteligência comprovada.

— Largue-a, Gideon, antes que a machuque. — Malachi aproximou-se de Tia. — Foi mesmo muito hábil. Hábil e esperto.

— Era lógico. — Com a cabeça girando um pouco, de maneira agradável, Tia voltou a se sentar. — Não sei se ela vai mesmo para a Grécia, mas com certeza vai procurar uma estatueta por lá.

— O que nos dá uma folga — comentou Malachi. — Agora, como vamos aproveitar essa jogada? Rebecca está fazendo tudo o que pode para obter informações sobre Jack Burdett. Deixaremos essa parte com ela, pelo menos por enquanto. Parece que a primeira providência, em termos lógicos, é encontrar uma maneira de Cleo pegar a Parca de White-Smythe. E temos de levá-la para um lugar seguro sem que Anita desconfie de qualquer coisa.

— Isso não é problema. — Cleo não respirou fundo, mas se preparou para o que pudesse acontecer, enquanto fitava Gideon nos olhos. — Eu já estou com ela, e a guardei num lugar seguro.

Capítulo 16

— ESTAVA COM ela o tempo todo? — Chocado, a raiva começando a borbulhar, Gideon olhava aturdido para Cleo. — Desde o início?

— Minha avó me deu quando eu era pequena. — Ela sentia o estômago embrulhado. — Já havia começado a ficar meio pirada, e acho que pensava que fosse apenas uma espécie de boneca. Tornou-se meu amuleto da sorte. Ia comigo para toda parte.

— Estava com ela em Praga.

— Estava.

Sentindo-se um pouco atordoada pelo tom firme e incisivo da voz de Gideon, ela se serviu de outra taça de vinho.

— Nunca tinha ouvido sobre as Três Parcas — acrescentou Cleo. — Se minha família conhecia essa história, nunca chegou a meus ouvidos. Eu não sabia o que era até que você me contou.

— E não foi sorte para você eu ter aparecido e contado tudo?

Cleo pensou que a amargura das palavras, enunciadas em tom desdenhoso, doía tanto quanto um soco na barriga.

— Pense bem, bonitão, um cara me procura no trabalho, começa a fazer perguntas sobre meu amuleto da sorte, conta uma longa história envolvendo muito dinheiro e lendas gregas. Eu não poderia entregar tudo de bandeja. Nem sequer o conhecia.

— Mas passou a me conhecer, não é? — Ele se inclinou para a frente, pondo as mãos nos braços da poltrona em que Cleo estava sentada, acuando-a com seu corpo. — Ou será que tem o hábito de rolar pelo chão de um quarto de hotel com estranhos?

— Gideon...

— Não se meta! — Gideon virou a cabeça num movimento brusco, lançando um olhar de fúria para o irmão, a fim de silenciar qualquer interferência.

Depois, tornou a concentrar-se em Cleo. — Você me conhecia bem o bastante para fazer isso. Me conhecia muito bem quando partilhamos a cama que Mikey nos emprestou, horas antes de sua morte.

— Já chega. — Embora suas mãos estivessem geladas de medo, Tia usou-as para puxar o braço de Gideon. Descobriu que era como tentar abrir uma muralha de aço com os dedos. — Ele era amigo de Cleo, que o amava. Não importa o quanto esteja irritado, você sabe disso... e sabe também que não tem o direito de usar Mikey para magoá-la.

— Ela o usou. E me usou também.

— Tem razão. — Cleo ergueu o queixo, não em desafio, mas numa espécie de convite. Pode me dar um soco, ela parecia dizer; prefiro isso. — Não poderia estar mais certo. Eu me superestimei e subestimei Anita. E Mikey morreu. Por mais raiva e repulsa que você possa sentir por mim neste momento, não chega nem perto do que sinto por mim mesma.

— Pode chegar mais perto do que você imagina. — Gideon finalmente recuou.

— Está bem. — Alguma coisa dentro de Cleo se rompeu, algo que ela nem sabia que existia. — Eu queria fazer um acordo com Anita, pegar o dinheiro e dar um percentual a você. Todo mundo ficaria feliz. Achei que você ficaria um pouco irritado por eu ter agido sem lhe dizer nada, mas como poderia protestar quanto tivesse aquelas verdinhas em suas mãos?

Quando Gideon se virou, a violência irradiando quase tangível ao seu redor, Tia interpôs-se entre os dois.

— Pare e pense um pouco. Há sentido no que ela fez. Se estivesse lidando com um negociante normal, até mesmo desonesto, faria sentido. Ninguém poderia prever como Anita reagiria.

— O que ela fez foi mentir. — Gideon ignorou a mão de Tia, tentando puxá-lo. — Para todos nós.

— Começou com mentiras. — A voz de Tia incisiva o bastante para que Gideon se virasse para fitá-la. — Confiança e transparência têm sido problemas para nós desde o início. Estamos todos divididos em direções diferentes, com objetivos diferentes. E com planos diferentes. Enquanto continuarmos assim, Anita terá a vantagem. Ela tem um único rumo, um único objetivo. A menos que concordemos sobre o nosso, Anita vencerá.

— Tem razão. — Malachi pôs a mão no ombro de Tia, que, embora se contraísse, não se afastou. — Não estou nem um pouco satisfeito pela maneira como chegamos a este ponto. Com exceção de Tia, todos temos motivos para nos arrepender. Podemos admitir e superar. Ou podemos descarregar socando alguma parede. Gid... — A voz era gentil agora. Ele esperou até que o irmão o fitasse, a expressão ainda furiosa. — Lembra-se daquele saco de pancada que papai instalou na garagem de barcos? — Ele olhou para as mulheres. — Nós o chamávamos de Nigel. E batíamos nele com toda força, em vez de socar um ao outro. E fazíamos isso com frequência.

— Não somos mais garotos.

— Não, não somos. Por isso, em vez de continuar com raiva ou de encontrar um Nigel, por que não recomeçamos a partir deste momento? A boa notícia é que temos a segunda Parca. Onde você a guardou, Cleo?

— Em um banco, na Sétima Avenida. — Ela enfiou a mão no bolso do jeans, para pegar a chave que pusera ali naquela manhã. — Posso ir buscá-la. Tenho de assinar um formulário e mostrar um documento de identidade para ter acesso ao cofre-forte. Posso ir até lá pela manhã.

— *Nós* iremos — corrigiu Gideon. — Neste momento, preciso respirar um pouco de ar fresco. Vou para o terraço.

Cleo continuou sentada enquanto ele saía, batendo a porta. Levantou-se um momento depois, ao sentir as pontadas dos fragmentos do que se rompera dentro dela.

— Não foi fácil. — Com medo de que a voz começasse a tremer, ela acrescentou: — Preciso dormir um pouco.

Depois que ela se retirou, fechando a porta do escritório, Tia passou as mãos pelos cabelos.

— Nunca sei o que fazer... nem o que dizer.

— Fez e disse exatamente o que era preciso. Pare de se criticar, Tia. É uma atitude irritante.

— Desculpe. Vou conversar com Cleo, ver se posso ajudar.

— Não. Seria o caminho mais fácil. — Com um pequeno suspirou, Malachi tornou a pôr a mão no ombro de Tia. — Deixe que eu falarei com Cleo. Tente falar com Gideon. Precisamos encontrar alguma estabilidade na confusão que criamos. — Ele se encaminhou para a porta do escritório. Mas parou, virando-se. — Você foi brilhante com Anita.

Depois, Malachi deu uma firme batida na porta, abriu-a e entrou, sem esperar um convite. Cleo estava deitada de costas, no sofá-cama. Não chorava, mas ele sabia que se encontrava à beira de uma explosão.

— Já aguentei demais dos irmãos Sullivan no momento. Preciso de um tempo.

— Lamento, mas o espetáculo ainda não acabou. — Malachi ergueu os pés dela, sentou-se, e os colocou em seu colo. — Isto porque o irmão Sullivan aqui está disposto a admitir que pode ter feito exatamente a mesma coisa que você. Não me sinto nem um pouco orgulhoso. Posso olhar para trás e perceber todas as coisas erradas que fiz, os momentos em que deveria escolher um caminho, mas fui por outro. No entanto, isso não faz a menor diferença, não é mesmo?

— Está sendo simpático apenas para que eu coopere? Pelo espírito de equipe?

— Seria um ótimo benefício colateral. Mas sei que você passou por um momento terrível, e sou parte do motivo de isso ter acontecido. Gideon não costuma se comportar de forma tão insidiosa quanto eu e você. Não que ele seja um capacho ou um idiota, mas é sempre propenso a dizer o que pensa e pode se irritar quando descobre que nem todos fazem a mesma coisa. Nosso Gideon tem um refinado senso de justiça. Acha que sempre devemos jogar limpo.

Saber isso e ouvir Malachi dizê-lo não ajudava muito a apaziguá-la.

— As pessoas que jogam limpo quase sempre perdem.

— Não é terrível? — Malachi soltou uma risada. Começou a massagear os pés de Cleo. — Mas, quando ganham, ganham limpo. Isso importa para ele. Você importa para ele.

— Talvez devesse dizer que *importava.*

— Você continua a ser importante para ele. Conheço meu irmão e posso garantir. Mas não a conheço muito bem, por isso, tenho de perguntar. Ele é importante para você?

Cleo tentou retirar o pé, mas ele o segurou com firmeza, continuando a massageá-lo.

— Eu não estava tentando arrancar o dinheiro dele.

— Não foi isso que perguntei. Ele é importante para você?

— Acho que sim.

— Pois então permita que eu lhe dê um conselho. Trate de reagir. Recorra a gritos e imprecações até que ele atinja o limite. Ou use lágrimas para afogar seus ânimos. Qualquer das duas coisas dá certo com Gideon.

Cleo ajeitou uma segunda almofada sob a cabeça.

— O que significa voltar a ser insidiosa, não é mesmo?

— Hum... — Malachi bateu de leve no pé de Cleo. — Você quer ganhar ou perder?

A ameaça de uma explosão ou de um acesso de choro desvanecera-se o suficiente para que ela se sentasse, fungasse uma vez e o observasse.

— Eu não sabia se gostaria de você. Acho muito conveniente, considerando tudo, descobrir que gosto.

— O sentimento é mútuo. E, agora, gostaria que me esclarecesse uma dúvida. A maioria das mulheres que trabalham como strippers tem o corpo que Deus lhes deu ou são providências da medicina?

TIA NÃO estava tendo muita sorte com Gideon. Por algum tempo, ela apenas ficou sentada em silêncio numa das pequenas cadeiras de ferro, no jardim do terraço. Quase nunca ia até lá, já que não confiava no ar nem na altura. O que era uma pena, pensou ela, pois adorava a vista do rio.

Sendo uma mulher acostumada a ser ignorada, simplesmente esperou enquanto Gideon, de pé, fumava e refletia junto da grade de ferro, também mudo.

— Passamos dias e noites juntos, correndo por toda a Europa, e ela não largava a porra da bolsa nem por um segundo.

Muito bem, ele fala, refletiu Tia. Era um começo.

— Era a bolsa dela, Gideon.

— Não é essa a questão. — Ele se virou, com sua beleza absurda, pensou Tia, envolta por fúria. — Cleo pensou que eu a nocautearia e roubaria a Parca? Que fugiria durante a noite, depois de transar com ela, deixando-a sozinha em um quarto sórdido de hotel?

— Não posso responder a essa pergunta. Eu não teria coragem de acompanhá-lo, em primeiro lugar, nem a presença de espírito para me defender... que foi o que ela fez. Eu... sei que parece sexista, mas é diferente para um homem percorrer a Europa com uma mulher. Para a mulher é mais arriscado e assustador.

— Não vou questionar esse ponto. Mas nem sequer fazia uma semana que estávamos juntos quando... as coisas mudaram entre nós.

— O sexo, sob alguns aspectos, é outro risco assustador. — Tia sentiu o calor arder em seu rosto quando ele a fitou, o rosto franzido. — Se ela quisesse usá-lo... o que você acredita ser o caso... ela é que teria fugido durante a noite com Láquesis. Em vez disso, veio para cá com você.

— Mas depois agiu pelas minhas costas e...

— Cometeu um erro — arrematou Tia. — Um erro que custou mais caro para ela do que para você. Nós dois sabemos o estado em que Cleo se encontrava quando chegaram aqui. Somos os únicos que sabemos disso. E talvez eu tenha sido a única a testemunhar como você a tratou. Como foi gentil e generoso. Como foi afetuoso.

Gideon soltou um grunhido curto e ríspido. Esmagou o cigarro no chão, com o calcanhar.

— Ela estava bêbada e passando mal por minha culpa. O que eu deveria fazer? Mandá-la embora?

— Você cuidou dela. E quando Cleo acordou no meio da noite, chorando, você cuidou dela outra vez. É bem provável que ela estivesse tão imersa em sua dor que nem tenha notado. Nunca estive apaixonada. — Tia deu alguns passos cautelosos na direção de Gideon e da grade. E do precipício. — Por isso, posso estar errada ao pensar que você está apaixonado por ela. Mas sei o que é nutrir sentimentos por alguém e depois ser magoada.

— Mal está desesperado por causa disso, Tia. — Gideon segurou a mão dela, sem compreender que a resistência instintiva se devia à altura, não ao gesto. — Posso lhe garantir.

— Não é essa a questão. Só estou dizendo que você deve tentar analisar a situação do ponto de vista da Cleo, quando não estiver mais tão furioso e tão magoado. Ou, se não for capaz, pelo menos procure se controlar o suficiente para que possamos trabalhar juntos.

— Vamos trabalhar juntos — prometeu Gideon. — E eu encontrarei uma forma de lidar com o resto.

— Ótimo.

Por que as pessoas que têm pânico de altura não podem resistir à tentação de olhar para baixo?, perguntou-se Tia. Num impulso irresistível, ela olhou para a rua lá embaixo, até sentir a cabeça girar. Conseguiu dar um passo trêmulo para trás, depois outro.

— Tenho vertigem...

— Fique calma. — Gideon segurou-a quando ela cambaleou. — Você está bem?

— Acho que ficarei... mais ou menos.

CLEO NÃO teve oportunidade de experimentar o conselho de Malachi. Era difícil lutar — com palavras ou com lágrimas — contra alguém que a evitava como se você tivesse a peste. Era difícil ter uma discussão com um homem que preferia passar a noite no terraço de um prédio em Nova York a partilhar um canto da cama com você.

Doía em partes que ela nem sabia que poderiam doer. E era pior porque Cleo acreditava merecer aquele comportamento.

— Vá até lá, pegue a Parca e volte — repetiu Malachi enquanto Gideon, os olhos injetados, tomava uma segunda xícara de café.

— Você já disse isso.

— É melhor não ir direto ao destino, nem na ida nem na volta. O banco fica muito perto... do outro apartamento. — Malachi lançou um olhar para Cleo. — Talvez ela ainda tenha alguém observando aquela área.

— Conseguimos nos desvencilhar daqueles caras por toda a Europa. — Gideon largou a xícara no balcão. Então, quando Tia tossiu, sugestivamente, ele tornou a pegá-la e lavou-a na pia, antes de acrescentar: — Podemos cuidar disso.

— Apenas tome cuidado com suas costas... e com o resto de você.

Gideon assentiu. Olhou para Cleo.

— Pronta?

— Claro.

Tia entrelaçou os dedos, não resistindo em retorcê-los quando Gideon e Cleo passaram pela porta.

— Não precisa se preocupar com eles — murmurou ela, mais para si mesma do que para Malachi.

— Sei disso. Eles podem se cuidar sozinhos. — Mas Malachi enfiou as mãos nos bolsos e desejou, intensamente, não ter parado de fumar. — Será maravilhoso observá-la de perto. Você deve verificar se é autêntica.

— Claro. Enquanto esperamos, tenho muito trabalho para pôr em dia.

— Esta é a primeira vez em que ficamos realmente a sós. Há algumas coisas que eu gostaria de dizer.

— Já disse.

— Não todas. Não as coisas que pensei depois que você me mandou embora.

— Não estou interessada. Há dias não consigo trabalhar em meu livro. Estou atrasada no cronograma. Você pode assistir à televisão, ouvir rádio, ler um livro. Ou pode se atirar do terraço. Não faz diferença para mim.

— Aprecio sua capacidade de guardar ressentimento. — Malachi adiantou-se para interceptá-la quando ela se encaminhou para o escritório. — Já disse que sinto muito. Já disse que errei. De nada adiantou. Por que não escuta o resto agora?

— Vamos ver... seria porque não estou interessada? É bem possível. — Ela gostou de ouvir o sarcasmo na própria voz. Fazia com que se sentisse no comando. — A parte pessoal desse relacionamento está encerrada.

— Discordo.

Malachi deu um passo à frente, ela um passo atrás.

E a retirada, por menor que fosse, fez com que se sentisse vulnerável de novo.

— Você quer discutir o assunto? — Ela deu de ombros, tentando assumir um pouco da personalidade de Cleo. — Não sou boa em discussões. Mas para pôr essa questão de lado, de uma vez por todas, farei o melhor possível. Você me tratou como uma idiota. Pior ainda, fez com que eu pensasse que me achava atraente, até desejável. E isso, Malachi, é desprezível.

— Seria, com toda a certeza, se fosse verdade. O fato é que achei você atraente e desejável, o que foi um grande dilema para mim. — Ele observou a irritação estampar-se no rosto de Tia; sabia que a reação baseava-se na incredulidade. — E, por isso, cometi o primeiro de vários erros. Sabe o que iniciou minha série de erros em relação a você?

— Não, não sei, e não quero saber. Estou ficando com dor de cabeça.

— Não está, não. Torce para ter uma dor de cabeça a fim de poder pensar em outra coisa. Mas vou lhe dizer: foi sua voz.

— Como?

— Sua voz. Sentado naquele auditório, achei sua voz linda. Talvez um pouco instável a princípio, mas logo foi se tornando mais firme. Uma voz agradável e harmoniosa. Admito que achei o assunto sobre o qual falava muito chato, mas mesmo assim gostei de ouvir sua voz.

— Não sei o que isso...

— E suas pernas. — Malachi não ia parar agora, não quando percebia o nervosismo se sobrepondo à raiva. — Passei o tempo todo ouvindo sua voz e admirando suas pernas.

— Isso é ridículo.

Assim é melhor, pensou Malachi. Agora ela estava perturbada, o que era melhor do que irritada, melhor do que nervosa. Porque uma Tia perturbada não poderia impedi-lo de dizer as coisas que precisava dizer.

— Mas isso não foi o principal. Gostei de sua postura tímida, cansada e confusa quando me apresentei com o livro. Como foi educada.

Malachi tornou a se adiantar, e dessa vez ela foi para o outro lado do sofá.

— Não pensou que eu me sentia cansada. Só queria encontrar uma maneira de me fazer falar sobre as Parcas.

Ele concordou com um aceno de cabeça.

— É verdade, eu pensava nas Parcas. Mas havia espaço para as duas coisas em minha mente. Depois, quando a persuadi a se afastar do hotel e dar um passeio, gostei de ver como ficou encantada ao começar a olhar ao redor, quando realmente percebeu onde se encontrava.

— Gostou de pensar que fiquei encantada com você.

— Claro que gostei. Admito. Foi lisonjeiro. Mas esse não foi o momento em que as coisas começaram a mudar, o que me levou a consumar o primeiro dos erros. — Malachi foi para a extremidade do sofá e ela recuou para trás da mesinha, corada. Depois, quase pulou para o outro lado do sofá. — Foi o momento em que chegamos ao seu quarto.

— Meu quarto revirado.

— Isso mesmo. — Ele aspirou a fragrância de Tia, que perdurava no ar, no lugar em que ela estivera. Suave. Insinuante. — Fiquei furioso pelo que aconteceu, irritado comigo mesmo, sabendo que eu era parte do motivo para aquilo. Você ficou atordoada, transtornada, procurando comprimidos e aquela coisa que chupa como um pirulito.

— Um inalador é um aparelho médico...

— Não importa. — Malachi sorria agora, indo atrás dela em torno do sofá. — Sabe o que venceu minhas defesas, Tia? O que fez com que eu me derretesse por você?

— Até parece.

— Quando vi aquele banheiro... um maravilhoso banheiro finlandês cheio de frascos, potes e caixas. Energético, alívio para estresse. Sabonete especial e só Deus sabe o que mais.

— Claro. Sentiu-se atraído por minhas alergias e fobias. Sempre achei que eram instrumentos sexuais irresistíveis.

Para Malachi, o tom afetado, exagerado, era como música.

— Fiquei fascinado ao pensar que uma mulher que acreditava precisar de tudo aquilo para atravessar o dia fosse capaz de realizar uma viagem como aquela sozinha. No fundo, querida, você tem uma alma corajosa.

— Não tenho, não. Quer parar de me perseguir?

— Meu plano era verificar se podia extrair informações precisas de você, na esperança de que me levassem às outras estatuetas. Muito simples, sem causar efeitos colaterais. Mas eu estava errado. Porque não consegui mais parar de pensar em você, Tia. Sentia um incomodo no fundo da garganta, uma pressão crescente no peito.

— Não quero mais falar sobre isso.

— Continuei a vê-la sentada ali, com todas as suas coisas espalhadas ao redor. E lembrando como falou calmamente com a polícia, embora estivesse pálida e abalada.

Havia calor agora. Ou indignação.

— Mas você me deixou lá, abruptamente, até achar que eu poderia ser útil de novo.

— Tem razão. Mas não era apenas nas Parcas que eu estava pensando ao vir para Nova York. Não estava interessado apenas nelas. Lembra como a beijei na porta do seu apartamento? Lembra como foi?

— Pare com isso!

— Mandei que entrasse sozinha e fechei a porta. Se você não tivesse importância para mim, eu teria entrado. Sabia que você deixaria. Mas não poderia... não poderia tocá-la enquanto eu estivesse mentindo.

— Teria entrado e me levado para a cama, se tivesse estômago para dormir com alguém como eu.

Malachi estacou de repente, como um homem que esbarra com uma grossa parede de vidro.

— O que isso quer dizer? Alguém como você? Fico irritado quando a ouço falar dessa maneira! — Ele avançou depressa e quase conseguiu segurá-la pelo braço. Mas Tia esquivou-se. — E não vou permitir que acredite nisso. Eu a desejei naquela noite, mais até do que deveria, para o meu próprio bem e para o seu. E tenho seu gosto dentro de mim desde então. E, pelo que compreendo agora, só há uma maneira de resolver tudo isso: tendo você.

— O quê? — Quando ele parou de avançar, rindo como um louco, Tia entendeu. O sangue afluiu para seu rosto, mas logo ela voltou a ficar pálida. — Não pode simplesmente dizer isso. Não pode presumir...

— Não estou simplesmente dizendo e não estou presumindo. Venho tentando explicar desde que cheguei e desisti de usar palavras. Quero pôr as mãos em você. Pare de ofegar desse jeito, antes que precise usar aquele aparelho.

— Não estou ofegando. — Mas ela estava, enquanto corria de novo para trás do sofá. — E não vou para a cama com você.

— Não precisa ser na cama, embora eu tenha a impressão de que você vai gostar mais se for.

Malachi fingiu que ia pela esquerda, mas avançou pela direita, e segurou-a pelo braço. Deliberadamente, deixou-a escapar em seguida, pois estava se divertindo.

Ela recuperara a cor agora, um rosa fascinante tingindo suas faces.

— Você não é muito boa nisso — comentou ele, quando Tia quase tropeçou nos próprios pés. — Aposto que não foi perseguida por muitos homens em torno do sofá.

— Como não saio com garotos de 12 anos, não, nunca fui. — Se ela esperava insultá-lo, o riso de Malachi indicou que não conseguira. — Quero que pare com isso imediatamente.

Tia lançou um olhar para o escritório, avaliando a distância.

— Pode tentar. E para ser justo, dou-lhe a dianteira. Quero beijar sua nuca. Passar os lábios por essa curva elegante.

Malachi avançou. Com um grito estridente, ela sacudiu os braços. Perdeu o equilíbrio e caiu no sofá. Mais por falta de sorte do que por intenção, Tia continuou a rolar, esbarrando nas pernas de Mal, que caiu nas almofadas, enquanto ela caía de costas no chão.

Com uma risada nervosa, que a surpreendeu mais do que a ele, Tia levantou-se de um pulo e correu para o escritório.

Ele a alcançou a um passo da porta. Virou-a e encostou-a na parede, imprensando-a. As palavras subiram pela garganta de Tia, tumultuadas, mas foram detidas quando ela fitou os olhos reluzentes e ardentes de Malachi.

— É assim que a acho pouco graciosa e ainda menos desejável.

Malachi beijou-a com fúria, sem a ternura emocionante que demonstrara antes. O corpo se comprimia contra o dela, implacável, de tal forma que as batidas de seu coração pareciam vibrar dentro de Tia.

Ela levantou as mãos, com a intenção de... sem qualquer intenção. E tornou a baixá-las, inertes.

Malachi afastou a cabeça, apenas dois ou três centímetros, de maneira que ela não podia divisar seu rosto completamente.

— Já estamos entendidos agora?

Como Tia não conseguia fazer mais do que balançar a cabeça, ele tornou a beijá-la.

Era como ser disparada de um canhão ou projetada para fora do carro de uma montanha-russa em pleno mergulho. Pelo menos ela imaginou que esses dois eventos incutiriam um pouco de cor e som no cérebro, fazendo o coração disparar. Ou transformariam braços e pernas em água, deixando o organismo acuado entre o terror gelado e a exultação fluida.

Os ouvidos de Tia começaram a zumbir, lembrando-a de que prendia a respiração. Mas quando deixou o ar escapar, saiu como um gemido.

Essa reação impotente levou-o a mordiscar o lábio inferior de Tia, antes de afastar-se dela.

— O que me diz agora?

— Eu... esqueci a pergunta.

— Nesse caso, vou reformulá-la.

Ele a pegou ao colo.

— Ah, Deus... — foi a única coisa que Tia pôde balbuciar quando ele a levou para o quarto, fechando a porta com o pé.

— Suspenda esse pensamento. É claro que sabe que só estou fazendo isso para acabar com a sua raiva.

— Hum...

Ele a deitou na cama.

— Eu sei — murmurou Tia.

— Não tenho o menor interesse pessoal em despi-la e cravar os dentes em seu corpo. — Malachi ficou por cima dela, observando seu rosto, enquanto lhe desabotoava a blusa. — Mas às vezes um homem tem de fazer um sacrifício por um bem maior. — Ele passou os polegares, de leve, sobre a curva superior dos seios. E Tia começou a tremer. — Não concorda, Tia?

— Eu... sim... não... não sei o que estou fazendo aqui. Acho que perdi o juízo.

— Eu esperava mesmo que isso acontecesse. — Ele a ergueu um pouco, a fim de tirar a blusa. — Você é mesmo linda.

— Não estou usando uma lingerie apropriada.

Malachi estava distraído, subindo e descendo pelo torso de Tia com a ponta de um dedo. A pele era quente, pensou ele, macia como pétalas de rosa.

— O que disse?

— Se eu soubesse que nós... Não estou usando uma lingerie apropriada para isso.

— É mesmo? — Ele observou o sutiã branco simples, de algodão.

— Nesse caso, é melhor nos livrarmos disso imediatamente.

— Eu não quis dizer... — Tia ofegou quando ele estendeu a mão por suas costas e abriu o sutiã, com dois dedos. — Você já fez isso antes.

— Confesso que sim. Sou um sedutor. — Malachi inclinou-se para beijá-la de leve, enquanto jogava a peça para o lado. — E agora vou me aproveitar de você. — Ele usou os polegares de novo, passando-os pelos mamilos, até o calor se espalhar pela barriga de Tia. — Agora você deveria gritar, pedindo ajuda.

— Acho que você não vai precisar de nenhuma.

Ao ouvir isso, ele a abraçou.

— Ah, Deus, você é uma em um milhão! Quero que me beije.

Malachi roçou-lhe os lábios com os seus.

— Retribua o beijo agora. Preciso de você.

Ninguém jamais dissera essas palavras para Tia em toda a sua vida. A emoção dominou-a, inundou seu coração e se projetou no beijo. Ela o enlaçou, mudando a posição do corpo, de tal forma que se comprimia contra o dele, num abandono que nenhum dos dois esperava.

Atordoado, ele apertou os dedos contra a carne de Tia, fazendo um esforço, por dois ou três segundos, para manter um controle racional. Depois, colocou-se sobre ela e cumpriu sua ameaça, cravando os dentes em Tia.

Ela se ergueu sob o corpo dele, como se estivesse na crista de uma onda. Sem pensar, apenas seguindo o impulso, puxou a camisa de Malachi.

— Eu quero... eu quero...

— Eu também.

Ele ofegava agora, os músculos tremendo. Sentia na boca o gosto da pele de Tia, o calor, a doçura, sentia toda a maciez de seu corpo sob as mãos. E o surpreendente e maravilhoso entusiasmo que ela demonstrava, enquanto passava as mãos pequenas e trêmulas pelo corpo de Malachi.

Tia era toda delicada, as curvas de uma sutileza fascinante. A fragrância era suave, feminina, lentamente impregnando os sentidos, até que parecesse ser a única coisa que ele poderia aspirar. Ansioso em explorar, ele deixou que os lábios descessem pelo corpo. Logo subiu de novo, para aqueles seios pequenos e adoráveis.

E para a boca, ansiosa e quente.

Quando Tia soltou um grito rápido e atordoado, quando ele apenas comprimiu a mão contra seu calor, Malachi sentiu-se um deus.

Ele murmurava alguma coisa ou talvez estivesse gritando. Havia um estrondo imensurável na cabeça de Tia. Seu organismo era invadido por uma série de anseios, pressões, sobressaltos, tão intensos e sobrepostos uns nos outros que não era possível separá-los.

E seu corpo absorvia tudo com sofreguidão, pedindo mais.

E o corpo de Malachi era firme, liso e quente. Era de admirar que as mãos de Tia estivessem tão ávidas para acariciá-lo? E, quando o fazia, podia sentir o tremor de um músculo, o disparo de uma pulsação.

Necessidade... ela sentia necessidade, pensou Tia.

Um instante depois, porém, ela esqueceu a necessidade dele, dominada por sua própria, quando ele usou um dedo para penetrá-la. Tia cerrou as mãos sobre a colcha amarrotada, apertando com toda força, enquanto voava.

A boca de Malachi veio ao encontro da sua, e ela se abriu. Completamente, de tal forma que ele penetrou seu corpo e seu coração.

Ele tornou a dizer o nome de Tia. Parecia ressoar em sua cabeça, interminável, enquanto afundava nela, naquele calor e umidade. Ela se ergueu a seu encontro, baixou, tornou a subir, até o ritmo tornar-se uma melodia. Malachi perdeu-se por completo no calor que ela irradiava, e dessa vez o ritmo se tornou mais urgente, e a urgência se transformou em desespero. E o desespero num prazer intenso, que tragou os dois por completo.

Fraca e atordoada, Tia permaneceu imóvel. Em alguma área escura de sua consciência tinha noção do peso daquele corpo masculino, de seu coração disparado, até mesmo de sua respiração ofegante. Mas sentia-se muito mais consciente do maravilhoso abandono do próprio corpo, do rio quente de sangue correndo sob sua pele.

Uma parte de sua mente continuava a se encolher num canto, surpresa e chocada, com certa reprovação. Fizera amor frenético e temerário com um homem em quem não devia confiar. E às 9 horas da manhã... de uma quinta-feira.

Esses mesmos fatos simples trouxeram uma onda de satisfação de que, ela sabia, deveria se envergonhar.

— Pare de pensar tanto — murmurou Malachi, a voz lenta. — Vai acabar se magoando. Esqueci sua nuca. — Ele virou a cabeça para dar uma leve mordida no ombro de Tia. — Terei de compensar essa omissão assim que puder me mexer de novo.

Tia fechou os olhos e ordenou a si mesma que escutasse a voz de repreensão.

— São 9 horas da manhã.

Ele virou a cabeça para o relógio na mesinha de cabeceira.

— Está enganada. São 10h06.

— Não é possível. Eles saíram pouco antes de 9 horas. — Era maravilhoso passar os dedos por aqueles cabelos castanhos, pensou Tia. — Olhei para o relógio a fim de saber quando deveria começar a me preocupar, caso eles demorassem a voltar.

Ela tentou mudar de posição para olhar o relógio, mas Malachi interrompeu o movimento com um beijo em seus lábios.

— E quando deveria começar a se preocupar?

— Às 10 horas.

— Nesse caso, está atrasada. É preciso algum tempo para fazer amor, querida, se você se empenha de verdade.

— Já passa das 10 horas? — Tia empurrou-o, contorcendo-se. — Eles podem voltar a qualquer momento.

— É possível. — Os movimentos dela eram perfeitos, confirmou Malachi. — E daí?

— Eles... Não podemos continuar aqui. Desse jeito.

— A porta está trancada, e o quarto é território proibido, pelo que me lembro.

— Mas eles saberão o que estivemos fazendo. Não deveríamos...

— Acredito que sim. Que coisa chocante...

Malachi ergueu a mão para acariciar-lhe um seio.

— Não zombe.

— Não posso evitar, assim como também não posso deixar de desejá-la outra vez. Gosto de você fora da cama, Tia, mas devo dizer-lhe uma coisa. — Ele mordeu levemente o lóbulo da orelha dela, fazendo-a estremecer. — Também gosto de você na cama. Vou demorar só mais alguns minutos para provar.

— Temos de nos levantar agora mesmo. — Mas a língua de Malachi também começou a acariciar-lhe um seio e ela desistiu: — Acho que mais alguns minutos não farão diferença.

Capítulo 17

GIDEON SULLIVAN deveria dar aulas de retaliação, pensou Cleo. Deveria escrever um livro a respeito.

COMO FAZER SUA AMANTE SENTIR-SE
UM LIXO EM 10 LIÇÕES SIMPLES

Mas não havia a menor possibilidade de ela ceder. Se ele se mostrasse frio, ela seria ainda mais fria. Se ele falasse em monossílabos, ela se comunicaria com grunhidos.

Se ele pensava que magoaria seus sentimentos ao optar por dormir na porcaria do terraço em vez de partilhar a cama com ela, estava muito enganado.

Cleo torcia para que chovesse. E muito.

Pegaram o metrô, que era, na opinião de Cleo, o lugar perfeito para um silêncio impassível. Ela se sentou com seu olhar experiente de nova-iorquina perdido na distância, enquanto Gideon lia uma velha edição de *Ulisses*.

Ele deveria ser menos sério. De qualquer forma, quem lia James Joyce por prazer, por livre e espontânea vontade, não era mesmo o seu tipo.

Gideon talvez pensasse que ela nunca abrira um livro em toda a sua vida. Mas estava enganado. Ela gostava de ler tanto quanto qualquer pessoa, mas não optava por passar seu tempo livre vagueando por alguma selva metafórica de depressão e desespero.

Deixaria isso para o bonitão, tão irlandês que provavelmente sangrava verde, a cor de seu país.

Ela se levantou quando chegaram à estação de transferência. Gideon marcou a página do livro e saiu do vagão a seu lado. Cleo estava muito ocupada com seu mau humor para notar como ele observou as outras pessoas que desembarcavam ou como inclinou o corpo para protegê-la. Gideon seguiu-a pelo túnel para a linha que levava ao Centro da cidade.

Esperou na plataforma, paciente, enquanto Cleo batia o pé e deslocava o peso do corpo de uma perna para a outra, incessantemente.

— Não creio que alguém tenha nos seguido — murmurou Gideon.

Cleo quase teve um sobressalto ao som de sua voz, o que a irritou tanto que se esqueceu de oferecer um grunhido como resposta.

— Ninguém sabe que estamos no apartamento de Tia. Por isso não poderiam nos seguir.

— Podem não saber que estamos no apartamento de Tia, mas talvez alguém esteja vigiando o prédio. E eu não gostaria de levá-los à Tia nem lhes dar a oportunidade de nos seguir.

Ele tinha razão e fez com que lembrasse que ela levara alguém a Mikey.

— Talvez seja melhor eu me jogar na frente do próximo trem. Pode ser penitência suficiente para você.

— É um pouco exagerado, uma atitude inteiramente derrotista. Pelo menos até que você pegue a estatueta no banco.

— Que é tudo que você sempre quis.

A plataforma vibrava com a aproximação do trem.

— Deve ser um consolo para você pensar assim.

Cleo entrou no vagão sem nada ver e foi sentar-se num banco. Gideon sentou-se diante dela, abriu o livro e continuou a ler.

E assim permaneceu mesmo quando o movimento do trem embaralhava as palavras. Não havia sentido em discutir com Cleo, ele ponderou. Muito menos em público. A prioridade era chegar ao banco, pegar a Parca e levá-la para o apartamento de Tia. Com o máximo de discrição.

Talvez, depois, fosse preciso uma boa discussão. Embora ele não imaginasse de que poderia adiantar. Apesar da intimidade forçada, no fundo eles eram estranhos. Duas pessoas de lugares diferentes, com ideias diferentes. E propósitos diferentes.

Caso se permitisse pensar mais a respeito, deixaria que seus sentimentos se emaranhassem com a realidade, esse era seu problema.

O objetivo de sua busca primária, por assim dizer, era Láquesis. E essa parte da jornada acabaria muito em breve.

Ele gostaria de voltar logo para Cobh, para a garagem de barcos, a fim de descarregar o excesso de energia lixando cascos de barcos ou fazendo qualquer outra coisa. Mas a segunda Parca era apenas uma de três, e Gideon tinha o pressentimento de que ainda demoraria um bom tempo antes que pudesse voltar para casa.

Sentiu-a mover-se, captou o brilho da camisa azul que ela tomara emprestada de Malachi enquanto se levantava, com aquelas pernas intermináveis. Ele também se levantou, guardando o livro no bolso do casaco.

Cleo atravessou a plataforma como se tivesse toda a pressa do mundo. Mas como os outros passageiros que desembarcavam agiam da mesma forma, Gideon duvidava que alguém pudesse notar. Cleo quase corria pelas ruas, enquanto ele a seguia. Quando chegaram ao banco, ele esqueceu a promessa de não tocá-la e segurou sua mão.

— Se entrar no banco com essa cara de quem está pronta para brigar com todo mundo, as pessoas vão notar você.

— Estamos em Nova York, bonitão. Ninguém nota coisa alguma.

— Fique fria, Cleo. Se quer brigar comigo, então vamos brigar. Mas aqui, neste momento, é melhor que mantenha a calma.

Ela decidiu, naquele instante, que a coisa que mais detestava em Gideon era sua capacidade de enxergar além das circunstâncias e se manter firme.

— Tudo bem. — Ela ofereceu um sorriso gelado. — Ficarei fria.

— Vou esperar aqui fora.

Gideon afastou-se da porta. Não avistou ninguém que parecesse interessado nele. Chegava à conclusão de que uma pessoa que optava por viver num lugar com tanta gente, tanto barulho, tinha uma avaria no cérebro, ou logo a teria, quando Cleo saiu do banco.

Ela balançou a cabeça ao fitá-lo, batendo com os dedos na bolsa pendurada no ombro. Gideon adiantou-se, fazendo com que a bolsa e seu conteúdo ficassem entre os dois.

— Vamos pegar um táxi para voltar — anunciou ele.

— Como quiser. Mas precisamos fazer uma parada. Tia me emprestou 200 dólares. Preciso comprar algumas roupas.

— Este não é o momento de fazer compras.

— Só vou comprar o estritamente necessário. Estou bastante desesperada para me contentar com a Gap, o que exige um grande esforço da minha parte. Podemos pegar um táxi na Quinta Avenida.

Ela já seguia nessa direção, não dando alternativa a Gideon senão acompanhá-la.

— Depois de nos certificarmos de que ninguém está nos seguindo, comprarei algumas camisas e um jeans. Em seguida, pegamos o táxi para voltar. Em seguida, posso queimar as roupas que tenho usado desde que saí de Praga.

Gideon poderia ter argumentado, mas sabia avaliar as opções bem depressa. Poderia arrastá-la para um táxi e depois segurá-la à força até chegarem ao apartamento de Tia.

Ou poderia lhe conceder meia hora para que ela comprasse o que julgava ser necessário.

— Detesto esse lugar — murmurou ela, no instante em que entraram na loja. — É muito... elegante para meu gosto.

Cleo encaminhou-se à seção de roupas pretas. Gideon seguiu-a. Ela se sentiu tentada a pegar qualquer roupa e levar para a cabina, só para testar se ele entraria também. Era provável. Afinal, obviamente, confiança não era a palavra do dia.

Ela comprou o que julgava absolutamente essencial. Duas camisetas, uma camiseta de malha de mangas compridas, um jeans, um suéter, uma camisa. Tudo preto. O total deu 212 dólares e 58 centavos.

— Matemática não é seu forte, não é mesmo? — comentou Gideon, quando ela resmungou.

— Claro que sei somar. Apenas não estava prestando atenção.

Cleo pegou todo o dinheiro que ainda lhe restava. Mesmo assim, faltavam oito dólares e 22 centavos.

— Pode me ajudar?

Gideon entregou-lhe uma nota de 10 dólares, depois estendeu a mão para pegar o troco.

— Menos de 2 dólares. — Ela entregou o troco, ajeitando a bolsa com as compras no ombro livre. — Estou falida.

— Então deveria ter mais cuidado com a maneira como gasta o que tem. Importa-se se eu deduzir os 8 dólares e 22 centavos do dinheiro que lhe devo pelos brincos? Racharemos o táxi.

— Você é mesmo generoso.

— Se quer ser sustentada por um homem, terá de procurar outro. Estou convencido de que não teria dificuldade para encontrar alguém. — Cleo não respondeu. Não poderia falar, por causa do aperto em sua garganta. Em vez disso, com Gideon segurando seu braço, foi até o meio-fio e fez sinal para um táxi. — Peço desculpa pelo que acabei de falar.

— Cale a boca — Cleo murmurou, com algum esforço. — Não diga mais nada. Ambos sabemos o que pensa a meu respeito. Portanto, esqueça.

Quando sua cabeça tornou a clarear, ela agradeceu ao deus do desespero, qualquer que fosse, o fato de um táxi vazio parar a seu lado no mesmo instante. Embarcou e deu o endereço de Tia.

— Não sabe o que penso a seu respeito. Nem mesmo eu sei.

E não disse mais nada pelo resto da viagem.

Cleo queria seguir direto para seu quarto temporário quando entraram no apartamento, mas ele a deteve.

— Vamos ver a estatueta primeiro.

— Vá em frente. — Ela empurrou a bolsa contra a barriga de Gideon, com força suficiente para deixá-lo sem fôlego.

Ela se afastou, mas parou abruptamente no meio da sala.

— Escute, Cleo...

Ainda de costas, ela ergueu a mão e sacudiu a cabeça com veemência. O estômago de Gideon, já agitado, pareceu despencar quando a imaginou chorando. Mas quando ela se virou, com um sorriso malicioso, ele contraiu os olhos.

— Quieto! — sussurrou Cleo, sacudindo o polegar na direção do quarto de Tia. — Eles estão lá dentro.

— Quem?

Visões de Anita Gaye ou de um de seus assassinos afloraram no cérebro de Gideon. Cleo teve de pular diante dele.

— Por Deus, bonitão, preste atenção!

Foi nesse instante que ele ouviu o grito rápido e estrangulado, que só poderia significar uma coisa. Quando a curiosidade aturdida o fez adiantar--se alguns passos, ele captou o som inconfundível de um colchão rangendo.

— Ah, Cristo! — Ele passou a mão nos cabelos, fazendo um esforço para reprimir o riso. — O que devemos fazer agora? — Ele se descobriu sorrindo para Cleo, enquanto sussurrava: — Não posso ficar aqui, ouvindo meu irmão com Tia. É mortificante.

— Tem razão, é mesmo mortificante. — Com o riso reprimido, ela também encostou o ouvido na porta do quarto. — Acho que eles estão longe de terminar. A menos que seu irmão seja um daqueles caras que terminam o trabalho rápido.

— Não faço a menor ideia. E prefiro não descobrir. Vamos para o terraço.

— Arrase, Tia! — murmurou Cleo, enquanto se encaminhavam para a porta do apartamento.

Ela conseguiu prender o riso até entrarem no elevador, a porta fechar-se e começarem a subir.

— Acha que eles nos ouviram?

— Acho que não ouviriam uma explosão nuclear.

Cleo parou de rir. Saltou do elevador com Gideon, subiram os degraus até o terraço. Saiu para o sol, jogou-se numa cadeira e esticou as pernas compridas.

Depois, sentiu o ânimo arrefecer outra vez, quando Gideon abriu a bolsa. O momento de diversão que compartilhavam acabara. Agora, precisavam tratar de negócios outra vez. Ele tirou a Parca e levantou-a, fazendo-a faiscar.

— É bem pequena, embora muito bonita e graciosa, quando se examinam os detalhes. Você deixou que ficasse manchada.

— Estava muito pior antes. De qualquer forma, é apenas uma das três.

Gideon viu o reflexo do sol nos óculos escuros de Cleo.

— É a que Anita não tem e está em nosso poder. A Parca do meio, a que mede. Quanto tempo esta vida vai levar?, ela pode pensar. Cinquenta anos, cinco, 89 e meio? E qual será de fato a medida desta vida? Já pensou nisso?

— Não. Não mudaria nada.

— Será que não? — Gideon virou a estatueta em sua mão. — Acho que muda. Pensar a respeito, ponderar sobre o que vai fazer, o que não fez, isso faz parte da vida.

— E enquanto pensa a respeito, você é atropelado por um ônibus. Qual é a diferença?

Ele se encostou no parapeito, observando-a sentada entre os vasos de plantas.

— Foi por isso que não me contou que ela estava com você? Porque acha que não passa de um meio para alcançar um fim? Sem qualquer significado?

— Você planeja vendê-la, não é?

— Nós planejamos. Mas não se trata apenas do dinheiro que tenho na mão. Agora, mais do que nunca.

— Não quero falar sobre Mikey. — A voz de Cleo tornou-se esganiçada e tremeu, antes que respirasse fundo e a firmasse novamente.

— E não pedirei desculpa de novo pela forma como me comportei. Você conseguiu o que queria de mim, com um extra entre os lençóis. Não tem do que se queixar.

Gideon levantou-se, a Parca na mão.

— E o que você conseguiu, Cleo?

— Consegui escapar de Praga. — Ela também se levantou. — Voltei para casa e posso ganhar bastante dinheiro para manter o lobo longe de meu pescoço por muito tempo. Porque, independentemente do que você pensa, não estou querendo me prostituir para alguém que facilite minha vida. Era dançarina de striptease, é verdade, mas não passava disso. E não sou estúpida o bastante para permitir que outro cara me use e me largue sem dinheiro e perdida numa cidade estranha, como aconteceu com Sidney.

— Quem é Sidney?

— Apenas um filho da puta entre tantos que pareço atrair. Mas não posso culpá-lo, já que a idiota fui eu. Ele me envolveu e não resisti. Disse que era sócio de um teatro em Praga, que estavam montando um novo espetáculo e precisavam de uma bailarina... uma bailarina americana que pudesse montar sua própria coreografia e estivesse disposta a investir. O que ele queria mesmo era uma otária e uma trepada de graça de vez em quando. E comigo conseguiu as duas coisas.

Cleo enfiou os polegares nos bolsos da frente do jeans, porque sua vontade era abraçar-se, bem apertado, e embalar-se, para se confortar.

— Sidney queria voltar para a Europa, e eu fui sua passagem. Caí na conversa dele porque queria experimentar algo novo. Não conseguia conquistar uma reputação aqui e pensei que poderia construir uma lá. Quanto mais besteiras ele inventava, mais eu engolia.

— Você estava apaixonada por ele?

— Você é mesmo um romântico incorrigível.

Cleo jogou os cabelos para trás. Foi até o parapeito. Os cabelos escuros esvoaçando em suas costas, os olhos protegidos pelos óculos escuros, os lábios contraídos numa expressão cética.

— Ele era um homem muito bonito e tinha uma lábia daquelas. Que se tornava ainda mais insinuante com seu sotaque. Acreditei no que ele me prometia, o que é diferente de me apaixonar. E me sentia encantada pela perspectiva de alguém me proporcionar a oportunidade de criar uma coreografia.

Uma oportunidade de fazer alguma coisa em que podia ser competente, pensou ela.

— Vivi uma boa vida em Praga por alguns dias, até que acordei e descobri que Sidney sumira, levando tudo o que eu tinha. Levou meu dinheiro, meus cartões de crédito, tudo, deixando-me com uma enorme conta de hotel, que não pude pagar, até empenhar o relógio e os dois anéis que eu usava.

— Procurou a polícia? A embaixada?

— Por Deus, Gideon, em que mundo você vive? Ele havia desaparecido por completo. Comuniquei o roubo dos cartões de crédito, fiz as malas e arrumei um emprego. Sobretudo, aprendi uma lição. Quando alguma coisa parece boa demais para ser verdade, é porque se trata de uma tremenda mentira. E a lição número dois? Fique atenta à número um. Sempre.

— Talvez você deva aprender mais uma lição. — Gideon virou a Parca, de forma que o rosto brilhasse à luz do sol. — Se não acredita em alguma coisa, em alguém, qual é a droga do sentido?

LÁ EMBAIXO, no apartamento, Tia aconchegou-se contra Malachi e pensou em tirar um cochilo. Apenas por um instante, uma soneca curta, como um gato, pois se sentia muito felina. E satisfeita.

— Você tem os ombros mais adoráveis que eu já vi — murmurou Malachi. — Deveriam estar sempre à mostra. Nunca deveria cobri-los com roupas ou cabelos.

— Anita disse que os homens gostam de mulheres com cabelos compridos.

O nome estragou o ânimo devaneador de Malachi, fazendo-o contrair os lábios.

— Não pense nela neste momento. É melhor nos levantarmos para checar se Gideon e Cleo já voltaram.

— Voltaram? — Tia suspirou e começou a se esticar. — Voltaram de onde? Ah, Deus! — Ela se sentou num movimento brusco, chocada demais para pensar em puxar o lençol e se cobrir. — Já são 11 horas! Alguma coisa deve ter acontecido com eles! O que estávamos pensando?

Tia saiu da cama, pegou a blusa amarrotada e contemplou-a, um pouco horrorizada.

— Se vier até aqui, eu lhe mostrarei em que estávamos pensando.

— Isso é uma total falta de responsabilidade! — Ela comprimiu a blusa contra os seios. Recuou para o closet, a fim de pegar outra. — E se alguma coisa tiver acontecido a eles? Deveríamos sair para procurá-los ou... — Ela parou de falar ao ouvir a campainha da porta. — Devem ser eles! — O alívio foi tão grande que ela pegou um roupão, em vez de uma blusa, vestindo-o enquanto caminhava, apressada, para a porta.

— Graças a Deus! Eu estava tão preocupada... Mãe?!

— Tia, quantas vezes eu já lhe disse que deve sempre perguntar quem é, mesmo depois de ver pelo olho mágico? — Ela depositou um beijo dois ou três centímetros acima da bochecha de Tia, enquanto entrava no apartamento. — Você está doente. Eu sabia.

— Não, não estou doente.

— Claro que está. — Ela encostou a mão na testa da filha. — Corada, de roupão durante o dia. E com os olhos sonolentos. Estou indo para o médico agora, e você pode me acompanhar. Fique com a consulta, querida. Eu não me perdoaria se não fizesse isso.

— Não estou doente. Não preciso ir ao médico. Apenas estava...

Ah, Deus, como poderia explicar?

— Trate de se vestir. Não tenho a menor dúvida, absolutamente nenhuma, de que você pegou algum estranho vírus estrangeiro durante a viagem. Foi o que eu disse a seu pai esta manhã.

— Mãe... — Tia contornou um banquinho para os pés e correu de lado para a porta do quarto, com a habilidade de um defensor no futebol americano. — Eu me sinto perfeitamente bem. Não vai querer perder sua consulta, não é? Parece um pouco pálida. Tem dormido bem?

— Quando eu já dormi bem? — Alma exibiu seu sorriso de mártir. — Não creio que tenha tido mais de uma hora de descanso desde que você nasceu. O simples ato de me vestir esta manhã esgotou toda a minha energia. Tenho certeza de que o número de minhas plaquetas está baixo. Certeza.

— Peça ao médico para verificar — exortou Tia, enquanto levava a mãe para a porta do apartamento.

— De que adianta? Sabe que eles não dizem nada quando você está realmente doente. Preciso me sentar um pouco. Estou com palpitações.

— Ah... Nesse caso, acho melhor se apressar para o consultório. Acho que precisa... — Tia parou de falar, desolada, quando Gideon e Cleo passaram pela porta. — Ahn... Vocês voltaram. Estes são meus colegas, mãe.

— Colegas?

Alma avaliou o jeans desbotado e a bolsa da Gap que Cleo ainda carregava.

— Isso mesmo. Estamos trabalhando juntos num projeto. Na verdade, já íamos...

— Está trabalhando de roupão? — perguntou Alma.

— Você está encurralada — murmurou Cleo.

Entretanto, uma das queixas de Alma era a dificuldade de audição.

— O que isso significa? O que está acontecendo aqui? Exijo uma explicação, Tia.

— É um pouco delicada. — Malachi saiu do quarto. Também estava de jeans, com um sorriso capaz de derreter um iceberg a vinte metros de distância. Vestira a camisa, mas a deixara desabotoada, deliberadamente. Havia ocasiões, calculara ele, em que o melhor era contar a verdade. — Lamento ter distraído sua filha enquanto nossos colegas estavam ausentes. — Ele atravessou a sala, pegou a mão de Alma e apertou-a gentilmente. — Uma atitude pouco profissional de minha parte, é claro, mas o que eu poderia fazer? Ela é irresistível. E vejo agora de onde herdou toda a beleza. — Ele ergueu para os lábios a mão que ainda segurava, enquanto Alma fitava-o com expressão aturdida. — Sou fascinado por sua filha, Sra. Marsh, desde que nos conhecemos. — Ele passou um braço pelos ombros rígidos de Tia. Deu um beijo de leve em seu rosto. — Mas estou envergonhando mãe e filha. Esperava conhecê-la e o pai de Tia em circunstâncias menos constrangedoras.

Os olhos de Alma deslocaram-se para Tia e logo voltaram a se concentrar em Malachi.

— Quase tudo seria menos constrangedor.

Ele acenou com a cabeça, acrescentando com toda a timidez que podia exprimir:

— Não posso contestá-la nesse ponto. Não é um bom começo ser surpreendido de calça arriada pela mãe da moça antes de uma apresentação formal. Só posso dizer que estou encantado por sua filha.

Tão graciosamente quanto podia, Tia desvencilhou-se do braço de Malachi.

— Poderiam nos dar licença por um momento? Todos vocês. Preciso conversar a sós com minha mãe.

— Se é o que quer. — Malachi pegou o queixo de Tia e o ergueu, até que seus olhos se encontraram. — Deve ser como você achar melhor.

Ele roçou os lábios nos dela, demorando-se por um momento, antes de seguir com os outros para a cozinha.

— Exijo uma explicação — começou Alma.

— Creio que uma explicação é supérflua, diante das circunstâncias.

— Quem são essas pessoas e o que estão fazendo em seu apartamento?

— São meus colegas, mãe. Amigos. Estamos trabalhando juntos num projeto.

— E fazendo orgias todas as manhãs?

— Não. Só aconteceu hoje.

— O que deu em você? Estranhos em sua casa? Irlandeses estranhos em sua cama no meio da manhã? Eu sabia que nada de bom poderia resultar de sua viagem à Europa. Tinha certeza de que haveria consequências terríveis. Mas ninguém me deu atenção, e veja agora o que aconteceu.

— Consequências terríveis, mãe? O que há de tão terrível em sua filha ter amigos? O que há de tão terrível em ter um homem que quer me levar para a cama no meio da manhã?

— Não consigo respirar... — Alma levou a mão ao peito, enquanto despencava em uma poltrona. — Sinto um formigamento descendo pelo meu braço. Estou tendo um infarto. Ligue para a emergência.

— Pare com isso. Não pode chamar uma ambulância cada vez que discordamos, cada vez que me afasto do que você decidiu que é melhor para mim. — Tia agachou-se na frente da mãe. — Cada vez que eu faço algo por mim.

— Não sei do que está falando. Meu coração...

— Seu coração está ótimo. A senhora é saudável, e todo médico que procura lhe diz a mesma coisa. Olhe para mim, mamãe. Não pode simplesmente olhar para mim? Cortei meu cabelo. Você nem reparou, porque nem sequer olha pra mim. E quando o faz, tudo o que vê é uma menina adoentada, alguém que pode lhe fazer companhia nos consultórios médicos, uma desculpa para um ataque de nervos.

— Como pode dizer uma coisa tão horrível? — O choque fez Alma esquecer por completo seu suposto ataque cardíaco. — Primeiro, você vai para a cama com um estranho. Agora, me diz coisas horríveis. Está participando de algum culto, não é?

— Não. — Incapaz de se controlar, Tia encostou a cabeça nos joelhos da mãe e riu. — Não, não ingressei em nenhum culto. Agora, quero que você desça. Seu motorista está esperando. Vá para sua consulta. Vou visitar você e papai assim que puder.

— Não sei se estou bem o bastante para ir ao médico sozinha. Preciso que você me acompanhe.

— Não posso. — Gentilmente, Tia fez Alma levantar-se. — Sinto muito. Se quiser, telefonarei para papai e pedirei que vá encontrá-la no consultório.

— Não se preocupe. — Alma encaminhou-se para a porta, envolvendo-se com o martírio, como se fosse uma estola. — Obviamente, quase morrer no parto e depois devotar minha vida a sua saúde e a seu bem-estar não são suficientes para que me dê uma hora de seu tempo quando estou doente.

Tia abriu a boca, mas tratou de reprimir as palavras gentis e apaziguadoras.

— Sinto muito. Espero que se sinta melhor logo.

— Puxa, ela é boa! — Cleo saiu da cozinha no instante em que ouviu a porta da frente ser fechada. — É mesmo a campeã. — Ela se adiantou e passou o braço pela cintura de Tia. — Precisa esquecer isso, querida. Ela estava fazendo uma encenação.

— Eu poderia ter ido com ela. Não demoraria muito.

— Em vez disso, resistiu e a enfrentou. Uma opção muito melhor, se quer saber a minha opinião. O que você precisa agora é de um sorvete.

— Não, mas obrigada. — Tia respirou fundo. Sentiu o ar ficar preso no peito, mas expirou, decidida. Depois, virou-se para encarar todos ao mesmo tempo. — Estou envergonhada, cansada, e desta vez estou mesmo com dor de cabeça. Quero pedir desculpas por toda essa cena. E gostaria de ver a Parca, examiná-la. Espero confirmar sua autenticidade antes de tomar um remédio, me vestir e ir até o Centro para falar com meu pai.

Malachi estendeu a mão, mostrando a estatueta que o irmão lhe entregara na cozinha.

Sem dizer nada, Tia foi para o escritório. Sentou-se à mesa. Ali, de óculos, examinou-a meticulosamente, com a ajuda de uma lupa. Sentiu que os outros aguardavam, ansiosos, a sua palavra.

— Teríamos mais certeza se papai pudesse examiná-la. Ou, melhor ainda, se a entregássemos a um perito.

— Não podemos correr esse risco — disse Malachi.

— Tem razão. E não quero expor meu pai a qualquer perigo ao associá-lo às Parcas. Aqui estão as marcas de seu criador. — Ela virou a base. — Segundo minhas pesquisas, são autênticas. Você e Gideon são os únicos aqui que já viram Cloto. Só a conheço por fotos e desenhos. Mas posso dizer que combinam, em termos estilísticos, e como podem ver aqui... — Ela bateu com a ponta do lápis nas reentrâncias dos lados direito e esquerdo da base, enquanto acrescentava: — Essas fendas ligam-na com Cloro, de um lado, e Átropos, do outro.

Tia ergueu os olhos e esperou que Malachi assentisse. Tirou uma fita métrica da gaveta, anotou a largura e a altura exatas.

— Também estão corretas. Vamos verificar o peso.

Ela foi para a cozinha e usou a balança que ali guardava.

— O peso é preciso, até o último grama. Se é uma falsificação, então foi feita com todo o cuidado. Mas essa possibilidade é mínima, considerando a ligação de Cleo. Em minha opinião, nem tão humilde, temos Láquesis. Estamos com a segunda Parca.

Ela largou a estatueta no balcão. Tirou os óculos e os pôs de lado.

— Vou me vestir.

— Ei, Tia... — Mas ela deixou a cozinha. Malachi olhou para Gideon e pediu:

— Espere aqui. — E foi atrás de Tia.

— Preciso tomar uma chuveirada. — Ela teria fechado a porta na cara de Malachi se ele não a tivesse empurrado. — Tenho de me vestir e decidir o que direi ou não ao meu pai. Não sou tão hábil quanto você nesse jogo.

— Sente-se envergonhada porque fizemos amor ou porque sua mãe descobriu?

— Sinto-me envergonhada, ponto final.

Tia entrou no banheiro. Tirou um frasco de pílulas do pequeno armário de remédios. Pegou uma das garrafas de água mineral que guardava no armário de roupas de cama e banho, e engoliu um comprimido de Xanax.

— Estou angustiada porque tive uma discussão com minha mãe e a mandei embora chateada comigo. E tento não imaginá-la desmaiando na rua porque eu estava muito ocupada para acompanhá-la ao médico.

— Alguma vez ela desmaiou na rua?

— Claro que não. — Tia pegou outro frasco de pílulas e tomou dois comprimidos para sua dor de cabeça. — Mas ela menciona a possibilidade com tanta frequência que a imagem sempre aflora em minha mente. — Balançando a cabeça, ela enfrentou o olhar de Malachi pelo espelho. — Estou confusa, Malachi. Tenho 29 anos e em janeiro completarei 12 anos de terapia. Tenho consultas regulares com um alergista, um clínico geral e um homeopata. Tentei acupuntura, mas não durou muito, pois tenho fobia de instrumentos afiados. — Até pensar a respeito lhe causava arrepios. — Minha mãe é hipocondríaca e meu pai, um desinteressado. Sou neurótica, fóbica e socialmente inepta. Às vezes me imagino sofrendo de uma doença rara e persistente... ou sendo intolerante à lactose. Não sofro de nenhuma patologia, pelo menos até agora. — Ela apoiou as mãos na pia, porque ouvir aquilo em voz alta, ouvir sua própria voz enunciar, fazia com que parecesse patético. — A última vez em que fui para a cama com um homem... tirando esta manhã... foi há três anos, completos em abril. Nenhum dos dois ficou muito satisfeito com os resultados. Portanto, o que você está fazendo aqui?

— Em primeiro lugar, eu gostaria de dizer que, se passasse três anos sem fazer sexo, também precisaria de terapia. — Malachi virou-a de frente. Manteve as mãos em seus ombros. — Segundo, ser tímida não é ser socialmente inepta. Terceiro, estou aqui porque é aqui que quero ficar. E, finalmente, gostaria de perguntar se, quando tudo isso acabar, não quer passar algum tempo comigo na Irlanda. Gostaria que você conhecesse minha mãe em circunstâncias menos embaraçosas do que essa em que conheci a sua.

Quando o frasco escapuliu da mão de Tia e caiu no chão, ele acrescentou:

— Seus comprimidos estão por toda parte!

Capítulo 18

ANITA CONSIDEROU a possibilidade de voar para Atenas, para interrogar pessoalmente todos os negociantes de antiguidades e colecionadores da cidade. Embora envolver-se diretamente na busca pudesse ser satisfatório, ela não poderia esperar que a Parca simplesmente caísse em seu colo.

Além do mais, não estava disposta a ter tanto trabalho baseada apenas na vaga lembrança de uma idiota inepta como Tia Marsh. Por mais que ansiasse por ação, não iria para Atenas.

Precisava de um rumo certo. Precisava de pistas. Precisava de empregados que pudessem seguir essas pistas com um mínimo de bom senso, de forma que não fosse necessário lhes dar um tiro na cabeça.

Ela suspirou ao pensar nisso. Sentira-se vagamente desapontada porque o assassinato de seu ex-empregado não angariara mais do que umas poucas linhas no *New York Post*. O que, aliás, dizia muito sobre o mundo, ela refletiu. O assassinato de um homem tinha menos cobertura da imprensa do que o segundo casamento de um cantor pop.

Isso provava apenas que a fama e o dinheiro comandavam o espetáculo. O que ela soubera durante toda a sua vida. Sempre fizera desses dois elementos seu principal objetivo, mesmo quando definhava naquele sórdido apartamento no terceiro andar de um prédio sem elevador, no Queens. Quando seu nome era Anita Gorinsky, quando observava o pai trabalhar por uma ninharia, recebendo um salário que a mãe se esforçava para esticar ao máximo, semana após semana.

Nunca pertencera àquele apartamento, com as paredes encardidas que a mãe tentava alegrar com obras de arte baratas e cortinas que ela mesma fazia. Nunca fizera parte daquele mundo, com seus cômodos que sempre recendiam a cebola e os sebosos descansos de prato de crochê. O rosto largo e enrugado da mãe e as mãos cheias de cicatrizes do pai operário eram um transtorno para Anita.

Detestava-os por sua vulgaridade. O orgulho que sentiam por ela, sua única filha, e a alegria em se sacrificar para que Anita pudesse ter vantagens eram atitudes que lhe causavam repulsa.

Já sabia, mesmo quando criança, que estava destinada a muito mais. Mas muitas vezes, pensou Anita, o destino necessitava de uma ajuda extra.

Recebia o dinheiro dos pais para pagar os estudos e comprar roupas, e exigia mais. Bem que merecia. Tinha direito, pensou Anita. Tinha direito a cada centavo por todos os dias em que vivera naquele apartamento horrível.

E pagara tudo, à sua maneira, certificando-se de que o investimento que fizeram nela produzisse consideráveis dividendos.

Há mais de 18 anos não tinha contato com os pais nem com os dois irmãos. Para o mundo em que vivia agora — como também para ela própria — não tinha família.

Duvidava que alguém da antiga vizinhança reconhecesse a pequena Nita na mulher em que se transformara. Ela se levantou e foi até o espelho de moldura dourada, entre as janelas, refletindo o espaçoso escritório. Outrora seus cabelos eram castanhos compridos, que a mãe passava horas escovando e ondulando. O nariz era proeminente, e os dentes da frente, salientes. As faces eram suaves e arredondadas.

Algumas cirurgias, esticando e modelando, algumas visitas ao dentista e um bom cabeleireiro haviam mudado sua apresentação. Melhorando-a, e muito. Ela sempre soubera como realçar o que tinha de melhor.

Por dentro, continuava exatamente como sempre fora. Faminta, determinada a satisfazer seus apetites.

Os homens, ela sabia, estavam sempre dispostos a pôr um prato cheio na frente de uma mulher bonita. Enquanto o homem acreditasse que a mulher pagaria com sexo, haveria uma variedade infinita de refeições.

Agora, ela era uma viúva muito rica... e podia pagar suas próprias refeições.

Ainda assim, os homens eram úteis. Era só pensar em todos os contatos que seu querido e falecido marido pusera a sua disposição. A verdade é que Paul se tornara mais conveniente morto do que quando era vivo. A viuvez fazia com que ela se tornasse mais respeitável e mais disponível.

Depois de pensar um pouco, voltou à mesa e abriu o caderno de couro grená no qual o falecido marido anotava endereços. Paul fora muito antiquado sob alguns aspectos e sempre mantivera seu caderno de endereços meticulosamente atualizado. Nos últimos anos, quando a mão já não era tão firme, Anita fazia as anotações para ele.

A esposa zelosa.

Logo encontrou o nome que procurava. Stefan Nikos. Cerca de 60 anos, lembrou Anita. Dinâmico, rico. Plantações de oliveiras ou vinhedos, talvez as duas coisas. Ela não se recordava direito. Também não lembrava se ele tinha esposa, o que não vinha ao caso. O que importava é que ele tinha dinheiro, poder e um interesse por antiguidades.

Anita destrancou uma gaveta e tirou um caderno de dentro. Nele, anotara os nomes de todos os que haviam comparecido ao funeral do marido e até o tipo de flores que enviaram. O Sr. e Sra. Stefan Nikos não tinham vindo de Corfu ou Atenas — possuíam propriedades em ambos os lugares —, mas mandaram cinco dúzias de rosas brancas, um cartão pela missa e, o melhor de tudo, um bilhete pessoal oferecendo condolências para a jovem viúva.

Ela pegou o telefone. Quase pediu a sua assistente para fazer a ligação, mas depois mudou de ideia. Era melhor fazê-lo pessoalmente, um telefonema entre amigos. Já estava ensaiando as palavras enquanto discava.

Não transferiram a ligação imediatamente. Ela esperou, contendo a irritação. Quando Stefan atendeu, Anita apresentou uma voz tão efusiva e acolhedora quanto a dele.

— Anita! Que surpresa maravilhosa! Devo pedir desculpas por deixá-la esperando.

— Não foi nada. Eu é que estou surpresa por ter conseguido falar com tanta facilidade com um homem tão ocupado. Espero que você e sua adorável esposa estejam passando bem.

— Estamos, sim, é claro. E você?

— Também estou ótima. E muito ocupada. O trabalho é uma dádiva divina desde que Paul morreu.

— Todos sentimos saudade.

— Sei disso. Mas é maravilhoso para mim passar as manhãs na Morningside. Paul está aqui, em cada canto. É importante para mim... — Ela deixou que a voz ficasse embargada, só um pouco. — É muito importante manter sua memória viva e saber que os velhos amigos se lembram dele, como eu. Sei que já faz muito tempo que estivemos em contato. Fico um pouco envergonhada por isso.

— Não tem importância. O tempo passa, não é, minha cara?

— É verdade. Mas quem sabe melhor do que eu que nunca devemos deixar as pessoas se afastarem? E aqui estou, Stefan, telefonando para você, depois de tanto tempo, para pedir um favor. Quase desisti.

— O que posso fazer para ajudá-la, Anita?

Ela gostou de ouvir uma insinuação de cautela surgir na voz de Stefan. Era um homem acostumado a parasitas, a velhos conhecidos procurando-o em busca de favores.

— Seu nome foi o primeiro em quem pensei, por você e por sua amizade com Paul.

— Está tendo dificuldades com a Morningside?

— Dificuldades? — Anita fez uma pausa. Depois, deixou que certo embaraço, até um toque de horror, se manifestassem em sua voz. — Ah, não, Stefan, não é nada disso! Espero que não pense que eu liguei para pedir algum tipo de ajuda financeira... isso me deixa desconcertada! — Ela girou em sua cadeira, divertida. — É que preciso de um favor envolvendo um cliente. Estou tentando localizar algumas peças a pedido dele. Seu nome foi o primeiro que surgiu em minha cabeça, um tiro no escuro, já que as peças são de imagens gregas.

— Entendo. Seu cliente está interessado em algum artefato da minha coleção?

— Isso depende. — Anita experimentou uma risada discreta. — Por acaso possui as Três Parcas?

— As Parcas?

— Três pequenas estatuetas de prata. Estão separadas, mas se ligam pela base, formando um conjunto único.

— Já ouvi falar a respeito, mas apenas como história. Estatuetas forjadas no Olimpo, que, se unidas, proporcionarão qualquer coisa que seu dono desejar, da vida eterna a fortunas incontáveis, incluindo os três famosos desejos, um para cada Parca.

— As lendas aumentam o valor de uma peça.

— Tem razão. Achei que essas peças estavam perdidas, se é que alguma vez existiram.

— Creio que existiram. — Anita passou a ponta de um dedo pela estatueta de Cloto, agora em sua mesa. — Paul falava a respeito com frequência. E, ainda mais importante, meu cliente acredita na existência delas. Para ser franca, ele despertou meu interesse também, o suficiente para que eu fizesse algumas indagações, iniciasse uma pesquisa. Uma fonte, que parece válida, informa que uma das estatuetas, a terceira, está em Atenas.

— Se é verdade, não chegou ao meu conhecimento.

— Estou apostando em qualquer possibilidade a essa altura. Detesto desapontar um cliente. Esperava que você pudesse fazer algumas indagações discretas. E, se eu puder deixar Nova York nas próximas semanas, adoraria visitar a Grécia. Para combinar negócios com prazer.

— Deve mesmo vir e ficar em nossa casa.

— Eu não gostaria de incomodar.

— A casa de hóspedes aqui em Atenas assim como a *villa* em Corfu estão à sua disposição. Enquanto isso, terei o maior prazer em fazer algumas indagações discretas.

— Não tenho palavras para agradecer. Meu cliente é um tanto excêntrico e no momento está obcecado por essas peças. Se eu conseguisse localizar apenas uma, já seria muito importante. Sei que Paul ficaria orgulhoso em saber que a Morningside teve uma participação na descoberta das Parcas.

Satisfeita com sua atuação, Anita decidiu dar um segundo telefonema. Olhou para o relógio, consultou sua agenda e calculou quando seria mais conveniente marcar uma reunião.

— Burdett Securities.

— Anita Gaye, desejo falar com Jack Burdett.

— Lamento, Sra. Gaye, mas o Sr. Burdett não pode atender no momento. Quer deixar recado?

Não pode atender? Ora, sua idiota, será que não sabe quem eu sou? Anita quase rangeu os dentes de raiva.

— É muito importante que eu fale com o Sr. Burdett o mais depressa possível.

Imediatamente, pensou ela. Tinha um plano secundário para colocar em ação.

— Transmitirei seu recado, Sra. Gaye. Se me der o telefone em que ele poderá encontrá-la, eu...

— Ele tem meu número. Todos eles.

Anita bateu o telefone. Não podia atender! Pois era melhor que ele retornasse logo a ligação, sem demora.

Não podia deixar que Cleo Toliver e a segunda Parca escapulissem de seus dedos. Jack Burdett era o homem certo para encontrá-la.

JACK FALAVA ao telefone naquele momento. Passara a maior parte do voo ao telefone ou usando o laptop. Enquanto isso, Rebecca assistiu a dois filmes. Ou, melhor, um e meio, já que dormiu durante o segundo. E não se perdoava por ter desperdiçado um segundo que fosse do voo.

Nunca voara de primeira classe antes e percebera que poderia se acostumar a viajar daquele jeito sem nenhuma dificuldade.

Também queria usar o telefone, ligar para a mãe, falar com os irmãos. Mas achava que o atual orçamento não condizia com essas despesas. E não poderia pedir a Jack que pagasse as ligações.

No ritmo que as coisas iam, Rebecca preocupava-se um pouco com a possibilidade de Jack pensar que ela só estava interessada em seu dinheiro. O que não era verdade, embora ela não considerasse o dinheiro uma desvantagem.

Gostara de observá-lo com os bisavós. Jack mostrara-se terno e gentil. Sem exageros. Em sua opinião, muitas pessoas tratavam os idosos como se fossem crianças ou inconveniências, ou simples excentricidades.

Não era o caso de Jack. Na opinião de Rebecca, o fato de um homem ter um bom relacionamento com a família depunha a seu favor.

Claro que ele era um pouco mandão para seu gosto, mas tinha de ser bastante honesta para admitir que os homens que se curvavam quando ela estalava os dedos sempre a deixavam irritada.

E era um prazer contemplá-lo, o que também não era uma desvantagem. E era inteligente... mais do que isso, era muito perspicaz. Saber que depositava sua fé num homem assim facilitava confiar nele.

Ela mudou de posição, fez menção de falar e viu que ele fazia outra ligação. Embora um pouco irritada, Rebecca prometeu a si mesma que não ressaltaria o fato de ele mal ter lhe dito duas palavras em mais de cinco horas.

— Um recado de Anita Gaye — anunciou Jack, subitamente.

— Como? Ela ligou para você? O que queria?

— Não disse.

— E vai ligar de volta?

— Mais tarde.

— Por que não liga agora, para sabermos...

— Quero deixá-la esperando por enquanto, para começar. Além do mais, não quero que ela saiba que estou num avião. Estamos prestes a iniciar o pouso, com todos os avisos do comandante. Se ela ligou, é porque quer alguma coisa. Vamos deixá-la desejosa por mais algum tempo.

NOVA YORK era emocionante. Embora não quisesse se comportar como uma turista embasbacada, Rebecca pretendia aproveitar cada minuto. Havia coisas importantes a fazer, negócios vitais a tratar, mas isso não significava que ela não pudesse desfrutar a emoção de estar ali, de finalmente estar em *algum lugar.*

A cidade era tudo o que imaginara. As torres reluzentes, quilômetros de lojas, multidões apressadas nas ruas. Ver tudo aquilo pela primeira vez, enquanto andava de limusine — e uma autêntica limusine, tão grande quanto um barco, com bancos de couro macio e um motorista uniformizado —, era a mais espetacular das aventuras.

Ela mal podia esperar para telefonar para a mãe e fazer um relato completo. E como seus dedos ansiavam por manipular todos aqueles controles! Rebecca lançou um olhar de esguelha para Jack. Sentado com as pernas estendidas, de óculos escuros, as mãos cruzadas sobre a barriga, parecia descontraído.

Rebecca estendeu a mão para o painel, mas recolheu-a imediatamente. Talvez ele estivesse dormindo e não visse, mas o motorista perceberia.

— Vá em frente — murmurou Jack. — Pode se divertir.

Ela corou, mas deu de ombros.

— Eu só queria saber para que servem esses controles. — Rebecca estendeu a mão, fingindo descontração, e acionou os vários esquemas de luz. Depois o rádio, a televisão, o teto solar. — Não seria muito difícil instalar tudo isso num carro comum — comentou ela. — Talvez num furgão. Seria igualmente luxuoso. — Ela olhou para o telefone, tornando a pensar na família. — Preciso falar com meus irmãos. Não me agrada não poder ligar para eles e avisar que estou aqui.

— Vamos vê-los pessoalmente. Logo.

A limusine deslizava pelas ruas, silenciosa como um fantasma. Finalmente parou. Rebecca deu uma olhada no prédio onde Jack morava. Não parecia grande coisa, pensou ela, ao sair para a calçada. Esperava que um homem com todos os seus recursos morasse num edifício espetacular, com porteiros que mais pareciam almirantes.

No entanto, parecia um prédio de estrutura sólida, imponente. E não ficou surpresa nem desapontada quando Jack usou um cartão-chave e um código para ter acesso ao saguão estreito, e novamente para ter acesso ao elevador.

— Pensei que morasse sozinho — comentou ela, quando o elevador começou a subir.

— E moro.

— Quis dizer sem vizinhos em outros apartamentos.

— Meu apartamento é o único do prédio.

— Parece um prédio muito grande para desperdiçar tanto espaço.

— Eu não desperdiço.

O elevador parou. Jack desativou trancas e alarmes, antes de abrir a porta para o apartamento.

— Ora, ora... — Rebecca entrou, observando o assoalho de tábuas corridas, largas e escuras, as paredes de um castanho-claro, com obras de arte de vanguarda, as janelas largas. — Você soube mesmo aproveitar o espaço.

Os tapetes antigos eram maravilhosos. Ela não estava apta a reconhecer a decoração chinesa, mas gostou da mistura de cores, da maneira como acentuavam as tonalidades fortes e as almofadas enormes dos sofás, as poltronas, até a madeira envernizada.

Rebecca deu uma volta, notando primeiro que tudo parecia impecável, depois que era de extremo bom gosto. E, finalmente, concluiu, muito luxuoso. Gostou dos blocos de vidro ondulados que separavam a cozinha da sala e das arcadas que levavam ao que ela supunha serem corredores e quartos.

— Parece muito espaço para um homem solteiro.

— Não gosto de viver apertado.

Ela balançou a cabeça, virou-se. Sim, combinava com ele, pensou.

Um espaço excepcional, aproveitado com a maior habilidade, para um homem excepcional e hábil.

— Pode ter certeza de que farei o possível para não incomodá-lo, Jack. Há algum lugar em que eu possa deixar minhas coisas, talvez tomar um banho e trocar de roupa, antes de sairmos para ver meus irmãos?

— Dois quartos, no final do corredor. O meu é o da direita. O quarto vago é o da esquerda. — Ele deixou passar um instante, observando-a. — Pode escolher.

— A opção é minha? — Rebecca deixou escapar um pequeno suspiro, enquanto levantava a mochila. — Ficarei com o quarto vago, por enquanto. E tenho uma coisa para lhe dizer.

— Pode falar.

— Quero ir para a cama com você, e geralmente não me envolvo dessa forma com um homem que conheço há tão pouco tempo. Mas acredito que será melhor se formos cuidadosos no que diz respeito um ao outro, por enquanto. Até termos certeza absoluta de que o sexo não é uma forma de pagamento, tanto para mim quanto para você.

— Não aceito sexo como pagamento.

— O que é ótimo. E pode ter certeza de que também não será oferecido como tal. Não vou demorar.

Rebecca levou a mochila pelo corredor, entrando no quarto à esquerda. Jack enfiou as mãos nos bolsos e foi até a janela. Mas voltou quando o telefone do escritório tocou.

Escutou sua assistente informar que a Sra. Gaye telefonara de novo. Talvez já a tivesse deixado esperando por tempo suficiente.

Ele passou por outra arcada e entrou no pequeno escritório que tinha no apartamento. Antes de fazer a ligação, verificou se não havia qualquer interferência na linha. Depois, acionou o sistema de gravação.

Alguns poderiam chamá-lo de paranoico. Ele preferia pensar que era um procedimento operacional padrão.

— Anita? Jack.

— Graças a Deus! Há horas que venho tentando falar com você! — Ele alteou uma sobrancelha ao tom frenético naquela voz habitualmente tranquila. Sentou-se na cadeira da mesa.

— Estava num lugar inacessível. Qual é o problema, Anita? Você parece transtornada.

— E estou. Provavelmente é uma tolice da minha parte, mas estou. E muito. Preciso falar com você, Jack. Preciso de ajuda. Irei para casa agora, se você puder encontrar-se comigo lá.

— Eu bem que gostaria. — Não será muito fácil, meu bem, pensou ele. — Não estou em Nova York.

— Onde está?

Jack percebeu que a voz de Anita se tornava fria e dura.

— Filadélfia. Um trabalho rápido. Voltarei amanhã. Diga-me qual é o problema.

— Não sei a quem mais recorrer. Não conheço nada sobre o assunto. Sobre as Parcas. Lembra que eu as mencionei para você em nosso jantar?

— Claro que me lembro. O que há com elas?

— Falei que havia um cliente interessado. Comentei com outras pessoas, fiz algumas indagações. Admito que não esperava obter qualquer resultado. Mas tive.

— Encontrou uma delas? — Jack abriu a bolsa de viagem, tirou o saco protetor. — Parece uma boa notícia.

— Talvez. Isto é, alguém entrou em contato para falar a respeito de uma, mas não sei o que fazer. Ora, estou divagando. Desculpe.

— Não precisa ter pressa.

Ele desembrulhou Átropos.

— Está bem. — Anita deixou escapar um suspiro audível. — Uma mulher me telefonou, alegou que tinha uma das estatuetas e estava interessada em vendê-la. Naturalmente, fiquei cética, mas precisava conferir. Mesmo quando ela insistiu em se encontrar comigo fora do escritório. Na torre de observação do Empire State.

— Não caia nessa.

— Tem razão. Mas eu estava achando divertido. Parecia um filme *noir*. Só que ela se comportou de maneira estranha, Jack. Creio que deve ter algum problema relacionado a drogas. Exigiu uma quantia exorbitante e me ameaçou... com represálias físicas se eu não pagasse.

Jack franziu um pouco o rosto, enquanto virava Átropos de um lado para outro, sobre a mesa.

— Acho que deveria chamar a polícia, Anita.

— Não posso me permitir esse tipo de publicidade. E, de qualquer forma, que sentido teria? Foram apenas ameaças. Ela tinha uma foto, acho que escaneada, do que poderia ser uma Parca.

Interessante, pensou Jack. Cada vez mais interessante.

— Talvez, mas você sabe como as imagens de computador podem ser manipuladas com facilidade. Parece um tipo clássico de vigarice.

— A estatueta parecia genuína, com todos os detalhes específicos. Quero investigar, mas... confesso que estou um pouco abalada. Se procurar a polícia, perderei esse contato, prejudicando o cliente.

— Vocês combinaram alguma coisa?

— Ela quer se encontrar comigo de novo. Tentei ganhar tempo. Para ser franca, ela me assusta. Antes de marcar um novo encontro, preciso saber com quem estou lidando. Neste momento, só tenho o nome que ela me deu. Cleo Toliver. Se você pudesse encontrá-la...

— Não sou detetive, Anita. Posso lhe dar o nome de uma excelente agência de investigação.

— Não posso confiar isso a um estranho, Jack. Preciso de um amigo. Sei que vai parecer loucura, mas tenho certeza de que estou sendo seguida. Depois de saber onde ela está e quem é, poderei decidir se tento negociar ou entro com uma ação judicial contra a mulher. Preciso de um amigo, Jack. Ando muito nervosa com tudo isso.

— Verei o que posso fazer. Cleo Toliver, não é mesmo? Dê-me uma descrição.

— Eu sabia que poderia contar com você. E manterá tudo isso em sigilo, não é? Um favor para uma amiga.

Ele olhou para o gravador.

— Claro.

MENOS DE uma hora depois, Cleo soltou um grito de alegria.

— Deve ser a comida chinesa!

A expectativa fez com que ela corresse para a porta. Malachi interceptou-a.

— Vamos deixar Tia verificar.

Com algum pesar, Tia largou o diário de Wyley e deixou o escritório para ir até a porta do apartamento. Uma espiada pelo olho mágico deixou-a aturdida.

— É Jack Burdett — murmurou ela. — Há uma mulher com ele, mas não pude ver direito.

— Deixe-me dar uma olhada. — Malachi empurrou-a para o lado e espiou pelo olho mágico. Soltou um grito de alegria. Para surpresa de Tia, ele destrancou e abriu a porta. Puxou a ruiva para seus braços. — É minha garota! — Ele girou abraçado à mulher, beijou-a uma vez e tornou a largá-la no chão, indagando, com uma súbita mudança de ânimo: — O que está fazendo aqui? E o que está fazendo com ele?

— Contarei tudo, se me der dois segundos para respirar. — Em vez de responder, no entanto, ela correu para Gideon. — Não é uma maravilha? Nós três em Nova York!

— Eu gostaria de saber por que você está aqui, quando deveria ter ficado em casa — insistiu Malachi.

— Acha que só você e Gid podem se divertir? Não enche! Você deve ser Tia.

Com um sorriso largo, ela estendeu a mão, pegou a de Tia, sacudindo-a com vigor e rapidez.

— Sou Rebecca. Lamento confessar que sou a irmã desses dois pagãos, que não se deram ao trabalho de informar quem entrou em seu apartamento. E é um apartamento adorável. Você é Cleo? — Ela se virou para a morena, encostada no sofá. — É um prazer conhecê-la. Esse é Jack Burdett, como Tia já sabe. Trouxemos notícias incríveis.

A campainha tocou outra vez.

— Deve ser a comida chinesa agora — disse Cleo. — E vamos torcer para que tenham mandado alguns rolinhos primavera a mais.

— Becca... — Gideon puxou-a para um lado, baixando a voz, enquanto Tia recebia a entrega. — Não podia viajar com um estranho dessa maneira.

— Por que não? — indagou Cleo. — Eu viajei. Tia, posso abrir uma garrafa de vinho?

— Claro.

Porque sua cabeça girava, Tia encostou-se na porta, os braços carregados com as caixas de comida chinesa. Seu apartamento estava cheio de pessoas, quase todas falando ao mesmo tempo. As vozes muito altas. Estava prestes a ingerir alimentos impregnados de glutamato monossódico e provavelmente morreria jovem por causa disso.

A mãe quase não falava com ela, havia um objeto de arte de valor inestimável escondido em sua geladeira, numa embalagem de leite com baixo teor de gordura, e partilhava sua cama com um homem que no momento gritava com a irmã.

Era extenuante... e maravilhoso.

— Você tem andado ocupada, não é? — comentou Jack. — Deixe-me ajudá-la com isso. Alguém pediu *gioza* de carne de porco?

— Eu pedi. — Cleo adiantou-se, com uma garrafa de vinho aberta. — E estou disposta a dividir com você, se conseguir fazer com que esses três fiquem calados.

— Não é difícil. — Jack inclinou a cabeça para o lado, avaliando Cleo. — Ela não lhe fez justiça. Nem pensei que pudesse fazer.

— Ela quem?

— Anita Gaye. — O nome, como ele esperava, provocou um súbito silêncio na sala. — Ela me ligou há cerca de uma hora, pedindo para que eu a encontrasse.

Os dedos de Cleo se contraíram no gargalo da garrafa.

— Parece que fui encontrada.

— Por que não me contou? — perguntou Rebecca.

— Era mais fácil contar uma vez só. Ela se esforçou para me passar a impressão de que você é uma mulher perigosa, Cleo.

— Pode apostar que sou.

— Ainda bem. Vamos comer e conversaremos a respeito.

SUA SALA estava uma confusão. Correção, pensou Tia: sua vida estava uma confusão. Havia uma voz dentro de sua cabeça insistindo em sugerir-lhe que deveria limpar tudo, imediatamente. Mas era difícil ouvi-la, com todas as outras vozes soando fora da cabeça.

Estava ligada a ladrões e assassinos. E havia *dois* preciosos objetos de arte em seu apartamento.

— Cunningham... — murmurou Malachi, enquanto observava as duas estatuetas. — Faz sentido. Se você pensar bem a respeito, se acreditar nas voltas que a vida dá, faz todo sentido. — Ele olhou para o irmão, enquanto acrescentava: — Temos duas agora. Era o que procurávamos.

— Era, no começo — disse Gideon.

— Mas já não estamos mais no começo. — Cleo levantou-se, a raiva borbulhando. — Uma estatueta é minha, não se esqueçam disso. Prefiro vê-la derretida do que nas mãos daquela vaca.

— Acalme-se, Cleo — aconselhou Malachi.

— Não quero me acalmar. Vocês três querem vingança. É problema de vocês. Mas deixou de ser apenas uma questão de dinheiro quando ela mandou matar Mikey. Ele vale mais do que dinheiro.

— Claro que vale. — Pela primeira vez em dias, Gideon tocou-a gentilmente, roçando levemente os dedos em sua perna.

— Lamento por seu amigo. — Rebecca pôs a taça de vinho na mesa. — Eu gostaria que houvesse uma maneira de fazer o tempo voltar. É mais do que evidente que temos de pensar em um plano B. Nenhum de nós planejou qualquer outra coisa senão arrancar o máximo de dinheiro de Anita, depois que encontrássemos estas duas peças. Deus sabe que acreditávamos ser capazes. E fomos. Isso deve significar alguma coisa.

— Não as venderei para ela. Não importa a quantia.

— Que tal vender para mim?

Jack usou os hashis com extrema habilidade para pegar um pouco de porco frito com arroz.

— Para que você possa vender para ela? — indagou Cleo. — Não há a menor possibilidade.

— Não pretendo vender nada para Anita — declarou ele, a voz gelada.

— Se acha que ela vai vender a Parca que roubou de nós para você, está maluco. — Irritada, Cleo tornou a deitar-se no chão. — Também não pretendo comprar coisa alguma de Anita.

— As estatuetas só alcançam seu verdadeiro valor em conjunto — ressaltou Tia. — Se não vai negociar pelo conjunto com Anita, a única maneira de obter a primeira Parca é roubando-a.

Jack assentiu, enquanto enchia as duas taças vazias sobre a mesa.

— É isso mesmo.

— Gosto dessa maneira de pensar. — Satisfeita, Rebecca empertigou-se, lançando um olhar afetuoso de aprovação para Jack. — Ainda assim, se roubá-la, deve lembrar-se que foi roubada de nós, em primeiro lugar. Ou, de certa forma, roubada antes de Tia, depois de nós. É complicado, mas o resumo é uma propriedade comum, não concordam?

Tia piscou rapidamente, comprimindo um dedo contra o que parecia ser um espasmo muscular sob o olho esquerdo.

— Não sei o que dizer.

— Eu sei. Não é suficiente. — Cleo sacudiu a cabeça. — Ainda que você consiga, ela perde algo. Algo que nem sequer lhe pertencia, para começar. Não é suficiente.

— Tem razão, não é suficiente — concordou Gideon. — Não mais.

— Vocês querem justiça?

Jack levantou sua taça, correndo os olhos pela sala.

— Isso mesmo. — Gideon pôs a mão no ombro de Cleo. Olhou para o irmão, para a irmã e de volta para Jack, quando eles acenaram com a cabeça em concordância. — É o que tem de ser.

— Muito bem. A justiça torna tudo um pouco mais complicado, mas daremos um jeito.

Capítulo 19

NADA, CONCLUIU Malachi, poderia ser resolvido durante aquele primeira e desorganizada reunião. Precisavam de tempo para deixar que tudo assentasse. Tempo, como dissera Tia, para definir o rumo e o objetivo.

Como sempre, a inteligente e deliciosa Dra. Marsh fora ao fundo da questão. As seis pessoas espalhadas por seu apartamento tinham uma variedade de intenções e estilos.

Os esforços de Anita Gaye tinham apenas um objetivo.

Para vencê-la, teriam de fundir aquelas seis personalidades diferentes em uma unidade. O que demandaria mais do que cooperação. Demandaria confiança.

Já que tinham de começar por algum lugar, Malachi decidiu explorar o novo elemento.

Jack Burdett.

Não tinha muita certeza se gostava da maneira como o homem olhava para sua irmã. Era uma questão pessoal que pretendia superar, junto com todo o resto, o mais depressa possível.

De qualquer forma, Tia parecia bastante atordoada. Ela agia melhor, na opinião de Malachi, quando tinha algum tempo para refletir, sozinha. Portanto, a primeira providência era esvaziar o apartamento, proporcionando-lhe algum espaço.

— Creio que todos precisamos pensar um pouco.

Embora ele não tivesse alterado o tom de voz, a conversa cessou, fato que Jack notou e arquivou mentalmente.

— Tudo bem por mim. — Jack levantou-se. — Tenho uma coisa para você, Tia.

— Uma coisa para mim?

— Considere um presente para a anfitriã. Obrigado pela comida chinesa. — Ele tirou um telefone da bolsa. — É seguro. A linha também será, assim que eu ligar. Pode usá-la para fazer e receber chamadas que não deseja compartilhar com nossos amigos. Creio que não preciso lhe dizer para manter o número confidencial.

— Claro que não. Mas a companhia telefônica não precisa... Ora, não importa.

Jack sorriu.

— Onde quer que eu instale?

— Não sei... — Ela esfregou os dedos entre as sobrancelhas, tentando raciocinar. No escritório não era possível, já que Cleo precisava de um quarto. Seu próprio quarto parecia errado, um tanto egoísta. — Na cozinha.

— Boa escolha. Farei a instalação agora. Aqui está o número. Ele estendeu um pequeno cartão.

— Devo memorizar e depois engolir o papel?

— Isso mesmo, doutora. — Com uma risada, Jack seguiu para a cozinha. Mas parou de repente. — Parece que estão um pouco apertados aqui. Tenho bastante espaço. Rebecca ficará em meu apartamento.

— Acha mesmo que vamos permitir isso? — A voz de Malachi era perigosamente suave.

— Pare com isso — murmurou Rebecca, baixinho.

— Posso hospedar mais uma pessoa, se alguém quiser. Assim, a divisão será igual.

— Eu irei.

Cleo levantou-se do chão, tomando o cuidado de não olhar para Gideon. Mas Jack o observou. Percebeu o sobressalto de surpresa, o ímpeto de raiva, contidos no mesmo instante.

— Ótimo. Arrume suas coisas. Não vou demorar.

— Não tenho muita coisa para levar. — Ela ofereceu um sorriso a Tia. — Talvez assim você possa trabalhar melhor.

Ela foi para o escritório. Malachi lançou um olhar fulminante para a irmã, que só fez bocejar.

— Acha mesmo que vou deixá-la ficar com um homem desse jeito?

— De que jeito, Malachi? — Ela bateu as pestanas para o irmão. Por trás, tinha os olhos frios e duros como aço.

— É o que veremos.

Malachi levantou-se num movimento brusco. Foi para a cozinha, atrás de Jack.

— Preciso falar com você.

— Eu já previa. Deixe-me acabar aqui.

Malachi franziu o rosto, enquanto o observava trabalhar. Não tinha a menor ideia do que Jack fazia com as pequenas ferramentas e equipamentos. Mas era evidente que ele estava familiarizado com todas elas.

— Passe a broca pequena que está no estojo — pediu Jack.

— Vai aparafusar o telefone na parede? — Malachi observou-o ajustar a broca na pequena furadeira sem fio. — Tia não vai gostar.

— Pequenos sacrifícios, uma grande recompensa. Ela já teve de aceitar mais do que dois buracos na parede.

Jack prendeu a tomada do telefone na parede e fez a ligação dos fios. Depois, tirou da bolsa o que parecia ser um pequeno computador e acionou uma série de números.

— Pode usar esta linha para falar com sua mãe — disse Jack, puxando conversa. — Mas eu não mencionaria para a doutora que a companhia telefônica estará perdendo os lucros de uma ligação internacional. Ela é honesta demais. Os telefones da sua mãe estão limpos. Ou estavam, quando eu a visitei e verifiquei. Mostrei a ela o que procurar e sugeri fazer duas verificações por dia. É uma mulher inteligente. Não creio que consigam enganá-la.

— Você forma impressões rapidamente.

— É verdade. Pronto, acabei. Agora podemos conversar.

Jack guardou as ferramentas.

— Então por que não vamos dar uma volta? — sugeriu Malachi, pegando duas cervejas na geladeira.

Do seu lugar no sofá, Rebecca tinha uma visão clara do pequeno embate. Observou seus irmãos furiosos se retirarem em direções opostas. Gideon fora para o escritório em que Cleo entrara, à direita, batendo a porta atrás de si. E Malachi saíra pela porta da frente do apartamento com Jack, fechando-a com um controle que parecia ominoso.

— Todo mundo resolveu sair para discutir sem nossa participação.

— Ela se esticou, bocejando de novo. O voo a deixara mais cansada do que imaginara. — Que tal se eu ajudá-la a arrumar esse desastre que fizemos em sua casa? E poderá me contar o que está acontecendo entre meu irmão e Cleo, e entre meu outro irmão e você.

Tia percorreu os olhos pela sala, imperturbável.

— Não sei por onde começar.

— Por onde quiser. Sou uma boa ouvinte.

— QUE HISTÓRIA é essa de sair daqui? — Indagou Gideon.

— Faz sentido. — Cleo guardava suas coisas na bolsa. — Estamos apertados aqui.

— Não tão apertados.

— O suficiente para que você durma no terraço. — Ela pôs a bolsa no sofá-cama e virou-se. — Escute, bonitão, não me quer aqui com você. Já deixou isso bem claro. Portanto, minha ausência tornará tudo mais fácil.

— É fácil assim para você? O homem diz que tem espaço e você sai correndo atrás dele?

Cleo ficou pálida e gelada.

— Vá se foder. — Ela tornou a pegar a bolsa. Gideon segurou-a também. Por dez segundos amargos, os dois travaram um furioso cabo de guerra.

— Não foi isso o que eu quis dizer. — Ele arrancou a bolsa das mãos dela, jogou-a para o lado. — O que você acha que eu sou?

— Não sei o que pensar de você. — Apesar do conselho anterior de Malachi, ela não tivera a menor intenção de usar lágrimas contra Gideon, e ficou furiosa porque turvavam sua visão agora. — Mas sei o que você pensa sobre mim. Mentirosa e trapaceira... e ainda por cima, vagabunda.

— Não é verdade. Estou furioso com você, Cleo, e tenho esse direito.

— Tudo bem. Pode sentir quanta raiva quiser. Não posso impedi-lo. Mas não vou admitir que me empurre isso goela abaixo todos os dias. Minha paciência já esgotou. Sinto muito. Fim da história.

Cleo fez menção de passar por ele, a fim de pegar a bolsa. Mas Gideon segurou-a pelos braços, apertando-os quando ela tentou se desvencilhar.

— Não chore. Não tive a intenção de fazê-la chorar.

— Largue-me! — As lágrimas escorriam mais depressa do que as podia conter. — Não choro para conseguir o que quero!

— Não chore — repetiu Gideon, o aperto se transformando numa carícia. — Não vá embora. — Ele a puxou, embalando-a em seus braços. — Não quero que vá embora. Não sei direito o que quero, mas tenho certeza de que não quero que vá embora.

— Essa conversa não vai levar a nada.

— Fique. — Ele esfregou o rosto no de Cleo, transferindo as lágrimas. — E vamos ver o que acontece.

Ela suspirou. Deixou a cabeça encostar no ombro dele, Sentia falta daquilo. Sentia tanta falta daquele contato simples, que doía lá no fundo.

— Não pode ser gentil com uma mulher só porque ela está chorando, bonitão. Faz com que vire um otário.

— Deixe que eu me preocupe com isso. Pense em outra coisa.

Ele roçou os lábios pelo rosto molhado, encontrou a boca, onde depositou um beijo terno e lento.

E a ternura era tão profunda que Cleo sentiu os músculos tremerem, a barriga ondular. Mesmo quando ele aprofundou o beijo, havia um afeto intenso, sem a explosão de calor que ela esperava e compreendia.

E, pela primeira vez em sua vida, sentiu-se à beira da rendição absoluta, entregando o controle total de si a um homem. O controle do coração, do corpo e da mente.

O que a deixou apavorada. E proporcionou imensa satisfação.

— Não seja tão gentil comigo. — Ela comprimiu o rosto contra o ombro de Gideon, enquanto fazia um esforço para manter o equilíbrio. — Vou estragar tudo.

Ela não era tão fria e dura quanto pensava, refletiu Gideon. E também não era tão segura de si.

— Deixe que eu me preocupe com isso também. Você só tem que fazer uma coisa neste momento. — Ele puxou o rosto de Cleo para junto do seu.

— O que é?

— Guarde suas coisas de volta no lugar.

Cleo fungou, esperando recuperar um pouco do controle.

— É assim que você consegue o que quer? Sendo gentil?

— De vez em quando. Cleo... — Ele emoldurou o rosto dela com as mãos, observou a cautela ressurgir naqueles olhos escuros e profundos. Não se importou. Se Cleo o considerava com cautela, significava que pensava nele. — Você é linda... muito bonita mesmo. O que pode ser um pouco desconcertante. Guarde suas coisas. Direi a Burdett que vai continuar aqui. Comigo. É verdade, Cleo, você está comigo, e isso é algo que ambos teremos de resolver.

No TERRAÇO, Jack fez uma avaliação do local. Apenas uma entrada e uma saída, pensou. O que podia transformar o lugar em uma armadilha ou numa sólida fortaleza. Talvez fosse sensato tomar algumas providências ali.

Se um homem não antecipava uma guerra, sempre perdia a batalha.

— Uma vista sensacional — comentou ele.

— Tem um cigarro?

— Não. Nunca tive o hábito.

— Eu parei de fumar. — Malachi flexionou os ombros. — Há algum tempo. E estou me arrependendo neste momento. Vamos tratar primeiro do que é mais importante.

— Que seria Rebecca.

Malachi assentiu.

— Isso mesmo. Em primeiro lugar, ela não deveria estar aqui. Mas já que veio, não pode ficar com você.

— Não deveria. Não pode. — Jack virou as costas para a vista e encostou-se no parapeito. — Se usou essas palavras com ela muitas vezes, aposto que adquiriu algumas cicatrizes interessantes.

— Tem razão. Nossa Becca é uma criatura voluntariosa.

— E inteligente. Gosto da sua forma de pensar. Gosto do seu rosto. — Jack fitava Malachi nos olhos. — Gosto de todo o conjunto. O que é um problema para você, já que ela é sua irmã. — Ele tomou um gole da garrafa de Harp. — Também tenho uma irmã e posso compreender. A minha saiu de casa para casar, embora, em minha opinião, ela não deveria nem saber o que era sexo. Tem dois filhos agora, mas prefiro pensar que ela os encontrou debaixo de uma amoreira, exatamente onde mamãe nos encontrou.

Divertindo-se, Malachi enfiou a mão no bolso.

— Você cria amoras em seu apartamento?

— Vamos esclarecer a situação. Ela está no quarto separado, por decisão dela. E a opção sempre será dela, de qualquer forma. Dei minha palavra a sua mãe de que cuidaria de Rebecca. Não quebro minha palavra; ou pelo menos não quando se trata de uma pessoa que respeito.

Malachi ficou muito surpreso ao se descobrir relaxado. Mais ainda ao compreender que acreditava que Jack cumpriria sua palavra.

Talvez, apenas talvez, pudessem forjar aquela unidade.

— Suponho que isso me poupe de uma batalha sangrenta com Rebecca. Mas ainda temos o fato de que ela é impulsiva, teimosa...

— Estou apaixonado por ela.

Malachi arregalou os olhos, espantado.

— Jesus Cristo, cara, você é rápido, não é?

— Foi preciso apenas um olhar, e ela sabe disso. O que lhe dá uma vantagem. — Jack hesitou. — Ela aproveitaria uma vantagem no momento oportuno.

— É verdade — concordou Malachi, com simpatia. — Se for necessário.

— O que ela não sabe, e que também ainda não descobri, é o que pretendo fazer a respeito. Não sou um fatalista. Acho que as pessoas estão no comando de suas vidas.

— Também acho. — Malachi pensou em Felix Greenfield, em Henry Wyley e numa tarde ensolarada em maio. — Mas nem sempre escolhemos qual caminho trilhar.

— Independentemente disso, estamos no comando. Se não funcionasse assim, eu acreditaria que as estatuetas e o círculo que elas completam têm alguma coisa a ver com o que aconteceu comigo quando olhei para Rebecca. Como não acredito, direi apenas que estou apaixonado por sua irmã. Por isso, pare de se preocupar, porque não deixarei ninguém machucá-la. Nem mesmo eu. É suficiente para você?

— Vou me sentar por um instante.

Foi o que Malachi fez, bebendo, pensativo. Depois, largou a garrafa sobre a mesinha de ferro ao lado da cadeira. Bateu com as palmas nos joelhos enquanto analisava Jack.

— Nosso pai morreu. Como irmão mais velho, cabe a mim lhe perguntar... — A voz definhou. Ele passou as mãos pelos cabelos. — Ainda não estou preparado para isso. Vamos deixar a segunda parte da conversa para depois.

Jack tornou a inclinar sua garrafa de cerveja.

— Tudo bem para mim.

— Você tem controle. Melhor para ela que seja assim. Vamos passar para outro assunto. As Parcas.

— Você está no comando.

Malachi recostou-se na cadeira, erguendo uma sobrancelha.

— Isso é uma questão de família para nós, Jack.

— Eu nunca disse o contrário. E você está no comando. Quando surge a pressão, os outros procuram você em busca de respostas. Inclusive Tia. E provavelmente Cleo também, embora ela seja imprevisível.

— Ela teve problemas, mas já está firme agora. Você tem alguma dificuldade para aceitar a hierarquia aqui?

— Poderia ter, se não tivesse a impressão de que você sabe como delegar e como deixar que todos usem suas forças. Sei quais são as minhas. Não me importo de receber ordens, Sullivan, se concordo com elas. E não hesitarei em mandá-lo à merda se não concordar. Conclusão, tenho uma dívida com você. Por Felix Greenfield. Quero as Parcas. Trabalharei com você para que todos possamos ficar com o que queremos.

Uma pausa, e ele acrescentou:

— O próximo item da agenda. É um tanto incorreto, para meu gosto, guardar a Parca de Cleo na geladeira de Tia. Meu apartamento tem o melhor sistema de segurança que o dinheiro pode comprar. Quero guardá-la em meu cofre, junto com a minha.

Malachi pegou sua cerveja. Ficou passando a garrafa de uma das mãos para a outra, enquanto pensava a respeito. Confiança, pensou ele. Sem isso, nunca consolidariam a aliança.

— Não vou contestar o aspecto prático. Direi apenas que você teria duas das três em suas mãos. O que o impediria de procurar a outra por conta própria ou mesmo negociar com Anita? Sem ofensa.

— Não me senti ofendido. Procurar a outra sozinho seria arriscado, em termos logísticos. Não impossível, mas arriscado. Além disso, Rebecca não ficaria nem um pouco feliz, o que é importante para mim. E, finalmente, não traio as pessoas de quem eu gosto. Especialmente a doutora.

O sorriso foi rápido e sugestivo.

— Assim como eu.

— Isso estava subentendido. Quanto a lidar com Anita, não negocio com sociopatas. E Anita é justamente isso. Se tiver a oportunidade, será capaz de liquidar qualquer um de nós a sangue-frio e depois ir à manicure.

Malachi tornou a se recostar, bebeu mais um gole de cerveja.

— Concordo. Mas não lhe daremos essa oportunidade. Todos temos muito em que pensar agora.

— Por que não tiramos 24 horas de folga? Podemos dar uma trégua a Tia e nos encontrar em meu apartamento amanhã.

— Combinado. — Malachi levantou-se e estendeu a mão. — Seja bem-vindo a bordo.

— VOCÊ E MAL passaram um bom tempo concentrados em sua conversa particular e machista. — Rebecca virou-se de lado no SUV guiado por Jack, que mais parecia um tanque. — Sobre o que falaram?

— Isto, aquilo e mais aquilo.

— Pode começar por "isto", enquanto estamos aqui.

— Ocorre-me que, se quiséssemos incluí-la na conversa, nós a teríamos chamado para o terraço.

— Sou parte disso tanto quanto qualquer outra pessoa.

— Ninguém disse que não era.

Ele deixou a Quinta Avenida seguindo para leste, na direção da Lexington. Deu uma checada pelo espelho retrovisor, um hábito rotineiro.

— E, como tal, tenho todo o direito de saber sobre o que vocês dois trataram. Somos uma equipe, Jack, não um grupo dividido em machos e fêmeas.

— Não tem nada a ver com a maneira como você abotoa a blusa, irlandesa. Portanto, pode esfriar os ímpetos feministas.

— Está me insultando.

Jack seguiu para o sul por algum tempo, depois tornou a virar para leste. Ninguém o seguia, concluiu, como também não havia vigilância sobre o prédio de Tia, até onde pudera verificar. Uma situação que poderia mudar, mas que, por enquanto, era bastante conveniente.

Deixou Rebecca fervendo de raiva, enquanto ia direto para casa. Contornou o prédio, sintonizou o código para a garagem, construída de acordo com suas especificações pessoais. A porta de aço reforçado subiu, e ele entrou com o SUV.

Lá, também guardava seu Boxster, junto com a moto Harley e a van de vigilância. Um homem, pensou ele, precisava ter alguns brinquedos. Guardá-los num edifício-garagem nunca fora uma opção para ele, o que não se devia apenas ao fato de que o custo anual seria superior ao de mandar um filho para a Faculdade de Direito de Harvard. Acima de tudo, queria tê-los perto. E sob seu próprio sistema de vigilância.

Ele saltou, reativou as trancas e alarmes na porta, no SUV, depois decodificou o elevador.

— Vai subir? — perguntou a Rebecca. — Ou prefere descarregar o mau humor na garagem?

— Não estou de mau humor. — Rebecca passou por ele, os braços cruzados sobre o peito. — Mas seria uma reação bastante natural para alguém que está sendo tratado como criança.

— Tratá-la como criança é a única coisa que não me passa pela cabeça. Muito bem, pode escolher. Quer um relato sobre isto, aquilo ou mais aquilo?

Rebecca ergueu a cabeça, desejando não estar achando engraçado.

— Aceito "isto".

— Seu irmão expressou sua preocupação pelo fato de você estar hospedada comigo.

— Não é da conta dele, não é mesmo? É muita desfaçatez da parte de Mal se manifestar, quando é evidente que ele está dormindo com Tia. Espero que tenha lhe dito isso.

— Não, não disse. — Jack abriu a porta do elevador, para que ela pudesse entrar no apartamento. — Disse apenas que estou apaixonado por você.

Rebecca parou e virou-se.

— Como? O que disse?

— O que pareceu tranquilizá-lo mais do que a você. Tenho algumas coisas para fazer agora. Voltarei dentro de poucas horas.

— Voltará? — Como se precisasse manter o equilíbrio, Rebecca abriu os braços. — Não pode sair depois de me dizer uma coisa dessas!

— Eu não disse para você. Disse para seu irmão. Vá se deitar, irlandesa. Você parece cansada.

E, com isso, ele fechou a porta, deixando-a lá dentro, gritando insultos.

Jack não foi muito longe. Apenas desceu um lance de escada, para a base que mantinha no prédio. Trabalhava ali quando era conveniente ou quando se sentia agitado demais no apartamento e precisava de uma distração.

Naquele momento, queria tanto a conveniência quanto a distração.

Era um espaço confortável. Jack nunca vira qualquer propósito em áreas de trabalho espartanas quando podia dispor de uma opção mais reconfortante. Havia poltronas, boa iluminação para compensar a falta de janelas, os tapetes antigos que ele apreciava e uma cozinha completa.

E essa foi sua primeira parada. Fez café. Enquanto esperava que ficasse pronto, acessou as mensagens recebidas pelas diversas linhas. Ligou um dos computadores no balcão em formato de L, entrou no e-mail e escutou a voz eletrônica ler suas mensagens, enquanto se servia da primeira xícara de café.

Respondeu ao que não poderia esperar, pôs de lado o que podia e começou a verificar as mensagens pessoais. Sorriu ao ler um e-mail do pai.

Os extraterrestres, depois de realizarem terríveis experimentos médicos — de natureza embaraçosamente sexual — conosco, devolveram sua mãe e eu à Terra. Poderá ouvir tudo a respeito no programa de Larry King na tevê. Agora que tenho sua atenção, talvez possa me dispensar cinco minutos em um telefonema. Sua mãe manda todo o seu amor. Eu não. Gosto mais da sua irmã. Sempre gostei.

Adivinhe quem.

Com uma risada, Jack sentou-se diante do teclado.

— Está bem, está bem...

Lamento saber de sua experiência extraterrestre. Comumente, eles inserem artefatos de rastreamento nas vítimas. Talvez seja melhor mastigar uma folha de papel-alumínio durante as conversas pessoais, já que é de conhecimento geral que isso interfere nas frequências que eles usam. Apenas para sua informação. Acabo de voltar a Nova York. Estou mantendo uma deslumbrante ruiva irlandesa como prisioneira em meu apartamento. A possibilidade de favores sexuais exóticos da referida prisioneira pode me manter ocupado pelas próximas duas semanas. Mande meu carinho de volta para mamãe. Nenhum para você. Nem mesmo tenho certeza de que seja meu pai. Você é que tem de adivinhar.

Jack enviou a mensagem, sabendo que o pai se acabaria de rir ao lê-la. Depois, começou a trabalhar.

Fichou Cleo, só para o contentamento de Anita, com sua avaliação. Em outro computador, iniciou uma investigação mais meticulosa, particular.

Chegara à mesma conclusão que Tia e Malachi. Os seis teriam de trabalhar juntos, como uma entidade. Ele não tinha qualquer dificuldade em trabalhar em equipe, mas queria saber tudo o que havia para saber sobre os outros.

Enquanto os dados apareciam na tela, olhou para os monitores acima. Disse a si mesmo que era melhor ficar de olho em Rebecca e ligou as câmeras que mantinha no apartamento.

Ela estava em seu escritório, sentada ao computador e parecia furiosa. Curioso, ele ligou o áudio.

— Está muito enganado, Jack, se pensa que não posso passar por suas senhas e bloqueios.

— Se conseguir, irlandesa, juro que ficarei bastante impressionado.

Ele a observou por algum tempo, notando como os dedos deslizavam depressa sobre o teclado, como os lábios se contraíam ao deparar com um obstáculo.

A maioria das mulheres, na experiência de Jack, quando deixada sozinha no apartamento de um homem, revistava as gavetas, closet, o armário de remédios ou os armários da cozinha. Mas Rebecca fora direto para o caminho da informação.

O que fazia muito bem ao coração de Jack.

Ele desligou o áudio e concentrou-se em escrever um relatório sobre Cleo que convenceria Anita de que estava prestando um favor, mas sem oferecer nada útil.

— Isso a deixará em ebulição — pensou ele, em voz alta.

Resolveu dar um tempo, antes de ler o relatório pela última vez. Pegou o telefone.

— Sala dos detetives. Detetive Robbins.

— O homem com o distintivo.

— O homem com o distintivo falso.

— Não eu, companheiro. Deve estar pensando em outro. Como vai o mundo do combate ao crime?

— O mesmo de sempre. E como vai o mundo da paranoia?

— Não tenho do que me queixar. Queria saber se aceita apostar aqueles 20 dólares que estou devendo nos Angels contra os O's esta noite, o dobro ou nada.

— Está insinuando que eu, um servidor público, costumo jogar?

— Fico com os O's.

— Apostado, otário. Agora que as amenidades acabaram, o que você quer?

— Agora você magoou meus sentimentos. Mas já que pergunta, tenho algumas descrições para transmitir. Marginais, fortes, provavelmente sem empregador fixo, com certeza de Nova York. Pensei que poderia fazer uma busca em seus computadores para verificar se aparece alguma coisa.

— É possível. Tem nomes?

— Não, mas estou tentando descobrir. Vamos ao primeiro. Branco, em torno dos 40 anos, cabelos castanhos, ralos, sem cor dos olhos, pele clara, nariz proeminente. Cerca de 1,78 metro, 80 quilos.

— Muitos caras se enquadram nessa descrição, incluindo meu cunhado. Um sacana imprestável.

— Minha informação é de que ele gosta de usar os punhos, e não se destaca no departamento de inteligência.

— Meu cunhado continua a se enquadrar. Quer que eu o arranque da poltrona e lhe dê umas porradas?

— Depende de você. Seu cunhado fez alguma viagem nas últimas semanas à Europa Oriental?

— O sacana não levanta o traseiro gordo da poltrona nem para ir ao supermercado na esquina. Procura um viajante internacional, Burdett?

— Procuro um idiota que voltou há pouco tempo de uma viagem à República Tcheca.

— É uma coincidência. Temos um cadáver na geladeira que se ajusta à descrição. Tinha um passaporte no bolso do terno de luxo. Com dois carimbos. Um de Praha. Segundo meus amigos eruditos, é a cidade de Praga, na República Tcheca. O outro é de Nova York, há cerca de dez dias.

Bem no alvo, pensou Jack. Ele se virou para um teclado.

— Pode me dar o nome?

— Não vejo por que não. Carl Dubrowsky, do Bronx. Uma ficha longa, quase toda de agressões, e uma acusação de homicídio culposo. O que você quer com nosso cadáver, Jack?

Jack digitou o nome e iniciou sua própria busca pela internet.

— Diga-me como ele morreu.

— Provavelmente por causa das quatro balas de calibre 25 que meteram em seu corpo. Foi encontrado num armazém vazio em Jersey. Agora, quero algo em troca. Conte-me o que sabe a respeito.

— Não tenho nada neste momento, mas avisarei assim que descobrir alguma coisa. — Ele ligou outro computador, pronto para iniciar uma segunda busca. — Tem o endereço do armazém?

— Merda, por que não mando logo toda a pasta da investigação por fax?

— Faria isso?

À resposta de Bob, Jack sorriu. Anotou o endereço.

Quando encerrou a ligação, ele acrescentou anotações meticulosas em todos os dados que obtivera até aquele momento. Estava se levantando, pensando em tomar outra xícara de café, quando olhou para os monitores.

O brilho exultante nos olhos de Rebecca fez com que ele se adiantasse para ver melhor, enquanto tornava a ligar o áudio.

— Não é tão esperto assim, não é mesmo? — murmurou ela. — Nem tanto quanto imagina!

— Mas você é — comentou Jack. Ele estava surpreso, até impressionado, pelo fato de Rebecca conseguir passar por seu sistema de segurança. Era verdade que não guardava nada confidencial naquela unidade, e os bloqueios eram apenas moderados. Mas existiam, e era preciso um *hacker* com habilidade considerável para superá-los tão depressa. — Exatamente como pensei — acrescentou Jack, para a imagem de Rebecca no monitor. — Fomos feitos um para o outro.

Ele tomou outra xícara de café e voltou ao trabalho, enquanto Rebecca incursionava pelo disco rígido do computador.

Vinte minutos depois, Jack já fizera tudo o que era possível por enquanto. E o mesmo acontecera com Rebecca, como ele notou ao olhar de novo para os monitores.

Ela desligou o computador, esticou-se, levantou-se e saiu do escritório. Foi para o corredor, no outro lado da sala. Entrou em seu quarto. Jack transferiu sua atenção para o monitor seguinte. Observou-a flexionar os ombros, tirar a fita dos cabelos, sacudi-los.

Quando ela começou a desabotoar a blusa, Jack lembrou que não era um *voyeur.* Ordenou a si mesmo que desligasse as câmeras.

Mas torturou-se ao observá-la tirar a blusa.

Entretanto, quando Rebecca estendeu as mãos para trás, a fim de soltar o sutiã, ele rangeu os dentes e apertou o botão que desligava as câmeras.

Ele trocou o café por uma cerveja, e passou a meia hora seguinte arquivando seu trabalho. E se perguntando como conseguia se concentrar.

Ao voltar para o apartamento, já projetara algumas fantasias muito interessantes. Nenhuma das quais incluía o fato de encontrar Rebecca completamente vestida, mas descalça, na cozinha, com um vapor fragrante saindo de uma panela.

— O que está fazendo?

— Escalando uma montanha. O que pensou que poderia ser?

Ele entrou na cozinha. Aspirou o aroma agradável da panela. E a fragrância ainda mais agradável que Rebecca exalava.

— Parece comida... ou pelo menos é o que suspeito.

Um banho de chuveiro e roupas limpas, além da sessão no computador de Jack, haviam-na revigorado. Mas embora a fadiga não fosse mais uma desculpa, o temperamento continuava explosivo.

— Como não tinha a menor ideia de quanto tempo que você pretendia me manter trancada aqui, não ia ficar esperando até morrer de fome. Não há frutas nem legumes frescos, diga-se de passagem. Por isso, tive de me contentar com o que encontrei em latas e potes.

— Eu estava viajando. Escreva tudo o que quer, e providenciarei.

— Posso fazer minhas próprias compras.

— Não quero que saia sozinha.

Rebecca tirou um facão do suporte de madeira e verificou a ponta com o polegar. "É mesmo filha de sua mãe", pensou Jack. Ambas sabiam como apresentar um argumento.

— Não é você quem vai decidir para onde eu vou nem quando.

— Se usar isso em mim, vai ficar muito arrependida depois.

O sorriso de Rebecca era tão afiado quanto a lâmina.

— Você ficaria ainda mais arrependido, não é?

— Um argumento que não posso contestar. — Jack abriu a geladeira e tirou uma garrafa com água. — Deixe-me reformular. Prefiro que não saia sozinha, até sabermos qual é a situação exata.

— Levarei suas preferências em consideração. E mais uma coisa. Se pensa que dizer que me ama vai fazer com que eu pule alegremente em sua cama...

— Não me provoque, Rebecca. — O tom era firme, até ríspido, bastante frio. — Não vai gostar do resultado.

Ela inclinou a cabeça para o lado. Achou interessante que o fato de pegar o facão nem o fizera piscar. Mas falar em amor e sexo o deixara abalado.

— Não gosto que você faça menção a esse assunto e depois bata a porta em minha cara.

— Bati a porta em minha própria cara.

Rebecca refletiu a respeito por um instante e acabou concordando.

— É verdade, posso fazer isso, se e quando eu quiser. — Com a mão esquerda, ela pegou uma colher e mexeu a comida na panela. — Não sei o que quero neste momento. Mas quando eu souber, você será o primeiro a saber. Enquanto isso, não tente me prender aqui dentro, como um periquito numa gaiola. Se tentar, quebrarei todas as suas coisas, rasgarei suas roupas, entupirei a privada, e ainda farei várias outras coisas desagradáveis. E, depois, encontrarei uma maneira de escapar.

— É justo. Quando vamos comer?

Ela suspirou e guardou o facão de volta no suporte.

— Daqui a uma hora, mais ou menos. Tempo suficiente para que você saia e compre pão francês ou italiano para acompanhar a comida. E alguma coisa para a sobremesa. — Rebecca jogou os cabelos para trás. — Eu estava brava, mas não o bastante para fazer uma sobremesa.

Capítulo 20

ERA CRIANCICE sentir-se nervosa ao entrar na casa dos pais, pensou Tia. Mas estava com as palmas úmidas e o estômago embrulhado quando entrou na sala de jantar dos Marsh.

Eram 8h45 da manhã. O pai sentava-se para o desjejum, todas as manhãs, sete dias por semana, às 8h30 em ponto. Estaria agora na segunda xícara de café, tendo passado da primeira página do *New York Times* para a seção de economia. Já teria comido sua fruta e estaria iniciando o prato seguinte. Que hoje era, Tia notou, uma omelete só de clara.

A mãe tomaria o chá de ervas, o suco de fruta fresco e a primeira de oito garrafas diárias de água mineral, usando-a para engolir o complemento matutino de vitaminas e remédios — lá em cima, na cama. Comeria também uma fatia torrada de pão de farinha de trigo integral, pura, e uma porção de frutas da estação cortadas em pedaços.

Às 9h20, Alma desceria, faria um relato a Stewart das queixas físicas que pudesse ter naquela manhã, falaria sobre seus compromissos e tarefas agendados, enquanto o marido verificaria o que levava em sua pasta de trabalho.

Trocariam um beijo de despedida, e ele passaria pela porta da frente às 9h30.

Tia sabia que aquele esquema de horário era tão infalível e meticuloso quanto o de um trem suíço.

Houvera uma época em que ela era parte desse esquema preciso. Ou, melhor, fora enquadrada nele. Era por culpa dos pais, ou mesmo sua, que se sentia incapaz, absolutamente incapaz, de fazer qualquer coisa para interferir em tanta precisão?

Culpa dos pais ou sua por se sentir, mesmo agora, tão aflita com a interrupção?

Stewart ergueu os olhos quando Tia entrou na sala. Franziu a testa, surpreso.

— Tia! Marcamos alguma coisa?

— Não. Desculpe interromper sua rotina matinal.

— Não diga bobagem. — Mas, mesmo enquanto falava, ele olhou para o relógio. — Gostaria de comer alguma coisa? Tomar um café?

— Não, obrigada. Não quero nada. — Tia absteve-se de cruzar os dedos irrequietos. Sentou-se diante do pai. — Eu queria falar com você antes que saísse para o trabalho.

— Claro. — O pai passou uma tênue camada de manteiga em uma torrada de pão de farinha de trigo integral, depois piscou várias vezes. — Cortou os cabelos.

— Sim. — Sentindo-se uma tola, ela levou a mão aos cabelos. — Há poucos dias.

— Ficou ótimo. Muito elegante.

— Acha mesmo? — Tia percebeu que ficava vermelha. Outro absurdo, refletiu, ficar tão satisfeita com um elogio do pai. Mas... seus elogios eram raros e bastante espaçados. — Quando mamãe viu, acho que não ficou satisfeita. Imaginei que havia contado a você.

— Talvez tenha me dito. — O pai sorriu, enquanto continuava a comer. — Nem sempre escuto o que sua mãe diz, ainda mais quando ela está de mau humor. Como tem acontecido.

— A culpa é minha, e essa é uma das razões pelas quais eu queria vê-lo esta manhã. Mamãe foi até meu apartamento, a caminho de uma consulta com um médico. Foi... foi um momento embaraçoso. Eu estava com alguém. — Tia respirou fundo. — Estava com um homem.

— Entendo... — Stewart hesitou, franziu o rosto, mexendo o café. — Será que entendo mesmo, Tia?

— Estou envolvida com alguém. Ele fica em meu apartamento quando está em Nova York. Trabalho num projeto com ele e algumas outras pessoas. E... tenho um caso com ele.

Ela terminou de falar às pressas, para ficar em silêncio depois, angustiada. Stewart contemplou seu café por mais um momento. Era quase impossível determinar qual dos dois estava mais constrangido.

— Tia, seus... relacionamentos pessoais não são da minha conta. Nem da sua mãe. Naturalmente, presumo que qualquer um com quem esteja envolvida seja conveniente e apropriado.

— Não sei se você o julgaria assim, mas é como o considero. Surpreendentemente, ele me acha interessante e atraente, o que faz com que eu me sinta interessante e atraente. E gosto disso. De qualquer forma, mamãe ficou... e imagino que continua... muito transtornada. Não sei se poderei resolver minhas divergências com ela, mas tentarei. Peço desculpas antecipadas se não for bem-sucedida. Mas não posso e não vou ordenar minha vida para atender às necessidades de mamãe. Nem às suas. Sinto muito.

— Hum — Stewart largou o garfo. Aspirou pelo nariz. — Hum, hum... Nunca esperei ouvir isso de você. Está dizendo que sua mãe e eu podemos desaprovar, podemos até ficar furiosos, mas ainda assim você fará o que lhe aprouver?

Tia sabia que a dor em seu estômago era fruto da tensão, mas não conseguia evitar a vaga especulação acerca de um tumor.

— Em poucas palavras, acho que é isso mesmo.

— Ainda bem. Já estava na hora.

Ela esqueceu por completo toda e qualquer possibilidade de câncer no estômago.

— Como?

— Amo sua mãe, Tia. Não me pergunte por quê, já que não tenho a menor ideia. Ela é um pé no saco, mas eu a amo.

— Sei disso... isto é, sei que a ama... não que ela é... sempre tive certeza de que vocês se amam.

— Fala como se você não fosse parte da equação.

Tia esteve a ponto de pedir desculpa, mas depois disse a verdade:

— Não sinto que sou.

— Então estamos todos errados. Sua mãe nunca foi capaz de permitir que você fosse livre. Talvez eu tenha o tenha permitido com muita facilidade ou muito depressa. E você tolerou as duas ações.

— Acho que sim. Mas você sempre foi um bom pai para mim.

— Não, não fui. — Stewart largou a xícara de café e fitou o rosto espantado da filha. — E não posso dizer que lhe dediquei muita atenção desde que tinha... 12 anos ou por aí. Mas mudei desde o dia em que você me pediu o diário de Henry Wyley. Fui buscá-lo. Quando desci, você estava sentada, esperando, e parecia muito infeliz.

— Eu me sentia infeliz.

— Como está surpresa agora, por eu ter notado. — Ele ergueu a mão, mas tornou a pegar a xícara. — Também fiquei surpreso, e me perguntei quantas vezes terei deixado de notar.

— Eu o deixava infeliz por não atender suas expectativas — comentou Tia.

— É verdade, e minha maneira de lidar com isso foi deixá-la aos cuidados de sua mãe. Afinal, parecia que você tinha muito mais em comum com ela do que comigo. É estranho, porque sempre me considerei um homem justo. Mas meu comportamento foi uma tremenda injustiça com todos os envolvidos. A melhor coisa para você e sua mãe, em minha opinião, é cortar o cordão umbilical. Você deixou que ela a dominasse durante toda a sua vida. Sempre que tentei interferir... e não posso alegar que tentei com muito empenho... uma ou as duas frustraram meus esforços.

— Você me deixou de lado.

— Porque você parecia contente com a situação como estava. Os filhos saem de casa, Tia. Se alguém assume o compromisso de um casamento, então vive com outra pessoa durante a maior parte de sua vida. Tratei de estruturar minha vida de uma maneira que me satisfaz e agrada. Você é filha de duas pessoas egocêntricas. E o que são suas fobias e transtornos nervosos senão outra forma de egocentrismo?

Aturdida, Tia soltou uma breve risada.

— Acho que tem razão. Mas não quero continuar assim. Estou chegando aos 30 anos. Como posso mudar?

— Quer você mude, quer não, está chegando aos 30 anos. Que diferença sua idade faz?

Quase incapaz de falar, Tia recostou-se.

— Você nunca conversou comigo assim antes.

— E você nunca me procurou para uma conversa. — Stewart ergueu um ombro, num gesto elegante. — Não costumo me desviar do habitual, variar a rotina. Por falar nisso...

Ele olhou para o relógio. Tia apressou-se em dizer:

— Preciso de um favor.

— Este é mesmo um dia memorável na família Marsh.

— É sobre as Três Parcas.

A vaga impaciência que se estampara no rosto de Stewart desapareceu por completo.

— Você desenvolveu um interesse significativo nos últimos tempos.

— É verdade. E eu gostaria que esse interesse ficasse só entre mim e você. Anita Gaye também nutre um interesse significativo por essas peças. Ela pode questioná-lo a respeito de novo, tentar vasculhar seu cérebro à procura de qualquer detalhe que possa existir na ligação de Henry Wyley com as Parcas. Se e quando ela se manifestar, eu gostaria que fingisse lembrar... de maneira vaga, casual... que ouviu alguém mencionar que a terceira Parca estaria em Atenas.

— Atenas? — Stewart recostou-se. — Em que tipo de jogo está envolvida, Tia?

— Um jogo muito importante.

— Anita é o tipo de mulher que não teria qualquer escrúpulo em quebrar as regras do jogo, se isso lhe fosse lucrativo.

— Sei disso mais do que posso lhe dizer.

— Meteu-se em alguma encrenca, Tia?

Ela sorriu pela primeira vez desde que entrara na casa.

— Eis uma coisa que nunca me perguntou antes. Nem uma única vez em toda a minha vida. Se estou numa encrenca, estou determinada a enfrentá-la e até mesmo me divertir tentando. Pode encontrar uma maneira de mencionar Atenas para Anita?

— Com a maior facilidade.

— E não mencione, em nenhuma circunstância, o diário de Wyley ou meu relacionamento com o homem que mamãe encontrou em meu apartamento.

— Por que faria isso? Tia, você tem informações sobre o paradeiro de uma das Parcas?

Ela queria contar, queria experimentar ver o orgulho e a surpresa nos olhos do pai. Mas sacudiu a cabeça.

— É muito complicado, mas lhe contarei assim que puder. — Tia levantou-se. — Uma última pergunta. Como negociante de antiguidades, quanto pagaria pelas Parcas?

— Depende. Em termos especulativos, acima de 10 milhões. Se eu tivesse um cliente interessado, trataria de aconselhá-lo a passar dos 20. Talvez um pouco mais. Dependendo dos testes e da confirmação de autenticidade, é claro.

— Claro. — Tia contornou a mesa e deu um beijo no rosto do pai. — Vou subir e tentar fazer as pazes com mamãe.

No MOMENTO em que Tia tentava acalmar a mãe, Jack ia procurar seu amigo na delegacia. Teria preferido deixar Rebecca no apartamento, mas decidiu levá-la, já que trancá-la seria a única maneira de mantê-la no apartamento. Jack não queria encontrar seu apartamento todo destruído quando voltasse e não tinha a menor dúvida de que Rebecca cumpriria a ameaça.

Levá-la permitiu-lhe o benefício de observá-la absorver e arquivar todos os detalhes da delegacia. Quase podia ouvir as engrenagens em movimento na cabeça de Rebecca, enquanto subiam em direção à sala dos detetives. Sem falar na satisfação de constatar que os policiais lançavam o mesmo olhar avaliador para Rebecca.

Ele avistou Bob em sua mesa, o telefone preso no ombro. E observou o olhar do amigo avaliando Rebecca. Quando seus olhos se encontraram com os de Jack, exibiam uma indagação, além de humor e apreciação.

— Espere aqui um momento — pediu Jack a Rebecca.

Ele foi sozinho até a mesa de Bob. Sentou-se numa das pontas e trocou cumprimentos com outros policiais, enquanto o amigo encerrava a ligação.

— Meus parabéns — disse Bob. — Onde descobriu essa ruivinha sensual?

— Como vai sua mulher?

— Ainda bastante inteligente para saber que será o momento de jogar terra sobre meu cadáver frio quando eu parar de olhar para ruivinhas sensuais. O que você quer?

— Mais informações sobre o morto de que falamos ontem.

— Já lhe dei o que eu tinha.

— Preciso de uma foto.

— Por que não pede apenas meu distintivo?

— Obrigado, mas já tenho o meu. Posso conseguir mais informações para você, mas preciso identificá-lo primeiro.

— Vamos tentar outra coisa. Você me conta o que sabe, e talvez eu possa arrumar uma foto.

— Quer conhecer a ruiva?

Bob encostou os dedos no próprio pulso. Acenou com a cabeça.

— Ainda tenho pulsação. O que você acha?

Com um sorriso, Jack gesticulou para que Rebecca se aproximasse.

— Detetive Bob Robbins, Rebecca Sullivan, a mulher com quem vou me casar.

Bob ficou aturdido, mas levantou-se de um pulo.

— Essa não, Jack! Não poderia escolher melhor. Prazer em conhecê-la.

Rebecca sorriu, enquanto Bob apertava sua mão.

— Jack tem delírios de grandeza. No momento, somos apenas sócios num trabalho.

— Ela é osso duro de roer, mas vou insistir. Irlandesa, por que não conta ao nosso atordoado amigo o que descobriu sobre aquele armazém em Nova Jersey?

— Claro. Investigando na internet ontem à noite, descobri que o imóvel, que foi recentemente o cenário de um homicídio, foi vendido no dia anterior ao lamentável acontecimento pela Morningside Antiquities.

— E por que isso deveria me interessar?

— Deixe-me mostrar a foto a duas pessoas — continuou Jack. — Se meu palpite estiver certo, terei uma resposta interessante para essa pergunta.

— Se tem uma pista para um homicídio, Jack, não pode esconder da polícia.

— Investigue a Morningside.

— Anita Gaye — interveio Rebecca, fazendo com que os dois a fitassem de cara amarrada. — Felizmente, a testosterona não está confundindo meu ego. Anita Gaye, da Morningside Antiquities. Talvez seja melhor investigá-la, detetive Robbins. Mas não adianta dizer mais nada enquanto não mostrarmos a foto e confirmarmos que o homem assassinado é mesmo quem pensamos que é. — Ela ofereceu um sorriso radiante para Bob. — Todos queremos a mesma coisa, no fim das contas, não é mesmo, detetive? Mas, se não confia nesse homem... — Rebecca sacudiu a cabeça na direção de Jack —... eu diria que deve ter boas razões. Ainda não decidi se posso ou não confiar nele.

Bob sugou o ar entre os dentes.

— Vou arrumar uma foto.

Depois que o detetive se afastou, Jack resmungou:

— Já ouviu falar em guardar um trunfo na manga?

— Já, sim. Como também ouvi falar em pôr todas as cartas na mesa na hora de negociar. E o meu jeito deu certo. — Ela jogou os cabelos para trás, observando-o. — Fala em casamento com muita facilidade, Jack.

— Porque vou me casar com você. Trate de se acostumar com a ideia.

— Ora, é tão romântico que posso até desmaiar.

— Eu lhe darei muito romance, irlandesa. Basta escolher a hora e o lugar.

Sem se sentir tão segura quanto gostaria, Rebecca cruzou os braços.

— Deve se concentrar apenas no trabalho.

— Não se esqueça de que é possível fazer várias coisas ao mesmo tempo.

Jack levantou-se da mesa quando Bob voltou com uma pasta de arquivo.

TIA FEZ o melhor que pôde com a mãe, um trabalho completo levaria duas ou três horas, mas ela não dispunha de todo esse tempo. Tinha mais uma coisa a fazer e, se não voltasse no horário previsto, Malachi e os outros ficariam preocupados.

Era uma estranha sensação de bem-estar, pensou ela. Ter alguém que se preocupa com você. Se fosse honesta, admitiria que era esse tipo de sensação que a ligava à mãe. Sempre. Embora a verdade fosse que Alma não se preocupava com a filha tanto quanto se preocupava com ela própria.

Essa era sua natureza, pensou Tia, saltando do táxi, na Wall Street. Todas as sessões de terapia com o Dr. Lowenstein nunca haviam lhe incutido essa compreensão, a aceitação desse fato.

Fora preciso um irlandês, três estatuetas de prata e uma estranha mistura de novos amigos para clarear sua visão e firmar sua convicção.

Ou, talvez, de uma estranha maneira, fora preciso a interferência de Anita Gaye. Depois que tudo fosse dito e feito, quando sua vida retomasse ao que quer que fosse normal, teria de agradecer a Anita por forçá-la a testar sua própria capacidade.

Mas, se tudo corresse como ela esperava, é claro, Tia duvidava de que Anita pudesse apreciar sua gratidão.

Ela cantarolava enquanto subia no elevador para a corretora de valores. Tia Marsh, pensou, planejando, conspirando, fazendo sexo regularmente. E tudo sem o auxílio de substâncias químicas.

Isto é, praticamente sem o auxílio de substâncias químicas. Sentia-se um tanto presunçosa, quase confiante. E secretamente poderosa. E ficou ainda melhor quando parou diante do assistente de Carrie e compreendeu que o homem não a reconhecera.

— Tia Marsh — informou ela, ficando ainda mais inebriada quando o viu piscar, surpreso. — A Sra. Wilson tem um momento para falar comigo?

— Claro, Sra. Marsh! — O homem a fitava, impressionado, enquanto estendia a mão para o telefone. — Avisarei que está aqui. Está maravilhosa hoje.

— Obrigada.

Tia decidiu que sairia às compras, na primeira oportunidade, adquirindo um guarda-roupa novo completo para combinar com os cabelos. E a atitude.

Compraria alguma peça de roupa vermelha. Bem vermelha.

— Tia... — Carrie saiu de sua sala. Parecia decidida e elegante, muito apressada. — Não tínhamos um encontro marcado, certo?

— Não, não tínhamos. Desculpe aparecer assim. Só preciso de alguns minutos, se puder me conceder.

— Só tenho uns poucos minutos. Tod, vou precisar daquela análise da conta Brockaway até o meio-dia.

Ao entrarem na sala grande e elegante, Tia comentou:

— Ele não me reconheceu.

— O que? Tod não a reconheceu? — Carrie riu. Lançou um olhar para a tela do computador em que trabalhava, depois seguiu para a cafeteira. — Você realmente está diferente, querida. Com uma aparência fabulosa. — Serviu-se de uma xícara. Não se deu ao trabalho de perguntar se Tia queria, já que era café "de verdade". Depois, deu uma boa olhada na amiga, enquanto se sentava. — Realmente fabulosa. E não é apenas pelos cabelos. — Carrie largou a bebida, tornou a levantar-se, analisou atentamente o rosto de Tia.

— Você transou.

— Carrie! Pelo amor de Deus!

Tia apressou-se em fechar a porta da sala.

— Transou desde a última vez em que nos encontramos. — Carrie sacudiu um dedo. — Conte tudo.

— Não vim aqui para falar sobre isso, e você só dispõe de alguns minutos.

Para resolver o problema, Carrie foi até sua mesa e pegou o telefone.

— Tod, segure minhas ligações e avise a Minlow que posso chegar alguns minutos atrasada para a reunião das 10 horas. Isso mesmo. — Ela desligou. — Pode falar. Quero detalhes. Nomes, datas, posições.

— É complicado. — Tia mordeu o lábio inferior. Era como ser Clark Kent, concluiu ela, e não poder contar a ninguém que era, na verdade, o Superman. Não conseguia suportar. — Mas você não pode contar a ninguém.

— Quem pensa que eu sou? Um arauto? Está falando comigo. Carrie. Conheço todos os seus segredos. Ou conhecia. Quem é ele?

— Malachi... Malachi Sullivan.

— O irlandês? Ele voltou?

— Está em meu apartamento.

— Vivendo com você? Vou cancelar a reunião das 10 horas.

— Não, não... — Tia passou as mãos pelos cabelos, rindo. — Não tenho tempo. Juro. Contarei tudo assim que puder. Mas ele... nós... é espantoso. Nunca me senti tão... poderosa. — Incapaz de ficar parada, ela começou a andar pela sala enquanto continuava a falar: — É uma boa palavra. Poderosa. Ele mal consegue manter as mãos longe de mim. Não é incrível? E me escuta de verdade, pede minhas opiniões. Brinca comigo, mas não de maneira mesquinha. Faz com que eu olhe para mim mesma. E quando isso acontece, Carrie, descubro que não sou tão estúpida, tão desajeitada, tão inepta.

— Você nunca foi nenhuma dessas coisas. E, se o irlandês faz com que você perceba isso, estou disposta a gostar dele. Quando vou conhecê-lo?

— É complicado, como eu disse...

— Ah, Cristo, ele é casado!

— Não, não é nada disso. É por causa de um projeto em que estamos trabalhando.

— Tia, deixe-me ver se estou entendendo. Ele pediu dinheiro a você para algum tipo de investimento?

— Não, Carrie. Mas obrigada por se preocupar.

— Está apaixonada por ele.

— Provavelmente. — Tia respirou fundo, sentindo o estômago se agitar. — Pensarei a respeito mais tarde. Neste momento, estou no meio de algo emocionante, secreto e talvez muito perigoso.

— Agora está me assustando, Tia.

— Falo sério. — Ela pensou no amigo de Cleo. — Por isso, é vital que você não conte a ninguém o que eu lhe disse. Não mencione o nome de Malachi.

Tia abriu a bolsa e tirou um pedaço de papel.

— Se quiser me ligar para falar de qualquer coisa relacionada a essa conversa, use esse número. Meus telefones estão grampeados.

— Pelo amor de Deus, Tia. Para o que esse homem a arrastou?

— Eu mesma me coloquei nessa situação. E esse é o aspecto maravilhoso. Preciso que você me faça um favor que pode ser um tanto antiético. Talvez até ilegal, não sei.

— Não posso sequer pensar numa resposta para isso.

— Anita Gaye. — Tia inclinou-se para a frente. — Morningside Antiquities. Preciso saber qual é sua fortuna, tanto como pessoa física quanto como pessoa jurídica. Preciso saber quanto dinheiro ela pode levantar em pouco tempo. E Anita não pode saber que está sendo investigada. Isto é o essencial. Há alguma maneira de obter as informações sem que você se exponha?

Como se estivesse se firmando, Carrie pôs as mãos nos braços da cadeira.

— Quer que eu verifique a situação financeira de uma pessoa e passe os dados para você?

— Isso mesmo. Mas apenas se puder fazê-lo sem que ninguém saiba que está envolvida.

— Não vai me contar por quê?

— Direi apenas que há muita coisa em jogo e que pretendo usar a informação que me passar para tentar fazer algo importante. E certo. Também lhe direi que Anita Gaye é perigosa e provavelmente responsável por pelo menos uma morte.

— Por Deus, Tia, não posso acreditar que estamos tendo esta conversa. Não com você. Se acredita nisso, por que não procura a polícia?

— É complicado.

— Quero conhecer esse tal de Sullivan. Fazer meu próprio julgamento.

— Assim que for possível. Prometo. Sei que estou pedindo muito. Se não puder fazer, eu compreenderei.

— Preciso pensar a respeito. — Carrie soltou um longo suspiro. — Preciso realmente pensar a respeito.

— Está bem. Use o número que eu lhe dei se quiser falar comigo. — Tia levantou-se. — Ela é impiedosa, Carrie. E darei um jeito para que pague por isso.

— Tome cuidado, Tia.

— Não — respondeu Tia, enquanto se encaminhava para a porta. — Não mais.

— Dê-lhe mais alguns minutos — recomendou Gideon. — De que adiantaria você sair correndo pela cidade à procura dela?

— Ela saiu há mais de duas horas. — Durante mais da metade desse tempo Malachi se mantivera angustiado. — Eu nunca deveria ter permitido que ela saísse sozinha. Como aquela mulher se tornou tão obstinada de repente? Quando a conheci, era dócil como um cordeiro.

— Se quer um capacho, compre um.

Malachi virou-se, lançando um olhar furioso para Cleo.

— Não me provoque!

— Então pare de andar de um lado para outro como um pai superprotetor cuja filhinha não chegou em casa antes do toque de recolher. Tia não é uma idiota. Ela sabe se cuidar.

— Eu nunca disse que ela era idiota, mas ela não é exatamente experiente em cuidar de si mesma, não é? Se ela atendesse à droga do celular, eu não ficaria tão ansioso.

— Combinamos que só usaríamos o celular em emergências — interveio Gideon. — Já esqueceu que eles são como um rádio?

— E esta é uma emergência. Vou procurá-la.

Malachi foi até a porta, abrindo-a com um movimento brusco. Tia quase caiu em seus braços.

— Por onde andou? Você está bem?

Ele quase a levantou do chão, junto com as bolsas que ela carregava.

— O Senhor Preocupado aqui já ia chamar a cavalaria. Isso é comida? — Cleo adiantou-se para pegar uma das bolsas. — É nosso almoço!

— Passei pela delicatéssen... — disse Tia.

— Não vou aceitar isso, de jeito nenhum.

Malachi tirou a outra bolsa de sua mão e a estendeu para o irmão, indagando:

— Quanto dinheiro você tem, Gideon?

— Cerca de 20 dólares.

— Vamos comprar alguma comida com isso. Não podemos viver dessa maneira, como um bando de sanguessugas.

— Malachi, o dinheiro não tem importância. É apenas...

Ele a interrompeu, bruscamente:

— Até agora tem nos bancado quase integralmente. Pois vamos acabar com isso. Teremos de entrar em contato com minha mãe para pedir que nos mande dinheiro.

— Não, não vão fazer isso.

Quando Tia ergueu o queixo, firmando os pés, Gideon indicou a cozinha com o polegar. Ele e Cleo afastaram-se silenciosamente da linha de fogo.

— Não quero viver à custa de uma mulher, em nenhuma circunstância, ainda mais de uma mulher com quem vou para a cama.

— Combinamos que vai pagar tudo. E se é tão sensível sobre o dinheiro porque estamos dormindo juntos, podemos deixar de fazê-lo.

— É o que você quer?

Dominado pela fúria, Malachi agarrou-a pelo braço e começou a arrastá--la para o quarto.

— Pare com isso! Pare agora mesmo! — Tia tropeçou. O sapato saiu do pé esquerdo. — O que há de errado com você? Está se comportando como um maníaco.

— É assim que eu me sinto.

Os dois entraram no quarto. Malachi bateu a porta e pressionou Tia contra a parede.

— Não vou abrir mão de você, e ponto final!

Ele a beijou, e Tia quase pôde sentir o gosto da frustração, do orgulho ferido.

— E não vou permitir que você pague cada pedaço de pão que eu como! — acrescentou Malachi.

Tia conseguiu recuperar o fôlego.

— Comprei salada de batata, peru defumado e cannolis, mas esqueci completamente de trazer pão.

Ele abriu a boca para falar, tornou a fechá-la, encostou o rosto no dela.

— Não é uma brincadeira para mim.

— Mas deveria ser. Há muito mais em jogo do que o quanto gasto com comida, Malachi. Se pedir para sua mãe mandar dinheiro, pode ser descoberto. Seria uma tolice.

Ela passou as mãos por suas costas, massageando-lhe os músculos tensos sob a camisa.

— Tenho dinheiro. Sempre tive. O que nunca tive é alguém que goste tanto de mim, que se sinta envergonhado por aceitá-lo.

— Eu não suportaria se você pensasse que não me incomodo.

— Não penso assim. — Para que ele visse, compreendesse, Tia emoldurou seu rosto entre as mãos e o ergueu. — Você faz com que eu me sinta especial.

— Você demorou demais para voltar. Fiquei desesperado de tanta preocupação.

— Desculpe. É tudo muito estranho... muito estranho e maravilhoso.

Ela roçou os lábios nos dele, depois outra vez, quando sentiu o coração de Malachi disparar.

O poder, pensou ela, era uma coisa adorável. Tia o enlaçou pelo pescoço e o fez recuar até a cama.

— Vou seduzi-lo. — Ela deu uma leve mordida no queixo de Malachi. — Como é minha primeira vez, terá de perdoar qualquer erro. — Tia inclinou a cabeça para o lado, esfregando os lábios sobre a boca de Malachi, provocante. — Como estou me saindo até aqui?

— Acertando em cheio.

Ela fez com que Malachi sentasse na cama e acomodou-se em seu colo.

— Sobre o dinheiro... — sussurrou ela, enquanto desabotoava sua camisa.

— Que dinheiro?

Tia soltou uma risada. Abriu a camisa, passou as mãos pelo peito de Malachi, possessiva.

— Sempre posso cobrar juros.

— Está bem. Quanto quiser.

— E multas... — Ela roçou os dentes por seu ombro. Recuou, tirou seu casaco. Mas, quando Malachi estendeu as mãos para os botões da blusa, ela o afastou.

— Não. Deixe que eu cuido de tudo. Você apenas assiste.

— Quero acariciá-la.

— Eu sei. — Tia desabotoou a blusa, lentamente. — E adoro saber disso. — Ela tirou a blusa. Levantou para abrir a própria calça. — Deite-se — murmurou ela, mordendo os lábios de Malachi mais uma vez.

Tia deixou que sua boca vagueasse, imaginando-o como um banquete adorável e particular. Quando sua língua deslizou pela barriga de Malachi, sentiu o tremor nos músculos dele.

Ele já estava rígido, desesperado. E sabia que ela queria comandar. Fez um esforço para se manter passivo enquanto Tia o despia, em vez de ser ele a agarrá-la e possuí-la.

Quando ela usou a boca, Malachi reprimiu um gemido. Cerrou os punhos, apertando a colcha com toda sua força.

Sua mente ficou vazia, mas logo tornou a ser povoada por Tia.

A pele macia, a boca quente, as mãos ansiosas e aquela fragrância sutil que sempre associaria a ela, a combinação inundou-o com uma necessidade intensa.

Aos sons de prazer que subiam da garganta de Tia, enquanto o sugava, o calor espalhou-se pelo sangue de Malachi, deixando sua pele orvalhada. Tia deslizava por cima dele, envolvendo-o por completo.

Ele estava encharcado por Tia. E se afogava.

Ela podia sentir o coração de Malachi galopando. Ouvia o ritmo frenético, enquanto deslizava os lábios por seu peito. Era uma maravilha ver como aquele corpo tremia. Enquanto ele se esforçava para manter o controle, tentava se conter para deixar que ela o possuísse.

Foi uma revelação saber que ela podia ter o que quisesse, como quisesse, quando quisesse. Enquanto quisesse.

Podia ouvir a respiração entrecortada de Malachi e sentir seus músculos tensos enquanto acariciava, saboreava, provocava e torturava. E, durante todo o tempo, Tia sentia-se graciosa, ágil... e poderosa.

Quando Malachi balbuciou seu nome, ela se ergueu sobre o corpo dele, depois foi descendo, para o prazer de ambos, com um beijo profundo e inebriante.

— Ninguém jamais me desejou assim... nem me fez desejar desse jeito.

Um som, quase um ronronar, subiu pela garganta de Tia, enquanto baixava o corpo para que ele a penetrasse. E quando Malachi estendeu as mãos para seus quadris, os dedos apertando-lhe a carne, ela estremeceu.

Balançou, gemeu quando a pressão aumentou, e depois rolou numa onda gloriosa que irradiava calor, luz e necessidade. E os dois possuíram um ao outro, lentamente, saboreando cada momento.

Quando seus olhos se encontraram, Tia sorriu... e, sorrindo, observou-o ficar cego. Com um longo suspiro de triunfo, ela deixou a cabeça pender, deixou seu corpo prevalecer e enfiou-se suavemente por baixo dele.

Parte III

Cortando

Tecemos nosso destino
para o bem ou para o mal
e nunca poderemos desfazê-lo.
Cada vestígio de virtude ou vício,
por menor que seja,
sempre deixa sua marca.

William James

Capítulo 21

— É ELE MESMO. — Cleo olhava a imagem. — Era um dos homens de Praga. O mais baixo. — Ela olhou para Gideon, à espera da confirmação, enquanto acrescentava: — O segundo era mais alto, mais pesado e foi atrás de nós a pé, enquanto esse pegava o carro. Foi o maior que me seguiu depois do encontro com Anita. — Cleo respirou fundo, para aliviar a pressão em seu peito, observando a imagem em preto e branco. — Deve ter sido esse que seguiu Mikey. Que o matou.

Gideon pôs a mão em seu ombro, deixando-a ali, com um peso leve e confortador.

— Demos uma boa olhada neles em Praga.

— Pediremos a Bob para fazer um levantamento com seus parceiros, a fim de tentar descobrir o segundo homem.

Jack pegou a foto e pregou-a num quadro no cavalete que armara. Estavam em seu prédio, no andar que ele considerava de trabalho.

— O nome dele é Carl Dubrowsky. Sua ficha na polícia é quase toda por agressão e roubo. Um gorila de aluguel, com inteligência mínima. Foi encontrado num armazém vazio em New Jersey, com quatro balas de calibre 25 cravadas no corpo.

— Acha que foi o parceiro que o matou? — perguntou Tia.

— Não com uma calibre 25. Um homem que anda com uma arma dessas seria motivo de chacota entre os marginais.

— Anita... — Malachi aproximou-se do quadro, onde Jack também pusera uma foto de Anita. — Ela não deve ter ficado nem um pouco satisfeita quando ele provocou um alvoroço ao matar o amigo de Cleo, sem qualquer benefício para si. Eu não imaginava até agora que ela fosse capaz de assassinato... não por conta própria. Mas é óbvio que eu estava errado, não é mesmo?

— Eu diria que sim. — O homem não perdia o controle, pensou Jack, enquanto analisava Malachi. E era firme. Alguém com quem se podia trabalhar. — O armazém acabara de ser vendido pela Morningside. Meu amigo da polícia terá uma conversa com Anita muito em breve. Como acha que ela vai reagir?

— Ficará furiosa. — Malachi enfiou as mãos nos bolsos. Balançou-se um pouco, apoiado nos calcanhares. — Mas depois ficará satisfeita. Acrescentará um pouco de emoção ao jogo. Nunca lhe passará pela cabeça que pode estar vulnerável.

— Deixa de ser um jogo quando pessoas morrem. — Rebecca esperou até o irmão fitá-la. — Cleo perdeu um amigo, e o homem responsável por isso também morreu. Alguém entre nós está disposto a ir tão longe, disposto a matar por um punhado de prata?

— Não se trata disso, Becca. — Gideon deixou a mão no ombro de Cleo. — Há muito tempo que o valor deixou de ser importante.

— Para você — concordou Rebecca. — Para Mal. Para você também, Cleo?

— Quero que ela pague. Quero que ela perca. Quero que ela seja arrasada.

Rebecca agachou-se diante da cadeira de Cleo, fitando-a nos olhos.

— Até que ponto está disposta a ir para isso?

— Ele era um homem doce e inofensivo. Eu o amava. Até que ponto irei? Até o fim.

Rebecca deixou escapar um suspiro. Levantou-se e virou-se para Tia.

— E você? Foi envolvida nessa história, e sua vida mudou por completo. Se seguirmos adiante, a partir deste momento não haverá mais como voltar atrás. Mas você ainda pode se afastar e retomar sua vida como era antes de nossa interferência.

Poderia mesmo?, especulou Tia. Poderia voltar a andar pela vida na ponta dos pés, com medo de que alguém pudesse notá-la? Poderia enterrar-se de novo nos feitos dos deuses e nunca ter coragem de fazer qualquer coisa? De ser o que quisesse?

Esperava que não.

— Nunca fiz nada de especial em minha vida. Nada que realmente importasse. Nunca assumi uma posição firme, pelo menos não quando as consequências eram desagradáveis ou era mais fácil me esconder num canto.

Ninguém que me conhece espera que eu seja diferente. Exceto pelas pessoas nesta sala. Ela tem algo que nos pertence. — Tia acenou com a cabeça para Malachi. — Algo que é meu e de vocês. Algo que não merece ter. As Três Parcas devem ficar juntas, e eu...

A voz definhou. Tia corou um pouco, quando compreendeu que todos a fitavam.

— Continue, por favor — murmurou Malachi. — Conclua o que ia dizer.

— Está bem. — Ela tratou de se acalmar, como aprendera a fazer antes de uma conferência pública. — Todos aqui têm ligação com as Parcas e, por causa delas, uns com os outros. É como uma tapeçaria. As Parcas teceram, mediram e cortaram os fios de Henry Wyley, Felix Greenfield, dos Cunningham, e até mesmo dos White-Smythe. O que elas teceram já teve início.

— Está dizendo que tudo tem sido ordenado...

Tia balançou a cabeça, interrompendo Jack.

— Não é tão simples assim. O destino não é preto ou branco, esquerdo ou direito. As pessoas não estão obrigadas a seguir um curso na vida, ao capricho dos deuses. Se isso fosse verdade, teríamos de dizer que Hitler foi apenas uma vítima de seu próprio destino e por isso não tinha culpa. Bem, acho que estou me desviando do assunto.

— Não está, não — discordou Cleo. — Continua seguindo um raciocínio. E falando muito bem.

— O que estou tentando dizer é que temos decisões a tomar, ações a colocar em prática, boas e más, formando a tessitura de nossas vidas. Tudo o que fazemos ou não é importante, Jack. Tudo conta no fim das contas. Mas a tapeçaria que começou com as pessoas que vieram antes de nós não acabou.

— E agora somos os fios — comentou Malachi.

— Isso mesmo. Começamos a escolher o padrão, pelo menos em termos individuais, que esperamos formar. Ainda temos de determinar o padrão que queremos criar juntos. Creio que há uma razão para nos encontrarmos assim, uma razão para produzirmos um padrão. Temos de levá-lo adiante, tentar encontrar uma maneira de completar a tapeçaria. Acho que nosso destino é tentar. Por mais absurdo que isso possa parecer.

— Não parece nem um pouco absurdo. — Malachi adiantou-se e beijou-a na testa. — Temos aqui a essência de tudo. E ninguém sabe resumir a essência tão bem quanto você.

— Não me perguntou o que eu faria — comentou Jack.

Rebecca virou-se para ele.

— Deixe que eu respondo, Tia. Você determina o objetivo e não precisa de mais nada. É um homem decidido, Jack. Foi assim que alcançou a posição que ocupa.

— Boa observação. Agora que já esclarecemos essa parte, podemos discutir como pretendemos alcançar esse objetivo.

— Não foi um elogio.

— Também percebi isso, Rebecca. Estas são as fotos da Morningside e da casa de Anita. A Burdett cuidou dos sistemas de segurança nos dois locais.

— Muito conveniente, não é? — Interessado, Malachi adiantou-se para observar as fotos. — Ela tem uma casa e tanto.

— Case com um velho rico e tolo, com idade suficiente para ser seu avô. Espere que ele morra e receba o grande prêmio. — Jack deu de ombros. — Paul Morningside era um bom homem, mas era cego, surdo e mudo em relação a Anita. E para dar o crédito devido, ela desempenhou o papel com perfeição. Não se pode subestimá-la. É uma mulher inteligente. Sua fraqueza é a ganância. Não importa o quanto ela tenha, nunca será suficiente...

— Essa não é sua maior fraqueza. — Tia quase teve um sobressalto ao perceber que interrompera Jack. — Desculpe. Eu estava pensando em voz alta.

Jack afastou-se do quadro.

— Qual é a maior fraqueza de Anita?

— A vaidade. Isto é, o ego, sobre o qual a vaidade tem uma grande importância. Ela se considera a mais inteligente, a mais esperta, a mais implacável. Quero dizer, acima de todas as outras pessoas. Roubou a primeira Parca de Malachi. Não precisava fazê-lo. Poderia ter comprado. Poderia ter forjado uma análise para convencê-lo de que a peça tinha pouco valor. Ou qualquer coisa do tipo. Mas a roubou porque era mais divertido e porque alimentava seu ego. "Posso tirar isso de sua mão, e você não poderá fazer nada." Ela consegue o que quer e aproveita para prejudicar e envergonhar alguém. O que aumenta sua emoção.

— É um excelente perfil psicológico para uma mitóloga — comentou Jack.

— Você passa a vida sendo pisada e aprende a reconhecer os pés. A ganância é uma falha, mas o ego é seu verdadeiro calcanhar de aquiles. Preparem a flecha, mirem o ego, e Anita vai desabar.

— Ela não é demais? — Malachi, sorrindo, pegou a mão de Tia e lhe deu um beijo afetuoso.

— Pegar a Parca debaixo do nariz dela vai com certeza ferir-lhe o ego — concordou Jack. — Mas há diversos passos que precisamos dar antes de chegar lá. Primeiro, é preciso determinar se a peça está guardada aqui... — ele bateu na foto que exibia a fachada da Morningside, depois na foto da casa, arrematando —... ou aqui.

— Como não podemos ter certeza, pelo menos por enquanto, teremos de estudar uma maneira de entrar nos dois lugares. — Gideon adiantou-se para examinar melhor as fotos. — Nenhum de nós tem qualquer experiência em arrombar um prédio.

— Está esquecendo a ocasião em que arrombamos o porão do Hurlihy's Pub para abrir aquele barril de Harp — lembrou Malachi.

— Tenho me empenhado em esquecer disso há mais de dez anos, já que acabei com a cabeça tão grande quanto a lua.

— E quando mamãe descobriu — interveio Rebecca —, bateu em suas cabeças grandes e estúpidas, arrastando-os pela orelha até o padre para se confessarem.

— Depois, passamos todo aquele verão à disposição do Hurlihy's — concluiu Malachi. — Pagamos 10 vezes mais caro por aquela cerveja. — Ele fez uma pausa, oferecendo um sorriso descontraído para Jack. — Não é uma boa recomendação para roubo, lamento.

— Não tem problema. Ensinarei tudo. — Sob o olhar firme de Rebecca, Jack sentou-se, esticando as pernas. — Quando se ganha a vida criando obstáculos para ladrões, é preciso compreender a mentalidade criminosa e ter algum respeito pelo serviço. Teremos de arrombar os dois lugares, Gideon. É indispensável para derrubá-la de uma vez por todas.

— Vamos enganá-la. Armar tudo e depois enquadrá-la. — Com os dedos, Malachi traçou um quadrado em torno da foto de Anita. — Gosto da perspectiva.

— Parece muito complicado — murmurou Tia.

— Quem quer uma tapeçaria insípida? Temos de planejar cada passo — continuou Jack. — E, depois, ligar os planos. Para começar, há quatro cofres na casa. O dobro na Morningside. Será preciso algum tempo e esforço para contornar o sistema de segurança, entrar, abrir cada cofre, se necessário, pegar a Parca, sair e restabelecer o sistema. Tenho algumas ideias sobre como usar a Morningside para reduzir a área de busca. Mas quando partirmos em busca do objetivo, vamos precisar de um pouco mais de tempo e espaço. Se pudéssemos afastá-la por alguns dias, diminuiríamos os riscos.

— Hum... acho que ela pode ir a Atenas. — Tia limpou a garganta, e todos se viraram para ela. — Pedi a meu pai para mencionar despretensiosamente a conexão de Atenas para Anita. Ele não sabe o que está acontecendo, mas creio que fará isso por mim. Parecia intrigado com meu pedido.

Jack recostou-se.

— Boa ideia. E quando eu entregar meu relatório informando Anita que uma certa Cleópatra Toliver reservou um voo para Atenas, o assunto deverá ficar resolvido. Mas temos muito a fazer antes disso. Precisamos estar prontos para entrar em ação assim que ela viajar.

— Ela não foi a Praga atrás da Cleo — lembrou Rebecca. — Por que iria para Atenas? Pode mandar um de seus capangas.

— Eles fracassaram. — Malachi sentou-se no braço da poltrona de Tia. — E, se foi ela quem matou o cara no armazém, aumentou muito as apostas. Não enviará um capacho dessa vez. Pelo menos não se estiver convencida de que poderá apoderar-se das duas Parcas restantes ao mesmo tempo.

— Muito bem, isso faz sentido. — Rebecca contraiu os lábios, avaliando o quadro. — Eu diria que seria melhor para nós se ela mantivesse a Parca em casa. Há lugares demais para esconder a estatueta na Morningside. Além disso, posso presumir que a segurança na empresa seria mais rigorosa.

— E é mesmo.

Jack ficou satisfeito porque seus pensamentos se encaixavam.

— Portanto, queremos que ela tenha a preocupação de que a Morningside não seja bastante segura. — Gideon inclinou a cabeça para o lado. — Tiramos alguma coisa de lá?

— Considerem como um ensaio geral — comentou Jack.

HOUVE CONSIDERÁVEL discussão, com argumentos veementes, diagramas, plantas, novas informações pregadas no quadro. Tia absorvia tudo. Planejavam arrombar um dos marcos culturais de Nova York, com o propósito exclusivo de despistar Anita.

Era fascinante.

— Se entrarmos no prédio, por que não procuramos logo a Parca? — indagou Rebecca, a voz esganiçada pela frustração.

— Não iremos tão longe. Não sem muito mais tempo e preparação. Podemos esperar e aprofundar os preparativos. Mas se nos limitarmos a um arrombamento simples, roubando a estatueta, não lhe daremos corda para que ela se enforque.

— E queremos mesmo vê-la enforcada — murmurou Cleo, a voz gelada.

— Se trabalharmos direito, será mais fácil fazer uma armadilha na casa — disse Jack. — O que não acontece com a Morningside. Pelo menos não operando com amadores.

— Agora somos amadores.

— Ora, Becca... — Gideon pôs as mãos nos ombros da irmã, sacudindo-a de leve. — Somos mesmo.

— Por que não fala por si mesmo?

— Eu gostaria muito de tomar um chá. — Tia levantou-se. — Posso usar a cozinha?

— À vontade — respondeu Jack. — E, se não se importar, poderia aproveitar para preparar um café também.

— A cozinha lá em cima é melhor — sugeriu Rebecca, ao perceber a irritação de Tia. — Por que não subimos e preparamos juntas?

— Cleo...

Quando ia protestar, Cleo viu Tia sacudindo a cabeça na direção da porta.

— Está bem. Mas todos vamos nos revezar nas tarefas domésticas.

Quando estavam no elevador, subindo, Rebecca perguntou a Tia:

— Queria se afastar dos outros?

— Por alguns minutos. É um território novo para todos nós. E mal nos conhecemos.

— Não gosto da atitude superior deles.

— Está se referindo à atitude de Jack — comentou Cleo, enquanto Rebecca digitava os números do código e saía do elevador para o apartamento.

— Ele em particular. Pois nem sequer me disse que tinha aquele escritório.

— Antes de conversarmos sobre os homens, vamos falar de nós. — Cleo jogou-se numa poltrona, as pernas balançando no alto. — Tem vinho aqui?

— Sim — respondeu Rebecca. — O chá e o café podem esperar. Vamos tomar um vinho e descobrir o que pensamos umas das outras, antes de continuarmos.

— ACHO QUE deveríamos descer.

Tia mordeu o lábio, enquanto Rebecca enchia as três taças. Mais uma vez.

— Eles não precisam de nós no momento. — Rebecca tirou um pedaço de um pretzel; olhando-o, pensativa. — Vamos deixá-los discutirem suas plantas e diagramas por mais algum tempo. Posso dar uma olhada em todos eles mais tarde. Os aspectos técnicos podem ser refinados com facilidade.

— Isso para quem sabe qual é a parte superior ou inferior de uma planta — comentou Tia. — Eu não sei.

— Nem precisa saber. Traduzirei em palavras para você... e as palavras você entende bem. Malachi considera você brilhante.

— Ora, ele está...

— Faço um brinde a isso. — Cleo tirou uma batata frita de um saco. — O cara é louco por você, mas não é um idiota. Você é mesmo brilhante. Nunca convivi antes com alguém tão inteligente... com o seu tipo de inteligência: acadêmica. Passei a maior parte do meu tempo na escola pensando na próxima encrenca em que me meteria. Detestava garotas iguais a vocês. — Ela sorriu, enquanto punha outra batata frita na boca e acrescentava: — É engraçado como as coisas acontecem.

— Gideon não estaria perdendo tempo com você se não fosse uma mulher inteligente — declarou Rebecca. — Poderia se sentir atraído por sua aparência, mas logo perderia o interesse, se tudo o que tivesse a oferecer fossem lindos seios e pernas compridas.

— Obrigada, mana.

— Afinal, ele a conheceu de verdade... por assim dizer. E já que estamos falando no assunto, pode nos dizer como é? — Cleo pegou a taça de vinho, tomou um gole, suspirou. — Ora, seja franca — insistiu Rebecca. — Não acha que é uma curiosidade natural? Tia, você não imagina como é se despir e ficar nua numa sala cheia de homens?

Cleo não disse nada. Apenas pegou sua taça e tomou um gole.

— Nunca pensei a respeito... — Ela parou de falar, por causa do olhar malicioso de Rebecca. — Talvez um pouco. Mas sem intenção de ofendê-la, Cleo.

— Não me ofende. Ela é muito mais simpática do que você, Rebecca.

— Tem toda razão. Mas também não quis ofendê-la. Não acha que qualquer mulher, em algum momento de sua vida, fantasia ser linda e ter um corpo espetacular, atormentando uma porção de homens ao tirar a roupa em público? Sabendo que eles a querem, mas não podem tê-la? Isso é poderoso.

— É possível. Pode ser poderoso ou degradante e vulgar. Pode ser divertido ou pode ser humilhante. Depende da maneira como você encara.

— Como você encarava? — perguntou Tia.

— Como uma fonte de renda. E ponto final. — Cleo deu de ombros, e tornou a enfiar a mão no saco de batata frita. — O recato não é problema para mim. Afinal, a maioria dos homens nem vê a pessoa. Só olham para peitos e bunda. Para mim, pagava o aluguel e me proporcionava uma oportunidade de coreografar e dançar. Fiz alguns números muito interessantes.

— Eu adoraria ver algum dia. — Quando Cleo riu, Tia corou, e apressou-se em acrescentar: — Sem a parte de tirar a roupa. Só a dança.

— Ela é mesmo muito simpática. Sabe o que eu penso? O que você disse antes, que nosso destino era nos encontrar. Também tenho essa impressão. Nós três nunca estaríamos sentadas aqui se não fosse pelo destino. É incrível. Agora, Rebecca, tenho uma pergunta para você. Já está transando com Jack ou não?

— Cleo...

— Ora, como se você não estivesse se perguntando isso — protestou Cleo, descartando o sussurro consternado de Tia.

— Ainda não. — Rebecca levantou sua taça. — Mas estou pensando a respeito. E agora que falamos em sexo, eu gostaria de ressaltar que Anita Gaye é perita nesse assunto. Os homens lá embaixo podem se distrair com seus brinquedos, estudar os mapas e se gabar de sua tecnologia. Mas não sabem como Anita é, por dentro. Para entender isso é preciso ser mulher também. Só uma mulher pode perceber como ela é fria e impiedosa. Independente do que diga, um homem sempre imagina que uma mulher é um pouco mais fraca, um pouco mais delicada e um pouco mais suscetível do que ele. Nós não somos. E Anita também não é.

— Ela é fria — murmurou Tia. — Absolutamente fria, em minha opinião. Isso a torna ainda mais perigosa, porque não se importa, de forma alguma, com outra pessoa que não seja ela própria. Anita não hesitaria em matar alguém para obter o que quer. É bem provável que ela ache merecido. Estou sendo analítica de novo. — À guisa de desculpas, ela justificou: — Tantos anos em terapia e, de repente, me torno uma psicóloga.

— Acho que o que você diz faz sentido — disse Rebecca. — Ainda não conheço essa mulher. E estou obtendo uma imagem mais nítida de quem ela é de fato através de você do que por Malachi. A descrição do meu irmão era prejudicada por seu próprio embaraço e pela raiva. Depois que ela souber que a enganamos... e, por Deus, vamos conseguir... o que acha que ela fará?

— Tentará se vingar de nós — respondeu Tia. — De sua família. Porque tudo começou com Malachi.

— Concorda com isso, Cleo?

— Concordo. — Cleo respirou fundo. — Claro que concordo.

— E eu também. Portanto, precisamos ter certeza de que ela não poderá nos atingir. Não importa o que aconteça, temos de expô-la pelo que ela é. E tirar seu poder.

— Já comecei a trabalhar nisso. — Tia levantou-se e foi para a cozinha, a fim de finalmente fazer o café. — O poder de Anita deriva do dinheiro. Se analisarmos seu casamento, vamos concluir que o dinheiro é vital para ela. Pensei que poderia ser útil descobrir o quanto ela tem. Assim, teríamos uma noção do quanto precisamos para... qual é mesmo a palavra? — Ela fez uma pausa, com a colher de café na mão. — "Detoná-la", Cleo?

— Ela não é o máximo? Amadora porra nenhuma. Tia, querida, acho que poderá ganhar a vida com isso.

Lá embaixo, Gideon fez barulho com as moedas em seu bolso.

— Elas estão demorando muito para fazer chá e café.

Jack olhou para o relógio no computador. Deu de ombros.

— Subiram para conversar. Mas...

Ele ligou os monitores, os dedos voando sobre um teclado e acionando as câmeras no apartamento. Quando as mulheres apareceram na tela, Malachi deixou escapar um assobio baixo.

— Tem câmeras de espionagem em seu próprio apartamento? A palavra "paranoia" tem algum significado pessoal para você?

— Prefiro pensar que sou meticuloso.

— Elas estão comendo batata frita — comentou Gideon. — Eu já deveria ter imaginado que Cleo encontraria um saco. Parece uma festa. E elas formam um lindo quadro, não é?

— Loira de classe, ruiva deslumbrante, morena sensual. Jack não desviava os olhos da tela. — Cobrem todas as áreas. Deem uma boa olhada, porque precisamos decidir até que ponto devemos incluí-las em nosso plano.

— Acho que não temos muita opção — disse Gideon.

— Sempre há uma opção.

— Ou seja, está querendo dizer que podemos nos abster de contar alguns detalhes. — Malachi, que havia se inclinado para a tela, empertigou-se. — Ocultarmos certas partes do plano, a fim de protegê-las de Anita.

— Ela é responsável por duas mortes até agora. Não vai hesitar em matar mais alguém.

— Não vai adiantar, Jack. — Malachi observava Tia despejar leite numa pequena leiteira. — Elas descobririam de qualquer maneira. Rebecca, com toda certeza, posso garantir.

— Tem razão — concordou Gideon.

— Além do mais, comecei mentindo para Tia. Não quero mentir de novo. Elas merecem saber toda a verdade. Apenas teremos de encontrar uma maneira de protegê-las, apesar de tudo.

— Eu poderia mantê-las no apartamento por uma semana. Trancadas, isoladas do mundo. E uma semana é tudo que precisamos, se agirmos depressa e da maneira certa. Estariam furiosas quando saíssem, mas sãs e salvas.

— Fala sério sobre minha irmã?

Jack desviou os olhos da tela, de Rebecca, fixando-os em Malachi.

— Absolutamente sério.

— Se quer meu conselho, tire da cabeça pensamentos como esse. Ela esfolaria seu rosto e, quando acabasse... Gideon?

— Depois iria embora, apagando você da vida dela como se faz com as palavras num quadro-negro. Quanto a mim, não quero afastar Cleo. Ela perdeu um amigo e merece participar da vingança.

— Se cometermos um erro, mesmo pequeno, alguém pode sair machucado. — Jack bateu com um dedo na tela. — E pode ser uma delas.

— Nesse caso, vamos tratar de não cometer nenhum erro — declarou Malachi. — Elas estão descendo. Eu desligaria esses monitores, se fosse você, a menos que queira que o café seja despejado em sua virilha.

— Bom argumento. — Jack desligou as telas, depois virou-se na cadeira. — Portanto, é aquela história dos mosqueteiros?

— Um por todos... — começou Malachi.

— ... e todos por um — concluiu Gideon.

Jack assentiu. Depois, desativou a tranca para que as mulheres pudessem entrar. O telefone tocou nesse instante. Ele olhou para a luz piscando na unidade que indicava várias linhas.

— É a linha do escritório.

Por trás dele, Tia quase derramou o café ao ouvir a voz de Anita no momento em que entrava.

— Jack, Anita Gaye. Esperava já ter notícias suas a essa altura. — A secretária eletrônica captava a irritação na voz.

— É urgente. A tal de Toliver está me assediando com insistência, e quero acabar com isso. Conto com você, Jack. — Houve uma pausa. O tom de voz mudou, tornou-se suave e trêmulo, quando Anita acrescentou: — Você é o único com quem posso contar. Sinto-me muito sozinha, muito... vulnerável. Por favor, me ligue assim que puder. Eu me sentiria melhor se soubesse que você está cuidando de mim.

— E o Oscar vai para... — Cleo sentou-se numa cadeira. — Quanta merda! — Com a voz trêmula, batendo as pestanas, ela acrescentou: — Ah, Jack...

eu me sinto muito sozinha, muito vulnerável. — Cleo esticou-se, lançando um olhar inquisitivo para Jack. — Já transou com ela?

— Cleo! Você não pode...

— Não. — Rebecca acenou com a mão, para interromper o protesto nervoso de Tia. — Estou interessada em ouvir a resposta.

Malachi e Gideon pareciam muito ocupados com o bule de café. Lá se vai aquela história de todos por um, pensou Jack, irritado.

— Pensei a respeito. Durante cerca de cinco segundos. Mas a imagem que prevaleceu na minha mente foi a daqueles cortadores de legumes. Sabem como é. — Ele fez gestos rápidos de cortar com a mão. — E ela passando meu pinto pela máquina.

Os outros dois homens estremeceram.

— Por que trabalha para ela?

— Em primeiro lugar, não trabalho para ela. Seu falecido marido contratou minha empresa para uma consultoria de segurança. Eu gostava dele. Segundo, trabalho é trabalho. Você só aceita em seu barco de excursão as pessoas que aprova?

— É justo.

Rebecca estendeu a tigela com as batatas fritas, como uma oferenda de paz.

— Vai ligar de volta para ela? — perguntou Tia.

— Mais tarde. Deixarei que se impaciente e se irrite um pouco. Creio que meu amigo Bob vai visitá-la amanhã. Isso lhe dará mais motivo para se irritar. Ela não vai gostar de ser interrogada pela polícia. E então, amanhã à noite, vamos lhe dar o primeiro susto de verdade, arrombando a Morningside.

— Amanhã? — Tia arriou na cadeira. — Tão depressa assim? Como poderemos nos preparar em tão pouco tempo?

— Estaremos preparados — assegurou Jack — uma vez que vamos fracassar... ou, pelo menos, vamos fingir que fracassamos. Você dará o primeiro passo amanhã pela manhã.

— Eu?

Tia escutou, aturdida, enquanto sua missão era explicada.

— Por que Tia? — indagou Rebecca. — De nós seis, sou a única que Anita ou um de seus gorilas nunca viu.

— Não temos certeza — corrigiu Jack. — É bem provável que ela já tenha fotos suas. Além do mais, precisamos de você aqui. Depois de mim, é a melhor em lidar com a tecnologia.

— Tia consegue raciocinar mesmo em circunstâncias difíceis — acrescentou Malachi.

Ela o fitou, surpresa.

— Eu consigo?

— E, o que é melhor, ela nem sabe que está fazendo isso — continuou Malachi, segurando a mão de Tia. — Ela consegue se fazer invisível e observar tudo ao redor. E registrar tudo que observa. Se ela for vista e reconhecida, ninguém dará muita importância. — Ele apertou a mão de Tia. — Fui eu quem sugeriu que você fizesse essa parte. Sei que você consegue. Mas precisa concordar. Se não quiser, encontraremos outro jeito.

— Acha que posso fazer isso?

— Tenho certeza de que pode, querida. Mas você também deve saber que é capaz.

Era um sentimento estranho, compreendeu Tia. Pela primeira vez em sua vida era a depositária da confiança total de uma pessoa. E não era nem um pouco assustador. Ao contrário, era adorável.

— Está certo. Sou perfeitamente capaz.

— Muito bem. — Jack levantou-se. — Vamos cuidar dos preparativos.

JÁ PASSAVA da meia-noite quando Jack e Rebecca voltaram ao apartamento. Ele sabia que Rebecca não estava muito satisfeita com o desenvolvimento do plano. Ficaria desapontado se ela tivesse gostado.

— Por que você e Cleo têm de ser os arrombadores?

Jack sabia que era um dos pontos mais controversos para ela. Sentiu-se satisfeito ao perceber uma leve insinuação do que gostava de julgar como ciúme na voz de Rebecca. Ou talvez fosse apenas sua imaginação.

— Primeiro, para dar a impressão de que foi uma tentativa genuína de arrombamento, preciso de mais de duas mãos. Quer um drinque?

— Não, não quero. Por que as mãos de Cleo, não as de Mal ou Gideon?

— Eles estarão patrulhando a área, vigiando a presença da polícia, de pedestres etc. Tem certeza de que não quer uma dose de conhaque?

Jack serviu-se de conhaque.

— Tenho. Isso não explica...

— Ainda não acabei. — Ele girou o conhaque, tomou um gole, observou com profunda afeição os olhos de Rebecca pegarem fogo pela interrupção. — Apesar dos grandes avanços na igualdade entre os sexos, é mais provável que uma mulher vagueando pelas ruas de Nova York, no meio da noite, seja assediada do que um homem. Por isso, seus irmãos vigiam a rua, você cuida dos computadores com Tia na van, e Cleo e eu fazemos o serviço.

Era sensato demais para contestar. Por isso, Rebecca optou por outra abordagem.

— Tia está bastante nervosa com o que tem de fazer pela manhã.

— Tia se sente nervosa com tudo. É parte de sua personalidade. Mas ela vai dar conta. Quando a pressão aumentar, ela será capaz de enfrentá-la muito bem. Além do mais, fará com que tudo dê certo porque Mal acredita que ela conseguirá, e Tia está apaixonada por ele.

— Acha mesmo que ela está apaixonada?

Alguma coisa dentro de Rebecca se enterneceu.

— Claro. É evidente.

Rebecca adiantou-se, fitando-o nos olhos. Tirou o copo de conhaque de sua mão, para tomar um gole.

— Teremos um dia movimentado pela frente. É melhor eu ir para a cama.

— Boa ideia.

Jack largou o copo, pegou-a nos braços e empurrou-a lentamente contra a parede.

— Sozinha.

— Está bem.

Ele manteve os olhos abertos, fitando-a, enquanto a beijava, passando de um mero roçar dos lábios para uma súbita urgência.

Quando os olhos de Rebecca começaram a ficar turvos, quando suas mãos apertaram os quadris de Jack, ele lançou os dois num calor turbulento. Sentiu o tremor percorrer o corpo de Rebecca, o seu, e ouviu o gemido abafado que ela soltou.

E, mesmo assim, ela se conteve.

— Por quê? — Jack recuou. — Pode me explicar o motivo?

O desejo por ele era quase uma dor física.

— Porque é importante. Porque importa muito para mim, Jack. — Ela encostou o rosto no dele. — E isso me assusta.

Rebecca virou a cabeça, apenas o suficiente para roçar os lábios no rosto de Jack, depois se desvencilhou e se afastou pelo corredor, entrando em seu quarto.

Capítulo 22

ERA UMA linda manhã de setembro, com a primeira insinuação do frio de outono no ar.

Pelo menos fora o que Al Roker dissera, durante um de seus animados boletins na 50 Rock. Mas quando se estava envolvida na guerra implacável entre pedestres e veículos, depois de pisar em chiclete no chão, e caminhando para trás das linhas inimigas, o ar revigorante não representava uma grande preocupação.

Sentia-se culpada. Pior ainda, Tia tinha certeza de que *parecia* culpada. Tinha a sensação de que, a qualquer momento, as pessoas que se aglomeravam na calçada e na rua parariam de repente, apontando o dedo em sua direção.

Ela parou na esquina. Ficou olhando o sinal de PARE, fixamente, com o único objetivo de se manter concentrada. Sentia um impulso desesperado de usar o inalador, mas tinha medo de abrir a bolsa para pegá-lo. Havia muitas outras coisas ali.

Coisas ilegais.

Em vez disso, contou a respiração, inspirando e exalando, enquanto se juntava ao fluxo que atravessava a rua no cruzamento, um instante antes de o semáforo mudar.

— Mais meio quarteirão — murmurou para si mesma.

Corou no mesmo instante, ao se lembrar que levava um microfone oculto. Tia Marsh, pensou ela, incrédula, estava usando um microfone oculto. E tudo que dissesse ou lhe fosse dito seria captado pelo equipamento na van, estacionada naquele momento dois quarteirões ao sul da Morningside.

Resistiu à vontade de tossir para limpar a garganta. Malachi ouviria e saberia que ela estava nervosa. E, se ele soubesse, Tia ficaria ainda mais nervosa.

Era como um sonho. Não, não, era como entrar num programa de televisão. Ela estava prestes a se apresentar; e, pela primeira vez na vida, ia perceber a deixa e lembrar as falas.

— Muito bem. — Ela falou em voz baixa, desta vez de propósito. — Lá vamos nós.

Tia abriu a porta da principal sala de exposição da Morningside, e entrou.

Era mais formal do que a Wyley, e carecia, em sua opinião, do charme discreto do estabelecimento do pai.

Ela sabia que as câmeras de segurança registravam sua entrada naquele momento. Sabia também a posição de cada uma, pois Jack as indicara na planta, várias vezes.

Tia adiantou-se para fingir que observava um mostruário de porcelana Minton, até se acalmar.

— Posso ajudá-la, madame?

Ela considerou que usava toda sua força de vontade para não saltar e se agarrar pelas pontas dos dedos no teto ornamental, ao som da voz inquisitiva. Reafirmando-se não possuir em sua testa um letreiro luminoso com a palavra CULPADA, Tia voltou-se para a vendedora.

— Não, obrigada. Eu gostaria apenas de dar uma olhada.

— Claro. Sou Janine. Por favor, avise-me se precisar de alguma ajuda ou tiver qualquer pergunta.

— Obrigada.

Janine, Tia notou, enquanto a mulher se afastava discretamente, vestia um tailleur preto elegante que a fazia parecer tão esquelética e quase tão exótica quanto uma cobra. E igualmente ágil, pois avaliara e descartara Tia como estando abaixo de merecer sua atenção.

Doeu um pouco, embora Tia lembrasse a si mesma que era justamente esse o objetivo. Vestia um tailleur castanho-opaco com uma blusa creme — e pretendia jogar fora essas roupas assim que voltasse para casa — porque a ajudavam a camuflá-la com as madeiras, em profusão ali.

Foi até uma escrivaninha de pau-rosa e percebeu pelo canto dos olhos que o outro vendedor nas imediações, um homem, tinha tão pouco interesse nela quanto Janine.

Havia outros funcionários, é claro. Ela projetou toda a planta da Morningside em sua mente, enquanto ia de uma peça para outra. Cada sala de exposição era guarnecida por no mínimo dois atentos vendedores. E cada andar tinha um guarda.

Todos deviam ser bem treinados, como acontecia na Wyley, para distinguir entre os clientes e os curiosos, e para reconhecer em uma pessoa a intenção de furtar algum objeto.

Tia lembrou-se de seu próprio treinamento para escolher a roupa e a atitude para aquele trabalho.

O tailleur caro e pouco lisonjeiro. Os sapatos de qualidade e práticos. A bolsa marrom simples, pequena demais para esconder um objeto furtado. Tudo isso lhe proporcionava a aparência de uma mulher com dinheiro, mas sem nenhuma classe específica.

Não demorava muito olhando as peças. Passava de uma para outra com o ar vago e distraído de uma curiosa que só estava ali para matar o tempo.

Nem os vendedores nem os guardas provavelmente lhe dispensariam mais do que um olhar distraído.

Duas mulheres entraram, e, a julgar pela aparência, mãe e filha, concluiu Tia. Janine, por sua vez, partiu para o ataque. Tia reconheceu sua rapidez e suavidade, abordando as duas clientes em potencial, antes que o colega tivesse tempo de agir.

Enquanto a atenção de todos se concentrava no outro lado da sala, Tia prendeu o primeiro equipamento de escuta sob o tampo de uma escrivaninha antiga.

Esperou que alarmes soassem, que homens armados entrassem correndo na sala. Quando o sangue parou de latejar em seus ouvidos, ela escutou as mulheres falando sobre mesas de jantar com Janine.

Continuou a vaguear pela sala, dedicando grande atenção a um peso de papel *pâte de verre* em formato de uma rã, enquanto prendia outro microfone sob a mesa estreita e comprida, de cavaletes, em estilo George III, sobre a qual estava o objeto.

Ao concluir o trabalho no primeiro andar, sentia-se tão competente que começou a cantarolar. Prendeu outro microfone sob o corrimão, ao subir para o segundo andar. Tornou a projetar a planta de Jack em sua mente, localizou as câmeras e fez seu trabalho.

A cada vendedora que se aproximava, ela sorria, contrafeita, e dispensava a ajuda. Ao chegar ao terceiro andar, viu Janine mostrando às clientes uma mesa de jantar Duncan Phyfe de 20 lugares.

Nenhuma das três sequer olhou para ela.

Restava apenas um microfone. Ela procurou o lugar em que seria mais proveitoso. O aparador Luís XIV, decidiu. Afastando o corpo da câmera, ela abriu a bolsa.

— Tia? Tia Marsh, não é mesmo?

Uma exclamação de espanto soou com total nitidez em sua cabeça e quase saiu pelos lábios, quando se virou para deparar com Anita.

— Eu... ahn... Como vai?

— Avaliando a casa?

O sangue que latejava entre os ouvidos de Tia desceu rapidamente por seu corpo.

— Como assim?

— Ora, você é a filha de um concorrente. — Anita riu, mas seus olhos eram aguçados quando passou o braço pela cintura de Tia. — Creio que nunca esteve na Morningside antes.

Na van, Malachi teve de ser contido à força para não sair correndo.

— Fique calmo — disse Jack, em tom brusco. — Ela está bem. Vai controlar a situação. Sabíamos que havia essa possibilidade.

Na Morningside, Tia conseguiu balbuciar, enquanto exibia um sorriso tímido e hesitante:

— É verdade, nunca estive aqui. — Use isso, ordenou a si mesma. Use sua inépcia desastrada. — Parecia muito estranho nunca ter entrado aqui. E como eu tinha um compromisso nas proximidades...

— É mesmo? Onde?

— Com minha terapeuta holística. — A mentira provocou um rubor em suas faces, proporcionando credibilidade total à alegação. — Sei que muitas pessoas consideram a medicina alternativa um charlatanismo, mas devo dizer, com toda sinceridade, que tenho obtido bons resultados. Gostaria de saber o nome dela? Acho que tenho um cartão na bolsa.

Ela fez menção de abrir a bolsa de novo, mas Anita interrompeu-a.

— Não se preocupe. Eu lhe telefonarei se precisar... desse tipo de tratamento.

— Para ser franca, isso foi apenas uma desculpa. Entrei porque pensei que poderia encontrá-la. Nosso almoço no outro dia foi tão agradável que pensei... esperava poder conversar com você de novo.

— Não imagina como isso me deixa satisfeita. Vou verificar em minha agenda e ligarei para você.

— Eu gostaria muito. Estou livre na maior parte do tempo. Sempre tento marcar minhas consultas médicas pela manhã, para poder... — A voz definhou. Tia limpou a garganta. A respiração saiu entrecortada. — Ah, não! Você tem um gato?

— Um gato? Não.

— Estou tendo uma reação alérgica. A alguma coisa. — A respiração começou a sair chiada, até que funcionários e clientes olharam para ela, nervosos. — Alergia. Asma.

O chiado e a respiração difícil deixaram-na um pouco tonta, de tal maneira que o tropeço foi genuíno... e eficaz. Ela tirou o inalador da bolsa, usando-o de maneira ruidosa.

— Venha comigo, pelo amor de Deus! — Anita levou-a para o elevador. Apertou o botão do quarto andar. — Vai perturbar os clientes.

— Desculpe, desculpe... — Tia continuou a sugar pelo inalador, enquanto a emoção do sucesso provocava um frêmito em seu organismo. — Se eu pudesse me sentar... só um minuto... e beber um pouco de água.

— Claro, claro — Anita quase arrastou Tia pelo escritório da empresa, ordenando para sua assistente: — Traga um copo com água para a Dra. Marsh. — Depois, praticamente atirou Tia em uma cadeira. — Ponha a cabeça entre os joelhos ou qualquer coisa parecida.

Tia obedeceu, sorrindo. Anita agia com impaciência e irritação, como as pessoas saudáveis costumam fazer diante de doentes.

— Água...

A voz saiu num rangido. Ela observou os sapatos deslumbrantes de Anita atravessarem o tapete deslumbrante.

— Traga um copo com água! Agora!

Quando Anita se virou, Tia já prendera o último microfone, embaixo da cadeira.

— Desculpe... sinto muito... —Aliviada, Tia voltou a cabeça à posição normal. — Tanto incômodo... Tem certeza de que não tem um gato?

— Eu saberia se tivesse a droga de um gato.

Anita pegou o copo com água entregue pela assistente e o estendeu para Tia.

— Claro que saberia. Acontece que, de modo geral, são os gatos que causam uma reação tão rápida e violenta. — Ela bebeu a água, devagar. — Mas também pode ser causada pelo pólen. Dos arranjos de flores... que são adoráveis, aliás. Minha terapeuta holística está aplicando um tratamento que combina ervas, remédios, reforço subliminar e purgações semanais. Estou muito esperançosa.

— Isso é ótimo. — Anita olhou para o relógio de maneira sugestiva. — Já se sente melhor?

— Muito melhor. Sei que está ocupada, e já tomei demais do seu tempo. Meu pai detesta quando seu trabalho é interrompido, e imagino que o mesmo aconteça com você. Espero que me telefone em breve para marcar o almoço. Eu... minha consulta! — Tia se levantou apressada, sabendo que parecia patética. — Obrigada por sua ajuda.

— Eu lhe telefonarei. Vou acompanhá-la até o elevador.

— Espero não ter prejudicado seu trabalho...

Tia parou de falar quando a assistente de Anita apareceu na porta da sala.

— Sra. Gaye, está aqui o detetive Robbins, da polícia de Nova York. E deseja falar-lhe.

Tia teve de fazer um esforço para reprimir o impulso histérico de rir.

— Puxa... devo ter mesmo atrapalhado sua agenda. Desculpe por tudo. E obrigada pela água — acrescentou na direção da assistente de Anita, seguindo para o elevador. Mordeu a parte interna da bochecha, até doer. Continuou mordendo até sair do elevador no primeiro andar, atravessar a sala de exposição principal e passar pela porta para a calçada.

Os nova-iorquinos já estavam acostumados demais com lunáticos para prestar atenção numa loura com uma roupa sem graça, rindo histérica enquanto corria pela rua.

— Você foi brilhante! Absolutamente brilhante! — Malachi quase a levantou no ar, na traseira da van. Deu-lhe um abraço apertado, capaz de esmagar suas costelas.

— Fui mesmo. — Tia não conseguia parar de rir. — Embora quase tenha feito xixi nas calças quando Anita falou comigo. Mas logo pensei: se eu conseguir entrar na sala dela por um minuto, posso instalar o último microfone lá. Mas, ao mesmo tempo, estava morrendo de vontade de rir. Reação nervosa, eu suponho. Apenas... Alguém quer fazer o favor de fechar minha boca?

— Com o maior prazer.

Malachi beijou-a.

— Se vocês conseguirem ficar quietos, vão gostar de ouvir esta conversa.

Jack ligou o alto-falante, tirando os fones dos ouvidos.

— ... compreendo o que um detetive da polícia pode querer comigo. Aceita um café?

— Não, obrigado, Sra. Gaye. Agradecemos o tempo que nos concede. É sobre um imóvel que lhe pertencia, um armazém perto da Rota 19, ao sul de Linden, Nova Jersey.

— Meu marido possuía diversos imóveis, detetive, e herdei todos... Ah, sim, falou "pertencia". Vendi há pouco tempo um imóvel em Nova Jersey. Meus advogados e contadores cuidaram de quase todos os detalhes. Houve algum problema com a venda? Não recebi nenhum comunicado a respeito. Sei que o negócio foi concluído no início do mês.

— Não, madame, não há qualquer problema com a venda, que eu saiba. — Houve uma pausa, e ouviram o barulho de papel. — Conhece esse homem?

— Não me parece familiar. Conheço muitas pessoas, mas... não, não o reconheço. Deveria?

— Sra. Gaye, este homem foi encontrado dentro do armazém em questão. Assassinado.

— Ah, Deus! — Houve um rangido na cadeira de Anita. — Quando?

— Às vezes é difícil determinar o momento da morte. Acreditamos que tenha morrido perto da data em que vendeu o imóvel.

— Não sei o que dizer. A propriedade não era usada há... não sei direito há quanto tempo. Seis meses, talvez oito. Deveriam ter me avisado. Falarei com os compradores. Isso é lamentável.

— Tinha acesso ao prédio, Sra. Gaye?

— Claro que tinha. Meu representante recebeu todas as chaves e códigos de segurança, que devem ter sido entregues aos compradores. Vai querer entrar em contato com meu corretor, é claro. Minha assistente lhe dará a informação.

— Eu agradeceria. Tem uma arma, Sra. Gaye?

— Tenho, sim. Três. Meu marido... Ei, detetive... — Outra pausa, mais longa. — Sou suspeita?

— São perguntas de rotina, Sra. Gaye. Presumo que as três armas sejam registradas.

— Claro que são. Tenho duas em casa, uma em meu escritório e a outra no quarto. E mantenho uma aqui.

— Ajudaria se pudesse nos entregar essas armas, por alguns dias. Para eliminar qualquer possibilidade. Nós lhe daremos um recibo.

— Vou providenciar. — A voz agora soava formal e fria.

— Pode nos dizer onde se encontrava nos dias 8 e 9 de setembro?

— Detetive, está começando a parecer que devo contatar meu advogado.

— Como achar melhor, Sra. Gaye. Se quiser exercer esse direito, terei o maior prazer em entrevistá-la na presença de seu advogado, na delegacia. Eu queria cumprir as formalidades e deixá-la continuar a trabalhar.

— Não posso ser levada à delegacia para ser interrogada pelo assassinato de um homem que nem sequer conheço.

Novamente ouviram o barulho de papel contra papel, enquanto ela folheava a agenda. Em seguida, Anita bradou sobre horas, reuniões, compromissos profissionais e pessoais.

— Pode confirmar a maior parte com minha assistente ou com os empregados de minha casa.

— Agradeço sua atenção e peço desculpas por incomodá-la. Sei que é muito desagradável.

— Não estou acostumada a ser interrogada pela polícia.

— Sei disso, madame. Mas, num caso como esse, temos de examinar todos os ângulos. Não conseguimos entender por que esse homem foi até Nova Jersey para ser assassinado. E naquele prédio. Obrigado por sua cooperação, Sra. Gaye. Seu estabelecimento é extraordinário. É a primeira vez que entro aqui. Fiquei impressionado.

— Minha assistente o levará até o elevador, detetive.

— Obrigado.

Então, veio o som de passos, de uma porta sendo fechada. E depois de vários segundos, nada além de silêncio.

— Mas que idiota... — O sussurro foi veemente e fez Jack sorrir. — Como teve a ousadia de vir aqui me interrogar, como se eu fosse uma criminosa qualquer? Se tenho uma arma? Se tenho uma arma? — Alguma coisa frágil se quebrou, com um triste retinido de vidro. — Não deixei a maldita arma do crime onde uma criança de 10 anos poderia encontrar? E o imbecil vem aqui para interromper meu dia, para me insultar!

— Em cheio! — exclamou Jack, recostando-se.

— Foi mesmo ela.

Tia estremeceu enquanto arriava numa das duas cadeiras aparafusadas no chão da van. Pelo áudio podia ouvir Anita gritando com a assistente, mandando que ligasse para seu advogado.

— Sei que acreditávamos que havia sido ela, até tínhamos certeza, em algum nível. Mas ouvi-la admitir, dessa maneira, irritada por causa de uma inconveniência, é terrível.

Ouviram Anita xingar a assistente, quando ela informou que o advogado não poderia atender, porque estava numa reunião.

— Nossa Anita está tendo um péssimo dia. — Jack virou-se na cadeira. — E vamos torná-lo ainda pior. Pretende continuar, Tia?

— Claro. — Ela estava pálida, mas a mão que estendeu para Malachi era firme. — Agora mais do que nunca.

Gideon observava enquanto Cleo prendia os cabelos sob um gorro preto. Ela recuou, para se contemplar no espelho.

— O que você acha? — Cleo fez uma pirueta. — É a última moda noturna entre os arrombadores.

— Ainda tem bastante tempo.

— É verdade, mas eu queria ver como ficava. — Vestida com um jeans, suéter e tênis pretos, ela lançou mais um olhar meticuloso para seu reflexo. — As roupas da Gap ficam muito bem em mim. Quem poderia imaginar?

— Não está nervosa.

— Não muito. Quão difícil pode ser *não* arrombar um prédio?

— Ela fez alguns *pliés* para verificar a elasticidade do jeans. — É uma pena não haver tempo para comprar um collant. — Como Gideon não respondeu, ela se empertigou. — Qual é o problema, bonitão?

— Venha até aqui por um minuto.

Disposta a atendê-lo, Cleo aproximou-se. Ficou surpresa quando ele a abraçou, apertando-a com força.

— O que houve?

— Há sempre a possibilidade de que alguma coisa dê errado.

— Há sempre a possibilidade de um satélite cair do céu e acertar minha cabeça. Nem por isso eu fico escondida no porão.

— Eu não a conhecia quando arrastei você para isso.

— Ninguém me arrasta para nada. Entendido?

— Não me importava com você naquela ocasião. Mas me importo agora.

— Isso é ótimo. Mas não comece a me deixar sentimental.

— Não precisa fazer isso, Cleo. — Quando ela começou a se afastar, Gideon acrescentou: — Espere um instante. Deixe-me acabar. Esta noite não é um passo tão grande, até você analisar a situação como um todo. Se tudo der certo, estaremos dando um passo. Um passo muito grande. Na próxima vez em que puser esse gorro será para arrombar a casa de Anita, a fim de pegar uma coisa pela qual ela está disposta a matar.

— Uma coisa que não lhe pertence.

— Essa não é a questão. Você a ouviu na gravação. Ela matou um homem. Não hesitará em matar mais alguém. E Anita sabe quem você é.

— Ela já sabe quem eu sou de qualquer maneira.

— Preste atenção. — Os dedos de Gideon apertaram os braços de Cleo. — Jack pode livrá-la dessa situação. Ele sabe como fazer... conhece as pessoas, pode providenciar os documentos. Você pode desaparecer com o dinheiro que Jack lhe dará pela estatueta. E Anita nunca a encontraria.

— É isso o que pensa de mim? Acha que sou o rato que abandona o navio antes mesmo de afundar? — Ela se desvencilhou. — Muito obrigada.

— Não quero que Anita encoste em você. Não vou permitir.

A violência contida na voz de Gideon, a frustração latente, desarmaram a raiva de Cleo.

— Por quê?

— Porque me importo com você. Já não disse isso?

— Experimente outra palavra.

Ele abriu a boca. Sentia a língua pesar.

— Droga.

Cleo fez o som de uma buzina. Estalou os dedos.

— Resposta errada. Quer tentar de novo? Ainda pode ganhar uma viagem para duas pessoas até San Juan e um conjunto completo de malas Samsonite.

— Não é fácil para mim. Não me agrada estar nesta posição. — Gideon enfiou as mãos nos bolsos e pôs-se a andar, irrequieto, de um lado para outro, no apertado escritório de Tia. — Não sei o que devo fazer a respeito. Não consigo raciocinar nessas condições.

— Blá-blá-blá... — Ela tirou o gorro, sacudiu os cabelos. — Acho que vou comer alguma coisa antes de sairmos.

Ele se aproximou para acariciar os cabelos de Cleo. Envolveu-os na mão, usando-os como uma corda para puxá-la de volta.

— Mas que droga, Cleo! Eu amo você, e você terá de lidar com isso!

— Muito bem. — E aquele calor lento e líquido no fundo de Cleo transformou-se num fluxo rápido, enquanto ela o abraçava, aninhava-se em seus braços. — Muito bem.

Pronto, pensou ela. Finalmente.

— Muito bem? Se isso é o melhor que você pode fazer, então...

— Psiu... — Ela o apertou em seus braços. — Não diga nada. Este é um momento especial.

Gideon suspirou.

— Não entendo metade do que você fala.

— Então vou traduzir. Também amo você. — Ela se afastou, para que seus olhos pudessem se encontrar. — Entendeu agora?

— Claro. — Ele relaxou os dedos nos cabelos de Cleo, voltando a acariciá-los. — Isso eu entendi. — Gideon aproximou a boca para um beijo longo e profundo. — E precisaremos conversar a respeito, mais cedo ou mais tarde.

— Pode apostar que sim — murmurou ela, beijando-o.

— Preciso dizer aos outros que teremos de encontrar um outro meio.

— Não. — Cleo desvencilhou-se. — Nada disso, Gideon. Farei minha parte, como Tia fez a dela hoje de manhã. Como todos nós estamos fazendo. É o mínimo que devo a Mikey. E tem mais. — Antes que Gideon pudesse dizer qualquer coisa, ela acrescentou: — Serei franca com você. Sou um fracasso.

— O que isso significa?

— Como bailarina. Sou um fracasso.

— Não é verdade. Eu a vi.

— Você me viu fazendo um número de striptease. Um número de três minutos em que rebolo, tiro a roupa e mostro tudo à plateia. O que não representa porra nenhuma. — Cleo jogou os cabelos para trás. Respirou fundo. — Sou uma boa bailarina, mas igual a quase todas as garotas que frequentaram um curso de balé. Não sou excepcional nem nunca serei. Gostava de ser parte da companhia quando trabalhava. Gostava de ser parte de alguma coisa, o que nunca tive com minha família.

— Cleo...

— Não é nenhuma confissão filosófica profunda sobre a minha infância infeliz. Estou apenas dizendo que gosto de dançar. Gostei de conviver com outros dançarinos, porque podíamos fazer alguma coisa juntos. Mais ou menos como a tapeçaria a que Tia se referiu, entende?

— Entendo. — Gideon pensou em seu mundo em Cobh, a família, a empresa, a necessidade de preservar tudo. — Sei como é isso.

— Passei quase dez anos como uma cigana. Mikey foi o único amigo de verdade que fiz. Comecei a pensar que o motivo para isso era o fato de nunca me envolver. Logo ficava de saco cheio. O mesmo espetáculo, a mesma rotina, os mesmos rostos, noite após noite, duas vezes na quarta-feira.

Gideon passou um dedo pela sobrancelha de Cleo, sobre a pequena marca na extremidade.

— E você precisava de mais.

Ela deu de ombros.

— Não sei. Mas sei que se você é uma boa dançarina, mas uma cantora medíocre, é melhor ter muita determinação e ambição se espera ganhar a vida no palco. Não era o meu caso. Por isso, quando aquele filho da puta apresentou a ideia do teatro em Praga, a oportunidade de coreografar, resolvi aceitar. E veja o que aconteceu. Tive muito tempo para pensar quando estava no fundo do poço, em Praga. Concentrei-me em voltar a Nova York, embora não tivesse a menor ideia do que faria quando chegasse aqui. Creio que agora eu sei. — Cleo levantou o gorro e o girou. — Sou parte de alguma coisa agora. Tenho amigos. Tia, especialmente Tia. Acho que arrumei uma família e não pretendo deixá-la. — Ela soltou um longo suspiro. — E isso conclui a parte de Confissões Íntimas de nosso programa.

Gideon não disse nada por um instante. Depois, pegou o gorro e o ajeitou na cabeça de Cleo.

— Fica muito bonito em você.

Ela sentia uma ardência no fundo dos olhos, mas a voz saiu presunçosa:

— É o contrário, bonitão. Eu é que faço o gorro ficar muito bonito.

ELES SE revezaram vigiando a Morningside. Depois de sete horas, quando o prédio foi fechado à noite, tornou-se um trabalho enfadonho. Mas continuariam na vigilância, atentos a qualquer mudança, a qualquer som, até que a missão fosse concluída.

Às 15 horas, Malachi ouvira a assistente de Anita, a quem haviam apelidado de Garota do Chicote, lembrar à patroa da hora marcada no salão de beleza e de seu compromisso para o jantar naquela noite.

Anita saíra dez minutos mais tarde, depois de conversar com o advogado pelo telefone, e não voltara.

À meia-noite, Rebecca estava guarnecendo o posto de escuta, no fundo da van. Quando Jack entrou, ela amarrou a cara.

— Meu cérebro vai explodir se tiver de continuar a fazer isso por mais tempo.

— Partimos dentro de uma hora. — Ele se inclinou, as cabeças quase juntas, para analisar os registros. Depois, fungou no lado do pescoço de Rebecca. — Para que o perfume?

— Para levá-lo à loucura por desejo frustrado.

— Pode dar certo. — Ele virou a cabeça, roçou os lábios nos de Rebecca, repetiu o beijo de leve, prolongando-o um pouco. — Com toda certeza, pode dar certo. Faça uma verificação para mim. Setor por setor.

Poderia mesmo dar certo, pensou Rebecca, nos dois sentidos.

— Já fiz isso 500 vezes. Sei o que estou fazendo, Jack.

— Nunca trabalhou com esse equipamento antes. A prática traz a perfeição, irlandesa.

Ela resmungou um pouco, mas obedeceu.

— Gosto da maneira como você me beija.

— O que é muito conveniente, porque pretendo passar os próximos cinquenta anos beijando-a.

— Quando dou um centímetro a um homem, isso não lhe dá o direito de percorrer todo o quilômetro. Setor um. Alarmes... silenciosos e audíveis... ligados, detectores de movimentos ligados, infravermelhos ligados. — Rebecca batia os códigos, que àquela altura já sabia de cor, e verificava os registros nos monitores. — Portas externas e internas com controles ligados.

Ela continuou pelos 16 setores que constituíam o sistema de segurança de Jack para a Morningside.

— Desligue os alarmes no setor cinco.

— Desligar?

— Pratique, meu bem. Desligue o setor cinco por dez segundos.

Rebecca deixou escapar um suspiro. Flexionou os ombros.

— Desligando o setor cinco.

Ele observou os dedos de Rebecca deslizarem sobre o teclado, em movimentos suaves e decididos.

— Há um bipe dentro do setor. Devo...

— Isso é normal. Continue.

— O setor está desligado. — Ela olhou para o relógio, contando os segundos. Em dez, teclou outra sequência e observou o sistema ser religado. — Alarme ligado no setor cinco.

— Eu disse dez segundos.

— Foram dez.

— Não. Precisou de quatro segundos para a religação total. Portanto, foram quatorze segundos.

— Nesse caso, deveria ter dito...

— Eu disse dez segundos. Portanto, dez era o que eu precisava. — Ele afagou a cabeça de Rebecca. — O sucesso está nos detalhes.

Ela franziu o rosto, enquanto Jack abria sua bolsa para uma verificação final do equipamento que levaria.

— Se todo o prédio fosse desligado, quanto tempo levaria para restabelecer o sistema de segurança?

— É uma boa pergunta. Os alarmes-padrão, nas janelas e portas externas, são instantâneos. Movimento, infravermelho, interiores entram em funcionamento nível por nível. São quatro minutos e doze segundos para pôr tudo em pleno funcionamento, na capacidade máxima. É um sistema complicado, com várias camadas.

— É tempo demais, e você sabe disso. Deve haver um meio de reduzi-lo. — É bem provável.

— Aposto que eu poderia reduzir em um minuto inteiro, se tivesse acesso a todo o sistema e tempo suficiente para operar.

— Procurando um emprego, irlandesa?

— Só estou comentando — respondeu ela, enquanto virava sua cadeira. — Afinal, o tempo é importante. Para todas as coisas.

— É sua maneira de dizer que meu tempo aqui com você acabou?

— É minha maneira de dizer que gosto de escolher meu próprio tempo.

— Meus sentimentos não ficariam feridos se você reduzisse um pouco esse tempo. E, agora, vou encontrar os outros.

Capítulo 23

— UMA VAGA para estacionar na rua! No Upper East Side! — Jack sacudiu a cabeça. Dirigia a van, com Cleo a seu lado. — Temos de considerar um bom presságio.

Ele manobrou o veículo entre um sedã moderno e um velho SUV. Cleo abaixou-se, a fim de olhar para o poste de luz sobre o para-brisa.

— Ficaremos sob a luz dos refletores, não é mesmo?

— São os impostos municipais em ação.

— Talvez os que você paga. Não tenho recebido nada ultimamente e por isso não pago nenhum imposto. — Ela arregalou os olhos quando Jack tirou uma arma debaixo de seu banco. — Ei, grandalhão, não falou que estaria armado no trabalho.

— Apenas por precaução. Não se preocupe.

Jack saltou. Deu alguns passos pela calçada, virou-se e atirou no lampião, com um estampido abafado. O lampião apagou, com um retinido musical de vidro.

— Uma pistola de ar comprimido — murmurou ele, quando voltou à van.

Ele estendeu a mão para trás e bateu três vezes na divisória que separava a cabina da traseira do veículo.

Segundos depois, a van balançou. A porta traseira abriu-se. E foi fechada. Pelo espelho lateral, Cleo observou Gideon e Malachi subirem a calçada. Gideon seguiu para leste, Malachi para oeste.

— E lá vão eles — murmurou ela.

Esperaram três longos minutos, no escuro, em silêncio, antes de o walkie--talkie de Jack sibilar.

— Para uma cidade que nunca dorme — comentou Malachi — está tudo muito quieto por aqui.

— Por aqui também — ecoou Gideon.

— Permaneça neste canal.

Jack bateu duas vezes na divisória. Olhou para Cleo, depois de ouvir a batida em resposta do outro lado.

— Pronta?

— Claro.

Saltaram, cada um do seu lado. Jack pendurou a bolsa no ombro. Ao alcançar Cleo, passou um braço por seus ombros.

— Apenas um casal de nova-iorquinos dando uma volta.

— A polícia tende a circular com frequência por bairros elegantes como esse — comentou ela. — Quantos anos de cadeia você pegaria pelo que leva nessa bolsa?

— Uma bolsa que não chama a atenção de ninguém. Mas pegaria de três a cinco, se o juiz fosse rigoroso. Com *sursis*. Tenho bons contatos. — Ele levantou o walkie-talkie. — Cruzando a Madison com a 88.

— Tudo limpo por aqui. — A informação vinha de Malachi.

— Aqui também — seguiu-se a de Gideon.

— Base registra as informações — comunicou Rebecca.

Jack pegou a mão de Cleo ao passarem pela entrada da Morningside.

Viraram a esquina. Deram a volta para a entrada dos fundos. Como fora ensaiado, Cleo pegou o walkie-talkie, enquanto Jack abria a bolsa.

— Central falando — murmurou ela. — James Bond prepara seus brinquedinhos.

— Estou... deixe-me ver... na 89, entre a Quinta e a Madison — informou Malachi. — Parece que há uma festa num apartamento aqui. Várias pessoas saindo, bêbadas.

— Estou voltando para a Park Avenue — comunicou Gideon. — Vi alguns moradores de rua em vãos de porta, e muito tráfego para esta hora da noite. Sem problemas.

— Pronta para subir? — perguntou Jack.

Cleo assentiu. Inclinou a cabeça para trás, a fim de observar melhor os quatro andares.

— Só gostaria de deixar registrado que há uma porta muito boa aqui embaixo.

— É mais provável que ela mantenha a Parca no cofre do escritório. Ficará mais preocupada se os andares superiores forem o alvo do arrombamento.

Ele mirou o que Cleo classificou como um arpão, com um gancho de três pontas. Disparou-o, puxando uma corda.

— O arreio — murmurou Jack, enquanto disparava o segundo arpão com outra corda.

Cleo pôs o arreio. Jack empurrou a trava de segurança. Repetiu o processo com seu próprio equipamento.

— No três, Cleo. Foi franca ao informar seu peso, não é?

— Pode contar, meu chapa. Um, dois...

— Três.

Jack apertou o mecanismo em seu arreio. Os dois subiram, um pouco mais depressa do que Cleo imaginara.

— Jesus! Que disparada!

— Mantenha os olhos no telhado.

— Se está me dizendo que não devo olhar para baixo, que seria um erro... Ah, merda!

Cleo soltou a exclamação, num sussurro, ao olhar para baixo. Com os dentes rangendo e um frio no estômago, ela estendeu as mãos para a beira do telhado. Teve alguma dificuldade, porque as mãos suadas escorregaram. Conseguiu subir, com movimentos nada graciosos.

— Você está bem?

— Estou, sim. Apenas fiquei tonta por um instante. Quatro andares viram uma altura razoável se você está no ar. Mas não tem problema. — Cleo lembrou-se da providência a tomar e ligou o walkie-talkie. — Base. Estamos no telhado.

— Anotado — respondeu Rebecca. — Desligando o alarme do setor 12 em sessenta segundos. Câmbio.

— Câmbio — repetiu Cleo.

Jack apertou o botão do cronômetro em seu relógio, acenando com a cabeça. Guardou o walkie-talkie na bolsa e ajustou o fone de ouvido.

— Todas as unidades prontas? — Ele tornou a acenar com a cabeça quando recebeu as respostas afirmativas. — Já recuperou o fôlego, Cleo?

— Sim. Estou pronta.

Ele soltou sua corda, depois a dela, dando um último puxão como teste.

Cleo equilibrou-se na beira do telhado, respirou fundo e desceu pelo espaço abaixo.

O ar saiu de seus pulmões, mas ajeitou a bolsa para Jack, enquanto estavam pendurados. Seguiu as instruções que ele deu, apoiando os pés na parede do prédio e relaxando os joelhos.

O relógio de Jack apitou baixinho. A voz de Rebecca saiu pelo fone em seu ouvido.

— Setor desligado. Cinco minutos. Câmbio.

Um táxi passou pela rua lá embaixo, virou a esquina e seguiu para a Madison.

Jack prendeu um *scrambler* portátil no vidro da janela. Digitou o código e ficou esperando, enquanto os números corriam pelo mostrador. Quando uma luz verde acendeu, ele retirou o aparelho e o entregou a Cleo.

— Sistema secundário de alarme da janela desligado. Alarme silencioso desligado.

Ele fixou ventosas na janela. Estendeu a mão em direção a Cleo. Ela entregou-lhe o cortador de vidro. Apesar do frio, ela sentia um filete de suor escorrer por suas costas.

— Quatro minutos e trinta segundos — avisou Cleo, enquanto ele cortava meticulosamente o vidro reforçado.

O barulho de uma sirene fez com que ela sufocasse um grito de surpresa.

— Está firme?

— Como a rocha de Gibraltar.

— Pegue o seu lado.

Cleo segurou o fio de uma das ventosas com as mãos enluvadas, enquanto Jack repetia o gesto na outra. A seu meneio de cabeça, baixaram o vidro cortado, devagar, para dentro do prédio, até alcançar o chão.

— Estamos entrando — murmurou ele, passando pela janela.

— Três minutos e trinta segundos — avisou Rebecca.

Jack tirou o arreio. Contornou o vidro no chão, com todo o cuidado, depois seguiu apressado para o escritório. Cleo também entrou, mas seguiu na direção oposta.

Agachado junto à porta da sala de Anita, Jack pegou uma gazua comprida. Levou quase tanto tempo para encenar o que pareceria uma tentativa malograda de arrombamento quanto precisaria para de fato abrir a porta.

Ao lado da escada, Cleo hesitou por um instante entre um prato Baccarat e um vaso Lalique. Sem qualquer arrependimento, empurrou o vaso, recuando quando este se espatifou no chão.

— Dois minutos, Jack e Cleo. Saiam agora.

— Certo.

Os dois se encontraram na janela. Dessa vez, porém, Jack pisou deliberadamente o vidro que estava no chão, rachando-o. Ele prendeu sua corda e saiu de costas pela janela, atrás de Cleo.

— Pode descer — murmurou para ela. — Use sempre os pés contra a parede, mantendo os joelhos relaxados. — Pelo fone, ele acrescentou: — Todos de volta à base.

Na descida, ele deixou cair um *jammer* de reserva, o aparelho que servia para efetuar as interferências nos alarmes, preso numa alça em seu cinto.

— Ei, é uma pista! — murmurou Cleo, ofegante, quando alcançaram a rua. — Temos um minuto.

— Comece a voltar.

— Nada disso. Só vou embora quando você for.

Ela soltou sua corda. Tirou o arreio e o guardou de volta na bolsa. Jack fez o mesmo. Depois, Cleo olhou para a corda pendurada.

— Aposto que esse equipamento é caro.

— Mas não muito difícil de adquirir.

Mais uma vez, ele passou um braço pelos ombros de Cleo. E saíram andando. Apenas um pouco mais depressa do que andariam num passeio.

— Vai parecer que os ladrões tiveram problemas com o esquema de segurança e tiveram de cancelar a operação às pressas.

— Cinco minutos exatos — anunciou Rebecca. — O sistema está sendo religado. Faltam trinta segundos. O que você quebrou?

— Um vaso. Também mexi em mais algumas coisas, só para garantir.

— Um ladrão com pressa de fugir deixa cair o produto do roubo. Dá para engolir.

Cleo olhou para Jack.

— Só uma pergunta. Não precisava de um ajudante. Por que me trouxe?

— O objetivo era fazer parecer que havia pelo menos duas pessoas envolvidas. Eu não conseguiria alcançar os dois lados do andar dentro do tempo previsto. Saber que havia duas pessoas deixará Anita um pouco mais nervosa.

— Uma só já seria suficiente para deixá-la bastante nervosa.

— Sei disso. Mas serão necessárias duas pessoas para entrar na casa, abrir o cofre e sair sem qualquer problema. E eu precisava verificar seu desempenho.

— Portanto, foi uma audição.

— Acertou em cheio. E você conseguiu o papel.

— Espere só até eu contar ao meu agente.

Estavam a um quarteirão de distância do prédio, andando mais devagar, de mãos dadas, quando os alarmes dispararam.

PASSAVA UM pouco das 2 horas da madrugada quando Jack abriu uma garrafa de champanhe.

— Não posso acreditar que tudo tenha durado menos de uma hora. — Tia despencou numa cadeira. — Estou exausta, mesmo sem ter feito nada.

— Somos a equipe técnica — lembrou Rebecca. — Somos essenciais. E fomos magníficas.

— É um pouco cedo para cumprimentos e comemorações. — Malachi ergueu sua taça. — Mas que se dane. Só em saber que Anita será acordada pela polícia já é suficiente para celebrar. Mas ainda temos muito trabalho pela frente.

— Não corte o meu barato. — Cleo tomou a primeira taça de champanhe. — Ainda estou nas nuvens. Será que Anita vai pular da cama e ir correndo para o prédio?

— Pode contar com isso. A polícia vai avisá-la, e ela irá o mais depressa possível. E sua primeira providência será verificar o cofre no escritório. Quer dizer, se foi lá que guardou a Parca. Depois de se certificar de que continua onde a deixou, ela vai conversar com a polícia e começará a me telefonar. Estará furiosa com a Burdett Securities.

— Mas você dará um jeito nisso, não? — comentou Malachi.

— Claro, porque o sistema funcionou. É o ponto principal. Os ladrões conseguiram entrar, mas não tiveram tempo para fazer o serviço, porque o sistema de apoio entrou em funcionamento, conforme o prometido. Depois, apresentarei meu relatório sobre Cleo.

— Faz muito calor em Atenas nesta época do ano — disse Tia. — Acha que ela partirá imediatamente?

— Se tivermos dois dias para cuidar de tudo, ficarei satisfeito. — Ele piscou para Cleo. — Minha parceira é um talento nato.

— Acho que poderíamos ter ido até o fim esta noite. — Cleo estendeu a taça para uma segunda rodada. — Entrando na sala, abrindo o cofre e saindo com o grande prêmio.

— Talvez conseguíssemos — concordou Jack. — Mas seria uma pena se tivéssemos tido todo esse trabalho apenas para descobrir que a Parca não estava lá.

— Tem razão. O lado prático. Mas em tudo e por tudo, você sabe como mostrar a uma mulher o que é diversão.

— É o que todas dizem. Você deve dormir um pouco. Todos devem. Ficarei de plantão no gravador. De qualquer forma, ela vai me ligar dentro de uma hora ou um pouco mais.

— Posso preparar café e sanduíches — propôs Tia.

— Você é um amor.

DUAS HORAS depois, quase com precisão, enquanto Jack terminava um sanduíche de queijo e presunto em pão de centeio, o telefone de sua casa tocou. Ele sorriu, deixando o toque soar três vezes. Já ouvira Anita xingá-lo, através da escuta instalada em seu escritório na Morningside. Mas também ouvira quando ela abriu o cofre e soltou um longo suspiro de alívio.

— Burdett.

— Jack! Estou na Morningside. Houve um arrombamento.

— Quando, Anita?

— Durante a noite. A polícia continua aqui. Quero que você venha para cá, Jack, imediatamente.

— Dê-me vinte minutos.

Ele desligou e terminou de tomar o café.

QUANDO ELE chegou, os peritos trabalhavam ativamente. Jack refletiu que deixara para trás o suficiente para mantê-los ocupados por algum tempo. Teve uma pequena discussão com um guarda que bloqueava a entrada do prédio. Acenou para um rosto familiar e depois esperou a autorização para entrar.

Em circunstâncias normais, a demora teria sido irritante, mas, nesse caso, ele calculou que servia apenas para aumentar a fúria de Anita. Encontrou--a em sua sala, esfolando verbalmente um dos investigadores que tiveram o infortúnio de receber o caso.

— Quero saber o que estão fazendo para descobrir a identidade das pessoas que violaram minha propriedade!

— Senhora, estamos fazendo todo o possível para...

— Se estivessem fazendo tudo o que é possível, ninguém conseguiria arrombar uma janela e entrar neste prédio. Eu gostaria de saber onde a polícia estava quando os ladrões destruíram o que me pertencia e fizeram o que queriam no prédio. É isso o que eu gostaria de saber.

— Sra. Gaye, a primeira unidade chegou aqui menos de dois minutos depois que o alarme disparou...

— Dois minutos é tarde demais. — Ela trincou os dentes. Ocorreu a Jack que se Anita se erguesse um pouco, poderia usá-los para morder o pescoço de alguém, enquanto continuava: — Espero que a polícia proteja minha propriedade. Tem alguma ideia dos impostos que pago nesta área? Não estou pagando milhares de dólares a esta cidade para que a polícia fique sentada na delegacia comendo biscoitos enquanto ladrões escapam de meu prédio com antiguidades de valor inestimável!

— A essa altura, Sra. Gaye, ainda não podemos ter certeza de que alguma coisa foi roubada. Se pudesse...

— Se nada foi roubado, não foi graças ao Departamento de Polícia de Nova York. Agora, você e seus colegas ineptos circulam por meu prédio, criando a maior confusão, e você se recusa a me dizer em que pé está a investigação. Prefere que eu ligue para o prefeito, um conhecido muito próximo, diga-se de passagem, e peça para falar com seu superior?

— Senhora, pode ligar para o presidente dos Estados Unidos, e ainda assim eu não poderia lhe dizer mais do que já falei. Esta investigação começou há pouco mais de duas horas. Poderia avançar um pouco mais depressa se me fornecesse informações, em vez de despejar insultos e ameaças.

Jack refletiu que ela não tivera tempo para se maquiar nem se arrumar com cuidado como costumava fazer. Assim, com o agravante rubor, consequência da raiva que manchava suas faces, não era de surpreender que Anita não estivesse exibindo sua melhor aparência.

— Quero seu nome, o número de sua identidade e que saia agora mesmo da minha propriedade.

— Detetive Lewis Gilbert.

Lew já estava tirando um de seus cartões da carteira, quando Jack decidiu dar-lhe uma folga, distraindo Anita. Assumiu uma expressão que esperava ser de preocupação e entrou na sala.

— Olá, Lew.

— Jack. — Lew largou o cartão na mesa de Anita. — Fui informado que o sistema de segurança era da Burdett.

— Isso mesmo. — Jack contraiu os lábios, numa expressão sombria.

— Onde foi o arrombamento?

— Janela do quarto andar, fundos, canto leste.

— Entraram no prédio?

— Sim. Mas fizeram alguma coisa errada e dispararam o alarme. Deixaram alguns instrumentos para trás.

— Levaram alguma coisa?

Lew lançou um olhar irritado para Anita.

— Indeterminado.

— Eu gostaria de falar com o Sr. Burdett em particular — declarou Anita, friamente.

Como sabia que a atitude faria com que ela sufocasse com a própria bílis, Jack levantou um dedo e continuou a falar com Lew.

— Se eu pudesse dar uma olhada no local do arrombamento, talvez encontrasse alguma pista...

— Eu agradeceria.

— Não serei ignorada enquanto vocês...

— Espere um pouco.

Jack interrompeu o novo rompante de Anita ao sair com Lew, deixando-a vibrar de fúria.

— Uma mulher insuportável — comentou Lew.

— Nem me fale. A raiva que ela está descontando em você não é nada em comparação com a que vai descontar em mim.

Os dois seguiram para o canto leste do prédio, onde havia uma reentrância, na área do escritório. O ar frio da manhã entrava pela janela vazia. Os peritos mediam, espalhavam pó à procura de impressões digitais, examinavam a armação da janela, em busca de alguma pista.

— Devem ter deduzido que a janela do último andar seria mais vulnerável — sugeriu Jack. — O vidro é reforçado com uma tela de metal. Tiveram de contornar o sistema de alarme primário para conseguir isso. O que exige uma grande habilidade técnica. Como chegaram aqui em cima?

— Cordas de rapel. Tudo indica que o alarme disparou de repente, e eles fugiram às pressas. Deixaram as cordas.

— Hum... — Jack enganchou os polegares nos bolsos. — Talvez não tenham considerado o sistema secundário.

Ele explicou o esquema, enquanto seguia com Lew para a área dos equipamentos de controle, onde estavam instalados quase todos os painéis de segurança.

— Eu deveria fazer uma verificação, determinar como o sistema foi evitado... talvez desligado... depois que seu pessoal terminar de examinar tudo. Mas posso adiantar, pelo que já vi, que eles não fizeram o serviço aqui.

— Quem conhece o sistema? Este, em particular.

— Minha equipe. Mas sabe como eu verifico meu pessoal, Lew. Ninguém que trabalha para mim teve participação nesse esquema. Se teve e foi bastante estúpido para não cuidar do sistema secundário, eu teria de despedi-lo na hora.

Lew soltou uma risada. Coçou o queixo.

— De qualquer maneira, preciso dos nomes. Você conhece a rotina.

— Claro que sim. Faz parte da descrição do caso. — Jack suspirou. — Terei de verificar quem trabalhou comigo neste sistema. O original foi instalado para o velho, Paul Morningside. Fiz algumas atualizações desde então. A viúva insiste na última moda e não apenas no que diz respeito a seus sapatos de grife. — Ele abriu a boca, tornou a fechar, balançou a cabeça.

— Pode falar — pressionou Lew.

— Não quero influenciar o ângulo de sua investigação. — Como se relutasse, Jack passou a mão pelos cabelos e olhou para a escada.

— Quero apenas lembrar que a cliente conhece o sistema... ou pelo menos o esquema básico.

Lew mostrou-se decididamente animado com a perspectiva.

— Era de esperar, não é mesmo?

— Agora vou subir e deixar que ela me arranque os ovos.

— Tem um parente próximo a quem eu deva avisar?

Jack lançou um olhar azedo para Lew e depois se afastou.

Anita estava batendo o telefone quando ele tornou a entrar na sala. Jack especulou, por um instante, para quem ela ligara, às 5 horas da manhã, perturbando com alguma repreensão. E, depois, viu a pasta do sistema de segurança aberta na mesa.

A mulher não perdia tempo.

— Então decidiu que pode me dispensar um momento?

A voz parecia pingar, como açúcar misturado com estricnina.

— Não adiantaria eu falar com você se não soubesse o que aconteceu. E não poderia saber o que aconteceu enquanto não verificasse o local do arrombamento e os painéis do sistema.

— Eu lhe direi o que aconteceu. Você foi pago para projetar e instalar um sistema de segurança a fim de proteger minha empresa de vândalos e ladrões. Recebe uma taxa mensal para a manutenção, avaliação e supervisão desse sistema, com pagamentos adicionais para atualização, à medida que novas tecnologias se tornam disponíveis.

— Vejo que leu o contrato.

— Pensa que está lidando com uma idiota? — A voz tornou-se esganiçada. Ela contornou a mesa. — Pensa que não tenho a porra de um cérebro só porque tenho seios?

— Nunca subestimei sua inteligência, Anita. Nem falei nada sobre seus seios. Por que não se senta?

— Não me mande sentar!

Ela espetou um dedo no peito de Jack. No instante seguinte, arregalou os olhos, surpresa, quando ele segurou sua mão, acima do pulso.

— Tome cuidado. — A voz de Jack permanecia calma. — Um policial pode ser obrigado a tolerar a agressão de uma cidadã, mas eu não sou obrigado a tolerar os insultos de uma cliente. Trate de se controlar.

— Como ousa falar comigo dessa maneira?

E ele percebeu, pelo tom de voz e expressão de Anita, que ela gostou. Vai entender, pensou Jack, repugnado.

— Se me der um tapa, leva outro. Não saí da cama às 4 horas da madrugada porque você estalou os dedos. Estou aqui porque é o meu trabalho. Agora, sente-se e acalme-se.

Jack percebeu exatamente o instante em que ela mudou de tática, o momento em que optou pelo recurso das lágrimas.

— Violaram minha propriedade. E me sinto vulnerável, desamparada.

Jack não acreditou nem um pouco, mas entrou no jogo.

— Sei que está transtornada e assustada, mas é melhor se sentar. — Ele a conduziu para uma cadeira. — Quer que eu lhe traga alguma coisa? Um copo com água?

— Não, não... — Ela acenou com a mão. Depois, delicadamente, passou o lado do dedo pelo rosto. — Acontece que é muito difícil. E a polícia... não dá para descrever qual é a sensação. Eles são frios, insensíveis. Você compreende o que a Morningside representa para mim. Esse arrombamento, Jack, é uma espécie de estupro. E você me decepcionou. Contava com sua ajuda para proteger o que é meu.

— E protegi.

— Como pode dizer isso? O sistema falhou.

— Não, não falhou. Ao contrário, funcionou. Se não estivesse funcionando, você estaria apresentando uma queixa por mais do que uma vidraça. O sistema secundário entrou em ação, exatamente como foi planejado.

— Não sei o que levaram — insistiu Anita. — Fiquei transtornada demais para começar a verificar.

— Pois vamos tratar disso agora. Estarei trabalhando diretamente com a polícia. A Burdett vai inspecionar, avaliar, reparar e substituir qualquer um e todos os componentes do sistema, conforme necessário. À nossa custa. Trarei uma equipe para a Morningside assim que a polícia se retirar. O sistema secundário deveria entrar em operação cinco minutos depois de o primário ser desligado. A possibilidade de que alguém tenha levado alguma coisa nesse intervalo é mínima. Eu me concentraria em verificar esse andar, que corresponde quase todo ao espaço de escritório.

Jack fez uma pausa, percorrendo os olhos pela sala, em atitude deliberada.

— Tem coisas valiosas aqui e na antessala. Como estava a porta da sala? Trancada?

Anita inspirou profundamente, já a respiração saiu um pouco trêmula.

— Isso mesmo. Tranquei e armei o alarme ao sair. A polícia... eles acreditam que alguém tentou arrombar a porta.

Jack franziu o rosto. Foi até a porta e agachou-se para examinar a fechadura.

— Parece que houve mesmo uma tentativa aqui. Não muito eficiente. — Ele se ergueu. — Não posso entender por que perderam tempo tentando entrar num escritório, quando havia coisas tão preciosas nas salas de exposição. Há umas poucas peças aqui, mas nada que valesse o tempo e o esforço.

Ele a observava enquanto falava. Percebeu quando Anita olhou para a bolsa em cima da mesa.

— Não posso acreditar que arrombariam a Morningside atrás de material de escritório — murmurou ela.

Anita levantou-se. Num movimento casual, ele alcançou a bolsa antes dela, em dois passos largos. Anita ficou imóvel.

— Vamos verificar todo o sistema, chip por chip — declarou Jack, pegando a pesada e elegante bolsa de pele de cobra. — Lamento que tenha de passar por isso, Anita, mas confie em mim. A Morningside é tão segura quanto é possível. Agora, por que não ajeita seu rosto? — Ele entregou a bolsa. Viu os dedos de Anita apertarem com força o couro macio, num gesto possessivo. — Eu a levarei para casa em seguida. Precisa dormir um pouco, antes de enfrentar todo o resto.

— Eu não conseguiria dormir. — Uma pausa, e ela reconsiderou. — Não, você tem razão. Devo ir para casa, espairecer um pouco. — Anita meteu a bolsa e seu conteúdo sob o braço, enquanto acrescentava:

— E me sentirei mais segura se você me levar para casa.

JACK ESPERAVA conseguir dormir por algumas poucas horas, mas teve a surpresa de encontrar Rebecca na sala quando entrou no apartamento.

— Ouvi o elevador — disse ela. — Estava inquieta. Você saiu?

— Saí. — Ele tirou o casaco. — Anita telefonou, na hora prevista. Tudo correu como era esperado. Eu poderia ter escrito o roteiro. A essa altura, a Parca já está trancada no cofre da casa dela.

— Tem certeza?

— Tanto quanto tenho da morte e dos impostos.

Jack fez um relato rápido enquanto seguia para a cozinha, pegava o suco de laranja na geladeira e bebia direto da caixa. Rebecca sentia-se fascinada demais para censurá-lo.

— Você esteve tão perto. Não sei se eu seria capaz de me controlar para não meter a mão na cara de Anita, pegar a Parca e ir embora.

— É uma ideia. Nunca bati numa mulher antes, mas há sempre satisfatoriamente uma primeira vez. Quase tão satisfatória quanto saber que a deixamos completamente desnorteada. — Ele guardou a embalagem de suco na geladeira. — Ou quase tão satisfatória quanto o que vai acontecer em seguida. Voltarei à Morningside daqui a pouco, junto com meus técnicos. — Ele piscou para Rebecca. — E farei uma verificação pessoal no sistema.

Ela pegou a caixa de suco na geladeira, sacudiu-a para mostrar a Jack que estava vazia e jogou-a na lata do lixo.

— E quanto eu vou ganhar por hora?

— Depende do seu desempenho. Como sabia que estava vazia?

— A caixa de suco de laranja? Porque você é homem, e fui criada com dois. E depois que comprovar meu talento com o sistema de segurança?

— Apresentarei um relatório a Anita. E vou aproveitar essa ocasião para me lembrar da outra informação que ela pediu.

Jack bocejou. Esfregou o rosto com as mãos.

— Mas agora vou tomar um banho e dormir um pouco.

— Vem trabalhando demais no projeto — comentou Rebecca, enquanto ele se encaminhava para o banheiro. — E tem se arriscado muito.

Jack parou e virou-se.

— Quando uma coisa é importante, você faz o que é preciso para alcançá-la. E os riscos não importam.

Sozinha, Rebecca deixou escapar o suspiro que há muito vinha reprimindo. Muita coisa importava nesse caso, refletiu ela. Tanto que era quase demais. E o medo do que poderia acontecer levava-a a se conter.

O que era um absurdo, concluiu. Nunca se teria demais daquilo que importava. E uma mulher que continuava a se esquivar do amor perdia um tempo valioso.

No chuveiro, Jack abriu a água bem quente, pôs as mãos nos ladrilhos e deixou que o jato caísse em sua cabeça. A adrenalina que o mantivera em ação durante 24 horas se esgotara.

Sentia o cérebro inerte. Não tinha condições de enfrentar Anita até se recuperar um pouco. Até porque levaria Rebecca no próximo encontro. Então fechou os olhos e deixou a mente se esvaziar.

Quase dormindo de pé, não ouviu a porta do banheiro ser aberta, nem fechada de novo, com um estalido discreto. Não ouviu o sussurro do roupão de Rebecca deslizando para o chão.

Mas um instante antes que ela abrisse a porta de vidro, um instante antes de Rebecca entrar no boxe cheio de vapor, Jack sentiu seu cheiro.

Levantou a cabeça, num movimento brusco, todo o corpo em alerta. E os braços de Rebecca envolveram-no, sinuosos, os seios se comprimindo contra suas costas.

— Parece cansado. — Rebecca passou a língua pela saliência da coluna. — Pensei em me oferecer para esfregar suas costas.

— Estamos nus debaixo do chuveiro porque estou cansado? O que você disse antes sobre oportunidade?

— Achei que era o momento oportuno. — Rebecca o rodeou, empurrando os cabelos para trás quando ficaram encharcados. Baixou os olhos pelo corpo de Jack. Os lábios tremeram. — E do meu ponto de vista, de fato você não parece tão cansado.

— Acho que encontrei o chamado segundo fôlego.

— Então não vamos desperdiçá-lo. — Ela se ergueu na ponta dos pés e comprimiu o lábio inferior de Jack entre os dentes. — Quero acariciar todo o seu corpo, Jack. E sentir sua boca. Beijá-lo todo. Foi minha vontade, desde o primeiro minuto.

Ele ergueu a mão para os cabelos molhados de Rebecca.

— Por que esperamos?

— Porque o desejei desde o primeiro minuto.

Ela encostou as mãos no peito de Jack, abrindo os dedos.

— Seus irmãos comentaram que você é perversa.

— Falam com conhecimento de causa. Quer discutir isso agora, ou prefere fazer amor?

— Adivinhe...

Jack baixou a cabeça, beijando-a com ardor. Ela estava ofegando, rindo, quando ele a deixou respirar de novo.

— Por que não me oferece outra pequena dica sobre suas intenções?

— Claro.

Ele comprimiu as costas de Rebecca contra a parede de ladrilhos, enquanto tornava a beijá-la, o vapor envolvendo-os, a água caindo sobre seus corpos.

E aconteceu como Rebecca exigira. Mãos e bocas frenéticas e apressadas. Carne molhada deslizando contra carne molhada, enquanto cada um tentava alcançar mais, ter mais do outro.

Havia um vulcão de necessidade em Jack, borbulhando, logo abaixo da superfície. Temerária, Rebecca comprimia-se contra ele, apertando-o. Estremeceu, deixando-se queimar no fogo que ele irradiava.

— É isso que quero, Jack.

Com a sensação de que os próprios ossos derretiam, Rebecca inclinou-se para trás, enquanto os lábios de Jack se aproximavam dos seios.

Era tudo. Além de tudo. Vê-la procurando-o, vê-la se entregando. Sentir seu corpo tremer na paixão era tudo e mais um pouco.

E Jack podia possuí-la agora, dar tudo o que tinha. Quando ele atacou sua boca, Rebecca reagiu com a mesma urgência. Desesperado pelo calor, ele comprimiu seus dedos nela, enquanto os quadris de Rebecca se movimentavam para acompanhar o ritmo frenético.

Ela gozou com uma violência rápida e um frenesi quase contido, que deixou os dois enfraquecidos.

Jack sentiu os músculos longos de suas pernas tremerem, ficarem tensos, enquanto a segurava pelas coxas e a erguia. A pele pura de marfim estava rosada, brilhando com a água, contra os ladrilhos brancos. E a água escurecia tanto seus cabelos que pareciam cordas de ouro espalhando-se pelos ombros.

Rebecca parecia uma sereia que saía de um mar branco, pensou ele.

— Você é linda... — Jack pegou os quadris de Rebecca, ajeitando a posição. — Linda demais. E é minha.

Ela deixou escapar um único suspiro, longo e profundo.

— Há muito tempo.

Jack penetrou-a, preencheu-a por completo. E, com a ânsia frenética inicial já esgotada, amou-a lentamente. Em arremetidas longas e profundas, que a deixaram extasiada. E quando se aproximou do orgasmo, Rebecca murmurou seu nome, ergueu a boca... se oferecendo.

Depois o envolveu por completo, a cabeça aninhada em seu ombro, e viajou na trovoada de seu coração, enquanto Jack esvaziava-se dentro dela.

Capítulo 24

Os DOIS caíram na cama, ainda molhados, ainda ofegantes.

— Tenho de secar meu cabelo. Vou ficar resfriada se for deitar com os cabelos molhados. — Mas ela bocejou e aconchegou-se em Jack. Não apenas saciada, não apenas satisfeita, compreendeu. Mas saturada. — Você tem um corpo maravilhoso, Jack. Eu gostaria de senti-lo novamente sobre mim. Mas precisa dormir um pouco primeiro.

Ele entrelaçou os dedos nos cabelos molhados.

— Por que não agora?

Rebecca ergueu a cabeça.

— Você está cansado. Até mesmo um amante ardoroso precisa descansar.

— Por que não agora?

Com a repetição, Rebecca não podia mais fingir que não entendia.

— Está bem.

Ela se levantou, foi pegar uma toalha no banheiro e sentou-se na cama, enxugando os cabelos.

— No chuveiro você parecia uma sereia. Ainda parece.

— E você não parece um homem que pensaria ou diria coisas tão poéticas e românticas. — Rebecca inclinou-se e passou a ponta de um dedo pela cicatriz, pelas linhas firmes do rosto de Jack. — Mas é o que acontece. Nunca pensei que sentiria uma fraqueza pelo romântico e poético. Mas sinto. — Ela se recostou, ainda enxugando os cabelos. — Tive um sonho, Jack. Estava numa embarcação. Não um navio enorme, como o *Lusitania,* nem um de nossos barcos de excursão. Mas um barco branco, belo e simples. Deslizava sem fazer qualquer barulho sobre a água azul. Era adorável. Pacífico e aconchegante. E, dentro de minha cabeça, sabia que poderia pilotar aquele barco para qualquer lugar que quisesse. — Rebecca sacudiu os cabelos úmidos. Usou a toalha para enxugar algumas gotas no peito e nos ombros de Jack. — Tinha liberdade para isso, além de habilidade. Podia avistar pequenas tempestades aqui e ali, turvando o horizonte. Havia redemoinhos e correntezas na água, mas não me preocupavam. Se a viagem for tranquila, pensei no sonho, acaba se tornando tediosa. E, no sonho, três mulheres apareciam na proa do barco. E isso é interessante, concluí. — Ela tornou a levantar-se, foi até a cômoda, abriu a gaveta de cima e tirou uma camisa branca. — Não se importa, não é?

— Claro que não.

— Sei onde você guarda suas coisas. — Rebecca vestiu a camisa. — Já que não tenho o menor respeito por sua privacidade. Onde é mesmo que eu estava?

— No barco, com as Parcas.

— Ah, sim... — Ela sorriu, satisfeita porque Jack compreendia. — A primeira, a que tinha a roca, disse: "Teço o fio, mas você fará com ele o que quiser." A segunda, com uma fita métrica prateada, disse: "Marco a extensão, mas você usa o tempo como quiser." E a terceira, com uma tesoura de prata, acrescentou: "Corto o fio, porque nada deve durar para sempre. Não desperdice o que você recebeu." — Rebecca tornou a se sentar, cruzando as pernas. — E, como acontece nos sonhos, elas desapareceram em seguida, deixando-me sozinha naquele lindo barco branco. Por isso, eu disse a mim mesma: É isso aí, Rebecca Sullivan. Sua vida se estende à frente, com tempestades e momentos de paz, redemoinhos e correntezas. E para onde você quer ir, o que deseja fazer no tempo que terá? Sabe qual foi a resposta?

— Qual?

Ela riu, inclinou-se e beijou-o de leve.

— Jack. Essa foi a resposta. E não me importo de dizer que não me deixou completamente satisfeita. Sabe quando tive esse sonho?

— Não.

— Na noite em que o conheci. — Rebecca ergueu a mão que ele pusera sobre a sua. Passou os dedos em seu rosto. — Não é de surpreender que eu hesitasse. Sou uma mulher cautelosa, Jack. Não agarro qualquer coisa apenas porque parece atraente. Estive com três homens em toda a minha vida. Na primeira vez, foi puro tesão, uma necessidade urgente de descobrir como era. A segunda foi com um garoto por quem eu sentia profunda afeição, com quem eu esperava passar o resto de minha vida. Mas ele acabou se tornando apenas um daqueles redemoinhos no mar. Você é o terceiro. Não me entrego por qualquer coisa.

Ele se sentou também, pegou o rosto dela entre as mãos.

— Rebecca...

— Não diga que me ama. — A voz tremia um pouco. — Ainda não. Meu coração escolheu você muito depressa. Juro que me deixou sem fôlego. Precisava dar tempo para que minha cabeça recuperasse o controle. Pode deitar agora? Quero me aconchegar em você. — Jack puxou-a, ajeitando a cabeça dela em seu ombro. — Não me importo de viajar.

A mão que Jack levantara, para acariciar os cabelos de Rebecca, ficou imóvel.

— Ótimo.

Ela sorriu, satisfeita porque Jack ficara tenso. Algumas coisas, algumas coisas certas, podiam sair com facilidade, mas nunca sem impacto.

— É o que sempre desejei. E espero conhecer muito mais sobre sua empresa. Não sou o tipo de mulher que fica sentada em casa, lavando e passando suas camisas.

— Sempre mando minhas camisas para a lavanderia.

— Ainda bem. Não posso deixar a Irlanda por completo. Minha mãe... sinto saudade dela. — A voz tremeu um pouco. Ela comprimiu o rosto contra o pescoço de Jack. — É uma ligação muito forte. Ainda mais agora, quando estou apaixonada e não posso dizer a ela. Mas muito em breve... — Rebecca fungou. Secou uma lágrima do rosto. — Seja como for, pode esperar que eu me intrometa na sua empresa.

— Eu não aceitaria que fosse de outra forma. Quero você em minha vida, Rebecca. E quero entrar na sua.

— Tenho de lhe fazer uma pergunta. Por que seu casamento não deu certo?

— Por muitos motivos.

— É uma resposta evasiva, Jack.

— Em resumo? Queríamos coisas diferentes. — Direções diferentes, pensou ele, objetivos diferentes.

— O que você queria que ela não queria?

Jack permaneceu calado por tanto tempo que Rebecca começou a ficar nervosa.

— Filhos.

Ao soar dessa palavra, ela se derreteu, numa poça de amor e alívio.

— É mesmo? Quantos?

— Não sei... Um casal, pelo menos.

— Só dois? — Ela soltou um grunhido desdenhoso. — Medroso. Podemos fazer melhor. Quatro... seria suficiente.

Rebecca puxou o lençol sob o queixo, mudou de posição, suspirou.

— Agora pode dizer que me ama.

— Eu amo você, Rebecca.

— E eu amo você, Jack. Agora, trate de dormir. Já programei o despertador para 9h30.

Ela mergulhou no sono, entrou no sonho, o barco branco deslizando por um mar azul. E, dessa vez, Jack estava no comando, a seu lado.

VINTE MINUTOS antes de o despertador de Jack tocar, Gideon fez o primeiro bule de café do dia. Deu uma olhada na despensa de Tia, e encontrou bagels com sementes de papoula. Começava a apreciar a atração dos americanos por bagels. Enquanto os outros dormiam, ele pôs um bagel no bolso do casaco, despejou café puro numa caneca enorme e encaminhou-se para a porta.

Tomaria o café da manhã e fumaria o primeiro cigarro do dia no terraço.

Abriu a porta e olhou aturdido para a atraente mulher negra que tinha o dedo levantado para tocar a campainha.

A mulher teve um sobressalto; Gideon ficou tenso. E quando a mulher deixou escapar uma risada nervosa, ele mudou de posição.

— Foi um susto e tanto, não é? — Gideon ofereceu um sorriso largo. — Posso ajudá-la em alguma coisa?

— Sou Carrie Wilson, amiga de Tia. — Ela também mudou de posição, com a mesma habilidade, observando-o com todo cuidado. — Você deve ser Malachi.

— Na verdade, sou Gideon. Tia já falou a seu respeito. Não quer entrar?

Os olhos avaliadores de Carrie se contraíram.

— Gideon o quê?

— Sullivan. — Ele deu um passo para trás, num convite para que ela entrasse, no momento em que Malachi saía do quarto. — Aquele é Mal. Acabamos de acordar. Fomos dormir tarde ontem.

Ainda indecisa, Carrie contemplou os dois com os olhos arregalados.

— Pelo bom Deus, ela está dormindo com os dois? Não sei se fico impressionada ou... É melhor ficar só impressionada.

— Na verdade, um deles é meu. — Cleo, usando apenas uma camisa masculina, saiu do escritório. Lançou um olhar avaliador para Carrie. — Lindos sapatos. Quem é você?

— Vamos refazer a pergunta. — Com uma expressão determinada, Carrie entrou no apartamento. Fechou a porta. — Quem é você? E onde está Tia?

— Ainda dormindo. — Malachi ofereceu um sorriso tão poderoso quanto o de Gideon... e, na opinião de Carrie, igualmente suspeito. — Desculpe, mas qual é mesmo o seu nome?

— Sou Carrie Wilson. E quero ver Tia agora, neste minuto. — Ela largou a pasta de executiva e puxou as mangas de seu casaco Donna Karan. — Ou começarei a chutar alguns traseiros.

— Comece por eles — pediu Cleo. — Ainda não tomei meu café.

— Por que não serve para todo mundo? — sugeriu Malachi. — Tia está dormindo. Ficamos acordados até tarde.

— Saia da frente. — Carrie deu um passo, ameaçadora. — Agora.

— Como quiser. — Malachi afastou-se e observou-a entrar no quarto. — Acho que vamos precisar daquele café.

As cortinas estavam fechadas. Carrie viu apenas, na semiescuridão, uma massa saliente no centro da cama. Uma pontada de medo prevaleceu sobre a irritação ao pensar em todas as coisas que um trio de estranhos poderia ter feito com sua amiga ingênua e vulnerável.

Havia um volume estranho no bolso do casaco do homem de cabelos escuros. Uma arma, pensou Carrie. Estavam drogando Tia, mantendo-a prisioneira, sob a ameaça de uma arma. Apavorada pelo que poderia descobrir, ela puxou as cobertas.

Tia estava completamente nua, toda enroscada, numa posição de aconchego. Piscou, sonolenta, começou a se espreguiçar e depois soltou um grito estridente.

— Carrie!

— O que está acontecendo aqui? Quem são essas pessoas? Você está bem?

— Como? Como? — Com o rubor subindo das pontas dos pés, Tia cruzou os braços sobre os seios, recatada. — Que horas são?

— Que diferença faz? O que há de errado com você, Tia?

— Não há nada de errado comigo, exceto... Por Deus, Carrie, estou nua! Dê-me o lençol!

— Deixe-me ver seus braços.

— Meus braços?

— Quero verificar se há marcas de agulha.

— Agulha... Não, Carrie, não estou usando drogas. — Com um braço dobrado sobre os seios, ela estendeu o outro. — Estou muito bem. Já tinha lhe falado sobre Malachi.

— Mais ou menos. Não mencionou os outros dois. E quando minha melhor amiga, que ficaria desnorteada só de pensar em atravessar a rua fora da faixa de pedestres, me pede para violar a lei, sei que *não* está muito bem.

— Estou nua — murmurou Tia, a única coisa em que podia pensar. — E não posso conversar com você nua. Preciso me vestir.

— Ah, Cristo! — Impaciente, Carrie foi até o closet e o abriu. Respirou fundo e alto quando viu camisas de homem penduradas entre as roupas de Tia. Depois, pegou um roupão, jogou-o na cama e disse: — Ponha isto. E comece a falar.

— Não posso contar tudo.

— Por que não?

— Porque amo você.

Tia enfiou os braços no roupão e o ajeitou em torno do corpo. Sentiu-se melhor no mesmo instante.

— Tia, se essas pessoas a estão pressionando para fazer alguma coisa...

— Não estão. Juro. Estou fazendo uma coisa que preciso fazer, uma coisa que quero fazer. Por eles, é verdade, mas também por mim. Carrie, comprei um suéter vermelho.

A preleção na ponta da língua de Carrie se desvaneceu por completo.

— Vermelho?

— De cashmere. Parece que não sou alérgica a lã, no fim das contas. Faltei às duas últimas sessões marcadas com o Dr. Lowenstein e cancelei a consulta mensal com meu alergista. Não uso meu inalador há mais de uma semana. Isto é, usei uma vez. Mas foi por fingimento. Portanto, não conta. E nunca me senti melhor em toda a vida.

Carrie sentou-se na beirada da cama.

— Um suéter vermelho?

— Realmente vermelho. Estou pensando em comprar um sutiã Wonder-bra para combinar. E não faz diferença para ele. Mal gosta de mim mesmo que eu vista marrom insípido e uma lingerie sem graça. Não é maravilhoso?

— É mesmo. Tia, tudo isso é porque está apaixonada por ele?

— Não. Tudo começou antes de eu me apaixonar. Ou, pelo menos, antes de me apaixonar totalmente. As coisas estão conectadas, Carrie, mas não é o motivo principal. Não deveria ter-lhe pedido para obter aquela informação sobre Anita Gaye. Desculpe. Vamos esquecer o que pedi.

— Já tenho os dados. — Com um suspiro, Carrie levantou-se. — Trate de se vestir. Vou tomar um café e decidir se devo entregá-los a você. — Ela foi até a porta e se virou, acrescentando, antes de sair e fechar a porta: — Também amo você, Tia.

Carrie examinou o trio na sala.

A mulher de pernas compridas estava esparramada no sofá, tomando café, com os pés em cima das coxas do grandalhão que abrira a porta do apartamento.

O grandalhão número dois estava encostado no arco da cozinha.

— Você. — Ela apontou para Gideon. — O que é esse volume em seu bolso?

— Volume? — Cleo soltou uma risada maliciosa, depois cutucou as costelas de Gideon com a ponta do pé. — Feliz por me ver, bonitão?

— Não é nada disso. — Um pouco embaraçado, ele enfiou a mão no bolso. — É apenas um bagel.

— O último bagel de semente de papoula? — Cleo empertigou-se, tirando-o da mão de Gideon. — Ia se esgueirar com o último bagel! É muita baixaria! — Ela se levantou. — Só por causa disso, vou comer sozinha. — dirigindo-se a Carrie, ela acrescentou, antes de ir para a cozinha: — Sem armas.

— Quer um café? — ofereceu Malachi.

— Com creme, sem açúcar.

— Cleo, seja gentil. Creme, sem açúcar, para a Srta. Wilson.

— Trabalho, trabalho, trabalho... — resmungou Cleo, na cozinha.

— Primeira pergunta — começou Carrie. — Tia alega que não pode me contar em que está envolvida. É para protegê-lo?

— Não. Ela quer proteger você. Não precisa fazer a segunda pergunta. Posso respondê-la antes. Ela é muito importante para mim, e farei tudo o que for necessário para evitar que se machuque. Tia é a mulher mais fantástica que já conheci.

— Apenas por isso — disse Cleo, atrás dele —, vai ganhar a metade do meu bagel. — Ela se virou para Carrie e acrescentou: — Você é amiga de Tia. Também sou. Você a conhece há mais tempo, mas isso não significa que sou menos amiga.

Pensativa, Carrie olhou para Gideon.

— E você?

— Eu a amo — ele sorriu, sob os olhares de Malachi e Cleo — como se fosse minha irmã. Posso ficar com a outra metade do bagel?

— Não.

— Vivo sob constantes abusos. — Gideon levantou-se. — Vou subir para fumar. Se Becca ou Jack ligarem, não deixem de me avisar.

— Becca? Jack? — Carrie olhou para Malachi, enquanto Gideon deixava o apartamento.

— Rebecca é nossa irmã. Jack é outro amigo de Tia.

— Ela fez uma porção de amigos ultimamente.

— Acho que eu estava poupando para agora — comentou Tia, saindo do quarto.

Carrie fitou-a. Suspirou de novo.

— Sempre achei que você ficaria ótima de vermelho.

— É verdade. — Com um pequeno sorriso, Tia passou a mão pelo suéter novo. — Foi o que você sempre disse.

Carrie adiantou-se, pegou as mãos de Tia e fitou-a nos olhos.

— Você não teria me pedido para fazer isso se não fosse importante. Realmente importante.

— Tem razão.

— Quando puder, quero que me explique tudo.

— Será a primeira a saber.

Carrie assentiu. Virou-se para Malachi.

— Se acontecer alguma coisa ruim com ela, qualquer coisa, irei atrás de você. E vou destruí-lo.

— Pode contar com minha ajuda — ofereceu Cleo, dando uma mordida no bagel. — Desculpe, Mal, mas as mulheres devem permanecer unidas.

— Provavelmente gostarei de você — decidiu Carrie. — Dos três. E acho bom que isso aconteça, já que violei várias leis federais para obter as informações que estou prestes a lhes fornecer.

— Então pode ficar com um bagel inteiro. Temos de canela, simples e de cebola.

Carrie ofereceu a Cleo seu primeiro sorriso.

— Gosto de viver perigosamente e, por isso, fico com o de canela.

Mais ou menos quando Carrie terminava de comer o bagel e de explicar a situação financeira de Anita Gaye e da Morningside Antiquities, Anita tomava o café da manhã na cama.

Agora que tinha tempo para pensar e se encontrava um pouco mais descansada, não se sentia tão transtornada com a tentativa de arrombamento. Consideraria o acontecimento apenas como um alerta.

Não podia confiar em nada nem em ninguém.

Era verdade que a segurança acabara funcionando. Mas, até onde ela sabia, poderia ter sido mera sorte ou algum erro estúpido cometido pelos ladrões. Exigiria que Jack Burdett e sua empresa realizassem uma revisão completa e meticulosa do sistema de segurança. E, quando acabassem, chamaria outros consultores, para avaliarem-no.

Ainda que um médico diga que há algo errado com seu corpo, uma mulher inteligente procura uma segunda opinião. A Morningside era tão vital para ela quanto sua saúde. Sem a Morningside, seus negócios e contatos sociais começariam a secar, e seus rendimentos sofreriam uma queda acentuada.

Anita Gaye cuidava apenas de Anita Gaye.

Ela se recostou nos travesseiros, tomou um gole do café e olhou para as portas do closet. Por trás do painel lateral, onde pendurava os tailleurs para o dia, numa fileira meticulosa, arrumados pela cor, havia um cofre de que nem mesmo os empregados tinham conhecimento.

A Parca estava guardada ali agora. Anita sentia-se contente porque o arrombamento provocara o sobressalto de que precisava para trazê-la para casa. Havia muito deixara de pensar na Parca como uma peça do acervo da Morningside. Era agora um pertence pessoal.

Pelo preço certo, é claro, o venderia sem a menor hesitação sentimental. Mas, quando tivesse as três, trataria de desfrutá-las por algum tempo. Seu pequeno segredo. Pensava em mantê-las por um curto período. Talvez as emprestasse para uma exposição, colhendo a publicidade que receberia.

Anita Gaye, a garota magricela do Queens, teria feito a maior descoberta, executado com êxito o golpe mais espetacular do século. Não se podia comprar esse tipo de respeito e poder, refletiu ela. Não se podia herdá-los de um marido rico, idoso e convenientemente falecido.

Porque teria as Três Parcas. De qualquer maneira. Não importava o que tivesse de fazer. Não importava quem tivesse de enfrentar.

Depois de se servir da segunda xícara de café, de seu bule Derby predileto, Anita pegou o telefone sem fio na bandeja e ligou para o celular de Jack.

— Burdett.

Ele também tomava café e, naquele instante, mordiscava os dedos de Rebecca.

— Jack, sou eu, Anita. — Ela tratou de evidenciar lágrimas em sua voz. — Quero pedir desculpas por meu comportamento esta manhã. Não tinha o direito de descarregar em você daquela maneira.

Jack piscou para Rebecca.

— Não precisa se desculpar, Anita. Sofreu um terrível choque e era compreensível que ficasse transtornada.

— Não importa. Você estava lá para me ajudar, assim como seu sistema ajudou a Morningside. Eu me sinto horrível pelo que falei.

— Já esqueci — disse ele, enquanto Rebecca fingia que se esganava e sufocava. — Estou voltando para a Morningside neste momento.

— Com a calça pegando fogo — sussurrou Rebecca em seu ouvido, recebendo um leve cascudo na cabeça.

— Revisarei o sistema pessoalmente. Já pedi à minha melhor técnica para fazer uma análise. Ambos estaremos lá dentro de uma hora. Quaisquer que sejam as vulnerabilidades que permitiram que o sistema fosse violado, mesmo que parcialmente, serão corrigidas. Tem minha palavra.

— Sei que posso contar com você. Eu o encontrarei lá, se não se importa. Vou me sentir melhor se puder acompanhar tudo.

— Darei todas as explicações que quiser.

— Fico muito grata, Jack. Teve algum tempo para trabalhar naquele outro caso?

— Cleo Toliver, não é mesmo? — Ele ergueu o polegar para Rebecca. — Recebi algumas informações ontem à noite. Pretendia escrever um relatório para você hoje. Acabei esquecendo, com o problema desta madrugada.

— Não preciso de nada tão formal como um relatório escrito. O que puder me dizer...

— Nesse caso, eu lhe contarei quando nos encontrarmos. Está bom assim? Ainda bem que voltou a ser a Anita de sempre. Espero vê-la na Morningside.

Jack desligou antes que ela pudesse responder.

— Que mulher dissimulada... — Ele puxou Rebecca para seu colo. — Quanto quer apostar como ela já encontrou uma maneira de dar um golpe no seguro?

— Não entro em apostas para perder.

Ela encostou os lábios nos de Jack e depois aprofundou o beijo.

— Temos de sair... — murmurou ele.

— Hum... Acho que ficamos presos num engarrafamento.

Ele enfiou as mãos sob a saia de Rebecca.

— É uma verdadeira selva no asfalto — concordou Jack. — Que diferença cinco minutos a mais podem fazer?

Foram quinze, mas ele não estava contando.

Quando Anita chegou, encontrou Rebecca de macacão e boné com o logotipo da empresa, verificando o sistema, com evidente habilidade. Jack medira e encomendara o vidro de substituição para a janela. Estava do lado de fora, na calçada, acompanhando a entrada de mercadorias.

— Minha assistente disse que o encontraria aqui. — Anita parecia delicadamente pálida. — Pensei que meu pessoal ficaria nervoso, mas todos parecem estar animados.

— Muitas pessoas reagem assim, ainda mais quando não é sua a propriedade que foi violada. Como você se sente?

— Estou bem agora. Juro. E tenho tanto trabalho burocrático para fazer que poderei manter a mente ocupada. Por que está aqui fora?

— Queria dar uma olhada. Imagino que eles tenham estudado o prédio, a vizinhança. Padrões de tráfego, radiopatrulhas, ângulo de visão dos prédios residenciais próximos. E escolheram o melhor local. A janela superior. Um risco calculado do local mais vulnerável. O vidro novo será instalado até as 17 horas. Garantido.

— Obrigada, Jack. — Anita pôs a mão no braço dele. — A Morningside era a vida de Paul. — Ela deixou escapar um suspiro trêmulo, antes de acrescentar: — E foi confiada a mim. Não posso decepcioná-lo.

Poupe-me do drama, pensou Jack. Mas cobriu a mão de Anita com a sua.

— Cuidaremos da Morningside por ele. É uma promessa.

— Sinto-me melhor por ouvir isso. Vamos dar uma volta até a frente. Preciso de tempo para desanuviar a cabeça um pouco mais.

— Está bem. Repassarei todo o sistema com você. Minha técnica está fazendo uma revisão neste momento. Se houver alguma falha, vamos corrigi-la.

— Sei disso. Paul o considerava o melhor. E eu também. Confio em você, Jack. Foi por isso que pedi sua ajuda com a tal Toliver. Disse que descobriu alguma coisa?

— Foi difícil. — Ele apertou a mão de Anita. — Mas não gosto de desapontar uma cliente. Muito menos uma amiga.

Jack relatou as informações básicas, que tinha certeza de que ela já sabia. Escutou a surpresa simulada quando ele mencionou os pais de Cleo.

— Pelo amor de Deus, eu conheço Andrew Toliver! Apenas ligeiramente, em termos sociais, mas... Essa mulher que me ameaçou é filha de Andrew? Mas que mundo pequeno!

— A clássica ovelha negra. Sempre criando problemas. — Ele sabia que Cleo sorriria, maliciosa, ao relato. — Dificuldades na escola, passagens pelo juizado de menores. Não teve muita sorte quando tentou obter empregos permanentes como bailarina. Parece que acaba de voltar a Nova York, procedente da Europa Oriental. Ainda estou investigando essa parte. Não é fácil obter informações desse tipo.

— Eu agradeceria se tentasse. Descobriu o endereço dela?

— O endereço nos registros ainda é o apartamento em que ela morava antes de viajar para a Europa. Saiu de lá há cerca de oito meses. E não voltou. Para ser mais preciso, nem está em Nova York neste momento.

Anita parou de repente.

— Não está em Nova York? Como assim? Tem de estar. Ela entrou em contato comigo. E nos encontramos aqui.

— Isso foi antes. Cleópatra Toliver, que combina com sua descrição e tem o mesmo número de passaporte, viajou para a Grécia esta manhã. Atenas.

— Atenas? — Anita virou-se, os dedos apertando o braço de Jack. — Tem certeza?

— Tenho o nome da empresa, número do voo e da passagem no escritório. Como achei que você ia querer saber, liguei e confirmei o voo, depois que falei com você esta manhã. O avião partiu há cerca de uma hora. — Jack estendeu a mão para a porta da Morningside.

— Agora ela está a milhares de quilômetros de distância. Não precisa mais se preocupar com ela, Anita.

— Como? — Anita se afastou. — É verdade, acho que tem razão... Atenas... ela foi para Atenas.

Capítulo 25

Com os pés em cima do balcão enquanto folheava uma revista de informática retirada da pilha que acumulara, Rebecca guarnecia o posto de escuta. Parou em meio a um artigo, os ouvidos atentos quando escutou Anita gritando ordens, a voz ríspida. Com um sorriso, Rebecca virou a cadeira e pegou o fone.

— O rato mordeu o queijo. Avise a Tia que pode entrar em ação. Depois alguém venha me substituir. Estou de saco cheio.

— Espere mais um pouco. — Malachi desligou a linha segura. Olhou para Tia. — É a sua deixa, querida. Está pronta?

— Não pensei que ela agiria tão depressa. — Nervosa, Tia comprimiu a mão contra o estômago embrulhado, sentindo a maciez do suéter vermelho novo. — Estou pronta. Depois, vou me encontrar com vocês no apartamento de Jack.

— Posso ir com você à delegacia.

— Não precisa. Estou bem. E parecer um pouco nervosa vai aumentar minha credibilidade. — Tia vestiu o casaco. Depois, como uma injeção de ânimo extra, ajeitou sobre os ombros o lenço grande, de cores fortes, que adquirira numa excursão de compras. — Acho que estou ficando cada vez melhor nessas coisas.

— Meu amor... — Malachi envolveu a ponta do lenço nos dedos, puxando-a para um beijo. — Você é um talento.

Tia apegou-se a isso — a confiança e o beijo — enquanto seguia para a sala dos detetives, na 61ª Delegacia.

Pediu para falar com o detetive Robbins enquanto retorcia a alça da bolsa. Exibiu um sorriso tímido quando o detetive apareceu.

— Dra. Marsh?

— Obrigada por me receber, detetive Robbins. Sinto-me uma tola por vir até aqui, por incomodá-lo.

— Não se preocupe com isso. — A expressão de Robbins permaneceu gentil e impassível enquanto a analisava. — Nos conhecemos no escritório de Anita Gaye. Na Morningside Antiquities.

— Isso mesmo. — Tia tentou apresentar, em resposta, uma expressão um pouco envergonhada e atordoada. — Fiquei muito confusa quando ouvi seu nome e o reconheci. Não pude pensar em como me apresentar na presença de Anita sem que tudo parecesse constrangedor e complicado. E não pensei que se lembraria do nome, da ocasião em que liguei para falar sobre Jack Burdett.

— Claro que lembrei. É amiga da Sra. Gaye?

— Ah, não! — Tia corou um pouco. — Não se pode dizer que somos amigas. Almoçamos juntas uma vez, e eu a convidei para almoçar de novo, no momento que lhe fosse mais conveniente. Mas ela... Tudo isso é muito complicado, não sei nem como dizer.

— Aceita um café?

— Bom... eu...

— Estou precisando de um café. — Ele a conduziu até a pequena copa. — Café? Açúcar?

— Tem descafeinado?

— Lamento, mas só temos o café comum aqui.

— Nesse caso... se pudesse me arrumar apenas um copo com água...

— Sem problema. — Ele encheu um copo, direto da bica da pequena pia. Tia tentou não pensar nos horrores da água encanada da cidade. — Agora, pode me dizer em que posso ajudá-la?

— Provavelmente não é nada demais. — Tia levantou o copo, mas não foi capaz de correr o risco de tomar um gole. — Sinto-me uma idiota.

Ela percorreu com os olhos a pequena copa, com seus balcões atravancados, um quadro de avisos de cortiça todo coberto por papéis e o teto com manchas de infiltração.

— Conte o que aconteceu.

Bob levou o café para a mesa. Sentou-se diante de Tia.

— Está bem. Ahn... lembrei de você, detetive, porque anotei suas informações quando o Sr. Burdett foi me procurar naquele dia. Foi muito estranho.

Ele assentiu, para estimulá-la a continuar.

— Jack tem um talento especial para coisas estranhas.

Tia mordeu o lábio.

— Você... confirmou a história dele, não é mesmo? Isto é, disse que o conhecia, e que ele é honesto e responsável.

— Com toda a certeza. Jack e eu somos amigos há muito tempo. Ele pode ser heterodoxo às vezes, mas merece toda confiança.

— Ainda bem. Sinto-me mais tranquila com sua informação. Mas no dia em que ele disse que meus telefones estavam grampeados...

— Ele disse isso?

O detetive mudou de posição na cadeira. Empertigou-se.

— Disse. Não mencionou para você? Burdett contou que quando me ligou, notou algo na linha. Não sei direito como isso funciona. E tenho de admitir, detetive, que apesar de sua garantia, não acreditei nele. Afinal, por que meus telefones estariam grampeados? É um absurdo, não é mesmo?

— Pode pensar em algum motivo para alguém querer escutar suas conversas ao telefone?

— Absolutamente nenhum. Levo uma vida muito reservada e solitária. A maioria de minhas ligações envolve meu trabalho de pesquisa ou minha família. Nada que possa interessar alguém que não seja mitólogo. Mas me deixou um pouco nervosa. Mesmo assim, descartei a possibilidade, até que... Sabe alguma coisa sobre as Três Parcas?

— Não...

— São personagens da mitologia grega. Três irmãs que tecem, medem e cortam o fio da vida. Também se refere a estatuetas. Pequenas, de prata. Outro tipo de mito, nos círculos das artes e antiguidades. Um de meus ancestrais possuía uma das estatuetas, mas afundou com ele e a esposa no *Lusitania*. As outras duas...

Tia hesitou, abrindo os braços.

— Quem pode saber? São relativamente valiosas separadas, mas juntas, como um conjunto completo, seu valor é inestimável. O Sr. Burdett entrou em contato comigo porque é um colecionador e soube da ligação das estatuetas com minha família. Meu pai é dono da Wyley, a casa de antiguidades e leilões.

— Muito bem. Jack esperava descobrir alguma coisa sobre as estatuetas por seu intermédio.

— Isso mesmo. Eu disse a ele que pouco sabia sobre peças de arte. Mas a conversa me deu uma ideia para outro livro. Comecei a pesquisar. Fiz ligações, compilei dados e assim por diante. Até que outro dia conversei com alguém que conheci por intermédio de minha família. Fiquei surpresa quando ela se mostrou ansiosa em passar algum tempo comigo. Admito até que me senti lisonjeada.

Tia baixou os olhos para o copo. Virou-o várias vezes, com as pontas dos dedos.

— Nunca pensei que ela perderia tempo comigo, em termos sociais. Só quando voltei para casa, depois da nossa conversa, é que compreendi que ela não apenas levantara a questão das Parcas, mas também... — Ela respirou fundo. Tornou a fitar o detetive nos olhos. — Detetive Robbins, algumas das coisas que ela disse se relacionavam diretamente com minha pesquisa, com os telefonemas que dei e as conversas que tive. Sei que não deve passar de uma coincidência, mas me parece muito estranho. E se tornou ainda mais estranho quando juntei todas as peças, seu convite para um almoço, a manipulação da conversa para chegar às estatuetas, o fato de saber detalhes sobre minha pesquisa que não deveria saber. E descobri que ela falou com meus pais sobre Cloto.

— Quem é Cloto?

— Ah, desculpe! A primeira Parca. A estatueta que meu ancestral possuía era a de Cloto. Não sei o que pensar. Ela até deixou escapar na conversa que a terceira Parca, Átropos, está em Atenas.

— Na Grécia.

— Isso mesmo. Eu tinha ouvido esse rumor no dia anterior ao almoço, numa conversa por telefone com um colega. Talvez ela estivesse seguindo a mesma pista que eu, mas, mesmo assim, parece estranho. E quando penso no que o Sr. Burdett disse sobre os telefones grampeados... Fico muito apreensiva.

— Por que não pedimos a alguém para examinar seus telefones?

— Poderia fazer isso? — Tia ofereceu-lhe um sorriso agradecido. — Eu ficaria muito grata. E aliviada.

— Pode deixar que providenciarei. A mulher que mencionou, Dra. Marsh... era Anita Gaye?

Tia soltou uma exclamação de espanto... torcendo para não parecer exagerada.

— Como adivinhou?

— Apenas um dos truques que nos ensinam na Academia de Polícia.

— Eu me sinto muito constrangida com tudo isso, detetive Robbins. Não quero criar problemas para Anita, se estiver imaginando coisas. E é bem provável que esteja. Afinal, não sou o tipo de pessoa com quem essas coisas costumam acontecer. Não vai contar a ela que falei tudo isso, não é? Eu ficaria muito envergonhada se Anita soubesse que procurei a polícia. E meus pais...

— Manteremos seu nome fora da investigação. Como já disse, é mais provável que não passe de coincidência.

— Tem razão. — Ela ofereceu outro sorriso aliviado. — Deve ser apenas coincidência.

Era muito parecido com plantar sementes, pensou Tia. Não que ela já tivesse plantado sementes literalmente, mas, mesmo assim, era parecido. Revolver a terra, espalhar o que se deseja que cresça e depois acrescentar o fertilizante.

Nesse caso, um papo furado.

Mas gostava do fato de a equipe confiar tanto nela a ponto de encarregá-la de boa parte do plantio.

Se, como esperado, as sementes brotassem depressa, haveria muito o que fazer em pouco tempo. Ela entrou na Wyley com passos vigorosos, e o relógio martelando em sua cabeça.

Antes que pudesse perguntar se o pai estava disponível, ouviu a voz da mãe. Tia estremeceu, detestando a si mesma por isso. A culpa levou-a a atravessar a sala de exposição até o lugar em que Alma falava com uma funcionária.

— Não esperava encontrá-la aqui, mãe. — Ela beijou de leve o rosto de Alma. — Que lindo vaso... — Tia examinou a peça com delicados amores-perfeitos que a funcionária estava guardando. — Grueby?

— Isso mesmo. — A funcionária lançou um olhar hesitante para Alma. — É de cerca de 1905. Uma peça excepcional.

— Quero que seja guardada numa caixa, embrulhada com papel de presente e enviada para minha casa.

— Sra. Marsh...

— Não quero ouvir mais nada. — Alma acenou com a mão, descartando o protesto. — A filha de Ellen Foster, Magda, vai casar no mês que vem, Tia. Pedi a seu pai, várias vezes, que levasse para casa um presente de casamento apropriado. Mas ele o fez? Não. Por isso, fui obrigada a vir até aqui para resolver o problema pessoalmente. O homem vem aqui todos os dias. O mínimo que poderia fazer por mim era cuidar disso.

— Tenho certeza de que ele...

— E agora essa jovem se recusa a fazer o que estou mandando — acrescentou Alma, antes que Tia pudesse continuar.

— O Sr. Marsh deu ordens expressas. Não temos permissão para deixar que leve qualquer mercadoria avaliada em mais de mil dólares. E esta peça está avaliada em 6 mil dólares, Sra. Marsh.

— Nunca ouvi tamanho absurdo. Estou tendo palpitações. E tenho certeza de que minha pressão está subindo.

— Mãe! — A voz de Tia, mais ríspida do que qualquer das duas esperava, fez Alma piscar. — Esse vaso não é um presente apropriado para a filha de uma conhecida.

— Ellen é uma amiga querida...

— Com quem você se encontra apenas seis vezes por ano, em eventos sociais — concluiu Tia, incisiva. — Seu gosto, como sempre, é impecável, mas não é o presente certo. — Tia olhou para a funcionária. — Importa-se de avisar a meu pai que estamos aqui?

— Claro que não.

Obviamente aliviada por ter ajuda, a funcionária afastou-se.

— Não sei o que deu em você. — O belo rosto de Alma passou da fúria para a infelicidade. — Anda muito antipática, muito rude.

— Não tive essa intenção.

— É por causa daquele homem com quem está envolvida. O estrangeiro.

— Não, não é. Acontece apenas que você ficou transtornada por nada.

— Por nada? Aquela mulher...

— Apenas cumpria ordens, mãe. Você não pode entrar na Wyley e tirar qualquer coisa de uma prateleira só porque é bonita. Agora, vou ajudá-la a encontrar o presente de casamento apropriado.

— Estou com dor de cabeça.

— Vai sentir-se melhor depois que resolvermos esse problema. — Tia passou o braço pelos ombros rígidos da mãe, afastando-a do vaso. — Olhe só para esse lindo bule de chá.

— Quero um vaso — insistiu Alma, obstinada.

— Está bem.

Tia saiu andando com a mãe. Sentiu-se tentada a pedir ajuda a outra funcionária, mas disse a si mesma que tinha de aguentar firme.

— Mas esse vaso é lindo! — Era um vaso de pé, e ela torceu para que sua pouca experiência fosse válida. Se errasse e escolhesse alguma coisa ainda mais valiosa, a provação viraria uma bola de neve. — Tem uma beleza clássica. Acho que é um Stourbridge. — Com todo cuidado, ela inclinou o vaso para conferir a pequena etiqueta com o preço. E deixou escapar um discreto suspiro de alívio. — Seria um maravilhoso presente de casamento — continuou ela, ao perceber o mau humor no rosto da mãe. — Se desse o outro vaso de presente, eles não teriam noção do que estariam recebendo, e, assim, não apreciariam o gesto pelo que vale. Mas um vaso tão lindo como esse, com o preço certo, será muito apreciado.

— Hum...

— Por que não deixa comigo o encargo de colocá-lo numa caixa e providenciar um embrulho de presente? Depois, veremos se papai tem tempo para um chá. Há muito tempo que não visitamos juntas a Wyley.

— Tem razão. — Alma examinou o vaso com mais atenção. — É mesmo muito elegante.

— Lindo! — E, custando menos de 400 dólares, dentro dos limites razoáveis.

— Você sempre teve bom gosto, Tia. Nunca precisei me preocupar com isso.

— Não precisa se preocupar comigo em relação a nada.

— Nesse caso, o que eu faria com meu tempo? — indagou Alma, com uma insinuação de petulância.

— Pensaremos em alguma coisa. Eu amo você, mamãe.

No instante em que as lágrimas afloraram aos olhos de Alma, Tia ouviu os passos do pai. E percebeu que ele parecia contrariado, bastante irritado. Sem pensar, numa reação instintiva, ela se interpôs entre o pai e a mãe atordoada.

— Você foi invadido, papai — anunciou Tia, jovial. — Vim visitá-lo e ganhei a bonificação de encontrar mamãe. Ela precisa que aquele vaso Stourbridge de pé seja posto numa caixa e embrulhado para um presente de casamento.

— Que vaso?

Ele acompanhou a indicação de Tia com os olhos contraídos. Depois de uma breve análise da escolha, assentiu.

— Pode deixar que providenciarei tudo. Alma, já falei para me consultar antes de escolher qualquer coisa.

— Ela não queria incomodá-lo. — Determinada, Tia manteve o tom jovial. — Mas não pude resistir. Está muito ocupado?

— Para ser franco, tive uma manhã terrível. A Morningside Antiquities foi arrombada ontem à noite.

Alma levou a mão ao coração.

— Arrombada? Sempre vivi com medo de que isso acontecesse aqui. Não dormirei esta noite de tanta preocupação.

— Não somos as vítimas, Alma.

— É apenas uma questão de tempo. O crime está em toda parte. Uma pessoa não está segura ao sair de casa. Não está seguro em sua própria casa.

— Ainda bem que papai tem um excelente sistema de segurança aqui e em casa — comentou Tia. — Você precisa se sentar, mamãe, para se refazer. Sei que fica transtornada, por causa de sua natureza empática, ao saber do infortúnio de outra pessoa. Deve tomar um chá de camomila para se acalmar.

Tia levou a mãe para uma cadeira no outro lado da sala de exposições. Depois, pediu a uma funcionária para providenciar o chá, voltando para junto do pai.

— Quando aprendeu a fazer isso? — perguntou ele. — A controlar sua mãe?

— Não sei. Acho que compreendi que você precisava de alguma ajuda nessa área, e eu não oferecia nenhuma. Também não tenho sido uma boa filha para vocês. O que gostaria de mudar.

— Tenho a impressão de que muitas coisas estão mudando. — Ele tocou o rosto da filha, num raro gesto de afeição. — Não me lembro quando foi a última vez que a vi tão bem, Tia.

— É o suéter novo e...

Ele manteve a mão no rosto da filha.

— Não é apenas o suéter.

— Não, não é.

E Tia fez uma coisa que raramente fazia: levantou a mão para cobrir a do pai.

— Talvez seja a hora de promovermos uma quebra na rotina. Por que não levar você e sua mãe para almoçar?

— Eu adoraria, papai, mas hoje não posso. Já estou atrasada. Podemos deixar para outra ocasião?

— Claro.

— Ahn... é terrível o que aconteceu na Morningside. Roubaram alguma coisa?

— Não sei. Ao que parece, os ladrões conseguiram entrar no prédio, mas apenas por um instante, já que o alarme disparou. Anita ainda não completou a conferência do inventário.

— Falou com ela?

— Fui até lá hoje de manhã, para oferecer ajuda e expressar minha preocupação. — Uma pausa e ele acrescentou, sorrindo: — E para ver se podia arrancar mais detalhes. Também parecia a oportunidade perfeita para comentar que ouvi rumores sobre uma das Parcas em Atenas. Ela se mostrou muito interessada. De tal forma que resolvi enfeitar, acrescentando que lembrava vagamente de uma história da família, segundo a qual Henry Wyley planejava visitar Atenas depois da viagem a Londres.

— Não pensei nisso.

— Nem eu esperava. Você nunca foi muito boa para enfeitar as coisas. Embora isso também possa estar mudando.

— Agradeço o que fez — murmurou Tia, esquivando-se. — Sei que foi um pedido estranho. Não entendo por que você concordou.

— Porque nunca antes você me pediu para fazer qualquer coisa.

— Então pedirei outra coisa. Fique longe de Anita Gaye. Ela não é o que parece. Tenho de ir agora. Já estou atrasada. — Tia deu um leve beijo no rosto do pai. — Ligarei em breve.

Saiu apressada. Quase esbarrou num homem alto, de terno escuro, que entrava no prédio. Por pouco não perdeu o equilíbrio. Ficou vermelha, deu um passo para o lado, contrafeita.

— Desculpe. Eu não estava olhando para onde ia.

— Não foi nada.

Marvin Jasper observou-a afastar-se pela calçada. Deu uma volta, deixando a entrada da Wyley. Sem desviar os olhos das costas de Tia, fez uma ligação pelo celular.

— Jasper. Acabei de encontrar a mulher Marsh saindo da Wyley.

— Alma, a esposa de Marsh? — indagou Anita.

— Não. A jovem. A filha. Apressada. Com cara de culpada. Posso alcançá-la e segui-la, se quiser.

— Não. Ela sempre parece culpada por alguma coisa. Faça o que eu mandei e não me incomode de novo até ter algum resultado.

Jasper deu de ombros. Guardou o telefone no bolso. Seguiria as ordens, mantendo a vadia feliz. Sabia o que ela fizera com Dubrowsky, mas isso não o preocupava. Jasper estava convencido de que sabia se defender e podia controlar Anita Gaye melhor do que seu desafortunado ex-colega.

Tanto que, quando tudo acabasse, ele providenciaria um acidente para a desgraçada feita de gelo. Um acidente fatal. Provavelmente teria de liquidar também a mulher Marsh. E seu pai. Mas, depois que a barra estivesse limpa, escaparia impune com as três estatuetas.

E pensando que o Rio poderia ser uma boa cidade onde desfrutar sua aposentadoria, ele se dirigiu à Wyley para cumprir as ordens.

JACK ENCONTROU-SE com Bob Robbins em um pub a dois quarteirões da delegacia. Ainda era muito cedo para a troca de turno, e por isso ali estavam apenas uns poucos policiais e clientes civis. O lugar recendia a cebola e café. Dentro de poucas horas, o cheiro de cerveja e uísque prevaleceria. Jack escolheu uma mesa reservada, sentando-se diante de Bob.

— Você chamou, você paga.

Ele pediu uma Reuben, uma porção de batatas fritas e um sanduíche.

— Qual é o problema?

— Você é que tem de me dizer. Morningside.

— Lew ficou com o caso.

— Me fale assim mesmo.

— Os arrombadores conseguiram passar pelo primeiro nível de segurança e entraram no prédio. Mas o segundo nível entrou em ação, conforme o planejado, e o alarme disparou. A informação é de que os guardas chegaram em dois minutos. Um ótimo tempo.

— Como eles conseguiram passar, Jack?

— Estamos efetuando uma verificação no sistema, uma análise completa. — Ele esticou as pernas. — Se está pensando em pressionar meu pessoal por causa disso, vai perder seu tempo e me deixar puto da vida. Se um de meus colaboradores quisesse se voltar contra um cliente, não poderia ignorar o segundo nível. Teria roubado o que quisesse e estaria agora tomando sol numa praia de algum país que não mantém tratado de extradição conosco.

— Talvez tenham conseguido pegar o que queriam.

Jack pegou sua cerveja quando foi servida. Observou Bob por cima da espuma, enquanto tomava o primeiro gole.

— E o que seria?

— Mais uma vez, você é que pode me dizer.

— Até onde eu sei, a cliente ainda não concluiu a conferência do inventário. E posso lhe garantir que todo o meu pessoal é de confiança. A Burdett não adquiriu sua reputação por contratar ladrões. Vai tirar o caso de Lew?

— Não. Estou trabalhando em algo que pode estar relacionado. Coisas que não condizem com minha experiência. E aqui vai a primeira. Passei anos sem que ninguém mencionasse o nome de Anita Gaye para mim. E agora, em um curto período, você sugere uma ligação entre ela e um gorila de terceira classe, morto em Nova Jersey. Então, Lew pega um caso de tentativa de arrombamento na empresa de Anita Gaye que envolve a sua segurança. E o nome aparece novamente hoje, por meio de uma mulher que você conhece.

Jack recostou-se enquanto as batatas fritas eram postas em sua frente.

— Conheço uma porção de mulheres.

— Tia Marsh. Diz que você a avisou de que seus telefones estão grampeados.

— E estão mesmo.

— Concordo. — Bob acenou com a cabeça, pegando seu hambúrguer. — Acabei de verificar. A questão é só uma: por quê?

— Meu palpite é de que alguém quer saber com quem ela está falando e sobre o quê.

— Elementar, meu caro Watson. Ela acha que pode ser Anita Gaye.

Jack largou a cerveja na mesa, com todo cuidado.

— Tia Marsh disse isso?

— O que está acontecendo, Jack?

— Não tenho nada de concreto. Mas posso adiantar o seguinte. — Ele se inclinou para a frente, baixando a voz. — Quem arrombou aquele prédio conhecia o sistema suficientemente bem para entrar. Mas não o suficiente para ficar e completar o serviço. Sempre faço questão de que o cliente saiba tanto quanto quiser sobre a operação. Nesse caso, a cliente conhecia o básico.

— Se ela quisesse tirar alguma coisa de sua empresa, por que simplesmente não sairia pela porta com o que quer que fosse?

— Como vou saber? Cinco minutos, Bob. O sistema primário ficou desligado durante cinco minutos, no máximo, antes de o secundário disparar os alarmes. Vocês apareceram dois minutos depois. Ou seja, eles tiveram menos de sete minutos para entrar e sair. Mesmo que não houvesse qualquer dificuldade na entrada, não poderiam levar muita coisa. Eu gostaria de saber o que ela vai alegar ter sido roubado à seguradora.

— Não parece gostar de sua cliente, Jack.

— Não posso dizer que gosto. — Ele pegou o sanduíche. — É uma questão pessoal. Em outro nível, não tenho nada contra ela, a não ser especulação.

— Como a relaciona com Dubrowsky?

— De maneira indireta. — Jack deu de ombros. — Outra cliente me contou que Anita a pressionava por causa de uma determinada obra de arte. O suficiente para que essa cliente se sentisse apreensiva. Contou que um homem a seguia. Descreveu-o para mim. Passei a descrição para você, que me informou sobre sua morte. E ela o identificou pela foto que você me deu.

— Quero o nome dessa cliente.

— Não sem a autorização dela. Conhece o procedimento, Bob. Além do mais, tudo o que ela sabe é que Anita a assustou, o cara a seguiu e agora está morto.

— O que me diz sobre a tal obra de arte?

— São três peças, para ser mais preciso, conhecidas como as Três...

— Parcas — concluiu Bob.

Jack assumiu uma expressão de surpresa.

— Você é mesmo um detetive.

— Tenho um distintivo para comprovar. O que essas estatuetas têm a ver com você?

— Por acaso tenho uma.

Bob contraiu os olhos, pensativo.

— Qual delas?

— Átropos. A terceira Parca. Uma herança de família, pelo lado britânico. Anita não sabe disso, e quero que continue assim. Ela queria que eu obtivesse informações a respeito, o que me levou a pensar e a procurar Tia Marsh e minha outra cliente.

— Por que ela o procurou, se não sabia que você tinha uma das Parcas?

— Anita sabe que sou colecionador e também sabe que tenho muitos contatos.

— Está certo. — Satisfeito, Bob serviu-se das batatas fritas de Jack. — Continue.

— Os telefones de Tia Marsh estão grampeados. Minha cliente, que sabe onde está Láquesis, também conhecida como a segunda Parca, está sendo seguida. E Anita tem pressionado as duas. Basta somar um mais um.

— Encher um cara de balas é muito diferente de tentar se apropriar de duas estatuetas.

— Você conversou com ela. O que achou?

Bob ficou em silêncio por um momento.

— O que acho, nesse momento, é que preciso investigar mais.

— Aproveite para verificar um homicídio na Rua 53-oeste, ocorrido há algumas semanas. Um homem negro, dançarino. Foi espancado até a morte em seu apartamento.

— Se sabe algo sobre um homicídio, Jack...

— Estou dando a informação. Confira a descrição das testemunhas sobre o cara que entrou e saiu do prédio. Vão combinar com a do gorila assassinado que você encontrou em Nova Jersey. Descubra uma maneira de obter um mandado judicial para ter acesso à linha particular de Anita Gaye. Aposto que ouvirá algumas conversas muito interessantes. Agora tenho de ir.

— Fique fora do trabalho da polícia, Jack.

— Com o maior prazer. Tenho um encontro marcado com uma deslumbrante ruiva irlandesa.

— A que você me apresentou na delegacia? O nome é... Rebecca. É a sua cliente?

— Não. É a mulher com quem vou me casar.

— Em seus sonhos.

— Neles também. — Jack meteu a mão no bolso, tirou uma caixinha e abriu-a. — O que você acha?

Bob ficou de queixo caído enquanto olhava para o anel.

— Essa não, Burdett! Você fala sério!

— Na primeira vez, comprei o anel na Tiffany. Mas Rebecca vai gostar de um anel que é herança de família. Esse era da minha trisavó.

— Estou impressionado. — Bob levantou de sua cadeira e abraçou Jack com um só braço. — Meus parabéns. Como posso ficar irritado com você?

— Encontrará um jeito. Quer me dar um presente de casamento? Desmascare Anita Gaye.

Capítulo 26

Quando estava estacionado, sentado ao volante do SUV de Jack, Gideon sentia-se bastante satisfeito com sua missão. Só quando tinha de dirigir é que amaldiçoava sua sorte. Já era terrível ser envolvido pela raiva intrínseca do tráfego da cidade de Nova York, com sua competição aparentemente ensandecida entre carros, táxis, os onipresentes caminhões de entrega, motoboys suicidas e pedestres apressados. Ainda por cima, ele tinha de enfrentar tudo isso dirigindo na maldita mão invertida.

Bem que praticara. Até conseguia percorrer as ruas transversais com seus engarrafamentos brutais e as largas avenidas em que todos andavam como se estivessem numa corrida sem matar ninguém. E, por isso, fora eleito para a tarefa.

Sentado ali, refletindo, a meio quarteirão da elegante casa de Anita, ele especulou se qualquer um dos outros considerara que dirigir uma van com todos a bordo e guiar sozinho — com o propósito exclusivo de seguir um carro até o aeroporto — eram coisas muito diferentes.

Apesar de tudo, ele fora o escolhido. Afinal, seu rosto e o da irmã eram os únicos que Anita ainda não vira pessoalmente. E Rebecca era necessária nos computadores.

Talvez se sentisse melhor se Cleo estivesse ali. Para encorajá-lo, irritá-lo... em suma, para lhe fazer companhia. Acostumara-se demais com sua presença.

Teriam de resolver o que fariam depois de solucionarem o problema das Parcas. De Anita. Teriam de discutir o simples fato de que ele não poderia viver em Nova York e permanecer são. Visitar, sem dúvida; mas seria possível respirar um pouco de ar puro num lugar com tantas pessoas aglomeradas? Não, nem mesmo por Cleo ele seria capaz de morar naquela cidade.

Por Cristo, como queria ver o mar de novo, como ansiava pela chuva tranquila! Queria as colinas e o som dos sinos da catedral.

Acima de tudo, queria acordar num lugar em que sabia que, se descesse até o cais ou fosse ao estaleiro, se caminhasse pelas ladeiras íngremes, encontraria pessoas que o conheciam, que conheciam sua família.

Que eram sua família.

Cleo provavelmente detestaria Cobh, pensou ele, batendo com os dedos no volante, irrequieto. Era bem provável que as coisas que o alegravam só servissem para levá-la à loucura.

Por que duas pessoas de lugares tão diferentes, que queriam coisas tão diferentes, tinham de se apaixonar?

Uma das pequenas piadas do destino, pensou ele.

No final, tudo indicava que cada um seguiria um caminho diferente. O fio de suas vidas se desenrolaria com um oceano a separá-los. O pensamento já o deixava deprimido. Estava tão ocupado, remoendo sua angústia, que quase não registrou a enorme limusine preta que estacionou na frente da casa de Anita. Gideon tratou de pôr os problemas pessoais de lado e assumiu uma atitude profissional.

— Gosta de viajar em alto estilo, não é? — comentou ele, em voz alta.

Observou o motorista uniformizado saltar, ir até a porta da frente da casa e tocar a campainha. Estava longe demais para ver quem atendeu. Depois de uma breve conversa, o motorista voltou ao carro.

Ambos esperaram dez minutos, pelo relógio de Gideon, antes que outro homem — o mordomo, presumiu ele — saísse com duas malas grandes. Uma jovem o seguiu, trazendo uma mala menor. Enquanto os três arrumavam a bagagem na limusine, Gideon apertou os botões do telefone móvel.

— Estão pondo a bagagem no carro — informou ele ao irmão. — Uma limusine enorme como uma baleia, e bagagem suficiente para toda uma agência de modelos.

Gideon viu Anita pessoalmente pela primeira vez quando ela passou pela porta. Os cabelos eram castanho-avermelhados, brilhantes, com um corte elegante, emoldurando um rosto que parecia macio demais para o toque. Seu corpo — e ele podia perceber facilmente o que atraíra seu irmão — era muito feminino, com curvas generosas.

Perguntou-se, estudando-a, o que se distorcera dentro dela para transformá-la no que era. Também se perguntou como era possível que os outros não percebessem como ela estava deslocada, com sua polidez e falso brilho, naquela casa antiga e distinta.

Talvez ela própria percebesse, refletiu Gideon, sempre que se olhava no espelho. O que poderia ser mais uma coisa que a impulsionava.

Mas era melhor deixar que Tia filosofasse.

— Ali está a mulher do momento, saindo da casa.

— Lembre-se de que, se perder o carro de vista, basta ir até o aeroporto e esperá-la.

— Não perderei o carro. Posso dirigir na mão invertida melhor do que a maioria das pessoas desta cidade sabe dirigir na mão certa. Estão partindo agora. Ligarei de novo do aeroporto.

Malachi desligou. Olhou para Tia.

— Ela partiu.

— Estou me sentindo um pouco enjoada. — Ela comprimiu a mão contra a barriga. — Mas começo a gostar. Não sei o que farei quando minha vida voltar ao normal.

Ele pegou a mão de Tia, pressionando os lábios em seus dedos.

— Teremos de dar um jeito para que isso não aconteça.

Atordoada, Tia apertou o botão do interfone para falar com a garagem.

— Ela está a caminho do aeroporto. Gideon está no encalço dela.

— Então vamos sair.

Jack desligou. Tia afastou-se do painel. Levantou-se.

— Tudo bem? — perguntou Malachi.

— Tudo bem. Alguma vez plantou qualquer coisa?

— Como uma árvore? — Os dois entraram no elevador.

— Pensei mais em sementes. Sementes diferentes, em lugares diferentes. — Ela respirou fundo. — Será um jardim muito interessante quando acabarmos.

— Algum arrependimento?

— Não até agora. E não pretendo ter.

Ela saiu para a garagem. Olhou para o lugar onde Cleo, Rebecca e Jack esperavam, ao lado da van. Aquelas pessoas, pensou ela, aquelas pessoas fascinantes, eram suas amigas.

Não, ela não tinha nenhum arrependimento.

— Vamos nessa — disse Cleo.

Naquela etapa, Tia cuidava do teclado e Malachi, da comunicação. Com Jack e Rebecca na cabine, Cleo tratou de relaxar, ouvindo Queen no volume máximo pelos fones em seus ouvidos.

— Não sei como ela consegue — comentou Tia — relaxar dessa maneira.

Malachi lançou um olhar para Cleo, sentada, balançando ao som da música.

— Poupando energia... ela precisará de muita energia mais tarde. — Ele apertou um botão e falou com Rebecca pelo walkie-talkie. — Gideon diz que o tráfego é intenso num lugar chamado Van Wyck. A limusine continua à vista, mas o avanço é muito lento neste momento.

— O que é ótimo. Estamos quase chegando ao estacionamento.

— Tome cuidado, querido.

— Serei mais do que cuidadoso. Serei eficiente. Vamos entrar e sair num instante.

Rebecca pôs o rádio na pequena bolsa de couro no cinto. Também poupava sua energia, enquanto Jack entrava com a van no estacionamento. Ela repassou cada etapa de sua missão mentalmente. Quando saltou, contornou o veículo ao encontro de Jack, que estendeu a mão.

— De mãos dadas ao voltarmos ao local do crime. — Ela soltou um suspiro exagerado. — É muito romântico.

— Nervosa? — perguntou ele, enquanto andavam.

— Mais animada, eu diria. O que é bom.

— Não se apresse. Queremos passar por esse estágio o mais depressa possível, mas temos tempo para fazer tudo certo.

— Faça a sua parte. Eu farei a minha.

Juntos, eles seguiram direto para a entrada da frente da Morningside. Descontraído, Jack ativou o novo código que programara, através do conversor escondido na palma de sua mão. Pegou as chaves que fizera enquanto o sistema de segurança era desligado.

— Podemos entrar — murmurou ele.

Jack abriu a porta. Depois que entraram, ele tornou a fechá-la e trancá-la, religando os alarmes externos.

— Podemos começar.

Mas Rebecca já estava correndo para a escada. Orientada pelo facho de sua lanterna, ela subiu para o escritório de Anita. Tirou a chave do bolso e, confiante, pois ela e Jack haviam reformulado o sistema de segurança, abriu a porta.

Depois de fechar as cortinas da janela que dava para a Madison, ela ligou a luz na mesa. Sentou-se diante do computador de Anita e esfregou as mãos.

— Agora, meu querido, vamos fazer amor.

Lá embaixo, Jack reconfigurou o sistema de segurança. Voltaria a funcionar, completo e melhor do que nunca, depois que ele e Rebecca saíssem. Enquanto trabalhava, ele escutava Malachi pelo fone no ouvido.

— Eles estão no aeroporto. Ela saltou na calçada do terminal.

Gideon está procurando um lugar para estacionar. Tornará a localizá-la dentro do terminal. Qual é a situação aí?

— Estamos trabalhando. Ponha Tia na linha. Quero fazer a primeira verificação.

— Certo.

Malachi entregou um fone a Tia.

— Jack?

— Vou passar o primeiro código. Pode registrá-lo.

Por trás de Tia, Cleo bocejou. Levantou um fone do ouvido, deixando que o som de guitarras e tambores pairasse no ar.

— Tudo bem?

No teclado, Rebecca foi avançando no esquema de segurança do computador de Anita. Era patético, pensou ela, com alguma exultação. Não mais do que uma senha simples de tranca, superada com facilidade. Encontrou o arquivo do seguro em sua primeira busca nos documentos. Abriu-o, verificando a lista de inventário e o formulário de pedido de pagamento do seguro que Anita preparara naquele dia.

— Já aprontou a reivindicação, hein? Mas muito comedida. Vamos dar uma melhorada.

Ela tirou do bolso a lista curta que Jack e Tia haviam preparado. E pôs-se a trabalhar. Enquanto alterava o formulário para a seguradora, ela ouviu a voz do irmão em seu ouvido:

— Ele tornou a avistá-la. Ela acaba de entrar no salão da primeira classe. A espera para o voo é de 1h15.

— Já estou dentro do arquivo. Gostaria de saber o que é período Nara, e por que um broche dessa época vale tanto dinheiro. Jack, pode registrar essa peça, assim como a estatueta Chiparus. Vai pegar os brincos?

— Claro. Pode incluir.

— Não esqueça de retirar os microfones que Tia plantou.

— Não esquecerei. E agora fique quieta. Tia, pronto para passar o próximo código.

Em cinquenta minutos, Rebecca terminou de relacionar e detalhar os itens que Tia selecionara em sua visita à Morningside, ajustando a data e a hora do computador para combinar com o trabalho no início do dia. Na ocasião, graças ao pequeno microfone sob a cadeira, eles sabiam que Anita estava sozinha no escritório.

Depois de imprimir o pedido de indenização, ela flexionou os dedos e o assinou com uma boa falsificação da assinatura de Anita... em sua opinião. Datou, depois digitou um bilhete com instruções detalhadas para a assistente.

Tornou a alterar o relógio do computador, desligou-o, recolheu o microfone que Tia pusera debaixo da cadeira e abriu as cortinas. Ouviu Jack subir a escada.

— Já acabei aqui.

— Confira tudo de novo — ordenou ele.

— Pois não, Senhor Detalhista. Cortinas, computador, luz, lanterna, microfone e o material necessário para a incriminação.

Rebecca sacudiu a pasta em sua mão. Trancou a porta da sala de Anita e foi pôr a pasta na mesa da assistente.

— Por ser tão eficiente, a jovem provavelmente enviará isso pela manhã, assim que chegar. Devo dizer que ela já havia listado algumas coisas ao pedido de indenização. Como um prato que parece valer 28 mil dólares.

— Acrescentado a isto... — Jack bateu na bolsa pendurada no ombro. — A indenização vai passar de dois milhões. Ela terá muito a explicar. Vamos restabelecer o sistema de segurança. E o ligaremos assim que sairmos.

— Então nosso trabalho aqui está concluído. Vamos embora.

— Há mais uma coisa.

Jack tirou do bolso a caixa do anel. Quando a abriu, Rebecca inclinou-se para examinar a joia à luz de sua lanterna.

— É um diamante adorável. É uma das peças que estamos roubando?

— Não. Trouxe comigo. Você o quer?

Rebecca fitou-o nos olhos, inclinando a cabeça para o lado.

— Está me pedindo em casamento dentro do prédio que acabamos de roubar?

— Já a pedi em casamento — lembrou Jack. — Estou dando o anel aqui, dentro do prédio que *tecnicamente* roubamos. Pertenceu à minha trisavó. Ela o usava na ocasião em que seu trisavô a salvou da morte.

— É lindo, Jack, maravilhoso. Claro que aceito. — Rebecca tirou a luva e estendeu a mão. — E aceito você também.

Ele pôs o anel no dedo de Rebecca e inclinou a cabeça, para um beijo que selaria o compromisso.

— É um momento adorável — ouviram Malachi através dos fones. — Meus parabéns e os melhores desejos para ambos. Mas agora querem fazer o favor de sair logo daí?

— Não enche, Mal. — Rebecca ergueu-se para mais um beijo. — Já estamos saindo.

Quando eles voltaram à van, Cleo abriu a divisória para poder trocar de lugar com Rebecca.

— Vamos ver o anel. — Impaciente, ela puxou a luva de Rebecca. — Puxa, que pedra linda!

— Deixem as efusões femininas para depois. — Jack ajeitou-se em seu banco, prendendo o cinto de segurança. — Ativem o sistema outra vez.

— Acabamos de ficar noivos e ele já começou a mandar. — Rebecca adiantou-se e assumiu os controles, no lugar de Tia. — Iniciando.

Enquanto ela trabalhava, Malachi pressionou os lábios no alto de sua cabeça, fazendo-a sorrir.

— Estou prestes a ficar sentimental.

— Eu também.

— É um lindo anel. — Incapaz de resistir, Tia inclinou-se para ver melhor. O diamante faiscava enquanto os dedos de Rebecca deslizavam sobre o teclado. — Fico muito feliz por você.

— Teremos uma festa esta noite, não é? O sistema primário entrou em operação, backup ligando. Pronto. Tudo em ordem. — Rebecca recostou-se. Pegou a garrafa com água oferecida por Malachi.

— Conseguimos.

— Intervalo para o segundo ato. — Cleo pôs os pés no painel. — Temos tempo para comer uma pizza?

GIDEON ESTAVA sentado no aeroporto Kennedy, lendo *Algo sinistro vem por aí*, de Bradbury. Instalara-se perto do portão, de onde podia observar a sala VIP da primeira classe.

O voo para Atenas estava na horário, e o embarque já iniciara. Ele começava a ficar um pouco nervoso, ansioso por um cigarro.

Mudou de posição no banco, virou uma página sem ler enquanto Anita saía do salão. Deixou-a passar por outro portão antes de se levantar e segui-la. Como dezenas de outros viajantes, tirou um celular do bolso.

— Ela entrou na fila para o embarque — informou ele, num sussurro. — O voo está no horário.

— Avise-nos quando decolar e se ela realmente embarcou. Ah, antes que eu me esqueça, Becca e Jack vão se casar.

— É mesmo? — Embora mantivesse a atenção na cabeça de Anita, que via por trás, Gideon sorriu à notícia do irmão. — Oficializado e tudo?

— Ela está usando um anel com um diamante tão brilhante que deixa qualquer um cego. Estamos indo para o segundo alvo agora. Se tudo correr bem, vamos encontrá-lo na base na hora marcada. Poderá ver pessoalmente a joia.

— Ainda bem que trouxe meus óculos escuros. Ela acaba de descer para a pista, faltam trinta minutos para a decolagem. Ficarei sentado aqui, com meu livro. Ligo de volta para você.

ELES ESTACIONARAM a três quarteirões do alvo e esperaram.

— Eu disse que havia tempo para uma pizza.

Jack lançou um olhar para Cleo.

— Por que você não é gorda como uma elefanta?

— Metabolismo. — Ela tirou da bolsa uma barra grande de chocolate Hershey's e abriu uma extremidade. — É a única coisa útil que herdei de minha mãe. Você e Rebecca vão viver aqui ou na Irlanda?

— Um pouco em cada país, eu imagino. Decidiremos isso mais tarde.

— Ainda bem que você tem um trabalho que lhe permite viajar bastante.

— E você? Voltará a dançar quando tudo isso acabar? Com sua parte do dinheiro, poderá comprar uma companhia inteira.

— Não sei. É mais provável que passe algum tempo sem fazer nada. — Cleo continuou a comer o chocolate. — Talvez abra uma casa noturna ou uma academia de dança. Alguma coisa que não me obrigue a pular de uma audição para outra. Mas, neste momento, não consigo pensar em nada além de fazer Anita pagar por Mikey.

— Tivemos um bom começo.

— Cara, ele ficaria maravilhado com tudo o que fizemos. Jack...

— O que é?

— E se não estiver lá? E se ela tiver levado ou guardado em outro lugar?

— Nesse caso, teremos de recorrer ao Plano B.

— O que é o Plano B?

— Explicarei quando chegarmos lá. — Ele a fitou enquanto ouvia pelo fone o aviso de Malachi. — Ela está no ar.

— E as cortinas se abrem — murmurou Cleo, saltando da van com a maior agilidade.

— Quer repassar alguma coisa? Planta do andar, sinais de alerta?

— Não precisa. Já memorizei tudo.

— Haverá duas pessoas no prédio desta vez — lembrou Jack. — Dois empregados que dormem na casa. Temos de fazer tudo em silêncio.

— Sou como uma felina, Jack. Não se preocupe. Acha que isso é uma espécie de recorde?

— Como assim?

— Arrombar dois prédios em 24 horas, sem roubar nada.

— Vamos levar a Parca.

— Mas ela pertence a Mal e Tia, suponho. Portanto, isso não conta. Podemos entrar para o Guinness por isso.

— Um sonho que acalentei durante a vida inteira.

Os dois se encaminharam para a casa. As luzes estavam apagadas no segundo andar.

— Parece que todos já foram dormir. Os aposentos dos criados ficam ali, no canto sul da casa.

— Empregada e mordomo. Acha que eles dormem juntos enquanto a patroa viaja?

Jack coçou o queixo.

— Prefiro não ter essa imagem na cabeça neste momento. Vamos subir pelo lado leste, até a varanda do quarto. Ficaremos expostos durante cerca de 15 segundos.

— É preciso mais do que isso para abalar uma ex-stripper, companheiro.

— Talvez você queira fazer um espetáculo em minha festa de despedida de solteiro. — Ele sorriu ao ouvir o comentário incisivo de Rebecca pelo fone no ouvido.

— Ou talvez não. Amor da minha vida, desligue os alarmes.

Ele ignorou o fluxo de táxis e o rádio do carro. Ao sinal de Rebecca, pegou a mão de Cleo e se encaminhou para as sombras da casa.

Prenderam as cordas nos arreios, subiram pela lateral do prédio e rolaram por cima da mureta de pedra, para a varanda, antes que qualquer outra palavra fosse dita. Jack gesticulou para que Cleo guardasse o material enquanto seguia agachado até as portas da varanda.

— Abra a tranca, varanda do lado leste, segundo andar — murmurou ele, pelo microfone.

Jack esperou até ouvir o estalido. Depois se levantou, ficando à vista, para abrir a tranca manual.

Do bolso do blazer ele tirou um estojo e escolheu uma haste.

— Aposto que não lhe ensinaram isso na escola de segurança — comentou Cleo, em voz baixa.

— Ficaria surpresa com o que se aprende.

Ele abriu a fechadura, empurrou a porta, deixou Cleo entrar na frente, depois entrou também, e tornou a trancá-la.

Um bom perito criminal perceberia o trabalho, Jack sabia. Mas ele não acreditava que Anita chegasse a esse ponto.

— Obsession. — Cleo farejou o ar. — O perfume que ela usa. Apropriado, não acha?

— Tranque as portas. Do corredor, bem à frente. Banheiro à esquerda.

Ela se deslocou pela semiescuridão para cumprir as instruções enquanto continuava a sussurrar:

— Devo perguntar como obteve tantas informações sobre este quarto?

— Conhecimento profissional.

Depois que as portas estavam trancadas, ele seguiu direto para o closet.

— Merda, isso é maior do que meu antigo apartamento! — Cleo passou os dedos pela manga de um casaco ao entrar. — Nada mau. Acha que ela notaria se eu levasse algumas coisas? Estou refazendo meu guarda-roupa.

— Não viemos fazer compras.

— Ora, fazer compras é a única atividade pela qual já ganhei uma medalha de honra ao mérito. — Ela pegou um par de sapatos altos, de pele de cobra, numa parede de prateleiras. — O meu tamanho. É o destino.

— Tem um trabalho a fazer aqui, Cleo.

— Está bem, está bem...

Mas ela meteu os sapatos na bolsa antes de se abaixar para expor as ferramentas que Jack usaria.

Ele abriu o painel que dava acesso ao cofre. Fez a ligação de seu computador portátil com o sistema e iniciou a busca.

— Mais cedo ou mais tarde, ela vai chegar à conclusão de que você é o único que poderia dar esse golpe — comentou Cleo. — E ficará furiosa.

— Estou morrendo de medo. — Jack observou os dois primeiros algarismos da combinação de sete se fixarem na tela. — Qual é nosso tempo?

— Quatro minutos e vinte segundos. Estamos dentro do prazo. — Enquanto esperava, Cleo examinava uma fileira de tailleurs. — Não gosto muito dessas roupas formais. Ei, esse aqui é de cashmere! Aposto que vai ficar sensacional em Tia.

Ela enrolou o tailleur, acrescentando-o a seu butim.

— Combinação definida — informou Jack. — Cruze os dedos, minha querida.

Foi o que Cleo fez, com as duas mãos, postando-se atrás dele.

— Filha da puta... — Cleo respirou fundo quando Jack abriu a porta. Cloto cintilava como uma estrela. — Está aqui. Ouviram isso? Nós a pegamos!

Ela estendeu a bolsa acolchoada para Jack.

— Está me ouvindo, Rebecca? Vou dar um beijo longo e molhado no seu homem. Lide com isso.

Quando acabou, Cleo tornou a pegar a bolsa.

— Não feche ainda, Jack. Tenho um pequeno presente para Anita.

— Não vamos deixar nada aqui... — Mas ele ficou surpreso com o que Cleo tirou da bolsa. — O que é isso? Uma Barbie?

— Exatamente. Para substituir Cloto. Escolhi a roupa numa rápida excursão à FAO Schwarz. — Cleo pôs no cofre a boneca loura, de seios grandes, vestida em couro preto. — Eu a chamo de Barbie, a Ladra. Está vendo aqui? Ela tem uma pequena bolsa de utilidades. Tem gazuas feitas de alfinetes e uma boneca mínima, que pintei de prateado, para parecer a Parca.

— Cleo, você é terrível.

— Tenho alguns talentos ocultos, com certeza. Adeus, Barbie.

Ela soprou um beijo, enquanto Jack fechava o cofre. Também fecharam o painel que o ocultava e recolheram as ferramentas.

— Assim que sairmos do quarto, não poderemos mais falar. Apenas sinais com as mãos. Passando pela porta, viraremos à direita. E descendo os degraus, à esquerda. Fique perto de mim.

— Estou praticamente grudada em suas costas.

— Essa é a parte mais perigosa — lembrou Jack. — Se formos apanhados agora, tudo terá sido em vão.

— Basta seguir na frente que eu irei atrás.

Saíram do quarto. Como agora não podiam correr o risco de ligar a lanterna, esperaram que os olhos se acostumassem à escuridão no corredor do segundo andar. A casa estava silenciosa, tão silenciosa que Cleo podia ouvir as batidas do próprio coração. E se perguntar como conseguiam subir pela garganta.

Ao sinal de Jack, os dois se adiantaram, os passos leves sobre a passadeira Karastan.

Na base da escada, Cleo começou a pensar que o prédio era mais um mausoléu do que uma residência. O ar era frio, os cômodos silenciosos, e os sons da rua abafados pelas cortinas nas janelas.

E, de repente, ela ouviu, um instante antes de Jack parar, o que a levou a esbarrar nas costas dele. O barulho de uma porta sendo aberta, a luz se derramando da outra extremidade do corredor do primeiro andar e o som de passos.

Ela e Jack deslocaram-se para a cobertura do vão da porta mais próxima, movendo-se quase como uma só pessoa. Levaram vários segundos para compreender que a casa não estava repleta de pessoas. Televisão, concluiu Cleo. E teve de reprimir uma risada nervosa quando reconheceu a música vibrante e detestável de *Quem quer ser um milionário?*

Perfeito, pensou ela. Absolutamente perfeito.

Quando a luz tornou a se apagar e a porta foi fechada, Cleo contou até 10, sentindo que Jack relaxava a seu lado. Mesmo assim, ela contou os passos que deram pelo corredor, caso houvesse necessidade de voltarem correndo para o abrigo.

Fundiram-se com a escuridão ao entrar na biblioteca, trancando a porta atrás de si.

Avançaram mais depressa agora, ainda em silêncio.

As luzes das pequenas lanternas guiaram-nos até as estantes com portas de vidro. Houve um pequeno chocalhar e um rangido que parecia o estrondo de um canhão no silêncio quando Jack abriu uma das portas. Ele retirou vários volumes, encadernados em couro, das obras completas de Shakespeare, um depois do outro, e os entregou a Cleo. Quando o cofre ficou à mostra, ele tirou o computador portátil do bolso.

Jack bateu no relógio. Cleo sinalizou vinte minutos, antes de se abaixar, abrir a bolsa e tirar com todo cuidado as peças trazidas da Morningside.

Ele as guardou no fundo do cofre, por trás de impressionantes pilhas de notas de 50 dólares, pastas de arquivo de couro e numerosas caixas de joias.

Quando o cofre foi fechado de novo, os dois trocaram de lugar, Cleo arrumando os livros e Jack guardando os equipamentos.

Ambos tiveram um sobressalto, como coelhos assustados, quando o telefone tocou.

Ele fez um sinal para se apresentarem, depois foi até a porta da biblioteca, entreabriu-a e deu uma olhada. Cleo respirava em sua nuca quando a luz se derramou pelo corredor. Com uma bolsa comprimida contra o peito, como se fosse um bebê, ela correu para se esconder atrás de uma poltrona de encosto alto, de couro verde. Com a outra bolsa pendurada no ombro, Jack ficou atrás da porta, tentando não respirar, enquanto passos rápidos avançavam pelo corredor.

— Não há sossego nessa casa — resmungou uma voz de mulher, em evidente irritação. — Como se eu não tivesse nada melhor para fazer a esta hora da noite do que anotar recados.

Ela empurrou a porta. Jack aparou a maçaneta com a mão, antes que batesse em sua virilha. Manteve-a ali, enquanto se espremia ao máximo possível em seu esconderijo.

A luz espalhou-se pela sala quando a mulher acendeu as lâmpadas do teto.

Rebecca falou em seu ouvido, avisando que iam se atrasar. Ele ouviu a empregada encaminhar-se para a mesa, alguma coisa sendo batida na madeira envernizada.

— Espero que ela fique fora por um mês. Só assim teríamos algum descanso.

Passos, arrastados agora, voltaram para a porta. Houve uma pausa, depois um grunhido baixo, que podia ser de escárnio ou aprovação, e as luzes foram apagadas.

Jack permaneceu onde estava, torcendo para que Cleo fizesse o mesmo, enquanto os passos se afastavam. Não se mexeu até ouvir a batida da porta no final do corredor.

Devagar, bem devagar, ele entreabriu a porta. À luz difusa, avistou Cleo, ainda encolhida por trás da poltrona. Os olhos dela brilhavam no escuro quando se encontraram com os de Jack. Cleo revirou-os antes de se erguer.

Os dois deixaram a biblioteca, atravessaram o corredor sem fazer qualquer barulho, alcançaram o vestíbulo e saíram pela porta da frente.

— LÁ ESTAVA eu, bancando a coelhinha assustada atrás da poltrona, enquanto Jack bancava Claude Rains atrás da porta. Eu só consegui ver os pés da mulher. Ela usava chinelos felpudos. Cor-de-rosa, ainda por cima... e a única coisa em que eu podia pensar era que seria destruída por uma mulher usando chinelos cor-de-rosa. É mortificante.

Pela urgência em deitar-se o mais rápido possível, Cleo cedera a Rebecca a posição no banco ao lado do motorista, enquanto se estendia no chão da parte traseira.

— Preciso beber alguma coisa.

— Você foi sensacional. — Jack olhou pelo espelho retrovisor. — Nervos de aço.

— Pode ser, mas por um momento foram nervos de gelatina.

Cleo virou-se de lado, encolhendo o corpo em seguida.

— Trouxe um presente para você, Tia.

— Um presente?

— Isso mesmo. — Ela abriu a bolsa e tirou o tailleur enrolado.

— A cor fica ótima em você. Berinjela, eu acho. Boa textura. Cashmere.

— Isso... é dela?

— E daí? Mande lavar, fumigar, qualquer coisa. — Cleo deu de ombros enquanto tornava a enfiar a mão na bolsa. — Ficará melhor em você. Assim como esses sapatos ficarão melhor em meus pés.

Ela largou os sapatos e tornou a enfiar a mão na bolsa.

— Trouxe-lhe uma pequena bolsa para a noite, Rebecca. Judith Leiber. Nada mau.

— Como pegou todas essas coisas? — perguntou Jack.

— Um resquício de habilidade do tempo em que eu furtava em lojas. Não me sinto nem um pouco orgulhosa pelo que fazia, mas tinha 16 anos e era uma rebelde. É um pedido de atenção, não é mesmo, Tia?

— Hum... não acha que ela vai notar a falta dessas coisas?

— Claro que não. Ela tem a metade do estoque da Bergdorf's ali. Que diferença pode fazer uma roupa a menos? Além disso, ela estará ocupada demais para realizar uma inspeção no closet quando voltar e nossa merda bater em seu ventilador.

— Você é mesmo muito hábil com as palavras.

Malachi abaixou-se e afagou a cabeça de Cleo.

— Não me diga!

E Cleo sentiu o último resíduo de tensão desaparecer quando entraram na garagem e viu o SUV de Jack. Gideon já voltara, e tudo em seu mundo parecia voltar aos eixos.

— Podemos pedir uma pizza agora, não é?

Capítulo 27

— AQUI ESTÃO elas.

Tia contornou a mesa de novo. Nela, as Três Parcas de prata, ligadas pela base, faiscavam ao sol do final da manhã.

— Quase parecia um sonho — murmurou ela. — Ontem à noite, e tudo que levou a este momento, parece não passar de um sonho. Ou uma peça de teatro na qual tropecei algumas vezes. Mas aqui estão elas.

— Você nunca tropeçou, Tia. — Parado atrás dela, Malachi pôs as mãos em seus ombros. — Manteve-se firme durante todo o tempo.

— É um sonho por si só. Há um século elas não se juntavam. Talvez dois. Nós as unimos. Significa alguma coisa. Eternidade e segurança. É o que se diz sobre elas na mitologia. Temos de providenciar para que esses símbolos continuem a proporcionar o sentimento de segurança.

— As Parcas nunca mais serão separadas.

— Tecer, medir, cortar. — Tia tocou cada uma, de leve. — O que há numa vida e o que a afeta. As estatuetas são mais do que arte, Malachi, e mais do que os dólares que alguém poderia pagar para possuí-las. Representam uma responsabilidade.

Ela pegou Cloto e pensou em Henry W. Wyley. Ele também a segurara assim e procurara as outras. E morrera na busca.

— Nossos antepassados estão unidos em Cloto. Me pergunto se eles compreendiam, mesmo que apenas um pouco, o longo fio que esta Parca teceu. Não foi cortado com suas mortes. Continuou a se desenrolar, até alcançar todos nós. Até mesmo Anita.

Ainda segurando a Parca, ela se virou para Malachi.

— Os fios se desenrolam. Dois homens em posições opostas na vida iniciando um círculo, com Cloto entre eles. O círculo se alarga, com Cleo e Jack, Rebecca e Gideon. E continua a se desenrolar. Se aceitarmos o que essas três imagens representam, se nos permitirmos acreditar, então a participação de Anita não poderia ser diferente.

— Quer dizer que não devemos lhe atribuir a responsabilidade pelo que ela fez? — indagou Malachi. — Pelo sangue derramado, por agir motivada somente pela ganância?

— Não é isso. O bem e o mal, os defeitos e as virtudes, tudo se entrelaça em fios. As opções e responsabilidades pertencem a Anita. E a Parca sempre exige um pagamento. — Com todo cuidado, Tia tornou a pôr Cloto junto das irmãs. — Que acaba recebendo, mais cedo ou mais tarde. Suponho que estou querendo dizer que ela pode não ser a única que terá de pagar um preço.

— Não deveria ficar triste logo hoje. — Malachi puxou-a para seus braços, enfiando os dedos pelos cabelos dourados. — Fizemos a maior parte do que planejamos. E iremos até o fim.

— Não estou triste. Mas não posso deixar de me perguntar o que vai acontecer quando tudo isso acabar.

— Quando acabarmos, o padrão tornará a mudar. — Ele esfregou o rosto no alto da cabeça de Tia. — Há uma coisa que eu deveria ter-lhe dito antes. Uma coisa que deveria ter esclarecido.

Tia preparou-se para ouvir, os olhos fechados. Foi nesse instante que as portas do elevador se abriram.

— Podem fazer uma pausa. Os suprimentos chegaram. — Cleo, os braços carregados com sacolas de compras, entrou no apartamento, à frente de Gideon. — Jack e Rebecca já vão subir. Ele tem notícias sobre Anita.

— Ela chegou no horário e foi levada para a casa de Stefan Nikos — informou Jack. — Stefan era amigo e cliente de Paul Morningside. Ele e a esposa são conhecidos colecionadores de obras de arte e antiguidades. São famosos por suas obras de caridade. E pela hospitalidade.

— O negócio dele é azeite, não é? — Rebecca pegou uma azeitona em seu prato e a observou. — Já li a respeito nas revistas *Money* e *Time,* além de outras publicações. Ele nada em azeite. É estranho que uma coisa tão pequena e tão feia possa tornar alguém tão rico.

— Ele tem bosques de oliveiras — confirmou Jack. — E vinhedos. E produz os vários subprodutos. Tem casas em Atenas e Corfu, um apartamento em

Paris e um *château* nos Alpes suíços. — Ele pegou uma azeitona no prato de Rebecca e pôs na boca, antes de acrescentar: — E um sistema de segurança da Burdett em cada propriedade.

— Você tem uma vasta lista de clientes, Jack — comentou Malachi.

— Muito longa. Falei com Stefan na semana passada, depois que Tia plantou a semente de Atenas.

— Deveria ter nos contado — protestou Rebecca.

— Não sabia se a semente germinaria. Como eu disse, ele era amigo de Morningside. Não gosta muito da viúva. Gosta um pouco de mim, o suficiente para me prestar um favor. Divertiu-se com a ideia de deixar Anita na incerteza. Vai mantê-la ocupada por alguns dias, com rumores sobre Láquesis e a morena alta e sensual que está procurando a estatueta.

— É mesmo? E o que eu estou achando da Grécia?

— Você está trabalhando, Cleo — respondeu Jack. — Não sobra tempo para turismo.

— Há sempre uma próxima vez.

— Teremos uma semana, no máximo, para as engrenagens entrarem em funcionamento, para providenciar todo o resto. — Malachi fez uma pausa, olhando para os rostos ao redor. — Mas tenho de dizer, e é melhor fazê-lo agora. Podemos parar onde estamos. Já temos as Parcas.

Cleo empertigou-se, num movimento brusco.

— Ela não pagou.

— Espere um pouco, ouça primeiro. Temos o que ela quer. O que ela roubou e pelo que até matou. E nós não fizemos mal a ninguém. Além disso, já complicamos bastante sua vida, com o pedido de indenização encaminhado à seguradora e a transferência daquelas peças da Morningside para seu cofre pessoal.

— Anita já estava cometendo uma fraude de seguro — ressaltou Gideon. — Apenas aumentamos o valor. Mas não há garantia de que ela não vá conseguir escapar.

— Não há garantia de qualquer coisa — acrescentou Malachi. — Mas podemos cuidar para que ela não escape facilmente, não com aquelas peças escondidas no cofre na biblioteca. E Jack já alertou seu contato na polícia sobre Anita. Há uma boa possibilidade de que o esquema continue a funcionar mesmo que fiquemos de braços cruzados.

— Lew vai insistir na investigação. — Jack espetou um pouco da salada com o garfo. — As fitas da segurança mostrarão que as peças do pedido de indenização continuavam em seu lugar depois do arrombamento. A vida de Anita não será moleza enquanto estiver sob a mira de Lew. E o investigador da seguradora não terá uma boa impressão ao descobrir que boa parte das peças de um pedido de indenização de mais de 2 milhões de dólares continua em posse da cliente.

— Talvez ela tenha apenas de pagar uma multa. Ou prestar algum serviço comunitário. Eu não...

Jack ergueu o garfo para interromper o protesto de Cleo.

— Estou imaginando Anita em alguma instituição, trabalhando na cozinha, preparando sopa para os pobres. A imagem até que é fascinante. De qualquer forma, se quisermos ir até o fim, Bob tem de ligá-la ao assassinato de Dubrowsky. Se não conseguir, não poderá culpá-la, nem vinculá-la ao amigo de Cleo.

— E ela escaparia — murmurou Cleo, amargurada.

— É verdade. Mas pode escapar de qualquer maneira. Foi o que Malachi tentou explicar. Com o que fizemos, ela pode ser processada por fraude de seguro. Será condenada a uma pena mínima, mas sua imagem impecável de viúva da sociedade ficará abalada.

— Às vezes esse tipo de notoriedade acrescenta um certo brilho — comentou Tia.

— É verdade — concordou Jack. — Se continuarmos com o que planejamos, podemos causar sua ruína financeira. Talvez também a pressionemos a cometer o erro que será decisivo. Mas há muitos "se" em tudo isso. E seguir adiante fará com que muitas coisas se tornem possíveis.

— Hum,.. — Tia levantou a mão para deixá-la cair no instante seguinte. — As Moiras, as Parcas, profetizaram, quando Meleagro tinha apenas uma semana de vida, que ele morreria no dia em que uma acha de lenha da lareira de sua mãe queimasse por completo. Cantaram seu destino... Cloto previu que seria nobre; Láquesis, que seria corajoso; e Átropos, contemplando o bebê, disse que ele viveria enquanto a lenha não fosse consumida.

— Não estou entendendo — interveio Cleo.

— Deixe-a acabar — pediu Gideon.

— A mãe de Meleagro, ansiosa em proteger o filho, escondeu o pedaço de lenha numa arca. Se não queimasse, ele estaria seguro. O filho cresceu e, quando se tornou homem, matou os irmãos da mãe. Em sua raiva e dor pelo massacre, ela tirou a lenha da arca e a queimou. Meleagro morreu. Ao vingar os irmãos, ela perdeu o filho.

— Muito bem. Mikey representa meu irmão, mas aquela desgraçada não pode passar por minha filha. E daí?

— O que estou querendo mostrar é que a vingança nunca sai de graça — explicou Tia, gentilmente. — E nunca traz de volta o que se perdeu. Se continuarmos com o plano apenas pela vingança, o preço pode ser muito alto.

Cleo levantou-se. Como Tia fizera antes, contornou a mesa onde estavam as Parcas.

— Mikey era meu amigo. Gideon mal o conheceu, e o resto de vocês nunca o viu.

— Mas conhecemos você, Cleo — murmurou Rebecca.

— Sei disso. Mas não posso cruzar os braços e fingir que não quero vingança. Estou disposta a pagar o que for preciso. Mas o que eu disse antes, na primeira vez em que nos reunimos no apartamento de Tia, ainda é verdade. Quero justiça. Temos as Parcas agora. Estamos ricos. Mas não é o mais importante. — Ela parou a fim de mirar os outros. — Se recuarmos do que é certo, se não ficarmos ao lado de um amigo quando a situação se torna difícil, qual o sentido então? Se algum de vocês não quer ser arrastado para o que está por vir, tudo bem. Não posso ficar ressentida, ainda mais depois de tudo o que passamos juntos. Mas eu ainda não acabei. E não acabarei enquanto Anita não estiver trancada numa cela, amaldiçoando meu nome.

Malachi olhou para o irmão e assentiu. Pôs a mão sobre a de Tia.

— A história que você contou, querida, tem outro significado.

— É verdade. A opção determina o destino. — Ela se levantou e foi até Cleo. — As vidas dão voltas e se cruzam. Aproximam-se e se afastam umas das outras. Tudo o que podemos fazer é o melhor possível, e acompanhar o fio até o fim. Também não creio que a justiça saia de graça. Mas teremos de fazer com que o preço valha a pena.

— Está certo. — A visão de Cleo embaçava-se com lágrimas. — Eu não... — Ela deu de ombros, desamparada, e saiu correndo da sala.

— Não — murmurou Tia, quando Gideon fez menção de se levantar. — Deixe que eu vou. Acho que também preciso de um bom acesso de choro.

Enquanto Tia saía apressada atrás de Cleo, Malachi pegou sua cerveja.

— Agora que isso está acertado e estamos todos mais ou menos de acordo, preciso tratar de outro assunto. Uma questão mais pessoal. — Ele tomou um gole para molhar a garganta. — A segunda parte da conversa que tivemos antes, Jack. Será agora. Como chefe da família...

— Chefe da família? — Rebecca soltou uma gargalhada. — Uma ova. Mamãe é a chefe da família.

— Ela não está aqui, não é? — argumentou Malachi, mantendo o controle, embora irritado pela interrupção. — Como irmão mais velho, portanto, cabe a mim tratar da questão desse noivado.

— O noivado é meu, e você não tem de se meter.

— Cale essa boca por cinco minutos, está bem?

— Vou pegar outra cerveja — murmurou Gideon. — Acho que isso vai ser divertido.

— Não me mande calar a boca, seu gorila pomposo com cérebro de minhoca!

— Eu poderia tratar disso sem sua presença — lembrou Malachi, o tom frio alertando para sua crescente irritação. — E me poupar dos insultos. Agora fique calada, porque estou falando com Jack.

— É mesmo? E devo ficar sentada aqui, de mãos cruzadas, cabeça baixa, quietinha? — Rebecca jogou uma almofada em Malachi.

— Não saberia o que é ficar quieta, mesmo que o conceito entrasse por sua garganta e fizesse cócegas em suas amígdalas. — Ele jogou a almofada de volta, acertando a cabeça da irmã. — Depois que eu falar, você pode dizer o que quiser. Mas, por Deus, me deixe falar.

— Rebecca... — interveio Jack, enquanto ela mostrava os dentes, furiosa. — Por que não espera até que ele acabe antes de se enfurecer?

— Obrigado, Jack. E, antes de mais nada, direi que sinto a maior pena, do fundo de meu coração, pela vida que você levará com essa mulher rude, de gênio forte e natureza violenta.

Malachi contraiu os olhos quando ela estendeu a mão para um vaso de jade na mesinha. Jack segurou o pulso de Rebecca a tempo.

— Dinastia Han. Continue com a almofada.

— Como eu disse antes — continuou Malachi —, sei que dinheiro não é problema para você. Mas quero deixar claro que minha irmã não entra nesse noivado de mãos vazias. Quer ela decida continuar ou não a trabalhar na empresa da família, ainda terá um quarto de tudo. E também terá direito a sua parte qualquer que sejam os resultados de nosso empreendimento comum.

— O dinheiro não importa.

— Importa para nós — corrigiu Malachi. — E importa para Rebecca.

Ele ergueu uma sobrancelha para a irmã.

— Talvez seu cérebro seja um pouco maior do que o de uma minhoca — murmurou ela, sorrindo.

— Sei como é o relacionamento entre vocês dois e quero que saiba que me sinto contente por isso. Apesar de todos os defeitos de Becca... e são uma legião... nós a amamos e queremos que seja feliz. Quanto ao negócio dos Sullivan, Jack, quero que saiba que teremos o maior prazer em contar com sua participação, tanto quanto quiser.

— Falou muito bem, Mal. — Gideon sentou-se no braço da poltrona do irmão e ergueu seu copo num brinde. — O pai ficaria satisfeito. Portanto, Jack, seja bem-vindo à família.

— Obrigado. Não sei muita coisa sobre barcos. E não me importaria em aprender mais.

— Ótimo. — Rebecca sorriu para os irmãos. — E eu sou a pessoa certa para ensinar.

— Falaremos sobre isso mais tarde. — Jack bateu de leve no joelho de Rebecca, antes de se levantar. Olhou para os outros dois homens.

— Tenho algumas coisas para fazer, e acho que precisarei de ajuda.

— Se os três vão sair para se divertir, eu também vou. Levarei Cleo e Tia para me ajudar a escolher o vestido de noiva. Já falei que estou planejando um grande casamento?

Isso fez Jack parar.

— Defina "grande".

— Não desperdice seu fôlego — aconselhou Gideon. — Ela está com um estranho brilho nos olhos.

E o brilho continuava, três horas mais tarde, quando Rebecca voltou ao apartamento com várias revistas sobre casamento, um livro de planejamento da cerimônia, presente de noivado de Tia, e uma camisola minúscula e sensual, presente de Cleo.

— Ainda acho que os lírios farão arranjos melhores para a recepção.

— Tem razão. — Cleo piscou para Tia. — Não servem apenas para funerais.

— Os buquês de flores silvestres são encantadores — murmurou Tia. — Não posso acreditar que passei todo esse tempo numa loja de flores e minhas narinas permaneceram desobstruídas. Eu tinha um problema de alergia.

— E o que são todas essas manchas vermelhas em seu rosto? — perguntou Cleo. E desatou a rir quando Tia saiu correndo para o espelho em estilo Adam na sala de Jack, fazendo um exame meticuloso, à procura de erupções.

— Não acho nada engraçado. Nem um pouco.

— Sabe como Cleo gosta de brincar — comentou Rebecca. Foi nesse instante que ela olhou pela arcada que levava aos quartos. Largou as sacolas que tinha nas mãos e saiu correndo. — Mãe!

— Ah, minha menina! — Eileen abraçou-a com força. — Minha linda menina!

— O que está fazendo aqui, mãe? Como veio para Nova York? Oh, eu sentia tanta saudade!

— Neste momento estou desfazendo as malas e arrumando minhas coisas. E vim de avião. Também senti saudade. — Eileen fez a filha dar um passo para trás. Observou seu rosto. — Está feliz.

— Sim, mãe. Muito feliz.

— Compreendi que era o homem certo para você quando o levou para tomar chá em casa. — Ela suspirou e beijou a testa de Rebecca, enquanto os anos passavam por sua cabeça. — Agora, apresente-me suas amigas, das quais já ouvi os meninos falarem tanto.

— Tia e Cleo, minha mãe, Eileen Sullivan.

— É um prazer conhecê-la, Sra. Sullivan. — A mãe de Malachi, pensou Tia, em pânico. — Espero que tenha feito uma viagem agradável.

— Eu me senti como uma rainha, refestelada na primeira classe.

— Mas, mesmo assim, foi uma longa viagem. — Apreensiva, Cleo puxou a manga de Tia. — Vamos deixá-la descansar. Recuperar-se do cansaço. Essas coisas.

— Nada disso. — O sorriso de Eileen era cordial, sua decisão já estava tomada. — Vamos tomar um bom chá e ter uma conversa íntima. Os meninos estão lá embaixo, fazendo alguma coisa exótica. Por isso, devemos aproveitar o momento. É um apartamento grande e confortável. Deve ter tudo o que precisamos para preparar um chá.

— Eu cuido do chá — declarou Tia, apressada.

— Eu ajudarei. — Cleo seguiu-a para a cozinha. — Sobre o que devemos conversar com ela? Oi, Sra. Sullivan, gostamos muito de fazer sexo com seus filhos, isso quando não estamos arrombando prédios.

— Ah, Deus, Deus! — Tia pôs as mãos na cabeça. — O que viemos fazer aqui?

— Chá.

— Isso mesmo. Eu tinha esquecido. — Ela abriu dois armários antes de lembrar onde guardara o chá. — Ela já deve saber. Oh, Deus! — Tia abriu a geladeira. Encontrou uma garrafa aberta de vinho. Tirou a rolha e tomou um gole direto do gargalo. — Ela já deve saber de tudo. Malachi e Gideon telefonam para a mãe regularmente. Sabemos que ela tem conhecimento das Parcas e de Anita, e pelo menos de uma parte dos planos. A outra parte... — Tia fez um esforço para se acalmar enquanto aprontava o chá. — São homens adultos, e ela parece ser uma mulher razoável.

— É fácil para você. É mais do que provável que ela aceite a ideia de o primogênito ter uma ligação com uma escritora publicada, com um PhD e um apartamento no Upper East Side. Mas não posso imaginá-la satisfeita ao saber que o outro filho se ligou a uma stripper.

— Isso é insultuoso.

— Ora, Tia, quem poderia culpá-la? Eu...

— Não, não é insultuoso para a Sra. Sullivan, mas para você. — Com a lata de chá ainda na mão, Tia se virou. — Está insultando minha amiga, o que não me agrada nem um pouco. Você é corajosa, leal e inteligente. Não tem nada do que se envergonhar, nada de que se desculpar.

— Muito bem dito, Tia. — Eileen entrou na cozinha e observou as duas empalidecerem. — Posso compreender por que Malachi ficou tão encantado com você. — Ela hesitou, olhando para Cleo. — Quanto a você... Quero que saiba que sempre confiei no julgamento de meu segundo filho e sempre admirei seu gosto. E o de Mal também, diga-se de passagem. Começarei com as duas desse ponto, e veremos o que acontece depois. Deixe essa água ferver bem antes de despejar o chá. A maioria dos ianques não é capaz de fazer um bom bule de chá.

Quando Jack entrou no apartamento, meia hora mais tarde, notou três coisas ao mesmo tempo. Tia estava atordoada. Cleo, rígida. E Rebecca, radiante.

Foi Rebecca quem se levantou, lentamente, e foi a seu encontro. Enlaçou-o pelo pescoço, levantando a boca para um beijo longo e persistente.

— Obrigada — murmurou ela.

— Não foi nada. — Ele manteve um braço em torno da cintura de Rebecca enquanto olhava para a mãe dela. — Tudo se acertando, Sra. Eileen?

— Não poderia estar melhor. Obrigada, Jack. Soube pelas três meninas que vocês têm mais planos para essa mulher que fez tanto mal a minha família. Espero que possamos conversar e encontrar uma maneira para que eu ajude.

— Tenho certeza que encontraremos algo. Segundo meu contato, a mulher está neste momento vasculhando Atenas, à procura de uma dama de prata e uma morena. — Jack foi sentar-se diante de Cleo. — Ela comprou uma arma. Foi uma das primeiras coisas que fez em Atenas. É evidente que espera localizá-la e, quando isso acontecer, planeja jogar duro.

— Mas ela acabará desapontada, não é mesmo?

— E vamos mantê-la assim. — Gideon entrou, seguido por Malachi. Havia fúria em seus olhos. — Quaisquer que sejam os planos daqui por diante, vamos manter Cleo a distância.

— Ei, bonitão, escute aqui...

— Não vou escutar nada. Ela não pretende ter uma mera conversa com você. Sua intenção é pegar o que está procurando e depois matá-la. Já disse onde ela obteve a arma?

— No mercado negro — informou Jack. — Uma Glock sem registro. Ela foi cautelosa. Não tentou passar com a arma pela alfândega. E é provável que não planeje trazê-la quando voltar aos Estados Unidos. Espera usá-la convenientemente e depois jogá-la fora.

— Como eu disse, ela ficará desapontada.

— E você passa a atuar nos bastidores daqui por diante — declarou Gideon. — Ajudará Rebecca com a tecnologia e Tia com a pesquisa. Ficará neste apartamento ou no de Tia. Não sairá sozinha em nenhuma circunstância. E, se discutir comigo, eu a trancarei num closet até tudo acabar.

— Cleo, antes que você desanque meu filho, e tenho certeza de que ele merece, por diversas razões, eu gostaria de dizer uma coisa. — Eileen estava sentada à vontade, como costumava fazer na cozinha de sua casa. — Tenho uma visão diferente das coisas, já que não estou no centro dos acontecimentos. Há um ponto fraco... um calcanhar de aquiles, digamos assim. O que é bastante apropriado, não é mesmo, Tia? Essa mulher conhece seu rosto, Cleo. E acredita que você possui uma coisa pela qual ela já matou. Neste momento, concentra-se em você. A situação vai mudar quando ela voltar. Mas você é a única certeza que ela tem. Se conseguir alcançar você, todos os outros ficarão expostos. Não é, Mal?

— É, sim, em resumo. Não podemos correr o risco de perdê-la, Cleo. E não creio que você queira arriscar tudo apenas pela satisfação de desafiá-la.

— Tudo bem. Aceito o argumento. Como sou um risco, permaneço nos bastidores.

— E na próxima vez, Gideon — acrescentou Eileen —, você pode pedir de uma maneira razoável, em vez de começar a dar ordens. Faz um excelente chá para uma ianque, Tia.

— Obrigada, Sra. Sullivan.

— Por que não me tratam apenas por Eileen? Pelo que pude observar, você é muito competente em outras áreas.

— Nem tanto. Apenas sou eficiente em seguir as instruções.

— A modéstia é sempre conveniente. — Eileen pegou o bule de chá e serviu-se de mais meia xícara. — Mas quando é despropositada ou incorreta, torna-se uma insensatez. Descobriu uma maneira de obter informações financeiras sobre essa mulher.

— Na verdade, foi minha amiga que... É verdade — corrigiu Tia, quando Eileen alteou as sobrancelhas. — Descobri um meio.

— E, assim, sabe o quanto exigir dela pelas Parcas.

— Ainda não decidimos exatamente, mas pensei...

— Ela sempre se preocupa em dizer o que está pensando, Malachi? — perguntou Eileen.

— Não tanto quanto antes. Mas você a está deixando nervosa.

Embora o rubor se espalhasse por suas faces, Tia endireitou os ombros.

— Ela pode pagar até 15 milhões. Talvez chegasse a 20, mas exigiria tempo, haveria complicações. Portanto, seria melhor nos contentarmos com 15. Pensei que poderíamos pedir 10, proporcionando a Anita uma boa margem de lucro. As Parcas valem muito mais. Ela saberá que poderá encontrar, com algum trabalho e pesquisa, um colecionar disposto a pagar pelo menos o dobro de seu investimento. Meu pai confirmou que, como negociante, ofereceria 10. Como executiva, Anita deve pensar da mesma maneira.

— Uma posição muito sensata. — Eileen assentiu. — Agora, tudo que você tem a fazer é encontrar um meio de levá-la a entregar o dinheiro, sem receber as Parcas em troca. De levá-la a ser acusada por fraude de seguro e acabar presa por homicídio. Com isso feito, podemos planejar um casamento, e voltar a cuidar da Sullivan Tours. Seus primos estão fazendo um bom trabalho com as tarefas do cotidiano, Mal, mas precisamos retomar o comando.

— Isso pode esperar um pouco, mãe — disse Malachi.

— Se eu não imaginasse que poderia, não estaria aqui. Assim como tenho certeza de que vocês encontrarão uma solução para os outros problemas. Afinal, conseguiram chegar tão longe. E, por falar nisso, não é hora de alguém se oferecer para me mostrar as Parcas?

— Gosto da sua mãe.

Malachi contraiu os lábios enquanto observava Tia arrumar a cama com todo cuidado.

— Ela a deixou apavorada.

— Só um pouco.

Por hábito, Tia ligou o aparelho na mesinha de cabeceira que emitia zumbidos uniformes para embalar o sono.

Quando ela se virou para ajustar o filtro de ar do quarto, Malachi desligou o aparelho, como fazia todas as noites. Tia nunca percebia.

— Rebecca ficou muito feliz. Foi um gesto maravilhoso de Jack trazê-la para cá.

Inquieta, Tia entrou no banheiro para remover a maquiagem antialérgica, com um creme antialérgico.

— E foi uma surpresa e tanto para você também — acrescentou ela, quando Malachi apareceu na porta. — Tenho certeza de que sentia muita saudade de sua mãe.

— É verdade. — Ele adorava vê-la assim, o rosto lindo sem qualquer vestígio de cosmético. — Sabe o que dizem a respeito dos irlandeses.

— Não, não sei. O que dizem?

— Eles podem ser bêbados ou rebeldes, arruaceiros ou poetas. Mas todos, sem exceção, amam a própria mãe.

Tia riu um pouco, abrindo e fechando a tampa de seu umidificador.

— Você não é nenhuma dessas coisas.

— É um insulto. Posso beber e brigar como os melhores. Claro que tenho um pouco de rebeldia em mim. E... quer poesia, Tia?

— Não sei. Nunca tive nenhuma.

— Prefere que eu declame ou seja criativo?

Ela teve vontade de sorrir, tinha certeza de que poderia, mas sentiu que tudo desmoronava.

— Não faça isso comigo.

— Não fazer o quê? — Aturdido, um pouco alarmado, Malachi adiantou-se. Ela recuou.

— Não tornarei as coisas difíceis para você.

— É bom saber — murmurou ele, com extremo cuidado. — Por que está chorando?

— Não estou chorando. — Tia fungou. — Não vou chorar. Serei razoável e compreensiva, como sempre. — Ela pôs o umidificador no balcão, com um movimento brusco.

— Talvez devesse me dizer em que pretende ser razoável e compreensiva.

— Não ria de mim. Saber que as pessoas riem de mim não faz com que seja menos horrível.

— Não estou rindo de você. Meu amor... — Ele estendeu a mão, mas Tia afastou-a, com um tapa.

— Não me chame assim e não me toque! — Ela empurrou Malachi e voltou para o quarto.

— Não me chame assim e não me toque, não vou chorar, e serei razoável e compreensiva... — Malachi sentia que a cabeça começava a latejar. — Eu gostaria que me explicasse.

— Estamos quase terminando. Sei disso e irei até o fim. É a única coisa importante que já fiz na vida e não a deixarei inacabada.

— Não é a única coisa importante que já fez na vida.

— Não tente me apaziguar, Malachi.

— Não estou querendo apaziguá-la. Nem tenho a menor intenção de continuar a discutir com você sem ter ideia do que está acontecendo. Até começo a ter uma de suas dores de cabeça. — Ele esfregou o rosto com bastante vigor. — Tia, qual é o problema?

— Disse que deveria ter falado antes. Talvez devesse mesmo. Talvez, mesmo eu sabendo, seria melhor se contasse logo.

— Contado... ahn... — E Malachi recordou o que ia dizer ao ser interrompido por Cleo, naquela manhã. Ele franziu o rosto. Enfiou as mãos nos bolsos. — Você sabe, e isso a irrita?

— Não posso ter sentimentos? Não posso ficar com raiva, apenas grata? Pois estou grata pelas semanas que passamos juntos. Grata e irritada. E ficarei ainda mais furiosa, se quiser. — Ela olhou ao redor. — Ah, Deus, deveria haver alguma coisa para jogar em você!

— Não pense a respeito. Pegue a primeira coisa que sua mão encontrar e arremesse.

Tia pegou a escova de cabelos e jogou-a. Foi bater na cúpula do abajur, sobre a mesinha de cabeceira, quebrando-a.

— Mas que droga! O abajur era da Tiffany! Será que não posso nem ter um acesso de raiva direito?

— Deveria ter jogado em mim.

Malachi segurou-a pelos braços antes que ela pudesse começar a limpar tudo.

— Me largue!

— Não farei isso.

— Sou mesmo uma idiota. — Ela perdeu a disposição para a briga. — Só consegui me constranger e quebrar um lindo abajur. Deveria ter tomado um Xanax.

— Mas não tomou, e prefiro brigar com uma mulher que não está dopada por causa de um tranquilizante. Os sentimentos são reais, Tia, e você terá de enfrentá-los. Quer queira os meus, quer não, terá de lidar com eles.

— Venho fazendo isso o tempo todo. — Ela o empurrou. — Desde o início. E não é justo. Não me importo se a vida não tem de ser justa, porque esta é a *minha* vida. E não posso tornar isso fácil para você, porque tinha dito a mim mesma que faria o contrário. Quero que vá para o apartamento de Jack. Não pode continuar aqui comigo. Seria demais.

— Está me expulsando? Antes de sair, quero saber por quê. — Malachi tornou a segurá-la.

— Já disse que seria demais. Terminarei o que começamos e não decepcionarei os outros. Mas não serei mais a amante quieta e recatada, muito conveniente para você, quando tudo acabar, quando voltar à Irlanda, e retomar sua vida de onde parou. Me deixando para trás quando achar melhor. Pelo menos uma vez, eu decido quando acaba e estou mandando você ir embora agora.

— Alguma vez lhe pedi para ser quieta e recatada?

— Não. Você mudou minha vida e devo lhe agradecer por isso. Pronto. — Ela tentou se desvencilhar, mas foi puxada de volta. — Você quer mais? Está certo. É muito atencioso de sua parte ser bastante honesto para me dizer que é tudo temporário... vidas que se encontram por um momento, mas logo tornam a se afastar. Você tem uma casa e uma empresa para dirigir na Irlanda. Boa sorte.

— É uma mulher desconcertante, Tia, e dá muito trabalho.

— Ao contrário, sou uma mulher muito simples e pouco exigente.

— Não é, não. É um autêntico labirinto e sempre me deixa fascinado. Vamos voltar à conversa, do início, em nome da clareza. Em sua opinião, eu estava prestes a lhe dizer esta manhã que você é simpática, divertida e que sua companhia é muito agradável. E provavelmente acrescentaria que gosto muito de você, mas, sabendo que é uma mulher quieta e recatada... o que é muito engraçado... tenho certeza de que compreenderá que tudo entre nós estará acabado quando o projeto terminar.

A imagem de Malachi tornara-se indistinta por causa das lágrimas. Pela primeira vez, Tia desejou, com a maior intensidade, que ele fosse um homem banal. Para se olhar, para conversar... e para fazer amor.

— Não importa o que você diria, porque estou dizendo agora!

— Claro que importa. E muito. É por isso que vou lhe dizer o que compreendi que deveria ter falado antes. Eu amo você. Era isso que eu deveria ter dito antes. O que me diz agora?

— Não sei... — Uma lágrima escorreu pelo rosto, mas ela não notou. — Fala sério?

— Claro que não. — Ele riu, enquanto Tia ficava boquiaberta. Pegou-a no colo. — Agora sou mentiroso também? Eu amo você, Tia. Se mudei sua vida, você também mudou a minha. E se acha que posso retomar a vida do ponto em que a deixei antes de conhecê-la, então é mesmo uma boba.

— Ninguém jamais me disse isso antes.

— Que é uma boba?

— Não. — Tia tocou o rosto de Malachi enquanto ele sentava-se na beira da cama, mantendo-a no colo. — Eu amo você... Ninguém jamais me disse isso antes.

— Então terá de me ouvir dizer muitas vezes, até se cansar.

Ela balançou a cabeça, enquanto seu coração parecia aumentar de tamanho.

— Ninguém jamais me disse antes, e por isso nunca tive a oportunidade de responder. É o que estou fazendo agora. Também amo você, Malachi.

Fios que se entrelaçavam, pensou ela, enquanto se beijavam. Para formar mais um padrão. Se seu fio fosse cortado cedo demais, ela poderia recordar aquele momento e não ter qualquer arrependimento.

Capítulo 28

ELA ESTAVA se aproximando. Tinha certeza. Passara horas vasculhando brechós, muitas outras telefonando para antiquários e galerias de arte, sob o pretexto de fazer negócios. Tivera conversas intermináveis — e até o momento infrutíferas — com colecionadores locais indicados por Stefan.

Para se recompensar, Anita desfrutava agora de um drinque gelado, a uma mesa na sombra, no deque da piscina cintilante ao lado da casa de hóspedes dos Nikos.

Apesar de apresentá-la aos colecionadores, Stefan não estava sendo tão útil quanto ela esperara.

Bastante hospitaleiro, sem dúvida, pensou ela, enquanto tomava um gole do mimosa, o coquetel de champanhe e suco de laranja. Ele e a esposa insípida haviam-na acolhido de braços abertos. Em outra ocasião, Anita teria aproveitado ao máximo a espetacular casa branca, numa das colinas de Atenas. Com seus extensos jardins, o exército de criados e os pátios frescos e perfumados.

Era bastante satisfatório esticar-se ali, sob almofadas macias, ao lado de uma piscina tremeluzente, alimentada com água corrente por uma fonte representada por Afrodite, contemplando o abrigo das árvores e as flores, sob o céu azul e quente, sabendo que bastava levantar um dedo para que qualquer coisa — absolutamente qualquer coisa — que seu apetite ansiasse naquele momento fosse servida sem demora.

Era o conforto da verdadeira riqueza, do verdadeiro privilégio, em que não havia necessidade de se preocupar com nada senão os próprios desejos mais urgentes.

E essa era a ambição de sua vida.

Na verdade, refletiu ela, era tempo de procurar acomodações similares. Depois que se apoderasse das outras estatuetas — e as teria de qualquer maneira —, poderia considerar uma aposentadoria parcial. Afinal, seria um esforço muito grande obter e vender as Três Parcas. A Morningside deixaria de ser seu propósito.

A Itália talvez fizesse mais seu estilo, pensou Anita. Uma *villa* elegante na Toscana, onde levaria uma vida magnífica de expatriada. Conservaria a casa em Nova York, é claro. Todos os anos, passaria alguns meses ali somente para fazer compras, participar de reuniões sociais, ser o alvo da inveja de outras mulheres.

Concederia entrevistas. Mas depois da intensa reação inicial da mídia, ela se esquivaria. O véu de mistério seria tênue, e, quando o levantasse, a cada capricho, os jornalistas viriam correndo.

Venderia a Morningside, embora pesarosa. Daí colheria os frutos do investimento de 12 anos de um casamento insípido.

Era a vida para a qual fora feita, decidiu Anita, enquanto se recostava na chaise longue. Uma vida de indulgência, fama e muita riqueza... mas muita mesmo.

Deus sabia que ela merecera.

Encontraria a irritante Cleo Toliver e removeria esse obstáculo de seu caminho. Seria mera questão de tempo. Ela não poderia se esconder para sempre. Pelo menos Stefan fora de alguma ajuda ao servir como intérprete em umas poucas lojas, indagando em seu lugar a respeito da morena e de uma estatueta de prata.

A tal Toliver estava se movimentando sem parar. E por duas vezes agora, segundo os comerciantes, Anita deixara de encontrá-la por pouco menos de uma hora.

Só podia significar que começava a fechar o cerco, Anita assegurou a si mesma. Imagine só ela acreditar que poderia ser mais esperta do que Anita Gaye.

Seria um erro que custaria muito caro a Cleo Toliver.

— Anita?

Ainda flutuando em suas fantasias, ela baixou os óculos escuros e fitou Stefan.

— Lindo dia, não é?

— Perfeito. Pensei que você poderia gostar de outro drinque e alguma coisa para comer.

Ele apontou para as bandejas de frutas e queijos que um criado arrumara na mesa. Depois, entregou outro drinque a Anita.

— Uma ideia maravilhosa. Obrigada. Espero que me acompanhe.

— Claro.

Os cabelos prateados de Stefan faiscavam ao sol quando ele sentou na cadeira ao lado.

Era um homem bronzeado, os braços musculosos, o corpo em forma, o rosto rude e atraente. Valia, numa estimativa moderada, 120 milhões de dólares.

Se ela estivesse no mercado à procura de um novo marido, Stefan seria um dos principais candidatos.

— Quero lhe agradecer, Stefan, por ser meu guia e intérprete. Já é lamentável aproveitar-me de sua hospitalidade de uma hora para outra, e ainda por cima ocupo uma boa parte de seu tempo. Sei como um homem de sua posição é atarefado.

— Por favor... — Ele gesticulou para dispensar os agradecimentos, antes de pegar seu drinque. — É um prazer e tanto essa caça ao tesouro, além de ser emocionante. Coisas assim fazem com que eu me sinta jovem de novo.

— Como se você não fosse... — Anita inclinou-se para ele, oferecendo deliberadamente uma visão dos seios magníficos que o minúsculo biquíni mal conseguia conter. Podia não estar no mercado para um marido, mas um amante era sempre algo a considerar. — É um homem atraente e vivaz, no vigor da vida. Se não fosse por sua esposa... — Ela deixou as palavras pairando no ar, enquanto batia com um dedo no dorso da mão de Stefan, insinuante. — Eu poderia até tentar conquistá-lo.

— Você me lisonjeia.

Uma mulher calculista e lamentavelmente óbvia, pensou Stefan. E sentiu outra pontada de pesar por seu grande amigo, que não percebera como de fato era a mulher com quem tinha convivido.

— Nem um pouco. Como o vinho, prefiro homens com a idade certa. Espero um dia poder retribuir sua gentileza.

— O que eu faço, faço por Paul. E por você também, Anita, é claro. Merece tudo o que eu puder fazer e mais ainda. Infelizmente não pude ajudá-la muito na sua caça ao tesouro. Como colecionador, é verdade, meu interesse não é apenas altruísta. Seria um prêmio e tanto acrescentar as Moiras à minha coleção. E espero, quando o momento chegar, que possamos fechar um bom negócio.

— Como poderia ser de outra forma? — Anita bateu com seu copo no dele, brindando. — Às transações futuras, profissionais e pessoais.

— Aguardo ansioso pelo momento, mais do que posso dizer. E devo informá-la agora de que, na outra frente, tive algum sucesso.

Stefan fez uma pausa, observando as suculentas uvas roxas numa bandeja. Cortou um pequeno cacho.

— Não quer provar? Vêm de nossos vinhedos.

— Obrigada. — Anita pegou o cacho. — O que ia dizer?

— Como? Ah, sim... — Stefan demorou para escolher outro cacho. — Tive um pequeno sucesso no que diz respeito à mulher que você procura. O nome do hotel em que ela se hospedou.

— Você a encontrou! — Anita pôs os pés no chão de lajotas. — Por que não disse logo? Onde fica esse hotel?

— Numa área da cidade que eu não recomendaria para uma mulher com a sua sensibilidade. Queijo?

— Preciso de um carro e um motorista — declarou Anita, incisiva. — Imediatamente.

— Claro que ambos estarão à sua disposição. — Ele cortou uma fatia de queijo bem fina, depositando-a no prato em que estavam as uvas, que Anita ainda não provara. — Ah, se está pensando em ir ao hotel para procurá-la, ela não está lá.

— Como assim?

Óbvia, pensou Stefan de novo. Isso mesmo, ela era óbvia. E agora a gata espiava por trás da máscara, mostrando as presas pequenas e ameaçadoras, o temperamento violento.

— Ela estava hospedada lá, mas saiu hoje.

— E para onde ela foi? Onde posso encontrá-la?

— Infelizmente, não consegui descobrir essa parte. O recepcionista disse apenas que ela saiu pouco depois de se encontrar com um homem. Inglês ou irlandês, ele não tinha certeza. Os dois partiram juntos.

A cor que a fúria e a empolgação haviam acrescentado ao rosto de Anita desapareceu de repente, deixando seu rosto tão branco quanto gesso e duro como pedra.

— Não é possível!

— É claro que pode ter havido algum erro ou confusão, mas o recepcionista parecia bastante cooperativo e seguro. Posso providenciar para que ele converse pessoalmente com você amanhã, se quiser. O recepcionista não fala inglês, mas terei o maior prazer em servir como intérprete. De qualquer forma, devo insistir para que se encontre com ele fora daquela área. Em sã consciência, eu não poderia levá-la até lá.

— Preciso falar com ele agora. Preciso encontrá-la *agora*. Antes...

Anita ficou andando de um lado para outro à beira da piscina, pensando em Malachi Sullivan, com um ódio assassino.

— Acalme-se, Anita.

O tom de Stefan era confortador. Ele se levantou. Um criado aproximou-se nesse instante e pediu desculpa pela interrupção. Stefan pegou o envelope que o criado trouxera, dispensando-o em seguida.

— Telegrama para você, Anita.

Ela se virou, num movimento brusco, os saltos das sandálias estalando nas lajotas.

Em circunstâncias normais, Stefan teria pedido licença para se afastar, a fim de proporcionar privacidade ao hóspede. Mas não queria perder aquele momento. Continuou ali, observando, enquanto ela abria e lia o telegrama:

Anita: Desculpe, mas não tive tempo de visitá-la para apresentar minhas considerações. Estranhos numa terra estranha, essas coisas. Mas acabei com alguma rapidez o que vim tratar em Atenas. Quando ler este telegrama, estarei voltando para Nova York com duas damas atraentes. Sugiro que volte também, o mais depressa possível, se está interessada num encontro do destino.

Manterei contato.

Malachi Sullivan

Stefan teve o prazer de ouvir um grito estrangulado enquanto ela amassava o papel na mão.

— Espero que não seja má notícia.

— Tenho de voltar a Nova York. Imediatamente.

A cor voltou ao rosto de Anita, acompanhada de raiva.

— Claro. Providenciarei tudo. Se houver alguma coisa que eu possa fazer...

— Farei tudo o que for preciso — murmurou ela, rangendo os dentes. — Pode ter certeza.

Stefan esperou até que ela se afastasse, furiosa, entrando apressada na casa. Depois se sentou, pegou seu drinque e tirou o celular do bolso.

Comeu uma uva enquanto fazia a ligação.

— Jack? Despacharei uma mulher furiosa para Nova York, dentro de duas horas, em meu jato particular. Não, não... — Ele riu, enquanto pegava outra uva. — Tem sido, meu amigo, e continua a ser um grande prazer para mim.

ELA CHEGOU em casa para encontrar uma pilha de mensagens, muitas das quais eram da polícia, o que só serviu para irritá-la ainda mais. Passara as horas de voo projetando meios para se livrar de Malachi... e todos terminavam com sua morte sangrenta e dolorosa.

Por mais satisfatório que todos os meios fossem, Anita era muito esperta — e ainda mantinha controle suficiente — para saber que era essencial encontrar o momento certo, o lugar certo e o método certo.

Queria Malachi morto, mas queria as Parcas ainda mais.

Mandou que os criados tirassem uma folga. Queria a casa vazia. Tomou um banho de chuveiro, vestiu-se e ligou para Jasper. Violou uma de suas normas fundamentais ao ordenar que ele fosse até sua casa.

Estava insatisfeita com o trabalho do homem e pensava em livrar-se dele. Seria bastante simples, imaginou ela, fazer com que parecesse uma tentativa de arrombamento, com falsos sinais de luta. Com suas roupas um pouco rasgadas e alguns hematomas, ninguém a questionaria. Uma mulher sozinha, defendendo sua casa e a si mesma, com uma das armas do falecido marido.

Ao recordar como se sentira quando puxara o gatilho, para ver Dubrowsky cambalear, cair e morrer, ela compreendeu que o ato seria um grande alívio para o estresse.

Mas já se cansara da polícia. Além disso, Jasper ainda poderia ser útil. Não podia se dar ao luxo de eliminá-lo, por enquanto.

De acordo com as instruções, ele entrou na casa pelos fundos. Anita levou-o direto para a biblioteca. Como conhecia o valor da hierarquia, ela se sentou atrás da mesa e ordenou, friamente:

— Feche a porta.

Quando Jasper ficou de costas, ela pegou a arma que guardara na gaveta e a pôs no colo, para qualquer eventualidade.

— Não estou satisfeita com seu trabalho, Sr. Jasper. — Anita ergueu um dedo antes que ele pudesse falar. — Também não estou interessada em suas desculpas. Pago muito bem por suas habilidades e talentos específicos. Em minha opinião, há uma lamentável carência dos referidos talentos.

— Não tem me dado muito serviço.

Anita recostou-se. Depois do longo voo, era revigorante sentir a fúria que irradiava de Jasper. Melhor do que drogas, pensou ela. Ele se julgava mais forte, mais perigoso. E não tinha ideia de que se encontrava a apenas um passo da morte.

— Está me criticando, Sr. Jasper?

— Se acha que não estou fazendo meu trabalho direito, pode me despedir.

— Bem que considerei essa possibilidade. — Anita passou a ponta do dedo pelo aço frio da pistola de nove milímetros em seu colo. — Sou uma empresária, e quando o trabalho de um empregado é insatisfatório, ele é dispensado.

— Não me importo nem um pouco.

Ela viu o corpo de Jasper mudar de posição. Sabia que ele tinha uma arma sob o paletó do terno. Pensaria em usá-la? Para intimidar, roubar, talvez estuprar? Na suposição de que ela se mostraria desamparada e não teria coragem de procurar a polícia?

A ideia era absolutamente excitante.

— Mas, como empresária, também acredito em conceder certos incentivos a meus empregados, na esperança de que melhorem seu desempenho. Por isso, ofereço-lhe um incentivo.

— É mesmo? — Jasper relaxou o braço em que estava a arma. — Que tipo de incentivo?

— Uma bonificação de 25 mil dólares se encontrar e me entregar um homem chamado Malachi Sullivan. Ele está na cidade, talvez na companhia de Cleo Toliver. Lembra-se de Cleo, não é mesmo, Sr. Jasper? — Anita quase ronronava. — Ela conseguiu escapulir entre seus dedos em diversas ocasiões. Se me entregar os dois, dobrarei a bonificação. Não me importa em que condições você os trará, desde que estejam vivos. Quero deixar esse ponto bem claro. Eles devem estar vivos. Seu ex-colega não compreendia essa distinção e por isso foi dispensado.

— Cinquenta pelo homem, 100 se eu trouxer os dois.

Anita inclinou a cabeça para o lado. Usou um dedo para empurrar um envelope pardo, grande, por cima da mesa.

— Há uma foto dele aí dentro, com dois mil para as despesas. Não lhe darei mais do que dois mil até que obtenha alguns resultados. Há um prédio de apartamentos na Rua 18-oeste, entre a Nona e a Décima Avenidas. O endereço também está no envelope, junto com as chaves. O prédio está sendo reformado. As obras serão suspensas a partir de hoje. Quando pegar o Sr. Sullivan... e espero que a Srta. Toliver também... deve levá-los para esse prédio. Use o porão. Empregue todos os meios necessários para dominá-los. Depois, entre em contato comigo pelo telefone que já lhe dei. Entendeu tudo?

— Claro.

— Pegue o homem e a mulher, e receberá a quantia que pediu. Depois disso, nunca mais quero vê-lo ou ouvir falar de você.

Jasper pegou o envelope.

— Acho que vai querer saber. Os grampos no telefone da Marsh foram retirados.

Anita contraiu os lábios.

— Não tem importância. Ela não me interessa mais.

— O velho Marsh desatou a falar quando estive em seu escritório e perguntei pelas estatuetas. Deu a impressão de que gostaria de tê-las.

— Eu já imaginava. Presumo que ele não lhe disse nada que pudesse ser útil.

— Falou que tinha ouvido o rumor de que uma estatueta estava na Grécia. Atenas. Mas acrescentou que era apenas um rumor, e que havia muitos outros.

— Atenas? Isso foi ontem.

— Ele tentou me arrancar informações, fazendo parecer apenas uma conversa descontraída.

— Não estou mais preocupada com isso. Traga-me Malachi Sullivan. Agora pode ir embora, pelo mesmo caminho por onde entrou.

Anita achava que ele não tinha cérebro, pensou Jasper, enquanto saía. Achava que ele não tinha inteligência suficiente para compreender o que estava acontecendo.

Pois ele encontraria o tal Sullivan, assim como a mulher. Mas não os entregaria por apenas 100 mil dólares. Se eles tivessem alguma relação com as estatuetas, acabariam lhe dizendo. E quando ele tivesse as Parcas, Anita Gaye pagaria... e pagaria muito caro.

Depois, talvez fizesse com Anita o que, desconfiava, ela fizera com Dubrowsky. Pouco antes de pegar um avião para o Rio.

ANITA PERMANECEU à escrivaninha, verificando as mensagens. Para se divertir, ela rasgou em pedacinhos as mensagens da polícia. Afinal, não tinha o menor interesse em investigações de homicídios e arrombamentos.

Pretendia entrar em contato com a seguradora o mais breve possível.

Esperava que apresentassem logo o cheque referente a seu pedido de indenização. Se fosse preciso lembrar-lhes de que poderia transferir a considerável anuidade que pagava para outra companhia, ela o faria com o maior prazer.

A campainha da porta tocou duas vezes. Ela xingou seus empregados ineptos, que ganhavam demais, antes de se lembrar que lhes dera folga pelo resto do dia.

Com um suspiro de irritação por ter de fazer tudo sozinha, ela foi até a porta. Não ficou nem um pouco satisfeita ao ver os dois detetives à espera. Mas depois de avaliar os prós e os contras de ignorá-los, decidiu abrir a porta.

— Detetives, por pouco não me encontrariam aqui.

Lew Gilbert acenou com a cabeça.

— Podemos entrar, Sra. Gaye?

— O momento não é dos mais oportunos. Acabo de voltar de uma viagem ao exterior. Estou exausta.

— Mas não ia sair? Disse que por pouco não a encontraríamos aqui.

— Aqui embaixo. Eu já me preparava para ir deitar.

— Nesse caso, não vamos demorar.

— Está bem. — Anita deu um passo para trás, a fim de deixá-los entrar. — Não sabia que trabalhava com... Desculpe, mas esqueci seu nome.

— Detetive Robbins.

— Isso mesmo. Não sabia que trabalhava com o detetive Robbins num caso de arrombamento, detetive Gilbert.

— Às vezes há uma superposição de casos.

— Posso imaginar. É claro que sinto o maior prazer por ter dois dos mais atraentes detetives de Nova York cuidando de meus problemas. Sentem-se, por favor. Lamento, mas dei folga aos empregados, porque queria ficar sozinha em casa. Mas posso fazer um café, se quiserem.

— Não precisa se incomodar, mas obrigado. — Lew sentou-se. — Disse que acaba de voltar de uma viagem? Planejada antes do arrombamento?

— Foi uma viagem inesperada.

— Ao exterior?

— Isso. — Anita cruzou as pernas, num movimento suave. — Atenas.

— Deve ser uma maravilha. Com aqueles templos antigos. Qual é mesmo a bebida típica do país? Ah, *ouzo*. Tomei uma no casamento de um amigo. É muito forte.

— Foi o que me disseram. Mas a viagem foi de negócios. Não tive tempo para templos e *ouzo*.

— Não deve ter sido fácil para você ter de viajar logo depois do arrombamento — interveio Bob. — Viaja muito a negócios?

— Depende. — Ela não gostou do tom de voz do detetive. Nem um pouco. Quando tudo aquilo terminasse, conversaria com seus superiores. — Com licença, mas podemos ir direto ao assunto?

— Estávamos tentando fazer contato. A investigação é prejudicada quando a vítima se torna incomunicável.

— Como eu disse, foi uma viagem necessária e inesperada. De qualquer forma, já transmiti ao detetive Gilbert todas as informações que tinha. Presumi que vocês e a seguradora cuidariam do resto.

— Apresentou o pedido de indenização.

— Deixei essa parte aos cuidados de minha assistente, antes de partir. Ela me assegurou que tudo foi encaminhado a meu corretor. Vocês já têm alguma pista sobre as peças roubadas e quem arrombou o prédio?

— A investigação continua. Sra. Gaye. Sabe alguma coisa sobre as Três Parcas?

Por um momento, Anita ficou aturdida.

— Claro. São uma lenda em meu campo de trabalho e interesse. Por quê?

— Uma indicação de que talvez seja isso o que os ladrões procuram. Mas você não relacionou qualquer estatueta ou estatuetas de prata em seu pedido de indenização.

— Uma indicação? De quem?

— Anônima. Mas pretendemos seguir essa e qualquer outra pista nesse caso. Não vi nada que se compare com a descrição dessas estatuetas em seu inventário.

— Não viu porque não possuo nenhuma. Do contrário, detetive, pode ter certeza de que estaria trancada num cofre. As Parcas são muitos valiosas. Infelizmente, é certo que uma se perdeu com seu dono no *Lusitania*. Quanto às outras duas... ninguém pode confirmar sua existência.

— Portanto, você não possui nenhuma dessas estatuetas?

A raiva, o insulto de ser interrogada, fez com que a voz de Anita se tornasse estridente.

— Creio que já respondi a essa pergunta. Se possuísse uma das Parcas, pode ter certeza de que anunciaria ao mundo, em alto e bom som. A publicidade seria benéfica para a Morningside.

— As dicas anônimas costumam ser um beco sem saída. — Lew falou em tom de desculpa. — Ainda bem. Uma mercadoria desse tipo não passaria pelos canais e receptadores habituais. Como não conseguimos encontrá-la, obtivemos fotos e descrições das peças roubadas com a seguradora. Já investigamos todas essas vertentes. Jack Burdett cooperou na questão da segurança. Mas tenho de ser franco, Sra. Gaye. Até agora não descobrimos nada.

— O que é muito inquietante. Estou tentando me sentir grata porque temos um seguro com cobertura total. Embora, é claro, espere que meus pertences sejam recuperados. De qualquer forma, é inquietante saber que a Morningside estava vulnerável. Agora, terão de me dar licença. — Anita levantou-se. — Estou muito cansada.

— Nós a manteremos informada. — Bob também se levantou. — Ah, sobre o outro problema... o homicídio no armazém que lhe pertencia?

Não apenas umas poucas palavras casuais, decidiu Anita. Providenciaria que o homem fosse despedido.

— Creio que já esclarecemos que não sei nada a respeito, detetive.

— Só queria que soubesse que identificamos um suspeito. Um homem com quem a vítima teria trabalhado recentemente. — Ele tirou uma foto do bolso interno do paletó. — Reconhece esse homem?

Anita olhou para a foto de Jasper. Não sabia se queria rir ou gritar.

— Não, não o reconheço.

— Não pensei que reconheceria, mas temos de seguir todos os procedimentos. Obrigado por seu tempo, Sra. Gaye.

Ao voltarem para o carro, os detetives trocaram um olhar.

— Ela está envolvida — comentou Lew.

— Tem toda a razão. Mergulhada até o pescoço.

No INSTANTE EM que o carro partiu, Cleo falou ao telefone.

— Ela está no ponto. Pode fazer a ligação. — Cleo guardou o aparelho e virou-se para Gideon, no banco do motorista. — Vamos esperar alguns minutos. Aposto que ouviremos o grito de Anita ressoar até aqui.

— Também acho. — Ele devolveu o refrigerante muito doce que Cleo trouxera, para partilharem durante o plantão. — E, depois, acho que podemos fazer um pequeno desvio até o apartamento de Tia. Não há ninguém lá no momento.

— Ahn... — Cleo passou a língua pelos lábios. — Em que está pensando?

— Em arrancar suas roupas, jogá-la na primeira superfície lisa que encontrar e transar.

— Parece uma boa ideia.

DENTRO DA CASA, ANITA subiu a escada, furiosa. Deveria ter matado Jasper. Isso mesmo, deveria ter atirado nele quando tivera a oportunidade. Depois, contrataria outro gorila, de preferência um com cérebro, para encontrar Malachi. Agora, precisaria encontrar a todo custo um meio de matá-lo antes que a polícia o encontrasse.

Só poderia ter sido Malachi quem telefonara para falar sobre as Parcas. Quem mais poderia ser? Mas por quê? Teria sido ele uma das pessoas que haviam entrado na Morningside?

Ela fechou as mãos enquanto seguia para o quarto. Como um mero capitão de barco de turismo poderia driblar o sistema de segurança? Talvez tivesse contratado alguém, pensou Anita. Mas, por outro lado, o homem não nadava em dinheiro.

Era tudo culpa de Malachi. E ela o faria sofrer muito por isso. Pegou o telefone ao primeiro toque da campainha, dizendo em tom ríspido:

— O que é?

— Um dia difícil, querida?

Anita fez um grande esforço para reprimir os insultos. E quase arrulhava ao responder:

— Ora, ora, Malachi... Uma surpresa e tanto.

— A primeira de muitas. O que achou de Atenas?

— Virei à esquerda na Itália.

— Essa foi boa. Não me lembro de você ser tão ágil com uma piada, mas é bom saber que recuperou o bom humor. Vai precisar. Adivinhe o que estou observando neste momento? Adoráveis damas de prata. Um passarinho me contou que você estava se esforçando para encontrá-las. Parece que cheguei na sua frente.

— Se quer fazer um acordo, vamos fazer. Onde você está? Prefiro tratar desse assunto pessoalmente.

— Era o que eu imaginava. Muito bem, Anita, vamos negociar. Entrarei em contato com você mais tarde, para informar quando e onde. Agora, quero lhe dar algum tempo para se recuperar do choque.

— Você não me choca.

— Por que não verifica como sua pequena dama de prata ficou enquanto virava à esquerda na Itália? E não saia de casa, está bem? Ligarei em meia hora. Já terá recuperado a consciência até lá.

Ao ouvir o estalido no ouvido, Anita bateu o telefone. Malachi não iria abalá-la. Muito bem, ele tinha duas e ela, uma, mas não seria um problema. Afinal, ele só fizera lhe poupar o trabalho de passá-las pela alfândega, contrabandeando-as de volta para Nova York.

Ela olhou para o closet. Incapaz de resistir, entrou. Os dedos tremiam de fúria enquanto deslizava o painel e abria o cofre.

Cleo tinha razão. Mesmo àquela distância, puderam ouvir o grito estridente de Anita.

Capítulo 29

Agora que estava nua, deitada no tapete de barriga para baixo, tentando recuperar o fôlego, Cleo avaliou que deixar Gideon possuí-la valera a esfoladura do contato com o tapete. Definitivamente.

E como também o pusera deitado de costas, não acreditava que ele tivesse qualquer queixa.

Os dois tinham um ritmo extraordinário, pensou Cleo. Do tipo que poderiam dançar pelo resto da vida.

— Você está bem, Cleo?

— Acho que uma parte de meu cérebro pode ter escorrido pelas orelhas, mas ainda resta bastante. E você?

— Ainda não consigo enxergar, mas espero que a cegueira seja temporária. De qualquer forma, acabar cego e com lesão cerebral não parece um preço tão alto a pagar.

— Você é uma gracinha, bonitão.

— Num momento como este, um homem prefere ser chamado de tigre ou de alguma outra fera selvagem, em vez de gracinha.

— Está bem. Você é sempre um mastodonte.

— Já serve. Agora, devemos nos levantar e nos arrumar.

— Tem toda razão.

E os dois continuaram deitados como estavam, entrelaçados e suados, as roupas espalhadas ao redor.

— Há boatos de que você está pensando em abrir um clube noturno, uma escola ou qualquer coisa parecida.

Cleo conseguiu mover um ombro.

— Estou pensando a respeito.

— Então, não está decidida a voltar a dançar, fazer piruetas na Broadway, esse tipo de coisa.

— Nunca fiz muitas piruetas na Broadway.

— Acho que é uma dançarina maravilhosa.

— Não sou muito ruim. — Cleo virou a cabeça. Encostou o rosto no tapete. — Mas é preciso saber quando se deve buscar outra coisa, do contrário você acaba com uma carreira sem rumo, correndo de audição em audição.

— Ou seja, você está mais disposta a sossegar.

— Pode-se dizer que sim.

Gideon correu um dedo pelas costas longas e adoráveis de Cleo, para cima e para baixo.

— Também há clubes e escolas de dança na Irlanda.

— Jura? E eu aqui pensando que só havia trevos e fadinhas verdes.

— Esqueceu a cerveja.

Ela passou a língua pelos lábios.

— Bem que gostaria de tomar uma agora.

— Pegarei cerveja para nós dois assim que puder sentir minhas pernas de novo. Cobh não é uma cidade tão grande e superpovoada quanto Nova York... — Graças a Deus. — Mas é uma aldeia de tamanho considerável e recebe muitos turistas. Não fica muito longe de Cork City, se você sentir falta da multidão e do tráfego intenso. Damos muita importância à dança na Irlanda, seja como prática ou como aprendizado. Um dançarino é uma espécie de artista, e consideramos nossos artistas tesouros nacionais.

— É mesmo? — Cleo podia sentir o coração bater forte, mas manteve o controle. — Talvez eu devesse checar.

— Acho que sim. — A mão de Gideon começou a traçar círculos lentos, de leve, no traseiro de Cleo. — Então, quer casar comigo?

Ela fechou os olhos por um momento, deixando a doçura do pedido — afável e morno — a envolver. Depois, virou a cabeça para fitá-lo nos olhos.

— Claro.

Os sorrisos expandiram-se, viraram risadas. Tornaram a se abraçar, no instante em que a porta do apartamento se abriu.

— Ah, Santa mãe de Deus! Meus olhos! — Malachi fechou-os no mesmo instante. Cobriu os olhos de Tia com sua mão. — É tão difícil assim encontrar uma cama neste apartamento?

— Estávamos com pressa. — Gideon pegou a calça jeans e começou a vesti-la. Já quase alcançava os joelhos quando percebeu que era de Cleo. — Espere um instante.

Agora rindo às gargalhadas, Cleo estendeu a calça de Gideon. Pegou a camisa dele e vestiu-a.

— Está tudo bem. Vamos casar.

— Casar?

Tia empurrou a mão de Malachi para o lado. Dominada pela emoção, adiantou-se para abraçar Cleo.

— Mas é maravilhoso! Absolutamente maravilhoso! Podemos fazer um casamento duplo! Você e Gideon, e Rebecca e Jack. Um casamento duplo. Não seria maravilhoso?

— É uma ideia. — Cleo espiou por cima do ombro de Tia, na direção de Malachi, que olhava para o teto. — Não vai me dar os parabéns, dizer que sou bem-vinda ao seio da família Sullivan etc?

— Não é o momento mais apropriado para falar em seios. Trate de se vestir. Não posso me aproximar enquanto você estiver nua.

— Estou apenas parcialmente nua. — Cleo levantou-se, com a camisa de Gideon descendo até o meio das coxas, e adiantou-se. — Está bem assim, Senhor Chefe da Família?

Malachi baixou os olhos. Ficou aliviado ao constatar que a camisa fora abotoada. Pegou o rosto de Cleo entre as mãos e beijou-a nas faces.

— Nem eu mesmo poderia ter escolhido uma noiva melhor para ele. Agora, por favor, vista uma calça.

— Obrigada. Já vou me vestir. Preciso conversar com Tia por um momento.

— Temos muito a falar sobre Anita e o que está prestes a acontecer.

— Apenas cinco minutos — sussurrou Cleo. — Por favor. Leve o bonitão para fumar um cigarro no terraço, para conversar ou qualquer coisa assim.

— Cinco minutos. E o tempo já está correndo. — Malachi fez um sinal para o irmão. — Vamos subir.

— Preciso da minha camisa.

— Não vai tirar a que ela está usando e me provocar outro ataque do coração. O casaco é suficiente.

Gideon vestiu o casaco sobre o peito nu.

— Ainda não a beijei.

Foi o que ele fez, com bastante ardor, para fazer Malachi olhar de novo para o teto.

— Volto num instante.

— Conto com isso.

Depois que a porta foi fechada, Cleo suspirou.

— Quem poderia imaginar? — Ela se aproximou de Tia e sentou-se no chão. — Venha aqui.

Curiosa, Tia sentou-se no tapete, diante de Cleo.

— Algum problema?

— Não, claro que não. Não chore, eu acabaria sufocada. Só queria dizer... Ora, vou sufocar de qualquer maneira... — Cleo respirou fundo, para se controlar. — Estive pensando em tudo que aconteceu. E preciso de mais tempo do que você para chegar ao fundo das coisas. Afinal, você é a mais inteligente.

— Não, não sou.

— Claro que é, Tia. E a mais profunda.

— Sou?

— Você entende as coisas. Percebe as ligações e as camadas. É parte do que estive pensando. Se não fosse pelas Parcas, você e eu não estaríamos sentadas aqui, no chão, neste momento. E não percorremos o mesmo círculo. Seja como for, penso no que aconteceu com Mikey, o que é muito difícil. Parte de mim se sente horrível por estar tão feliz. Sei que é uma estupidez, e estou trabalhando isso. São as coisas de que você falou, fios e não sei mais o quê... destinos?

— A distribuição dos destinos. Láquesis.

— A minha estatueta. Sabia que nunca imaginei que esse poderia ser o meu destino? Ter uma amiga como você e alguém como Gideon para me amar. E os outros. Como uma família. Nunca pensei que essas coisas estivessem nas cartas para mim. E não tenho a menor intenção de estragar tudo.

— Tenho certeza de que não vai estragar nada.

— Já arruinei muitas coisas antes. Acho que imaginava ser esse o meu destino. É estranho pensar que cortei as pernas de uma Levi's nova quando tinha 16 anos ou que fui reprovada de propósito numa prova de história, tudo para poder chegar aqui, sentada no tapete da sua sala, seminua, emocionada porque tem um cara enorme lá no terraço que me ama. — Ela jogou os cabelos para trás, contendo as lágrimas. — Acho que é melhor eu pôr a calça antes que Malachi volte e fique furioso. — Cleo pegou o jeans. Parou por um instante. — Mais uma coisa. Queria saber se você pode me ajudar com o casamento, como madrinha ou qualquer coisa assim.

— Ah, Cleo! — Tia abraçou-a, apertando-a com força. E desatou a chorar. — Eu adoraria! Sinto-me tão feliz... feliz por você!

— Puxa! — Chorando, Cleo apertou-a também. — Eu me sinto uma mulherzinha.

Eram exatamente 19h30 quando Anita entrou no Jean Georges. Embora tivesse se vestido com cuidado meticuloso, tendo escolhido Valentino, não recorrera à manobra usual de fazer seu acompanhante esperar.

Olhou para o bar, constatando que Jasper estava ali. E apreciou a ideia de que aquela seria a última refeição de Malachi Sullivan.

O miserável pensava que a surpreendera, marcando o encontro num restaurante de alta classe e movimentado, a fim de determinar as condições para o negócio. Ela entraria no jogo até o café após a sobremesa, mas depois, Malachi descobriria quem dava as cartas.

Ela foi cumprimentada e conduzida à mesa junto da janela, onde Malachi já a esperava. Era um homem sensato, notou Anita, por sentar-se de costas para a parede. Não que isso pudesse ajudá-lo. Malachi levantou-se, pegou sua mão e a aproximou dos lábios.

— Anita, você parece muito bem... para uma víbora.

— E você até que está razoável para um guia de turismo de segunda classe com mania de grandeza.

— Agora que terminamos com as cortesias... — Ele se sentou e fez sinal para o garçom servir a champanhe, que aguardava no gelo. — Parece apropriado que nos encontremos neste ambiente tão agradável. Afinal, não há necessidade de desconforto para tratar de negócios.

— Não trouxe sua pequena vagabunda.

Malachi provou o vinho e apreciou o sabor.

— A que pequena vagabunda se refere?

— Cleo Toliver. Foi uma surpresa para mim. Pensei que seu gosto era mais refinado. Ela não passa de uma puta profissional.

— Não seja tão invejosa, querida. Em matéria de putaria, ela perde para você.

O garçom pigarreou e continuou a fingir que nascera surdo.

— Gostariam de saber quais são os pratos especiais desta noite?

— Claro.

Malachi recostou-se. Ouviu em silêncio. Antes que o garçom pudesse se afastar, dando-lhes tempo para escolher, ele pediu para os dois, em grande estilo.

— Você está ignorando vários aspectos — comentou Anita, com total frieza, quando ficaram a sós outra vez.

— É verdade.

— Arrombou minha casa.

— Alguém arrombou sua casa? — Malachi simulou surpresa. — Deve chamar a *garda,* isto é, a polícia. E importa-se de me dizer o que roubaram?

Enquanto ela fervia, num ataque de fúria, Malachi abaixou-se e pegou uma pasta.

— Achei que você gostaria de ver as belas damas de prata juntas.

— Ele estendeu uma foto digital colorida que sua irmã tirara poucas horas antes. — Não são lindas?

A raiva ameaçou sufocar Anita. A ganância lhe causou arrepios, até as pontas dos dedos.

— O que você quer?

— Muitas coisas. Uma vida longa e saudável, um cachorro bom e fiel. E uma absurda quantia de dinheiro. Mas não vamos discutir essa parte de estômago vazio. Também tenho fotos individuais, para você analisar. Quero que tenha certeza de que receberá aquilo pelo que vai pagar.

Anita observou cada foto, aumentando exponencialmente o nível de dor que o infligiria antes de matá-lo. Pôs as fotos no colo quando o antepasto foi servido.

— Como entrou em minha casa? E como abriu meu cofre?

— Está dando muito crédito para... o que foi mesmo que disse? Um guia de turismo de segunda classe. E devo protestar contra essa avaliação, Anita, já que você nunca participou de uma excursão Sullivan. Temos justificado orgulho do pequeno empreendimento da família.

Anita espetou um cogumelo *sauté*.

— Talvez eu devesse ter ido atrás de sua mãe.

Embora o sangue se tornasse frio, Malachi manteve o controle.

— Ela a fritaria para o desjejum e serviria as sobras para o gato da vizinha. Mas não vamos entrar em questões pessoais. Você me fez uma pergunta. Quer saber como recuperei o que roubou de mim.

— Estou convencida de que também não procurou a polícia.

— Tornei tudo mais fácil para você, pode ter certeza. Mas foi uma insensatez da minha parte lhe entregar a Parca para ser testada e avaliada e acreditar que você era uma negociante de antiguidades honrada. Aprendi a lição. — Ele hesitou, provando um pouco do siri. — Você calculou bem essa parte. Como eu poderia procurar as autoridades e acusar a respeitada proprietária da famosa Morningside Antiquities de roubar de um cliente? E, ainda por cima, roubar o que, por tudo o que se sabia, estava no fundo do Atlântico? — Enquanto o garçom tornava a encher as taças em silêncio, Malachi acrescentou: — E, agora, você se encontra em situação similar. Não é fácil apresentar uma queixa pública contra o roubo de algo que, em primeiro lugar, nunca lhe pertenceu.

— Não poderia ter entrado na Morningside e na minha casa sem ajuda.

— Decifre esse enigma e saberá que não sou desprovido de amigos. Por falar nisso, Cleo manda seus cumprimentos. Não são nem um pouco cordiais. Pense apenas que, se tivesse pago o preço que ela pediu, se tivesse feito um negócio legítimo naquela ocasião, agora nossas posições estariam invertidas. — Malachi inclinou-se sobre a mesa. Todo o seu falso bom humor desapareceu. — O homem que você matou, Michael Hicks, era conhecido como Mikey pelos amigos. Cleo lamenta sua morte. Tem muita sorte, Anita, por eu ter conseguido convencê-la a negociar com você.

Anita empurrou o antepasto para o lado e pegou a taça de vinho.

— Meu empregado... ex-empregado... tinha instruções para obter informações. E se deixou levar. É difícil encontrar ajuda competente em algumas áreas.

— E você também se deixou levar quando crivou de balas seu ex-empregado?

— Não. — Ela o observou por cima da beira cintilante da taça de cristal. — Puxei o gatilho com a mão firme, com a maior tranquilidade. Você seria sensato em se lembrar disso e compreender como lido com as pessoas que me desapontam.

Anita pegou sua pasta e guardou as fotos enquanto o garçom voltava, trazendo a salada.

— Posso ficar com isso?

— Claro. Direi o que acho. Você não considera que duas vidas constituem um preço muito alto a pagar pelo que quer. Tenho certeza de que também não vai considerar fora de seu alcance o preço que vou pedir.

— E qual é?

— Dez milhões, em dinheiro.

Anita soltou uma risada sarcástica, ao mesmo tempo em que sua pulsação disparava. Era muito pouco, pensou ela. O homem era mesmo um grande idiota. Em leilão, ela poderia conseguir o dobro. Até mais, muito mais, com a publicidade certa.

— Acha mesmo que pagarei 10 milhões de dólares?

— Claro que sim. Três para cada dama, e mais um para arredondar. Como pode ver, o preço que Cleo pediu por Láquesis, antes que o amigo fosse espancado até a morte, era uma pechincha que você nunca mais encontrará. Ah, sim, mais uma coisa... — Malachi partiu um pedaço de pão. — Mikey sabia onde a Parca estava guardada e tinha meios para pegá-la. O que acha disso, Anita?

Ela pôs a mão sobre sua bolsa, imaginando que tirava a pistola guardada ali — para qualquer emergência — e a descarregava no rosto presunçoso de Malachi.

— Apenas que o Sr. Dubrowsky merecia o que recebeu. Cuidarei pessoalmente de minhas negociações, daqui em diante.

— Nesse caso, devo ser franco e lhe dizer que nosso preço não é negociável. Por isso, não vamos estragar esta saborosa refeição com tentativas de negociação. Pensamos em pedir muito mais, deixando-a em dificuldades para levantar o dinheiro. Mas percorremos um longo caminho para nos comportarmos de forma mesquinha agora, não é mesmo? Você quer as Parcas. Elas estão comigo. E esse é o preço. — Ele deu uma mordida no pão, depois de passar manteiga. — Poderá negociá-las posteriormente, com um lucro considerável. E, ainda por cima, colherá a glória para si e para a Morningside. Todo mundo sai ganhando.

— Ainda que eu concordasse com o preço, é uma quantia muito alta para ser paga em dinheiro...

— Dinheiro vivo é a nossa moeda. Ou melhor, dinheiro eletrônico. A forma mais simples e menos burocrática. Eu lhe darei dois dias para tomar as providências necessárias.

— Dois dias? Mas é...

— ... tempo suficiente para uma mulher engenhosa como você. Quinta-feira, às 11 horas. Você transfere a quantia para a conta que indicarei na ocasião. Depois que estiver feito, você receberá Cloto, Láquesis e Átropos.

— E devo confiar que você cumprirá com sua palavra, Malachi? Seria muita ingenuidade.

Ele contraiu os lábios.

— O que é um problema, não é mesmo? Mas de minha parte confio que você tomará as providências, em vez de levar um par de rottweilers para pular em meu pescoço e depois tirar o grande prêmio de minha mão fria. É por isso que teremos de concluir a transação em um local público, civilizado. A Biblioteca Pública de Nova York. Já ouviu falar, não é mesmo? Na Quinta Avenida, esquina da Rua 40. O prédio com leões de mármore na frente. Há uma seção enorme sobre mitologia. Parece um lugar bastante apropriado.

— Preciso de tempo para pensar a respeito. E de uma maneira para contatar você.

— Tem até 11 horas de quinta-feira para pensar a respeito. Quanto a entrar em contato comigo, não há necessidade. Essas são as condições. Se não são convenientes para você, tenho certeza de que encontrarei alguém que as aceitará. Por exemplo, a Wyley. Lembre-se, biblioteca, na sala de leitura principal do terceiro andar. Pode me dar um minuto, querida? Preciso ir ao banheiro.

Malachi passou pelas portas que levavam aos banheiros e ao bar. E continuou a andar, deixando a conta para Anita pagar.

— Tudo correu bem — murmurou ele pelo microfone escondido sob a lapela.

— Muito bem — concordou sua irmã. — Estamos dando a volta. Vamos pegá-lo na esquina do lado leste. Cleo quer que você saiba que está muito desapontada por você não estar trazendo uma quentinha para ela.

Ele riu, encaminhando-se para a esquina. Foi nesse instante que sentiu a ponta afiada de uma faca espetar seu flanco, na altura do rim.

— Continue andando, companheiro. — A voz de Jasper saiu baixa e calma. Com a mão livre, ele segurou o braço de Malachi. — E não se esqueça de que posso enfiar a faca em você, bem fundo, sem que ninguém perceba.

— Se está atrás do que tem em minha carteira, ficará muito desapontado.

— Vamos até um carro estacionado a meio quarteirão daqui, e de lá seguiremos para um lugar tranquilo, que preparei para você. Teremos uma boa conversa.

— Também gosto de conversar. Por que não procuramos um bar e conversamos durante um drinque amigável?

— Mandei continuar andando.

Malachi se controlou quando a faca penetrou o paletó e a camisa, alcançando sua pele.

— Vai ser mais difícil se você continuar a me espetar com essa faca.

Gideon, aproximando-se por trás, comentou:

— Temos um dilema aqui. Você enfia essa faca no meu irmão, e eu o mato com um tiro. Acho que ninguém ficará feliz com essa eventualidade.

— Atire nele de qualquer maneira. O filho da puta estragou meu melhor terno.

— Não me parece justo. O que você acha, Jack?

— Se derramar os miolos do cara pela calçada, os garis terão de limpar. O que significa impostos mais altos para mim. — Ele estendeu a mão. — Mas se você não afastar essa faca do meu amigo e entregá-la para mim, com o cabo virado em minha direção, estou disposto a pagar o aumento de impostos.

Dessa vez, quando a ponta da faca saiu de seu flanco, Malachi não pôde conter uma exclamação.

— Por que demoraram tanto?

— Passe a ferramenta também.

Jack adiantou-se. Com um sorriso cordial, num movimento que parecia um abraço amigável, ele tirou a arma de baixo do paletó de Jasper, guardando-a sob o seu.

— Você está bem, Mal?

— Maravilhoso! — Ele comprimiu a mão contra o corte que sangrava. — Com o que você pretendia atirar nesse cara? — Gideon levantou o inalador de Tia por trás das costas de Jasper. — Essa é ótima! Devo minha vida à hipocondria! — Ele avistou a van. Olhou para Jasper, mostrando os dentes, num sorriso desdenhoso. — Vamos ter aquela boa conversa agora.

Ele abriu a porta traseira da van e entrou. Tia adiantou-se, murmurando seu nome, quase chorando. Mas Malachi levantou a mão.

— Um momento. Uma coisa de cada vez.

Assim que empurraram Jasper para dentro, Malachi lhe deu um soco na cara.

— No alvo. — O irlandês flexionou os dedos, estremecendo. — A mão quebrada vai afastar minha mente do fato de que estou sangrando até a morte.

Chocada, mas firme, Tia levou-o para uma cadeira.

— Cleo, vamos para o prédio de Jack. E você, Gideon, mantenha esse homem horrível naquele canto. Jack, você tem uma caixa de primeiros socorros aqui?

— No porta-luvas.

— Rebecca?

— Estou pegando.

Apesar da dor e do sobressalto quando ela lhe tirou o paletó, Malachi não pôde deixar de sorrir.

— Você é maravilhosa. Dê-me um beijo.

— Fique quieto. Não se mexa. — Embora sentisse a cabeça girar, nauseada, quando viu o sangue espalhar-se pela camisa, Tia a rasgou. Lançou um olhar fulminante para Jasper, agora algemado e amordaçado, no canto da van. — Você devia se envergonhar.

— Ele tinha que ir para o hospital, ser tratado por um médico, não acha? — Tia retorcia as mãos, andando de um lado para o outro na sala de Jack. — O corte foi bastante profundo. Se Jack e Gideon não chegassem a tempo... Se aquele homem levasse Malachi para seu carro...

— Se um porco tivesse duas cabeças, teria dois cérebros. Tome aqui. — Eileen estendeu um copo com três doses generosas de Paddy, o uísque irlandês. — Beba isso.

— Não costumo beber. E uísque... bebia um pouco... às vezes... apenas um gole, antes de uma conferência. Mas não é...

— Tia, tome logo isso.

À ordem de Cleo, Tia estremeceu, acenou com a cabeça, pegou o copo e bebeu até a última gota.

— Assim é que se faz, menina — aprovou Eileen. — Agora, quero que se sente.

— Estou angustiada demais para me sentar. Sra. Eileen... não acha que ele precisa ser levado a um médico?

— Você o remendou muito bem. Já o vi em piores condições após brigar com o irmão. Agora, trate de mudar de roupa. Rebecca trouxe uma blusa limpa.

— Limpa... — Aturdida, Tia baixou os olhos e viu que sua blusa estava manchada de sangue. — Ahn... — Ela começou a revirar os olhos.

— Não faça isso. Não quero saber dessa reação agora. — Eileen falou em tom incisivo, empurrando-a com firmeza para uma cadeira. — Nenhuma mulher capaz de cuidar de um homem ferido numa van em movimento vai desmaiar à visão de sangue já derramado. Você não é tão tola assim.

Tia piscou, para desanuviar a vista.

— Verdade?

— Foi sensacional — disse Cleo. — Fez o que tinha de fazer sem hesitar.

— Ela foi brilhante — concordou Rebecca. — Troque a blusa agora, Tia querida. Vamos deixar a outra de molho, para tentar tirar o sangue.

— Acham que darão uma surra nele? — especulou Tia.

— No homem mau e feio? — Cleo estendeu a blusa ensanguentada para Rebecca. — Espero que sim.

O ASSUNTO ESTAVA sendo debatido lá embaixo, com certa veemência. Jasper se encontrava na infeliz posição de estar amarrado a uma cadeira, ouvindo os argumentos a favor e contra.

— Acho que devemos dar-lhe umas porradas, quebrar alguns ossos e depois conversar.

Jack sacudiu a cabeça. Apanhou o martelo com que Malachi batia no balcão, em movimentos ritmados, e o colocou de lado.

— Três contra um. Não parece justo.

— Queremos ser justos, não é? — Divertido, Malachi adiantou-se e chutou a cadeira de Jasper. — E ele estava sendo justo quando me espetou com uma faca, bem no meio da rua?

— Mal tem razão nesse ponto, Jack. — Gideon tirou uma porção de castanhas de caju de uma tigela e pôs na boca. — O cara enfiou uma faca em meu irmão, que estava desarmado. Não foi justo. Talvez devêssemos deixar que Mal enfiasse uma faca nele. Apenas uma boa espetada, para deixá-los quites, por assim dizer.

— Olhe só para isso. — Mal levantou um braço, mostrando o curativo logo acima da cintura. — E meu terno? É outro fator. A camisa também. Ele abriu buracos enormes em minhas roupas, sem falar no corpo.

— Sei que você está transtornado. Não posso culpá-lo. Mas o cara apenas cumpria ordens. Não é mesmo? — Jack abriu a carteira que haviam tirado dele, como se quisesse verificar o nome. — Marvin.

Marvin deixou escapar um som abafado através da mordaça.

— Pois a porra do trabalho dele não presta — insistiu Malachi. — E acho que umas boas porradas seriam apenas um risco ocupacional.

— Proponho o seguinte. Vamos conversar com o pobre coitado primeiro. Para ver se ele coopera. Se você não ficar satisfeito... — Jack deu um tapinha cordial nas costas de Malachi. —... então a gente enche o cara de porrada.

— Eu quero começar. Quebrarei os dedos da mão que ele usou para me esfaquear. Uma articulação de cada vez.

Os homens se entreolharam. Tornaram a fitar Jasper, que tinha os olhos esbugalhados. Todos se sentiam satisfeitos pelo bom desempenho de seus papéis.

Jack adiantou-se e baixou a mordaça.

— Muito bem, você já sabe o que te espera. Meus colegas aqui querem arrancar alguns pedaços de você. Já eu sou adepto da democracia e das regras da maioria. Se quer evitar a votação, deve cooperar. Se não quiser, os deixarei agir à vontade. E quando acabarem, nós o largaremos na porta de Anita. E ela finalizará o serviço. Gid, pode mostrar aquela parte da gravação em que ela conta a Mal como lida com os empregados incompetentes?

Gideon foi até o gravador. Ligou a fita, que deixara preparada. A voz de Anita era fria como a morte enquanto ela falava sobre a firmeza e tranquilidade com que crivara um corpo de balas.

— Cuidaremos para que ela tenha a oportunidade de fazer a mesma coisa com você — declarou Jack, em seguida. — Nós três podemos lhe causar alguma dor, mas não somos assassinos. Deixaremos essa parte para uma especialista.

— O que vocês querem saber?

— Conte-nos tudo o que sabe. Não poupe os detalhes. E quando chegar o momento, vai repetir tudo para um amigo meu, que por acaso é da polícia.

— Acha que vou falar com a polícia?

— Já vi sua ficha, Marvin. Não será a primeira vez. Ninguém o acusou de homicídio ainda. Quer dar a ela a oportunidade de distorcer os fatos para que acabe levando a culpa por Dubrowsky e Michael Hicks? — Jack fez uma breve pausa. — É o que ela fará, se você não se antecipar e contar com o nosso apoio. Ou podemos também cruzar os braços e deixar que ela repita com você o que fez com Dubrowsky.

— Melhor a prisão do que o necrotério — interveio Malachi. — Você deve saber que também gravamos nosso encontro na calçada. Podemos entregá-lo agora à polícia, acabando logo com isso, e você não terá a menor possibilidade de recorrer... como é mesmo que chamam, Jack?

— Remorso. Remorso e cooperação.

— Não terá essa oportunidade. Com Anita ainda livre e com tanto dinheiro a sua disposição, quanto tempo acha que será preciso para que alguém providencie sua dispensa em caráter permanente, depois que estiver atrás das grades?

— Quero um acordo. — Jasper passou a língua pelos lábios. — Quero imunidade.

— Terá de acertar essa parte com meu amigo com o distintivo — declarou Jack. — Tenho certeza de que ele ficará feliz em levar seus anseios e necessidades em consideração. Agora... — Jack sinalizou para que Gideon desligasse o gravador, antes de acrescentar: — Vamos falar sobre o seu trabalho com Anita Gaye.

ANITA ESTAVA estendida na banheira, a espuma subindo até o queixo. Imaginou Malachi sendo amaciado naquele exato momento. Pela manhã, depois que ele tivesse tido bastante tempo para pensar e sofrer, ela iria vê-lo. E ele lhe diria exatamente onde escondera as Parcas e onde encontrar Cleo Toliver. Confirmaria se suas conclusões estavam corretas, se fora Jack, ou outra pessoa da Burdett, quem o ajudara a passar pelo sistema de segurança.

E, depois, ela cuidaria de todos. Pessoalmente.

A luz da vela tremeluzia suavemente sobre seus olhos fechados quando estendeu a mão para atender o telefone de sua linha particular, que deixara junto da banheira.

— Alô?

— Achei que lhe devia desculpas por me retirar de maneira tão brusca.

O som da voz de Malachi fez com que ela se sentasse na banheira no mesmo instante. Água e espuma passaram por cima da borda, derramando-se pelo chão de ladrilhos.

— Foi muita grosseria de minha parte — acrescentou ele. — Mas tinha o que se poderia chamar de um compromisso urgente. Seja como for, aguardo ansioso nosso encontro na quinta-feira, às 11 horas. Ah, mais uma coisa. O Sr. Jasper me pediu para avisá-la que não trabalha mais para você.

Quando o estalido soou em seu ouvido, Anita deixou escapar um rugido de frustração. Jogou o telefone para o outro lado da banheira, acertando o espelho.

Pela manhã, quando a empregada subisse para arrumar tudo, balançaria a cabeça e pensaria em sete anos de azar.

Capítulo 30

Seria, na essência, um tipo de peça de teatro, em grande parte dependente da encenação, do figurino, dos adereços e do empenho dos atores em seus papéis. Como Cleo era a especialista do grupo em atuação no palco, foi quem assumiu a direção.

Com Eileen fazendo o papel de Anita, Cleo ensaiou o elenco exaustivamente.

— O ritmo, pessoal. É tudo uma questão de ritmo, do momento certo. Jack, a deixa.

Ele fez a mímica do telefonema que desencadearia toda a ação. Depois, seguiu com Gideon para o elevador.

— Não sei por que temos de descer de novo. Podemos apenas fingir que descemos.

— Escute, bonitão, eu dirijo o espetáculo. Trate de se movimentar.

Ele entrou no elevador com Jack.

— Boa sorte — gritou Tia, dando de ombros. — É o que eu diria para eles, se fosse pra valer.

— Estão vendo? — Cleo cruzou os braços. — Tia sabe ensaiar. Muito bem, vamos continuar. Calculamos que são 8h15. Dois dos nossos três agentes estão se preparando. Os outros esperam aqui, usufruindo um nutritivo café da manhã, até que Gideon volte. O relógio continua batendo, batendo... Onde ele se meteu?

— Estaríamos andando de um lado para outro, como feras enjauladas, bebendo muito café. — interveio Rebecca, enquanto folheava uma de suas revistas de casamento. — Ei, mãe, dê uma olhada nesse vestido. Pode ser igual.

— Ela não é sua mãe. É a temida e infame Anita Gaye. Permaneçam nos personagens. — Cleo virou-se quando Gideon abriu de novo as portas do elevador. — Você está atrasado. Ficamos preocupadas, blá-blá-blá. Tem de nos contar tudo o que aconteceu.

— Eu contaria se você me desse uma oportunidade.

— Atores são tão imaturos. — Cleo agarrou-o pela camisa e o puxou para um beijo. — Mudança de cena. Biblioteca. Sala de leitura. Hora: 10h30. Lugares, pessoas.

CHOVIA FORTE quando Malachi saltou do táxi, na frente da Biblioteca Pública de Nova York. As ruas cheias de poças e o tráfego intenso haviam provocado um ligeiro atraso.

O tempo o deixou com saudade de sua terra. Estava quase acabando, pensou ele, enquanto subia os degraus entre os leões, conhecidos como Paciência e Coragem. Mais um pouco e poderia voltar para casa, retomar os fios de sua vida. O velho e o novo. Ele se perguntou que padrão formariam juntos.

Entrou na grandiosidade e no silêncio do prédio, como uma catedral. Era sua segunda visita, já que fora obrigado a realizar um ensaio geral. Ainda estranhava o fato de uma biblioteca tão grande e imponente não ter livros na entrada.

Ele passou a mão pelos cabelos, fazendo cair algumas gotas no chão. De acordo com o plano, subiu pela escada para o terceiro andar, em vez de usar o elevador.

Ninguém pareceu lhe dispensar qualquer atenção especial. Havia pessoas sentadas às mesas, estudando ou apenas folheando livros. Algumas usavam laptops, outras faziam anotações em blocos, outras ainda vagueavam entre as fileiras de estantes.

Como planejado, ele preencheu uma ficha de pedido para o livro que Tia julgara mais apropriado, levando-o para a mesa de referência indicada.

Gostava do cheiro do prédio, de livros e madeira, de pessoas entrando para escapar da chuva. Em outra ocasião, teria apreciado o simples fato de estar naquele ambiente. E, embora Gideon fosse o leitor mais entusiasmado da família, Malachi sentiria prazer em escolher um livro e se acomodar para lê-lo naquele templo da literatura.

Ele passou pelo lugar em que Gideon, sentado, se concentrava num exemplar de *O sol é para todos*. O irmão virou uma página, na narrativa lírica de Scout, sinalizando que ele podia prosseguir.

Haviam considerado o fato de que Anita teria tempo suficiente para contratar um substituto para Jasper. E que seu temperamento poderia levá-la a procurar alguém disposto a matar um homem desarmado numa biblioteca pública.

Mas as probabilidades eram mínimas, já que ela perderia assim sua melhor oportunidade de conseguir as Parcas. E, embora fosse um risco, Malachi estava disposto a corrê-lo. Sentiu os cabelos da nuca arrepiados enquanto andava em meio às estantes.

Encontrou uma mesa vazia. Olhou ao redor, passando por Rebecca, a cabeça inclinada para o laptop.

Em vinte minutos, uma atendente jovem e bonita entregou o livro pedido. Malachi acomodou-se para esperar.

NA MORNINGSIDE, depois de passar uma hora assistindo às gravações do sistema de segurança fornecidas pela Burdett, o detetive Lew Gilbert já começava a entrevistar os funcionários sobre três itens do inventário que estavam faltando.

Na chefatura de polícia, Jasper aproximava-se de um acordo com o promotor.

Ao volante de uma van, arrastando-se sob a chuva no tráfego irritante da Quinta Avenida, Cleo tamborilava com os dedos, ao som de Barenaked Ladies, esperando que Tia desse seu sinal.

Malachi ouviu o barulho dos saltos altos, aspirou o perfume caro e levantou os olhos do livro.

— Olá, Anita. Estava lendo sobre minhas damas. Mulheres fascinantes. Sabia que elas cantavam suas profecias? Uma espécie de conjunto feminino mitológico.

— Onde elas estão?

— Num lugar seguro. Ah, desculpe! Onde estão minhas boas maneiras? — Malachi levantou-se, puxando uma cadeira. — Não quer sentar? Um dia de chuva faz com que este lugar seja ótimo, quase aconchegante.

— Quero vê-las. — Mas ela sentou-se, cruzou as pernas e as mãos. Seria um negócio, lembrou a si mesma. Pelo menos por enquanto. — Não pode ter pensado que eu pagaria uma quantia tão exorbitante sem examinar primeiro a mercadoria.

— Eu a deixei examinar uma delas antes e veja aonde isso nos levou. Certo? Mandou alguns homens indelicados atrás de meu irmão. E gosto de meu irmão.

— Só lamento não tê-los mandado atrás de você, com ordens menos restritivas.

— Vivendo e aprendendo. Não havia necessidade de matar aquele amigo de Cleo. Ele não estava envolvido.

— Ela o envolveu. Era um negócio, Malachi, apenas um negócio.

— Isto não é *O poderoso chefão*. Negócio, Anita, teria sido pagar o preço que Cleo pediu por sua Parca. E se você tivesse jogado limpo, estaria com a estatueta em seu poder agora. E talvez até estivesse com a terceira. Em vez disso, sujou suas mãos com sangue.

— Poupe-me do sermão.

— Se tivesse jogado limpo comigo em vez de deixar que a ganância prevalecesse sobre o bom senso, teria as três por uma fração do preço que vai pagar agora. Você começou tudo, Anita, quando roubou o que era meu e de minha família.

— Você queria uma trepada. Deixei que me fodesse e depois o fodi. Não há sentido em lamentar agora o que aconteceu.

— Tem razão. Só estou explicando o porquê de você estar sentada aqui neste momento: 10 milhões. Já providenciou tudo?

— Terá o dinheiro, mas só depois de me mostrar as Parcas. Deixei tudo preparado para a transferência. Depois de confirmar que você realmente possui o que alega, darei um telefonema para ordenar a transferência para sua conta.

— Só mais um detalhe antes de começarmos. Caso você se sinta compelida a se vingar depois da transação fazendo qualquer coisa contra alguém de minha família ou contra Cleo, quero que saiba que tenho tudo documentado. Tudo mesmo, Anita, e tenho essa documentação em lugar seguro.

— Para o caso de minha morte prematura? — Ela soltou uma risada. - Uma atitude banal.

— Banal, mas eficiente. Receberá aquilo pelo que vai pagar. E ponto final. Combinado?

Uma mulher que passara uma dúzia de anos casada com um homem que a repugnava na cama e enchia seu saco fora dela, sabia como ser paciente. Paciente o bastante, pensou ela, para esperar anos, se fosse necessário, a fim de provocar o tipo certo de acidente trágico.

— Estou aqui, não estou? Deixe-me vê-las.

Malachi recostou-se. Sem desviar os olhos de Anita, ergueu a mão. Gideon aproximou-se e pôs um estojo preto na mesa, entre os dois.

— Não creio que já tenha conhecido meu irmão. Gideon, Anita Gaye.

Anita pôs a mão sobre o estojo, fitando Gideon.

— Então você é o menino de recados — comentou ela, a voz suave. — Não se importa de partilhar sua puta com seu irmão?

— Somos uma família que gosta de partilhar. Ainda bem que Mal não teve tempo de partilhar você comigo. É um pouco velha para o meu gosto.

— Ora, ora, vamos nos lembrar das boas maneiras. — Malachi gesticulou para o estojo.

— Este lugar é público demais para uma avaliação.

— É aqui ou nada feito.

Num movimento irritado, Anita tentou abrir o estojo.

— Está trancado.

— É verdade. — O tom de Gideon era jovial. — A combinação é 7, 5, 15. A data em que o *Lusitania* afundou.

Anita ajustou a combinação, puxou os fechos e levantou a tampa. Aninhadas em espuma, as Parcas fitavam-na, placidamente.

Anita pegou a primeira. Lembrava muito bem da sensação, do peso, do formato de Cloto. A textura suave da saia de prata, os cabelos abundantes sobre os ombros, a delicadeza da roca em sua mão.

Guardou-a no estojo e pegou Láquesis. Havia diferenças sutis. A túnica tinha dobras diferentes, a curva de um ombro estava à mostra. Os cabelos reluzentes estavam arrumados como se fossem uma coroa. A mão direita segurava a ponta de uma fita, que terminava na mão esquerda. Havia marcas e numerais gregos nela.

O coração de Anita começou a bater forte quando repôs a segunda Parca no estojo e pegou a terceira.

Átropos era um pouco menor do que as irmãs, o que correspondia com a lenda. O rosto era mais suave, mais gentil. Segurava a tesoura nas mãos cruzadas, entre os seios. Usava sandálias, a tira da esquerda cruzando duas vezes, antes de desaparecer sob as ondulações da saia.

Cada detalhe estava de acordo com as descrições conhecidas. Era uma obra magnífica. E mais, muito mais. As Parcas irradiavam uma sensação de poder. Uma vibração suave, que parecia ecoar na cabeça de Anita.

Naquele momento, ela pagaria qualquer coisa para tê-las, seria capaz de fazer qualquer coisa.

— Satisfeita? — indagou Malachi.

— Um exame visual não é satisfatório. — Ela continuava a segurar Átropos. — É preciso fazer alguns testes...

Malachi tirou a Parca de seus dedos e guardou-a no estojo, junto com as irmãs.

— Já passamos por isso antes. É pegar ou largar, aqui e agora.

Ele fechou o estojo enquanto Anita estendia a mão para tentar impedi-lo.

— Não pode esperar que eu pague 10 milhões de dólares por um exame de apenas dois minutos.

Malachi manteve a voz abafada, como Anita. Num tom igualmente razoável.

— Foi suficiente para você quando lhe mostrei Cloto pela primeira vez. Teve certeza no mesmo instante, como tem agora. Transfira o dinheiro e poderá sair daqui com elas. — Ele tirou o estojo da mesa enquanto falava, pondo-o no chão, a seus pés. — Se não transferir, eu saio com as Parcas e as vendo para outra pessoa. Tenho a impressão de que a Wyley pagaria esse preço, com grande satisfação.

— Ela abriu a bolsa, mas, quando enfiou a mão lá dentro, Malachi segurou-lhe o pulso. — Devagar, querida.

Ele continuou a segurá-la até Anita pegar o telefone.

— Acha mesmo que eu tiraria uma arma para matá-lo a sangue-frio num lugar público?

— Exceto pelo lugar público, tudo combina com você com a mesma perfeição do tailleur que está usando.

Malachi fechou a bolsa, para depois se recostar na cadeira.

— Se acha que sou tão violenta, fico surpresa que não tenha procurado a Wyley em primeiro lugar.

— Entre nós dois há menos perguntas e explicações, algumas das quais poderiam ser desagradáveis.

— Diga a seu irmão para não ficar grudado em mim. — Ela apertou um número enquanto Gideon recuava. — Aqui é Anita Gaye. Estou pronta para efetuar a transferência dos recursos.

Malachi tirou um pedaço de papel dobrado do bolso. Abriu-o sobre a mesa, na frente de Anita. Ela transmitiu a informação escrita ali.

— Não — disse ela ao telefone. — Ligarei mais tarde.

Anita largou o telefone na mesa.

— A transferência está sendo efetuada. Quero as Parcas.

— E vai tê-las. — Ele tirou o estojo do alcance de Anita. — Quando eu confirmar que o dinheiro está na minha conta.

Em uma mesa próxima, Rebecca respondeu a um e-mail de Jack, mandou outro para Tia e continuou a monitorar a conta numerada.

— É muito dinheiro, Malachi. O que planeja fazer?

— Todos temos planos. Você terá de ir a Cobh um dia para saber como o usamos. E o que você pretende fazer? Vai começar a procurar logo alguém para vender ou deixará passar algum tempo para desfrutar sua aquisição?

— Os negócios estão sempre em primeiro lugar.

Agora, pensou Gideon, enquanto observava a irmã baixar a tela do laptop, precisavam apenas esperar o momento certo. Saberiam em breve se Cleo organizara a cena com eficiência. Ele enfiou os polegares nas presilhas do cinto. Ao sinal, Malachi levantou os olhos.

— Essa não! — Ele franziu o rosto para Anita. — Temos companhia. Deixe-me cuidar dela.

— Quem?

— Tia. — Malachi levantou-se e acrescentou, efusivo: — Mas que feliz coincidência!

— Malachi... — Ela gaguejou um pouco. A adrenalina do momento, tanto quanto o papel que representava, fizeram-na corar. — Não sabia que havia voltado a Nova York.

— Acabei de chegar. Ia ligar para você mais tarde. Poupou-me o custo da ligação. Ele se inclinou e encostou o rosto no de Tia, alteando as sobrancelhas para Anita.

— Vim fazer uma pesquisa para meu livro. — Ela comprimia a pasta executiva contra os seios. — Nunca imaginei... — A voz de Tia definhou, a surpresa estampando-se em seu rosto. — Anita?

— Vocês já se conhecem, é claro. — Malachi elevou a voz, com um tom um pouco frenético, o suficiente para que cabeças se virassem para fitá-lo com evidente irritação. — Pedi à Sra. Gaye para se encontrar comigo aqui, a fim de discutir... ahn... discutir uma possibilidade de compra para minha empresa.

— Entendo... — Tia olhou de um rosto para outro, os olhos arregalados e magoados. Como se entendesse tudo, e muito bem. — Eu não... não quero interromper. Como eu disse, só vim... Está lendo sobre as Parcas?

Ela se inclinou, um pouco desajeitada, para virar o livro, bloqueando a vista de Anita.

Rebecca aproximou-se, trocou os estojos num movimento discreto e continuou a andar. Ofereceu uma piscadela rápida para Gideon, segurando firme a alça do estojo que continha as Parcas. Deixou a sala de leitura e desceu a escada.

— Apenas para passar o tempo. — Malachi deu um toque no telefone da mesa quando viu a luz piscando. — Acho que está recebendo uma ligação, Anita.

— Com licença. — Ela pegou o telefone. — Anita Gaye.

— Eu... ahn... preciso trabalhar. — Tia recuou. — Foi um prazer vê-lo de novo, Malachi. Foi... ora, adeus.

Com uma risada baixa, Anita desligou o celular.

— A destruição dos sonhos de uma solteirona. A transferência foi concluída. Portanto...

Ela estendeu a mão para o estojo. Pela segunda vez, Malachi segurou seu pulso.

— Não tão depressa, querida. Também quero confirmar.

Ele tirou seu celular do bolso. Como se quisesse verificar o que Rebecca já confirmara, ligou para Cleo na van.

— Preciso confirmar uma transferência eletrônica de recursos — disse ele, incisivo. — Claro. Eu espero.

— Rebecca está entrando na van neste momento. Jack deve estar na casa de Anita, com o detetive Gilbert. Conseguiram o mandado de busca.

— Obrigado. Vou dar o número da conta.

— Mal, é Rebecca, Jack mandou um e-mail de seu PalmPilot. O detetive Robbins vai deter Anita para interrogatório sobre os assassinatos. Ele deve estar na Morningside neste momento. Com o outro detetive na casa, ela não tem para onde ir. E Tia acaba de sair da biblioteca.

— Excelente. Muito obrigado. — Ele tornou a guardar o celular no bolso. — Parece que está tudo certo.

Malachi levantou-se. Entregou o estojo.

— Não posso dizer que foi um prazer.

— Você é um tolo, Malachi. — Anita também se levantou. — Pior ainda, um tolo que pensa pequeno. Transformarei o que tem nesta pasta na maior história da década. Mais até, do século. Aproveite os 10 milhões. Em comparação com o que vou ganhar, isso é insignificante.

— Uma mulher desagradável — murmurou Gideon enquanto Anita se afastava.

— Acho que ela é assim desde o dia em que nasceu. Vamos dar-lhe um ou dois minutos de dianteira, para que saia voando em seu cabo de vassoura, antes de irmos ao encontro de nossas meninas.

O CABO DE vassoura podia ser um táxi da cidade de Nova York, mas Anita estava quase rindo. Tudo o que sempre quisera — dinheiro, poder, posição, fama, respeito — estava dentro do estojo a seu lado.

Fora o dinheiro de Paul que a trouxera até onde estava. Mas seria seu próprio dinheiro que a levaria pelo resto do caminho. Agora estava mais longe do que nunca daquela casa miserável no Queens.

Inspirada, ela pegou o celular para falar com o mordomo, ordenando que providenciasse champanhe e caviar, e que os deixasse à sua espera na sala.

— Boa tarde. Residência Morningside.

— Aqui é a Sra. Gaye. Já não falei que quem deve atender o telefone é Stipes ou Fitzhugh?

— Eu sei, Sra. Gaye, e peço desculpas. Mas o Sr. Stipes e a Sra. Fitzhugh estão com a polícia.

— Com a polícia? Como assim?

— A polícia está aqui, madame. Trouxeram um mandado de busca.

— Perdeu o juízo?

— Sim, madame... não, madame. Ouvi quando falaram alguma coisa sobre o seguro e algumas peças da Morningside.

A emoção na voz da moça era evidente. Anita não podia saber da guerra interna que estava sendo travada entre admitir que escutara atrás da porta fechada, correndo o risco de ser despedida, e transmitir a informação.

— O que eles estão fazendo? Onde?

— Na biblioteca, madame. Abriram seu cofre e encontraram coisas... coisas que supostamente foram roubadas da loja.

— Mas isso é um absurdo! Impossível! Um... — E percebeu que as peças começavam a se encaixar. — Filho da puta! Filho da puta!

Ela jogou o celular para o lado. Com os dedos trêmulos, abriu o estojo. Lá dentro, encontrou três bonecos. Apesar do nevoeiro de fúria que turvava seus olhos. Anita reconheceu os Três Patetas.

— ELA NÃO vai apreciar a ironia dos Três Patetas.

Gideon inclinou-se e roubou o pedaço de pizza da mão de Cleo.

— É uma piada. O objetivo é bastante claro, até mesmo para ela.

— Desculpem, mas nunca entendi o humor. — Os três homens olharam para Tia, que acrescentou: — Toda aquela história de espetar olhos e bater em cabeças.

— É coisa de homem — disse Jack. Ele olhou para o relógio. — A essa altura já devem tê-la levado para a chefatura. Seus advogados podem fazer o que quiserem, mas não conseguirão evitar a acusação de fraude de seguro.

— E Mikey?

Jack olhou para Cleo.

— Jasper contou tudo. Os tribunais podem desconfiar de um cara com a ficha criminal dele, mas os registros telefônicos confirmarão os contatos. E quando se juntarem todos os elos, teremos uma corrente para pendurá-la pelo pescoço. Ela é cúmplice antes e depois do crime. Pagará pelo que aconteceu com Mikey. Pagará por tudo.

— Pensar nela com aquele horrível macacão laranja que terá de usar na prisão... uma cor que não combina com seus cabelos... alegra meu dia. — Cleo levantou sua cerveja. — A nós.

— Foi uma festa e tanto. — Gideon levantou-se, flexionou os ombros. — Agora, tenho de sair.

— Para onde vai?

— Você não está convidada. — Ele se inclinou para tocar o nariz de Cleo. — Vou levar Mal e minha mãe para me ajudar com uma opinião masculina e uma feminina na escolha do anel apropriado.

— Vai comprar um anel para mim? Você é mesmo um bobão tradicional. — Cleo levantou-se para beijá-lo. — Também vou. Devo escolher, já que sou eu quem vai usar.

— Você não vai, e eu é que escolherei, já que vou dá-lo.

— Está sendo muito rigoroso, mas posso conviver com isso.

— Vamos descer com vocês. — Jack pegou a mão de Rebecca. — Daremos um pulo na delegacia, para ver o que podemos arrancar de Bob sobre a situação. Talvez ele se recuse a me dizer qualquer coisa, mas não poderá resistir a uma irlandesa.

— Uma boa ideia. — Rebecca pegou seu casaco. — E quando acabarmos, vamos fazer reservas em algum restaurante absurdamente caro. Teremos o melhor de todos os jantares de comemoração. Mas temos de ajudar Tia a limpar toda essa sujeira antes.

— Não se preocupe com isso — declarou Tia. — Prefiro saber o que está acontecendo o mais depressa possível. E quero ver o anel de Cleo.

— Eu também. — Cleo esticou-se no sofá. — E quero tanto que ajudarei na limpeza. Não tenha medo de comprar um anel muito vistoso, Gideon. Posso conviver com isso.

Quando ficou a sós com Tia, Cleo deitou de costas e cruzou as pernas no ar.

— Sente-se um pouco. Aquelas caixas com pizza não estão com pressa.

— Se eu me mantiver ocupada, o tempo vai passar mais rápido até que todos voltem. Quer saber de uma coisa? Comi mais pizza no último mês do que em toda a minha vida.

— Continue comigo e descobrirá todas as alegrias do fast food.

— Nunca pensei que gostaria de ter meu apartamento lotado. Mas gosto. Parece que falta algo quando eles não estão aqui.

— Eu me perguntava se você e Mal não vão seguir os nossos passos.

— Que passos? — Tia olhou para as Três Parcas, entre garrafas vazias e caixas de pizza. — Já conseguimos o que queríamos, não é?

— Eu me referia àquela história de "até que a morte nos separe".

— Ah, isso... Ainda não conversamos a respeito. Imagino que ele está ansioso em voltar para casa, para o empreendimento da família, e determinar o que fazer com sua parte dos lucros. Talvez depois... talvez com o tempo ele se sinta mais decidido e, então, poderemos conversar sobre isso.

— O tempo faz parte, não é? — Cleo levantou Cloto. — Tenho a impressão que, apesar de toda essa coisa do destino, às vezes você tem de tomar a iniciativa. Por que não faz o pedido?

— Pedir o quê? Para... casar comigo? Nunca. Ele é que deve fazer.

— Por quê?

— Porque é o homem.

— E daí? Você o ama, o deseja. Então faça o pedido. E poderemos planejar um casamento triplo. Acho que era assim que tudo deveria terminar.

— Fazer o pedido? — A ideia ressoou pelo cérebro de Tia antes que ela sacudisse a cabeça. — Eu não teria coragem.

Quando o telefone tocou, ela carregava as caixas vazias para a cozinha. Atendeu no aparelho portátil que ficava em cima do balcão.

— Alô?

— Fazendo pesquisa, sua puta?

Uma corrente de gelo subiu pela espinha de Tia.

— Como?

— O que ele lhe prometeu? Amor verdadeiro? Devoção? Você não vai conseguir.

— Não estou entendendo. — Ela voltou apressada à sala, fazendo um sinal para Cleo. — Anita?

— Não banque a idiota comigo. O jogo acabou. Quero as Parcas.

— Não sei do que está falando.

Tia inclinou o telefone para que Cleo pudesse ouvir também, encostando a cabeça na sua.

— Se não entender, algo muito triste vai acontecer com sua mãe.

— Minha mãe?! — Tia teve um sobressalto, apertando a mão de Cleo, numa reação instintiva. — O que há com minha mãe?

— Ela não está se sentindo bem. Nem um pouco. Não é mesmo, Alma?

— Tia... — A voz saiu fraca, embargada pelas lágrimas. — O que está acontecendo, Tia?

— Conte a ela o que estou fazendo neste momento, Alma querida.

— Ela está... Tia, ela tem uma arma apontada para a minha cabeça. E acho... acho que atirou em Tilly. Ah, Deus, não consigo respirar!

— Não a machuque, Anita. Ela não sabe nada. Não está envolvida nisso.

— Todos estão envolvidos. Ele está aí com você?

— Não. Malachi saiu. Juro que ele não está aqui. Fiquei sozinha no apartamento.

— Pois então venha para a casa de sua mamãe, sozinha. Teremos uma conversinha agradável. Tem cinco minutos. Portanto, é melhor correr. Cinco minutos, Tia, ou atiro em sua mãe.

— Não atire, por favor. Farei qualquer coisa que quiser.

— Está perdendo tempo, e ela não tem muito.

Tia largou o telefone no mesmo instante em que ouviu o estalido da ligação cortada.

— Tenho de ir agora. O mais depressa possível.

— Por Cristo, Tia, não pode ir para lá, muito menos sozinha.

— Tenho de ir. Não há tempo a perder.

— Chamaremos Gideon, Malachi. Ou Jack. — Cleo tentou afastá-la da porta. — Pense um pouco, por favor. Não pode sair correndo para lá. Precisamos da polícia.

Tenho de ir. É minha mãe. Está apavorada. Talvez já tenha sido ferida. Cinco minutos. Só tenho cinco minutos. É minha mãe.

Tia empurrou Cleo para o lado.

— Tente ganhar tempo. — Cleo correu para a porta, atrás de Tia. — Ganhe tempo enquanto peço ajuda.

Tia deu o endereço da mãe e saiu correndo. Não sabia que podia correr tão depressa, que podia disparar pela chuva como uma cobra através da água. Encharcada, apavorada e gelada até os ossos, subiu os degraus da casa dos pais. Levantou a mão para bater na porta, desesperada. Empurrou-a com o punho, pois já estava entreaberta.

— Mãe!

— Estamos aqui em cima, Tia! — gritou Anita. — Feche e tranque a porta. Chegou bem na hora. Faltavam apenas trinta segundos para o prazo se esgotar.

Tia hesitou, na base da escada.

— Você está bem?

— Ela me bateu. — Alma começou a chorar. — No rosto. Tia, não suba. Não venha para cá. Fuja!

— Não a machuque de novo. Já estou subindo. — Segurando no corrimão, Tia começou a subir. Lá em cima, virou-se e avistou Tilly caída no corredor, o sangue manchando o tapete sob seu corpo. — Ah, Deus, não!

Ela correu. Abaixou-se para verificar a pulsação.

Viva, pensou Tia, quase chorando. Ainda viva, mas por quanto tempo mais? Se ganhasse tempo suficiente com Anita até que a ajuda chegasse, Tilly poderia sangrar até a morte.

Você está sozinha, raciocinou Tia. Ela ordenou a si mesma que se levantasse. E fizesse qualquer coisa que tivesse de fazer.

— Tilly está gravemente ferida.

— Então seu pai terá de ligar para a agência e arrumar outra empregada. Venha aqui, Tia, antes que eu comece a espalhar o sangue de sua mãe por este quarto exageradamente rococó.

Sem tempo para uma última oração, Tia parou na porta do quarto. Viu a mãe, amarrada numa cadeira. Atrás dela, viu Anita, apontando uma arma para a têmpora já machucada de Alma.

— Levante as mãos — ordenou Anita. — Dê uma volta, devagar.

Quando Tia obedeceu, ela acrescentou:

— Olhe só para isto. Ela nem teve tempo de pegar o guarda-chuva. Tanta devoção...

— Não tenho uma arma. E não saberia como usá-la, se tivesse.

— Dá para perceber. Toda encharcada. Entre no quarto.

— Tilly precisa de uma ambulância.

Anita ergueu as sobrancelhas, comprimindo a arma com mais firmeza contra a têmpora de Alma.

— Prefere duas ambulâncias?

— Não. Por favor.

— Ela tocou a campainha — balbuciou Alma, soluçando. — Tilly a deixou entrar. E veio me avisar. Foi quando ouvi aquele barulho horrível. Ela atirou na pobre Tilly, Tia. Depois, entrou aqui e me bateu. E me amarrou.

— Usei lenços Hermès, não é mesmo? Pare de reclamar, Alma. Não sei como você consegue suportar essa mulher, Tia. Falando sério, eu deveria meter uma bala em sua cabeça, prestando um favor a todo mundo.

— Se matar minha mãe, não terei mais qualquer motivo para ajudá-la.

— Ao que parece, a julguei corretamente, de certa forma.

— Anita esfregou o cano da arma no rosto branco de Alma. — Nunca imaginei que seria capaz de mentir, enganar, roubar.

— Como você?

— Exatamente. Quero as Parcas.

— Não vão ajudá-la. A polícia está em sua casa e na Morningside. Com mandados judiciais.

— Acha que não sei? — A voz de Anita era estridente, como uma criança prestes a se lançar num acesso de raiva. — Pensaram que eram muito espertos, escondendo peças roubadas em meu cofre. Acha mesmo que estou preocupada com uma pequena fraude de seguro?

— Já sabem que você matou aquele homem. Será acusada de homicídio. E também sabem que ele trabalhava para você quando matou Mikey. Cúmplice de outro homicídio. — Tia avançava enquanto falava. — As Parcas não vão ajudá-la em nada.

— Traga-as para mim e deixe que eu me preocupe com o resto. Quero as estatuetas e o dinheiro. Ligue para aquele irlandês desgraçado e mande que me devolva tudo ou mato sua mãe primeiro, depois você.

Ela mataria todo mundo pelas Parcas, pensou Tia. Mesmo que as entregasse agora, ainda assim Anita mataria as duas. E, talvez, de alguma forma, encontrasse um buraco para se esconder.

— Ele não está com as Parcas. Ficaram comigo. — Quando Anita empurrou a cabeça de Alma para trás num movimento brusco, com o cano da arma, Tia apressou-se em acrescentar: — Meu pai as queria. Sabe como pode ser uma descoberta sensacional. Eu queria Malachi. Por isso, tiramos seu dinheiro. E meu pai compraria as Parcas. Eu fico com Malachi, e a Wyley, com as estatuetas.

— Não é o que vai acontecer.

— Tem razão, não é mesmo. Não quero que machuque minha mãe. Trarei as Parcas e minha parte do dinheiro. Tentarei obter o resto. Entregarei as Parcas agora mesmo, se parar de apontar essa arma para minha mãe.

— Não gosta? E o que acha disso? — Anita virou a arma, mirando o coração de Tia. E ao ver a arma apontada para a filha, Alma começou a gritar. Num gesto distraído, Anita bateu com o lado do punho na têmpora de Alma. — Cale a porra dessa boca ou atiro nas duas por puro prazer!

— Não faça isso! Não machuque minha Tia!

— Não precisa machucar ninguém. Terá as Parcas.

Devagar, Tia foi se aproximando da penteadeira da mãe.

— Acha que sou estúpida o bastante para acreditar que estão aí?

— Preciso da chave. Minha mãe guarda aqui a chave do cofre.

— Tia...

— Não adianta fingir mais, mãe. — Tia balançou a cabeça. — Ela já sabe. Não vale a pena morrer por isso.

Tia abriu a gaveta.

— Fique parada aí. — Anita adiantou-se, gesticulando com a arma, enquanto Tia permanecia ao lado da gaveta aberta. — Se há uma arma aí dentro, darei um tiro no joelho de Alma.

— Por favor... — Como se cambaleasse, Tia pôs a mão na penteadeira, pegando um pequeno vidro. — Não faça isso, por favor. Não há arma nenhuma.

Anita usou a mão livre para revistar a gaveta.

— Também não tem nenhuma chave.

— Está aí. Bem...

Ela empurrou a gaveta na mão de Anita e depois jogou o conteúdo do vidro em seu rosto. A arma disparou, abrindo um buraco na parede, a bala passando a três ou quatro centímetros da cabeça de Tia. Em meio aos gritos — da mãe, de Anita — Tia saltou.

A colisão com Anita deixou-a sem fôlego, mas ela nem notou, no fluxo de adrenalina. Sentiu, com uma emoção visceral, suas unhas rasgarem a carne do pulso de Anita.

E sentiu cheiro de sangue.

A arma escapuliu da mão de Anita, deslizando pelo chão. As duas tentaram pegá-la, Anita tateando às cegas, os olhos ardendo dos sais aromáticos que Tia jogara em seu rosto. Um punho raspou sua face, fazendo os ouvidos zumbirem. O joelho acertou a barriga de Anita, mais por acaso do que de propósito.

Com as mãos das duas alcançando a arma ao mesmo tempo enquanto rolavam pelo chão, engalfinhadas e suadas, Tia fez a única coisa que lhe ocorreu. Segurou os cabelos de Anita e os puxou com toda a força.

Não ouviu o barulho de vidro espatifado quando se chocaram com uma mesa. Também não ouviu os gritos lá embaixo e o barulho de pés correndo. Só podia ouvir o sangue estrondeando em sua cabeça, a fúria e a violência primitiva.

Pela primeira vez em sua vida, Tia causava dor física em uma pessoa... e queria causar mais.

— Você bateu em minha mãe!

As palavras saíram num ofego. Usando os cabelos de Anita como uma corda, ela bateu com sua cabeça no chão, várias vezes.

E foi nesse instante que alguém a puxou. Os dentes rangendo, as mãos cerradas em punhos, Tia se debateu enquanto olhava para baixo, vendo os olhos injetados de Anita revirarem.

Gideon adiantou-se, pegou a arma. Malachi empurrou Tia, ainda se debatendo, para os braços do irmão.

— Está ferida? Por Deus, Tia, você está sangrando!

— Ela encheu a outra de porrada. — Cleo aproximou-se, sorrindo. — E foi porrada pra valer.

— Tilly... — A adrenalina esvaiu-se do organismo, fazendo Tia sentir que seus braços e pernas eram como água. A voz saía fraca agora, a cabeça começando a girar.

— Mamãe está com ela. Já chamou uma ambulância. Agora, querida, você vai se sentar. Gideon, ajude a Sra. Marsh.

— Eu faço isso. Ela está assustada. — Tia permaneceu de pé, respirando fundo. Os joelhos queriam vergar, as pernas ceder, mas ela deu o primeiro passo. O segundo foi mais fácil. — Tirem-na daqui, por favor... tirem essa mulher daqui. Cuidarei de minha mãe.

Ela contornou o corpo de Anita, inconsciente, e foi desamarrar a mãe.

— Você não vai ficar histérica — ordenou Tia, dando um beijo no rosto machucado da mãe enquanto desfazia os nós. — Vai se deitar agora, enquanto preparo um chá.

— Pensei que ela ia matar você. Pensei...

— Ela não me matou. Estou bem... e você também.

— Tilly... ela morreu.

— Tilly não vai morrer. Prometo. — Gentilmente, Tia ajudou Alma a se levantar. — A ambulância chegará a qualquer momento. Deite-se agora. Tudo vai acabar bem.

— Aquela mulher horrível... Nunca gostei dela. Sinto muita dor na cabeça.

— Sei disso. — Tia afastou os cabelos da têmpora machucada da mãe, encostando os lábios ali. — Vou pegar alguma coisa para melhorar.

— Tilly...

Alma apertou a mão de Tia.

— Ela ficará bem. — Tia inclinou-se para abraçar a mãe. — Tudo vai acabar bem.

— Você foi muito corajosa. Não sabia que podia ser tão corajosa.

— Nem eu sabia.

Para surpresa de Tia, a mãe insistiu em ir para o hospital com Tilly. E foi igualmente firme ao mandar que a filha fosse para casa.

— Ela levará os médicos à loucura, pelo menos até papai chegar e acalmá-la.

— Demonstra ter um bom coração... — Eileen pôs uma xícara de chá na frente de Tia —... o fato de sua mãe estar mais preocupada com a amiga do que com qualquer outra coisa. — E tocou o rosto de Tia, enquanto acrescentava: — E um bom coração é muito importante. Tome seu chá agora, para estar recomposta quando for falar com os policiais.

— Obrigada. — Tia fechou os olhos quando Eileen se retirou. Ao tornar a abri-los, deparou com Malachi.

— Nunca pensei que ela poderia machucá-la. Nunca pensei que ela... Deveria ter previsto.

— Não é culpa de ninguém, só de Anita.

— Olhe para você... — Malachi pegou o rosto de Tia entre as mãos, com extrema gentileza. — Hematomas no rosto, inúmeros arranhões. Eu não permitiria isso, nem por todo o dinheiro do mundo, nem pelas Parcas, nem por justiça. Não admitiria uma única marca em você.

— Há muito mais em Anita, e fui eu que causei.

— É verdade. — Malachi levantou-a para abraçá-la. — Sais aromáticos nos olhos. Quem poderia pensar nisso senão você?

— Já acabou, não é mesmo? Tudo?

— Tudo.

— Então vai casar comigo agora?

— O quê? — Ele recuou, devagar, com todo cuidado. — O que você disse?

— Perguntei se vai ou não casar comigo.

Malachi deixou escapar uma risada. Passou a mão pelos cabelos.

— Pensei nisso, se você concordasse. E, se quer saber, eu estava prestes a comprar um anel quando Cleo ligou para o celular de Gideon.

— Pois então volte e compre o anel.

— Agora?

— Amanhã. — Tia o abraçou, suspirando. — Amanhã.

Epílogo

Cobh, Irlanda
7 de maio de 2003

O DEEPWATER QUAY, à beira do mar, permanecia inalterado desde a época em que o *Lusitania,* o *Titanic* e outros grandes navios singravam o oceano entre a América e a Europa.

Ali, as pequenas embarcações auxiliares dos grandes navios iam buscar a correspondência e os passageiros que chegavam pelo trem vindo de Dublin, os quais muitas vezes chegavam com atraso.

Embora o Quay ainda funcionasse como uma estação ferroviária, o principal prédio do terminal era agora o Cobh Heritage Centre, com suas exposições e lojas.

Um anexo fora construído havia pouco tempo, para servir como museu. Protegido pelo sistema de segurança da Burdett. A principal atração desse museu eram as três estatuetas de prata conhecidas como as Três Parcas.

Faiscavam por trás do vidro protetor e contemplavam os rostos — talvez as vidas — daqueles que iam admirá-las e estudá-las.

Estavam juntas, unidas pela base, sobre um pedestal de mármore, no qual havia uma placa de bronze:

AS TRÊS PARCAS

POR EMPRÉSTIMO DA COLEÇÃO SULLIVAN-BURDETT
EM MEMÓRIA DE HENRY W. E EDITH WYLEY
LORRAINE E STEVEN EDWARD CUNNINGHAM III
FELIX E MARGARET GREENFIELD
MICHAEL K. HICKS

— É bom saber que o nome dele está na placa. — Cleo piscou para conter as lágrimas. — Muito bom.

Gideon passou o braço por seus ombros.

— Fizemos o que podíamos para dar tudo certo.

— Estou orgulhosa de você. — Rebecca passou o braço pelo de Jack. — Estou orgulhosa por estar aqui, a seu lado, como sua esposa. Poderia ter ficado com as Parcas.

— Não seria possível. Tenho você. E uma deusa é suficiente para qualquer homem.

— Uma resposta sábia e verdadeira. Está na hora de irmos para o cemitério. Cleo?

— Estou pronta. — Ela encostou os dedos no vidro, logo abaixo do nome de Mikey. — Vamos embora.

— Iremos logo atrás de vocês — disse Malachi. — Precisa se agasalhar. — Ele começou a abotoar o casaco de Tia, enquanto acrescentava: — Está ventando muito.

— Não precisa ficar tão preocupado. Estamos bem.

— Os pais grávidos têm o direito de se preocupar. — Ele pôs a mão na barriga de Tia. — Tem certeza de que quer ir a pé?

— Tenho, sim. Nos fará bem. Não posso ficar sentada dentro de uma bolha pelos próximos seis meses, Malachi.

— Escutem só como ela fala. Há menos de um ano armava uma barricada para se proteger de todos os germes conhecidos pela humanidade.

— Isso foi antes. — Ela encostou a cabeça no ombro de Malachi. — É uma tapeçaria. Os fios se entrelaçam para formar vida. Gosto da maneira como meu padrão está mudando. Gosto de estar aqui a seu lado e saber que ajudamos a fazer a luz brilhar mais um pouco.

— É você que brilha.

Contente, ela pôs a mão sobre a de Malachi.

— Fizemos justiça. Anita está na prisão, provavelmente pelo resto da vida. As Parcas estão juntas, como sempre deveriam ter ficado.

— E nós também.

— Nós também...

Tia estendeu a mão, sentindo-se muito forte quando Malachi a pegou. Alcançaram os outros, e todos subiram juntos a longa colina, ao vento de maio.